Rebekka
Weiler

SOME BODY TO LOVE

NORTHERN
HEARTS

Ravensburger

MIX
Papier | Fördert gute Waldnutzung
FSC® C111262
FSC
www.fsc.org

1 3 5 4 2
Originalausgabe

Dieses Buch wurde vermittelt von der Literaturagentur
erzähl:perspektive, München (www.erzaehlperspektive.de)

Lektorat: Tamara Reisinger (www.tamara-reisinger.de)

Cover- und Umschlaggestaltung: Andrea Janas
unter Verwendung von Motiven von: Shutterstock (Dariia Baranova)

Printed in Germany
ISBN 978-3-473-58654-7
ravensburger.com

Für *Ronja* und *Svenja*
Ihr seid für immer meine beiden liebsten
Räubertöchter!

❤ ❤

PLAYLIST

When You're Gone – Shawn Mendes
Oslo – Picture This
Bad Life – Sigrid & Bring Me The Horizon
Live For Better Days – Ignite
Give Me The Reason – James Bay
Can I Be Him – James Arthur
Ruin – Moncrieff
Kiss Me – Dermot Kennedy
Me Because Of You – The Faim
On The Wire – Deaf Havana
Don't Break The Heart – Tom Grennan
Something To Someone – Dermot Kennedy
Someone You Loved – Lewis Capaldi
Slå hjerte, slå – Chris Holsten
I Wanna Be Your Slave – Måneskin
Okay – X Ambassadors
Blossom – Dermot Kennedy
How Do I Say Goodbye – Dean Lewis
Love In Slow Motion – Ed Sheeran
Forget Me – Lewis Capaldi

Innocence And Sadness – Dermot Kennedy

Maybe – Matthew Nolan

The Loneliest – Måneskin

Anti-Hero – Taylor Swift

You're On Your Own, Kid – Taylor Swift

I Lived – One Republic

Bad Omens – 5 Seconds Of Summer

21 – Gracie Abrams

About You – The 1975

Fragile – Delta Goodrem

Brutaler Einbruch radikaler Aktivisten in Drammener Massentierfarm

Sohn eines Lokalpolitikers stirbt bei tätlichem Angriff auf Wachmann

20. August – Gegen ein Uhr nachts überwanden vermummte Radikale den Sicherheitszaun und verschafften sich Zutritt auf das Gelände der Sandvik-Farm für Schweinezucht in Drammen. Als der diensthabende Wachmann, der 38-jährige Familienvater Sören Andersen, die Aktivisten aufhalten wollte, wurde er brutal attackiert. Bei dem Angreifer handelte es sich um den Filmstudenten Hendrik Berg (21), der laut Aussage Andersens mit einem Bolzenschneider auf ihn losging. In Notwehr schoss Andersen auf Berg, Sohn von Jørgen Berg, Bürgermeister von Drammen. Nach Angaben der Rettungskräfte konnte bei ihrem Eintreffen nur noch der Tod des Studenten festgestellt werden.

Die übrigen vermeintlichen Tierschützer konnten unerkannt flüchten. Hinweise, die zu den Tätern führen, können der zuständigen Polizeidienststelle in Drammen gemeldet werden.

Die Bitte des Drammener Tagesblatt um ein Statement von Bürgermeister Jørgen Berg zu dem Vorfall blieb unbeantwortet. Doch spätestens bei der nächsten Ratssitzung im Oktober wird erwartet, dass er sich öffentlich von den kriminellen Machenschaften seines Sohnes distanziert.

8 Monate und 17 Tage später

1

FREYA

Wenn das Leben um dich herum pulsiert, sollte es leicht sein, nicht an den Tod zu denken. Das Gefühl der Ohnmacht zu ignorieren und ein Lächeln aufzusetzen. Aber wenn dir jemand so sehr fehlt, dass es dir die Luft zum Atmen nimmt, dann gelingt dir nichts davon. Denn die Gedanken an ihn sind allgegenwärtig.

Vor allem an einem Tag wie diesem.

»Du musst auspusten.« Merrit sieht mich erwartungsvoll an und schiebt den Kuchen näher zu mir.

Vierundzwanzig Kerzen sind in die Sahne gesteckt. Von einer tropft das Wachs bereits an den Seiten herunter. Kleine blaue Punkte, wie die Tränen, die ich seit Stunden nicht zulasse. Weil ich heute Geburtstag habe und weiß, dass die Menschen um mich herum nicht sehen wollen, wie ich weine. Diesen Anblick müssen sie seit fast neun Monaten viel zu oft ertragen. Und auch jetzt spüre ich das bekannte Brennen in meinen Augenwinkeln. Hendrik fehlt mir. Das tut er immer, aber ganz besonders heute. Er sollte hier sein. Sollte meinen Geburtstag mit mir feiern, mir seine Kamera vors Gesicht halten und mindestens die Hälfte meines Kuchens essen. Stattdessen sitze ich allein mit meinen beiden besten Freundinnen in meiner Wohnung und starre in die kleinen Kerzenflammen. Ich bin dankbar, dass sie hier sind. Dass sie mir Kuchen gebracht und sich extra den Nachmittag freigehalten haben, um ihn mit mir zu verbringen. Ich versuche, ihren Besuch zu genießen. Mich ablenken zu lassen und mit ihnen auf mein neues Lebensjahr anzustoßen. Aber es gelingt mir nicht. Meinen letzten Geburtstag habe ich noch mit Hendrik gefeiert. Dieser hier ist der erste ohne ihn. Und es fällt mir unglaublich schwer, die beiden Tage nicht miteinander zu vergleichen. Weil ich es hasse, dass er nicht mehr da ist, und weil sich seither alles falsch anfühlt.

Einen kurzen Moment schluckt mich das Schwarz in meinen Gedanken, nur um mich im nächsten Augenblick wieder auszuspucken. Zurück ins Hier und Jetzt. Zurück in eine Welt ohne Hendrik. Zurück zu vierundzwanzig bunten Kerzen, meinen Freundinnen und den immer noch eingepackten Geschenken.

»Freya?« Sarisha mustert mich besorgt. Ihre langen, dunklen Haare umrahmen perfekt ihr Gesicht mit den großen, braunen Augen.

»Ja.« Ich setze mich aufrechter hin, zwinge mich zu einem Lächeln und puste. Eine Flamme nach der anderen erlischt und mit ihnen ein bisschen der Hoffnungslosigkeit, die ich in den letzten Monaten viel zu oft gefühlt habe.

»Wünsch dir was.« Sanft stößt sie mit dem Oberarm gegen meinen. Doch es gibt nichts mehr, was ich mir noch wünschen könnte. Wünschen *will.* Hendrik kommt nicht mehr zurück, egal, wie sehr ich das möchte. Also bleibt nur loslassen. Und das ist etwas, was ich nicht kann.

Schweigend sehe ich dabei zu, wie Sarisha den Sahnekuchen anschneidet. Merrit verteilt Teller und Tassen. Alles wirkt so normal wie an all den anderen Geburtstagen, die wir im Laufe der Jahre zusammen gefeiert haben. Aber heute ist das ein Umstand, der mich wütend macht. Ich will nicht hier sitzen und Kuchen essen, wenn der Tag ganz anders hätte ablaufen sollen. Mir ist klar, dass meine Freundinnen es gut meinen. Sie wollen dafür sorgen, dass ich nicht ständig an Hendrik denke. *Das Schöne im Leben zulassen. Spaß haben.* Weil sie nicht verstehen, dass Trauer so nicht funktioniert. Meine jedenfalls nicht. Natürlich weiß ich, dass Hendrik meine Wut und meine Lethargie furchtbar fände. Er war das pure Gegenteil davon. Laut und lustig und immer bestens gelaunt. Aber ich kann nicht so tun, als wäre alles in Ordnung. Jedenfalls nicht länger als ein paar Minuten.

Wieder bemühe ich mich um ein Lächeln und nehme den Teller, den Merrit mir reicht.

»Ich bin gespannt, was ihr zu dem Kuchen sagt.« Sarishas Augen leuchten, während sie darauf wartet, dass wir unsere Stücke essen. »Ich habe das Rezept ein bisschen abgewandelt und die Zitrone durch Limetten ersetzt.«

»Es schmeckt bestimmt großartig«, entgegnet Merrit. »Wie alles, was du backst. Was meinst du, wieso wir mit dir befreundet sind?« Sie taucht die Gabel in die Sahne und schiebt sich einen großen Bissen in den Mund. »O Gott.« Im nächsten Moment verdreht sie vor Genuss die Augen. »Genau deswegen.« Sie grinst. »Das ist unglaublich, Risha. Solltet ihr unbedingt ins Sortiment aufnehmen.« Merrit deutet mit der Gabel zwischen unserer Freundin und ihrem Teller hin und her. »Was ist da noch drin?«

Obwohl ich keinen Hunger habe, will ich meine Freundinnen nicht enttäuschen und probiere doch ein kleines Stückchen. Und ich muss zugeben, dass Merrit recht hat. Der Kuchen schmeckt großartig. Nicht zu süß, dafür aber frisch und fruchtig, nach Limette und Melone. Sarisha schafft es immer wieder, das Exotische mit dem typisch Norwegischen zu verbinden. Sie sollte diesen Kuchen wirklich im Café ihrer Eltern anbieten.

Mechanisch esse ich noch ein Stück und höre meinen Mädels dabei zu, wie sie lachen und scherzen. Anfangs war es die Hölle, Menschen zu sehen, deren Welt nicht wie meine eigene vollkommen aus den Angeln gehoben ist. Die einfach weitermachen, als wäre nichts gewesen. Es hat Monate gedauert, bis ich verstanden habe, dass dem genau so war. Für die allermeisten Menschen in Drammen ist nichts passiert. Weil nicht ihr Freund gestorben ist. Sondern meiner. Die Einzigen, die verstehen, wie es mir geht, sind Hendriks Eltern und seine Geschwister. Sie haben ihren Sohn und ihren Drillingsbruder verloren. Und zu keinem von ihnen habe ich mehr Kontakt.

»Fee, hörst du uns zu?« Sarisha schnippt sogar mit den Fingern vor meinem Gesicht, um mich aus meinen Gedanken zu reißen. Das passiert mir inzwischen oft. Ich verliere mich so sehr in Erinnerungen, in der Vergangenheit, dass ich Gespräche um mich herum vollkommen ausblende.

Die Wahrheit wäre gewesen, Nein zu sagen. *Nein, ich höre euch nicht zu. Nicht, weil mich euer Gespräch nicht interessiert, sondern weil da ein Geist in meinem Kopf ist, der mich vollkommen vereinnahmt.*

Bevor ich mir eine Antwort überlegen kann, werde ich von der Klingel meiner Wohnungstür gerettet. Sofort begegne ich zwei fragenden Gesichtern.

»Hast du noch jemanden eingeladen?«, fragt Merrit.

Sie wissen genau, dass dem nicht so ist. Ohne ein Wort zu sagen, schüttle ich den Kopf und stehe auf. Meine Wohnung ist nicht sonderlich groß, nach wenigen Schritten bin ich an der Tür und der Freisprechanlage.

»Ja?«

»Paketdienst Møller. Ich bräuchte eine Unterschrift.«

»Oh. Okay.« Ich öffne unten die Tür für ihn und ziehe die zu meiner Wohnung auf. Es sind nur zwei Stockwerke, und der Lieferant ist schnell.

»Hey«, begrüßt er mich. Er scheint nicht viel älter als ich selbst zu sein. Mit der rechten Hand hält er mir ein kleines Gerät entgegen, auf dem ich mit dem Finger unterschreiben soll. Dann übergibt er mir die Lieferung. Es ist ein Päckchen, nur ein paar Zentimeter dick, aber ziemlich schwer.

»Ciao«, verabschiedet er sich und springt immer zwei Stufen auf einmal nehmend nach unten.

»Tschüss«, murmle ich leise vor mich hin und starre auf das Päckchen in meiner Hand. Ich habe keine Ahnung, was es ist, habe nichts bestellt. Schon gar nicht bei … Ich drehe das Päckchen, damit ich den Absender lesen kann. Norli. Nein, ich erwarte definitiv nichts von einer Buchhandlung.

»Alles okay?« Merrit taucht neben mir auf und blickt in den leeren Flur. »Wer war das?«

»Ein Paketdienst.« Ich hebe das Päckchen ein bisschen höher. »Eine Überraschung von euch?«

»Nein. Von mir nicht. Von dir?« Merrit sieht zu Sarisha, doch auch sie schüttelt den Kopf. »Vielleicht jemand anders. Deine Familie? Zu Thore würde das passen.«

»Nein.« Mit meinen Eltern und meinem Bruder habe ich heute Morgen gefrühstückt, die Geschenke von ihnen liegen bei denen der Mädels.

»Dann pack es mal aus.« Merrit zieht mich zurück in die Wohnung und schließt die Tür. »Ich bin neugierig.« Nachdem sie sich wieder an den Tisch gesetzt hat, nippt sie an ihrem Kaffee und mustert mich aus großen hellblauen Augen.

Ganz langsam öffne ich die Verpackung und halte kurz darauf einen Bildband in den Händen. Wortlos starre ich auf das Titelblatt: *Magische Schnitzereien und wo sie zu finden sind.*

»Ist eine Nachricht dabei? Manchmal sind da doch so Karten oder …« Sarisha schnappt sich den leeren Karton und schüttelt ihn.

Tatsächlich fällt ein kleiner weißer Zettel aus der Box. Aber ich brauche ihn nicht zu lesen, um zu wissen, von wem der Bildband kommt. Mit einem Mal ist mein Mund staubtrocken, Adrenalin schießt durch meinen Körper, und gleichzeitig habe ich das Gefühl, mich nicht mehr bewegen zu können. Mein Magen verkrampft sich, mir wird übel. Und dann greife ich doch nach dem Zettel, den Sarisha mir entgegenhält.

Happy Birthday, Fee.
Ich glaube, so früh habe ich noch nie zuvor ein Geburtstagsgeschenk in Auftrag gegeben. Bin gespannt, ob das klappt. Im Mai werden wir es wissen. Auf dich, Waldmädchen. Ich wünsche dir ganz viel Inspiration. Und wenn du eine Muse brauchst, dann weißt du ja, wo du mich findest.
♥ Hendrik

Es sind seine letzten Worte, die mich in die Knie zwingen.

Dann weißt du ja, wo du mich findest.

Die Sicht vor meinen Augen verschwimmt, als sich Tränen darin sammeln. Weil er keine Ahnung hatte, dass er damit nun den Friedhof meint. Mit den Händen umklammere ich die kleine Notiz und das Buch, während meine Freundinnen besorgt ihre Arme um mich legen. Fragen prasseln auf mich ein, doch ich kann ihnen nicht antworten. Nicht jetzt.

Kraftlos sinke ich ganz auf den Boden, spüre meinen Herzschlag, höre das Rauschen in meinen Ohren. Es ist Wochen her, dass ich wegen Hendrik so heftig reagiert habe. Dass mir die Luft zum Atmen fehlt und ich das Gefühl habe, mein Herz würde zerquetscht werden. Doch genau so fühle ich mich jetzt. Weil ich mich ganz genau an den Moment erinnere, in dem wir über diesen Bildband gesprochen haben. In dem ich ihm erzählt habe, dass er an meinem Geburtstag erscheinen wird. Und er hat gescherzt, dass er mir den dann wohl schenken müsste. Niemals … Nie im Leben hätte ich damit gerechnet, dass er sein Wort hält. Aber eigentlich wundert es mich auch kein bisschen. Denn Hendrik war exakt so. Voller Überraschungen und vor allem voller Pläne.

Ich höre die Stimmen meiner Freundinnen, die sich über meinen Kopf hinweg unterhalten, auch wenn ich nicht wirklich verstehe, was sie sagen. Die Sorge schwingt in jeder Silbe mit. Ich weiß, dass es nicht leicht für sie ist, mich so zu sehen. Aber jetzt, mit Hendriks Geschenk in meinen Händen … Fuck. Ich kann die Tränen nicht zurückhalten. Sie laufen mir über die Wangen, wie kleine Bäche. All die Liebe, die keinen Platz mehr in mir hat, dringt an die Oberfläche. Und es tut weh. Es tut scheiße weh.

Ich lasse das Buch los und presse mir stattdessen die Handfläche auf die Brust. Spüre mein Herz, wie es in seinem steten Rhythmus schlägt. Es ist genau das, dieser gleichmäßige Takt, der mich wieder ruhiger werden lässt. Ich richte mich auf, blinzle, fahre mir mit der anderen Hand über die feuchten Augen. Merrit hat immer noch den Arm um mich gelegt und mustert mich nachdenklich.

»Es tut mir leid«, murmle ich. Meine Stimme klingt belegt. »Es ist …« Mein Blick fällt auf den Bildband vor meinen Knien. »Das ist von Hendrik und …« Gott, allein seinen Namen auszusprechen, verlangt mir alles ab. Neue Tränen brennen in meinen Augenwinkeln, die ich nur mühsam in Schach halten kann.

»Du musst dich nicht erklären.« Sarisha nimmt den Bildband und Hendriks Karte und legt beides vorsichtig auf den Tisch. »Es ist wirklich ein schönes Geschenk von ihm. Aber es kommt ziemlich unerwartet. Ich meine, damit hat niemand rechnen können.« Ihr sanftes Lächeln wirkt aufmunternd. Wie eine Bestätigung dafür, dass es okay ist, mich so zerrissen zu fühlen.

»Ja.« Ich nicke langsam, nehme mir die Hand von der Brust und ziehe mich an einem Stuhl nach oben. Merrits Umarmung löst sich, und sie richtet sich mit mir auf. »Es geht schon wieder. Ich muss nur …« Mit zwei Fingern deute ich zu meinem kleinen Balkon. »Ich brauche kurz frische Luft.«

Bevor sie protestieren oder anbieten können, mir Gesellschaft zu leisten, bin ich schon an ihnen vorbei und ziehe die schwere Balkontür auf. Für Anfang Mai ist es überraschend warm, und dennoch friere ich. Ich schlinge beide Arme um mich und blicke auf die Hausdächer meiner Nachbarn. Ein sanfter Wind weht durch meine Haare, wirbelt mir die losen Strähnen ins Gesicht. Doch die Gedanken an Hendrik bleiben. Sie sind wie festgeklebt, sind so intensiv, dass ich mich mit beiden Händen am Geländer festhalten muss. Ich war nicht oft mit ihm hier draußen, aber die wenigen Male, die wir hier standen … Ich vermisse ihn. Vermisse seine Nähe, seine Wärme, seine Arme, die er um mich geschlungen hat, während er sein Kinn auf meine Schulter legte. Und ich vermisse seinen Duft, der mich umhüllt hat. Sandelholz und Wald. Als ich ihm das einmal gesagt habe, hat er gelacht und gemeint, dass doch ich das Waldmädchen sei. Weil ich diejenige von uns bin, die in einem Sägewerk arbeitet und in ihrer Freizeit Holzskulpturen schnitzt. Kleine Figuren, wie die von Michel aus Lönneberga.

Nur in gut.

Seine Stimme ist immer noch unsagbar klar in meinem Kopf. Und gleichzeitig fürchte ich mich davor, wenn es nicht mehr so sein wird. Wenn ich irgendwann nicht mehr weiß, mich nicht mehr daran erinnern kann, wie er sich angehört hat. Wie sein Lachen klang. Wie weich seine Haare waren, wenn ich mit den Fingern durch sie hindurchgefahren bin.

Der Kloß in meinem Hals wird dicker, wie immer, wenn ich mich zu tief den Gedanken und Gefühlen an Hendrik hingebe. Aber es gibt Momente, da kann ich nicht anders. Ich will ihn nicht vergessen. Und auch wenn es wehtut, auch wenn die Verzweiflung mich an manchen Tagen heftiger überfällt als an anderen … Ich würde nichts davon ändern. Er ist jeden Schmerz wert.

Tief hole ich Luft. Vier Sekunden lang einatmen, sieben die Luft anhalten, dann acht ausatmen. Es ist ein Trick, der bewirkt, dass ich ruhiger werde. Hendriks Geschenk hat mich vollkommen unvorbereitet getroffen, dabei ist es etwas, das ich mir gewünscht habe. Und er hat es nicht vergessen. Wieder wirbelt mir der Wind durch die Haare, als mir bewusst wird, was das bedeutet: Er wollte, dass ich dieses Buch bekomme. Er hat dafür gesorgt, so viele Monate im Voraus … Dieses Wissen lässt mein Herz schwer und leicht zugleich werden.

Das leise Öffnen der Balkontür reißt mich aus meinen Gedanken, und ich drehe mich herum. In der nächsten Sekunde blicke ich in die besorgten Gesichter meiner Freundinnen. Sie haben Teller und Tassen dabei.

»Hey …« Merrit tritt als Erste zu mir. »Wir dachten, wenn du Luft brauchst … Also vielleicht könnten wir einfach mit dir zusammen hier draußen …« Sie wartet einen Moment, doch als ich nicht ablehne, kommt sie ganz auf den Balkon.

»Hier.« Sarisha, die ihr gefolgt ist, reicht mir meinen Teller mit dem Kuchenstück und meine Tasse. Wahrscheinlich ist der Kaffee mittlerweile kalt, aber das macht nichts. Plötzlich bin ich unheimlich froh, nicht allein gewesen zu sein, als das Päckchen ankam.

Mein Balkon ist viel zu klein für einen Tisch für drei Leute, aber das hat uns noch nie gestört. Merrit breitet die karierte Decke auf den Fliesen aus, die sie sich von meinem Sofa geschnappt hat. Sobald wir uns hingesetzt haben, lehne ich mich gegen das Geländer, was nicht sonderlich bequem ist, aber der Druck in meinem Rücken gibt mir immerhin das Gefühl zu leben. Und das ist etwas, das ich brauche, weil es nach Hendriks Tod viel zu viele Tage gab, an denen ich gar nichts mehr empfunden habe.

Die Fensterscheibe reflektiert die Sonnenstrahlen und blendet mich. Ich blinzle und rücke ein paar Zentimeter zur Seite, bis ich mit den Beinen fast gegen Sarishas stoße. Sie sieht immer noch besorgt aus, aber weil ich sie und Merrit nicht zurück in meine Wohnung geschickt habe, scheint sie sich etwas zu entspannen.

»Ein Kuchenpicknick.« Merrits Stimme durchbricht die eingekehrte Stille. »Das sollten wir öfter machen.«

»Aber nur, wenn Risha backt.« Die Worte sind schneller aus meinem Mund, als ich darüber nachdenken kann. Und sie sind der Startschuss für ein Gespräch, in dem die Mädels einen Ausflug mit Picknick am Drammensfjord für uns planen.

Ich höre nur mit halbem Herz zu. Die andere Hälfte ist immer noch bei Hendrik und seinem Geschenk. Und dort wird sie für den Rest des Tages auch bleiben. Ich kenne diese Phasen, in denen ich nur noch auf Autopilot funktioniere. Sie werden weniger, aber dieser Bildband … Wenn ich nachher allein bin, werde ich ihn mir in Ruhe ansehen. Werde ein Glas Wein dazu trinken, Musik anmachen und mich all den Gefühlen hingeben. Das ist mein Plan, doch als die Mädels sich schließlich von mir verabschieden, wird mir klar, dass ich meinen Abend nicht so verbringen will. Sondern dort, wo ich mit Hendrik am Glücklichsten war.

Es ist noch hell, als ich in meine Jacke schlüpfe, den Bildband, eine Flasche Wasser und eine Taschenlampe in meinen Rucksack stopfe und losziehe. Bis zu der kleinen Hütte ist es nicht weit, mit dem Fahrrad brauche ich keine fünfzehn Minuten. Dennoch herrscht hier draußen friedliche Stille. Es verirrt sich nur selten jemand in diesen

Teil des Waldes, weil der Weg irgendwann steinig und uneben wird. Wahrscheinlich ist genau das mit ein Grund, wieso mein Großvater vor vielen Jahren das Waldstück so günstig erwerben konnte. Seither ist es in Familienbesitz, und Hendrik und ich haben dort, nicht weit weg vom Fjord, eine kleine Hütte gebaut.

Als ich am Waldrand ankomme, steige ich von meinem Fahrrad und schiebe es das letzte Stück. Die Sonne steht mittlerweile tief am Himmel, aber ich kenne den Weg in- und auswendig. Das Orange der Lichtstrahlen verzaubert den Wald in ein Märchenland. Ich brauche nicht viel Fantasie, um mir kleine, tanzende Feen, Elfen und Trolle vorzustellen. Es gibt viele Geschichten und Legenden über den Drammensfjord und die Wälder drumherum. Ich bin damit aufgewachsen, aber keine einzige davon würde mich heute Abend davon abhalten, in die kleine Hütte zu gehen, die vor mir im Dickicht auftaucht. Friedlich liegt sie da, sieht genauso aus wie bei meinem letzten Besuch. Die rote Farbe auf dem Holz blättert an manchen Stellen bereits ab, ist vom Wetter gezeichnet, aber ich werde sie dennoch erst frühestens nächstes Jahr abschleifen und neu streichen. Denn über der Eingangstür befindet sich das kleine Herz mit unseren Initialen, das Hendrik dort hingemalt hat, als wir mit unserem Bauwerk fertig waren.

Ich hole den Schlüssel aus meinem Rucksack, öffne das Schloss und betrete die Hütte. Es riecht muffig, weshalb ich das kleine Fenster in Richtung Fjord öffne und frische Luft hereinlasse. Viel befindet sich nicht in der Hütte. Ein Tisch mit zwei Stühlen, eine Kiste mit Kissen und Decken und über dem Türrahmen eine batteriebetriebene Lichterkette. Es ist gemütlich, und letzten Sommer habe ich nicht nur einmal mit Hendrik hier draußen übernachtet. Es war unser Reich. Der Ort, an dem wir einfach nur *wir* waren.

Manchmal kann ich nicht fassen, dass wir nur einen einzigen kurzen Sommer zusammen hatten. Es fühlt sich so viel länger an als diese zweihundertfünf Tage. Von Ende Januar bis zu diesem einen Abend im August, an dem er gestorben ist.

Ich schalte die Lichterkette ein, dann ziehe ich einen Stuhl auf den Platz vor der Hütte. Die Bäume stehen hier recht dicht, und doch kann ich das Wasser des Fjords im Licht der untergehenden Sonne glitzern sehen. Hendrik hat an solchen Abenden oft gefilmt. Im Grunde hat er ständig irgendwelche Videos für sein Studium der Filmwissenschaften gedreht, während ich an meinen Holzfiguren geschnitzt habe. Kleine Trolle, die ich um die Hütte verteilt habe, weil sie einfach in diesen Wald gehören.

Bevor es zu dunkel wird, hole ich den Bildband aus meinem Rucksack und schlage ihn auf. *Magische Schnitzereien.* Es war der Titel, der mir damals zuerst auffiel. Behutsam schlage ich die erste Seite auf, fahre mit den Fingerspitzen die Konturen der abgebildeten Figur nach. Fast bilde ich mir ein, den Geruch von Holz riechen zu können. Wenn sich der Schaber tief in das Holz gräbt und Schicht für Schicht ablöst. Ich blättere weiter, betrachte jedes Kunstwerk, jedes Foto. Diese besondere Art, mit der mit Licht und Schatten und den Farben gespielt wird, ist einfach unglaublich. Ich lege den Kopf leicht schief, um den Namen des Fotografen am Rand lesen zu können. Jack Bradford. Wer auch immer dieser Jack ist, er hat Talent.

Unter jedem Foto befindet sich eine Bildunterschrift. Mal ist es nur der Titel, dann mehrere Sätze. Schließlich stoße ich auf eine Seite mit einer Schritt-für-Schritt-Anleitung. Meistens sehe ich mir Videos auf Youtube oder TikTok an, in denen verschiedene Holzbearbeitungstechniken gezeigt werden. Doch manchmal schmökere ich auch gern in Büchern, lese mir Dinge nur durch, ohne sie gezeigt zu kriegen. Denn dann spielt es keine Rolle, ob ich Fehler mache. Am Ende zählen nur die fertige Skulptur und das Gefühl, das ich beim Schnitzen habe.

Als es dunkler wird, verziehe ich mich in die Hütte. Die Lichterkette über der Tür erhellt den Raum, aber ich stelle trotzdem noch ein paar Kerzen auf den Tisch. Den Bildband verstaue ich wieder in meinem Rucksack. Ich weiß, dass ich nicht mehr allzu lange hierbleiben sollte. Selbst mit der Stirnlampe ist es irgendwann stockfinster im Wald. Ich habe keine Angst in den Wäldern rund um meine Heimatstadt, aber die Wege sind dennoch tückisch im Dunkeln. Mit Hendrik zusammen … Manchmal ist er einfach stehen geblieben, hat nach meiner Hand gegriffen und Tierlaute imitiert, bis ich vor Lachen geweint habe. Er war so lebendig, so präsent. Einfach da.

Ohne ihn wirkt die Hütte leer, obwohl sie das nicht ist. Alles ist voller Erinnerungen an eine bessere Zeit. Sommerabende, die das Gegenteil von lau und trotzdem wunderschön waren. Stundenlange Gespräche, die wir hier drin geführt haben. Und ein Streit, der damit geendet hat, dass wir unsere hitzigen Köpfe im eiskalten Fjordwasser abgekühlt haben. Alles schreit seinen Namen. So laut und so mächtig, dass ich irgendwann aufstehe und beginne, die Kerzen auszublasen. Eine nach der anderen. Um wirklich sicherzugehen, dass sich keine mehr entzünden kann, nehme ich zwei Finger in den Mund und kühle mit meiner Spucke den Kerzendocht ab. Eine Eigenart, die ich von Hendrik übernommen habe und die mir zugleich noch einmal bewusst macht, dass er nicht mehr da ist. Er ist seit Monaten weg, und er wird nicht wiederkommen, und das wird niemals okay sein.

Als ich mich umdrehe, bleibe ich mit der Schuhsohle an einer Holzdiele im Fußboden hängen. Ich stolpere, schaffe es aber, mich am Fußende des Bettes abzufangen. Mit den Händen umklammere ich das Holzgestell und blicke verwundert nach unten.

Hinter meinem linken Schuh ist ein Loch im Fußboden. Offenbar hat sich ein Dielenstück gelöst. Ich gehe in die Hocke, aber es ist zu dunkel, um etwas zu erkennen. Entschieden angle ich nach meinem

Rucksack und hole die Taschenlampe heraus. Ein paar Sekunden später beleuchte ich die Stelle am Boden und ziehe die Diele etwas beiseite.

»Was zum …?« Ich lege die Lampe neben mich und greife in die Öffnung.

Hendrik, Lene, Emil

12 Jahre

Lene saß in der Pause in einer entlegenen Ecke des Schulhofs und las ein Buch, als ihre beste Freundin zu ihr gerannt kam.

»Komm schnell!«, rief sie, packte Lene am Arm und zog sie auf die Beine, sodass ihr das Buch fast aus der Hand fiel.

Überrascht stolperte sie ihrer Freundin hinterher. »Was ist los?«, fragte sie im Laufen und hatte Mühe, nicht über ihre eigenen Füße zu fallen.

»Hendrik und Emil prügeln sich. Mit Kalle und Leander, glaub ich. Sie haben Emils Skateboard kaputt gemacht.«

Mit einem Mal schlug Lenes Herz heftiger. Ihre Brüder taten was? Ruckartig riss sie sich von ihrer Freundin los und stürzte an ihr vorbei. Und dann sah sie es. Eine Menschentraube hatte sich gebildet, ihre Klassenkameraden grölten. Irgendjemand filmte, ein paar Mädchen sahen sich unsicher nach der Lehrerin um. Energisch bahnte Lene sich ihren Weg durch die Gruppe, stieß Mitschüler beiseite, rempelte diejenigen an, die ihr den Weg versperrten. Sie kannte nur noch ein Ziel. Und das lautete, ihren beiden Brüdern zu helfen. Ihr Blick fiel auf Hendrik, der bereits ein blaues Auge hatte und von Kalle im Schwitzkasten gehalten wurde. Dann auf Emil, der gerade gegen das Schienbein von Leander trat. Sein Pullover war an der Seite eingerissen.

Lene zögerte nicht. Wer sich mit einem von ihnen stritt, was auch immer der Grund dafür sein mochte, legte sich automatisch mit allen drei Kindern der Familie Berg an. Ihre Freundin wollte sie noch zurückhalten, warnte sie vor Kalle und Leander, die so viel stärker waren als Lene. Doch das war ihr egal. Niemand tat Hendrik und Emil ungestraft weh. Niemand! Schon gar nicht diese beiden Idioten.

»Halt das mal.« Sie drückte ihrer Freundin das Buch in die Hand. Dann machte Lene zwei große Schritte und griff nach Kalles Arm, um ihn von Hendrik wegzukriegen. Leider war der Typ ziemlich kräftig, Lene hatte keine Chance gegen ihn. Trotzdem gab sie nicht auf. Sie zog und zerrte, bis Hendrik sich aus Kalles Griff wenden und ihn zu Boden stoßen konnte. Seine Nase blutete.

»Spinnst du, Len?« Hendrik drehte sich in ihre Richtung, funkelte sie an, während Kalle sich wieder auf die Beine kämpfte. Sorge und Wut vermischten sich in seinem Blick. »Verschwinde, bevor du dir was tust.«

»Ich pass schon auf mich auf«, entgegnete sie. Ganz im Gegensatz zu ihren Brüdern.

Wie zur Bestätigung stolperte Emil neben ihr, und Hendrik fing ihn auf, sodass er nicht auf dem Boden landete. Leander grinste, holte aus und wollte Emil in die Kniekehle treten. Wieder reagierte Lene blitzschnell. Über den Sinn ihres Eingreifens konnte sie auch später noch mit ihrem Bruder diskutieren. Sie stellte Leander ein Bein. Er verlor das Gleichgewicht und knallte auf den Schulhof. Sofort heulte er auf, und Kalle hielt erschrocken in seiner Bewegung inne. Emil griff nach Lenes Arm und zog sie zurück, Hendrik wischte sich die Nase ab.

»Legt euch nicht mit uns an!«, rief Lene Leander und Kalle zu. »Ihr werdet verlieren, kapiert?« Und zwar immer. Weil sie und ihre Brüder wie die drei Musketiere waren. *Alle für einen und einer für alle.*

2

EMIL

Es ist mir ein Rätsel, wie jemand es für eine gute Idee halten konnte, die Wände des Nobel Peace Center Museums feuerwehrrot zu streichen. Auch nach über vierzig Schichten hier drin kann ich mich einfach nicht an diese aggressive Farbe gewöhnen. Aber die Kundschaft scheint es nicht zu stören. Sie kaufen in unserem Museumsshop alles, was man auch nur im weitesten Sinne mit dem Friedensnobelpreis in Verbindung bringen kann. Bücher, Schokolade, Taschen, Becher, T-Shirts, Postkarten, Kugelschreiber, Tassen, Flaschen. Ich habe zwar keine Ahnung, wieso sich jemand solche Dinge kaufen sollte, aber der Laden läuft. Zweimal pro Woche stehe ich hinter der Kasse, beantworte die Fragen der Touristen sowie der Einheimischen und versuche, mich nicht über die Wandfarbe aufzuregen.

Zum Glück sind es nur noch wenige Minuten, bis Jonna und ich den Laden schließen und die Abrechnung machen können. Allmählich leert sich der Shop, und ich beginne, schon einmal hinter der Kasse aufzuräumen, während Jonna die Regale auffüllt, Bücher und Flaschen wieder ordentlich hinschiebt und T-Shirts und Pullover faltet. Wir sind ein eingespieltes Team, und ich weiß, dass wir nach Ladenschluss nicht allzu lange brauchen werden, um Klarschiff zu machen.

»Endlich!« Punkt siebzehn Uhr schließt Jonna die Tür ab und dreht sich zu mir um. Grinsend mustert sie mich. »Du hast die Wahl, ausgezeichneter Mainstream-Pop oder Indie-Rock?« Sie hält ihr Handy bereits in der Hand und wartet auf meine Entscheidung.

»Womit quälst du mich, wenn ich Mainstream-Pop nehme?«

Ihre Antwort besteht darin, mit dem Daumen über das Display zu streichen. Kurz darauf ertönen die ersten Takte von Olivia Rodrigo. Und ich bin nicht stolz darauf, dass ich das Lied erkenne. Jonna macht lauter und beginnt, durch den Laden zu tanzen. Sie ist ein ständig gut gelaunter Sonnenschein und damit an manchen Tagen genau das, was ich brauche. Die Schichten mit ihr machen definitiv am meisten Spaß.

Kopfschüttelnd beobachte ich aus den Augenwinkeln, wie sie mitsingt und tänzelt und dabei so viel positive Energie versprüht, dass es ansteckend ist. Unwillkürlich muss ich lächeln. Ich bereue es nicht, dass ich für Sven eingesprungen bin, obwohl ich am Wochenende eigentlich für die Prüfungen hätte lernen sollen. Bis gestern hat mein Lernplan auch ausgezeichnet funktioniert. Dann kamen Svens Anruf und fünfzehn Nachrichten von Jonna, in denen sie mich bat, sie nicht hängen zu lassen. Also habe ich den Sonntag nicht wie geplant mit der Nase zwischen meinen Büchern in Drammen, sondern mit Jonna in Oslo verbracht. Nicht unbedingt eine vernünftige Entscheidung, aber definitiv die spaßigere. Und spannender allemal als für Theorie der Vergleichenden Politikforschung zu lernen.

Solange Jonna tanzt und ich die Musik leise vor mich hin summe, mache ich die Abrechnung. Einige Touristen nutzen immer noch Bargeld, während ich mich nicht einmal mehr daran erinnern kann, wann ich das letzte Mal nicht mit Karte bezahlt habe.

»Ich finde, du solltest mitkommen.« Jonna tritt zu mir hinter die Kasse und holt neue Bleistifte aus der Schublade.

»Wohin?«

»Ins *Scotsman.* Fiona und ich wollen noch etwas trinken gehen.«

»Deine Freundin ist sicher begeistert, wenn ich euer Date crashe.«

»Du crashst gar nichts.« Sie hebt eine Augenbraue. »Außerdem habe ich dich eingeladen.« Jonna bleibt stehen und stößt mich sanft mit dem Ellenbogen in die Seite. »Komm schon. Sobald Semesterferien sind, bist du doch kaum mehr hier. Und Fiona freut sich bestimmt, dich mal wiederzusehen.«

Es ist nicht klug, Jonnas Bitte nachzugeben. Aber sie hat etwas an sich, das mich einfach nicht *Nein* sagen lässt. Deshalb gebe ich mich geschlagen, und zwanzig Minuten später verlasse ich zusammen mit ihr das Museum durch den Hintereingang. Mein Auto bleibt stehen. Wir laufen am Hafen und dem Rathaus vorbei, biegen dann nach links ab und schlendern schweigend durch die Stadt. Es ist ein warmer Tag, und obwohl langsam die abendliche Kühle Oslo in Beschlag nimmt, ist der Himmel dennoch wolkenlos und tiefabendblau. Und es riecht nach Salz. Der Wind trägt eine sanfte Brise vom Fjord in die Stadt.

Als wir das *Scotsman* erreichen, wartet Fiona bereits. Und sie wirkt nicht überrascht, mich zu sehen.

»Hi, Emil.« Sie zieht mich in ihre Arme, ehe sie Jonna zur Begrüßung küsst. »Schön, dich zu sehen. Wie geht's dir?«

Und damit stellt sie mir die Frage, die ich seit beinahe neun Monaten am allermeisten hasse. Weil ich keine Antwort mehr darauf habe, seit mein Bruder tot ist. *Gut* zu sagen, wäre gelogen, genauso wie *schlecht* mittlerweile nicht mehr die Wahrheit ist. Es ist irgendetwas dazwischen. Etwas, wofür es keinen Ausdruck gibt.

Ich antworte ihr dennoch so, dass es den Moment für uns alle leichter macht. »Gut. Und selbst? Deine Haare sind rot.« Ich zupfe an einer Strähne und ziehe meine Hand zurück, als Fiona zu lachen beginnt.

»Sind sie. Und Jo hasst es, nicht wahr, Schatz?«

»Ich fand blond einfach besser.« Jonna zuckt mit den Schultern. »Aber wir wissen beide, dass du sie dir auch abrasieren könntest, und trotzdem wärst du für mich der schönste Mensch der Welt.«

»Okay, warte. Habt ihr etwa schon ohne mich angefangen zu trinken?« Fiona mustert erst Jonna, dann mich kritisch.

»Haben wir nicht«, entgegne ich und kann mir ein Schmunzeln nicht verkneifen.

»Wieso ist sie dann so gefühlsduselig?«

»Weil ich dich mag?«, schlägt Jonna vor und hakt sich bei ihr unter. »Was ist? Gehen wir rein?« Mit diesen Worten öffnet sie die Tür und zieht Fiona mit sich mit.

Kopfschüttelnd folge ich den beiden ins *Scotsman.* Noch ist der Pub nicht allzu voll, aber wir sind für Sonntag tatsächlich ziemlich früh dran. Auch wenn ich mitgekommen bin, kann ich mir einen Kater morgen früh nicht leisten. Ganz abgesehen davon, dass ich dann mit dem Bus nach Drammen fahren müsste, und das gleicht einer halben Weltreise. Für die ich ebenfalls keine Zeit habe. Daher hole ich mir nur ein alkoholfreies Bier, während Jonna und Fiona das richtige Zeug bestellen, ehe wir uns einen Tisch suchen.

Im Hintergrund wird typisch schottische Musik gespielt. Heute dominieren die Fiddle sowie der Dudelsack. Automatisch fängt mein Fuß unter dem Tisch an zu wippen, und ich sehe, dass auch Fiona und Jonna im Takt der Musik die Schultern bewegen. Ein Stück von den beiden entfernt befindet sich ein großer Fernseher, der irgendein Vorbereitungstraining für die Bislett Games der IAAF Diamond League zeigt. Bald ist es wieder so weit, und der Leichtathletikwettbewerb in Oslo beginnt. Kurz beobachte ich das Geschehen auf dem Bildschirm, bevor mich die beiden in ein Gespräch verwickeln.

»Also, Emil, was sind deine Pläne für den Sommer? Außer in meiner entzückenden Gesellschaft das NPCM zu schmeißen.« Jonna lacht, und ich kann nicht anders als einzusteigen, obwohl meine Pläne für den Sommer tatsächlich eher traurig sind. Denn die Wahrheit ist, dass ich keine habe. Ich werde die nächsten Wochen zu Hause in Drammen bei meinen Eltern verbringen und Dad vermutlich bei seiner Kampagne unterstützen. Er will sich für die nächste Bürgermeisterwahl in Oslo aufstellen lassen und seine Kandidatur dafür bald offiziell machen. Was ich davon halten soll, weiß ich nicht. Eigentlich könnte Dad mit seinem Job als Bürgermeister von Drammen zufrieden sein. Aber offenbar reicht ihm das nicht. Er will mehr. Der nächste Schritt ist daher Oslo. Ich bin mir nur nicht sicher, ob ihm das gelingen wird.

»Nicht viel«, antworte ich Jonna und fahre mir mit der Hand durch die Haare. Noch weiß niemand von Dads Plänen, weshalb ich sie nicht erwähnen kann. Also erzähle ich ihr einfach von den anderen Dingen, die ich vorhabe. »Ich werde ganz viel schwimmen gehen und mit dem Kajak den Drammensfjord entlangpaddeln. Und vielleicht campe ich ein paar Tage.« Meine Vorhaben sind vage, aber nachdem ich nun so viel gelernt habe und ständig in der Bibliothek saß, brauche ich in den Ferien einfach etwas Natur. Und Wasser. Vor allem ganz viel Wasser. Nichts hilft besser, um den Kopf freizukriegen.

»Das klingt gut«, meint Jonna, und auch Fiona nickt zustimmend. »Wenn du bei einer kleinen Wanderung mal Gesellschaft willst, darfst du dich gern melden.«

»Klein!«, wirft Fiona schnell ein. »Die Betonung liegt dabei auf klein. Ich bin der untrainierteste Mensch der Welt.«

»Alles klar, verstanden.« Ich grinse und nippe an meinem Bier. »Nur eine Miniwanderung für dich.« Ich proste ihr zu, dann lasse ich mir von den beiden von ihren Plänen für den Sommer erzählen. Die tatsächlich auch nicht sonderlich abenteuerreich sind. Da die beiden im Gegensatz zu mir bereits fertig sind mit ihrem Studium und als

Architektinnen bei einer großen Firma in Oslo arbeiten, haben sie nicht mehr ganz so viel Freizeit. Hinzu kommt, dass Jonna sich noch immer nicht von ihrem jahrelangen Nebenjob lösen kann, weshalb sie weiterhin mindestens einmal in der Woche im Museum hilft.

Der Abend mit ihnen ist nett, und trotzdem ist mir klar, dass ich mich allmählich auf den Heimweg machen sollte. Bis nach Drammen sind es etwas mehr als vierzig Kilometer, und die Aussicht, morgen früh bereits wieder hinter dem Schreibtisch sitzen und meine Nase in die Bücher stecken zu müssen, übt einen gewissen Druck aus. Natürlich hätte ich auch im Wohnheim schlafen und hier lernen können, aber zu Hause habe ich einfach mehr Ruhe. Mein Wohnheim ist an sich zwar toll, aber es ist oft einfach viel zu laut, weil immer irgendwo eine Party steigt. Was vor einer Prüfungsphase nicht so optimal ist.

Kurz nach zehn verabschiede ich mich von Jonna und Fiona. Ich laufe den Weg zurück in Richtung Museum, vorbei am roten Rathaus, wo sich immer noch einige Touristen tummeln und Bilder machen. Ich kann es ihnen nicht verübeln. Die Beleuchtung am Abend und in der Nacht lässt das Gebäude noch imposanter wirken.

Dads zukünftiger Arbeitsplatz, schießt es mir durch den Kopf. Zumindest, wenn es nach meinem Vater geht. Ich bin gespannt, ob er wirklich Chancen hat, die Wahl zu gewinnen. Ein Selbstläufer wird die Sache definitiv nicht. Nicht nach Hendriks Tod und den vielen bösen Artikeln, die über meine Familie geschrieben wurden. Seit dem 20. August letzten Jahres haben wir alle, und ganz besonders Dad, einen schweren Stand bei den Menschen weit über Drammen hinaus. Eigentlich ist es ein kleines Wunder, dass er nicht zurücktreten musste. Und das alles nur, weil Hendrik … Nein! Ich zwinge mich, nicht darüber nachzudenken. Mein Bruder ist tot, und das wird er bleiben, egal, wie oft ich mir das Hirn über diesen Abend zermartere.

Ich schließe das Auto auf, setze mich hinter das Steuer und will gerade den Motor starten, als mein Handy klingelt. Mein erster Gedanke gilt Jonna. Das macht sie manchmal, mich anzurufen, obwohl wir uns erst vor ein paar Minuten gesehen haben. In der festen Annahme, dass sie es ist, ziehe ich mein Handy aus der Hosentasche. Und halte überrascht inne.

Freya-Fee leuchtet es mir auf dem Display entgegen. Nur ein paar Buchstaben, ein Name, doch er genügt, um meinen Puls in die Höhe schnellen zu lassen. Monatelang habe ich nichts mehr von ihr gehört. Genauer gesagt, seit Hendrik gestorben und meine Schwester ans andere Ende der Welt abgehauen ist. Seitdem haben auch Freya und ich keinen Kontakt mehr. Denn mit meinen Geschwistern verschwand damals auch sie aus meinem Leben. Die drei Menschen, die mir am wichtigsten waren und mit denen ich am allermeisten Zeit verbracht habe … alle weg. Nicht, weil Freya und ich das bewusst so entschieden hätten, aber … Ich wusste, dass ich sie an meinen Bruder erinnerte. Hendrik und ich sahen uns nicht ähnlicher, als normale Brüder das tun. Unsere Augenfarbe war dasselbe Blau, aber Hendrik war ein bisschen größer als ich und seine Haare etwas blonder als meine. Doch mein Anblick allein hat genügt, um Fee an ihn denken zu lassen. Und mir ging es genauso. Immer wenn ich sie sah, wurde das Vermissen stärker. Also sind unsere Treffen immer seltener geworden. Sieben Monate ist es nun her, dass wir das letzte Wort miteinander gewechselt haben. Dabei war Freya die erste seiner Freundinnen, die ich wirklich mochte. So sehr, dass ich damals auf dieser Party, auf der Hendrik, Lene und ich sie kennengelernt haben, selbst vorgehabt hatte, sie um ein Date zu bitten – doch mein Bruder war schneller gewesen. Sie nach seinem Tod nicht mehr zu sehen, war leichter gewesen. Zumindest in der Theorie.

»Fe… Freya?« Ich weiß nicht, wie ich sie nennen soll. Vielleicht steht mir Fee nach so langer Zeit nicht mehr zu. Aber eigentlich spielt das sowieso keine Rolle. Viel wichtiger ist, warum sie mich anruft, nachdem sie es so lange nicht getan hat.

»Emil.« Ihre Stimme klingt zittrig, als hätte sie geweint.

Augenblicklich zieht sich mein Magen zusammen. »Was ist passiert?«, frage ich und umklammere das Handy ein wenig fester.

»Ich muss … Ich muss mit dir reden. Können wir uns treffen?« Ihre Bitte klingt verdammt drängend.

»Ich bin noch in Oslo.« Und sie mit großer Wahrscheinlichkeit zu Hause in Drammen.

»Wann bist du zurück? Es ist wichtig.« Instinktiv glaube ich ihr. Denn wäre dem nicht so, hätte sie nicht angerufen, dessen bin ich mir sicher.

»In einer Stunde. Ich wollte gerade losfahren und …«

Sie unterbricht mich. »Okay. Kann ich vorbeikommen?«

»Du meinst … heute noch?«

»Ja. Bitte, Emil. Es ist *wirklich* wichtig.« Freya schafft es, in diese wenigen Worte eine Dringlichkeit zu legen, die mir unmittelbar klarmacht, wie ernst sie es meint.

»Okay, dann … Ich bin in einer Stunde daheim.«

»Alles klar. Ich warte auf dich. Bis später.« Ehe ich mich von ihr verabschieden kann, hat sie schon aufgelegt.

Irritiert lasse ich das Handy sinken und starre durch die Windschutzscheibe nach draußen. Was zum Teufel war das? Ich habe nicht den Hauch einer Ahnung, warum Freya mit mir sprechen will. So dringend, dass sie mich an ihrem Geburtstag anruft. Den halben Morgen habe ich überlegt, ob ich ihr gratulieren soll. Aber nachdem wir so lange keinen Kontakt gehabt haben … Ich habe keine Ahnung, ob sie heute überhaupt gefeiert hat. Oder wie es ihr generell geht. Ob sie sich gefreut hätte, von mir zu hören. Oder ob sie Feiertage einfach nur noch ignorieren will, so wie ich.

Gott. Mit einem Mal erschöpft, reibe ich mir kräftig über das Gesicht. Vor einem Jahr hätte ich nicht einmal darüber nachgedacht. Ich wäre bei ihr vorbeigefahren, und wir hätten alle zusammen gefeiert. Weil wir das früher oft getan haben. Sie war zwar Hendriks feste Freundin, aber auch mit Lene und mir hat sie sich prima verstanden. Wir waren ein Team, denn ihr war klar, dass es uns nur im Dreierpack gab. Drillingsbonus hat Freya es genannt, und manchmal kam sie auch dann bei uns vorbei, wenn sie wusste, dass Hendrik nicht da war. Meistens saßen wir dann im Garten und haben einfach nur geredet. Mal mit Lene, hin und wieder auch nur Freya und ich. Wir hatten einen Draht zueinander. Bis dieser mit dem Tod meines Bruders gekappt wurde. Zack, durchtrennt. Und plötzlich haben wir einander nicht mehr gesehen.

Warum also muss sie jetzt auf einmal so dringend mit mir sprechen?

Die Fahrt nach Hause zieht sich wie Kaugummi. Mit den Fingern trommle ich unruhig auf das Lenkrad. Nicht einmal die laute Musik, die ich angemacht habe, kann mich ablenken. Zum Glück ist die E 18 relativ leer, weshalb ich gut durchkomme. Als ich schließlich nach rechts in die Einfahrt meiner Eltern abbiege, sehe ich sie sofort. Die Scheinwerfer meines Wagens strahlen sie direkt an. Mit beiden Händen umklammert sie ihr Fahrrad, ihr Blick ist starr geradeaus gerichtet. Doch selbst durch die Windschutzscheibe und in der Dunkelheit kann ich erkennen, dass sie geweint hat.

Wieder zieht sich mein Magen zusammen. Sie so verloren zu sehen, macht etwas mit mir. Ich habe sie ewig nicht gesehen, und dennoch fühlt es sich an, als wäre keine Zeit vergangen. Der Impuls, sie in den Arm zu nehmen und alles Böse von ihr abzuhalten, ist direkt da. Ich verdränge ihn, so gut ich kann. Stattdessen schalte ich den Motor ab, ziehe den Schlüssel und atme einmal tief durch. Dann fasse ich nach dem Türgriff und steige aus. Der Kies unter meinen Schuhen knirscht laut.

»Hey …« Langsam gehe ich auf sie zu. Ihre langen, blonden Haare fallen ihr in sanften Wellen über die Schultern, ihre Augen wirken dunkel. Sie sieht aus wie damals – nur unendlich traurig. »Gehen wir rein?« Auch wenn es tagsüber mittlerweile angenehm warm ist, in den Nächten kühlt es immer noch viel zu schnell viel zu sehr ab, und Freya trägt nur eine dünne Jacke.

Sie nickt, was mich ebenfalls nicken lässt. Ich laufe an ihr vorbei zur Haustür und sehe aus den Augenwinkeln, wie sie das Fahrrad an den abgesägten Baumstumpf lehnt, der, seit ich denken kann, im Vorgarten meiner Eltern steht.

»Willst du was trinken?«, frage ich, als sie an der Haustür zu mir aufschließt.

»Nein, danke.«

»Okay. Dann lass uns am besten gleich hochgehen.« Ich deute ihr mit einem Fingerzeig auf meine Lippen an, leise zu sein. Meine Eltern schlafen bereits, und ich habe keine Lust, dass sie aufwachen und Freya und ich ihnen Rede und Antwort stehen müssen. Vor allem, weil ich selbst noch nicht weiß, warum sie hier ist.

Im oberen Stockwerk gibt es genau vier Räume und ein kleines Bad. Das Büro meiner Eltern grenzt an Hendriks altes Schlafzimmer, während das von Lene links neben der Treppe liegt und meins rechts. Wie immer sind alle Türen nur angelehnt, weil niemand außer mir momentan hier oben schläft.

Ich gehe voraus, mache das Licht an und lasse Freya eintreten. Mein Zimmer ist ziemlich chaotisch, da ich heute Nacht nicht mehr mit Besuch gerechnet habe.

»Setz dich einfach irgendwohin«, sage ich und hebe ein paar Klamotten vom Boden auf.

Unschlüssig sieht Freya sich um, ehe sie auf meinem Schreibtischstuhl Platz nimmt. Hastig kicke ich ein paar leere Flaschen unter das Bett und stopfe die Klamotten in den Wäschekorb.

»Dein Chaos stört mich nicht, Emil.«

»Oh.« Ich halte inne und richte mich wieder auf. »Ja. Klar. Okay.« Wieder fahre ich mir durch die Haare, weil ich das oft tue. Besonders dann, wenn ich nervös bin. Dabei gibt es überhaupt keinen Grund dafür. Das hier ist Freya. Fee. Auch wenn sie schon ewig nicht mehr bei uns war, ist sie jemand, der mir vertraut ist.

»Alles Gute zum Geburtstag.« Ich weiß nicht, ob es okay ist, ihr zu gratulieren. Aber es nicht zu tun, ist es irgendwie noch weniger.

Erstaunt sieht sie mich an. »Du weißt es noch?«

»Natürlich.« Als ob ich ihren Geburtstag vergessen würde.

»Danke.« Freya flüstert fast.

»Gern.« Das ist alles. Mehr sage ich nicht dazu, genauso wenig wie sie. Ein Zeichen für mich, dass sie nicht weiter über ihren Tag sprechen will.

Langsam lasse ich mich auf mein Bett sinken und mustere sie eingehend. Ihr Gesicht ist blass, und sie scheint angespannt zu sein, umfasst den Rucksack auf ihrem Schoß fester als nötig. Mit einem Bein wippt sie unruhig hin und her. Ich kann mich nicht erinnern, dass sie das früher auch schon gemacht hat.

Früher. Der Gedanke lässt mich innehalten. Dieses *Früher* ist gerade einmal ein paar Monate her. Als Hendrik noch gelebt hat und Lene noch zu Hause war. Als die Drillinge der Familie Berg, die drei Musketiere, noch vereint gewesen waren. Aber nun … Diese eine beschissene Nacht hat alles kaputt gemacht. Angefangen von meiner Familie bis hin zu Freyas Lebensfreude. Sie hat immer so gestrahlt, wenn Hendrik sie mitgebracht hat. Und ich war so neidisch auf sein Glück mit ihr.

Jetzt ist davon nichts mehr übrig. Und ich verstehe das. Ich verstehe es so gut, weil es mir an viel zu vielen Tagen seit letztem Sommer genauso geht. Glück zu empfinden, fühlt sich falsch an.

»Ich muss dir was zeigen.« Freyas Worte reißen mich aus meinen Gedanken. Es kommt Leben in sie, als sie den Rucksack öffnet und einen Laptop hervorholt. »Ich glaube, der hier gehört Hendrik.«

»Du glaubst?« Mein Blick wandert zwischen ihrem Gesicht und dem Laptop hin und her.

»Ich habe ihn vorhin gefunden, und ich kann ihn nicht entsperren, also dachte ich, ich komm her, weil du vielleicht eine Idee für das Passwort hast und …«

»Warte.« Ich unterbreche sie. »Fang von vorne an. Du hast das Ding gefunden?«

Sie nickt.

»Wo?«

»Im …« Sie stockt, und ich sehe, wie sie kurz Luft holt. Als müsste sie erst einmal Mut sammeln, um mir antworten zu können. »Im Wald. Hendrik und ich haben vor knapp einem Jahr eine kleine Hütte auf dem Grundstück meines Großvaters gebaut. Ich war vorhin dort, weil ich …« Dieses Mal stoppt sie sich selbst und schüttelt den Kopf. »Egal. Ich war dort und wollte gerade gehen, als ich irgendwie an einer der Holzdielen hängen geblieben bin. Und darunter war ein Loch, in dem der Laptop lag.«

»Okay?« Nachdenklich sehe ich sie an. »Und du bist dir sicher, dass das Teil Hendrik gehört? Was ist mit deiner Familie? Kann ihn nicht auch Thore dort versteckt haben?« Mein Bruder hat mir von dieser Holzhütte erzählt. Vielleicht hat also auch sie ihrem Bruder oder ihren Eltern gegenüber etwas erwähnt. Immerhin scheint zumindest ihr Großvater Bescheid zu wissen.

»Ja, ich bin mir sicher.« Ihre Antwort kommt prompt. »Es wissen nur Thore und mein Großvater davon, aber außer Hendrik und mir hat niemand einen Schlüssel. *Er* hat den Laptop dort versteckt. Ganz sicher.« Sie ist so überzeugt von ihren Worten, dass es mir schwerfällt, weiterhin an ihrer Annahme zu zweifeln. Dennoch …

»Wieso sollte mein Bruder einen Laptop in einer Waldhütte verstecken? Das ergibt doch keinen Sinn.«

»Das versuche ich ja gerade herauszufinden. Aber ich kann das Passwort nicht knacken.« In der nächsten Sekunde steht sie auf und sieht sich nach einer Steckdose für das Ladekabel um. »Der Akku war leer, und ich konnte ihn in meiner Wohnung nicht genug laden, bevor ich hergekommen bin. Darf ich?«

»Ja.« Ich sehe ihr dabei zu, wie sie sich über meinen Schreibtisch lehnt. »Ist es okay, wenn ich den Stecker ziehe?« Nachdem sie sich versichert hat, dass es in Ordnung geht, schiebt sie den Stecker des Ladekabels in die Stromdose. Dann dreht sie sich wieder um und klappt den Laptop auf. Es dauert nicht lange, bis die Oberfläche erscheint, auf der die Eingabe eines Passworts verlangt wird.

»Ich habe schon alles Mögliche versucht, aber nichts davon war richtig.« Hilflos sieht sie mich an.

»Hältst du es echt für eine gute Idee, seine Sachen zu … na ja.« Ich verstumme. Einen kurzen Moment überlege ich, sie aufzuhalten. Wenn der Laptop wirklich Hendrik gehört und er ihn bewusst versteckt hat … Wir haben kein Recht, in seine Privatsphäre einzudringen und seine Daten zu durchwühlen, sollten wir das Passwort knacken. Es wäre falsch, aber … fragen können wir ihn auch nicht mehr. Und wenn ich ehrlich zu mir selbst bin, verstehe ich Freyas Neugierde. Das hier ist ein Strohhalm. Eine Verbindung zu Hendrik. Vielleicht sogar eine Möglichkeit zu verstehen, warum er das alles getan hat. »Hätte er gewollt, dass wir finden, was dort drauf ist, gäbe es kein Passwort.«

Sie sieht mich an, als hätte ich den Verstand verloren. »Jeder schützt seinen Computer. Du doch bestimmt auch.«

Wortlos nicke ich. Natürlich tue ich das.

Bevor ich etwas sagen kann, fährt sie fort: »Aber Hendrik ist tot. Also kann er mir nicht mehr sagen, warum er dieses Teil in unserer Hütte versteckt hat.« Den Rest ihres Satzes höre ich, obwohl sie ihn nicht ausspricht: *Und mir nichts davon erzählt hat.* »Er ist tot, Emil«, wiederholt sie. Leiser dieses Mal. »Bist du gar nicht neugierig?«

Doch. Und wie ich das bin. Aber das hier … Vor zehn Minuten wusste ich noch nicht einmal von der Existenz dieses Laptops. Mir war nicht klar, dass Hendrik ein zweites Gerät hatte und es irgendwo versteckt hat. Und das tut weh, weil es anscheinend noch ein Geheimnis mehr ist, das mein Bruder vor mir hatte. Jetzt ist er nicht nur auf Massentierfarmen eingebrochen, sondern hat auch einen Zweitlaptop vor uns versteckt.

»Es tut mir leid.« Freya zieht das Ladekabel aus der Steckdose und steht auf. »Es war eine blöde Idee, herzukommen. Ich sollte dich nicht in eine Zwickmühle bringen, nur weil ich wissen muss …« Wieder unterbricht sie sich selbst. »Ich gehe. Entschuldige die Störung.« Sie ist fast schon an meiner Zimmertür, als ich es endlich schaffe, etwas zu tun.

»Warte!« Ich springe auf und lege meine Hand auf ihren Unterarm, um sie aufzuhalten. »Du musst nicht gehen. Ich bin nur …« Überrascht? Überfordert? »Ich habe nicht damit gerechnet.« Weder mit ihr noch mit diesem Laptop. »Wir probieren es gemeinsam, okay?« Behutsam nehme ich ihr den Laptop und das Kabel ab und setze mich damit auf den Boden vor das Fußende meines Bettes, wo sich eine weitere Steckdose für den Akku befindet.

Eine gefühlte Ewigkeit bleibt Freya regungslos an der Tür stehen, sieht mich nur an, während ich auf den Bildschirm starre und darauf warte, dass das Eingabefeld erscheint.

Irgendwann bemerke ich aus den Augenwinkeln, wie sie wieder näher kommt und sich schließlich neben mich setzt.

»Was hast du alles schon versucht?« Ich drehe den Kopf in ihre Richtung. Und ihr Anblick lässt ein Ziehen in meiner Brust entstehen. Auch wenn uns mindestens dreißig Zentimeter trennen, ist ihr Gesicht dem meinen so nah, dass ich die Trauer in ihren Augen nicht übersehen kann. Ihre sonst leuchtend blauen Augen wirken matt und müde. So, so müde.

»Meinen Namen, seinen Namen, deinen, den von Lene«, beginnt Freya aufzuzählen. »Mal mit unseren Geburtstagen hintendran, mal ohne. Nichts passt.«

»Alles klar.« Ich reiche ihr den Laptop. »Lass uns das aufschreiben.« Ich steige auf mein Bett und hole Stift und Papier vom Schreibtisch, bevor ich beginne, ihre Ideen zu notieren. »Hast du es auch schon mit Fee probiert?«, frage ich und schreibe ihren Spitznamen auf.

»Das ist zu kurz, oder?« Dennoch versucht sie es. Und erhält sogleich die Info, dass auch das falsch ist. »Es gibt Millionen Möglichkeiten. Vielleicht hat er auch irgendeine Kombination mit *Drilling* gemacht. Drilling123 oder so.« Ihre Finger ruhen auf der Tastatur, und trotzdem sehe ich, dass ihre Hände leicht zittern. »Oder vielleicht ist es etwas mit deinen Eltern. Irgendeine verrückte Zahlenkombi. Oder der Name seines Lieblingsregisseurs. Oder eins von Lenes Hühnern.«

Diese Idee lässt mich kurz lachen. »Hendrik hat die Viecher gehasst.«

»Und genau deshalb wäre es das perfekte Passwort.«

»Niemals, Fee. Das hat er niemals gemacht.« So gut kenne ich meinen Bruder. »Aber du kannst es gern ausprobieren, wenn du willst. Zu verlieren haben wir ja nichts.« *Nicht mehr.*

»Wie viel Versuche sind denn möglich, bis sich ein Computer komplett sperrt?«

»Kein Plan.« Meiner Antwort folgt ein Schulterzucken. »Ich studiere Politologie. Von diesem ganzen IT-Kram habe ich keinen Schimmer.«

»Dann sind wir ja schon zwei«, murmelt sie. »Kennst du jemanden, der uns helfen kann?«

»Nicht wirklich. Und wenn du mit dem Laptop nicht zur Polizei willst, dann …«

»Auf keinen Fall!« Ihr Blick schnellt zurück zu mir. »Damit sie ihn am Ende noch mehr als radikalen Irren darstellen, als sie das sowieso schon tun? Vergiss es.«

»Du glaubst der Polizei nicht.« Es ist keine Frage.

»Natürlich glaube ich der Polizei nicht.« Sie dreht sich so energisch zu mir, dass ihr der Laptop von den Beinen rutscht. »Hendrik war kein Extremist. Das solltest du doch am allerbesten wissen. Er war liebevoll und freundlich und lustig, und ja, er mochte Tiere. Außer Lenes Hühner. Aber er hätte niemals eine Massentierfarm gestürmt und um sich geschossen, wie manche Artikel das behaupten. Das ist absoluter Bullshit.«

»Warum hätte er sonst dort sein sollen?«, frage ich leise. Nicht, weil ich Freya provozieren möchte oder es anders sehe als sie. Doch ich zerbreche mir seit Monaten den Kopf, was mein Bruder auf diesem Gelände, auf dem er von einem Wachmann erschossen wurde, wollte. Und ich finde einfach keine Antwort. Weil es ist, wie sie sagt: Es passt nicht einmal ansatzweise in das Bild, das ich von meinem Bruder habe. Ja, er hat Tiere geliebt und schon mit zwölf aufgehört, sie zu essen. Aber so weit zu gehen und wirklich in eine Massentierfarm einzubrechen und auf einen Wachmann loszugehen … Das hätte ich ihm niemals zugetraut. Und ich kann es auch jetzt noch nicht glauben.

»Keine Ahnung.« Freyas Blick ist fest auf mich gerichtet. »Aber ich weiß, er war kein Verbrecher. Man kann ihm einiges vorwerfen. Manchmal war er ein Griesgram und verflucht ungeduldig. Und dieses ständige *Heute finde ich das toll und morgen schon wieder etwas anderes* hat mich wahnsinnig gemacht. Aber das bedeutet nicht, dass er ein schlechter Mensch war.« Sie redet so schnell, so aufgebracht, dass ich nicht anders kann.

Behutsam lege ich meine Hand auf ihre und stoppe sie. »Hey«, sage ich sanft. »Vor mir musst du deine Gefühle nicht rechtfertigen.«

»Okay.« Sie beruhigt sich wieder, nickt und senkt den Kopf. »Ich hasse es, dass er nicht mehr da ist«, flüstert sie dann. »Ich hasse es so sehr.«

»Wir knacken das Passwort«, versichere ich ihr, weil ich nicht weiß, was ich sonst sagen soll. Denn es gibt nichts, verdammt noch mal. Hendrik ist tot, und diesen Fakt hasse ich mindestens genauso sehr wie sie. Mit diesem beschissenen Überfall auf diese Massentierfarm hat er nicht nur sein eigenes Leben verloren. Nein, wir alle sind in dieser Nacht ein kleines Stück mit ihm gestorben. Und ich habe keine Ahnung, ob wir jemals wieder heil sein werden.

3

EMIL

»Guten Morgen, Schatz.«

Es ist kurz nach sieben, als ich die Küche mit einem kleinen Korb frischer Eier betrete. Überraschenderweise sitzt meine Mum bereits am Tisch, auch wenn sie noch immer ihren Pyjama trägt, und blättert durch die Zeitung. Seit mein Bruder tot ist, arbeitet sie nicht mehr und ist meistens nicht vor neun hier unten anzutreffen.

»Morgen«, gebe ich zurück und schnappe mir ein Glas und den Krug mit Orangensaft, den sie schon aus dem Kühlschrank genommen hat.

»Hattest du heute Nacht Besuch?« Mum fackelt nicht lange. Und es wundert mich nicht einmal. Obwohl wir leise waren, hat sie uns anscheinend gehört. Was keine Überraschung ist. Seit Hendriks Tod schläft sie schlecht. Wenn sie es überhaupt tut. Oft liegt sie stundenlang wach, außer sie greift zu ihren Schlaftabletten.

Mir ist es lieber, wenn sie das nicht tut.

»Hm«, murmle ich und setze mich mit meinem Saft zu ihr an den Tisch. Kurz überlege ich, sie anzulügen. Einfach *Nein* zu sagen und ihr von irgendeiner Serie zu erzählen, die ich angeblich geschaut habe. Es wäre die einfachere Wahl. Die, die Mum weniger wehtun würde. Aber es wäre eben auch die unehrliche. Und ich will nicht unehrlich sein. Nicht ich auch noch. »Freya war da.«

Einige Sekunden lang starrt sie mich reglos da. »Du meinst … Hendriks Freya?«

Ich nicke. »Ja.«

»Warum?«

Das ist der Part, den ich ihr wirklich nicht erzählen kann. Aber etwas zu verschweigen, ist immerhin kein Lügen. Zumindest rede ich mir das ein, während ich Mum antworte: »Es ging ihr nicht gut.«

»Und deshalb kommt sie zu dir? Seit wann?« Ihre Frage klingt, als wäre das völlig absurd. Und irgendwie versetzt mir das einen Stich. Es ist nicht ungewöhnlich, dass Menschen ihre Trauer bei mir abladen. Sie tut oft genug dasselbe, wenn ihr Kummer sie überrollt. Und Freya und ich … Wir waren Freunde.

»Na ja. Lene ist ja nicht da«, entgegne ich und kann nicht verhindern, dass ich ein bisschen feindselig klinge. »Also bleibe nur ich.«

Meine Schwester hat es sich einfach gemacht. Ein paar Wochen nach Hendriks Tod hat sie verkündet, ihr Studium zu unterbrechen und auf Weltreise zu gehen. Und drei Tage später war sie weg. Hat nicht nur Mum, Dad und mich zurückgelassen, sondern auch ihre sieben Hühner, um die ich mich nun auch noch jeden Tag kümmern darf. Dabei hasse ich Eier. Gott, wenn ich nicht aufpasse, wächst der Groll auf Lene ins Unermessliche. Energisch schiebe ich die Gedanken an meine Schwester, die irgendwo am anderen Ende der Welt ist, beiseite und trinke einen großen Schluck Orangensaft.

»Hat sich Marleen bei dir gemeldet?« Mum klappt die Zeitung sorgfältig zusammen. Es ist beeindruckend, wie schnell sie jegliche Emotion verbergen und das Thema wechseln kann. Zumindest auf den ersten Blick. Doch wenn man genauer hinsieht … Ihre gesamte Haltung ist angespannt, von der Sohle bis zum Scheitel. Kein Wunder, dass sie ständig Nackenschmerzen hat.

»Nein«, antworte ich und nehme mir eine Scheibe Polarbrød aus der Tüte, die vor mir auf dem Tisch liegt. Großen Hunger habe ich nicht, aber ich brauche Energie, um nachher lernen zu können. »Die E-Mail aus Auckland vor zehn Tagen war die letzte.«

»Sie hat also immer noch kein neues Handy.«

»Wahrscheinlich nicht.« Oder sie sieht keinen Grund, warum sie sich bei uns melden sollte. Hin und wieder frage ich mich wirklich, wie es möglich ist, dass wir Drillinge sind.

»Wann musst du los?« Mums Frage reißt mich aus meinen Gedanken.

»Heute gar nicht. Ich lerne hier und fahre erst morgen Abend. Und dann bleibe ich bis Freitag in Oslo.« Dieses Jahr habe ich Glück. Heute beginnt zwar offiziell die Prüfungsphase, aber meine Klausuren finden erst am Donnerstag und am Freitag statt. Das gibt mir noch ein bisschen mehr Lernzeit, bis ich auch dieses Semester hinter mir habe. Das zweite ohne meinen Bruder. Manchmal kann ich es nicht fassen, wie schnell die Zeit vergeht. Und gleichzeitig kommt es mir so vor, als hätte ich gestern noch einen Bruder gehabt. Dabei sind es inzwischen fast neun Monate. Ein Dreivierteljahr. Und fast genauso lange wie Hendrik ist auch Lene weg. Nur auf eine andere Art.

»Okay. Schön, dass du hier bist.« Mum lächelt dieses Lächeln, das seit August ihre Augen nicht mehr erreicht, und drückt über den Tisch hinweg sanft meine Hand. Obwohl nichts an ihren Worten doppeldeutig ist, weiß ich, dass mehr dahintersteckt. Mum findet es nicht nur schön, dass ich da bin. Dieser Satz bedeutet auch, wie furchtbar es ist, dass Hendrik und Lene es nicht sind.

Dad sucht sich genau diesen Moment aus, um zu uns zu stoßen. »Guten Morgen«, grüßt er und läuft an Mum und mir vorbei. Sein erster Weg am Tag führt ihn immer direkt zur Kaffeemaschine. Seit er vorletztes Frühjahr angefangen hat, seine Wahlkampagne vorzubereiten, lebt er quasi nur noch von Koffein. Manchmal glaube ich, dass diese permanente Flucht in die Arbeit sein Weg ist, um mit Hendriks Tod umzugehen. Je mehr er zu tun hat, umso weniger muss er sich damit beschäftigen, dass sein Sohn gestorben und seine Tochter abgehauen ist.

»Denkst du dran, dass nachher das Team vorbeikommt, Kari?«, fragt Dad mit dem Rücken zu uns. »Wir wollen noch einmal den Ablauf für Donnerstag durchgehen.« Er dreht sich zu uns um und trinkt einen kleinen Schluck des heißen Kaffees. Wie immer ist er tadellos gekleidet. Selbst wenn er nur interne Termine mit seinen Beratern hat, trägt er Anzug, Hemd und Krawatte. Ich kann mich nicht erinnern, wann ich ihn das letzte Mal in einer normalen Jeans gesehen habe. Vermutlich war das irgendwann vor Hendriks Tod. Unser einundzwanzigster Geburtstag oder so. Als die Welt und unsere Familie noch in Ordnung gewesen sind.

»Da muss ich doch nicht dabei sein, oder?« Mum umfasst das Glas in ihrer Hand fester. Ihre Finger zittern. »Ich habe Kopfschmerzen.« Wieder lächelt sie dieses müde, unechte Lächeln.

»Doch, Kari. Ich brauche dich am Donnerstag und kann dir nicht erst dann alles erklären. Kannst du dich nicht ein paar Stunden zusammenreißen?«

Dads harsche Worte lassen mich innerlich zusammenzucken. Sonderlich feinfühlig ist das nicht von ihm. Bevor Mum antworten kann, sehe ich fragend zu Dad. »Was ist am Donnerstag?«

»Die Bekanntgabe meiner Kandidatur für Oslo. Es sickert sowieso schon durch. Deshalb werden wir die Sache nun offiziell machen.«

»Verstehe.« Mein Blick wandert zurück zu Mum und den dunklen Ringen unter ihren Augen. Es fällt mir nicht schwer zu glauben, dass ihr Kopf schmerzt. Seit Monaten ist sie völlig übermüdet, bricht immer wieder in Tränen aus, isst kaum und verlässt tagelang das Haus nicht. In ganz schlimmen Phasen geht sie nicht einmal hinaus in den Garten.

»Soll ich einspringen? Wenn Mum nicht kann … Wir könnten uns nach meiner Prüfung treffen und …«, schlage ich vor.

Aber Dad lässt mich nicht einmal zu Ende sprechen. »Der Termin ist morgens um zehn, und ich kann es mir nicht leisten, ohne meine Frau dort aufzutauchen. Wir werden in den nächsten Monaten Präsenz zeigen müssen. Wir alle.« Dad wendet sich wieder Mum zu. »Es gibt ein paar Veranstaltungen, wo deine Anwesenheit zwingend erforderlich ist, Kari. Der Donnerstag gehört dazu.«

»Können wir später darüber reden?« Sie reibt sich über die rechte Schläfe. »Gerade brauche ich wirklich etwas Ruhe.« Wie um ihre Worte zu unterstreichen, schiebt Mum den Stuhl zurück. »Ich lege mich noch etwas hin.«

»Das Team kommt in einer Stunde, Kari. Was soll ich ihnen sagen, wenn du schon wieder fehlst? *Meine Frau lässt mich wegen ein bisschen Migräne hängen?*«

Ich kann regelrecht dabei zuschauen, wie Mum bei jedem von Dads Worten schrumpft. Und auch wenn ich seinen Frust verstehe, verstehe ich auch Mum. Sie kämpft jeden Tag. Es ist nicht fair, dass Dad sie so angeht.

»Ich kann wirklich einspringen, Dad«, wiederhole ich und sehe zwischen ihm und Mum hin und her. »Heute bin ich eh zu Hause, und am Donnerstag kann ich auch, wenn du die Ankündigung auf den Nachmittag verschiebst. Dann sind die ersten Prüfungen vorbei, und wir können uns in Oslo treffen. Am Rathaus, nehme ich an?«

»Das ist lieb, Emil, aber wie ich schon sagte … Für diesen Termin brauche ich meine Ehefrau.« Wieder wirft er Mum einen bedeutungsvollen Blick zu. »Ein Familientermin mit dir steht in ein paar Wochen an. Ich informiere dich rechtzeitig.«

»Okay.« Ich nicke und seufze lautlos. Wenn Dad in diesem Modus ist, ist jedes weitere Wort vergebene Mühe. Das habe ich in den letzten Jahren auf die harte Tour gelernt. Ich schenke mir etwas Saft nach und sehe Mum entschuldigend an. *Hab's versucht*, sage ich in Gedanken, während ich gleichzeitig denke: *Wir sind kaputt. Jeder auf seine eigene Art.*

Mum reibt sich wieder über die Stirn, ehe sie aufsteht. »Es tut mir leid«, sagt sie in Dads Richtung und verlässt die Küche. Dad hält sie nicht auf, und kurz danach höre ich Schritte auf der Treppe.

Ein paar Sekunden schweigen mein Vater und ich. Dann dreht er sich um, blickt aus dem Küchenfenster und trinkt den Rest seines Kaffees in einem Zug aus.

»Hast du heute ein Auge auf deine Mutter?«, fragt er schließlich. »Ich werde das Team anrufen und ins Büro bestellen. Hier wäre es für Kari weniger umständlich gewesen, aber da sie nun ja sowieso nicht an unserem Meeting teilnehmen wird …« Er lässt seinen Satz unvollendet, aber ich höre die stummen Vorwürfe auch so.

Nichts kann man mit ihr planen.

Warum kann sie sich nicht zusammenreißen wie andere Menschen auch?

Von ihrer Lethargie wird Hendrik auch nicht wieder lebendig.

Wir müssen nach vorne schauen.

Aber so einfach ist das nicht.

»Ja, ich passe auf«, murmle ich, obwohl das so nicht sein sollte. Mum sollte keinen Babysitter brauchen. Aber offenbar bleibt mir keine andere Wahl.

Dad nickt, stellt die Tasse ins Spülbecken und legt mir danach eine Hand auf die Schulter. »Danke, mein Sohn.« Er drückt kurz zu, ehe er mich wieder loslässt und aus der Küche verschwindet.

Ich bleibe sitzen, starre auf das leere Glas vor mir und hasse alles. Nichts ist mehr richtig, seit Hendrik tot ist. Mum geht langsam, aber sicher vor die Hunde. Dad hat nur noch diese Wahl im Kopf, und der einzige Mensch, der diese ganze Scheiße mit mir ertragen könnte, sitzt mittlerweile in Neuseeland und meldet sich nicht mehr. Gott. Ich umklammere mein Glas so fest, dass ich fast befürchte, es jeden Moment zu zerdrücken. Ruckartig stehe ich auf, schnappe mir das Glas und den Krug mit dem restlichen Saft und trage es ebenfalls hinüber zum Spülbecken.

Ich räume das Glas in die Spülmaschine und will auch Dads Tasse hineinstellen, als mir auffällt, welche er benutzt hat. Es ist die, die ich Hendrik vor ein paar Jahren zu Weihnachten geschenkt habe, als er vegan wurde und für meinen Geschmack viel zu viel darüber geredet hat. Ich wollte ihn mit dem Spruch, den ich darauf habe drucken lassen, ärgern. Aber mein Bruder hat sich nicht ärgern lassen. Seine Antwort auf meine *Wie-erkennt-man einen-Veganer-auf-einer-Party?*-Tasse war ein paar Tage später ebenfalls eine Spruchtasse. *Lettuce Romaine Calm* stand darauf anstatt einer der gängigen Keep-Calm-Sprüche. Ab da waren das unsere Lieblingstassen, und es wurde ein wöchentliches Ritual, frische Salat-Smoothies aus diesen dämlichen Dingern zu trinken. Was so etwas anging, hatten wir genau denselben bescheuerten Humor.

Gott, ich vermisse ihn.

Für einen Moment kneife ich die Augen zusammen, bevor ich sie wieder öffne und die Tasse zu meinem Glas in die Spülmaschine stelle. Dann ziehe ich mein Handy aus der Hosentasche. Dad stürzt sich in die Arbeit, Mum starrt im Bett liegend an die Decke, und ich … Ich will mich von meinen Gefühlen mit Social Media ablenken. Doch so weit komme ich gar nicht.

Fünf neue Nachrichten leuchten mir entgegen. Ich wette mit mir selbst, dass keine davon von Lene ist. Mit dem Daumen entsperre ich den Bildschirm und öffne den Chatverlauf.

Ich habe recht. Jede der fünf Nachrichten ist von Freya. Vier davon bestehen aus Passwörtern, die sie allem Anschein nach heute früh schon ausprobiert hat.

Für die Liste. Alle falsch.

Seufzend lasse ich das Handy wieder sinken. Ich habe ihr versprochen, ihr zu helfen, aber ich habe keine Ahnung, wie ich das anstellen soll. Wir haben so viele mögliche Passwörter ausprobiert, keines davon war richtig. Ohne irgendeinen Anhaltspunkt zu haben, ist es aussichtslos, Hendriks Laptop zu entsperren. Und ich bezweifle, dass mein Bruder so organisiert war, sich das Passwort irgendwo aufzuschreiben. Andererseits … Was weiß ich schon? Er hat offenbar auch eine Massentierfarm überfallen, und das hätte ich auch niemals von ihm erwartet.

4

FREYA

Der Duft von Holz liegt über dem Platz, als ich an riesigen Holzstapeln vorbei ins Büro des Sägewerks meiner Eltern laufe. Ich hole tief Luft, bevor ich das Gebäude betrete. Was früher ein von Hand betriebenes, kleines Werk war, gleicht heute eher einer Kleinstadt. Im Laufe der letzten Jahre hat sich wahnsinnig viel getan, worauf vor allem mein Dad unheimlich stolz ist. Er liebt es besonders, wenn er Schulgruppen oder andere Interessenten über das ganze Anwesen führen kann. Dann zeigt er ihnen jede Maschine, erklärt ihnen all die unterschiedlichen Holzarten und erklärt die Bedeutung von Sägespänen. Dieses Unternehmen ist nicht nur Dads Lebenswerk, sondern auch das meines Großvaters und meines Urgroßvaters. Und irgendwann werden mein jüngerer Bruder und ich es erben und in der Familientradition weiterführen.

»Guten Morgen.« Ich bin früher dran als gewöhnlich, doch meine Eltern sind wie immer schon da. Mum sitzt hinter einem Computer und erstellt irgendwelche Abrechnungen, Dad telefoniert und winkt mir zur Begrüßung nur kurz zu. Dann verschwindet er nach nebenan in sein eigenes Büro und schließt die Tür.

Direkt daneben befindet sich auf einem kleinen Tisch eine Kaffeemaschine. Genau dorthin gehe ich. Während ich auf den Kaffee warte, schäle ich mich aus meiner Jacke und schalte meinen Computer ein.

Das Logo unserer Firma leuchtet mir keine zwei Sekunden später auf dem Bildschirm entgegen. *Familienunternehmen Sägewerk Olsen.* Und als ich mein Passwort eingebe, sind meine Gedanken sofort wieder bei Hendrik und seinem Laptop. Als ich von Emil nach Hause gefahren bin, war es schon kurz vor zwei Uhr und ich hundemüde. Einschlafen konnte ich dennoch nicht. Diesen Laptop zu finden, eine letzte, unbekannte Verbindung zu Hendrik … Das hat mich aufgewühlt. Sobald ich die Augen geschlossen habe, ertrank ich in unzähligen Erinnerungen an ihn. Wie es war, mit ihm in meinem Bett zu liegen. Von ihm gehalten zu werden, während er mir von seinem Tag erzählte. Seine Hände auf meiner Haut, sein Flüstern an meinem Ohr. Er ist immer noch überall, und ich weiß nicht, wie ich ihn jemals nicht vermissen soll.

»Freya!« Meine Mum sieht mich fast schon vorwurfsvoll an. Als hätte sie mich nicht zum ersten Mal angesprochen.

»Ja?«, frage ich und runzle die Stirn.

»Dein Kaffee ist seit fünf Minuten fertig. Wo bist du denn mit deinen Gedanken?« Über ihren Bildschirm hinweg mustert sie mich erst neugierig, dann besorgt. »Alles in Ordnung, Liebes?«

»Ja, ich war nur die halbe Nacht wach.« Ich winke ab, als wäre das nichts Besonderes. Eigentlich ist es das auch nicht. Seit Hendriks Tod schlafe ich tatsächlich öfter schlecht und wache immer wieder auf. Angeblich ist das normal, wenn man trauert. Aber selbst, wenn es das nicht wäre … Hendrik ist der erste Mensch in meinem Leben, den ich liebe und begraben musste. Sogar mein Urgroßvater lebt mit fast fünfundneunzig Jahren noch.

»Was ist los? Ist etwas passiert?« Mum steht auf, schnappt sich meinen Kaffee und kommt damit auf meine Seite unseres großen

Schreibtisches. Normalerweise sitzen wir einander genau gegenüber.

»Nein.« Ich bemühe mich, sie anzulächeln und nehme ihr den Kaffee ab. »Danke. Mach dir keine Sorgen.« Behutsam puste ich auf die dampfende Oberfläche. »Manchmal hat man einfach so Nächte.«

Natürlich könnte ich ihr sagen, dass es an Hendrik liegt. An ihm und diesem Laptop, den ich bisher nicht knacken konnte. Aber seit bekannt wurde, wie Hendrik gestorben ist, und er von den Medien als dieser angeblich radikale Aktivist dargestellt wurde, wollen sie seinen Namen nicht mehr hören. Weil sie im Gegensatz zu Emil und mir der Polizei und ihren Ermittlungen glauben. Für sie ist klar, dass die Beamten recht und wir uns alle in Hendrik getäuscht haben. Mehr als einmal habe ich mich mit ihnen deshalb bis aufs Blut gestritten. Ich verstehe, dass die Beweislage gegen Hendrik erdrückend ist. Nicht einmal ich kann leugnen, dass er dort war, auf diesem Gelände. Doch ich lasse dennoch nicht zu, dass sie ihn nur noch so sehen. Denn das wird ihm nicht gerecht. Er war ein liebevoller Freund, hat sich auch ihnen gegenüber immer höflich und respektvoll gezeigt. Niemals hat er jemanden angegriffen. *Niemals!*

»Na gut.« Sie streicht mir kurz über den Arm. »Aber sollten sich solche Nächte häufen, gibst du mir Bescheid, ja?«

»Klar.« Ich nicke und nippe an meinem Kaffee. Das Zeug ist trotz meiner Pusterei immer noch viel zu heiß, weshalb ich die Tasse beiseite stelle und mich an die Arbeit mache.

Der Morgen im Büro ist anstrengend. Das Telefon steht kaum still, ich muss neue Lieferungen koordinieren und unzählige Mails beantworten. Als mir auffällt, dass noch Kaffee in der Tasse ist, ist es schon nach elf. Es ist gut, dass die Arbeit mich ablenkt, aber es ist ein Job, den ich so nie haben wollte. Als Kind war ich gern im Sägewerk. Habe mich in den Duft frisch gefällten Holzes verliebt und war völlig fasziniert davon, wie aus einem riesigen Baum Bretter und schließlich Häuser oder Möbel wurden. Deshalb war es nur logisch, dass ich nach der Schule eine Ausbildung im Betrieb meiner Eltern gemacht und anschließend hier angefangen habe zu arbeiten. Aber Spaß ... Spaß macht es schon lange keinen mehr. Denn es war nie die Arbeit vor einem Computer, die mich beeindruckt hat. Sondern die Verarbeitung von Holz. Mit den bloßen Händen kleine Kunstwerke zu erschaffen, Figuren zu schnitzen, Holzbretter aneinanderzuschrauben, feilen, schleifen, sägen. Das war es, was ich machen wollte und nun nur noch in Ausnahmefällen tun darf. Weil ich der Chefetage angehöre und mitverantwortlich bin, dass der Laden läuft. Ich kann nicht unten in den Hallen mitarbeiten. Das war nie der Plan meiner Eltern, als ich ins Unternehmen eingestiegen bin. Die einzige Zeit, die ich seit meiner abgeschlossenen Ausbildung mit frischem Holz verbringe, ist draußen in der Waldhütte. Aber seit Hendrik nicht mehr lebt, habe ich irgendwie auch aufgehört, dort zu schnitzen. Die letzte Figur ist vom Tag seines Todes. Eine kleine Eule, die ich ein paar Stunden, bevor er gestorben ist, fertiggestellt habe.

Ich vermisse die Arbeit mit frischem Holz. Ein paar Mal habe ich es in den letzten Monaten versucht, doch zu schnitzen, aber ohne die kleinen Figuren hinterher Hendrik zeigen zu können ... Das fühlte sich einfach nicht richtig an. Also habe ich es gelassen, obwohl es mir fehlt. Ich kann nur hoffen, dass sich das irgendwann wieder ändert. Vielleicht, wenn Thore ins Unternehmen einsteigt. Noch studiert er in Oslo Business Management. Aber in einem Jahr macht er seinen Abschluss und übernimmt dann hoffentlich ein paar meiner Aufgaben. Denn während ich die Arbeit im Büro hasse, ist Thore wie dafür gemacht. Wenn ich Glück habe, lassen sich meine Eltern dann doch dazu überreden, dass ich wenigstens ein- oder zweimal in der Woche unten in der Produktion mithelfen darf.

Eine Weile konzentriere ich mich noch auf den Bildschirm vor mir, aber schließlich brauche ich eine Pause von all den Zahlen, Rechnungen und Mails. Ich fülle neuen Kaffee in meine Tasse und sage Mum, dass ich kurz an die frische Luft gehe. Das ist der einzige Vorteil, den mein Job hier mit sich bringt. Als Tochter der Chefs kann ich mir das erlauben.

Auch heute ist es angenehm warm. Ich setze mich auf die kleine Holzbank neben der Tür, die Dad eigenhändig angefertigt hat. Für einen Moment schließe ich die Augen und halte mein Gesicht der Sonne entgegen. Nach der schlaflosen Nacht tun die warmen Strahlen besonders gut. Aber sie verhindern nicht, dass meine Gedanken zurück zu Hendrik und dem Laptop wandern. Ich habe mindestens hundert Passwortvarianten zusammen mit Emil ausprobiert und noch einmal dreißig heute früh. Und jede einzelne davon war falsch.

Müde reibe ich mir über die Augen. Ich kann nur hoffen, dass Emil noch Ideen hat. Doch mit ihm kann ich mich erst in ein paar Tagen wieder treffen, wenn seine Prüfungen vorüber sind. Bis dahin versuche ich es allein. Vielleicht muss ich die Namen seiner Eltern noch einmal in allen möglichen Kombinationen durchgehen. Kari und Jørgen. Oder ich sollte Kombinationen aus Emils und Lenes Namen ausprobieren. Aus Hendriks und meinem. Zum Glück sperrt sich der Laptop nicht endgültig, egal, wie oft ich ein falsches Passwort eingebe. Ich habe also noch Chancen.

Oder du lässt es einfach.

Der Gedanke ist in meinem Kopf. Und wahrscheinlich ist er vernünftig. Die Möglichkeiten sind unendlich. Aber ich kann nicht einfach aufhören. Hendrik hat diesen Laptop niemals einfach nur so versteckt. Es gibt einen Grund dafür, und ich werde ihn herausfinden.

Nach einem langen Tag im Sägewerk und noch längeren Gedankenschleifen über Hendrik und den Laptop bin ich zurück in meiner Wohnung. Anstatt mich allerdings mit einem Eis auf das Sofa zu legen und in irgendeiner Serie zu versinken, wie ich das seit Monaten regelmäßig tue, sitze ich heute mit dem Laptop auf meinem Schoß auf der Couch und probiere Passwort um Passwort aus.

Kari Berg. Falsch. Kari mit Geburtsdatum. Falsch. Dasselbe mit Jørgen Berg. Alles falsch. Lene. Emil. Hendrik. Freya. Egal, in welcher Kombination ich unsere Namen benutze, ob abgekürzt, HLEF oder HFLE, die Antwort des Laptops ist immer dieselbe: falsches Passwort.

Irgendwann bin ich so frustriert, dass ich zu fluchen beginne. »Fick den Scheiß!« Am liebsten würde ich das blöde Ding an die Wand werfen. Ich balle meine Hände zu Fäusten, ehe ich sie wieder lockere.

In dem Moment klingelt es an der Tür. Widerwillig schiebe ich den Laptop neben mich auf das Sofa und stehe auf. Eigentlich will ich heute Abend niemanden mehr sehen. Der Einzige, den ich ertragen würde, ist Emil, weil er mir helfen könnte. Aber ich bin mir ziemlich sicher, dass er es nicht ist. Er steckt im Prüfungsvorbereitungsstress.

Ich habe recht. Es ist Merrit, meine beste Freundin.

»Hey.«

»Hey.« Sie schiebt sich an mir vorbei in die Wohnung und holt sich wie selbstverständlich ein Glas Wasser in meiner Küche. Ich habe gerade die Tür wieder zugemacht, als sie auch schon damit zurückkommt und sich auf den Platz setzt, auf dem ich bis vor zwei Minuten noch selbst gesessen habe. »Was machst du gerade?«

»Nichts.« Ich zucke mit einer Schulter. »Wollte es mir gemütlich machen, der Tag heute war anstrengend …« Nicht wegen der Arbeit, sondern weil mein Hirn einfach nicht aufhören kann, über den Laptop nachzudenken.

»Verstehe, dann machen wir es uns einfach zusammen gemütlich, okay?« Mit der Hand klopft sie neben sich. »Setz dich zu mir.« Als wäre nicht ich hier zu Hause, sondern sie. Wobei das fast auch stimmt, Merrit ist ständig hier, wenn sie in Drammen ist. Im Gegensatz zu mir wohnt sie in den Semesterferien nämlich noch zu Hause. Also ist meine Wohnung unser bevorzugter Treffpunkt. Wortlos trete ich näher und lasse mich neben sie fallen.

»Alles okay?« Sie mustert mich offen. »Nach gestern …« Sie zuckt mit den Schultern und lächelt entwaffnend. »Ich wollte wissen, wie es dir geht. Wegen Hendriks Geschenk …«

Gott, es kommt mir vor wie eine Ewigkeit, seit der Paketbote mit dem Bildband geklingelt hat. Dabei ist es tatsächlich erst einen Tag her. Etwas mehr als vierundzwanzig Stunden.

»Ich bin okay«, sage ich. Weil es stimmt. Gerade geht es mir einigermaßen gut. Ich bin nicht mehr so verzweifelt wie gestern, die Suche nach dem richtigen Passwort hat mir keine Zeit gelassen, erneut zusammenzubrechen.

»Bist du sicher?« Merrit legt eine Hand auf meinen Arm. »Es ist in Ordnung, wenn es nicht so ist.« Ihr Blick ist offen und ehrlich. Kein Mitleid. Nur Mitgefühl. Und dafür bin ich sehr dankbar. »Wie geht es dir wirklich, Fee?« Aus wachen Augen mustert sie mich, will die Antwort darauf unbedingt hören.

Tatsächlich fragt Merrit mich in regelmäßigen Abständen auf diese Art und Weise, und während ich das anfangs gehasst habe, weil ich ihr immer nur dasselbe sagen konnte, ist die Frage nun einfacher und gleichzeitig so viel schwieriger für mich. Es gibt nämlich nicht nur Gut oder Schlecht. Es gibt so viel dazwischen. Und Merrit ist ein Mensch, der die Wahrheit hören möchte, egal, wie sie ausfällt. Nur weiß ich an manchen Tagen einfach nicht, wie genau ich dieses Dazwischen in Worte fassen soll.

Ich lasse mir Zeit mit meiner Antwort, die Gedanken rasen durch meinen Kopf. Es ist erst vierundzwanzig Stunden her, dass sie bei mir war und ich versucht habe, nicht zusammenzubrechen, weil mein toter Freund mir ein Geschenk hat zukommen lassen. Dabei ist das nur die Hälfte der Geschichte. Von seinem Laptop weiß Merrit nichts, genauso wenig wie von meinem Besuch bei Emil und der Suche nach dem Passwort.

»Gestern …«, beginne ich ganz langsam. »Gestern war heftig.« Nicht nur Hendriks Laptop liegt neben mir auf dem Sofa, auch der Bildband befindet sich in unmittelbarer Nähe auf dem Tisch vor mir. Behutsam streiche ich mit den Fingern über den Einband. »Dass er das echt gemacht hat …«

»Das ist toll, oder?«, beendet Merrit meinen Satz. »Auch aufwühlend, klar, aber eigentlich finde ich es richtig gut von ihm.«

»Ja.« Ich auch. Ein Geschenk aus dem Jenseits. Damit habe ich nicht gerechnet.

»Es zeigt, wie wichtig du ihm warst.« Sie greift nach meiner Hand und drückt sie kurz. »Aber ich vermute, es hat auch die Wunde wieder etwas aufgerissen, hm?« Die Sanftheit in ihrem Blick weicht Sorge.

»Das passiert sowieso ständig.« Manchmal glaube ich, dass die Wunde noch gar nicht richtig anfangen konnte zu heilen, weil mich immer etwas an ihn oder an uns erinnert. Musik, die wir zusammen gehört haben. Orte, an denen wir gemeinsam waren. Menschen, die ihn auch kannten. Daten, die ich mit ihm verbinde. Bisher habe ich es jedenfalls nicht geschafft, so etwas wie ein metaphorisches Pflaster drüber zu kleben. Aber es ist schwer genug, mir das selbst einzugestehen. Es vor Merrit auszusprechen … Das kann ich nicht.

»Ich komme damit klar«, sage ich schließlich. Weil auch das schlichtweg wahr ist. Ich komme klar. An manchen Tagen besser, an manchen schlechter. Gestern war definitiv ein Tag der Kategorie *ganz schlecht*, während es heute nur noch *schlecht* ist.

»Tust du das? Ganz sicher?« Ehe ich mich's versehe, rutscht sie näher und fasst nun richtig nach meinen Händen. »Du bist so unglaublich stark, Fee.« Ihr Blick sucht meinen. »Ich weiß wirklich nicht, wie du das machst. Aber manchmal … Manchmal habe ich trotzdem Angst um dich. Und ich würde dir so gern helfen …«

»Tust du doch schon.« Ich flüstere und weiß nicht einmal wieso. »Du hältst es aus, dass ich nicht mehr die Fee bin, die ich war.«

»Beste Freundinnen.« Merrit lächelt weich. »Weißt du doch. Versprochen ist versprochen.« Im nächsten Moment verhakt sie unsere kleinen Finger, wie wir das als Zehnjährige getan haben, als wir uns hochoffiziell ewige Freundschaft geschworen haben. Irgendetwas scheinen wir richtig gemacht zu haben. Unser Schwur hält immer noch an. »Versprichst du mir noch etwas?«

»Was denn?«

»Sprich mit mir, wenn du das Gefühl hast, nicht mehr klarzukommen. Du musst da nicht allein durch. Ich bin da. Egal, wie lange es dauert. Egal, was du brauchst.«

Merrits Worte lassen mich schlucken. So deutlich hat sie mir ihre Unterstützung noch nie zugesagt, obwohl ich immer wusste, dass ich sie habe. Offenbar hat ihr mein Zusammenbruch gestern wirklich Angst gemacht.

»Okay«, verspreche ich und male mit den Fingern ein Kreuzzeichen über mein Herz. Im nächsten Augenblick ziehe ich den Laptop neben mir auf meinen Schoß, weil diese Zusicherung zugleich auch bedeutet, dass ich ihr dieses Fundstück nicht verschweigen kann. Behutsam lege ich beide Hände drauf.

»Neuer Laptop?« Sie sieht zwischen mir und dem Computer hin und her.

»Nein.« Ich schüttle den Kopf und fahre mit den Fingern vorsichtig über das Gerät. Und beginne zu erzählen. Von meinem Ausflug in den Wald, wie ich in der Hütte über die lose Bodendiele gestolpert bin und den Laptop entdeckt habe. »Hendrik hat ihn dort versteckt.«

»Bist du dir sicher, dass er es war?« Sie reagiert wie Emil. Der Gedanke ist da, und er sollte mich nicht einmal wundern. Natürlich stellt sie sich dieselben Fragen. Warum sollte Hendrik das Ding überhaupt verstecken? Und wieso ausgerechnet dort? Doch Merrit überrascht mich. Sie stellt keine dieser Fragen, dafür eine andere: »Was, glaubst du, ist da drauf?«

»Ich weiß es nicht.« Ein leises Seufzen entweicht mir. »Aber ich denke, dass es wichtig ist. Sonst hätte er den Laptop nicht mit einem Passwort geschützt und schon gleich gar nicht im Wald versteckt.«

»Hast du überlegt, das Teil der Polizei zu geben? Vielleicht können ihre IT-Experten …«

»Nein!« Ich unterbreche sie energisch. »Du weißt, dass das nicht geht. Für die Polizei ist er ein Verbrecher, und ich kann das Gegenteil nicht beweisen.« Auch wenn dieser Wachmann behauptet, Hendrik hätte ihn angegriffen, weiß ich einfach, dass an seiner Geschichte etwas nicht stimmt. Die Alternative würde bedeuten, dass ich acht Monate mit einem Fremden zusammen war. Und das ist schlichtweg keine Option.

»Okay. Also keine Polizei.« Merrit nickt. »Wie ist dann dein Plan?«

»Ich war gestern Nacht noch bei Emil.«

»Emil? Hendriks Bruder?«

»Ja. Wir haben versucht, uns das Passwort irgendwie herzuleiten, aber es hat nicht funktioniert.«

»Ich wusste gar nicht, dass du wieder Kontakt zu ihm hast.«

»Hab ich eigentlich auch nicht.« Ich schüttle den Kopf. »Ich hab ihn angerufen und gestern zum ersten Mal seit über einem halben Jahr wiedergesehen. Es ging nur um das Passwort. Ich habe gehofft, dass er eine Idee hat.«

»Und hatte er eine?«

»Massig. Nur war nichts davon richtig.« Wieder seufze ich leise. »Keine Ahnung, was Hendrik sich ausgedacht hat.« Und was verdammt noch mal er versteckt hat. Vielleicht hilft es zu verstehen, warum er an diesem Abend in dieser Farm war. Er war dort – aber ich weigere mich zu glauben, dass er zuerst angegriffen hat. Das passt schlicht und einfach nicht zu dem Hendrik, in den ich mich verliebt habe.

»Wie hat Emil reagiert?«

»Auf den Laptop?«

»Auch. Aber eigentlich meine ich, wie er auf dich reagiert hat.« Sie zieht ein Kissen auf ihren Schoß und sieht mich abwartend an.

»Er war überrascht, glaub ich.« Wenn ich ehrlich zu mir selbst bin, dann war ich das ebenfalls. Bis zu dem Moment, als ich ihn angerufen habe. Dann war es plötzlich die einzige Möglichkeit, die Sinn ergab. Emil oder Lene. Und da Lene irgendwo im Ausland ist und ich mich zwar gut mit ihr verstanden habe, aber mit Emil eben noch besser … Ihn nach all diesen Monaten anzurufen, war richtig. Weil er schon immer derjenige war, der irgendwie eine beruhigende Wirkung auf mich hatte. »Er schien auch ein bisschen überfordert.« Was ich ihm absolut nicht verübeln kann. Ich habe ihn komplett überfahren.

»Wundert es dich?«

»Nein.« Tut es nicht. »Aber ansonsten … Er hat sich nicht verändert.« Zumindest nicht groß. Seine Haare sind etwas länger, und sein Bart ist kein Dreitagebart mehr, sondern mindestens ein Fünftagebart. Er steht ihm. Emil war schon immer attraktiv. Und dennoch hat ihn derselbe Schatten umgeben, der auch auf meinem Leben liegt. Weil Hendrik nicht nur mir, sondern auch ihm fehlt. Er hat sich bloß besser im Griff als ich. Im Gegensatz zu mir hat er nämlich nicht mit den Tränen gekämpft, als wir über den Laptop gesprochen haben. Oder seine Trauer funktioniert anders als meine. Ich habe keine Ahnung. Ich weiß nur, dass es mich wütend macht, dass wir überhaupt trauern müssen.

Mit einem Mal wird der Knoten in meinem Hals wieder spürbar, und ich merke, wie ich erneut kämpfen muss. Gegen die Tränen, gegen die dunklen Gedanken, aber vor allem gegen die Wut in meinem Bauch. Sie ist allgegenwärtig. Seit gut neun Monaten vergeht kein Tag, an dem ich sie nicht mehr oder weniger wahrnehme. Mal schläft sie, das sind die guten Tage. Und dann gibt es welche, in denen ich aus der Haut fahren will. In denen ich keinen Schimmer habe, wie ich weitermachen und in meiner Verzweiflung nicht ertrinken soll.

»Hey.« Merrit scheint zu spüren, wie die Gefühle in mir kippen. Manchmal passiert das sehr schnell. Und ich kann nichts dagegen tun, außer zu hoffen, dass die Welle bald vorbei sein wird. »Wir müssen nicht drüber reden, wenn es zu viel ist. Wenn du willst, schauen wir einen Film und bringen dich auf andere Gedanken. Netflix hat eine neue RomCom, die wäre was für uns.« Mit ihrem Vorschlag wirft sie mir einen Rettungsanker entgegen, den ich nur zu gern ergreife.

»Danke«, murmle ich, schlucke und reiche ihr die Fernbedingung. Eine Sekunde später leuchtet mein Bildschirm auf, und Merrit klickt sich zu dem Film durch.

Ich räume den Laptop beiseite und hole ein paar Decken und Kissen aus dem Schlafzimmer, in die wir uns einkuscheln. Fast ist es so wie früher, als die Welt noch in Ordnung war. Wir beide zusammen vor einem Fernseher und ein Film, den wir nach der Hälfte so doof finden, dass wir zu einer Folge *Skam* wechseln. Wir reden nicht viel miteinander, aber es tut gut, dass sie da ist.

Kurz nach zehn verabschiedet sich Merrit schließlich, und ich schaue die nächste Folge allein. Ich bin fast am Ende, als es wieder an der Tür klingelt. Kurz ist der Gedanke da, es könnte noch einmal Merrit sein, weil sie etwas vergessen hat. Aber sie ist es nicht. Ihre Nachricht, dass sie gut zu Hause angekommen ist, ist erst ein paar Minuten alt. Sie hat mir geschrieben, wie wir das immer tun, wenn eine von uns nachts allein nach Hause fährt.

Am liebsten würde ich einfach sitzen bleiben, die Folge zu Ende schauen und Hendrik vermissen. Darüber nachdenken, warum er gestorben ist. Ich weiß, dass das nicht gesund ist. Es bringt nichts, immer und immer und immer wieder darüber nachzugrübeln, wieso er diese Farm gestürmt und angeblich grundlos einen Menschen angegriffen hat. Die Polizei hat die Ermittlungen abgeschlossen, dem Wachmann wurde Notwehr attestiert, und Hendrik … Er ist der Bösewicht in diesem Fall. Er und diese Gruppe von Aktivisten, mit denen er die Schweinefarm überfallen hat. Er ist nur der Einzige, der dabei gestorben ist. Die anderen sind unerkannt entkommen. Laut Aussage der Beamten war auch auf den Überwachungskameras nichts zu erkennen, nur dunkle, vermummte Gestalten. Seit letztem Sommer wurde noch auf zwei weiteren Farmen eingebrochen. Die Polizei geht davon aus, dass es sich dabei um dieselbe Gruppe handelt. Doch alle Ermittlungen blieben ohne Erfolg. Wir wissen bis heute nicht, wer mit Hendrik in jener Nacht unterwegs war.

Es klingelt erneut. Länger dieses Mal. Eindringlicher. Vermutlich ist das der Grund, weshalb ich mich doch aufraffe, zur Tür gehe und die Sprechanlage betätige.

»Ja?«

»Hier ist Emil.«

Emil … Ich kann mich nicht genau daran erinnern, wann er das letzte Mal in meiner Wohnung war. Es muss letzten Sommer gewesen sein. Zu einem Spieleabend mit Hendrik und meinen Freundinnen.

Damals hatte er sich in den Kopf gesetzt, Emil mit Sarisha zu verkuppeln, aber daraus ist nichts geworden. Und doch war diese Aktion so typisch Hendrik. Wenn er glücklich war, sollte es sein Bruder auch sein. Jetzt ist keiner mehr glücklich, und das Einzige, was uns verbindet, ist die Erinnerung an Hendrik und das Rätsel, wie wir das Passwort des Laptops knacken. Deswegen ist Emil hier, daran hege ich keinen Zweifel.

»Komm rauf.« Ich drücke den Knopf, der ihm die Tür öffnet, und warte. »Hey«, begrüße ich ihn, sobald er meine Wohnung erreicht hat, und ziehe meine Strickjacke fester um mich. Es ist kühl im Treppenhaus. »Wolltest du nicht lernen?«

»Wollte ich. Und hab ich bis vorhin auch getan.« Er zuckt mit den Schultern. »Aber mein Kopf raucht, und ich kann nicht abschalten, also ... Ich glaube, ich habe eine neue Idee.«

»Ja?« Seine Worte vertreiben den Nebel, der seit einer Weile in meinem Kopf herrscht. »Komm rein.«

Emil folgt mir ins Wohnzimmer, wo immer noch der Fernseher läuft und ein Standbild von Noora und Eva zeigt. Ich deute ihm an, Platz zu nehmen, ehe ich mich selbst setze und die Beine anziehe. »Also, was ist das für eine Idee?«

Er antwortet mit einer Gegenfrage. »Du hast das Passwort immer noch nicht geknackt, oder?«

»Nein.« Es ist ein Rätsel, für das man Glück braucht. Und offenbar habe ich davon kein bisschen.

»Okay.« Ich beobachte, wie er sich die Schuhe von den Füßen streift. Zum Vorschein kommen zwei unterschiedliche Socken. Und ich kann mir nicht helfen, irgendwie ist das niedlich, dass er das immer noch tut. »Hast du den Laptop hier?«

»Klar.« Ich springe auf, hole ihn aus dem Schrank, in den ich ihn vorhin gelegt habe, und gebe ihn Emil.

Er klappt ihn auf und schaltet ihn ein. Gespannt beobachte ich Emil, während er stur auf den Bildschirm sieht und wartet. Es ist vielleicht eine halbe Minute, dann legt er seine Finger auf die Tasten. Bevor er tippt, blickt er mich fest an. »Ich bin mir sicher, dass sein Passwort mit dir zu tun hat.«

»Das haben wir doch schon versucht.«

»Aber wir haben zu einfach gedacht. Warte.« Er fasst in seine Hosentasche und zieht einen kleinen Schmierzettel hervor. Die Ecken sind umgeknickt und quer durch die Karos abgerissen worden. Ganz unten stehen ein paar Buchstaben und Zahlen, die keinerlei Sinn ergeben.

»Was soll das sein? F6R18E5Y26A1?« Ich lese vor, was er geschrieben hat. Das Einzige, was ich in dem ganzen Wirrwarr erkennen kann, sind die fünf Buchstaben, die meinen Namen ergeben. »Was sind das für Zahlen?«

»Die Stellen, an denen die Buchstaben im Alphabet vorkommen. Das F ist der sechste Buchstabe, das R der achtzehnte. So hat Hendrik das früher gemacht. Nur damals nicht mit deinem Namen, sondern mit …« Er stockt.

»Mit dem Namen seiner damaligen Freundin?«, beende ich seinen Satz. Das klingt logisch.

»Nein«, sagt er. »Mit Lenes Namen, weil er meinte, sie sei die wichtigste Frau in seinem Leben. Aber dann hatte er dich, also …«

»Oh.« Ich schlucke. »Okay.«

»Soll ich es versuchen?« Er sieht mich abwartend an. Als ich nicke, fängt er an zu tippen. Unweigerlich halte ich die Luft an. So lange, bis er ein »Fuck!« ausstößt.

»Falsch?« Meine Nachfrage ist vollkommen unnötig. Natürlich ist es falsch. Aber das ändert nichts daran, dass seine Idee gut ist. »Probier es noch mal«, dränge ich ihn. »Benutz deinen Namen und Lenes und die von Kari und Jørgen mit den Zahlen dazwischen.« Ich reibe mir über die Stirn. Ein unangenehmes Ziehen hat sich in den letzten Stunden in meinem Kopf gebildet. Zu viel geweint, zu viel nachgedacht, zu viel gegrübelt. »Vielleicht hat er auch seinen eigenen Namen benutzt. Oder die eurer Großeltern.«

Ich liste alles auf, was mir einfällt und schreibe auf Emils Schmierzettel mit, während Emil einen nach dem anderen abtippt. Auch unsere Spitznamen bringen uns nicht weiter. Ständig blinkt uns derselbe Satz entgegen: Passwort falsch. Falsch, falsch, falsch. *Falsch.* Fast fühlt es sich so an, als schreie der Laptop es uns entgegen. Je öfter wir daneben liegen, umso größer wird der Frust in mir. Die Kopfschmerzen wachsen, und allmählich glaube ich beinahe, dass von innen jemand unaufhörlich gegen meine Schädeldecke klopft.

»Wir sollten aufhören«, sagt Emil irgendwann. Seit mindestens fünf Minuten blicken wir beide auf den Bildschirm, aber er hat kein neues Passwort mehr eingegeben. Mittlerweile liegt eine dreiseitige, eng geschriebene Liste mit den wildesten Ideen und Kombinationen auf dem Tisch. Aber offenbar kannte keiner von uns Hendrik so gut, wie wir geglaubt haben. Und dieser Gedanke ist nicht nur unheimlich frustrierend, sondern vor allem schmerzhaft. Denn er bedeutet, dass Hendrik eben doch kein offenes Buch für mich, für *uns* war.

»Lass uns eine Pause machen und morgen neu überlegen, ja?« Emil schiebt den Laptop von seinen Beinen.

Mir ist klar, dass er recht hat. Es ist spät, ich muss morgen früh raus, und er hat morgen auch erst eine weitere Lernsession zu Hause und dann eine Fahrt nach Oslo vor sich. Aber obwohl es schon nach Mitternacht ist … Jetzt aufzuhören, fühlt sich nach Kapitulation an. Nach einem Eingeständnis, das ich nicht ertragen kann. Also beuge ich mich über ihn, greife nach dem Laptop und komme Emil dabei so nah, dass ich den Duft seines Shampoos riechen kann. Er benutzt dasselbe wie

Hendrik. Kurz halte ich die Luft an, versuche, meinen Herzschlag zu beruhigen, doch das Gefühl in meiner Brust bleibt. Fast neun Monate, und manchmal fühlt es sich, verfluchte Scheiße, immer noch an wie am ersten Tag.

»Freya?« Emils sanfte Stimme reißt mich aus meiner Gedankenspirale. Hektisch lasse ich mich zurückfallen. Der Laptop liegt immer noch neben ihm. »Alles in Ordnung?«

»Sorry, ich …« *Der Tag war lang und mies und anstrengend, und ich will diese Realität nicht, in der Hendrik nicht mehr lebt.* Das alles ist in meinem Kopf, aber ich sage nichts davon. Stattdessen schweige ich, weil mir wie so oft die Worte fehlen. Ich kann nicht einmal ansatzweise formulieren, wie es in mir aussieht. Was es mit mir macht, meinen Freund begraben zu haben und nun hier zu sitzen, mit unfassbar vielen Fragen im Kopf, die ich nie beantwortet bekommen werde.

»Fee? Alles okay?« Emils Blick ist behutsam. Fragend. Ich habe keine Ahnung, wie er es schafft, so ruhig zu sein, während in mir alles durchzudrehen scheint.

Ich nicke, aber dann schüttle ich den Kopf, weil es nicht wahr ist. Es geht mir nicht gut. Ich erreiche maximal ganz passabel. Aber *gut* … Richtig gut, glücklich – so habe ich mich das letzte Mal mit Hendrik gefühlt. Als wir essen waren und nachts heimgelaufen sind. Lachend und ein bisschen torkelnd, da wir beide getrunken hatten. Doch ich war glücklich. Mit Hendrik an meiner Seite war ich glücklich.

Und jetzt bin ich es nicht mehr.

Ich merke nicht, dass mir Tränen über die Wangen laufen, bis Emil seinen Arm um mich legt und mich an sich zieht.

»Komm her«, sagt er irgendwo über meinem Kopf. Und weil ich nicht länger stark sein kann, lasse ich es zu. Ich lehne mich an ihn, weine, klammere mich an ihm fest, schließe die Augen und rieche wieder sein Sandelholz-Shampoo. Nur duftet es an ihm Gott sei Dank anders. Irgendwie herber, intensiver.

Alles in mir sehnt sich danach, von Hendrik und nicht von seinem Bruder in den Arm genommen zu werden. Doch dann überkommt mich plötzlich diese Ruhe, die früher schon immer nur Emil bei mir auslösen konnte. Vielleicht bin ich leer geweint, vielleicht liegt es an seiner Anwesenheit. Was auch immer es ist, ich wünsche mir nichts sehnlicher, als dass dieses Gefühl anhält und Emil mich noch ein bisschen länger festhält.

Hendrik, Lene, Emil

13 Jahre

Die Sonne versank wie ein glühender Feuerball hinter den Bäumen. Sanfter Wind rauschte in den Blättern. Und daneben baute Hendrik ein Zelt auf. Zumindest versuchte er es, aber die Anleitung war ziemlich kompliziert. Und je dunkler es wurde, umso schwerer fiel es ihm zu lesen, was dort geschrieben stand. Verdammt, wieso hatte er nicht schon bei Tageslicht versucht, das blöde Ding so zusammenzustecken, dass es nicht umfiel?

Hendrik war noch immer damit beschäftigt, einen Stab so an der Zeltwand zu befestigen, dass es hielt, als Emil aus dem Haus gelaufen kam. Auf beiden Armen trug er Snacks und Chips und Süßkram für die Nacht in den Garten. Die Drillinge liebten die Sommerferien. Und weil die Nacht sternenklar werden sollte, hatten sie nach dem Abendessen beschlossen, in der Ecke zu campen, die am weitesten vom Haus entfernt war.

»Warte.« Emil ließ den ganzen Kram ins Gras fallen, dann zog er sein Handy aus der Hosentasche und schaltete seine Taschenlampe ein, um seinem Bruder zu leuchten. Gemeinsam steckten die beiden Jungs die Köpfe über der Anleitung zusammen.

»Das muss so hin.« Emil deutete mit dem Finger auf die Stelle, die er meinte, ehe er zurück auf das Chaos blickte, das Hendrik bisher mit dem Zelt und den Stäben angerichtet hatte. »Hier. Anders herum.«

»Stimmt.« Hendrik bückte sich nach dem Stab und begann von Neuem, während Emil sein Handy so hielt, dass genügend Licht auf den Boden fiel.

Im Handumdrehen hatten die beiden das halbe Zelt zusammengesteckt. Das war der Moment, in dem Lene zu ihnen stieß. Sie hatte alle Decken und Kissen aus ihren Zimmern zusammengesammelt und sogar zwei alte Isomatten gefunden, die ihnen als Unterlage dienen würden. Schwungvoll warf sie ihre Beute in das Innere des Zeltes.

»Wie lahm seid ihr denn? Lasst mich mal.« Und weil Lene nun mal Lene war, steckte sie die übrigen Bauteile selber zusammen und hatte kurz darauf das Zelt fertig aufgebaut.

»Nicht schlecht, Leni.« Hendrik grinste und krabbelte zu den Decken. Mit wenigen Handgriffen hatte er ihr Lager ausgebreitet, Emil schaffte die Süßigkeiten hinein, und Lene befestigte die kleine bunte Lichterkette am Zeltdach. Dann zog sie ihre Schuhe aus, kuschelte sich neben Hendrik in die Kissen und schlüpfte unter die Decke. Es war nicht das erste Mal, dass die drei allein in einem Zelt schlafen würden. Aber es war das erste Mal, dass sie es außer Sichtweite ihrer Eltern tun durften. Sie hatten sich die hinterste Ecke des Gartens, unter den großen Ahornbäumen, neben den Haselnussbüschen ausgesucht. Die Stelle war wie ein eigener kleiner Raum und grenzte an ein großes, unbebautes Grundstück, auf dem unzählige Kiefern wuchsen.

Auch Emil streifte sich die Turnschuhe von den Füßen und machte es sich auf Lenes anderer Seite bequem. Wie so oft lagen sie genau in der Reihenfolge da, in der sie auf die Welt gekommen waren. Hendrik zuerst, dann Lene, zuletzt Emil. Dabei war er schon lange nicht mehr der kleine Bruder. Mittlerweile war er drei Zentimeter größer als Lene und mächtig stolz drauf.

»Kennt ihr eigentlich die Geschichte von Miss Mette?«, fragte Lene plötzlich und angelte nach der Chipstüte.

Ihre Brüder schüttelten beide den Kopf.

»Wollt ihr sie hören? Sie ist ziemlich gruselig.«

»Klar.« Hendrik zog die Tüte Chips zu sich und riss sie auf. »Leg los. Aber wehe, sie ist nicht gut.«

Also begann Lene zu erzählen. Erst die Geschichte von Miss Mette, die weder Emil noch Hendrik sonderlich spannend fand. Dann die von dem Mädchen im weißen Kleid, das nachts durch die Wälder von Drammen geisterte und die Klamotten der Kinder klaute. Und schließlich die Geschichte der Trollfamilie Nygård, die in den Baumstämmen der Kiefern nebenan wohnen sollte.

»Als ob.« Hendrik stieß Lene in die Seite. »Das hast du dir doch gerade ausgedacht.«

»Dort hinten gibt es keine Trolle«, fügte Emil hinzu. »Das wüssten wir.«

»Bloß, weil ihr noch keinen gesehen habt, bedeutet das nicht, dass es nicht wahr ist«, beharrte Lene. »Hört doch einfach genau hin.« Ihre Stimme wurde leiser. »Trollschritte sind ganz besonders. Erst hört man ein Rascheln, dann ein Klirren.« Inzwischen flüsterte sie fast. »Und manchmal klingt es wie rollende Steine.«

Auf Hendriks Armen hatte sich eine Gänsehaut gebildet, Emil hielt den Atem an. Er glaubte nicht an Lenes Geschichte. Oder doch? Es gab so viele Mythen und Legenden, und er war sich sicher, dass die meisten davon nicht stimmten. Aber vielleicht hatte Lene ja doch recht. Ihre Großeltern hatten ihnen schließlich oft genug davon erzählt, dass man Feen und Elfen und Trolle nicht verärgern durfte.

Der Wind rauschte in den Baumkronen über ihren Köpfen. Mit einem Mal fröstelte Hendrik, und auch Emil zog die Decke weiter nach oben. Nur Lene saß im Schneidersitz zwischen ihren Brüdern.

Die kleine Lichterkette erhellte das Zelt kaum. Und da raschelte es, dann klirrte eine Kette, und plötzlich wackelte das Zelt.

Emil und Hendrik schrien auf, als der Reißverschluss des Zeltes geöffnet wurde. Hektisch rutschten die beiden vom Eingang weg. Einzig Lene blieb, wo sie war. Und lachte.

»Danke, Dad«, sagte sie, als ihr Vater den Kopf ins Zelt streckte.

»Mann, Dad!« Hendrik rückte wieder ein Stück von Emil weg. »Lass uns in Ruhe!«

»Wollte nur mal sehen, ob alles in Ordnung ist.« Er grinste seine drei Kinder breit an, ehe er zufrieden nickte. »Scheint so, prima.«

5

EMIL

Kannst du dich bitte endlich melden, Lene?

Ich schicke den Satz ab, bevor ich es mir anders überlege. Es macht mich wahnsinnig, dass meiner Schwester alles so verdammt gleichgültig ist.

Ihr macht euch Sorgen? Nicht mein Problem.

Dass sie direkt nach Hendriks Tod ans andere Ende der Welt abgehauen ist, kann ich irgendwo noch verstehen. Sie hat Mums Trauer und Dads regelrechtes Erstarren nicht ausgehalten. Ihre ständigen Tränen, seine störrische Weigerung, auch nur über Hendrik zu sprechen. Aber diese Funkstille jetzt? Auch mir gegenüber? Das nehme ich ihr übel. Es ist nicht so schwer, eine kurze Mail zu schreiben oder sich endlich ein neues Handy zu besorgen, Herrgott noch mal. Derart von ihr ignoriert zu werden, nachdem wir bis vor einem Dreivierteljahr quasi unzertrennbar waren, ist ein verflucht beschissenes Gefühl. Und vor allem ist es etwas, das ich nicht verdient habe. Sie könnte wenigstens kurz schreiben, dass es ihr gut geht.

Früher hat sie mir jeden Scheiß erzählt. Wenn sie sich mit ihren Freundinnen gestritten hat, weil alle denselben Typen toll fanden.

Wenn es irgendwelchen Tratsch in unserer Klasse gab. Welches Mädchen auf Hendrik abfuhr. Und hin und wieder auch mal welches auf mich. Wenn es ihr nicht gut ging. Wenn sie Liebeskummer hatte. Wenn sie irgendeine Schnulze gelesen hatte, die angeblich so toll war, dass ich sie auch lesen sollte.

Und Hendrik und ich haben dasselbe getan. Lene wusste, wenn einer von uns unglücklich verliebt war. Wenn wir Mist gebaut hatten. Sie war dabei, als wir heimlich mit Dads Wagen das Fahren geübt haben, obwohl keiner von uns eine Ahnung hatte, was wir da taten. Hendrik war mein bester Freund und Lene meine beste Freundin. Deshalb wusste auch sie als Einzige davon, dass ich Freya nach einem Date fragen wollte, wäre Hendrik nicht schneller gewesen. Immer wieder hat sie mich darauf angesprochen, obwohl Fee längst die Freundin unseres Bruders war. Aber sie hat sich Sorgen gemacht, wollte wissen, wie es mir damit ging. Wir waren füreinander da, immer und kompromisslos. Bis am 20. August letzten Jahres nicht nur Hendrik gestorben ist, sondern offenbar auch die Bindung zwischen Lene und mir.

Frustriert klappe ich meinen Laptop zu und muss mir eingestehen, dass meine Nerven blank liegen. Was aber tatsächlich nicht nur an meiner Wut auf Lene liegt. Die anstehenden Prüfungen machen mich nervös, ich bin angespannter, als ich es sein sollte. Dabei sind es nur Prüfungen. Nicht die ersten in meinem Leben, und es werden auch nicht die letzten sein. Trotzdem will ich sie unbedingt bestehen und das am besten mit guten Noten.

Ich verberge das Gesicht in meinen Händen, schließe die Augen und atme tief durch. Die Nacht war kurz. Ich war bis weit nach Mitternacht bei Freya. Es war mein erster Besuch bei ihr seit Hendriks Tod. Und während ihre Wohnung aussah wie immer, selbes Sofa, selber Tisch, dieselben Fotos an den Wänden, sind wir beide nicht mehr diejenigen, die wir damals gewesen sind. Unglücke verändern Menschen. Wir sind das beste Beispiel dafür. Dennoch sind wir immer noch … irgendwie wir. Ich hatte nicht eine Sekunde gezögert, Freya in den Arm zu nehmen, als ihr alles zu viel wurde. Sie zu halten, war neu und auf eine verrückte Art auch irgendwie vertraut gewesen. Obwohl wir uns viele Monate nicht gesehen haben, schien diese Zeitspanne sich mit der ersten Berührung in Luft aufgelöst zu haben. Trotz der Umstände hat es sich gut angefühlt, ihr so nah zu sein. Genau wie mich mit ihr zu unterhalten. Über die Passwörter und den Computer, aber vor allem über Hendrik. Mum und Dad sprechen auch jetzt nicht allzu oft über ihn, sie können es nicht. Aber Freya … Mir fiel erst auf, als ich auf ihrem Sofa saß, wie sehr ich einen Menschen vermisst habe, mit dem ich über meinen Bruder reden kann. Der ihn genauso gut kannte wie ich, der versteht, was ich meine, wenn ich sage, dass Hendrik mir manchmal den letzten Nerv geraubt hat und trotzdem mein bester Freund war.

So furchtbar es ist, Fee weinen zu sehen, so gut hat es auch getan, bei ihr zu sein und die *Weißt-du-noch?*-Gedanken laut auszusprechen. *Weißt du noch, als Hendrik von Lenes Huhn angegriffen wurde? Weißt du noch, als wir am Lagerfeuer saßen und ihm ständig Marshmallows in die Flammen gefallen sind? Weißt du noch, als er am Nationalfeiertag im Mai in den Fjord gesprungen und Mum ausgerastet ist, weil er seine Tracht ruiniert hat?*

Weißt du noch?

Es gibt so viele Momente mit ihm, die ich nicht vergessen will. Und gleichzeitig tut jedes Lächeln, das diese Erinnerungen auslöst, einfach nur scheiße weh. Weil es die letzten sind, die ich an ihn habe, und ich weiß, dass nie wieder neue dazukommen werden.

Ich reibe mir über die brennenden Augen und stehe auf. Meine Konzentration ist dahin, ich brauche eine Pause vom Lernen. Kurz entschlossen schnappe ich mir den Pullover von meinem Bett und streife ihn mir im Gehen über. Dann ziehe ich meine immer fertig gepackte Schwimmtasche unter dem Bett hervor und werfe sie mir über die Schulter.

Zehn Minuten später stehe ich im Eingangsbereich des Hallenbads, für das ich eine Dauerkarte habe. Ich halte mein Handy vor den Scanner und verschaffe mir Zutritt. Am Ende des Flurs entdecke ich Matti, den Hausmeister. Er winkt mir zu, und ich erwidere seine Geste, ehe ich in einer der Kabinen verschwinde. Während ich mich umziehe, wandern meine Gedanken automatisch zurück zu Hendriks Laptop. Ich habe keine Ahnung, was wir noch alles versuchen sollen, um das Ding zu entsperren. Vielleicht hat er irgendeine wilde, komplett zufällige Zahlenkombination gewählt, auf die wir niemals kommen werden. Was sogar passen würde, denn ganz offensichtlich wollte er nicht, dass jemand das findet, was auf seinem Computer gespeichert ist. Er wollte ja nicht einmal, dass Freya das Ding überhaupt entdeckt, wenn er es in dieser Hütte unter irgendwelchen Holzdielen versteckt hat.

Ich schmeiße die Tür des Schließfachs mit mehr Schwung als nötig ins Schloss und binde mir das Schlüsselband um. Wenn uns nicht bald der Zufall zu Hilfe kommt, werden wir sein Passwort nicht knacken. Es ist zu gut.

Das Wasser ist angenehm kühl, als ich mich in das Becken sinken lasse. Ich tauche kurz unter, und die Kälte verfehlt ihre Wirkung nicht. Zurück an der Oberfläche fühlt sich mein Kopf sofort klarer an. Ich streife mir die nassen Haare aus der Stirn, dann schwimme ich los. Meine Arme teilen das Wasser, mein Beinschlag lässt mich nach vorne schießen. Zug um Zug durchquere ich das Becken und stoße mich auf der anderen Seite von der Wand ab. Hin und her, vor und zurück. Es ist zwei Wochen her, dass ich zum letzten Mal schwimmen war, und ich nehme mir vor, nie wieder so lange zu pausieren. Mit jedem weiteren Zug merke ich, wie sich die Verspannungen in meinem gesamten Körper nach und nach lösen. Ich denke nicht mehr, schiebe mich einfach nur durch das Wasser, atme, wenn es nötig ist, fühle mich leicht und schwerelos. Weil all meine Sorgen an der Oberfläche bleiben, sobald ich untertauche. Hier drin fühle ich mich lebendig, und für ein paar Minuten spielt es keine Rolle, dass mein Bruder tot ist und meine Schwester deshalb die Flucht ergriffen hat. Ich vermisse sie, beide. Ihn auf andere Art als sie, aber es ist ein Scheißgefühl, dass beide nicht mehr da sind.

Ich schließe die Augen und hole einmal kräftig Luft, bevor ich wieder untertauche. Meine Haut kribbelt, ich schwimme trotzdem weiter. Sobald ich aus dem Becken steige, wird die Anspannung zurückkehren. Das tut sie immer, und noch will ich diesen Moment hinauszögern. Noch will ich einfach … *ich* sein. Weil ich das nur noch hier sein kann, seit meine Welt kaputt gemacht wurde.

Ich bleibe länger unter Wasser, als ich sollte. Meine Lunge fängt an zu brennen, mein Kopf wird schwer. Bloß noch ein bisschen, noch fünf Stöße, noch vier, noch drei. Ich schnappe nach Luft, als ich auftauche. Der Beckenrand ist nicht mehr weit von mir entfernt. Ich schwimme darauf zu und halte mich fest. Mein Herz schlägt so kräftig, dass ich die Vibration in meinem ganzen Körper spüre. Und für die nächste Stunde ist das Wasser mein Zuhause. Der Ort, an dem es etwas weniger wehtut, ohne meine Geschwister zu leben.

Eine weitere Stunde später befinde ich mich auf dem Weg nach Oslo. Meine Klausuren sind zwar erst Donnerstag und Freitag, aber den letzten Tag davor verbringe ich im Wohnheim. Zum einen, um nicht vor der ersten Prüfung morgens herfahren zu müssen, und zum anderen, um eine letzte Lernsession mit meinem Freund Magnus einzulegen. Es ist spät, als ich ankomme, aber der Horizont schimmert immer noch hell. Sanfte Lichtstreifen, ein Symbol für Hoffnung. Früher mochte ich diese langen Abende, seit letztem Sommer sind sie allerdings mit einer dunklen Schicht behaftet. Kein leuchtend orangenes Licht mehr, sondern trübes. Graues. Weil es eine solche Nacht war, in der Hendrik gestorben ist. Ich weiß nicht, woran es liegt. Ob an Freyas Auftauchen, der Jahreszeit oder dass er sowieso nie ganz aus meinem Kopf verschwindet. Aber in den letzten Tagen haben ich wieder intensiver an ihn gedacht, und etwas in mir hat sich verändert. Wie eine neue Trauerwelle, die mich zu überschwemmen versucht.

Ich parke mein Auto vor dem Wohnheim und will gerade meine Tasche von der Rückbank nehmen, als mein Handy klingelt. Eine neue Nachricht. Ich halte inne, ziehe das Telefon aus der Hosentasche und sehe auf das Display.

Freya.

> Hier ist die aktuelle Liste. Ich habe weitere Möglichkeiten getestet …

Es sind ihre drei Punkte, die mir verraten, dass sie erfolglos war. Und ich weiß bald wirklich nicht mehr, was wir noch versuchen könnten. Ich überfliege die Liste, erkenne, was sie sich gedacht hat. Sie hat Dinge ausprobiert, die Hendrik mochte. Breakingbad, weil es seine Lieblingsserie war. Teamme, weil er diese Band mochte. Måneskin, weil wir die alle gern hören. Oslo, weil Hendrik dort studiert hat. Oslodrammen. Drammensfjord. Unseren Straßennamen. Unzählige Kombinationen aus seinem und ihrem Namen. Es ist eine Buchstabenschlacht, und trotzdem ist nichts davon richtig.

Ich bin gerade dabei, ihr zu schreiben, als eine neue Nachricht aufploppt.

Tut mir leid. Ich weiß, dass du Prüfungen hast. Ignorier mich einfach. Viel Glück ☺

Natürlich ignoriere ich sie nicht. Meine Finger fliegen nur so über die Tastatur, bevor ich groß darüber nachdenken kann, was ich antworten will.

Quatsch. Schick mir gern ein tägliches Update. Ich überlege auch weiter. Und danke ☺

Die Nachricht ist weg, und die beiden blauen Haken verraten mir, dass sie sie schon geöffnet hat. Ich warte noch kurz, doch es kommt nichts zurück. Also schiebe ich das Handy wieder in meine Hosentasche, schnappe mir die Tasche und den Rucksack mit den Büchern und betrete das Wohnheim. Es ist überraschend ruhig. Offenbar haben selbst die letzten feierwütigen Kommilitonen mittlerweile verstanden, dass man lernen sollte. Oder wenn man das schon nicht selbst tut, dann wenigstens etwas Rücksicht zu nehmen. Ich schleppe meinen Kram nach oben, und da ich immer noch einen Rest Chlor auf meiner Haut rieche, öffne ich als Erstes die Fenster. Kalte Luft strömt mir entgegen. Doch ruhiger lässt mich auch der frische Sauerstoff nicht werden.

Es ist eine kurze Nacht mit wenig Schlaf und viel zu vielen Gedanken.

Am nächsten Morgen tue ich, was gefühlt alle Studierenden in der Prüfungsphase tun: Ich suche mir Koffein, um den Tag irgendwie zu überstehen. Mit zwei großen Bechern in der Hand mache ich mich anschließend auf den Weg zu Magnus.

»Hey, Mann.« Wie immer begrüßt er mich mit einem freundschaftlichen Schlag auf die Schulter. Dann nimmt er mir einen Kaffee ab und trinkt gierig ein paar Schlucke. »Ich finde, es sollte ein Grundrecht auf kostenlosen Kaffee geben. Zumindest für Studenten. Sag das deinem Dad.«

Ich ziehe meine Jacke aus und setze mich neben ihn auf das alte Sofa. Der Stoff ist an einigen Stellen eingerissen, aber das Ding ist verdammt bequem. »Was bitte soll mein Dad damit anfangen?«

»Hast du nicht erzählt, dass er für das Bürgermeisteramt kandidieren will? Wenn er die Wahl gewinnt, soll er bitte dafür sorgen.«

»Ich glaube nicht, dass er das durchgesetzt kriegt, nur weil sein Sohn und dessen Kumpel kaffeesüchtig sind.«

»Versuch es.« Magnus grinst und streckt die Beine aus. »Und nur, dass du es weißt … Ich habe keine Lust zu lernen. Das wird ein sehr zähes Unterfangen heute. Prüfungen könnte er auch gleich abschaffen.«

»Sonst noch was?« Ich mustere ihn spöttisch. »Freibier vielleicht?«

»Ausgezeichnete Idee, Herr Berg.« Er lehnt sich nach hinten und zieht die Beine an. Den Becher Kaffee balanciert er dabei auf seinem Knie. »Können wir nicht einfach jemanden bezahlen, der die Prüfungen für uns schreibt?«

»Das funktioniert mit Sicherheit ganz hervorragend.« Ich stoße ihn leicht in die Seite. »Und jetzt hör auf zu meckern. Wir sollten anfangen.«

Unter Magnus' lautstarkem Protest tun wir schließlich genau das und unterbrechen unsere Lerneinheit nur, um am späten Vormittag neuen Kaffee zu besorgen und Pizza fürs Mittagessen zu bestellen. Dann lernen wir weiter und vertiefen uns noch ein bisschen mehr in unsere Bücher. Irgendwie gelingt es mir, mich tatsächlich auf Steuerungs- und Governancetheorien zu konzentrieren. Ich blende Hendriks Laptop sowie die Tatsache, dass Lene mir immer noch nicht geantwortet hat, aus. Mein Kopf ist so voll mit politischen Fachbegriffen wie lange nicht mehr. Und ich liebe es. Während Hendrik der Kreative von uns war und Lene die Sportliche, war ich schon immer Fan von Logik, Ordnung und Struktur. Ich mag es, mich in Texten zu verlieren, in denen jedes Wort eine ausschlaggebende Bedeutung hat. Was das angeht, komme ich wohl ganz nach Dad.

Die Zeit vergeht viel zu schnell. Obwohl Magnus immer wieder betont, wie sehr ihm jegliche Motivation fehle, kommen wir gut voran. Ich frage ihn ab, er löchert mich, und es ist beeindruckend, was für ein Wissen er sich trotz akuter Unlust angeeignet hat. Manchmal glaube ich, er studiert Politologie nur seinen Eltern zuliebe. Die beiden sind Professoren für Jura und Philologie und so schlau, dass es einem Angst machen könnte. Um sie nicht zu enttäuschen, gibt er sich verdammt viel Mühe. Und dafür kann ich ihn nur bewundern. Unser Studienfach ist knochentrocken, wenn man nicht wirklich daran interessiert ist.

Es ist kurz vor sechs, als er kapituliert. »Okay, ich kann nicht mehr. Mein Hirn ist Matsch.« Er wirft den Stift so schwungvoll vor sich auf den Tisch, dass er auf der anderen Seite direkt wieder zu Boden rollt. »Wenn das morgen nicht funktioniert, liegt es an blöden Fragen oder zu wenig Zeit, aber definitiv nicht an uns. Bier?«

Ehe ich antworten kann, steht er schon vor seinem Bett und zieht eine Box mit mehreren Flaschen darunter hervor. »Es ist vermutlich lauwarm, aber ich finde, wir haben uns Alkohol verdient.« Gekonnt drückt er die beiden Deckel aneinander und öffnet die Flaschen mit einer einzigen Bewegung. Dann hält er mir eine entgegen. Kurz überlege ich, abzulehnen. Wir müssen morgen fit sein, und ich weiß, dass es nicht bei einem Bier bleiben wird. Das tut es mit Magnus nie. Aber der Tag war anstrengend, und ein bisschen Entspannung würde tatsächlich nicht schaden.

»Danke.« Ich greife nach der Flasche und trinke einen großen Schluck. Das Gesöff schmeckt nicht so furchtbar, wie ich angenommen habe, auch wenn diese Sorte sicher nicht zu meinem Lieblingsgetränk werden wird. Mit der einen Hand halte ich das Bier, mit der anderen hole ich mein Handy aus der Tasche. Wenn ich Glück habe, hat Lene mir in den vergangenen Stunden endlich geschrieben oder sogar angerufen. Aber intuitiv weiß ich, dass meine Mailbox keine Nachricht von ihr enthalten wird. Seit sie kein eigenes Telefon mehr hat, meldet sie sich nur noch sporadisch, und langsam geht mir das echt auf den Keks. Abhauen ist die eine Sache, aber wochenlang nichts von sich hören zu lassen … Ich verdiene mehr von meiner Schwester. Wir alle tun das.

Ich starre immer noch auf den leeren Posteingang, als eine andere Nachricht auf meinem Display angezeigt wird.

Hey. Du wolltest ein Update, hier ist es …

Ihren Worten folgen drei Emojis und ein Foto der heutigen Passwörter, die sie ausprobiert hat. Inzwischen versucht sie völlig sinnlose Kombinationen. Zahlen und Buchstaben wild durcheinander, mit Sonderzeichen, ohne. Es ist die Suche nach der verfluchten Nadel im Heuhaufen, nur dass wir nicht einmal wissen, in welchem Heuhaufen wir überhaupt suchen sollen. Und leider war mein Bruder niemand, der all seine Passwörter in einem Notizheft aufgeschrieben hat.

Ich schicke ihr eine kurze Antwort zurück, obwohl ich nicht weiß, was ich außer Danke dazu sagen soll. Inzwischen bin ich überzeugt davon, dass wir den Laptop nicht knacken werden.

»Eine Frau?« Magnus' Stimme reißt mich aus meinen Gedanken.

»Was?« Ich sehe von meinem Handy auf.

»Das da. Schreibst du mit einer Frau? Du wirkst so konzentriert.

Als müsstest du ganz genau überlegen, was du antworten sollst. Deshalb …« Er wackelt mit beiden Augenbrauen. »Eine Frau?«

»Es ist nur Fee.«

Vier Wörter, doch sie genügen, um sein Grinsen ersterben zu lassen. »*Fee?!*«, fragt er überrascht. »Hendriks Fee? Freya?«

»Ja.« Ich nicke in dem Moment, als eine neue Nachricht von ihr auf meinem Bildschirm aufleuchtet.

Meinst du, das Passwort könnte irgendein besonderes Datum sein?

»Warum schreibst du mit ihr?« Magnus kann seine Verwunderung nicht verstecken. Er kennt meine Geschwister und weiß auch, wie schwer es war, Freya nach Hendriks Tod zu sehen. »Ich dachte, ihr habt keinen Kontakt mehr.«

»Hatten wir auch nicht«, murmle ich und tippe eine neue Antwort.

Gute Idee, probier das mal aus.

Ich schicke ab und schreibe direkt weiter. Ein Datum nach dem anderen, das annähernd als bedeutungsvoll durchgeht. Unseren Geburtstag haben wir schon versucht, die meiner Eltern auch. Aber vielleicht ist es etwas ganz anderes. Zeitpunkte, von denen ich nichts weiß. Der Tag, an dem sie sich zum ersten Mal die drei großen Worte gesagt haben. Oder der Tag, den sie als ihr offizielles Zusammenkommen bezeichnen. Der Tag, an dem sie ihre Hütte fertig gebaut haben.

Freya scheint parallel mitzutippen. Im Nu kommt die Info, dass die ersten Daten nicht funktionieren.

»Hallo? Hörst du mir zu?«

»Was?«

»Wieso schreibt Freya dir?«

»Wir haben da so eine Art … Projekt.« Ich schicke einen weiteren Vorschlag an sie ab.

»Ein Projekt?« Seine Irritation ist nicht zu überhören. »Mit Freya? Was redest du da?«

»Ja. Es geht um Hendrik.« Dann erzähle ich ihm von dem Laptop. Weil Magnus nicht nur mein Lernbuddy ist, sondern in den letzten Jahren zu einem wirklich guten Freund geworden ist.

Am Ende meiner Erklärung ist er immer noch skeptisch. »Ich will euch echt nicht enttäuschen, aber das klappt doch nie.« Er sieht mich nachdenklich an. Besorgt. Wahrscheinlich hält er uns für gnadenlos naiv. »Es gibt unendlich viele Kombinationen.«

»Ich weiß.« Wenn mir eine Sache klar ist, dann diese. »Aber du hast sie nicht gesehen, Gus. Ich muss ihr helfen.« Ihr und mir selbst, um wenigstens ansatzweise das Gefühl zurückzubekommen, meinen Bruder immerhin ein bisschen gekannt zu haben. Auch wenn ich keine Ahnung habe, was uns auf der Laptopfestplatte erwartet.

»Wie geht es ihr?«

»Wie soll es ihr schon gehen?« Ich zucke mit den Schultern. »Sie hat ihren Freund verloren.«

»Und du deinen Bruder.« Magnus hebt eine Augenbraue.

»Ich komme klar.« Meistens jedenfalls. Wenn ich nicht gerade Lene verfluche, Freya weinen sehe, sie im Arm halte, bis zum Hals in Prüfungen stecke und mir eingestehen muss, dass mein Bruder Geheimnisse vor mir hatte.

»Sicher?«

Meine Antwort ist ein kurzes Nicken. Während es richtig war, mit Freya über Hendrik zu reden, will ich das nun mit Magnus auf keinen Fall tun. Hier drin, in diesem alten Wohnheimzimmer, will ich einfach nur Emil sein. Der Typ, der mit seinem Kumpel für die Prüfungen lernt und Bier trinkt. Und nicht derjenige mit dem toten Bruder, der vor seinen Gefühlen kapituliert und resigniert hat, weil er die Situation nicht ändern kann. Darüber zu reden, ist sinnlos, nichts davon bringt Hendrik zurück. Dabei wünsche ich mir genau das. Dass er zurückkommt und ich ihn anschreien kann. Weil er mir so vieles verschwiegen hat, weil er das Gesetz gebrochen hat, weil er Lene damit vertrieben hat. Aber vor allem, weil er mich allein gelassen hat. Ich habe keinen Bruder mehr, keinen besten Freund, der mich in- und auswendig kennt. Und diese Tatsache kommt einfach nicht in meinem Kopf an. Im August wird es ein Jahr, was auf der einen Seite ewig ist, auf der anderen aber nicht ansatzweise gereicht hat, um zu begreifen, dass aus drei nun zwei Geschwister wurden. Kein Trio mehr. Keine Musketiere. Nur noch Bruder und Schwester. Ein Duo. Aber eigentlich sind Lene und ich nicht einmal mehr das. Jetzt sind wir zwei Einzelkämpfer, zerstört durch etwas, das wir nicht hatten verhindern können.

»Lass uns einfach weiterlernen, okay? Ein bisschen sollten wir noch.«

Ich zwinge mich, aus dem Gedankenkarussell auszusteigen. Entschlossen lege ich das Handy weg. Für den Moment muss Freya allein weitermachen. Ich greife nach Stift und Papier und ziehe das Buch zu mir, in dem ich bis vor einigen Minuten gelesen habe. Ich will mich erneut in den Text über Steuerungstheorien vertiefen, aber es gelingt mir nicht. Magnus starrt mich an. Sein Blick liegt einige Sekunden lang fest und unnachgiebig auf mir. Er sagt nichts, und es ist exakt dieses Schweigen, das ich kaum aushalte. Weil es keins der angenehmen Sorte ist, sondern eins, das man durchbrechen will. Ich will irgendetwas sagen, die Stille beenden, einen Spruch bringen, der den Moment auflockert. Aber da ist nichts in meinem Kopf. Kein Witz, nicht einmal Small Talk. Nichts, was ich sagen könnte. Nichts, was ich sagen will. Also sehe ich weiter in das geöffnete Buch in meiner Hand und beginne zu lesen. Nicht, dass ich mich konzentrieren kann. Aber ich weiß, dass Magnus es mir nicht so einfach machen wird, wenn ich ihn nun ansehe.

Ich schaffe keinen einzigen Absatz.

»Du musst vor mir nicht … Du weißt, dass du mit mir …« Er bringt keinen vollständigen Satz zusammen. Das ist es, was mich schließlich doch aufsehen lässt. Offen und ehrlich mustert er mich.

»Ich weiß«, sage ich, ohne dass er zu Ende gesprochen hat. Bei meinem nächsten Wort sehe ich ihm fest in die Augen. »Danke.«

6

FREYA

Die wenigen Sekundenbruchteile am Morgen, wenn man nicht mehr schläft, aber auch noch nicht richtig wach ist … Das ist meine liebste Zeit des Tages. In diesen kurzen Augenblicken fühlt sich alles gut an. Normal. So, wie es sein soll. Manchmal gelingt es mir sogar, etwas Ähnliches wie Glück zu empfinden. Aber obwohl dieses Gefühl innerhalb kürzester Zeit wieder verfliegt und die Erinnerungen mit voller Wucht auf mich einprasseln, geben mir diese Momente die Sicherheit, es nicht verlernt zu haben: Mein Kopf und mein Körper wissen immer noch ganz genau, wie es sich anfühlt, glücklich zu sein. Sie schaffen es nur nicht mehr, diesen Zustand länger als ein paar Millisekunden beizubehalten.

Seufzend stehe ich auf und schlurfe ins Badezimmer, wo mein Blick wie immer auf die zweite Zahnbürste in einem dunkelblauen Becher fällt. Sie gehörte Hendrik, und ich schaffe es einfach nicht, sie wegzuschmeißen. Es ist Blödsinn, weil ich weiß, dass auch eine alte Zahnbürste ihn nicht wieder lebendig machen wird. Doch sie in den Müll zu befördern … Das fühlt sich falsch an. Als würde ich nicht nur die Bürste, sondern auch einen Teil von ihm wegwerfen. Und das geht nicht. Er gehört zu mir, und das wird sich niemals ändern, auch wenn meine Eltern glauben, dass ich einfach noch etwas Zeit brauche.

Du bist jung. Du wirst wieder jemanden finden. Jemand besseren.

Dabei übersehen sie nur, dass ich das gar nicht will. Ich habe nicht vor, mich neu zu verlieben. Nur weil er nicht mehr da ist, hat mein Herz nicht aufgehört, Hendrik zu lieben.

Wie beinahe jeden Morgen schalte ich eine Playlist auf Spotify an, während ich mir die Zähne putze und ein paar Nachrichten mit Sarisha und Merrit hin und her schreibe. Heute ist ein Tag, an dem ich Stille nicht ertragen kann. Die ersten Takte eines neuen Lieds von Harry Styles erklingen, doch die Gedanken in meinem Kopf sind immer noch zu laut, um es wirklich würdigen zu können. Obwohl ich keinen Hunger habe, mache ich mir Frühstück. Müsli und ein bisschen Obst und ganz bewusst etwas anderes als an den Tagen, an denen ich mit Hendrik zusammen gefrühstückt habe.

Nachdem ich mich gezwungen habe, alles aufzuessen, packe ich meine Sachen zusammen und mache mich im Schein der Morgensonne auf den Weg ins Sägewerk meiner Eltern. Mit dem Fahrrad brauche ich nur ein paar Minuten. Es ist noch früh, und trotzdem pulsiert in Drammen das Leben. Menschen verlassen ihre Häuser, der morgendliche Berufsverkehr verstopft die Straßen. Kinder laufen in die Schule. Und mittendrin ich, die in Gedanken am liebsten in einer Parallelwelt wäre. Ein sanfter Wind pfeift mir um die Nase, und ich bin froh, meine Jacke angezogen zu haben, auch wenn es nicht lange dauert, bis ich im Büro ankomme.

War ich gestern noch zu spät, weil ich in der Nacht davor viel zu lange versucht habe, das Passwort mit Emil zu knacken, bin ich heute die Erste. Sehr gut, dann sehen Mum und Dad nachher, dass ich es auch schaffe, pünktlich zu sein. Mit einem frischen Kaffee in der Hand setze ich mich an meinen Computer. Bevor ich mich in meine Arbeitsprogramme einloggen kann, ploppen rechts ein paar Push-up-Nachrichtenfelder auf. Ich klicke sie alle weg, ohne die Schlagzeilen zu lesen. Wahrscheinlich geht es sowieso nur um Krieg, Krankheit oder die Klimakrise. Alles Themen, die wichtig sind, aber heute will ich den Tag nicht mit solchen Hiobsbotschaften starten.

Gegen acht taucht Mum auf, dicht gefolgt von Dad, der sein Handy ans Ohr hält und offenbar mit einem Kunden telefoniert. Beide sind seriös gekleidet. Dad im Anzug, Mum in einem knielangen Bleistiftrock mit Bluse. Sie haben also einen Geschäftstermin.

»Guten Morgen«, begrüßt mich Mum mit einem Kuss auf den Scheitel. Dad hängt noch immer am Telefon. »Du bist ja schon da.« Sie kann die Verwunderung in ihrer Stimme nicht verbergen. Vor allem nicht nach gestern, als ich die Gleitzeit ausgereizt habe.

»Zwanzig Minuten vielleicht.« Ich zucke mit den Schultern und gähne. Nachdem ich auch gestern Abend das Passwort nicht geknackt habe, war meine Nacht erneut ziemlich kurz. Nicht zu wissen, was Hendrik vor mir verbirgt … Es raubt mir im wahrsten Sinne des Wortes den Schlaf.

»Okay.« Mum nickt und holt sich eine Tasse Kaffee. »Wir haben um elf einen Termin mit den Inhabern von Wester Woods. Dein Dad und ich fahren gegen zehn los. Schaffst du es, währenddessen die Stellung zu halten?«

»Klar.« Ich lasse meiner Bestätigung ein Nicken folgen. Es ist nicht das erste Mal, dass ich allein hier bin. »Wollt ihr wirklich fusionieren?«

»Wenn wir sie nicht übernehmen können, dann ja.« Mum wirkt erstaunlich gut gelaunt. Und ich stelle fest, dass ich ihren heutigen Look mag. Ihr Outfit unterstreicht ihren Geschäftssinn und vermittelt den Eindruck, dass sie genau weiß, was sie will und was sie tut. Manchmal wünsche ich mir, ein bisschen mehr wie sie zu sein. Tougher und fair zugleich. Sie zieht niemanden über den Tisch, und vor allem akzeptiert sie Dinge, die sich nicht ändern lassen, und krallt sich nicht an ihnen fest. Im Gegensatz zu ihrer Tochter.

»Ich bin gespannt, wie euer Termin verläuft.« Das bin ich wirklich. Ich bin nun schon seit ein paar Jahren mehr oder weniger Teil der Firma, aber noch erlebe ich viele Dinge zum ersten Mal. Eine Firmenübernahme gehört dazu. Und ich weiß, dass das auch für meine Eltern aufregend ist. Bisher kam es erst einmal vor, dass sie eine kleinere Firma in der Nähe aufgekauft haben. Eine Fusion wäre eine Premiere.

»Mit wem telefoniert Dad?«, frage ich Mum und nippe an meinem Kaffee.

»Mit unserem Bankberater. Er wollte noch ein paar Kleinigkeiten besprechen, falls wir uns nachher mit Wester Woods direkt einig werden.«

»Oh, okay.« Unweigerlich sehe ich zu Dad. Er scheint meinen Blick auf sich zu spüren, denn er hebt den Kopf und lächelt mich kurz an. Dann konzentriert er sich wieder auf seinen Gesprächspartner, und Mum und ich vertiefen uns in unsere Arbeit. Zumindest versuche ich es, aber auch heute schweife ich mit den Gedanken immer wieder ab. Und sie kennen jedes Mal nur ein Ziel: Hendrik und seinen Laptop. Was mich unweigerlich dazu bringt, auf mein Handy zu sehen, in der Hoffnung, dass Emil über Nacht die Lösung für unser Problem eingefallen ist. Aber natürlich ist das nicht der Fall. Weil er lernt und keine Zeit hat, sich den Kopf darüber zu zerbrechen. Inzwischen haben seine Prüfungen begonnen, wenn ich mich richtig erinnere, ich sehe ihn also frühestens nächste Woche wieder.

Kurz vor zehn Uhr brechen meine Eltern auf. Doch überraschenderweise bin ich mit meinen heutigen To-dos nicht lange ungestört. Ich sitze an meiner dritten Tasse Kaffee, als die Tür nach einem kurzen Klopfen aufgeht.

»Was machst du denn hier?«, begrüße ich meinen Bruder und mustere ihn irritiert. Seine Wangen werden von einem dunklen Bartschatten geziert, und seine Haare sind länger als bei seinem letzten Besuch in Drammen. »Hast du keine Uni?« Thore sollte eigentlich wie Emil gerade Prüfungen haben.

»Nein. Ich bin durch für das Semester. Vor dir sitzt ein freier Mann.« Einen kurzen Moment grinst er, dann erstirbt sein Lachen, und er wird wieder ernst. »Ein Mann mit schlechten Nachrichten.«

»Das heißt? Bist du durchgefallen?«

Er schüttelt den Kopf. »Es gibt noch keine Ergebnisse.«

»Was ist dann los?«

Anstatt mir zu antworten, weicht Thore aus. »Hast du heute schon in eine Zeitung geguckt?«, fragt er und mustert mich eingängig.

»Nein, warum? Sollte ich?«

Wieder erhalte ich keine aussagekräftige Reaktion. »Radio?«

Ich verneine. »Und bevor du fragst, ich habe auch online noch nichts gelesen heute. Warum ist das wichtig?«

»Okay, du weißt es also noch nicht.«

»Was weiß ich nicht?« Gott, kann er nicht einfach sagen, was Sache ist? Ich habe keine Nerven und eigentlich auch keine Zeit für dieses lästige Frage-und-Antwort-Spiel.

»Jørgen Berg kandidiert für das Amt des Bürgermeisters von Oslo.«

»Okay?« Ich runzle die Stirn. Thores Antwort überrascht mich nicht. Hendriks Vater ist Politiker, hat in Drammen alles erreicht, was man auf lokaler Ebene erreichen kann. Nicht nur einmal hat er davon gesprochen, sich zur Wahl zu stellen, als ich noch die Freundin seines Sohnes war. Es wundert mich nicht, dass er es nun tatsächlich tut. Er hat die Chance dazu immerhin nur alle vier Jahre.

»Verstehst du nicht, was das heißt?« Mein Bruder lässt sich auf einen freien Stuhl fallen.

»Offensichtlich tue ich das nicht.« Ich habe keine Ahnung, worauf er anspielt.

»Politische Kandidaten werden von vorne bis hinten durchleuchtet.« Thore schnappt sich einen Kugelschreiber und lässt ihn mehrfach klicken. »Genau wie seine Familie. Die Zeitungen sind voll mit Hendriks Geschichte.«

»Sie sind was?« Ich wende den Blick von ihm ab und öffne den Browser meines Computers. Mein Bruder sagt etwas, doch ich höre ihm nicht mehr zu. Meine Finger fliegen über die Tastatur, als ich Hendriks Namen und den seines Vaters sowie das Wort *Bürgermeister* eingebe. Keine Sekunde später werden mir unzählige Links zu Artikeln angezeigt, die erst wenige Stunden alt sind. Wahllos klicke ich den ersten an, lese die Schlagzeile. Und vergesse kurzzeitig zu atmen.

Sohn von Jørgen Berg war Aktivist und Extremist – Wie stark wird seine Kandidatur davon beeinflusst?

Unweigerlich balle ich die Hände zu Fäusten, als ich einen Artikel nach dem anderen überfliege. Sie haben viele Informationen aus den Berichten von letztem August wieder ausgegraben, werfen Hendrik erneut vor, radikal gewesen zu sein. Immer wieder kommt die Frage auf, wie Hendriks Vater zu dessen Aktivitäten steht. Öffentlich hat er sie nie verurteilt, sich nicht einmal dazu geäußert. Auch nicht bei der Ratssitzung, wie viele gehofft hatten. Das scheint jetzt für die Presse ein gefundenes Fressen zu sein. Dabei sollte nichts davon eine Rolle spielen. In einer idealen Welt würde niemand im Rahmen eines beschissenen Wahlkampfs das Eindringen eines jungen Mannes auf das Gelände einer Massentierfarm erwähnen. Aber die Welt ist nicht ideal und Hendrik immer noch tot. Ob Jørgen nun darauf reagieren wird? Und wenn ja, wie? Ich kann mir nicht vorstellen, dass er diese Anspielungen einfach so stehen lässt. Es geht um so viel mehr als um seine Karriere. Hendriks Ruf, den seiner Familie …

Scheiße, hat Emil überhaupt eine Ahnung davon? Mein erster Impuls ist es, ihn anzurufen. Ihm zu sagen, dass das alles Quatsch ist, und mir gleichzeitig von ihm versichern zu lassen, dass Hendrik nicht der Böse in dieser Geschichte ist. Auch wenn alle Welt das nach wie vor glaubt und die Beweise gegen ihn sprechen, bin ich überzeugt davon, dass Hendrik den Wachmann nicht angegriffen hat. Aber Emil ist im Prüfungsstress, ich werde ihn also nicht stören. Im besten Fall hat er noch keinen dieser Berichte gelesen und konzentriert sich stattdessen auf die Klausuren. Was für ein verfluchtes Timing, diese Kandidatur jetzt bekannt zu geben.

»Freya?« Mein Bruder reißt mich aus meinen Grübeleien. »Hör auf, das zu lesen. Das macht dich doch bloß fertig.«

Mir ist klar, dass Thore recht hat. Nichts in diesen Artikeln ist neu. Die Journalisten haben es jetzt nur anders verpackt als im letzten Sommer. Dennoch bleibt der Tenor gleich: Hendrik ist der Kriminelle. Und da er diese Eigenschaft irgendwoher haben muss, ist nun auch sein Vater dran.

»Ich kann es aber nicht nicht lesen«, entgegne ich. Mit der rechten Hand umklammere ich die Maus und klicke einen neuen Artikel an. »Es geht um Hendrik.« Hendrik, der mir auf der nächsten Website vom Bildschirm aus zulächelt. Sie haben eins der Fotos ausgegraben, das letzten Sommer immer benutzt wurde. Ihm so unerwartet ins Gesicht sehen zu können, auch wenn es nur auf einem Computer ist, löst das altbekannte Ziehen in meinem Magen aus, das ich immer spüre, wenn ich an ihn denke. Schlagartig wird mir übel.

»Er ist tot, Fee.« Thore spricht leise, aber bestimmt. »Wenn du dir das alles jetzt reinziehst … Wem nützt das was? Dir selbst doch am allerwenigsten.«

»Ich soll also einfach ignorieren, dass Bullshit über ihn geschrieben wird?« Mein Blick ist immer noch auf das Foto gerichtet. Hendrik lächelt darauf. Er ist noch jung, jünger als damals, als wir uns kennengelernt hatten. Doch dieses Funkeln in seinen Augen … Es versprach Abenteuer, aber auch Sicherheit. Und während ich das Erste bekommen habe, ging das Zweite in dieser kalten Sommernacht verloren. Das Einzige, was seither sicher ist, ist die Tatsache, dass nichts mehr sicher ist. Ihn zu verlieren, hat alles durcheinandergewirbelt. Am meisten mich selbst.

»Das ist das Beste, was du tun kannst.« Thore legt endlich den Kugelschreiber beiseite und stützt sich mit den Ellbogen auf seinen Knien ab. »Denkst du wirklich, er hätte gewollt, dass du so sehr leidest? Es ist lange her und …«

»Neun Monate«, fauche ich. Acht Monate und einundzwanzig Tage, um ganz genau zu sein. »Es ist noch nicht einmal ein Jahr. Also erzähl mir nicht, dass es ja ach so lange her ist. Das ist es nicht.« In manchen Momenten fühlt es sich nicht einmal an wie gestern. Sondern eher wie ein ewig andauerndes Heute.

»Ja. Ich weiß. Sorry, ich wollte nicht …« Thore hält inne. »Ich will einfach nicht, dass du leidest. Dich mit diesen ganzen Berichten zu quälen, kann doch auch nicht die Lösung sein.«

»Und was soll ich deiner Meinung nach dann tun?«

»Such dir irgendein Ventil für deine Wut, mit dem du dich nicht selbst kaputtmachst. Was weiß ich …« Er zuckt mit den Schultern. »Wirf Steine in den Fjord. Oder Geschirr an die Wand. Oder geh meinetwegen zum Boxen.«

»Boxen?«

»Warum nicht?« Mein Bruder versucht zu lächeln, doch es sieht aus, als traue er sich nicht so richtig. »Vielleicht hilft es, wenn du dich auspowerst. Wir können gern zusammen was machen. Ich bin dabei.«

»Genau. Das wird alles wieder gut machen. Treib einfach ein bisschen Sport, und schon ist sein Tod nicht mehr so schlimm.« Ich bin unfair, das weiß ich, aber ich kann seinen Vorschlag nicht als das annehmen, als was er gemeint ist: ein Versuch, mir zu helfen. »Lass es einfach.« Mit einem letzten Blick auf den Bildschirm und damit auf Hendriks Foto stehe ich auf und schnappe mir meine leere Tasse. Ich muss etwas tun. Raus hier, raus aus dieser Situation. Weg von diesen Artikeln.

»Fee!«, ruft Thore mir hinterher. Ich bleibe nicht stehen. Die Tasse stelle ich im Vorbeigehen in die Spüle, dann verlasse ich das Büro. Wie ich die Stufen nach unten laufe, bemerke ich kaum. Auf dem Hof atme ich tief durch, blicke nach links und rechts und weiß nicht, was ich tun soll. Tun kann. Denn es ist egal, wofür ich mich entscheide, nichts bringt mein altes Leben zurück. Das, in dem ich glücklich war.

Ich laufe unruhig auf und ab, bis ich Schritte hinter mir auf der Treppe höre. Natürlich. Thore lässt sich nicht so leicht abschütteln. Das hat er noch nie getan. Er ist zwar mein jüngerer Bruder, aber er ist auch mein Beschützer. Das hat schon im Kindergarten angefangen und nie wieder aufgehört. Wir verstehen uns definitiv besser als andere Geschwister, telefonieren oft miteinander und fliegen einmal im Jahr sogar zusammen in den Urlaub.

»Komm schon, Fee«, sagt er flehend. »Jetzt lauf nicht weg.«

»Ich laufe nicht weg«, widerspreche ich, obwohl wir beide wissen, dass ich genau das getan habe. Hastig wirble ich zu ihm herum. »Aber Sport als *die* Lösung? Ernsthaft?«

»Ich weiß doch auch nicht.« Er tritt auf mich zu, seine Schultern hängen nach unten. »Nur irgendetwas muss ich tun. Du bist meine Schwester, und ich will, dass es dir …«

»Stopp!« Ich unterbreche ihn energisch. »Sag nichts, sonst …« *Sonst heule ich.* Weil ich ihn gerade angefahren habe und es nicht verdiene, dass er so nett zu mir ist. »Sag einfach nichts«, flüstere ich erneut, dieses Mal noch leiser. Ich presse meinen Kiefer fest zusammen, spüre den Druck, den meine Zähne ausüben.

Kummer sitzt in der Kiefermuskulatur.

Ich habe keine Ahnung mehr, wo ich das gelesen habe, aber es stimmt. In den Momenten, in denen ich nicht weiterweiß, ist die Anspannung deutlich in meinen Gesichtsmuskeln spürbar.

»Komm her.« Anstatt seinen Satz zu beenden, streckt Thore die Hände nach mir aus. Er kommt auf mich zu, und dann umarmt er mich mitten auf dem Hof so fest, wie er nur kann. Mein jüngerer Bruder ist mindestens einen Kopf größer als ich, und obwohl das nicht neu ist und Thore mich schon öfter in den Arm genommen hat, fühlt es sich heute bedeutender an. Wichtiger, weil er in diesen Sekunden das zusammenhält, was in mir seit dem 20. August zerbrochen ist.

Eine ganze Weile stehen wir da. Er sagt kein Wort, und auch ich schweige. Es ist mir egal, ob die Angestellten uns sehen können. In den Monaten nach Hendriks Tod habe ich es mir abgewöhnt, mich für meine Gefühle zu schämen. Die Trauer gehört zu mir, und ich kann nur hoffen, dass sie nicht für immer in diesem Ausmaß ein Teil von mir bleiben wird.

Es verlangt mir alles ab, Emil nicht anzurufen. Um mich abzulenken, habe ich mich mit einer Tasse Tee und in eine Decke gekuschelt auf meinen Balkon gesetzt und starre nun über die Häuser der Nachbarn hinweg in den Nachthimmel. Dass es nur noch wenige Wochen bis zum längsten Tag des Jahres sind, ist nicht zu leugnen. Der Horizont leuchtet noch immer hell, obwohl die Sonne schon vor einer ganzen Weile untergegangen ist.

Dreimal habe ich Emils Kontakt aufgerufen. Und genauso oft habe ich ihn wieder weggeklickt. Er lebt nicht unter einem Stein, er weiß, wie die Berichterstattung aussieht. Sein Vater hat mit Sicherheit kompetente Berater, die nicht nur ihn gecoacht haben, sondern auch seine

Familie. Für Emil sind diese Nachrichten also vermutlich kein Schock, sondern zu erwarten gewesen.

Je länger ich hier draußen sitze, umso kälter wird es. Ich ziehe die Decke enger um mich, nippe an meinem Tee und überlege, mir eine neue Tasse zu machen, als ich mein Handy im Augenwinkel aufleuchten sehe. Im ersten Moment denke ich, dass es eine neue Nachricht von Merrit oder Sarisha in unserem Gruppenchat ist, und will es ignorieren. Doch als das Licht auf dem Display nicht wieder erlischt, sehe ich genauer hin und erkenne den eingehenden Anruf.

Emil.

Verwundert schäle ich mich aus der Decke und greife nach dem Handy.

»Ja?«, melde ich mich zaghaft. Hat er geahnt, dass ich gerade an ihn gedacht habe?

»Hey, Fee.« Emil hält sich nicht mit einer langen Begrüßung auf. »Ich habe die Berichte gesehen und wollte fragen, ob alles okay bei dir ist.«

»Nein«, antworte ich ehrlich und ziehe die Beine an. Es ist gar nichts okay. »Diese Schmierblätter haben keine Ahnung.«

»Ich weiß.« Emil seufzt leise, und ich brauche nicht viel Fantasie, um mir vorzustellen, wie er sich dabei über die Stirn reibt. »Ich hasse es, dass sie ihn schon wieder so schlechtmachen. So war er nicht. Er ist dort eingebrochen, ja, aber auch gute Menschen machen Fehler.«

Ich kann ihm nur zustimmen. Aber wir sind anscheinend die einzigen beiden Menschen auf der Welt, die das noch so sehen. »Vermutlich halten wir uns am besten in den nächsten Wochen von den Medien fern.« Scheuklappentaktik, das ist mir klar. Doch wieder jeden Tag lesen zu müssen, was für ein Verbrecher mein Freund angeblich war … Das ertrage ich nicht. Nicht noch einmal. »Wann ist die Wahl?«

»Anfang August. Eigentlich wollte Dad auch erst nächste Woche zum Nationalfeiertag am 17. Mai ankündigen, dass er kandidiert, aber es gab wohl Gerüchte. Denen wollte er zuvorkommen. Ich hätte nur nie gedacht, dass ...« Er sucht nach den richtigen Worten. »Dass es so schnell geht. Seine Ankündigung war keine fünf Minuten alt, als die ersten Berichte online gingen.« Im nächsten Moment höre ich ihn schnauben. »Vergiss es. Das war naiv von mir. Ich weiß, wie die Presse arbeitet. Es ist jetzt offiziell Wahlkampf ...« Er geht nicht näher darauf ein, aber das ist auch nicht nötig. Uns ist beiden klar, was diese Aussage bedeutet: Die Artikelmenge über Hendrik und generell die Familie Berg wird noch zunehmen. »Es tut mir leid, Fee.«

»Du kannst nichts dafür.« Ganz im Gegenteil. Es ist lieb, dass er anruft und sich nach mir erkundigt.

»Wir müssen dieses Passwort knacken.« Er spricht so eindringlich, dass ich unmissverständlich weiß, wie wichtig ihm das ist.

»Ich weiß«, murmle ich und schließe die Augen. Seit meinem Geburtstag sind die Tage lang und anstrengend und erschöpfend, und ich komme mit diesem verfluchten Passwort einfach nicht weiter. Mein Kopf ist am Ende. »Ich versuche es jeden Tag, aber bisher ...« Ich muss ihm nicht erklären, wie zermürbend die Suche ist. Wie erfolglos. Ich habe ihn fleißig auf dem Laufenden gehalten.

»Ich schreib dir, wenn ich noch einmal Ideen hab.«

»Mach das.« Ich nicke, obwohl er mich nicht sehen kann. »Aber nur, wenn dich das nicht zu sehr ablenkt. Wie laufen deine Prüfungen?«

»Ganz okay. Zwei sind vorbei, zwei kommen morgen noch. Und ab dem Wochenende bin ich erst einmal zu Hause.«

»Das ist gut. Beides.« Ich öffne die Augen wieder. »Gehst du in deinen Semesterferien auf Reisen?«

»Du meinst, ob auch ich Lenes Hühner allein lassen werde?« Obwohl ich ihn nicht sehen kann, höre ich das Lächeln auf seinen Lippen. »Nein. Hab nichts Großes vor. Der einzige Plan ist, dieses Passwort herauszufinden.«

Wieder schaffe ich nur ein zustimmendes Brummen.

»Du hast mir heute noch gar kein Update geschickt.«

»Es gibt keins.« Müde reibe ich mir die Schläfe. »Heute war … kein guter Tag.«

»Die Berichte?«

»Ja. Und irgendwie … alles? Keine Ahnung. Kennst du diese Tage, an denen man eigentlich gar nicht aufstehen will, es aber trotzdem muss? Und dann werden diese Tage noch schlimmer, als man eh schon angenommen hat? So ein Tag war heute.«

»Scheiße, Fee.« Emils ehrliche, ungefilterte Reaktion entlockt mir beinahe ein kleines Lachen. Nicht, weil mir danach ist, sondern weil er damit alles sagt, was gesagt werden muss. Mein Tag ist scheiße. Punkt. »Kann ich was für dich tun?«

»Du hörst mir zu. Das reicht schon.« Denn seltsamerweise ist es genau so. Mit Emil zu reden, ist anders als mit Thore, Merrit oder Sarisha. Mein Bruder und meine Freundinnen versuchen immer, die Situation besser zu machen. Mir Ratschläge zu geben oder mit logischen Argumenten meine Emotionen zu entkräften. Manchmal ist das gut, aber momentan sind das alles Dinge, die nicht funktionieren. Logik hat noch nie eine Rolle gespielt, genauso wenig wie irgendwelche gut gemeinten Tipps.

Emil tut nichts davon. Er ist einfach da, auch wenn es nur durch ein Telefon ist. Doch das ist exakt das, was ich gerade brauche.

7

EMIL

Skeptisch beobachte ich die Regenperlen an der Fensterscheibe. Dunkle, schwere Wolken hängen seit dem späten Nachmittag über Drammen, und es sieht nicht so aus, als würde sich das Wetter allzu bald ändern. Was bedeutet, dass ich mich da nun rauswagen muss. Seufzend schlage ich den Kragen meiner Jacke höher und wappne mich gegen das Unwetter, in das ich im Begriff bin, mich zu stürzen.

Der Wind pfeift mir um die Ohren, die Tropfen schlagen mir unangenehm ins Gesicht. Es regnet so stark, dass ich bis auf die Haut durchnässt bin, als ich an der kleinen Hütte ankomme, in der Lenes Hühner hausen. Während sie tagsüber im Garten in einem Gehege herumlaufen dürfen, sperre ich oder, wenn ich nicht da bin, Dad, sie abends zu ihrem eigenen Schutz immer ein. Heute sind sie alle schon vor dem Sturm in ihren Unterschlupf geflüchtet. Ich zähle einmal kurz durch, dann verschließe ich den Ausgang mit einer Klappe und verriegle die Tür. Ich halte den Blick gesenkt, während ich zurück zum Haus eile. Und in Gedanken verfluche ich meine Schwester. Andere Menschen wünschen sich ein Auto oder eine Reise zum bestandenen Schulabschluss. Bei Lene mussten es Hühner sein. Sieben kleine Nervensägen, benannt nach nordischen Göttinnen: Gefjon, Urda, Dagahilt, Iduna, Nertha, Nanna, Eira. Ich habe ewig gebraucht, um die Namen zu lernen, und noch länger, bis ich mir merken konnte, welches Huhn wie heißt.

Zurück im Haus erwartet mich Stille, nur das unablässige Prasseln des Regens ist auf dem Dach und den Fensterscheiben zu hören. Dad hat irgendeine wichtige Abendveranstaltung. Mum begleitet ihn, und ich bin froh, dass ich heute nicht mitkommen musste. In den letzten Tagen war ich immer wieder dabei und bin für Mum eingesprungen, wenn es ihr zu viel war. Was ehrlich gesagt ziemlich oft vorkam. Deshalb habe ich Freya auch nur zweimal abends angerufen. Zum einen, um mit ihr am Telefon Passwortmöglichkeiten zu überlegen – die alle ohne Erfolg waren –, und zum anderen, um sie zu fragen, wie sie mit allem klarkommt. Vielleicht musste ich aber auch nur hören, dass ich nicht der Einzige war, der mit den Wellen zu kämpfen hat, die die Nachricht über Dads Kandidatur geschlagen hat.

Mir war klar, dass viel geschrieben werden würde. Über Dad, aber eben auch über uns. Über Hendrik. Der Tod meines Bruders hat das mediale Interesse an meiner Familie damals schlagartig nach oben katapultiert. Und genau das passiert nun wieder. Seit Dads Ankündigung vor etwas mehr als einer Woche berichten die lokalen Sender regelmäßig über uns, und alle haben sie eins gemeinsam: Sie fokussieren sich nicht auf Dad und das, was er kann. Sondern auf meinen Bruder und das, was er getan hat.

Ich schüttle den Gedanken ab, hänge die Jacke zum Trocknen auf, mache mir etwas zu essen und gehe mit dem Teller nach oben in mein Zimmer. Auf meinem ganzen Bett sind Zettel verstreut, doch es sind keine Notizen mehr, um zu lernen. Seit Stunden versuche ich wieder, Hendriks Passwort zu knacken. Jeden Fehlversuch schreibe ich auf und schicke Nachricht um Nachricht mit einer neuen Idee an Freya. In der vergangenen Woche ist das unser Ding geworden. Ein-Wort-Nachrichten, manchmal mit einem Fluch oder verzweifelten Emojis dabei. Und obwohl inzwischen alles dafürspricht, dass wir dieses Rätsel niemals lösen werden, können wir einfach nicht aufhören. Es geht längst nicht mehr nur um das Passwort an sich, sondern unsere Suche danach hält die Gedanken an Hendrik am Leben. Mich mit Freya über ihn zu unterhalten, tut gut. Weil es anders ist als mit Magnus oder meinen Eltern. Mum und Dad schweigen, das ist leichter für sie. Ich hingegen, ich will über meinen Bruder sprechen. Und mit Freya kann ich das.

Kurz nach sieben mache ich mich auf den Weg zu ihr. Wir haben vorhin spontan ausgemacht, dass ich am Abend bei ihr vorbeikomme und wir zusammen weiter überlegen. Als ich wenig später an ihrer Tür klingle, öffnet sie sofort.

»Hey, komm rein«, begrüßt sie mich und tritt einen Schritt zur Seite. Ihre Haare sind noch feucht, was bedeutet, dass sie noch nicht allzu lange zu Hause ist oder schon duschen war. »Furchtbares Wetter heute«, grummelt sie und deutet auf meine nasse Jacke. »Gib mir die, ich hänge sie zum Trocknen ins Bad.«

Ich komme ihrer Aufforderung nach, dann setze ich mich auf ihre Couch, während sie kurz verschwindet. Auf dem Tisch stehen bereits zwei Gläser und eine Karaffe mit Zitronenwasser. Ihr Lieblingsgetränk. Was ich nur weiß, weil Hendrik ihr letztes Jahr zum Geburtstag eine ganze Kiste Zitronen geschenkt hat, die ich für ihn über einen Kommilitonen frisch aus Portugal besorgt habe.

»Okay.« Freya lässt sich neben mich fallen und zieht den Laptop auf ihren Schoß. »Legen wir los?«

Ich nicke. »Hast du irgendwelche neuen Ideen?«

»Ganz ehrlich?« Sie legt den Kopf in den Nacken und starrt an die Decke. »Langsam nicht mehr. Außer wir fangen an, einfach blind irgendwelche Kombis einzugeben.« Sie dreht sich zu mir und sieht mich an. »Aber eigentlich glaube ich nicht, dass Hendrik einfach wahllos Zahlen und Buchstaben und Zeichen aneinandergereiht hat. So war er nicht.«

Ich kann ihr nur zustimmen. *So war er nicht.* Mein Bruder war manchmal ein Abenteurer und ein Chaot. Aber er war auch ein sorgfältiger, gewissenhafter Mensch. Sein Passwort dem Zufall zu überlassen … Ich bin mir sicher, dass das nicht für ihn infrage kam. Andererseits … Was weiß ich schon? Die Zeitungen überschlagen sich momentan wieder mit den Vorwürfen, dass er auf diesen Wachmann losgegangen ist, und ich hätte nie gedacht, dass er zu so etwas in der Lage ist.

»Lass uns die ganzen Listen noch mal durchsehen. Vielleicht springt uns irgendetwas ins Auge, das hilfreich ist.« Ich habe selbst keine Ahnung, was dieses Irgendetwas sein könnte, aber es geht mir wie ihr: Ich weiß nicht mehr weiter. Nur nagt da immer noch ein Funke Hoffnung an mir. Ein Funke, der, egal wie klein er auch ist, verhindert, dass ich aufgebe. Und wenn ich Freya so ansehe … In ihr lodert dieselbe winzige Flamme wie in mir. Wir haben keine andere Wahl, als weiterzumachen.

Für Hendrik.

Aber auch für uns.

An Freyas Fenstern rüttelt der Wind, während wir ein Passwort ums andere durchgehen. Mein Blick rast über die Notizen, ich schreibe mit Bleistift neue Kombinationen an den Rand, Freya tippt sie ein und alles ist falsch. Falsch. Falsch. Falsch.

Frustriert schiebt sie nach einer Weile den Laptop von sich und vergräbt die Hände in ihren Haaren, die sich mittlerweile leicht locken. Sie fährt sich mehrfach durch die Wellen, dann blickt sie auf. Und sie sieht so kläglich aus, so verloren, dass sich unweigerlich etwas in meiner Brust zusammenzieht. Ich will nicht, dass sie derart leidet. Der Gedanke ist da, ohne dass ich weiß, woher er kommt. Aber Freya so zu sehen, das ist nicht richtig. Am liebsten hätte ich Hendrik angeschrien und ihn gefragt, was verflucht noch mal ihn dazu gebracht hat, einen zweiten Laptop zu besitzen und ihn so blöd zu verstecken, dass Freya ihn finden konnte. Wie zum Teufel soll sie denn so mit seinem Tod klarkommen? Wie soll *ich* das tun? Fuck.

»Ich glaube, ich brauche Alkohol«, murmelt Freya plötzlich, klettert vom Sofa und verschwindet in ihrer kleinen Kochnische. »Willst du auch was?«

Ich überlege nicht lange. Meine Prüfungen sind seit einer Woche vorüber, morgen steht nichts für Dads Wahl an, wo ich dabei sein müsste, es regnet in Strömen, und ein klarer Verstand bringt uns augenscheinlich auch nicht weiter. Also können wir uns unsere Niederlage genauso gut erträglicher trinken. »Ja!«, rufe ich ihr zu und schiebe die Papiere rings um mich herum auf einen Stapel. Eigentlich könnten wir den Kram wegschmeißen, die Notizen helfen uns ja doch nicht weiter.

»Whiskey okay?«

»Klar.«

Ich höre Glas klirren, als sie einschenkt, dann öffnet sie das Tiefkühlfach in ihrem Kühlschrank. Kurz darauf fallen Eiswürfel in den Whiskey. Blasphemie, wenn es nach meinem Großvater ginge, aber zum Glück weiß er nichts davon.

Keine fünf Sekunden später drückt sie mir einen Tumbler in die Hand. Sobald sie wieder sitzt, hält sie mir ihren entgegen.

»Auf unseren Erfolg«, sagt sie, und nie zuvor klang etwas aus ihrem Mund zynischer.

Wortlos stoße ich mit ihr an, ehe ich einen kleinen Schluck nehme und die kühle Flüssigkeit für einen Moment auf meiner Zunge halte. Schon jetzt ist die Schärfe deutlich zu spüren, und als ich den Whiskey runterschlucke, hinterlässt er ein Brennen in meiner Kehle.

Ich weiß nicht, wie viel Zeit vergeht, während wir einfach nur dasitzen und dem Ticken der Uhr lauschen. Immer wieder jault der Wind auf und rüttelt an den Fenstern. Gedankenverloren drehe ich den Tumbler in meiner Hand hin und her und lasse den Blick durch Freyas Wohnzimmer schweifen. Über dem Fernseher steht ein Bild von Hendrik und ihr, aufgenommen an unserem Geburtstag im letzten Sommer. Es scheint wie aus einem anderen Leben zu sein. Oder aus einem Paralleluniversum, in dem es ihn noch gibt. Auch nach einem Dreivierteljahr erwische ich mich manchmal bei dem Gedanken, dass er gar nicht tot ist. Sondern nur auf Weltreise, wie Lene. Vielleicht sogar mit ihr. Manchmal brauche ich genau solche Vorstellungen. Von Normalität. Von So-hätte-es-sein-Sollen. Und ich glaube, Freya geht es ähnlich. Allein der Fakt, dass ich hier mit ihr sitze … Mir ist durchaus bewusst, dass ich für sie eine Art Anker bin. Eine Erinnerung an früher, daran, wie es gewesen ist, als unsere Welt noch okay war.

»Meinst du, er hat das absichtlich gemacht?«

Im ersten Moment bin ich mir nicht sicher, wovon sie spricht. »Was genau?«

»Diesen Laptop … Sollte ich ihn finden? Oder sollte ich eigentlich nie davon erfahren?«

»Ich weiß es nicht.« Behutsam nippe ich an meinem Glas. »Kommt wahrscheinlich drauf an, was auf der Festplatte ist.«

»Hm.« Sie nickt bedächtig, dann trinkt auch sie zwei weitere Schlucke.

»Wie geht es dir wirklich, Fee?« Ich sehe sie an und hoffe, dass sie versteht, was ich damit meine. Dass ich nicht nur wissen will, wie es ihr heute Abend geht oder diese Woche oder die letzte. Sondern so viel mehr als das.

Langsam hebt sie die Schultern, ehe sie sie wieder fallen lässt. »Es sollte leichter werden, oder? Zumindest wenn es nach der Gesellschaft geht. Neun Monate, das reicht. Wirf deine Trauer weg, bevor sie dich aus dem Leben katapultiert. Niemand sagt dir das ins Gesicht, aber alle denken es. Dabei ist man doch schon längst aus der Welt geflogen und nun Teil irgendeines exklusiven Clubs, dem man nie beitreten wollte.« Sie zieht die Beine an und stützt ihr Kinn darauf ab. »Was soll das überhaupt bedeuten, leichter werden? Dass einem das Herz nicht mehr so schwer ist und die Schultern nicht mehr so wehtun? Denn dann nein, tut mir leid, dann wird gar nichts leichter. Weil das …« Sie reibt sich über die Stirn. »Weil das bedeuten würde, dass ich problemlos ohne ihn leben könnte. Und was sagt das über mich aus?«

Schweigen breitet sich aus, und ihre Worte hallen nach. In diesem Raum, in mir. Sie bringt auf den Punkt, was ich immer wieder im Kopf habe, wenn ich allein bin und über meinen Bruder nachdenke. Wie kann ich weitermachen, leben, glücklich sein, wenn meinem Bruder nichts mehr davon möglich ist?

»*Survivor's guilt*«, sage ich leise. Das ist es, was wir fühlen. Schuldgefühle, weil wir weiterhin leben dürfen – und er nicht.

»Meinst du?« Sie legt den Kopf schief und sieht mich für eine ganze Weile still an. »Eigentlich fühle ich mich nicht schuldig. Eher von der ganzen Welt belogen und betrogen, weil ausgerechnet mein Freund sterben musste.« Das Blau ihrer Augen ist trüb. Sturmblaugrau, wie rauschende Meereswellen, die an Felsen krachen. Sie sieht unendlich traurig aus.

Wie so oft an diesem Abend fällt ihr Blick auf den Laptop. Er liegt mittlerweile zugeklappt auf dem Tisch zwischen uns, und trotzdem zieht er unsere Aufmerksamkeit immer wieder wie magisch an. »Was ist mit dir?«, fragt sie schließlich. »Bist du nicht auch wütend?«

»Doch, schon. Aber meistens nicht auf Hendrik. Er hat sich für eine gute Sache eingesetzt.« Sich für die Rechte von Menschen und Tieren starkzumachen, ist nie verkehrt. Das wird einem nur dann zum Verhängnis, wenn man etwas Illegales tut, zur falschen Zeit am falschen Ort ist und auf einen bewaffneten Sicherheitsbeamten trifft.

»Aber musste er das wirklich auf diese Art tun? Mit einem bescheuerten … Einbruch? Hätte es nicht auch genügt, einfach weiterhin vegan zu leben und somit ein Statement zu setzen? Oder sich meinetwegen auf der Straße festkleben und den Verkehr ärgern, wie die Klimaaktivisten das so gern tun?« Freya trinkt einen weiteren Schluck Whiskey und blinzelt kurz die Tränen weg, die ihr das Brennen des Alkohols in die Augen getrieben hat.

»Du hast recht, aber du weißt, wie er war.« Mein Bruder war ein Hals-über-Kopf-Mensch, ganz im Gegensatz zu mir. Und offenbar auch zu ihr. »Er hat immer lautstark seine Meinung gesagt. Dass er wirklich dort eingebrochen ist … meinetwegen. Aber die Sache mit dem Wachmann … Niemals!«

»Ja. Eben. Aber jetzt sieh dir an, wie weit ihn sein blinder Aktionismus gebracht hat.« Freya will nach der Whiskeyflasche greifen und sich nachschenken, aber ich halte sie auf.

»Vielleicht sollten wir besser wieder zu Wasser übergehen.« Mit den Fingern umfasse ich ihr Handgelenk, und in diesem Moment wird mir bewusst, wie weich ihre Haut an der Stelle ist, an der ich sie berühre.

Überrascht hält sie inne, ihre Hand verharrt an der Flasche. Sie dreht sich zu mir, ihr Blick bohrt sich in meinen, beinahe feindselig, mindestens herausfordernd. Sie sagt kein Wort, dennoch weiß ich genau, was ihr auf der Zunge liegt.

»Okay.« Ich lasse sie wieder los und lehne mich zurück. »Deine Entscheidung.«

»Sehr richtig.« Sie schenkt sich nach, dann hebt sie fragend eine Augenbraue. Und obwohl Wasser definitiv die klügere Wahl wäre, nicke ich. Alkohol ist ganz sicher keine Lösung, aber vielleicht lässt es uns immerhin für ein paar Minuten den verschlüsselten Laptop vergessen.

Dieses Mal stoßen wir nicht an. Stattdessen zieht Freya ihr Handy hervor und macht Musik an, die den Regen überlagert. Es ist eine Sommerplaylist, kein einziges Lied passt zum heutigen Tag. Aber das scheint sie nicht zu stören. Sie streckt die Beine aus, nippt an ihrem Whiskey und wippt sanft im Takt hin und her.

Einen kurzen Augenblick wirkt sie zufrieden. Nicht glücklich, aber ruhiger als eben noch. Und auch wenn ich es nicht will, wird mir wieder einmal bewusst, wie schön sie ist. Ihr feingeschnittenes Gesicht, die hellen Augen, makellose Haut. Freya ist schön, aber da ist noch mehr. Sie hat etwas an sich, das mich von Anfang an gefangen genommen hat. Schon damals, als ich sie zum allerersten Mal gesehen habe. Bei Freya hatte ich immer das Gefühl, ich selbst sein zu können. Und das hat mich damals so sehr verwirrt. Nicht zuletzt deshalb, weil Hendrik mir zuvorgekommen war und sie zuerst um ein Date gebeten hatte. Dennoch sitzen wir nun hier und hören gemeinsam Musik. Weil er tot ist, und ich …

Fuck. Kurz gebe ich mich dem Gedankenspiel hin, wie es gewesen wäre, wenn ich damals nicht so feige gewesen wäre. Wenn ich einfach auf Freya zugegangen wäre und sie nach einem Date gefragt hätte. Vielleicht wäre dann alles anders gekommen. Hendrick würde noch leben und … Stopp! Im nächsten Moment verfluche ich mich selbst für diesen Gedanken. Es ist, wie es ist. Ich sollte dringend weniger Whiskey trinken.

Der Hauch eines Lächelns zupft an ihren Lippen, als sie zu mir sieht. »Weißt du, was ich mich manchmal frage?« Sie wartet meine Antwort gar nicht erst ab. »Warum haben es andere Menschen so viel leichter im Leben?« Wieder kann ich nicht reagieren, so schnell spricht sie weiter: »Nein, warte, das ist falsch formuliert. Von außen betrachtet ist mein Leben auch leicht. Ich habe tolle Eltern, meistens einen tollen Bruder, ich bin Teil des Familienbetriebs und kann mir mit vierundzwanzig schon eine eigene Wohnung im Stadtkern leisten. Das haben viele andere nicht. Dass mein Freund gestorben ist, ist halt ein kleiner, dunkler Fleck auf der sonst so perfekten Liste.« Sie holt tief Luft. »Leider hat dieser Fleck unfassbar große Auswirkungen auf alles. Ich meine, sieh uns an. Wir sitzen seit Tagen hier und rennen einem Geist und seinem blöden Passwort hinterher.«

Sie trinkt einen weiteren Schluck, und dieses Mal schüttelt es sie nicht so sehr. Allmählich gewöhnt sie sich wohl an den Geschmack. Oder der Alkohol beginnt zu wirken und überlagert ihre Empfindungen. Und meine. Denn alles, was sie sagt, verhindert, dass ich wieder in diesen *Hätte-wäre-wenn*-Gedanken versinke.

»Ich glaube, andere Menschen haben es nicht leichter im Leben«, sage ich. »Sie haben nur das Glück, ihre Lieben erst zu einem späteren Zeitpunkt zu verlieren.«

»Aber das ist doch auch unfair.« Sie richtet sich auf und dreht sich auf dem Sofa einmal um neunzig Grad, damit sie mir direkt gegenübersitzt. »Wieso trifft es uns so viel früher? Er war gerade einundzwanzig Jahre alt. Das ist nichts!«

»Ich weiß.« Ich werde niemals rechnen müssen, wie alt Hendrik war und wie alt er nun wäre. Wir sind für immer verbunden, auch wenn der 20. August uns unwiderruflich getrennt hat. »Und du hast recht. Es ist nicht fair.« Das wird es niemals sein.

»Manchmal fühlt es sich an, als stecke ich in dieser Endlosschleife fest. Als hätte mein Hirn einfach beschlossen: bis hierhin und nicht weiter. Das ist jetzt dein neuer Ist-Zustand, du wirst nie wieder zu hundert Prozent glücklich sein.«

»Doch, Fee.« Ich widerspreche ihr sofort. Nicht, weil ich nicht manchmal dasselbe denke. Aber ich muss daran glauben, dass das nicht wahr ist. »Du wirst wieder glücklich sein. Nicht heute, nicht morgen. Aber irgendwann.« Alles andere ist keine Option, die ich zulassen kann.

»Wieso bist du dir da so sicher?« Ihre Stimme wird leiser, brüchiger. Und es gibt nur eins, was ich darauf erwidern kann.

»Weil du es verdient hast.«

Sekundenlang sieht sie mich an. Wägt meine Worte ab. Sucht vermutlich nach etwas, das sie davon überzeugt, wie ernst ich meine Aussage meine. Keine Ahnung, ob sie es findet.

»Du verdienst es auch«, flüstert sie schließlich und greift nach meiner Hand. »Du verdienst es auch«, wiederholt sie noch einmal.

Ich weiß nicht, was es ist, aber diesen Satz aus ihrem Mund zu hören ... Ich umklammere mein Glas fester, blicke auf den Boden und versuche, nicht zu heulen. Seit Hendrik gestorben ist, passiert das manchmal. Nicht oft, meistens habe ich mich im Griff. Aber dieser Moment, dieses Gespräch mit Fee, die Suche nach dem Passwort, der verfluchte Regen und irgendwie auch Lene, die sich immer noch nicht gemeldet hat und mir einfach fehlt ... Ich presse die Augen zu, setze mein Glas an und trinke den Rest Whiskey in einem einzigen Zug. Der Schluck ist groß und brennt fürchterlich, aber immerhin kann ich das Blinzeln nun auf den Alkohol schieben. Freya sagt nichts dazu. Ihre Hand liegt einfach nur auf meiner, bis ich mich wieder gesammelt habe. Und dann ist es tatsächlich das nächste Lied auf ihrer Playlist, das den Kummer, der uns permanent begleitet, durchbricht.

»Wir sollten es genau so sehen«, meint sie und deutet auf ihr Handy. Der Bildschirm ist schwarz, trotzdem kenne ich den Song. Lene hat mich vor Jahren ständig damit gequält, als sie in ihrer Boybandphase gesteckt hat.

»Du meinst, leben, während wir jung sind?«

»Genau.« Freya nickt heftig. »Ich bin betrunken, deshalb ist es mir nicht peinlich, das laut auszusprechen, aber ich finde, wir sollten tanzen.«

»Wir sollten was?«

»Tanzen.« Sie stellt ihr leeres Glas ab, steht auf und hält mir auffordernd eine Hand entgegen.

»Du willst zu One Direction tanzen?« Ich muss meine Entgeisterung nicht einmal spielen, sie ist echt.

Freya nickt wieder.

»Auf gar keinen Fall.« Ich verschränke die Arme demonstrativ vor der Brust.

»Komm schon, Emil. Lass uns so tun, als wären wir cool.« Sie zwinkert mir an der passenden Stelle des Songs zu, ihre Hand ist immer noch ausgestreckt, während sie bereits mit der Hüfte wackelt.

Ich verdrehe die Augen, halte das immer noch für keine gute Idee, aber dann stehe ich auf, nehme ihre Hand und wirble sie im Kreis. »Wir müssen nicht so tun, als wären wir cool. Wir *sind* cool.« Was einzig und allein am Whiskey liegt, den wir getrunken haben.

Freya beugt sich zu ihrem Handy und macht lauter. Es ist diese höhere Lautstärke, die uns durch ihre Wohnzimmer tanzen lässt. Wir lachen und singen lautstark mit. Sie ist textsicher, ich hingegen lege sehr viel künstlerische Freiheit an den Tag. Es ist genau das, was wir brauchen. Was wir wollen. Was uns guttut.

Für ein paar Minuten ist alles in Ordnung.

Bis das Lied wechselt und die Playlist eines ausspuckt, das einen Schatten über Freyas Gesicht legt. Hektisch klickt sie das Lied weg, doch die Leichtigkeit, die eben noch da war, ist verschwunden.

»Hey.« Aus einem Impuls heraus ziehe ich sie zu mir. Sie weicht meinem Blick aus, doch ich warte geduldig, bis sie mir in die Augen sieht. »Es ist okay, weißt du?« Behutsam streiche ich ihr eine Haarsträhne aus der Stirn. »Nicht immer nur zu trauern. Das tun wir auf unsere Art sowieso nur, weil wir hier aufgewachsen sind.«

»Wie meinst du das?«

»In anderen Ländern, Jamaika oder Indonesien zum Beispiel, werden große, bunte Feste gefeiert. Es gibt kein Abschiedsessen wie bei uns, sondern eine große Party zu Ehren des Verstorbenen. Angeblich lachen und tanzen und feiern die Menschen. Und es gibt Rum.« Ein bisschen, wie wir das gerade getan haben. Nur mit Whiskey.

»Woher weißt du das?«

»Google.« Ich hebe eine Schulter. »Als Lene dort war, hab ich das Land gegoogelt und bin drübergestolpert.«

»Wann kommt sie denn wieder?«

»Ich habe keinen blassen Schimmer.« Seufzend sehe ich auf Freya hinab, die einen ganzen Kopf kleiner ist als ich. »Aber inzwischen ist es mir auch egal.« Es ist eine Lüge, und sie weiß das, doch sie weist mich nicht darauf hin.

Langsam mache ich einen Schritt von ihr weg, dann noch einen. Ich greife nach der Whiskeyflasche und schütte uns nach. *Leben, solange wir jung sind.* Vielleicht heißt das auch zu akzeptieren, dass meine Schwester dasselbe tut. Nur eben nicht hier. Wortlos nimmt Freya ihr Glas. Wir trinken beide, und eine Weile ist es so still, dass ich den Regen draußen hören kann.

Der Alkohol verstärkt das Gefühl in meiner Brust. Mir ist bewusst, dass diese wohlige Wärme nur vorgegaukelt ist. Morgen früh, wenn ich nüchtern bin, wird alles wieder anders sein. Doch jetzt gerade genieße ich es, mein Gehirn auszutricksen.

»Andere Playlist?«, schlage ich vor, und Freya nickt.

»Wir könnten eine eigene anlegen und sie Passwortknackerteam nennen.«

»Und darauf dann Songs packen wie *We are the champions*?«

»Ich sehe, wir verstehen uns, Emiljan.« Sie schnappt sich ihr Handy und beginnt, die Playlist zu basteln. »Okay, *We are the champions* ist drauf. Und *Heroes* von Måns Zelmerlöw auch. Was noch?«

»Die Bee Gees? *You win again*?«

»Sehr gute Idee.« Freyas Finger fliegen über das Display. »Und *Eye of the tiger*.«

»*One more time*. Daft Punk.«

»*Simply the best* von Tina.«

Wir schmeißen uns einen Songtitel nach dem anderen entgegen. *Don't bring me down* des Electric Light Orchestras, *Take me out* von Frank Ferdinand, *Seven nation army* von den White Stripes. *Dancing with myself* von Billy Idol. Innerhalb kürzester Zeit umfasst die Liste zweiunddreißig Titel. Freya drückt auf Play, wir stoßen wieder an, dann bin ich derjenige, der sie an sich zieht und zu tanzen beginnt. Oder vielmehr mit den Beinen zappelt. Ich bin kein Tänzer. Mit genug Whiskey intus habe ich zwar den Mut dazu, das Talent fehlt mir allerdings weiterhin. Spaß habe ich trotzdem. Weil Freya Spaß hat. Sie lacht, und auch wenn da immer noch ein Schatten über allem liegt, wirkt sie dennoch etwas gelöster als bei meiner Ankunft. Es ist eindeutig, dass sie diese Pause vom Leben braucht. Genau wie ich.

Erneut wirble ich sie im Kreis, fasse nach ihrer Hand, wiege mich mit ihr hin und her. Ein paar Stunden vergessen wir den Laptop und die Suche nach dem Passwort. Ein paar Stunden sind wir einfach nur zwei junge Menschen, die das Leben leben, solange sie jung sind. Ein paar Stunden gehört die Nacht uns. Uns, dem Whiskey und der besten Playlist aller Zeiten.

8

FREYA

Es ist zu früh. Das ist der erste Gedanke, der mir durch den Kopf schießt, als ich die Augen öffne und gegen das Licht anblinzle.

Ich trinke nie wieder ist der zweite. Und dann: *Warum riecht es nach Kaffee und Eiern?*

Ruckartig setze ich mich auf, was keine gute Idee ist. Mir wird schwindelig, und ich lasse mich zurück in meine Kissen fallen. Vielleicht spielt mir mein übernächtigtes, betrunkenes Gehirn schlichtweg einen Streich. Doch als ich erneut die Augen öffne, ist der Geruch immer noch da. Kaffee und Eier, ich bin mir sicher. Behutsam richte ich mich auf, und diesmal funktioniert es. Ich schiebe die Beine unter der Decke hervor und reibe mir über die Augen, als ich das Klappern von Geschirr in der Küche höre – und plötzlich ist alles wieder da. Der Abend mit Emil. Wie wir unseren Frust in viel zu viel Whiskey ertränkt haben. Unsere eigene kleine Party für zwei mit einer furchtbar pathetischen Playlist. Und dann, irgendwann mitten in der Nacht, meine Bitte an ihn, hierzubleiben. Mich nicht allein zu lassen.

Weil nachts die Einsamkeit besonders schlimm ist.

Ich höre meine eigenen Worte noch in meinen Ohren. Wie kläglich sie klangen. Beinahe verzweifelt. Und ich weiß genau, wie unangenehm es mir war, Emil zu fragen. Ich konnte ihn nicht einmal ansehen, und als er nicht geantwortet hat … Das Herz ist mir erst in die Hose, dann auf den Boden gerutscht. Doch er ist geblieben. Und ich war so erleichtert. Bin es immer noch. Zu wissen, dass jemand da war … Da *ist* … Es tut gut. Es tut so unendlich gut.

Kurz überlege ich, meinen Pyjama gegen ein T-Shirt und eine Jogginghose zu tauschen. Aber dann beschließe ich, dass das nicht nötig ist. Emil hat mich schon in schlimmerer Verfassung gesehen, wenn ich bei ihnen zu Hause übernachtet habe und ihm morgens auf dem Weg ins Bad auf dem Flur begegnet bin. Barfuß tapse ich aus meinem Schlafzimmer und finde Emil in meiner kleinen Kochnische vor, wo er gerade mit der einzigen Pfanne hantiert, die ich besitze.

»Guten Morgen«, begrüße ich ihn.

Er wirbelt zu mir herum und grinst. »Oh, hey. Ich hoffe, es ist okay, dass ich …«

»Klar«, unterbreche ich ihn und nicke. »Danke. Du musst nicht …« Mit der Hand deute ich auf ihn und die Pfanne, in der ich Rührei entdecke.

»Ich weiß, aber … Ich dachte, du hast vielleicht Hunger.«

»Hab ich. Mein Kopf bringt mich um, ich brauche dringend ein Katerfrühstück.«

»Kaffee?« Er grinst wieder und sieht dabei so verflucht frisch aus, dass ich neidisch werde.

»Ja.« Ich nehme die Tasse, die er mir reicht, und umklammere sie mit beiden Händen.

Während Emil sich weiter um das Rührei kümmert, trinke ich kleine, vorsichtige Schlucke meines Kaffees. Er hat ihn genauso gemacht, wie ich ihn mag. Kein Zucker, wenig Milch. Dafür mit einem Schuss Haselnusssirup. Und irgendwie rührt mich das. Dass er tatsächlich weiß, wie ich meinen Kaffee trinke … Ich kann mich nicht daran erinnern, ihm das jemals gesagt zu haben. Mein Blick fällt auf seinen Rücken. Sein rechter Arm und damit auch seine Schulter bewegen sich rhythmisch hin und her, während er mit dem Pfannenwender die Eier von links nach rechts und wieder zurück schiebt.

»Bist du schon lange wach?«, frage ich, um bloß keine peinliche Stille entstehen zu lassen. Dass er tatsächlich bei mir übernachtet hat, ist immer noch ungewohnt. Wenn ich mich nicht irre, ist das bisher genau einmal passiert, und das war vor über einem Jahr an meinem Geburtstag, als alle bei mir auf einem riesigen Matratzenlager im Wohnzimmer geschlafen haben.

»Eine Dreiviertelstunde vielleicht? Ich war kurz zu Hause, hab die Hühner versorgt und frische Eier geholt. Nach allem, was wir gestern getrunken haben, dachte ich, dass du bestimmt ein deftiges Frühstück gebrauchen kannst …«

Bei seinen Worten verziehe ich automatisch das Gesicht. »Ich trinke nie wieder von dem Zeug. Wieso hast du mich nicht aufgehalten?«

»Hab ich versucht, aber du warst auf einer Mission.«

Das war ich wohl. Seufzend nehme ich einen weiteren Schluck und sehe Emil dabei zu, wie er das Rührei auf einen Teller gibt und zwei Toast dazu legt. Dann bestreicht er auf einem weiteren Teller zwei Scheiben mit Marmelade und stellt beides auf meinem Esstisch ab, ehe er sich seinen eigenen Kaffee holt.

»Et voilà, einmal Katerfrühstück.«

»Du bist meine Rettung. Danke.« Gierig fange ich an zu essen. »Was ist mit dir?«, frage ich kauend und deute auf seinen Toast. »Wieso isst du kein Rührei?«

»Weil ich keine Eier mag.«

»Was?« Ich halte erstaunt inne. »Lass das bloß nicht Lenes Hühner hören.«

»Keine Sorge, die sieben Göttinnen haben das längst akzeptiert.« Wieder grinst er und sieht dabei so umwerfend aus, dass ich kurz vergesse, die beladene Gabel in meinen Mund zu schieben. Ich wusste immer, dass Hendriks Bruder gut aussieht. Die kurzen blonden Haare, seine intensiven Augen … Aber dass mir seine Attraktivität nun so dermaßen bewusst wird … Himmel, das muss an meinem alkoholgeschwängerten Kopf liegen. Ich bin eindeutig noch nicht wieder nüchtern.

»Wie heißen sie noch mal?«, frage ich und versuche, mich so von Emils Aussehen abzulenken. »Fünf kriege ich immer zusammen, aber die anderen zwei …« Ich fange mithilfe meiner Finger an, die Namen aufzulisten, die ich noch weiß. »Eira, Urda, Nertha, Nanna, Dagahilt …« Dann stoppe ich.

»Iduna und Gefjon«, hilft Emil mir aus. »Geffie ist die Zicke.«

»Die große weiße?«

»Genau die.«

»Okay.«

»Es ist eigentlich gar nicht so schwer, sich die Namen zu merken. Es gibt einen Trick.«

»Ach ja?«

»Mhm.« Er nickt und trinkt einen Schluck seines Kaffees. »Wenn du von allen Namen den ersten Buchstaben nimmst, ergibt sich ein Wort. Gudinne.« *Göttin.*

»Krass.« Ich sehe ihn erstaunt an. »Das ist mir noch nie aufgefallen.«

»Es ist ganz praktisch.« Emil grinst. »Keine Ahnung, ob das Absicht von Lene war, aber wenn du dieses Wort weißt, kannst du dir die Namen erschließen, finde ich. Gudinne als Abkürzung für die Anfangsbuchstaben der sieben Göttinnennamen.«

»Das ist cool. Und clever.« Ich erwidere sein Lächeln und pike mir ein neues Stück Rührei auf. »Hat Lene immer noch ihre Norwegische-Mythologie-Phase?«

»Keine Ahnung.« Das Grinsen verschwindet aus seinem Gesicht, und er beißt in seinen Toast. »Ich habe seit Wochen nichts mehr von ihr gehört.«

»Oh.« Ich lasse meine Gabel wieder sinken. »Ist das ... ungewöhnlich?« Mit Lene hatte ich im letzten Dreivierteljahr noch weniger Kontakt als mit Emil: nämlich gar keinen. Ich habe also keinen Schimmer, wie oft sie sich bei ihrer Familie meldet.

»Meistens schreibt sie alle zehn, zwölf Tage, dass es ihr gut geht. Manchmal schickt sie auch ein Bild. Aber jetzt ist ihr Handy kaputt, und auf meine Mails reagiert sie nicht ...« Er zuckt mit den Schultern und versucht, lässig zu wirken, aber ich sehe ihm deutlich an, dass er nicht einmal ansatzweise so locker damit umgeht, wie er mir weismachen will.

»Sie fehlt dir«, sage ich leise. Anders als Hendrik, dessen bin ich mir bewusst. Doch einfach kann es nicht sein, dass auch Lene gerade nicht da ist. Ich liebe meinen Bruder, aber diese innige Bindung, die Hendrik, Emil und Lene miteinander haben ... *hatten*, erreichen Thore und ich nicht. Was vermutlich schlicht dem Fakt geschuldet ist, dass wir nicht neun Monate zusammen im Bauch unserer Mutter verbracht haben.

»Natürlich fehlt sie mir.« Er nickt bedächtig. »Nur kann ich sie schlecht zwingen, nach Hause zu kommen. Sie will nicht.«

»Es ist aber auch nicht fair, dich mit allem allein zu lassen.«

Dieses Mal ist seine Antwort ein Schulterzucken. »Ist kein großes Ding, ihre Hühner zu versorgen. Inzwischen mögen sie mich bestimmt lieber als sie.« Sein Versuch, witzig zu sein, gelingt ihm nicht ansatzweise. In jedem Wort schwingt all der Frust mit, der in ihm sitzt. Weil das hier nicht das Leben ist, das er sich vorgestellt hat. Das hat keiner von uns.

Er wendet den Blick von mir ab und schaut aus dem Fenster. Inzwischen hat der Regen aufgehört, und der Himmel ist wieder klar, das späte Frühlingsblau nur noch vereinzelt von weißen Schlieren durchzogen. Zirruswolken, wenn ich mich nicht täusche.

»Du bist zu verständnisvoll«, sage ich nach einer Weile und schiebe die Reste meines Rühreis auf dem Teller hin und her. Es schmeckt gut, aber noch kriege ich nicht allzu viel hinunter.

»Ich bin was?« Er sieht wieder zu mir, Verwunderung liegt in seinen Augen.

»Zu verständnisvoll«, wiederhole ich. »Aber manchmal darf man Dinge oder Umstände auch einfach scheiße finden, weißt du? Ohne Verständnis dafür zu haben.«

»Das weiß ich, aber …« Er schüttelt leicht den Kopf. »Was soll ich denn machen? Es bringt mir nichts, wütend zu sein. Wut ist so … nutzlos. Sie vergiftet dich nur von innen.«

»Sie hilft aber auch.« Mir jedenfalls. Irgendwie. »Was meinst du denn, was passiert, wenn man seine Wut ständig unterdrückt? Irgendwann platzt man. Wie ein Ballon. Boom!« Ich nehme meine Hände aneinander und mache eine Explosionsbewegung nach oben. »Also muss man sie loswerden.«

»Aber wie? In den Wald gehen und schreien?« Emil schüttelt wieder den Kopf. »Das ist doch Quatsch.«

»Ich hab's noch nie versucht, aber vielleicht wäre das eine Idee.« Ich habe keine Ahnung, wo das herkommt. Als Thore mir neulich das Boxen empfohlen hat, habe ich mit völligem Unverständnis reagiert. Doch vielleicht liegt mein Bruder gar nicht so falsch. Und vor allem kann ich Emil nicht das eine sagen, aber selbst das andere tun. »Lust auf einen Ausflug in den Wald?«

»Jetzt?« Er hebt die Augenbrauen.

»Nach dem Frühstück.« Ich deute an mir auf und ab. »Wenn ich angezogen bin. Aber ja. Zu zweit ist es bestimmt nicht so schlimm wie allein.« Ich bin selbst von mir überrascht. Diesen Aktionismus kenne ich nicht. Obwohl ich mir immerhin meine Wut eingestehe und nicht so resigniert wirke wie Emil, bin ich sie bisher allerdings auch noch nicht losgeworden. Also vielleicht … Entschlossen richte ich mich auf. »Lass uns das machen. « Die plötzliche Energie in mir ist neu. Wahrscheinlich ist auch das noch dem Restalkohol geschuldet. »Lass uns in den Wald gehen.«

Emil zögert, er wirkt nicht überzeugt.

»Ich werde dich nicht überreden.« Nach zwei großen Schlucken ist meine Kaffeetasse leer. »Wenn du mitkommen willst, sehr gern. Ich würde mich freuen. Aber wenn nicht, dann ist das auch okay.« Mir ist nicht ganz klar, wie unser Gespräch über Lene so schnell zu diesem Vorhaben wurde. Doch ich spüre, dass es richtig ist, in den Wald zu gehen.

Emil hat immer noch keinen Ton von sich gegeben. Er sieht mich nur an, und ich habe keine Ahnung, wonach er sucht oder was er hofft, in meinem Gesicht zu finden. Ich weiß nur, dass ich es irgendwann nicht mehr aushalte, von ihm angesehen zu werden. Heute früh ist es anders als gestern Abend. Mit ihm durch meine Wohnung zu tanzen, zu Musik, die er eigentlich gar nicht mag, war irgendwie leichter, als ihm nun gegenüberzusitzen.

»Ich bin kurz im Bad«, murmle ich und rutsche von meinem Stuhl. »Lass den Kram stehen, ich räume nachher auf.« Er hat Frühstück gemacht, er muss nicht auch noch abspülen. Als ich wiederkomme, ist der Abwasch dennoch erledigt, und Emil steht mit angezogenen Schuhen und seiner Jacke in der Hand neben der Tür. Er sieht aufbruchbereit aus.

»Musst du los?«, frage ich und bleibe ein paar Schritte von ihm entfernt stehen.

»*Wir* müssen los, oder?« Und dann ist es da, das schiefe Grinsen auf seinem Gesicht, das eigentlich nicht einmal als eins zählen sollte, weil es nur ein halbes ist.

»Du kommst mit?«, hake ich zur Sicherheit nach. Und als Emil nickt, spüre ich den Stein, der mir vom Herzen fällt, überdeutlich.

»Okay, das ist …« Mir fehlen die Worte. »Cool«, sage ich schließlich, obwohl das nicht einmal ansatzweise das aussagt, was es wirklich für mich ist. Schnell schnappe ich mir meine eigene Jacke, schlüpfe in meine Sneaker und folge Emil aus der Wohnung.

Es sollte seltsam sein, mit ihm so früh durch Drammen zu laufen. Die Kleinstadt zu verlassen und in den Wald zu gehen. Aber das ist es nicht. Auch wenn wir nicht oft allein unterwegs waren, als ich mit Hendrik zusammen war, kam es durchaus einige Male vor. Weil ich mit Hendrik nicht nur einen festen Freund bekommen habe, sondern mit seinen Geschwistern auch neue Freunde. Meine liebste Erinnerung ist, als ich mit Emil allein auf dem Stadtfest unterwegs war. Ich war damals noch nicht lange mit Hendrik zusammen, aber da es ihm nicht gut ging, er jedoch gewusst hatte, wie gern ich Riesenrad fahren wollte, hat er Lene und Emil gebeten, mich zu begleiten. Es war der letzte Abend, an dem es möglich gewesen wäre. Und weil seine Geschwister diese tollen Menschen sind, sind sie mit mir gekommen. Doch kurz, bevor wir an der Reihe gewesen waren, traf Lene eine Schulfreundin, die sie schon ein Jahr lang nicht mehr gesehen hatte. Deshalb fuhren Emil und ich ohne sie. Und ich glaube, das war der Beginn unserer Freundschaft. Davor war er für mich einfach Hendriks Bruder, genau wie Lene nur seine Schwester war. Aber nach diesem Abend … Es hatte geklickt. Mit Emil noch mehr als mit Lene.

Schweigend laufen wir nebeneinander her, und ein paar Minuten später empfangen uns die ersten Bäume. Wir gehen in den Wald, in die Stille, in das Unaufgeregte hinein, sagen kein Wort zueinander. Der Boden ist überwuchert von kleinen weißen Siebensternen, gelben

Sumpfdotterblumen, saftig grünen Blättern. Es ist eindeutig, dass der Winter vorüber ist, und die Natur erwacht. Die Baumkronen lassen sanftes Morgenlicht hindurch, werfen Schatten auf die Erde, und gleichzeitig trifft uns warmes orangefarbenes Licht. Ich bin nur selten so früh im Wald, aber mit jedem weiteren Schritt, den wir den verwilderten Waldweg entlanglaufen, bin ich froher, es heute zu sein. Über unseren Köpfen ist Vogelgezwitscher zu hören, Insekten summen, Blätter rauschen, es knackt unter unseren Füßen. Wir laufen durch einen Weidetunnel und auf eine kleine Lichtung, wo noch mehr Blumen wachsen, deren Namen ich nicht kenne. All das führt dazu, dass meine Gedanken leiser werden – was normalerweise nur passiert, wenn ich wirklich allein bin. Und meistens auch nur auf dem Weg zur Hütte. Heute jedoch ist das nicht mein Ziel. Wir haben Drammen in der anderen Richtung verlassen, dort, wo der Fjord dünner wird, die Hänge steiler, der Wald dichter. Mein Plan ist zu schreien, aber nicht, solange noch die Möglichkeit besteht, dass uns irgendjemand hört.

Es ist angenehm, mit Emil zu schweigen. Er folgt mir, während ich uns einen Weg durch das Dickicht schlage. Immer wieder muss ich Zweige und Äste von Büschen beiseitehalten und über Wurzeln steigen, die sich wild am Boden ranken. Die Erde ist noch feucht vom Regen, einmal rutsche ich beinahe aus, doch Emil umfasst schnell meinen Arm und stützt mich.

»Danke«, sage ich leise, und die Stelle, an der er mich hält, kribbelt. Es fühlt sich schön an, von Emil berührt zu werden. In den letzten Monaten bin ich zu viel Nähe stets aus dem Weg gegangen, doch seine unaufgeregte Art, mich durch die Büsche und Sträucher zu begleiten, fühlt sich gut an. Gut und irgendwie auch vertraut.

»Keine Ursache«, antwortet er und lässt mich wieder los.

Eine Sekunde lang sehe ich ihn an. Dann verfallen wir erneut in

Schweigen und gehen weiter, etwas langsamer und vorsichtiger als zuvor. Und trotzdem mit klopfendem Herzen.

Den Fjord haben wir längst hinter uns gelassen, doch schon bald taucht ein kleiner See vor uns auf, von denen es in Norwegen unendlich viele gibt. Das Wasser schimmert beinahe silbrig, als ich stehen bleibe und mich einmal im Kreis drehe. Um uns herum befindet sich nichts als Wald, nur über dem See ist der Himmel zu sehen. Die Baumkronen spiegeln sich auf der Oberfläche und erwecken beinahe den Eindruck, dass auch im Wasser ein eigener kleiner Wald ist.

»Hier ist es perfekt, oder?« Ich sehe zu Emil und warte auf seine Zustimmung.

Er hat den Kopf in den Nacken gelegt und blickt nach oben, was mir die Gelegenheit gibt, ihn zu betrachten. Er ist fast so groß wie Hendrik, fast genauso blond, und er hat fast dieselbe Bartlänge, wie sein Bruder sie immer hatte. Aber eben nur fast.

Ich starre ihn immer noch an, als er den Blick wieder senkt.

»Du willst wirklich schreien?«

»Ja.« Ich muss nicht überlegen. Genau deshalb bin ich hier. »Machst du mit?« Es ist okay, wenn er es nicht tut, aber ich würde mich mit ihm zusammen besser fühlen.

Es dauert eine gefühlte Ewigkeit, bis Emil nickt. »Okay. Ich mach mit.«

»Wirklich?« Ein Lächeln stiehlt sich auf meine Lippen, so schnell, so plötzlich, so kraftvoll, dass ich nicht einmal überlegen kann, meine Freude zu verstecken.

Emil nickt und sieht mich unentwegt an.

Langsam beginne ich zu zählen. »Eins. Zwei.« Und bei *Drei* brüllen wir. Erst ich, eine halbe Sekunde später auch er. Wir stehen da, mitten im Frühlingswald, am Seeufer im Sonnenlicht und schreien uns die Seele aus dem Leib. Erstaunlicherweise ist es keine so große Überwindung, wie ich im ersten Moment gedacht habe. Und ich versuche auch, nicht darüber nachzudenken, ob wir tatsächlich weit genug von Drammen weg sind oder ob man uns im Tal hören kann. Vielleicht verschrecken wir auch ein paar Elche oder Rotwild. Aber in diesen Augenblicken ist mir das egal, denn es tut so unglaublich gut, hier zu stehen und die Wut aus mir hinauszuschreien. Erst, als meine Ohren klingeln, höre ich auf. Mein Puls rast, mein Hals ist rau und schmerzt. Und dennoch würde ich es wieder tun.

Ich sehe zu Emil, den zufriedenen Ausdruck auf seinem Gesicht, das Lächeln, das an seinen Mundwinkeln zupft. Nichts hat sich durch unser Schreien verändert, und doch ist alles anders. Weil ich mit unumstößlicher Sicherheit weiß, dass ich das nicht zum letzten Mal gemacht habe.

»Wow«, sagt Emil nach einer Weile. »Das war …«

»Krass«, unterbreche ich ihn und grinse stolz, weil ich mich getraut habe. »Das war verdammt krass.«

»Hätte ich nicht gedacht. Tat gut, oder?«

»O ja.« Sogar mehr als das. »Vielleicht ist an den ganzen Sprichwörtern doch was dran. Sich allen Kummer von der Seele brüllen und so …« Ich zucke mit den Schultern und setze mich auf einen liegenden Baumstamm, der trocken genug dafür aussieht.

Emil wartet kurz, dann setzt er sich neben mich.

»Lass uns ein Ritual draus machen. Einmal im Monat. Was hältst du davon?« Es ist eine Schnapsidee. Emil sagt mit Sicherheit Nein, denn auch wenn es guttat, einfach nur zu brüllen, hat er bestimmt keine Lust, das jetzt öfter mit mir zu machen. Wenn er die Wahl zwischen Ausschlafen und Mit-mir-durch-die-Wälder-Streifen hat, nimmt er garantiert …

»Okay.«

Seine Stimme durchbricht meinen Gedankengang. »Was?«

»Bin dabei.«

»Ernsthaft? Jeden Monat?«

»Ja. Aber nächstes Mal suche ich die Stelle aus.«

Wir sind fast zwei Stunden im Wald, Emil hängt sogar die Füße in den See. Hätte er Badesachen dabei, würde er eine Runde schwimmen gehen, dessen bin ich mir absolut sicher. Er ist eine Wasserratte, selbst die Kälte des Sees würde ihm nichts ausmachen. So jedoch beschränkt er sich auf seine Füße und nimmt sich vor, später im Drammener Hallenbad seine Bahnen zu ziehen.

»Das ist witzig«, sage ich, als wir uns auf den Rückweg machen. »Ihr betreibt alle drei eine andere Sportart ... Lene läuft, du schwimmst und Hendrik ...« Ich verstumme, weil an ihn zu denken immer automatisch diese Schwere mit sich bringt, die mir manchmal die Kehle zuschnürt.

»Hendrik war eine faule Socke. Sport ist toll.« Emils trockene Worte bringen mich zum Lachen.

»Stimmt nicht so ganz«, widerspreche ich und halte uns wieder ein paar Zweige aus dem Weg. Das Knacken der Äste, auf die wir treten, hallt durch den Wald. Über uns zwitschern immer noch Vögel, doch jetzt klingt es lauter als vorhin. Aber es ist die gute Art von Lärm. Die, die mich erdet. »Er hat gern Basketball gespielt. Steht der Korb nicht immer noch hinter eurer Garage?«

»Tut er«, bestätigt Emil. »Aber als Sport würde ich die paar Male im Jahr, die er gespielt hat, echt nicht bezeichnen.«

»Hey, er war gar nicht so schlecht.« Ich habe ihn nicht oft beim Spielen gesehen, aber es sah aus meiner Laiensicht immer gut aus. Wobei das auch am fehlenden Shirt gelegen haben mochte. Hendrik wusste genau, wie er mich ablenken konnte.

»Hast du mal gegen ihn gespielt?«

»Nein. Du?«

»Klar. Ich hab immer gewonnen.«

»Bitte was?« Im Gehen drehe ich mich zu ihm um. »Das hat er nie erzählt.«

»Weil es ihm peinlich war.« Emil grinst. »Immerhin bin ich sein *kleiner* Bruder.«

»Klein ist relativ. Wie viel war er früher da bei eurer Geburt? Eine Minute?«

»Und siebenundzwanzig Sekunden. Vergiss das nicht, die sind wichtig.«

»Oh, entschuldige. Wie konnte ich es wagen?« Ich grinse ebenfalls und frage mich, wieso es so einfach ist, mich mit Emil zu unterhalten. Das war es zwar früher schon, aber nach den vielen Monaten Freundschaftspause ... Sollte es da nicht schwieriger sein? Stattdessen ist es so, als hätte es diesen Abstand zwischen uns nie gegeben.

Der Rückweg vergeht wie im Flug. Wir reden, hin und wieder lachen wir, und es tut so unsagbar gut, weil ich weiß, dass Emil mich nicht dafür verurteilt, mir Freude zu erlauben. Und in meinem Kopf weiß ich auch, dass das richtig ist. Weil Hendrik das wollen würde. Es ist ein Klischee, und ich hasse es, wenn Menschen das zu mir sagen. Doch es ist etwas Wahres dran. Der einzige Unterschied, den Satz selbst zu denken, anstatt ihn gesagt zu bekommen, besteht darin, dass ich so den richtigen Moment abpassen kann, wann ich ihn ertrage. Nicht jeder Tag ist gleich, und während die Worte am einen Tag tröstlich sind, machen sie mich an anderen wütend.

Als wir in Drammen ankommen, ist auch der Rest der Stadt erwacht. Wir begegnen unzähligen Menschen, darunter viele Touristen, die auf ihren Roadtrips kurz hier haltmachen und die Ypsilon Bridge bewundern. Manche fahren auch den Spiraltunnel hoch, um die Aussicht zu genießen. Bei gutem Wetter ist sie fantastisch, und man sieht den ganzen Fjord. Ich bin nicht oft dort, aber wenn, ist es jedes Mal ein Erlebnis. Emil und ich schlängeln uns durch die Leute die Promenade entlang, die Sonne brennt uns warm auf der Haut. Ab jetzt wird sie tagsüber immer mehr an Kraft gewinnen, und ich mache mir eine gedankliche Notiz, bald neue Sonnencreme zu kaufen.

Emil begleitet mich bis zu meiner Wohnung. Sein Wagen steht in der Nähe, und eigentlich gibt es keinen Grund für ihn, noch einmal mit hochzukommen. Ich bitte ihn trotzdem darum. »Lass uns noch einmal versuchen, das Passwort zu knacken. Wenn wir es heute nicht schaffen …« Ich beende meinen Satz nicht, bin selbst noch nicht sicher, ob ich dann wirklich aufgeben werde. Aber mir ist durchaus klar, dass wir nicht ewig so weitermachen können. Das Einzige, was dann bleibt, wäre professionelle Hilfe zu engagieren oder den Laptop der Polizei zu übergeben, und das ist etwas, was ich definitiv nicht tun will.

Ich sehe die Zerrissenheit in Emil. Er hat mittlerweile genauso wenig Hoffnung wie ich, dass wir das Passwort erraten, aber offenbar weiß er nicht, wie er mir das beibringen soll. Dabei ist das nicht nötig. Ich weiß, dass die Wahrscheinlichkeit immer geringer wird. Und dennoch will ich es ein letztes Mal versuchen.

Welche Gefühle auch immer in Emil gegeneinander ankämpfen, die Neugierde siegt. »Okay.«

Dankbar lächle ich ihn an, ehe wir meine Wohnung betreten. Ich mache frischen Kaffee, er fährt schon mal den Laptop hoch. Auf dem Tisch liegen immer noch unsere alten Listen. Es sind unzählige Seiten, wir waren eindeutig fleißig und hatten doch keinen Erfolg bisher. Mit den beiden Tassen in der Hand gehe ich zu ihm und reiche ihm eine. Dann setze ich mich neben ihn und starre auf den Bildschirm, der uns auffordert, ein Passwort einzugeben, von dem wir immer noch keine Ahnung haben, wie es lautet.

Emil gibt irgendetwas ein, was der Laptop sofort als falsch ausweist. »Wir haben einfach nur Glück, dass sich das Ding nicht schon dauerhaft gesperrt hat.« Wieder tippt er eine Buchstaben-Zahlen-Kombination ein. Wieder falsch. Er seufzt leise, seine Finger ruhen auf der Tastatur. Sie sind ziemlich schlank und schön.

»Was hast du eingegeben?«, frage ich und notiere seine Antwort auf der Liste, auch wenn ich langsam selbst keinen Sinn mehr darin sehe, mitzuschreiben. Wir haben längst den Überblick verloren, was wir bereits ausprobiert haben.

Nachdenklich betrachte ich die losen Blätter vor mir. Schiebe sie mit der Hand auseinander, überfliege, was dort geschrieben steht. Unsere Namen, mit Zahlen, ohne Zahlen, mit Sonderzeichen, große Buchstaben, kleine Buchstaben, alles durcheinander. So viele Wörter, so viele Fehlversuche, so viele Kombinationen. Wir hatten sogar Lenes Hühnergöttinnen ausprobiert, obwohl Emil steif und fest behauptet hat, dass Hendrik die niemals benutzen würde. Er konnte die Tiere nicht leiden, warum auch immer. Und natürlich sind sie falsch gewesen. Ich finde die Hühnernamen auf der Liste, streiche mit dem Finger über das Papier. Gefjon, Urda, Dagahilt, Iduna, Nertha, Nanna, Eira. Ich halte inne, den Finger noch auf den letzten Namen gepresst. Ohne es zu bemerken, hat Emil sie in der richtigen Reihenfolge notiert. Gudinne. Göttin. Und dieses Wort haben wir noch nicht getestet.

»Gib mal her.« Ich stelle meine Tasse beiseite und nehme ihm den Laptop ab. »Ich habe eine Idee …«

»Welche?«

Ich antworte ihm nicht, tippe stattdessen. Einen Buchstaben nach dem anderen, alle klein. Dann drücke ich auf Enter und … *Falsch.*

Verflucht noch mal. Ich versuche es erneut, dieses Mal schreibe ich das Wort groß. Wieder ist es nicht richtig. Aber ich gebe nicht auf. Es gibt unzählige Möglichkeiten. Gudinne! Oder Gudinne7 oder GudinneLene. Ich gebe alles ein, nichts stimmt.

Bis ich die Kombinationen aus einem Impuls heraus mische. *Gudinne7!*

Im nächsten Augenblick entsperrt sich der Laptop.

O mein Gott! Mein Herz beginnt zu rasen, meine Hände fangen schlagartig an zu zittern, ich halte den Atem an und blicke zu Emil, der noch nicht bemerkt hat, was gerade passiert ist. Er nippt an seinem Kaffee und hat sein Handy in der Hand.

»Emil …« Ich bin so überwältigt, dass ich kaum sprechen kann. Er ist so vertieft in sein Handy, dass er mich nicht hört. »Emil!«, sage ich lauter, und endlich sieht er mich an. Seine Augen werden groß, vermutlich bin ich kreidebleich. Zumindest fühlt es sich so an, als wäre mir alles Blut aus dem Kopf entwichen.

»Alles okay? Geht's dir nicht gut? Brauchst du Wasser?«

Meine Antwort ist ein Kopfschütteln, bevor ich den Laptop auf meinen Beinen so drehe, dass er auf den Bildschirm sehen kann. »Ich hab's gelöst.«

»Du hast …« Hektisch greift er nach dem Laptop, zieht ihn näher zu sich und starrt auf den Bildschirm. Das Desktopbild ist völlig unspektakulär, es zeigt einen voreingestellten Sternenhimmel. In einer Ecke befinden sich drei Ordner: *Abschlussprojekt. Semesterarbeit. Hausarbeit.*

»Das hier ist … sein *Uni-Laptop*?!«

Nein. Das kann nicht sein. Auf keinen Fall. Nein!

Hendrik, Lene, Emil

14 Jahre

»Da vorne sind sie.«

»Okay, pssst, wir müssen schnell sein.«

Hendrik zog Emil am Jackenärmel mit in eine der hinteren Sitzreihen. Zum Glück war es bereits dunkel im Kinosaal, ein Trailer flimmerte über die Leinwand. Die beiden liefen geduckt weiter, ehe sie sich auf zwei Plätze fallen ließen und tief in die weichen Polstersitze sanken. Vorsichtig spähte Emil zwischen den Lehnen der Vordersitze hindurch.

»Siehst du, was sie machen?«, flüsterte Hendrik seinem Bruder zu. »Hält er ihre Hand?«

»Keine Ahnung«, gab Emil zurück, reckte sich noch ein bisschen mehr und versuchte zu erkennen, wie nah sich Lene und ihre Begleitung wirklich waren. »Ich glaube, sie lehnt ihren Kopf an seine Schulter.«

»Meinst du, sie werden sich küssen?«

»Weiß nicht.« Emil lehnte sich zurück in den Sitz. »Wir sollten echt nicht hier sein, Mann.«

»Doch, sollten wir.« Hendrik blickte zwischen Lene und Emil hin und her. »Wenn der Typ wirklich so scheiße ist, wie Piotr gesagt hat, dann müssen wir was tun.«

»Sie wird uns umbringen, wenn sie uns erwischt.«

»Und am Ende wird sie es uns danken. Du weißt schon, Musketiere und so. Wir passen aufeinander auf.«

»Na ja, ich denke nicht, dass sie damit so was gemeint hat.« Auch Emils Blick wanderte zurück zu seiner Schwester und ihrem Date.

Tarik hatte Lene ins Kino eingeladen. Und angeblich war das seine Masche. Jeden Freitag lud er ein anderes Mädchen ein, um mit ihr heimlich im Kinosaal zu knutschen. Doch Lene glaubte den Gerüchten nicht, war geblendet von Tariks Charme und seinen dunklen Augen. Vielleicht war es also doch eine gute Idee, hier zu sein.

»Ist egal. Wenn der Typ wirklich versucht, sie zu küssen, wissen wir, dass es stimmt.« Hendrik rutschte noch etwas tiefer in den Sitz und legte den Kopf schief. »Man küsst eine Frau nicht vor dem dritten Date. Das weiß doch jeder.«

»Ach ja?« Emil runzelte die Stirn. »Woher?« Er hatte noch nie davon gehört.

»Du musst wirklich besser aufpassen, wenn sich die Mädchen unterhalten, Bro.« Hendrik stieß in leicht in die Seite. »Drei Dates, dann kannst du fragen, ob du sie küssen darfst.«

»Fragen?«, hakte Emil nach, weil er das Gefühl hatte, keine Ahnung zu haben. »Sollte sich ein Kuss nicht … ergeben?«

»Kann schon auch passieren. Wenn man die Zeichen richtig liest. Aber glaub mir, fragen ist noch einfacher.«

»Woher weißt du das? Hast du schon mal … du weißt schon?«

»Neeeee.« Hendrik schüttelte den Kopf. »Aber Piotr.«

»Okay.« Nachdenklich rückte Emil wieder ein Stückchen vor, sodass auch er besser zu Lene sehen konnte. »Fragt man dann einfach, ob man darf, oder wie?«

»Genau. Klare Worte. Frauen finden das sexy. Haben Piotrs Schwester und ihre Freundinnen gesagt.« Hendrik grinste, doch sein

Lächeln erstarb in der nächsten Sekunde, als sie angesprochen wurden.

»Könnt ihr mal leise sein? Der Film hat angefangen.« Ein Typ hatte sich von hinten zu ihnen gebeugt und starrte die beiden Brüder böse an.

»Sorry«, murmelte Emil und versteckte sich noch tiefer in seinem Sitz. Gott, Lene durfte nicht bemerken, dass sie hier waren.

»Ist ja gut, tut uns leid. Wir sind schon still.« Wie immer war Hendrik nicht um Worte verlegen.

»Will ich auch hoffen.« Der Typ setzte sich wieder, Hendrik sah Emil an – und dann hatten beide Mühe, nicht laut loszulachen. Hendrik presste sich die Hände vor den Mund, Emil wandte hastig den Blick ab.

Ein paar Minuten schwiegen sie, sahen abwechselnd auf die Leinwand und zu Lene. Tarik war mittlerweile näher zu ihr gerückt. Wieder geschah eine Weile lang nichts. Dann rutschte er noch ein Stück näher an Lene heran und legte den Arm um sie.

Es hatte keine zwanzig Minuten vom Film gedauert.

»Das gefällt mir nicht«, grummelte Hendrik.

Mir auch nicht, wollte Emil sagen, doch das blieb ihm im Hals stecken, denn Tarik beugte sich plötzlich zu Lene und küsste sie.

»Dieses Arschloch!«, entfuhr es Hendrik. Er wollte aufspringen, doch Emil ließ ihn nicht. Er umklammerte den Arm seines Bruders und sah weiter nach vorne, wo Lene mittlerweile stand und einen Schatten auf die Leinwand warf.

»Ey, setz dich wieder hin!«, kam es von hinten.

Aber Lene ignorierte die vorwurfsvolle Bitte des Kerls hinter ihnen. Mit aller Kraft stieß sie Tarik gegen die Brust. »Ich habe dir gesagt, dass ich das nicht will. Vollidiot!« Mit diesen Worten stürmte sie aus der Reihe und lief nach hinten in Richtung Ausgang. Als sie auf der

Höhe von Emil und Hendrik war, blieb sie stehen und sah sie direkt an. »Was ist? Kommt ihr mit, oder wollt ihr euch den Film zu Ende ansehen?«

9

EMIL

»Uni-Kram?« Fassungslos starre ich zwischen Freya und Hendriks Laptop hin und her. »Sonst nichts?« Das kann nicht sein. Ich öffne den ersten Ordner und stoße darin auf unzählige weitere. Was auch immer Hendrik gesammelt hat, er hat es fein säuberlich sortiert. Jeder Ordner ist durchnummeriert und enthält erneut weitere, dieses Mal mit Monaten als Ordnernamen.

»Was ist das?« Freya ist mir so nahe, dass ich ihren Atem an meinem Hals spüre, als sie sich über meine Schulter beugt, um besser auf den Bildschirm sehen zu können.

Einen kurzen Augenblick muss ich mich sammeln. Der Duft von Vanille und Zitronen gehört zu Freya, seit ich sie kenne. Ihre Haare haben schon früher danach gerochen, und sie haben noch immer dieselbe Wirkung auf mich. Aber ich zwinge mich dazu, all die Was-wäre-Wenns zu ignorieren und konzentriere mich stattdessen auf den Laptop. Wahllos klicke ich einen Ordner an und finde einige Videos darin, ebenfalls nach Datum sortiert. Die kleinen Vorschaubilder sind dunkel und lassen nicht erahnen, worum es sich handeln könnte.

»Öffne mal eins.« Freya stößt mich auffordernd an.

Kurz überkommt mich das schlechte Gewissen. Welche Videos Hendrik hier auch gespeichert hat, er hat nichts davon uns gegenüber erwähnt. Also wollte er nicht, dass wir davon erfahren. Und dennoch sitzen wir nun hier und versuchen, das Rätsel zu lösen.

»Emil?« Freya bemerkt mein Zögern. »Was ist los?«

»Nichts«, entgegne ich, obwohl eindeutig nicht nichts ist. »Es ist nur ... Das ist so verrückt. Wir haben ewig versucht, dieses Passwort zu knacken, und nun haben wir es, und irgendwie ... Ich glaube, ich hab Angst. Vor dem, was wir gleich sehen werden. Ergibt das Sinn?« Ich höre mich in meinen eigenen Ohren völlig wirr an, aber besser kann ich die Aufruhr in mir nicht erklären.

»Tut es.« Sie nickt und sieht mir fest in die Augen. »Ich hab auch Angst. Aber ich glaube trotzdem, dass wir die Videos gucken sollten. Oder wenn du willst, kann ich das auch allein machen. Du musst nicht ...« Sie wedelt mit der Hand zwischen Laptop und mir hin und her.

Es ist nett von ihr, mir einen Ausweg zu bieten. Aber nur, weil ich nicht weiß, was mich erwartet, werde ich jetzt nicht gehen. Da sind immer noch viel zu viele Fragen in meinem Kopf, und vielleicht steckt in einem dieser Videos ja die Antwort.

Kräftiger als nötig drücke ich auf das Touchpad und starte die Aufnahme. Zunächst ist alles dunkel, man hört ein Knacken, dann Stimmen. Ich verstehe nicht, was sie sagen, weshalb ich den Laptop lauter drehe.

»Lauf!«

»Da hinten.«

»Wir müssen vorsichtiger sein.«

Da sind Menschen. Hinterköpfe, dunkle Klamotten, Taschenlampen. Es sind mindestens vier oder fünf, vielleicht noch mehr. Immer wieder knackt und raschelt es. Es klingt, als wären sie in einem Wald. Man hört sie nur rennen, sieht jedoch kaum etwas. Nach ein paar Minuten ist das Video vorbei.

»Okay …« Ich schließe das Video und klicke eine der anderen Dateien an.

Es wird wieder dunkel, doch dieses Mal hält die Kamera auf ein großes graues Gebäude zu.

»Unglaublich, oder?« Eine mir fremde Stimme ertönt, sie klingt fürchterlich angewidert. »Da drin werden sie abgeschlachtet. Jeden Tag Hunderte von ihnen.«

»Das ist krank.«

Es sind Gesprächsfetzen, von denen ich nur die Hälfte verstehe. Hunderte werden abgeschlachtet? Sind das Videos der Massentierfarm, die Hendrik überfallen hat? Aber nein, das kann nicht sein, er ist dort gestorben. Er hätte keine Chance mehr gehabt, diese Aufnahmen auf seinem Laptop zu speichern. Verwirrt klicke ich auch dieses Video weg, sobald es zu Ende ist.

»Verstehst du das?«, frage ich Freya und reibe mir über die Stirn. Anstatt Antworten zu finden, haben sich zumindest in meinem Kopf nur neue Fragen aufgetan.

»Das ist nicht die Sandvik-Farm.« Sie sieht mich nachdenklich an. »Aber es klingt danach.«

»Hm.« Ich nicke. »Denkst du, es könnte eine andere Massentieranlage sein?« *Abschlachten, Hunderte davon, krank.* Das würde passen.

»Ja, vielleicht.« Freya nickt bedächtig. »Aber … Wieso? Wieso sollte Hendrik so etwas filmen?«

»Keine Ahnung.« Ich weiß es nicht. Über meinen Bruder weiß ich scheinbar gar nichts mehr.

»Lass uns mal in die anderen Ordner sehen«, fordert Freya mich auf.

Ich komme ihrer Bitte sofort nach. Doch alle Videos, die wir uns anschauen, sind fast gleich. Sie alle wurden in der Dämmerung oder nachts gedreht, man erkennt nie die Gruppenmitglieder, und auch in

Gesprächen werden keine Namen genannt. Manchmal sind es kurze Clips von Schuhen oder den Rücken vermummter Gestalten. Manchmal dauern die Aufnahmen jedoch bis zu fünfzehn Minuten am Stück, man hört Gemurmel, Schritte und sieht die Lichtscheine von Taschenlampen, die den Weg oder umstehende Bäume beleuchten. In einem der Videos erkennt man, wie zwei Typen mühsam über den Zaun einer Massentierfarm klettern. Es erinnert mich an eine Art Mutprobe, wie vor sieben oder acht Jahren, als Hendrik, ein paar Freunde und ich heimlich in die alte Scheune eines Nachbarn unserer Großeltern eingestiegen sind.

»Das ist doch scheiße«, stößt Freya irgendwann aus. »Was soll der Mist? War ihm langweilig? Warum zum Teufel verschafft man sich Zutritt auf solche Farmen? Was wollte er mit diesen Videos bezwecken?«

Meine Antwort ist ein Kopfschütteln. Ich habe nicht den Hauch einer Ahnung, was meinen Bruder geritten hat. Es ist, als wäre er ein Fremder gewesen. Wenn ich dachte, er liegt wie ich im Bett, war er offensichtlich mit irgendwelchen Aktivisten unterwegs. Beziehungsweise Tierschützenden. Wie auch immer. Es sind mindestens vier verschiedene Farmen auf diesen Videos zu sehen, zwei Schweinefarmen, zwei Lachsfarmen. Wenn ich auch die Sandvik-Farm mitzähle, ist Hendrik also mindestens fünfmal eingebrochen.

»Die Standards für Tierzuchten hier sind doch mit die besten weltweit … Ich wusste, dass ihm Tiere wichtig sind, aber dass er echt so weit gehen würde …« Nachdenklich reibe ich mir über die Schläfe, spüre den Druck dahinter, der stetig zunimmt.

Schlagartig setzt sich Freya neben mir aufrechter hin. »Vielleicht ist das ein Projekt.«

»Wie meinst du das?«

»Na ja, seine Ordner heißen Abschlussarbeit und Semesterarbeit.

Es könnte doch sein, dass er Filmmaterial dafür gesammelt hat. Eine Gruppenarbeit oder so was?«

»Mit Einbruch auf eine Massentierfarm?« Als ob irgendein Dozent ein solches Projekt genehmigen würde.

»Ich weiß doch auch nicht …« Frustriert zieht Freya die Beine an. »Aber irgendwas muss es damit ja auf sich haben.« Sie holt den Laptop näher zu sich und beginnt, jeden einzelnen Ordner durchzuklicken. »Irgendwo hat er bestimmt Notizen gespeichert. Er hat für seine Videos doch jedes Mal einen Plan erstellt, bevor er sie geschnitten hat. Diese Art Protokolle? Weißt du, was ich meine?«

»Nein?«

»Egal.« Freya klickt weiter. »Es gibt sie für andere Videos, also vielleicht auch für diese hier.«

Ich sehe ihr dabei zu, wie sie sucht und sucht und sucht. Und am Ende doch nichts findet, weil Hendrik es uns nicht so einfach macht. Das hat er bis jetzt nicht getan, wieso also sollte es sich nun ändern, nur weil wir das Passwort entschlüsselt hatten? Was ja auch bloß mehr oder weniger Zufall gewesen ist. Lenes Hühner … Es fällt mir immer noch schwer zu glauben, dass er sich ausgerechnet aus deren Namen ein Wort zusammengebastelt und mit dem klassischen Sonderzeichen sowie einer Zahl versehen hat. Mein Bruder, der Fremde. Fast hätte ich gelacht. Und dann ist er da, der Trauerkampf, der Wutschmerz, der Frustzorn.

Ruckartig stehe ich auf, muss mich bewegen, balle die Hände zu Fäusten. Diese ganze Situation hier, dieses Leben, das ich seit Monaten führe … Ich habe es so satt. Ich will Antworten, aber ich kriege sie nicht. Jedes Mal, wenn ich denke, einen Schritt weiter zu sein, tun sich nur neue Rätsel auf. Himmel, es ist noch keine drei Stunden her, dass Freya und ich den Wald zusammengeschrien haben, und schon ist von diesem Gefühl nichts mehr übrig. Ganz im Gegenteil. Ich war noch nie so wütend auf Hendrik wie in diesem Moment. Es ist ewig her, dass ich überhaupt wegen irgendetwas so frustriert war.

Ich bin so in mir selbst gefangen, dass ich Freyas Worte im ersten Moment gar nicht höre.

»Hey«, sagt sie leise, aber deutlich. »Alles okay?«

»Nein«, entgegne ich. »Das alles kotzt mich an.« Ich beiße mir kurz auf die Lippe, um den Druck in mir irgendwie loszuwerden. »Wir hatten offenbar keine Ahnung, wer Hendrik ist.« Alles in mir tut weh, als ich den Satz ausspreche. Aber in dieser Sekunde bin ich schlicht und ergreifend davon überzeugt, dass es genau so ist. Wir kannten ihn nicht. Niemand tat das. »Lass uns aufhören«, sage ich und drehe mich komplett zu ihr um.

Sie sitzt immer noch da wie eben, die langen Haare fallen ihr über die Schultern, umrahmen ihr Gesicht, das so schön und gleichzeitig so angespannt ist. Sie will genauso sehr wissen wie ich, was mit Hendrik eigentlich los war, aber diese Videos … Sie helfen uns nicht. *Nichts* kann das. Nur Hendrik. Und er ist tot, verfluchte Scheiße. Ich muss endlich damit klarkommen.

Freya hebt den Blick. »Du willst aufgeben?«

»Das ist kein *Aufgeben.*« Ich schüttle heftig den Kopf. »Aber noch mehr von diesem Mist anzusehen, bringt uns doch auch nicht weiter. Er wird ja wohl nicht plötzlich in einem dieser Videos auftauchen, uns zuwinken und sagen: *Ach übrigens, das hier ist nur ein bisschen Freizeitspaß gewesen. Tut mir leid, dass ich euch angelogen habe.*«

»Emil, was …?« Freya sieht mich voller Entsetzen an.

Ich lasse sie nicht zu Wort kommen. »Es tut mir leid, Fee. Ehrlich. Es tut mir echt leid, dass wir immer noch kein Stück weiter sind.«

»Aber das sind wir doch.« Sie stellt den Laptop neben sich auf das Sofa, steht auf und kommt auf mich zu. »Wir haben die Videos«, sagt sie und greift nach meinen Händen. Erst nach der linken, dann nach der rechten. Ihre Haut ist warm und weich und steht damit im absoluten Kontrast zu meiner eigenen. »Diese Videos werden uns helfen«, versichert sie mir.

»Und was, wenn nicht? Soll ich mich echt für den Rest meines Lebens fragen, was mein Bruder eigentlich für ein Mensch war? Ich will nicht an ihm zweifeln, Fee, aber ich habe keine Ahnung mehr, wer er war. Er ist dort eingebrochen, und das bedeutet, dass er ein Verbrechen begangen hat. Er hat sogar Beweisvideos gemacht.« Diesen Fakt so laut und deutlich auszusprechen, macht etwas mit mir. Alles in mir kribbelt, und ich spüre ein Brennen in meinen Augenwinkeln. Scheiße, nein, ich werde nicht heulen. Nicht jetzt. Nicht wegen dieser beschissenen Videos, auch wenn mir durchaus klar ist, dass sie nicht die Ursache sind. Sondern nur der berühmte Tropfen, der zu viel ist.

»Du weißt, wer Hendrik war.« Freya steht so dicht vor mir, dass ich sehen kann, wie sich ihre Brust bei jedem Atemzug hebt und senkt. Leise spricht sie weiter: »Er hat sich für dich geprügelt und Lene beschützt, er war ein Quatschkopf und bitterernst, wenn es nötig war. Er mochte es, hin und wieder ein paar Basketbälle im Korb zu versenken, Fahrradfahren fand er langweilig, aber wenn ihm Dinge wichtig waren, war er *all in.*« Mit den Daumen fährt sie über meine Handrücken, und das, zusammen mit ihrer sanften Stimme, beruhigt mich. Es sind nur wenige Sätze, aber mit ihnen schafft sie es, dass ich mich nicht mehr wie ein Getriebener fühle. Und mich an das erinnere, was ich tief in meinem Herzen weiß.

»Er war gesellig«, fährt sie fort, und ich nicke bei jedem Wort, das sie von sich gibt, »aber er mochte es auch, einfach am Fjord zu sitzen und ein Buch zu lesen. Oder die Touris zu beobachten und sich über sie lustig zu machen, weil sie Dinge fotografieren, die für uns alltäglich sind.«

Ich höre ihr zu und rufe mir Bilder in den Kopf, die zu dem passen, was Freya sagt. Es fällt mir nicht schwer, zu allem etwas zu finden. Denn sie hat recht. Wir kennen Hendrik sehr wohl. Wir wissen, was für ein Mensch er war. Wir wissen nur einfach nicht alles. Und ich glaube, das kann man sowieso nie. Niemand ist ein offenes Buch, es gibt auch verborgene Kapitel. Wie ein Hidden Track auf einer CD. Das hier ist Hendriks.

»Okay.« Ich nicke wieder. Oder immer noch, keine Ahnung. Das Hämmern hinter meiner Stirn wird heftiger.

»Okay?«, hakt Freya vorsichtig nach.

»Ja.« Behutsam entziehe ich ihr meine Hände. »Aber ich glaube, ich gehe nun trotzdem nach Hause. Sei mir nicht böse, ich brauch einfach etwas …« Ruhe. Ablenkung. Abstand von diesem Laptop.

»Nein, schon gut, ich versteh das.« Sie lächelt sanft. »Ich kann dir ja eine Nachricht schicken, wenn ich in einem Video etwas entdecke. Also … falls du das willst …« Ihr sanftes Lächeln wird unsicher. »Wenn ich dich damit in Ruhe lassen soll, ist es natürlich auch kein Problem.«

»Nein, du … Schreib mir einfach.« Ein letztes Mal nicke ich, dann schnappe ich mir im Flur meine Jacke. Freya steht mitten im Wohnzimmer und sieht mir hinterher, und ich weiß mit unumstößlicher Sicherheit, dass sie sich heute Nachmittag jedes einzelne dieser Videos ansehen wird. Vielleicht wäre ich genauso, wären unsere Rollen vertauscht. »Bis … bis dann.«

Jetzt ist sie diejenige, die nickt. »Bis dann«, wiederholt sie meine Worte leise.

Eine Sekunde blicken wir uns schweigend an. Vielleicht sind es auch zwei. Fee sieht verständnisvoll und traurig aus, und das ist etwas, was ich noch viel weniger aushalte, als diese Videos von meinem Bruder anzuschauen. Ich will nicht der Grund sein, warum sie sich so fühlt, und trotzdem kann ich nicht anders. Ich muss hier raus.

Wortlos drehe ich mich um und verlasse ihre Wohnung.

Als ich zu Hause ankomme, bin ich immer noch aufgewühlt, wenn auch in einer etwas ruhigeren Form. Meine Eltern sind nicht da, Dad hat mir eine Nachricht geschickt. Wieder irgendein Essen mit wichtigen Menschen für seine Kampagne. Kurz bin ich verwundert, dass Mum echt mitgegangen ist, obwohl sie in den letzten Wochen immer seltener das Haus verlassen hat. Aber anscheinend hat Dad sie heute irgendwie überzeugt gekriegt. Ohne die Schuhe auszuziehen, laufe ich einmal quer durch das Haus und trete auf der anderen Seite in den Garten hinaus, um nach den Hühnern zu sehen. Erneut schießt mir durch den Kopf, wie unglaublich es ist, dass ihre Namen wirklich Teil des Passworts sind. Hendrik hat sich immer nur lustig drüber gemacht, und nun nutzt er sie dafür? Andererseits ist das ganz schön clever. Ich bin mir sicher, dass niemand außer Freya darauf gekommen wäre. Maximal noch Lene, aber meine Schwester hat sich immer noch nicht gemeldet und weiß nicht einmal von Freyas Fund.

Seufzend verteile ich frisches Wasser und Futter für die Hühner und sammle neue Eier ein. Heute früh habe ich nur die paar mitgenommen, die ich für Freyas Rührei brauchte. Dann stelle ich den Korb zur Seite, fege den Boden einmal durch und verteile neues Stroh. Eira ist die Einzige, die mir dabei Gesellschaft leistet. Sie sitzt auf einer Stange und guckt zu. Normalerweise unterhalte ich mich mit ihr dabei, aber heute kann ich das nicht. Ich will einfach nur fertig werden, raus hier und in irgendein Wasser. Doch bevor ich mich entscheiden kann, ob ich ins Hallenbad oder zu einem See fahre, klingelt mein Handy.

»Ernsthaft? *Jetzt*?« Ich stelle den Besen weg, wische meine Hände an der Jeans ab und ziehe anschließend mein Telefon aus der Hosentasche.

Eine unbekannte Nummer leuchtet mir entgegen. Irgendwo aus dem Ausland. Fantastisch. Wahrscheinlich ist es wieder einer dieser Werbeanrufe aus Indien.

»Hallo?«, melde ich mich genervt, innerlich gewappnet, meinen Gesprächspartner direkt abzuwimmeln. Was auch immer die Person will, heute habe ich keine Geduld dafür.

»Du bist ja gut gelaunt«, kommt es mir sarkastisch entgegen.

»*Lene*?« Überrascht halte ich in meiner Bewegung inne.

»Jups. Hi, Emil.«

»Hi ...« Ich gebe es nicht gern zu, aber mehr bekomme ich nicht heraus. In diesem Moment bin ich sprachlos, weil ich mit ihrem Anruf wirklich nicht gerechnet habe.

»Leben meine Hühner noch?«

Wie von selbst fällt mein Blick auf Eira, zu der sich mittlerweile Nanna gesellt hat. »Ist das dein verfluchter Ernst?«, frage ich und kicke ein bisschen Stroh in die Luft. »Du meldest dich nach fast einem Monat endlich mal, und das ist das Erste, was du wissen willst?«

»Woah, chill. Was ist denn mit dir los?«

»Was los ist? Hier geht alles den Bach runter, und du schaffst es nicht einmal, auf eine beschissene E-Mail zu antworten. Mum macht sich Sorgen, verdammt noch mal.« Ich knalle ihr alles an den Kopf.

»Mum oder du?«

»Ist das nicht völlig egal? Du könntest ihr einfach einen Dreizeiler schicken, dann weiß sie, dass es dir gut geht. Das ist das Mindeste, Lene.« Dass ich ihr die Scheiße überhaupt erklären muss ... Sollte es nicht vollkommen selbstverständlich sein, sich bei seiner Mutter zu melden, die gerade eines ihrer Kinder verloren hat?

»Ist ja gut, krieg dich wieder ein. Ich schreib ihr.«

»Okay. Danke.« Ich nehme mir kurz Zeit, um Luft zu holen. »Deinen Hühnern geht es übrigens gut. Dagahilt hat einen etwas blassen Kamm, aber noch hat sie kein Fuchs erwischt.«

»Witzig.«

»Das war kein Witz. Zweimal war es knapp.«

»Du sperrst sie abends doch ein, oder?«

»Natürlich sperre ich sie ein. Ich bin kein Idiot.«

»Das habe ich auch nicht behauptet.« Ich höre sie seufzen. »Was ist los mit dir, Emil?«

»Gar nichts ist los.«

»Du hast mir gerade gesagt, dass alles den Bach runtergeht. Also frage ich dich noch einmal … Was ist passiert?« Nun klingt auch sie genervt, und das nervt mich noch mehr.

»Ist dir doch eh egal«, brumme ich, jage Eira und Nanna nach draußen, hebe den Korb mit den Eiern auf und verlasse selbst die Hütte.

»Ist es nicht.«

»Ach ja? Meldest du dich deswegen so oft? Weil es dir *nicht egal* ist?« Ich betone die beiden Wörter besonders, während ich durch den Garten stapfe. Lene soll merken, wie angekotzt ich bin.

»Jetzt hör auf, beleidigt zu sein. Du kannst mir nicht vorwerfen, dass mir alles egal sei, und dann nicht antworten, wenn ich dich frage, was passiert ist.«

Sie hat recht, und dennoch bietet sie mir die perfekte Angriffsfläche. Weil ich sowieso schon sauer auf die Welt bin und mir ihr Anruf gerade noch gefehlt hat. Also lasse ich meine Wut an meiner Schwester aus, obwohl das nicht fair ist. Lene ist erwachsen, sie muss sich nicht bei mir oder unseren Eltern melden. Es wäre nur schön, wenn sie es trotzdem täte.

»Dad hat seine Kandidatur bekannt gegeben.«

»Oh. Echt?«

»Und die Presse hat seither ultraviel Spaß dabei, Hendrik durch den Dreck zu ziehen.«

»Scheiße.«

»Und Freya hat einen Laptop gefunden, der Hendrik gehört hat und von dem niemand etwas wusste.«

»Bitte was?«

Einmal angefangen, höre ich nicht mehr auf. Ich erzähle ihr alles und bemerke selbst, wie geladen meine Worte klingen. Eins nach dem anderen feuere ich ab. Seit Freya und ich diese Videos entdeckt haben, ist irgendetwas in mir an die falsche Stelle gerückt. Oder vielleicht auch an die richtige. Ist Wut nicht gesund? Gehört zum Trauern dazu, meine ich mich zu erinnern. Also ist es vielleicht gar nicht so verkehrt, diesem Gefühl endlich mal Raum zu geben, auch wenn es sich beschissen anfühlt und Lene mich nun so ertragen muss.

»Soll ich nach Hause kommen?«, fragt sie schließlich. Allein ihre Stimme verrät mir, dass sie hofft, dass ich Nein sage. Und gleichzeitig weiß ich in diesem Moment mit unumstößlicher Sicherheit, dass sie sich unmittelbar in den nächsten Flieger setzen würde, wenn ich sie darum bitten würde. Es ist genau diese Zuversicht, die mich ihre Frage ablehnen lässt.

»Nein. Heute ist nur alles etwas viel.« Ich setze mich auf die Steinstufen, die nach oben zur Terrasse führen, fahre mir durch die Haare und blicke in den Garten. Zu den Hühnern, die fröhlich in ihrem Auslauf herumstolzieren. Zu den Bäumen, die danebenstehen und endlich wieder Blätter haben. Und zu dem kleinen Bachlauf, der an das Grundstück grenzt. Mein Zuhause ist schön, ein Ort voller Erinnerungen, nur ist fast jede davon unweigerlich mit meinen Geschwistern verbunden. Was bedeutet, dass alle Gedanken an die Vergangenheit nun mit einer Art grauem Schleier überzogen sind. Schnell wende ich den Blick wieder ab und starre stattdessen auf meine Füße.

»Ich melde mich wieder öfter, Emil. Ich versprech's.«

»Okay.« Mit einem Mal überfällt mich eine gnadenlose Erschöpfung, gegen die ich nicht ankämpfen kann. Ob Lene sich wirklich an ihr Versprechen hält, steht in den Sternen. Aber ich hoffe es, nicht zuletzt für Mum. »Wo bist du gerade überhaupt? Immer noch in Auckland?«

»Nein. In Wellington.«

»Ah, verstehe«, murmle ich und verstehe sogar weitaus mehr, als sie sagt. Lenes Reise ist noch lange nicht zu Ende. »Hilft es dir?«

»Was meinst du?«

»Hilft das Reisen dir, Hendrik zu …« Fast hätte ich *vergessen* gesagt, aber das wäre gemein, und das hat Lene nicht verdient. »Seinen Tod zu verarbeiten.« Ich verziehe bei meinen eigenen Worten das Gesicht. Verarbeiten klingt, als müsste man nur genug Zeit und Energie reinstecken und schon ist es okay, keinen Bruder mehr zu haben. Dabei wird es nie okay sein. Ich glaube nicht, dass man den Tod eines geliebten Menschen verarbeiten kann. Man kann ihn nur akzeptieren und weitermachen und zwischendurch in den Wald schreien gehen.

Lene lässt sich viel Zeit mit ihrer Antwort. Einen kurzen Moment nehme ich an, dass sie aufgelegt hat, doch als ich nachsehe, erkenne ich, dass unsere Verbindung immer noch besteht.

»Er ist jeden Tag in meinem Kopf, falls du das meinst.«

»Hm«, entgegne ich und scharre mit dem Schuh über ein paar Steinchen auf der untersten Treppenstufe. »Schon witzig, oder?« Ich klinge verdammt verbittert. »Mum schläft nicht mehr ohne Medikamente, Dad stürzt sich in die Arbeit, du bist ans andere Ende der Welt geflogen, ich versuche, nicht ständig darüber nachzudenken, wer unser Bruder eigentlich war, aber keinem von uns hilft es.« Wir sind kaputt. Meine komplette Familie ist kaputt. Und anstatt füreinander da zu sein, kämpft jeder für sich allein. Noch nie war mir das so bewusst wie in diesem Moment.

»Man kann einen anderen Menschen nie zu hundert Prozent kennen.« Lenes Worte sollen vermutlich neutral klingen, aber keiner von uns kann das in Bezug auf Hendrik sein. Denn diese Aussage zu akzeptieren, bedeutet, dass sie allgemeingültig ist. Und das passt in meinem Kopf nicht zusammen, weil ich immer davon ausgegangen bin, niemanden so gut zu kennen wie meine beiden Geschwister. Einer für alle, alle für einen. Die Musketiere.

»Ich weiß«, sage ich trotzdem. Ich weiß es, aber ich fühle es nicht, und das macht Hendriks Tod und Lenes Flucht so kompliziert. Sie fehlt mir, und ich wünsche mir, dass sie zurückkommt, aber ich sage ihr nichts davon, weil das nicht fair wäre. Ich kann hier nicht weg, kann Dad, aber vor allem Mum nicht auch noch verlassen. Doch Lene ist schon weg, und auch wenn ich sie gern hier hätte, um diese ganze Scheiße nicht allein durchstehen zu müssen, sondern mit meiner Schwester und damit meiner besten Freundin an meiner Seite … Fakt ist nun einmal, dass ich allein hier bin. Weil Lene seit dieser Augustnacht nicht mehr in Drammen glücklich sein kann. Niemand in meiner Familie ist das. Wir tun nur so, als kämen wir klar.

10

FREYA

Ich bin besessen. Anders kann ich mein eigenes Verhalten nicht beschreiben. Seit Emil weg ist, habe ich die ganzen Videos aufs Hendriks Laptop durchgesehen und zerbreche mir den Kopf, was es damit auf sich hat. Es ergibt schlichtweg keinen Sinn. Diese völlig zusammenhangslosen Aufnahmen, immer dasselbe und doch anders. Die neueren Videos sind heftiger als die ältesten. Radikaler. In einem, das nur ein paar Wochen vor Hendriks Tod aufgenommen wurde, pusht sich die Gruppe gegenseitig hoch, ehe sie das Gelände stürmt. Und als sie es in den Innenbereich einer Farm geschafft haben, machen sie einige der Schweine los und öffnen Gatter und Tore. Viele der Tiere schaffen es nicht aus dem Gebäude hinaus, aber ich glaube, das war auch nicht das Ziel. Sie wollten für Chaos sorgen. Und das erreichen sie mit diesen Aktionen problemlos.

Manche Videos starte ich mehrfach auf der Suche nach Hinweisen, aber es ist wieder wie die Suche nach der Nadel im Heuhaufen. Nur weiß ich diesmal nicht einmal, was ich suche. Und dementsprechend finde ich auch nichts, was mir irgendwie weiterhelfen könnte. Die einzigen Hinweise, die ich habe, sind seine Ordnernamen, die darauf hindeuten, dass es sich um Videos für ein Uni-Projekt handelt. Aber das hätte er doch niemals so dermaßen sichern und im Wald verstecken müssen. Oder hat er in unserer Hütte nur dran gearbeitet und den Laptop dort vergessen? Doch dann hätte sich das Ding nicht unter dieser losen Diele befunden. Er muss ihn selbst aktiv dort versteckt haben. Aber warum?

Gott. Auf diesen Bildschirm zu starren, macht mich irre. Ich vergrabe mein Gesicht in den Händen und reibe mir fest über die Stirn, in der Hoffnung, mit der dadurch gesteigerten Durchblutung auch mein Gehirn anzuregen.

Es hilft nichts. Ich weiß einfach nicht mehr weiter. Lustlos sehe ich mir noch ein Video an, merke jedoch schnell, wie ich mit den Gedanken abdrifte und den Fokus verliere. Ich verstehe, warum Emil gegangen ist. Ich verstehe, dass ihn diese ganze Situation aufregt und er eine Pause braucht. Oder vielleicht will er auch gar nichts mehr damit zu tun haben. In meiner eigenen Trauer vergesse ich manchmal, dass ich nicht die Einzige bin, die Hendrik verloren hat. Und dass es Emil und Lene genauso wehtut wie mir. Sie gehen nur auf andere Art und Weise damit um.

Aus einem Impuls heraus hole ich mein Handy und schreibe Lene eine Mail. Ich habe mich ewig nicht bei ihr gemeldet, und auch sie hat mir nicht geschrieben, seit Hendrik gestorben ist. Aber nachdem ich nun so viel Zeit mit Emil verbracht habe … Lene gehört dazu. Ich war mit Hendrik zusammen, aber die drei waren ein Team – und vielleicht weiß sie ja auch … Nein. Ich unterbreche meine Gedanken. Ich kann sie nicht auch noch mit den Videos belästigen. Wenn Emil nichts weiß, weiß Lene sicher auch nichts. Er hat sie bestimmt längst gefragt. Wahrscheinlich würde sie mir nicht einmal antworten, das tut sie ja auch bei ihrer Familie nicht. Ich lösche die Mail wieder, lege das Handy beiseite und stöpsle den Laptop ein, damit der Akku nicht demnächst leer wird.

Mittlerweile habe ich jeden Ordner von vorne bis hinten durchgeklickt, habe nach Dateien und Dokumenten gesucht, in denen er einen Projektplan geschrieben oder eine Hausarbeit angefertigt hat. Irgendeinen schriftlichen Teil, den er später, wenn er die ganzen Videos zu einer Dokumentation zusammengeschnitten hätte, hätte abgeben können. Aber es gibt weder das eine noch das andere. Nur Videos, die diese Gruppe vermummter Gestalten zeigt, wie sie in eine Massentierfarm nach der anderen einbrechen und dabei immer effizienter werden. Sie klettern nicht mehr jedes Mal über Zäune, sondern knacken auf den neueren Videos direkt die Schlösser.

Frustriert massiere ich mir die Schläfe, weil die Kopfschmerzen allmählich wiederkommen. Tun sie es nicht vom Heulen, dann, weil ich zu viel grüble. Und dabei habe ich noch nicht einmal Erfolg. Ich weiß einfach nicht, was er sich bei diesen Einbrüchen gedacht hat. Verflucht noch mal, er hätte doch auch anders für besseren Tierschutz protestieren können.

Als ich das nächste Video starte, rücke ich ein wenig näher an den Bildschirm, suche nach irgendeinem Firmenlogo, das mir verrät, wo das Video aufgenommen wurde. Aber wieder ist es einfach nur dunkel, ich höre Schritte auf Asphalt, keine Stimmen. Es könnte überall sein. Trotzdem glaube ich … Eine Idee formt sich in meinem Kopf, und ich tippe *Massentierfarm, Schweine, Norwegen, Überfall* in eine Suchmaschine. Unzählige Ergebnisse werden angezeigt, die ersten davon betreffen alle die Sandvik-Farm. Aber vielleicht gibt es auch Berichte über Überfälle auf andere Farmen. Wo niemand verletzt wurde und die Berichte darüber deshalb in den Medien untergingen. Vielleicht gab es nur kaputte Sicherheitszäune oder andere Einbruchsspuren, die kaum eine Fünfzeilennachricht wert waren.

Ich scrolle weiter nach unten und stoße tatsächlich auf ein paar Berichte. Aber arg viel weiter bringen sie mich auch nicht. Im Prinzip steht immer dasselbe drin: Einbrüche, Täter sind unerkannt entkommen, zunächst harmlos, dann radikaler. Zäune wurden mit Bolzenschneidern durchtrennt, Tiere freigelassen, hoher Sachschaden. Zeugen werden gebeten, sich zu melden. Ob die Einbrüche wirklich jemand beobachtet hat, erfahre ich nicht. Selbst dann nicht, wenn ich dieselbe Suchanfrage mit Lachsen statt Schweinen stelle.

Irgendwann schiebe ich den Laptop von mir und stehe auf, um mir einen Kaffee zu machen. Während ich daran nippe, blicke ich wieder auf das Display, verleihe mir selbst das Prädikat, völlig durchgeknallt zu sein, und befehle mir, mir ein Hobby zu suchen, das mich auf angenehmere Art und Weise beschäftigt. Ich weiß, dass ich manchmal übertreibe und nicht mehr loslassen kann, wenn ich mich in eine Aufgabe verbissen habe. Aber das hier … Aufhören ist schlicht keine Option, solange es um Hendrik geht.

Und dann ist sie da. Die Idee, was ich noch tun kann. Ich greife wieder nach meinem Handy und wähle Emils Nummer. Es dauert ein bisschen, doch dann meldet er sich.

»Hi, Fee.«

»Hi, Emil.« Ich presse mir das Telefon fest ans Ohr. »Was machst du am Montag?«

Eineinhalb Tage nach meinem Anruf bei Emil befinden wir uns auf dem Weg nach Oslo, um mit Hendriks Professor zu reden.

»Die Dame im Studierendensekretariat hat gemeint, wir sollen es einfach versuchen. Sie kann uns nicht versprechen, dass er noch da ist, aber vielleicht haben wir Glück. Es verschwinden wohl nicht alle sofort in die Semesterferien.«

»Okay. Dann hoffen wir mal.« Emil ist zwar dabei, aber ich weiß, dass er sich nicht allzu große Hoffnungen macht. Ich versuche selbst, nicht zu enthusiastisch zu sein, weil das mit den Erwartungen so eine Sache ist. Aber ganz verhindern, dass ich aufgeregt bin, kann ich nicht.

Denn nicht nur Erwartungen sind fies, sondern auch die Hoffnung. Sie ist immer irgendwie da, mal mehr, mal weniger, ganz weg ist sie nie, und das macht den Aufprall am Ende nur umso härter. Zugleich erdet Emil mich. Wie auch immer er das zustande bringt, aber ihn in meiner Nähe zu wissen, macht mich ruhiger. Auf eine Weise, wie nur er das schafft. Ich fühle mich wohl, wenn ich ihn um mich habe. Genau das sollte mir vielleicht Angst machen, aber das tut es nicht.

»Danke, dass du mitkommst«, sage ich leise und streiche mit den Händen über den Laptop auf meinem Schoß. Es ist praktisch, dass er Ferien hat. Ich hingegen habe mir den Morgen freigenommen, weshalb ich erst am frühen Nachmittag im Büro sein muss.

»Na klar«, antwortet er, doch so klar ist das nicht. Ich habe diese Angelegenheit zu seiner gemacht und ihm fast keine andere Wahl gelassen, als mir zu helfen. Dass er nun mit nach Oslo kommt, sogar fährt, ist großartig von ihm.

Ich bin die ganze Strecke über nervös, denn das hier ist mit großer Wahrscheinlichkeit unsere letzte Chance, um zu erfahren, was es mit den vielen Videos auf sich hat. Es ist offensichtlich, dass Hendrik einen Film daraus machen wollte. Doch zu welchem Zweck? Ich bin mir ziemlich sicher, dass die Uni ein derartiges Vorgehen, nur um am Ende einen Film oder eine Doku zusammenzuschneiden, nicht erlauben würde. Wenn wir danach also nicht weiter sind, muss ich aufhören und *nach vorne sehen.* Ich hasse diese Floskel, aber mir ist auch bewusst, dass etwas Wahres dran ist. Nicht loslassen zu können, verbittert auf Dauer, und das ist etwas, das ich nie sein wollte.

Wir reden nicht viel miteinander, auch von Emil geht eine gewisse Anspannung aus. Er umklammert das Lenkrad fester als nötig, aus dem Radio dudelt leise Musik. Chris Holsten, der Liebling aller Sender momentan. Um mich abzulenken, singe ich lautlos mit. Erst bei Chris, dann bei Måns Zelmerlöw. Ich mag ihre Lieder, aber mein Plan, davon ruhiger zu werden, scheitert grandios. Weil heute nichts hilft, um meine Aufregung zu kompensieren.

Kurz nach neun erreichen wir Oslo, und eine weitere halbe Stunde später betreten wir das Uni-Gelände. Die University of Oslo ist riesig, es erstaunt mich jedes Mal aufs Neue. Ich war bisher nicht oft an der UiO, habe nur ein paarmal Hendrik besucht und mir von ihm den Aufbau erklären lassen. Die Gebäude der Universität befinden sich in verschiedenen Teilen der Stadt, Emils Fakultät ist im Zentrum, die der Künste, an der Hendrik studiert hat, weiter am Stadtrand. Doch obwohl Emil seine Vorlesungen woanders hat, scheint er sich ganz gut auszukennen. Er lotst uns zielstrebig vom Parkplatz über den Campus über eine Wiese, auf der riesige, alte Bäume ein regelrechtes Blätterdach über uns bilden, bis zu einem großen roten Gebäude. *Administration & Verwaltung* steht auf einem golden glänzenden Schild.

»Hier müsste es sein«, sagt er und hält mir die dunkle, schwere Holztür auf.

Ein wenig erinnert mich das hier alles an ein Schloss. Die dicken Wände, die verschnörkelten Ecken, die hohen Decken in der Eingangshalle, die Stille. Jeder Schritt ist laut zu hören, als wir nach einem kurzen Stopp am Informationsschild die breite Treppe nach oben zu Raum 3045 gehen. Mit jeder weiteren Stufe spüre ich das Gewicht des Laptops deutlicher unter meinem Arm. Unwillkürlich verstärke ich den Griff um Hendriks Computer. Je weiter wir nach oben kommen, desto kleiner und verwinkelter werden die Gänge. Dieser Bereich des Gebäudes schreit eindeutig Kunst, Kunst, Kunst. Es ist ein Ort voller Inspiration, und ich brauche nicht viel Fantasie, um mir Hendrik hier mit einer seiner Kameras vorzustellen. Ein Kribbeln entsteht auf meiner Haut, plötzlich fühle ich mich ihm so viel näher.

Schließlich erreichen wir einen Flur, in dem zu beiden Seiten Türen abgehen. Im Gehen lese ich die Namen auf den kleinen Schildern auf der rechten Seite, Emil liest die links. Svensson. Jensen. Haugland. Meier. Nowak. Davis. Andrzejewski. Jones. Und dann, an der letzten Tür, steht der Name, den wir suchen: *H. Olafsen.*

Schlagartig beschleunigt sich mein Herzschlag, und das Adrenalin schießt durch meinen Körper. Es ist dumm, weil ich noch nicht einmal weiß, ob Hendriks Dozent überhaupt da ist. Aber das spielt für die Hormone in meinem Blut augenscheinlich keine Rolle. Ich atme tief durch, doch mein Puls bleibt erhöht.

»Wollen wir?«, fragt Emil zaghaft.

Ich nicke, bringe plötzlich keinen Ton mehr über meine Lippen. Das hier ist er, der Moment, den ich seit Samstagabend unaufhörlich vor meinem inneren Auge sehe. Ich gehe alle Möglichkeiten durch. Dass er da ist, dass er nicht da ist. Dass er uns helfen kann, dass er es nicht kann. Dass er uns wenigstens sagt, wo wir dann Informationen herkriegen können.

Emil klopft zweimal, und es sind nur ein paar Sekundenbruchteile, bis wir eine Stimme hören.

»Einen Augenblick, bitte!«

Schweigend sehe ich Emil an, er verzieht keine Miene. Das Einzige, was seine Anspannung verrät, sind die zu Fäusten geballten Hände.

Ich habe keine Ahnung, wie lange wir warten. Es können Minuten, aber auch nur Sekunden sein, die sich wie eine Ewigkeit anfühlen. Hinter der Tür erklingt Gemurmel, aber es ist zu gedämpft, als dass wir etwas verstehen könnten. Ich umklammere den Laptop noch fester, als plötzlich die Tür aufgeht. Ein Mann Ende vierzig steht vor uns und sieht uns freundlich an.

»Hallo«, begrüßt er uns. »Was kann ich für Sie tun?«

»Wir …« Wieder versagt mir die Stimme, während ich ihn einfach nur anstarren kann. Schräg hinter ihm steht ein anderer Student, der ein paar Bücher einpackt.

Emil springt für mich ein. »Wir haben eine Frage und hoffen, dass Sie uns weiterhelfen können. Es geht um meinen Bruder, er war Ihr Student. Hendrik Berg?«

»Ah, ja. Hendrik. Ich erinnere mich. Nun denn, kommen Sie schon einmal herein.« Er öffnet die Tür ein Stückchen weiter und lässt uns eintreten. »Mein Sohn wollte gerade gehen. Bitte, nehmen Sie Platz.«

»Danke für den Schlüssel, Dad.« Klimpernd hält er einen Schlüsselbund in die Höhe. »Bis später.« Er sieht uns kurz an, ehe er an uns vorbeiläuft und das Büro verlässt.

Emil nimmt Platz, ich tue es ihm gleich. Wieder lege ich den Laptop auf meinen Schoß, der mir gefühlt ein Loch in die Beine brennt. Gott, ich hoffe so sehr, dass Herr Olafsen uns zumindest ein bisschen helfen kann.

»Also, worum geht es? Sie sind Hendriks Bruder, sagen Sie?«

»Ja.« Emil nickt und deutet auf mich. »Und das ist Freya, sie war seine Freundin.«

Olafsen nickt mir einmal zu, ein angedeutetes Lächeln liegt auf seinen Lippen. Offenbar weiß er nicht, was er zu mir sagen soll. Dieses Problem haben die Menschen oft, wenn sie erfahren, dass mein Freund gestorben ist. Manche begegnen mir mit Mitleid, andere sind schlicht überfordert, viele sagen, dass es ihnen leidtue. Nur die allerwenigsten reagieren so, wie ich es in der jeweiligen Situation als passend empfinde, weil ich oft in diesen Momenten selber nicht weiß, was gerade richtig ist. Ich nehme es Olafsen nicht übel, dass er nichts weiter dazu sagt.

»Wir haben etwas gefunden, das meinem Bruder gehört hat, und wissen nichts damit anzufangen. Vielleicht können Sie uns helfen.« Emil streckt die Hand nach dem Laptop aus und klappt ihn auf. »Es sind Videos«, erklärt er. »Von … Einbrüchen in Massentierfarmen. Sie wissen, wie mein Bruder … gestorben ist?«

Olafsen nickt. »Ja. Ich habe davon gehört.«

»Okay.« Emil dreht den Laptop einmal um hundertachtzig Grad und stellt ihn vor uns auf den Schreibtisch des Dozenten, sodass Olafsen auf den Bildschirm sehen kann. »Das sind die Videos. Er hat sie sortiert. Nach Abschlussarbeit. Semesterarbeit. Hausarbeit. Ich weiß, dass Sie sein Betreuer für die Semesterarbeit waren, deshalb dachten wir, Sie könnten uns vielleicht sagen, was es damit auf sich hat.«

»Lassen Sie mal sehen.« Olafsen zieht den Laptop näher zu sich, sein Blick rast über den Bildschirm, während er die Vorschaubilder betrachtet. Wieder scheint die Zeit stillzustehen, während wir darauf warten, dass er reagiert oder irgendetwas sagt, das unsere Fragen beantwortet. Doch er tut es nicht. Nach einer Weile klickt er eins der Videos an. Ich erkenne nur am Ton, um welches es sich handelt. Es ist eins von den beiden Lachsfarmen, in dem mehrere vermummte Gestalten über einen Zaun klettern und sich somit Zutritt auf die Anlage verschaffen. Olafsen schaut sich das Video an, gibt keine Regung von sich. Erst am Ende sieht er auf.

»Das hat nichts mit Hendriks Seminararbeit zu tun, und eine Abschlussarbeit hatte er noch gar nicht angemeldet. Das hätte er frühestens jetzt für nächstes Jahr tun müssen.« In seinem Blick liegt Bedauern. »Es tut mir leid, ich kann Ihnen nicht weiterhelfen.«

Und damit spricht er aus, was ich befürchtet habe. Die Fahrt hierher war umsonst, die letzte Hoffnung geplatzt. Ich werde nie erfahren, was es mit Hendriks Videos auf sich hat oder warum er sie vor mir versteckt hat.

»Was ist denn das Thema seiner Seminararbeit bei Ihnen?« Im Gegensatz zu mir lässt Emil nicht locker. »Vielleicht hat er es ja weitläufig interpretiert …«

»Ich fürchte nicht.« Olafsen setzt ein Lächeln auf, das entschuldigend und bedauernd zugleich wirkt. »Es tut mir leid, ich darf Ihnen keine inhaltlichen Details nennen. Nur so viel … Es hatte nichts mit Tieren zu tun. Nicht einmal im entferntesten Sinne.«

»Hm.« Emil nickt ganz langsam. »Und eine offiziell angemeldete Abschlussarbeit gab es nicht?«

»Nein, Hendrik war noch nicht so weit. Und falls er doch schon frühzeitig angemeldet hätte, hätte ich mit meinem Kollegium längst darüber gesprochen und wüsste, wer ihn betreut.«

»Okay.« Emil dreht sich zum ersten Mal, seit wir Olafsens Büro betreten haben, in meine Richtung. Und was ich in seinem Gesicht sehe, spiegelt meine eigenen Emotionen wider. Er hat aufgegeben. Wir kommen hier eindeutig nicht weiter. Aber ich weiß auch nicht, was wir sonst noch tun können.

»Vielen Dank für Ihre Zeit, Herr Olafsen. Dürfen wir uns … Dürfen wir uns melden, falls wir noch einmal eine Frage zu Hendriks Studium haben?«

»Eigentlich darf ich nicht viel mehr sagen, als das, was ich bereits getan habe. Aber in Ihrem Fall … Warten Sie.« Er öffnet eine Schreibtischschublade und zieht eine Visitenkarte hervor. »Ich weiß nicht, wie lange ich noch in der Fakultät bin, aber in den nächsten Tagen bin ich hierüber erreichbar.«

»Vielen Dank, das ist sehr nett.« Emil nimmt ihm die Karte ab und zieht den Laptop wieder zu uns. Er klappt ihn zu, ohne ihn auszuschalten. »Danke, dass Sie sich Zeit für uns genommen haben.«

»Nichts zu danken.« Er sieht erst Emil, dann mich an. »Tut mir leid, dass ich nicht helfen konnte.«

Darauf weiß ich nichts zu sagen außer *Mir auch.* Aber ich behalte diese Worte für mich und stehe stattdessen auf. Emil tut es mir gleich. Nach einer kurzen Verabschiedung verlassen wir das Büro von Hendriks Dozenten wieder. Wir waren keine zwanzig Minuten bei ihm.

Auf dem Weg nach unten sprechen wir nicht miteinander. Ich weiß nicht, wie es Emil geht, aber wenn er sich auch nur ansatzweise so erschlagen fühlt wie ich, wundert es mich nicht, dass er ebenfalls schweigt. Auf einmal finde ich das Gebäude weniger schön. Nun wirkt es nicht mehr wie ein imposantes Schloss, sondern eher wie ein Gefängnis. Unweigerlich beginne ich zu frösteln. Erst, als wir wieder draußen in der Sonne sind, lässt diese Empfindung nach. Dafür nimmt das Gefühl, versagt zu haben, zu. Ich weiß, dass das völliger Unsinn ist. Ich habe nicht versagt, es ging hier nicht um eine Leistung von mir oder von Emil. Aber immer noch nicht zu wissen, was der Sinn dieser Videos ist … Ich hasse es. Ich hasse es so sehr.

»Verflucht, Hendrik.« Ich kann die Worte nicht zurückhalten, sie rutschen mir über die Lippen, wenn auch nur leise.

Emil neben mir hört sie dennoch. »Du sagst es.«

Wieder verfallen wir in Schweigen, während ich immer wütender werde. Dabei bin ich es müde. Ich bin es so müde, mich derart hilflos zu fühlen. Denn nichts anderes ist meine Wut. Sie überlagert das Gefühl der Verzweiflung, der Hilflosigkeit, weil sie mir vorgaukelt, ich hätte irgendeine Form der Kontrolle. Aber die habe ich nicht. Zwar haben wir das Passwort geknackt, doch das hat nur neue Fragen aufgeworfen. Die einzige Sache, die wir nun sicher wissen, ist die, dass Hendrik wohl definitiv keine Uni-Arbeit über Einbrüche in Massentierfarmen verfassen sollte und seine Ordnernamen nur Tarnung sind. Aber wofür, verdammt noch mal?

Kurz vor elf sind wir zurück am Wagen. Sobald wir im Auto sitzen, verbinde ich mein Handy sofort mit Emils Radio und öffne auf Spotify meine *All-Fucked-Up*-Playlist. Ich habe sie irgendwann in den Wochen nach Hendriks Tod erstellt, als mich die Wut zum ersten Mal so richtig überfallen hat. Nach all der Lethargie und Traurigkeit davor war sie eine willkommene Abwechslung. Nur dass ich irgendwie auf diesem Level zwischen Wut und Tränen stehen geblieben bin. Ich will da raus, aber ich weiß, dass ich es heute nicht schaffen werde, diese brennende Leere in mir zu bekämpfen. Deshalb die Playlist. Es sind laute Lieder, böse Lieder, geschriene Lieder, welche mit viel Bass, die ich mit meinem Herzen spüren kann. Fünf Stück davon gibt Emil mir, dann dreht er leiser. Ich sehe die winzigen Fältchen auf seiner Stirn, die vor unserem Besuch bei Olafsen noch nicht da waren.

»Weißt du, was ich glaube?«

Ich schweige.

»Lass mich zu Ende sprechen, bevor du was dazu sagst, okay?«

Ich schweige weiter.

»Ich glaube, dass er gar nicht davon ausging, dass du den Laptop finden würdest. Also …« Er stockt kurz, weil er zu spüren scheint, dass mir das, was er da sagt und gleich noch sagen wird, nicht gefallen wird. »Also sollten wir aufhören, Fee.« Er spricht ganz sanft und überlagert damit dennoch die Musik, die im Hintergrund immer noch knallt, nur sehr viel leiser. »Wir müssen loslassen.«

Ich will protestieren, ihm sagen, dass ich das nicht kann. Es ist noch kein Jahr her, die Fragen in meinem Kopf verstummen nie, weil ich ohne sie das Gefühl habe, Hendrik wirklich überhaupt nicht gekannt zu haben. Aber da ist etwas in mir, das schlimmste aller Gefühle: Einsicht. Ich begreife allmählich, dass Emil recht hat.

»Okay«, sage ich beinahe tonlos und schiebe meine Hände unter meine Oberschenkel. Der Laptop liegt inzwischen auf der Rückbank, ich wollte ihn nicht mehr festhalten. Ich will ihn nicht einmal mehr sehen. »Kannst du ihn mit zu dir nehmen? Ich will nicht …« Ich stolpere über meine eigenen Wörter.

»Klar. Mache ich«, antwortet Emil. »Ich nehme ihn mit.«

»Danke.« Ich verstumme wieder, lehne die Wange an die kühle Scheibe und sehe aus dem Fenster. Es kostet mich alles, was ich habe, nicht zu schreien. Weil sich das hier, dieser Fehlschlag mit Hendriks Dozenten, wie absolutes Versagen anfühlt.

»Es tut mir leid, Fee.«

Ich weiß nicht einmal, wofür er sich entschuldigt. Nichts hiervon ist seine Schuld. Im Gegenteil. Er ist der einzige Mensch, mit dem ich reden konnte. Reden *kann.* Ich bin mir sicher, dass mir auch Merrit zuhören würde. Das tun sie und Sarisha immer. Aber sie sind nicht mit Hendrik verwandt und fühlen nicht dasselbe wie Emil und ich. Plötzlich ist der Kloß in meinem Hals da. Ich will ihn schlucken, will, dass die Trauer meinen Kopf und meinen Körper endlich in Ruhe lässt. Aber so funktioniert das nicht. Das tut es nie. Schiere Willenskraft reicht nicht. Wäre dem so, hätte ich mir mein Leben von letztem Sommer vor dem 20. August längst zurückbeschworen.

Ich bin so in meinen Gedanken, in mir selbst versunken, dass ich nicht merke, wie Emil gar nicht nach Hause fährt. Er biegt irgendwann nach rechts ab, die Straße wird steiler, und schließlich erreichen wir einen kleinen Waldweg, von dem ich mir sicher bin, dass er dort mit dem Auto gar nicht reinfahren darf. Er tut es trotzdem. Nach einigen Metern stoppt er den Wagen und sieht mich fragend an.

»Vertraust du mir?«

Ich muss nicht darüber nachdenken. »Klar. Wieso?«

»Gut. Dann los.« Er zieht den Schlüssel und steigt aus. Nach einem kurzen Moment folge ich ihm. Emil steht vor dem geöffneten Kofferraum und schnappt sich zwei Handtücher. Was mich nicht einmal wundert, er hat meistens welche dabei, wenn er unterwegs ist. Das war schon früher so.

»Was hast du vor?«

»Siehst du gleich.« Er lächelt zum ersten Mal seit Stunden. »Komm mit.«

Er wartet, bis ich zu ihm aufgeschlossen habe, ehe wir gemeinsam in den Wald hineinlaufen. Durch die Baumkronen sehe ich den Himmel leuchten, das tiefe Blau, das von ein paar weißen Wolkenschlieren durchzogen ist. Ich habe keine Ahnung, wo wir hier sind, bin mir sicher, diesen Teil des Waldes noch nie betreten zu haben. Doch Emil wirkt zielstrebig, als wisse er ganz genau, wo er hinwill. Und dann sehe ich sein Ziel.

Der See schimmert blaugrau, beinahe silbrig, als wir das Ufer erreichen. Das Gras auf dem kleinen Stück Wiese davor ist knöchelhoch und nur an wenigen Stellen platt getreten. Am Rande der Büsche wachsen unzählige kleine weiße Blüten, die den Boden in wenigen Wochen in ein Meer aus roten Walderdbeeren verwandeln werden. Auf den Ästen der umstehenden Bäume unterhalten sich Amseln miteinander, der Wind wiegt die Zweige sanft hin und her und lässt die Blätter rascheln. Es ist laut und leise zugleich, und ich spüre, wie alles in mir ruhiger wird. Nicht gut, aber ruhiger.

Emil tritt auf das Seeufer zu und blickt hinaus auf das spiegelglatte Wasser. Wenn man genau hinsieht, erkennt man zarte Wasserbewegungen. Ich stehe ein paar Schritte von ihm entfernt und lasse die Idylle auf mich wirken.

»Kommst du mit?«, fragt er und dreht sich zu mir um.

»Wohin?« Wir sind doch schon da.

»Ins Wasser.« Er deutet hinter sich. »Ich denke, wir brauchen beide eine Abkühlung.«

»Da rein?« Ich hebe eine Augenbraue. »Das ist doch bestimmt eiskalt.«

»Ist es.« Nun grinst er. »Aber genau das ist der Sinn der Sache.«

Im nächsten Moment wirft er die Handtücher ins Gras und zieht sich das Shirt über den Kopf. Es landet ebenfalls auf dem Boden. Und während Emil sich am Knopf seiner Hose zu schaffen macht, kann ich es nicht verhindern, seinen Oberkörper zu betrachten. Es ist ein

Reflex. Seine Oberarmmuskeln sind definiert, seine Schultern breit, seine Rückenmuskulatur leicht gekerbt, wie das bei Schwimmern meistens der Fall ist. Der Anblick überrascht mich nicht, trotzdem drehe ich mich hastig zur Seite. Das hier ist Emil, verflucht. Er ist ganz sicher niemand, den ich einfach ungeniert anstarren sollte. Während ich den Kopf in den Nacken lege und zu den Baumkronen starre, höre ich, wie er auch seine Schuhe und die Jeans auszieht und sie ebenfalls zu seinem Oberteil und den Handtüchern wirft.

»Freya?«

»Hm?« Ich sehe immer noch nicht wieder zu ihm.

»Ich geh dann ins Wasser.«

»Okay.«

In der nächsten Sekunde höre ich leises Wasserplätschern. Erst, als ich mir sicher bin, dass Emil schon ziemlich weit drin sein muss, drehe ich mich wieder in seine Richtung.

Ich habe mich getäuscht. Das Wasser geht ihm erst bis zu den Oberschenkeln. Dieses Mal wende ich den Blick nicht von ihm ab, sehe ihm stattdessen zu, wie er immer weiter in den kleinen See watet. Er bleibt nicht stehen, wie jeder normale Mensch das Ende Mai tun würde. Das Wasser kann nicht einmal ansatzweise warm sein.

Plötzlich lässt er sich vollständig hineingleiten. Sein Körper löst eine sanfte Welle aus, die weite Kreise zieht und sich über die Oberfläche des Sees ausbreitet. Er macht ein paar Schwimmzüge, dann dreht er sich zu mir um.

»Es ist gar nicht so kalt«, sagt er.

»Bestimmt«, entgegne ich sarkastisch, mache aber dennoch ein paar Schritte auf ihn zu, bis ich das Ufer erreiche. Das Wasser ist unglaublich klar. Ich erkenne den Grund, die vielen kleinen Steinchen, die sich dort befinden, das silberne Wasser ist nun tiefblau, weil der Sonnenstand perfekt ist. Und wenige Meter von mir weg ist Emil, der kreisende Bewegungen mit den Armen macht, um nicht unterzugehen. Offenbar kann er bereits nicht mehr stehen. Aber er wirkt zufrieden, während er beobachtet, wie ich in die Hocke gehe und eine Hand ins Wasser halte.

Japs. Eiskalt.

Ich ziehe meine Finger wieder zurück und stelle mich erneut aufrecht hin. Kurz überlege ich, ob ich das wirklich tun will. Doch noch in derselben Sekunde kenne ich die Antwort. Ich gehe zurück zu der Stelle, wo sich die Handtücher und Emils Klamotten befinden. Keine halbe Minute später liegen dort auch meine, und ich stehe in Unterwäsche am Rand des kleinen Sees und halte meinen großen Zeh ins Wasser.

Emil lacht auf. »Trau dich.«

»Ich arbeite daran«, antworte ich und tauche den ganzen Fuß ein.

Sofort fühle ich ein kribbeliges Brennen auf meiner Haut. Wie kleine, feine Nadelstiche. Ich halte den Blick auf das Wasser gesenkt und spüre dennoch, wie Emil mich beobachtet. Er hat sich immer noch nicht von der Stelle bewegt, seine Arme gleiten stetig hin und her.

Die ersten Schritte sind hart. Ich beiße mir heftig auf die Lippe, aber ich laufe weiter, auch wenn es mir ein Rätsel ist, wie Emil sich so etwas regelmäßig antun kann. Die kleinen Steine pieken in meine Fußsohlen, aber ich halte nicht inne, bleibe nicht einmal dann stehen, als das Wasser meinen Bauch erreicht und ich unweigerlich die Luft scharf einziehe. Ich wate weiter, spüre die Kälte überall, selbst an Stellen, die noch trocken sind. Durch meine Bewegungen schwappt immer wieder Wasser nach oben, trifft meine Schultern und den Hals.

Ich habe es fast geschafft, der Stoff meines BHs klebt an mir, mir ist eiskalt, aber allmählich verstehe ich, wieso Emil nicht nur im Hallenbad schwimmt, sondern auch hier draußen. Die Gänsehaut auf meiner Haut vertreibt alle Gedanken, und ich kann mich nur noch auf die Spannung in meinem Körper konzentrieren. Das Ziehen wird noch stärker, als ich losschwimme.

»Yay!« Emil feuert mich an und macht mir Platz, damit ich nicht aufhören muss, mich zu bewegen. Ich habe keine Ahnung, was mein Plan ist, schwimme einfach geradeaus. Jeder Zug lockert meine Muskeln, die Kälte durchzieht mich komplett, kriecht in jede einzelne Faser meines Körpers.

»Scheiße!«, stoße ich atemlos hervor.

Wieder höre ich Emil leise lachen. »Schwimm einfach, es wird besser«, versichert er mir.

Ich glaube ihm nicht, tue aber trotzdem, was er sagt. »Wenn ich untergehe, weil meine Arme und Beine Eisblöcke geworden sind, musst du mich retten.«

»Mach ich.« Er verspricht mir auch das, während er zu mir aufschließt. »Ich habe einen Kurs besucht.«

»Echt?«

»Japs. Ich habe den Rettungsschwimmerschein. Du musst dir also keine Sorgen machen.« Er grinst immer noch, und allmählich finde ich das wirklich bewundernswert. Wie kann er so gut gelaunt sein, während wir hier erfrieren? »Hältst du ein bisschen durch, oder willst du wieder raus?«

Auf diese Frage gibt es nur eine Antwort. »Ich halte durch.« Weil ich das immer tue.

»Okay. Dann lass uns den See durchqueren. Das andere Ufer ist cool.«

»Du willst durch den ganzen See schwimmen?«

»Es ist nicht so weit, wie es aussieht.« Und weil der Ausdruck in seinen Augen dabei wieder sagt *Vertrau mir*, tue ich genau das. Ich vertraue ihm.

Es sind tatsächlich keine fünf Minuten, die wir bis zur anderen Seite brauchen. Und Emil hatte schon wieder recht.

»Wow!«, entfährt es mir, als ich vom Wasser aus die großen Trauerweiden sehe, deren Äste so lang sind, dass sie die Seeoberfläche streifen.

Mit zwei schnellen Zügen verschwinde ich hinter diesem grünen Vorhang aus Blättern und Baumarmen. Emil folgt mir, und es ist, als wären wir in einem eigenen kleinen Raum, geschützt durch die Zweige der Bäume. Die eine Hälfte ist Wasser, die andere Wiese. Und weit und breit ist niemand zu sehen. Niemand, außer zwei kleinen Eichhörnchen, die uns mit genügend Sicherheitsabstand beobachten. Lautlos hüpfen sie von einem Ast zum nächsten.

»Sieh mal.« Ich deute mit dem Finger zu ihnen.

Emils Blick folgt meiner Hand, bis auch er sie entdeckt. »Die beiden hüpfen öfter hier herum. Ich hab sie schon ein paarmal gesehen.«

»Das ist unglaublich«, sage ich und betrachte die Baumkronen über uns. Das Blätterdach ist so dicht, dass ich keinen Himmel sehen kann.

»Und es gibt noch was.« Emil schwimmt an mir vorbei, bis er stehen kann, und läuft auf einen der Bäume zu. Ich kann nicht genau erkennen, was er tut, aber kaum eine Sekunde später hält er ein dickes Seil in der Hand. Und ich begreife, was er vorhat.

»Okay, das ist echt cool.« Ich schwimme zur Seite, um ihm Platz zu machen.

Emil holt Anlauf, dann schwingt er sich mithilfe des Seils über das Wasser. Ungefähr auf meiner Höhe lässt er los und klatscht ins Wasser.

Lachend drehe ich mich zur Seite, damit ich die Spritzer nicht ins Gesicht bekomme. Als er prustend wieder auftaucht, bin ich bereits auf halbem Weg ans Ufer. Ich greife nach dem Seil und verlasse das

Wasser. Durch den leichten Wind bekomme ich eine noch dickere Gänsehaut, aber das hält mich nicht auf. Ich spanne das Seil, nehme wie Emil Anlauf – und dann bin ich über dem Wasser, halte die Luft an und lasse hoffentlich im richtigen Moment los. Es ist ewig her, seit ich zum letzten Mal auf diese Art und Weise in einen See oder in den Fjord gehüpft bin.

Der Aufprall tut weniger weh, als ich angenommen habe. Ich tauche unter, das Wasser schwappt über meinem Kopf zusammen, ich öffne kurz die Augen, um mich zu orientieren, und schwimme zurück nach oben. Emil ist noch da, als ich auftauche und mir das Wasser und die Haare aus dem Gesicht streiche.

»Immer noch kalt?«, fragt er grinsend.

»Geht so«, antworte ich und gehe, gefolgt von Emils Lachen, ein weiteres Mal mit dem Seil aus dem Wasser.

Ich habe keine Ahnung, wie oft wir schwingen und springen. Inzwischen sind wir sogar so mutig, dass wir uns nicht einfach nur fallen lassen. Emil versucht einen Salto, ich drehe mich fast zweimal im Kreis, bevor ich im Wasser lande. Und eine Weile befinden wir uns in einer Art Blase, in der wir einfach nur Spaß haben. In der es keine anderen Menschen gibt, keinen Laptop, keine Videos, keine ungelösten Fragen. Nicht einmal eine Uhr, obwohl ich weiß, dass ich nicht mehr viel Zeit habe. Eigentlich erwarten mich meine Eltern längst im Büro.

Als mir allmählich so kalt wird, dass es unangenehm ist, bitte ich Emil, zurückzuschwimmen. Er nickt, und wir machen uns auf den Weg. Doch dann passiert es, mitten im See. Ohne Vorankündigung verkrampfen meine Wade und die Fußsohle.

»Fuck!« Ich versuche, mein Bein zu überstrecken, den Krampf damit zu lockern, aber es geht nicht. Sobald ich die Anspannung löse, werden die Schmerzen unerträglich.

»Was ist los?« Emil schwimmt auf der Stelle und mustert mich besorgt.

»Wadenkrampf«, presse ich hervor und merke, wie meine Bewegungen hektischer werden. »Er geht nicht weg.« Ich atme gepresster, schneller. Und es ist noch zu weit bis ans Ufer. Mist.

»Welches Bein?«

»Rechts.«

»Okay.« Mit wenigen Zügen ist Emil bei mir, so nah, dass kaum noch ein Zentimeter zwischen uns ist. »Halt dich an mir fest. Ich ziehe dich raus.« Er sieht mich an, abwartend, ein bisschen unsicher. »Wenn das in Ordnung für dich ist …«

»Ja.« Ich lege meinen Arm um seine Schulter, während er eine Hand um meine Hüfte schiebt und mit den Beinen weiter das Wasser tritt, um nicht unterzugehen.

Seine Haut ist glatt und eiskalt und doch warm. Ich habe keine Ahnung, wie das überhaupt möglich ist. Kleine Wassertropfen perlen über sein Gesicht, er sieht mich so intensiv an, dass ich kurz vergesse, warum er mir so nah ist. Seine Augen sind fast so blau wie der Himmel, wirken tief und unergründlich. Emil hat diese Art, einen Menschen anzusehen, die einen denken lässt, besonders zu sein. Besonders wichtig, besonders interessant, einfach *besonders* besonders. Ich weiß, dass ich das nicht sein sollte, vor allem nicht für ihn, aber in diesem Moment … Ihn so dicht bei mir zu wissen, gibt mir das Gefühl, in Sicherheit zu sein. Emil wird mich nicht loslassen, bis wir am Ufer sind.

»Geht's?«, fragt er leise an meinem Ohr.

Alles in mir kribbelt. Vor Kälte, vor Schmerzen, vor Emil. Ich nicke dennoch ein weiteres Mal, und ganz langsam schwimmt er los.

»Lass die Beine einfach hängen und zieh nur die Fußsohle nach oben. Das sorgt für Dehnung.«

Ich tue, was er sagt, und verlagere mein Gewicht auf ihn. Im Wasser bin ich nicht so schwer, trotzdem ist das Ufer noch viel zu weit weg. Emils Schwimmzüge sind ruhig und gezielt. Vorsichtig bewege ich meine Zehen, nur um sogleich von stärkeren Krämpfen geplagt zu werden. Ich höre augenblicklich wieder damit auf und bitte Emil, kurz anzuhalten. Er kommt meiner Bitte sofort nach.

»Es tut mir leid«, sage ich und versuche, tief durchzuatmen. Den Schmerz macht das aber auch nicht besser.

»Muss es nicht«, erwidert Emil. Sein Blick sucht meinen. »Was kann ich tun?«

»Darf ich …?« Gott, es ist mir peinlich, auch wenn das hier *nur Emil* ist. Emil, den ich schon lange kenne. Dessen Nähe mir guttut. Und nicht verwirrt. Nein. Himmel. »Darf ich mich kurz richtig an dir abstützen? An beiden Schultern?«

»Sicher.« Er verkleinert seine Armbewegungen. Das Wasser ist so klar, dass ich sehen kann, wie er mit den Füßen weiter tretende Bewegungen macht. Es wirkt so mühelos und einfach, so natürlich, weil genau das hier seine Welt, sein Zuhause ist.

»Danke.« Ich lege erst die eine, dann die andere Hand auf seine Schultern, spüre Emils Muskeln und ein Ziehen in meinem Bauch. Dabei bin ich immer noch weiter von ihm entfernt als bei seiner Umarmung neulich, als ich geweint habe, doch die war nicht halb so durchdringend wie dieser Moment.

Ich beiße mir auf die Lippe, hebe mein linkes Bein an und presse den Fuß so fest ich kann gegen die schmerzende Wade. Der Druck erhöht den Schmerz zunächst, ich versuche hineinzuatmen, zähle bis zwanzig und starre auf Emils Schlüsselbein. In diesem Augenblick wird mir bewusst, wie allein wir hier draußen sind. Und wie perfekt die Zeit bisher war. Nicht einmal der Krampf in meinem Bein kann daran etwas ändern. Ein paar Stunden war es leicht, die

Blase aus Natur und innerer sowie äußerer Ruhe aufrechtzuerhalten.

»Wird es besser?« Emil flüstert, weil laut zu sprechen nicht nötig ist. Sein Gesicht ist so dicht vor meinem, dass ich auch von seinen Lippen lesen könnte.

»Glaube schon«, flüstere ich zurück und sehe ihm wieder in die Augen.

»Gut«, sagt er.

Doch keiner von uns bewegt sich. Ich halte meinen Fuß immer noch gegen die Wade, aber ohne Druck. Der ist nun woanders, an der Stelle in meiner Brust, unter der sich mein Herz befindet. Es schlägt schneller, pocht laut, fast spürbar. Vielleicht ist das hier zu kalt, zu intim, zu viel Emil. Er lächelt nicht, er blinzelt nicht. In mir ist alles in Aufruhr, während Emil gar nichts tut, außer mich unentwegt anzusehen.

Ich öffne den Mund, will etwas sagen, aber der Wind trägt die Worte fort. Und wir sind einfach nur wir. In diesem See, unter dem Licht der Sonne und den sanften Wellenbewegungen, die unsere Körper auslösen. Zwei gebrochene Herzen, ineinander verhakte Blicke. Emil, der Hendriks Bruder ist. Und ich, die mit Hendrik zusammen war. Dieser Gedanke ist wie eine kalte Dusche. Schlagartig löst sich der Zauber, ich fühle mich ertappt und irgendwie schuldig, obwohl nichts passiert ist.

Ich nehme meine Hände von seinen Schultern. »Wir sollten zurück«, sage ich und mache zwei Probezüge. Es funktioniert. Meine Wade ist immer noch übersäuert, aber der Krampf ist weg. Und damit auch jeglicher Grund, mich an Emil festzuhalten.

Ohne mich noch einmal zu ihm umzudrehen, schwimme ich los. Es ist das leise Plätschern des Wassers, das mir verrät, dass er mir folgt. Und plötzlich ist die Stille nicht mehr ruhig, sondern ohrenbetäubend laut.

Während der Rückfahrt reden wir nicht miteinander, aber ich bilde mir ein, dass Emil genauso in Gedanken versunken ist wie ich. Unsere Zeit im See, wie er mir mit meinem Krampf geholfen hat … Ich war ihm einfach dankbar. Doch wenn ich jetzt darüber nachdenke … Und wenn ich vor allem ehrlich zu mir selbst bin … Da war mehr als Dankbarkeit. Ein Mehr, das ich nicht greifen kann. Vielleicht auch nicht darf. Aber ich bin mir sicher, dass Emil es ebenfalls gespürt hat. Und dass er deswegen nichts sagt. Stattdessen starrt er geradeaus und lenkt das Auto mit einer Hand durch den Stadtverkehr. Die Stille zwischen uns ist ungewohnt, aber in diesen Minuten bin ich froh darum. Ich wüsste nicht, was ich sagen sollte, würde er mich nun darauf ansprechen. Auf dieses Unausgesprochene. Auf dieses Mehr.

Emil bringt mich direkt zum Sägewerk, und nach einer schnellen Verabschiedung springe ich aus dem Wagen und eile die Treppen hoch ins Büro. Eisiges Schweigen erwartet mich, als ich oben ankomme.

»Hey«, sage ich, hänge meine Jacke und meine Tasche auf und gehe zu meinem Platz. Mum hat immer noch keinen Ton gesagt. Entweder ist sie sehr vertieft in ihre Arbeit oder …

»Wo kommst du her, Freya?« Die Stimme meines Dads klingt streng, als er aus seinem Büro nebenan kommt. Unzufrieden sieht er mich an.

»Das wisst ihr doch. Ich habe euch gesagt, dass ich heute erst nach dem Mittagessen kommen werde, weil ich einen Termin in Oslo hatte.« Hendrik als Grund zu erwähnen, kommt nicht infrage. Seit Jørgen Berg seine Kandidatur für das Bürgermeisteramt angekündigt hat und sowohl er als auch seine Familie erneut in aller Munde sind, sind auch meine Eltern wieder groß bei der Anti-Hendrik-Fraktion dabei. Immer wieder zeigen sie sich betont fassungslos, mit was für einem Menschen ich zusammen gewesen bin, weil sie den ganzen Mist in den Zeitungen glauben. Dabei kannten sie ihn und wissen genau, was für ein Mensch er war: nämlich definitiv nicht der Verbrecher, als den die Medien ihn darstellen. Und jeder zweite Kommentar bezieht sich auf das Sägewerk. Dass wir froh sein können, dass die Presse mich in Ruhe lässt und meine Verbindung zu den Bergs der Firma nicht geschadet hat. Zumindest bisher.

»Einen *privaten* Termin.« Dad schürzt die Lippen.

»Ja. Und?« Ich verschränke die Arme vor der Brust. »Dafür gibt es doch die Gleitzeit. Ich mache heute Abend länger.« Ich weiß nicht, was sein Problem ist. Bis auf wenige Ausnahmen, an den ganz schlechten Tagen, habe ich meine Stunden jedes Mal nachgeholt.

»Nein, Freya. Gleitzeit bedeutet, dass es okay ist, wenn du zwischen sechs und zehn Uhr anfängst. Nicht nachmittags um fünfzehn Uhr. Selbst dann nicht, wenn du einen halben Urlaubstag eingebucht hast. Der gilt bis halb eins. Wir haben lange nichts gesagt, aber das geht so nicht weiter.« Dad steht auf und kommt auf mich zu. »Dein Termin war heute Morgen, du tauchst erst Stunden später mit nassen Haaren auf. Gleichzeitig müssen deine Mum und ich deine Versäumnisse ausbaden und …«

»Welche Versäumnisse?« Wovon zum Teufel spricht er? Ich bin nur ein paar Stunden zu spät, das ist kein Weltuntergang.

»Wir bekamen vorhin einen Anruf. Arthur Somsek ist auf hundertachtzig, weil er seine Lieferung nicht erhalten hat. Als wir seinen Auftrag geprüft haben, ist uns aufgefallen, dass du ihn gar nicht freigegeben hast. Er ist noch nicht einmal in der Produktion, Freya! Weißt du, was das für ein immenser Schaden ist, der an uns hängen bleibt? 250 000 Kronen! Wir können froh sein, wenn Arthur nicht das Werk wechselt. Ganz zu schweigen von unserem Ruf. Wir rühmen uns damit, das zuverlässigste Werk in Südnorwegen zu sein, da darf so etwas nicht passieren!« Dad wird mit jedem Wort lauter.

»Es tut mir leid, okay?«, verteidige ich mich. »Das war keine Absicht. Mein Kopf war …« Voll. Voll mit Hendrik und Emil und dem Laptop, und offenbar habe ich deshalb vergessen, diesen Auftrag abzuschließen. Dunkel erinnere ich mich an eine Buchung von Herrn Somsek. Ich dachte, ich hätte sie freigegeben, aber anscheinend …

Das Herz rutscht mir im wahrsten Sinne des Wortes in die Hose. Scheiße. Ich habe es vergessen. Einfach komplett vergessen. Dabei weiß ich, dass so etwas nicht passieren darf. 250 000 Kronen sind verdammt viel Geld. Das Sägewerk kann diesen Verlust auffangen, aber noch einmal darf das nicht passieren.

Dad schnaubt. »Dein Kopf war nicht bei der Sache. Damit muss jetzt Schluss sein. Es ist bald ein Jahr her, Freya. Du musst aufhören, diesem Kleinkriminellen nachzutrauern.«

Fassungslos starre ich Dad an. Ich kann nicht glauben, dass er das wirklich gesagt hat. Mir ist klar, dass er Hendrik nicht mehr mag, aber ihn ernsthaft – vor *mir* – als Verbrecher zu bezeichnen … Ich will es nicht, aber ich kann die Tränen in meinen Augenwinkeln nicht verhindern. Es tut unendlich weh, dass er so gehässig über ihn redet.

»Sei ruhig«, sage ich leise und blinzle heftig, bevor ich von Dad zu Mum blicke.

Sie sitzt schweigend neben ihm, wirkt genau so sauer wie er, mit dem einzigen Unterschied, dass ich glaube, noch ein bisschen Mitgefühl in ihrer Miene zu entdecken. Weil sie weiß, wie sich Trauer anfühlt. Ihre eigene Schwester ist gestorben, als sie noch ein Kind war. Trotzdem sagt sie nichts, weil auch ihr klar ist, dass ich es vermasselt habe. Egal, aus welchen Gründen. Wie von selbst mache ich einen Schritt von ihnen weg.

»Das hier ist meine Schuld, nicht Hendriks. Also sprich nicht so über ihn.«

»Wir machen uns Sorgen um dich.« Nun mischt Mum sich doch

ein. »Es ist okay, dass er dir immer noch fehlt.« Sie versucht, Dads Aussage etwas abzuschwächen. »Aber wenn du damit nicht klarkommst und es derartige Auswirkungen auf deine Arbeit hat, dann musst du dir Hilfe holen. Jeder andere Arbeitgeber hätte dir längst gekündigt, Fee.«

»Ihr seid aber nicht jeder andere Arbeitgeber. Ihr seid meine Eltern.«

»Und wir wollen dein Bestes«, beteuert Mum.

»Nein. Ihr wollt das Beste für die Firma.«

»Das wollen wir auch.« Dad nickt. »Deshalb sprechen wir mit dir. Du bist Teil des Teams, wirst die Firma irgendwann gemeinsam mit Thore übernehmen. Es ist wichtig, dass du dich von Anfang an als zuverlässige, pünktliche Juniorchefin zeigst. Falls du das nicht kannst, dann …«

»Dann was?« Ich funkle Dad an. Will er mir kündigen? Eine Abmahnung aussprechen?

»Dann müssen wir eine andere Lösung finden. Wir helfen dir.« Er will auf mich zukommen, aber ich halte eine Hand abwehrend in die Höhe.

»Ich brauche eure Hilfe nicht. Tut mir leid, dass ich zu spät war. Kommt nicht wieder vor. Ich hole die Zeit nach.« Dann wende ich mich von ihnen ab, setze mich an meinen Schreibtisch und logge mich auf meinem Computer ein. Ihre Blicke liegen weiterhin auf mir, doch ich ignoriere sie. Es ist schwer, aber ich werde nicht mehr zu ihnen sehen. Sie wollen, dass ich arbeite, also tue ich genau das – bis in die späten Abendstunden.

Auch am nächsten Tag hängt mir der Streit mit meinen Eltern noch nach. Ich hasse es, dass sie seit Hendriks Tod so sehr gegen ihn sind. Es will nicht in meinen Kopf, wie es derart leicht für sie sein konnte, ihre Meinung über ihn zu ändern. Sie kannten ihn, er war immer höflich und nett zu ihnen. Die drei haben viel zusammen gelacht, und ich hatte wirklich das Gefühl, dass meine Eltern ihn mögen. Dass es damit nicht weit her war, beweisen sie mir seit letztem August allerdings viel zu oft. Jedes Versäumnis meinerseits, jeder schlechte Tag, den ich seinetwegen habe, wird zum Anlass genommen, ihn schlechtzumachen. Gott, ich habe so viel Frust in mir, weil sie einfach nicht zu verstehen scheinen, dass er für mich trotz des Einbruchs kein Verbrecher ist.

Ich bin noch keine Stunde zu Hause, als es auch schon klingelt.

»Kommt hoch«, sage ich in die Freisprechanlage, drücke auf den Knopf und öffne meine Wohnungstür. Schon von ganz unten dringt Merrits und Sarishas Lachen zu mir herauf. Wie immer holen sie mich ab, damit wir dann gemeinsam zur alten Stadthalle laufen können, wo sich zweimal im Monat unsere Tanzgruppe trifft.

»Bist du bereit?«, fragt Merrit und mustert mich. Ich trage genau wie sie ein langes T-Shirt und Leggins.

»Jeps«, entgegne ich und schlüpfe in meine Sneaker. »Brauche nur noch eine Flasche Wasser.« Als ich beide Schuhe angezogen habe, hole ich mir eine Flasche aus der Küche und werfe sie samt frischem Handtuch in meine Sporttasche.

Ich will sie gerade aus meiner Wohnung scheuchen, als mir ihr Blick auffällt. Sie mustern mich beide mit demselben nachdenklichen Gesichtsausdruck.

»Was?«, frage ich und habe Mühe, nicht feindselig zu klingen. Eigentlich sollten mich ihre Blicke nicht wundern, sie sind seit Jahren meine besten Freundinnen. Natürlich bemerken sie, wenn es mir nicht gut geht.

»Sag du es uns.« Sarisha runzelt die Stirn, während Merrit mich einfach nur ansieht. Und das ist fast schlimmer als alles, was sie sagen könnte.

»Schlechte Laune?«, fragt sie schließlich doch.

»Kann man so sagen.« Ich seufze, schiebe die beiden in den Flur und schließe die Tür hinter mir ab. »Hab Zoff mit meinen Eltern.«

»Willst du drüber reden?«

Ich liebe es, dass sie mir die Wahl lassen. Kurz überlege ich, Nein zu sagen. Einfach, um meinem Kopf von all dem Chaos eine Pause zu gönnen. Aber sie sind meine Freundinnen. Meine Mädels. Und sie sollen sich keine unnötigen Sorgen um mich machen. Das tun sie seit Monaten ständig, also kann ich ihnen wenigstens jetzt die Wahrheit sagen. Auf dem Weg zur Halle erzähle ich ihnen von Mum und Dads Vorwürfen, weil ich zu spät gekommen bin. Sie haben recht damit, dass ich den Auftrag verbummelt habe. Aber dafür Hendrik die Schuld zu geben, ist einfach nicht in Ordnung.

»Also ist dein Plan nun radikale Pünktlichkeit?« Merrit klingt skeptisch. Ich kann es ihr nicht verübeln. Sie kennt mich und weiß, dass ich gern ausschlafe.

Trotzdem nicke ich. »Und Überstunden, um das Minus auszugleichen.«

»Und was ist das mit Emil und dem Laptop?« Sarisha sieht nach links und rechts, ehe wir die Straße überqueren und ein paar Touristen ausweichen, die damit beschäftigt sind, Fotos von der alten Brücke zu machen. Es fasziniert mich immer wieder, dass es Menschen gibt, die die Gebäude und Orte meiner Kindheit so eindrucksvoll finden, dass sie extra dafür herkommen. Wahrscheinlich wird das noch mehr werden, sobald die neue weiße Brücke über den Drammenselva fertiggestellt ist.

»Ein hoffnungsloses Unterfangen«, antworte ich ihr und bringe die beiden auch diesbezüglich auf den aktuellen Stand. Vermutlich hat Emil doch recht, und wir müssen aufhören. Es macht uns nur verrückt.

»Glaubst du wirklich, dass du dich einfach nicht weiter fragen kannst, was es damit auf sich hat?« Merrit klingt auch jetzt zweifelnd.

»Wahrscheinlich nicht«, sage ich und seufze. »Schlauer wäre es allemal.«

»Wäre es.« Sarisha hakt sich bei mir unter. »Aber jetzt tanzen wir erst einmal.« Sie öffnet die schwere Holztür der Halle und lässt zunächst Merrit, dann mich eintreten, bevor sie uns folgt. »Was steht heute an?«

»Wir fangen mit der Choreografie zu *Everybody* an, glaube ich.« Zumindest ist das mein letzter Stand.

»Die Backstreet Boys? Nice.« Merrit grinst, als wir den großen Saal betreten. Sie steht genauso sehr auf das Lied wie die halbe Weltbevölkerung.

Wir legen unsere Sachen auf der Seite mit der verspiegelten Wand ab, die andere besteht aus einer offenen Glasfront, durch die man den halben Drammensfjord überblicken kann. Wir sind die Ersten heute, noch nicht einmal unsere Trainerin ist da. Doch es dauert nicht lange, bis sich der Saal füllt. Meistens sind wir fünfzehn Leute, alle zwischen sechzehn und sechsundzwanzig. Nach einer Aufwärmrunde legt Katarina los und zeigt uns die ersten Schritte. Und wie jedes Mal, wenn ich mit Merrit und Sarisha hier bin, spüre ich von Minute zu Minute mehr, wie die Anspannung abfällt. Ich konzentriere mich nur auf Katarinas Anweisungen, versuche, Arme und Beine nicht durcheinanderzubringen, als ich ihre Bewegungen wiederhole, und schiebe jeden belastenden Gedanken an Hendrik, den Laptop, Emil und mich im See sowie an meine Eltern beiseite. Dazu die laute Musik, die Katarina irgendwann anmacht, sodass ich nur noch den Beat fühle. Es tut gut. Es tut einfach gut, mit meinen Freundinnen hier zu sein, die Choreografie zu lernen, lautlos mitzusingen, weil ich den Song in- und auswendig kenne, und den ganzen Frust aus meinem Körper zu schwitzen.

Der Rhythmus des Liedes gibt mir den Takt vor. Für knapp vier Minuten ist jede Bewegung geplant, choreografiert und so geordnet, wie es nur jemand wertschätzen kann, dessen Leben seit neun langen Monaten nur noch aus Chaos zu bestehen scheint. Als der Song endet, dauert es nur wenige Herzschläge, bis er wieder von vorn beginnt. Und erneut werden mir knapp vier Minuten *Vergessen* geschenkt.

11

EMIL

Ich hoffe, deinem Bein geht es besser.

Ein paar Sekunden lang überlege ich, ob ich die Nachricht wirklich abschicken soll. Es ist zwei Tage her, dass ich mit Freya in Oslo war. Seither habe ich nichts mehr von ihr gehört, und ich weiß nicht, was das zu bedeuten hat. Sie war so still während der Autofahrt, dass ich unsere Zeit im See auch jetzt noch immer und immer wieder vor meinem geistigen Auge abspule. Vielleicht habe ich etwas Falsches gesagt. Oder getan. Aber da ist kein Erinnerungsfetzen, der sich mir aufdrängt. Es war wie immer zwischen ihr und mir. Eine Mischung aus Vertrautheit und einer Distanz, die Hendrik ist. Die Hendrik sein muss. Und trotzdem war es anders. Irgendwie zerbrechlich. Aufregend. Innig.

Mittlerweile habe ich das Gefühl, vor einer Weggabelung zu stehen, und in jeder Himmelsrichtung liegt eine Sackgasse. Der Laptop, Hendrik, meine Eltern, Lene. Und am allermeisten Freya. Nach unserem kleinen Ausflug an den See … Dort mit ihr zu schwimmen, ihre Hände auf meiner Haut zu spüren … Das hat sich besser angefühlt, als es sollte. Als es *darf.* Aber es ist egal, wie sehr ich mir in Erinnerung rufe, dass sie Hendriks Freya ist, ich kann vor mir selbst nicht leugnen, wie schön ich sie finde. Selbst mit nassen Haaren in einem eiskalten See mit schmerzverzerrtem Gesicht. Es wäre besser, ihr aus dem Weg zu gehen. Nicht so viel an sie zu denken, weil das sowieso zu nichts führen kann. Doch dieses Memo kommt einfach nicht in meinem Kopf an.

Bevor ich mich weiter in meinen Gedanken verlieren kann, schicke ich die Nachricht ab. Dann schreibe ich noch kurz Jonna und Magnus in unserem Gruppenchat, ehe ich mein Handy und den Autoschlüssel wasserfest in einer kleinen Schwimmbox verstaue, die ich mit ins Kajak nehme. Ich bin trotz der Ferien früh dran, aber morgens ist das Wasser klar und still und so tiefblau, dass es doppelt beruhigend wirkt. Ein paar Wanderer sind bereits unterwegs, ansonsten liegt der Fjord fast schon in gespenstischer Einsamkeit vor mir.

Mit dem Paddel schiebe ich mich weiter raus. Nach ein paar Stößen finde ich in einen Rhythmus und gleite über das Wasser. Ich werde ruhiger, dennoch wandern meine Gedanken zurück zu Freya und Hendrik. Nach unserem Besuch bei seinem Dozenten habe ich begriffen, dass wir aufhören müssen. Dieser Versuch, herauszufinden, was es mit diesen Videos und Hendriks Angriff auf die Sandvik-Farm auf sich hat, macht uns nur kaputt. Ich wollte Freya helfen, aber nicht, wenn wir jedes Mal in einer Sackgasse landen. Mein Bruder ist tot. Das wird er bleiben, egal, wie sehr wir nach Antworten suchen. Ich werde nie wissen, warum er an jenem Abend dort war. Und an all den anderen. Was genau er mit diesen Videos vorhatte, wenn sie nicht für ein Uni-Projekt bestimmt waren. Und das sollte auch Freya begreifen. Sie so verzweifelt, so hilflos zu sehen … Ich verstehe ihren Wunsch, nicht akzeptieren zu müssen, dass wir keine befriedigenden Antworten finden werden. Aber nach all dieser Zeit … Wir müssen weitermachen. *Nach vorne sehen.* Ich hasse diesen Ausdruck, weil es uns weismacht, dass wir eine Wahl hätten. Nur haben wir die nicht. Egal, wie sehr man an der Vergangenheit hängt, der Blick geht immer nach vorne. Muss er. Alles andere würde Stillstand bedeuten und ein Ertrinken in dem, was war und nie wieder sein wird.

Ich stoße das Paddel fester ins Wasser, werde ein bisschen schneller. Meine Arme sind vom Schwimmen und den leichten Hantelübungen trainiert, und trotzdem merke ich irgendwann die Anstrengung in meinen Muskeln. Ich fahre dennoch weiter den Fjord entlang, mal näher am Ufer, mal weiter weg. Der Tag ist perfekt, die Sonne scheint angenehm warm vom Himmel und verwandelt die Wasseroberfläche in ein spiegelndes Glitzermeer. Und es ist diese raue Schönheit, die den Wunsch in mir weckt, Freya das nächste Mal mitzunehmen. Ihr zu zeigen, wie umwerfend unser Zuhause sein kann.

Mir ist klar, dass ich auch diesen Wunsch nicht haben sollte. Sie trauert und wird niemals mehr in mir sehen als Hendriks Bruder. Doch nach all der Zeit, die ich mit ihr verbracht habe, nach diesem Moment vor ein paar Tagen im See … Ich muss aufpassen. Ich muss aufpassen, dass ich nicht zu gern in ihrer Nähe bin, sie nicht wieder zu sehr mag. Es war kräftezehrend genug, einmal dagegen anzukämpfen. Ich will es nicht wieder tun müssen. Gott, ich sollte überhaupt nicht an sie denken. Sie ist auch jetzt noch Hendriks Freya, daran wird sich nichts ändern.

Ich ziehe das Paddel ins Kajak und lasse mich eine ganze Weile treiben. Allmählich werde ich langsamer, bis ich schließlich fast auf dem Wasser stehe und nur noch von dem leichten Wellengang angeschoben werde. Dann tauche ich beide Hände in den Fjord und werfe mir kaltes Wasser ins Gesicht. Doch auch diese Abkühlung vertreibt Freya nicht aus meinem Kopf. Sie ist da, und vielleicht heißt das, dass es schon zu spät ist. Dass ich sie bereits wieder mehr mag, als ich sollte. Als ich *darf*.

Ich bin knapp zwei Stunden unterwegs, bevor ich beschließe, eine

Pause zu machen, und am Ufer aus dem Kajak steige. Ich wate durch den schlickigen Boden, ziehe das kleine Boot hinter mir her und aus dem Wasser. Die Stelle ist durch den Wald nur schwer zugänglich, weshalb sich kaum jemand hierher verirrt. Ein einziges Mal habe ich ein Wandererpärchen gesehen, aber es war nicht lange da. Heute bin ich komplett allein. Ich packe den Inhalt meiner Box aus, gönne mir ein frühes Mittagessen, das aus Polarbrød und Tubenkäse und einer Flasche Wasser besteht. Dann hole ich mein Handy hervor.

Freya hat nicht geantwortet.

Die Enttäuschung darüber ist groß. *Zu* groß. Ich spüre sie sofort und überall, und ich weiß, wie dumm das ist. Es gibt keinen Grund dafür. Sie ist arbeiten, wie jeden Morgen. Und meine Frage zu beantworten, hat sicher keine Priorität für sie. Ich stecke das Handy wieder weg und lege mich auf die sonnengewärmten Steine. Keine Ahnung, wie viel Zeit vergeht, aber irgendwann fällt der Schatten eines nahen Baumes auf mich. Ich rapple mich auf, und obwohl ich es besser weiß, werfe ich noch einmal einen Blick auf mein Handy. Eine neue Nachricht blinkt mir entgegen, doch sie ist nicht von Freya. Stattdessen fragt Sven, ob ich am Samstag für ihn im Shop einspringen kann. Und weil ich Ferien habe und weiß, dass auch Jonna eine Schicht hat, sage ich ihm zu.

Nach einem weiteren Schluck Wasser mache ich mich auf den Rückweg. Inzwischen ist mehr los auf dem Fjord. Ich begegne anderen Kajakfahrern, einer größeren Gruppe, vermutlich von Eddies geführten Kanu-Touren, und kurz vor Drammen schwimmen sogar ein paar Menschen im Fjord. In wenigen Wochen, wenn dann auch die Schulferien begonnen haben, werden es noch mehr sein.

Mein Wagen steht nicht mehr allein da, als ich mein Kajak abbaue und in den Kofferraum packe. Kurz überlege ich, auch noch eine Runde schwimmen zu gehen, doch dann klingelt plötzlich mein

Handy. Ich ziehe es aus der Box und nehme den Anruf sofort an. Weil es Freya ist.

»Hey, Fee.«

»Emil …« Ihre Stimme zittert – was meinen Herzschlag augenblicklich in die Höhe jagt.

»Was ist los?«

»Bei mir wurde eingebrochen.« Sie klingt verängstigt und durcheinander, und ihre Worte lösen direkt ein ungutes Gefühl in mir aus.

»Bei dir wurde … *Was?* Sind die Einbrecher noch da? Hast du die Polizei gerufen?« Ich schieße eine Frage nach der anderen ab, lasse ihr keine Zeit zu antworten.

»Ja, hab ich«, sagt sie. »Sie sind auf dem Weg.«

»Gut. Ist jemand bei dir?«

»Nein, ich …« Sie stockt kurz. »Ich habe direkt dich angerufen. Aber ich werde gleich …«

»Ich komme zu dir«, unterbreche ich sie, ohne darüber nachzudenken. Alles in mir schreit danach, schnellstens zu ihr zu fahren.

»Würdest du echt?« Die Worte klingen brüchig, sie hört sich nicht wie die Freya an, die ich kenne. Furchtlos. Stark. Mutig. Selbst in ihrer Trauer unerschütterlich. Davon ist in diesem Augenblick nichts mehr übrig. Fee hat Angst, und ich muss zu ihr.

»Natürlich.« Ich steige bereits in meinen Wagen und stecke den Schlüssel ins Schloss.

»Okay. Danke, Emil.«

»Ich bin in zwanzig Minuten bei dir. Soll ich am Telefon bleiben, während du auf die Polizei wartest?«, frage ich und installiere bereits das Handy in der Freisprechanlage. Während der Fahrt rede ich mit ihr, versuche, sie abzulenken und zu beruhigen, bis sie sagt, dass sie auflegen muss, weil die Polizei nun da ist.

Die letzten zehn Minuten bis zu ihr trommle ich angespannt auf das

Lenkrad. Was zu Hölle? Das hier ist Drammen, nicht Oslo oder Bergen. Freya wohnt in einer guten Gegend. In einer sicheren. Wieso sollte jemand bei ihr einbrechen? Das ergibt keinen Sinn.

Als ich bei ihr ankomme, ist die Wohnungstür nur angelehnt. Ich schiebe sie mit dem Fuß ganz auf und trete ein. Instinktiv denke ich daran, nichts anzufassen, falls die Spurensicherung noch nicht durch ist.

Freya und zwei Polizisten stehen im Wohnzimmer. Auf den ersten Blick scheint nichts kaputt zu sein, aber der gesamte Raum ist ein Chaos. Kissen liegen auf dem Boden, Schränke sind aufgerissen und durchwühlt, das Sofa verschoben. Offenbar war der Einbrecher in Eile.

»Hallo«, sage ich laut, um auf mich aufmerksam zu machen. Freya und die Polizisten drehen sich zu mir um, doch ich sehe nur sie an. »Geht es dir gut?«, frage ich und mache zwei Schritte auf sie zu.

Freya nickt und kommt mir entgegen. Dann umarme ich sie oder sie mich oder wir uns beide. Ich weiß nicht, wer zuerst die Arme öffnet, es geht so schnell. Ich halte sie nur einen kurzen Moment, aber er beruhigt nicht nur Freya, sondern auch mich. Ihre Arme bleiben um meine Hüfte geschlungen, als sie sich wieder zu den Beamten umdreht. In einem steten Rhythmus streiche ich ihr über den Rücken.

»Das ist Emil Berg«, stellt sie mich vor. »Er ist …« Sie zögert und schielt kurz in meine Richtung. »Er ist ein guter Freund von mir.«

»Emil Berg?«, wiederholt der ältere der beiden Polizisten. Als würde ihm mein Name etwas sagen. Was er vielleicht sogar tut, mein Dad ist immerhin Bürgermeister, und über meine Familie und Hendrik wird nach wie vor in den Zeitungen berichtet. Das meiste davon negativ. »Gehören Sie zu Jørgen Berg?«, fragt er mich.

Ich nicke. »Er ist mein Vater.«

»Okay.« Er schreibt sich etwas auf, ich vermute, dass es mein Name ist. Dann senkt sich ganz kurz Schweigen über uns, ehe sie mit Freyas Befragung weitermachen.

»Ich weiß nicht, ob etwas fehlt«, sagt sie. »Ich glaube nicht, aber ich habe auch nicht richtig gesucht, weil ich nichts anfassen sollte. Das hat Ihre Kollegin am Telefon gesagt.« Sie deutet auf das ganze Durcheinander um uns herum.

»Das war auch sehr gut. Wir machen jetzt noch die Lichtbilder aller betroffenen Räume«, entgegnet er. »Sie dürfen gern aufräumen, sobald wir fertig sind.«

Und genau das tun wir, nachdem sie alle Fotos haben und die Befragung abgeschlossen ist. Ich begleite die beiden Herren zur Tür und schiebe einen Stuhl als Sperre unter die Klinke. Das Holz hat sich aus dem Rahmen gelöst und ist zersplittert, die Tür lässt sich nicht mehr richtig schließen. Erst als ich sicher bin, dass meine Konstruktion hält, gehe ich zurück zu Freya ins Wohnzimmer. Schweigend stehen wir einander gegenüber.

»Warum?«, fragt sie leise. »Warum bricht ausgerechnet bei mir jemand ein? Das ist doch … Ich besitze nichts Wertvolles. Nichts.« Sie ist immer noch kreidebleich und klingt so ängstlich, dass ich nach ihrer Hand greife und sie mit mir zum Sofa ziehe.

»Aufräumen können wir gleich noch, setz dich erst mal.« Sie nimmt Platz, während ich stehen bleibe. »Tee?«

Freya nickt, und ich mache mich direkt daran, in ihrer kleinen Küche Wasser aufzusetzen. Ich war in letzter Zeit so oft bei ihr, dass ich mich auskenne, und ich weiß, dass ihre Tassen normalerweise nicht so unordentlich im Schrank stehen. Drei sind sogar umgefallen. Offenbar wurde auch hier drin nach was auch immer gesucht. Ich nehme zwei Tassen heraus, spüle sie ab und hänge Teebeutel hinein. Es ist nur dem Wasserkocher zu verdanken, dass wir nicht in völliger Stille warten. Er blubbert immer lauter.

Als ich mit den heißen Getränken zurückkomme, hat Freya den Tisch wieder an seinen Platz geschoben und die Zeitungen darauf ordentlich gestapelt. Das Wasser der umgeworfenen Blumenvase hat der Teppich aufgesogen, der Strauß steckt nun ohne Wasser darin.

»Ich musste schon anfangen mit ...«, sagt sie, ohne ihren Satz zu beenden. »Es macht mich wahnsinnig, dass hier alles so zerwühlt wurde.«

»Verstehe.« Ich stelle die Tassen vor ihr ab und helfe ihr beim Aufräumen. Schiebe Bücher zurück an ihren Platz, schließe Schubladen, fege ein paar Scherben zusammen. Erst hier, dann auch im Bad und im Schlafzimmer. Wortlos tut Freya es mir gleich. Wir arbeiten Hand in Hand, und zusammen schaffen wir es innerhalb einer Stunde, die größten Spuren des Einbruchs zu beseitigen.

Der Tee ist nur noch lauwarm, als wir uns wieder auf die Couch setzen.

»Es fehlt wirklich nichts.« Freya klingt immer noch völlig fassungslos. »Nicht mal mein Schmuck. Der ist nicht sonderlich wertvoll, aber immerhin aus echtem Silber.«

»Vielleicht war der Dieb nur auf Bargeld aus.«

»Aber das konnte er hier ja auch nicht finden. Wer hat denn bitte heutzutage noch Bargeld im Haus?« Sie starrt gedankenverloren in ihre Tasse, die sie angespannt umfasst. Ich kann mir nur vorstellen, wie sehr es sie geschockt haben muss, nach Hause zu kommen und die aufgebrochene Tür zu sehen. »Ich hätte wenigstens den Schmuck mitgenommen. Was soll man denn sonst stehlen?«

Ich habe mir nie groß Gedanken über einen möglichen Einbruch gemacht, Drammen gilt als sichere Stadt in Norwegen. Vor allem Freyas Wohnung in der Stadtmitte sollte kein Ziel für einen Dieb sein. Die Gefahr, in diesem Mehrparteienhaus erwischt zu werden, ist viel zu groß. Und trotzdem sitzen wir nun hier, und es wurde eingebrochen, aber nichts geklaut. Was die Frage aufwirft, wonach dann gesucht wurde.

»Es könnte auch etwas fehlen, das nicht so offensichtlich ist«, gebe ich zu bedenken. »Irgendeine Kleinigkeit, an die du gerade nicht denkst. Vielleicht fällt dir in den nächsten Tagen was auf.«

»Hm«, murmelt sie und umklammert ihre Tasse immer noch fest. Sie klingt nicht überzeugt. »Vielleicht.«

»Auf jeden Fall sollten wir einen Schlüsseldienst und einen Schreiner anrufen, damit sie so bald wie möglich vorbeikommen und deine Eingangstür reparieren.« Ich nehme mein Handy und gebe die Worte *Schlüsseldienst, Schlosser, Schreiner* und *Drammen* bei Google ein. Sofort werden mir einige Treffer angezeigt. »Das wird vermutlich ein paar Tage dauern, vielleicht solltest du bis dahin wieder zu deinen Eltern ziehen.«

»Das geht nicht.« Freya schüttelt den Kopf. »Es ist gerade … schwierig zwischen uns. Wir hatten einen Streit, und ich will nicht … Sie sind gerade nicht gut auf mich zu sprechen.«

»Okay?« Ich runzle die Stirn. »Willst du mir erzählen, was passiert ist?«

»Ich kam ein paarmal zu spät zur Arbeit, und das ist nun ein riesiges Drama, obwohl ich immer Bescheid gegeben habe. Ich kann nicht zu ihnen.«

»Was ist mit Merrit oder Sarisha?«

»Haben beide nur Zimmer in Oslo. Wenn sie hier sind, wohnen sie bei ihren Eltern.«

»Okay. Hm.« Die zwei sind also auch keine Option. Genauso wenig wie ich, wenn sie nicht Lust hat, sich ein Bad mit meinen Eltern zu teilen. Es sei denn …

»Verrückte Idee«, beginne ich, weil ich wieder nicht länger als drei Sekunden darüber nachdenke, ehe ich ihr meinen Vorschlag unterbreite. »Was hältst du davon, wenn du hierbleibst und ich so lange, bis die Tür repariert ist, bei dir einziehe? Ich kann auf dem Sofa schlafen.«

Überrascht sieht sie mich an. »Das würdest du tun?«

»Du solltest nicht allein hierbleiben, und ich habe frei, also wenn du keine bessere Idee hast …«

»Hab ich nicht«, sagt sie schnell und wirkt unsagbar erleichtert. Das erste Mal seit meiner Ankunft schafft sie es sogar, halbwegs zu lächeln. »Danke, Emil. Wirklich.«

»Dafür musst du dich nicht bedanken.« Ich greife nach ihrer Hand und drücke sie kurz. »Dann muss ich nur … Lass uns zu meinen Eltern fahren, damit ich ein paar Sachen packen kann. Kommst du mit?«

»Ja.« Wieder nickt sie sofort. Offenbar will sie wirklich keine Sekunde allein in ihrer Wohnung bleiben.

Ich kann es ihr nicht verdenken.

Die Fahrt nach Hause dauert nicht lange. Ich parke im Hof, packe das Kajak aus und verstaue es in der Garage. Mein nächster Weg führt mich zu den Hühnern, um sie für die Nacht zu versorgen und einzusperren. Freya folgt mir und beobachtet jeden meiner Handgriffe.

»Kann ich dir irgendwie helfen?«, fragt sie und lehnt sich an die rote Schuppenwand.

»Nein, bin gleich fertig.« Es dauert nicht lange, die sieben Göttinnen in die Hütte zu treiben, ihnen das Futter zu geben und die Wasserschale aufzufüllen. Und ich finde sogar noch zwei frische Eier im Stroh. Ich schnappe sie und reiche sie Freya, ehe ich die Tür verriegle. Dabei fällt mein Blick auf das kleine Vorhängeschloss an der Schuppentür, und mir kommt eine Idee.

Nachdem ich meine Sachen gepackt, Hendriks Laptop eingesteckt und meinen Eltern eine Nachricht geschrieben habe, wo ich die nächsten Tage sein werde, lade ich einen Akkuschrauber in den Wagen, und wir fahren zurück in Richtung Innenstadt. Auf dem Weg halte ich an einem kleinen Baumarkt. Irritiert sieht Freya mich an.

»Was wollen wir hier?«

»Wir kaufen dir ein Übergangsschloss. Der Rahmen muss ja sowieso ersetzt werden, als befestigen wir bis dahin einfach ein Vorhängeschloss an deiner Tür. Eins außen, eins innen. Damit du wenigstens ein bisschen das Gefühl von Sicherheit zurückkriegst.«

»Oh. Das ist … eine gute Idee.« Sie folgt mir in den Laden, wir fragen uns zur richtigen Abteilung durch, suchen passende Schlösser aus und bezahlen. Die ganze Aktion dauert keine fünf Minuten. Mehr Zeit braucht es, das Ding an Freyas Tür zu befestigen, aber auch das schaffen wir. Sie hält die Metallstücke an den Rahmen, ich schraube. Nach kleineren Anpassungen halten die Teile, und Freya steckt den Schlüssel hinein, um das Schloss zu testen. Es funktioniert problemlos. Beim zweiten Schloss geht es schneller.

»Danke, Emil«, sagt sie und sieht mich an. »Für … alles. Ich wüsste nicht, was ich ohne dich …« Sie lässt den Satz unvollendet. Dennoch ist mir klar, was ihr auf der Zunge liegt.

Es ist dieses Wissen, was erneut ein warmes Gefühl in mir auslöst. Es ist falsch und vollkommen fehl am Platz. Freya braucht einen Freund, der für sie da ist, keinen Kerl, der seine Gefühle nicht im Griff hat. Aber ich kann mir nicht helfen. So nah bei ihr zu stehen, dass ich den Duft ihres Shampoos riechen kann und die Wärme spüre, die von ihrem Körper ausgeht … Vielleicht war es doch keine gute Idee, ihr anzubieten, vorübergehend bei ihr einzuziehen. Nur bereuen … das kann ich eben auch nicht. Sie im Stich zu lassen, wäre schlimmer gewesen, und etwas, was ich mir nicht verzeihen würde.

»Gern geschehen«, sage ich leise und habe kurz Angst, dass mir meine Stimme nicht richtig gehorcht, wenn ich lauter spreche. Oder dass sie gar verrät, wie es in mir aussieht. Freya ist tabu für mich. Für immer.

Fuck, ich muss diese dumme Anziehung dringend in den Griff kriegen. Für unser beider Wohl.

Wieder stehen wir uns eine ganze Weile schweigend gegenüber. Sie sieht mir in die Augen, ich halte ihren Blick, und erneut fürchte ich, sie könnte in mich hineinsehen und erkennen, wie es in mir aussieht. Wie sehr es mich aufwühlt, bei ihr zu sein, egal, wie sehr ich versuche, diese alten Gefühle in Schach zu halten. Freya macht etwas mit mir, und ich weiß nicht, wie ich dagegen ankämpfen soll. Ich weiß nur, dass ich es muss.

Freya ist schließlich diejenige, die unseren Blickkontakt durchbricht und sich abwendet. »Hast du Hunger?«, will sie wissen.

Es ist mittlerweile nach sechs Uhr am Abend, und erst als sie fragt, fällt mir auf, wie ausgehungert ich eigentlich bin. Ich habe seit meiner Kajaktour nichts mehr gegessen. Deshalb nicke ich und folge ihr in die kleine Küche.

»Ich habe nicht mehr viel da, aber wir könnten etwas bestellen, wenn du willst.«

»Das klingt gut. Worauf hast du Lust?« Ich lehne mich neben sie an die kleine Küchenzeile.

»Keine Ahnung. Pizza? Sushi? Oder Indisch? Ich habe Speisekarten von allem zu Hause.« Sie stellt sich auf die Zehenspitzen und versucht, ganz nach oben an ihren Schrank zu fassen. Es sieht fast schon süß aus, wie sie sich abmüht.

»Brauchst du Hilfe?«, frage ich und beobachte ihre Versuche belustigt.

»Nein, geht schon.« Sie sieht mich nicht einmal an, während sie weiter die Schrankoberseite abtastet. Ohne Erfolg.

Eine Weile betrachte ich sie amüsiert dabei, dann stelle ich mich hinter sie und ziehe die Karten problemlos vom Schrank. Freya lässt sich zurück auf ihre Fußsohlen sinken und dreht sich zwischen Schrank und mir herum. Und dann ist alles still. Die Welt. Wir. Vor allem wir.

Ich suche ihren Blick, finde ihn, halte ihn. Da sind eine Trillion Gedanken in meinem Kopf, doch ich kann keinen einzigen richtig fassen. Ich weiß nur, dass das hier nicht sein darf. Dieses Kribbeln in mir, die … Sehnsucht. Ich bin so kurz davor, ihr die Haarsträhne, die sich aus ihrem Zopf gelöst hat, hinters Ohr zu streichen. Und meine Hand dann dort zu lassen. Auf ihrer Haut, an ihrer Wange. Alles in mir schreit danach, genau das zu tun. Es einfach zu tun und nicht über die Konsequenzen nachzudenken. Aber ich kann es nicht. Weil ich nicht so bin. So gedankenlos. Ich denke immer, besonders wenn es um Freya geht. Die Freundin meines Bruders, die ich mir aus dem Kopf geschlagen hatte, bis sie vor ein paar Wochen wieder vor meiner Tür stand. Und nun … Bilder von ihr im See, in Unterwäsche, erscheinen vor meinem inneren Auge. Wie schön sie ist, wie sie gelacht hat. Sie sah glücklich aus. Eine Weile war sie es, und dafür hatte ich gesorgt.

Freyas Blick liegt auf mir. Sanft und ruhig, ein bisschen unsicher. Ich weiß nicht, was es bedeutet, dass sie mich immer noch ansieht. Ob sie will, dass ich die kleine Distanz zwischen uns überbrücke und es einfach tue. Sie küsse, wie ich sie schon seit diesem Moment im See küssen wollte.

Doch auch dieses Mal ist da diese Stimme in meinem Kopf, die auf mich einredet. Mir sagt, dass ich es lassen soll. Wegen Hendrik. Und weil gerade erst bei ihr eingebrochen wurde. Und sie sich mit ihren Eltern gestritten hat. Sie ist schon aufgewühlt genug, sie braucht niemanden, der nur an sich denkt. Denn genau das wäre es. Ein *An-mich-Denken.* Ein *Was-ich-Will.* Was grundsätzlich nicht verkehrt ist, aber in diesem Augenblick … Freya braucht einen Freund. Einen

Menschen, der für sie da ist. Keinen Kerl, der darüber nachdenkt, wie sich ihre Lippen wohl auf seinen anfühlen.

Ich hole tief Luft, atme dabei den Duft ihres Shampoos nach Vanille und Zitrone ein und mache einen Schritt von ihr weg. Nein. *Sie braucht einen Freund.* Und genau der werde ich heute Abend für sie sein.

»Hier«, sage ich, reiche ihr die Karten und wende mich von ihr ab. »Such du aus, ich esse alles.«

Hendrik, Lene, Emil

15 Jahre

Eineinhalb Stunden. So lange war es her, seit der Anruf gekommen war. »Ihr Sohn wurde angefahren. Er ist im Krankenhaus.« Aber nicht in der kleinen Klinik in Drammen, sondern in der großen in Oslo. Und wenn Lene und Hendrik eins wussten, dann, dass das kein gutes Zeichen war.

Ihre Eltern hatten alles stehen und liegen lassen, Lene und Hendrik waren mit den beiden die vierzig Kilometer in die Hauptstadt gefahren. Keiner von ihnen hatte ein Wort gesagt. Das Radio spielte im Hintergrund, ihre Mum hielt die Hand ihres Dads. Hendrik starrte aus dem Fenster, Lene auf ihr Handy. Sie waren schon oft in Oslo gewesen, doch heute dauerte die Fahrt ewig. Und das nicht nur wegen des Feierabendverkehrs.

Irgendwann tauchte endlich das Ullevål-Universitätsklinikum imposant vor ihnen auf. Ihr Vater fuhr auf einen Parkplatz, sie stiegen aus und schwiegen noch immer auf dem Weg zum Eingang. Jeder war auf seine eigene Art und Weise angespannt, fragte sich, was genau passiert war. Emil war nur beim Training gewesen, schwimmen, wie er das jede Woche zweimal tat. Niemand hatte sich etwas dabei gedacht, als er danach nicht nach Hause gekommen war. Manchmal traf er sich noch mit seinen Freunden oder besuchte ihre Großeltern. Eine

Stunde verging, dann eine weitere. Bis am frühen Abend der Anruf gekommen war.

»Wir suchen Emil Berg«, sagte ihr Vater am Informationsschalter der Klinik. Seine Stimme klang belegt, brüchig. So kannten Hendrik und Lene ihren Vater nicht.

Die Frau vor ihm tippte etwas in ihren Computer, dann nickte sie. »Intensivstation. Vierter Stock, dann rechts. Dort können Sie klingeln und warten, bis Ihnen jemand öffnet.«

Ihr Vater bedankte sich, und Hendrik und Lene schluckten. Sie wussten nicht viel über Krankenhäuser, waren noch nie zuvor in einem gewesen, aber Intensivstation klang nicht gut.

Sie folgten ihren Eltern zum Aufzug, fuhren nach oben und standen kurze Zeit später vor den verschlossenen Türen der Station, auf der Emil sich angeblich befand. Es roch nach Desinfektionsmittel und Krankheit, alles war gruselig still. Zu still. Hendrik und Lene spannten sich noch mehr an, als ihre Mutter mit zitternden Fingern klingelte. Die Sekunden zogen sich, wurden zu Minuten. Es dauerte lange, bis ihnen geöffnet wurde. Eine freundlich lächelnde Pflegerin stand ihnen gegenüber.

»Ja, bitte?«, fragte sie.

»Wir suchen Emil Berg«, sagte ihr Vater wieder. »Er ist unser Sohn.«

»Ah, ja.« Sie nickte wissend. »Kommen Sie herein.«

Die ganze Familie wurde in einen kleinen Warteraum geführt. »Der Arzt kommt sofort.« Damit verschwand die Pflegerin wieder.

Kurz danach betrat ein Mann in blauer Kleidung das Zimmer. Er erzählte ihnen etwas von Milzriss und Operation und Glück gehabt. *Emil hatte Glück gehabt.* Das war alles, was Hendrik und Lene wahrnahmen. *Ihr Bruder hatte Glück gehabt.* Im nächsten Augenblick fanden sich ihre Hände. Sie drückten sie fest, ließen nicht mehr los. Weil sie einander Halt gaben und weil sie wussten, dass sie dasselbe fühlten. Erleichterung, aber immer noch Angst. Und vor allem Sorge.

In dieser Nacht schliefen Lene und Hendrik in einem Bett. Weil ein Teil von ihnen mit Emil im Krankenhaus lag und der andere nicht allein sein konnte.

12

FREYA

Ich bin pünktlich. Seit Mum und Dad mir ihren Vortrag gehalten haben, bin ich an keinem einzigen Tag später als acht Uhr im Sägewerk aufgetaucht. Und auch heute nutze ich die Gleitzeit nicht aus, obwohl ich beschissen geschlafen habe. Zu wissen, dass jemand in meine Wohnung eingebrochen ist und die Tür nun lediglich mit einem Vorhängeschloss gesichert ist, hat mich ständig aufschrecken lassen. Nicht einmal Emils Anwesenheit hat dafür gesorgt, dass ich länger als eine Stunde am Stück schlafen konnte. Trotzdem bin ich unendlich dankbar, dass er da ist. Er hat es sich auf meinem Sofa gemütlich gemacht und noch geschlafen, als ich auf Zehenspitzen aus der Wohnung bin. Es ist ungewohnt, dass jemand bei mir übernachtet. Seit Hendrik habe ich mit niemandem meine vier Wände geteilt. Es sollte sich seltsam anfühlen, plötzlich jemanden im Nebenzimmer zu wissen, doch das tut es nicht. Alles mit Emil fühlt sich gut an. Manchmal zu gut. Als er mir gestern Abend in der Küche so nah war, hätte ich am liebsten einen Schritt nach vorn gemacht. Mich an ihn gelehnt, weil er derjenige ist, der mir in all diesem Chaos Halt gibt. Ich mag ihn. Wegen des Chaos' und wegen der Ruhe und weil er einfach Emil ist. Ich hoffe, er findet meinen Zettel auf dem Tisch mit der Nachricht, sich einfach wie zu Hause zu fühlen und den Kühlschrank zu plündern.

»Guten Morgen, Freya«, begrüßt Dad mich. Von Mum ist nichts zu sehen.

»Morgen«, murmle ich, schäle mich aus meiner Jacke und mache den Computer an. Erst dann widme ich mich wie immer meinem Kaffee, seit Neustem mit einer Prise Salz. Das Zeug unterdrückt anscheinend die Bitterstoffe und verstärkt das Aroma. Ein Tipp von Emil, und erstaunlicherweise schmeckt der Kaffee damit tatsächlich noch besser.

Mit der Tasse in der Hand kehre ich zurück an meinen Platz und beginne schweigend zu arbeiten. Die Stimmung ist immer noch etwas frostig, aber ich habe kein Interesse daran, das zu ändern. Ja, ich kam zu spät. Doch die Schuld daran einem Toten zu geben und ihn als Verbrecher zu bezeichnen … das verzeihe ich ihnen nicht so schnell.

Der Morgen zieht sich wie Kaugummi. Egal, wie viele Tassen Kaffee ich mir mache, der gestrige Tag und die miese Nacht sitzen mir in den Knochen. Ich gähne immer wieder, und irgendwann scheint es Mum, die mittlerweile auch da ist, einmal zu viel zu sein.

»Was ist los, Fee?«, fragt sie und sieht mich über den Bildschirm hinweg an. Sorge schwingt in ihrem Blick mit.

»Nichts«, entgegne ich und starre stur auf meinen Computer.

Aber so einfach lässt sie mich nicht davonkommen. Sie steht auf und bittet mich, mit ihr nach draußen zu gehen, damit wir Dad nicht stören. Er telefoniert schon den halben Morgen mit unzufriedenen Kunden. Dieses Mal bin wenigstens nicht ich dafür verantwortlich. Widerwillig folge ich Mum und klammere mich dabei an meiner Tasse fest. Was auch immer sie mir zu sagen hat, ich habe den Verdacht, es ohne Koffein nicht zu überstehen.

»Gehen wir ein Stück?«, fragt sie und deutet zu der Treppe, die nach unten führt.

»Muss das sein?«

»Ja. Komm, nur ein paar Schritte.«

»Meinetwegen.« Ich habe keine Lust, aber ich zucke mit den Schultern und laufe voraus.

Mum ist dicht hinter mir, als wir den Vorplatz der Sägehalle überqueren und das Grundstück auf der Ostseite verlassen, wo ein kleines Tor direkt in den Wald führt. Die frische Luft tut gut, und meine Müdigkeit lässt etwas nach.

»Haben deine Schlafprobleme wieder zugenommen?« Mum kommt direkt zum Punkt. Fast bin ich davon überrascht, aber eben nur fast. Sie war noch nie jemand, der lange um den heißen Brei herumredet.

»Nein«, antworte ich und trinke einen Schluck Kaffee. »Das war nur heute Nacht, weil …« Gott, ich will ihr nicht davon erzählen. Wenn sie erfährt, dass bei mir eingebrochen wurde und ausgerechnet Emil – der in ihren Augen als Hendriks Bruder automatisch auch zu den *Bösen* zählt – vorübergehend bei mir wohnt … Ich höre die Standpauke jetzt schon.

»Weil?« Sie sieht mich auffordernd an. Mutmachend.

Kurz zögere ich noch. Hadere, ob es wirklich eine gute Idee ist. Aber dann berichte ich ihr von dem Einbruch, weil sie meine Mum ist und ich das an ihrer Stelle auch wissen wollen würde. Ich fasse mich kurz, doch meine Worte genügen, dass sie ruckartig stehen bleibt.

»Bei dir wurde … Aber, Schatz.« Sie mustert mich bestürzt. Besorgt. Ihr Blick gleitet prüfend an mir auf und ab. Ganz so, als fürchte sie, ich könnte verletzt sein. »Geht es dir gut? Wieso hast du nichts gesagt? Dein Dad und ich wären sofort gekommen.«

»Ich weiß, aber …« *Wir waren sauer aufeinander.* Wir *sind* sauer aufeinander. Das sollte ich erwidern, doch ich tue es nicht. Weil ich genau weiß, dass sie das nicht als Argument gelten lassen würde. Also beruhige ich sie. »Die Polizei war ganz schnell da und hat den Vorfall aufgenommen. Und dann haben Emil und ich Vorhängeschlösser an den Rahmen gemacht, damit ich abschließen kann, bis der Schreiner eine neue Tür einbauen kann. Das wird ein paar Tage dauern, desha...«

Sie lässt mich nicht aussprechen. »Du kannst auf keinen Fall dort wohnen bleiben, Freya!«

»Was? Mum, das ist ...«

Wieder lässt sie mich nicht zu Wort kommen. »Und was soll das überhaupt heißen, Emil und du? Welcher Emil? Reden wir von Emil Berg? Hendriks Bruder?«

Ich nicke und setze ein drittes Mal dazu an, etwas zu sagen, doch auch jetzt unterbricht sie mich.

»Nein, Freya. Das geht auf keinen Fall! Wieso hast du überhaupt wieder Kontakt zu ihm? Du weißt, dass wir mit den Bergs nicht in Verbindung gebracht werden sollten. Das schadet am Ende der Firma. Wir können froh sein, dass sie bis jetzt nicht wieder aufgegriffen haben, dass du mit Hendrik zusammen warst. Wer weiß, was Emil auf dem Kerbholz hat, wenn sein Bruder ...«

»Mum!« Fassungslos starre ich sie an und mache einen Schritt zur Seite. »Ist das dein Ernst? Hör auf, so zu tun, als wäre Emil ...« Scheiße, ich kann es nicht einmal aussprechen. »Er hat mir geholfen und bei mir übernachtet, damit ich nicht allein in der Wohnung sein muss. Er ist ein guter Kerl.« Erst schießt sie gegen Hendrik und nun auch gegen Emil? Ausgerechnet gegen Emil, der absolut nichts gemacht hat außer für mich da zu sein? Ich kann nicht glauben, dass sie das wirklich tut. Emil hat es definitiv nicht verdient, von ihr unter Generalverdacht gestellt zu werden. Was zur Hölle ist in sie gefahren?

»Nein, Freya, du kommst nach Hause. Dein Dad wird ...«

»Das werde ich nicht, Mum. Ich bleibe in meiner Wohnung. Hast du mir nicht zugehört? Der Schreiner ist informiert und kommt, so schnell er kann. Die Tür ist mit Vorhängeschlössern gesichert. Innen *und* außen. Und die nächsten Tage ist Emil bei mir.« Bevor sie ein weiteres Mal schlecht über ihn reden kann, drehe ich mich um und stapfe die wenigen Meter zurück zum Sägewerk. Soll sie sich auf den Kopf stellen, ich werde nicht wieder bei Dad und ihr einziehen. Und noch weniger werde ich mir diesen Mist länger anhören.

»Freya!«

Ich höre Mum nach mir rufen, aber ich bleibe nicht stehen. Stattdessen schütte ich den Rest Kaffee aus und laufe schneller. Es kommt nicht oft vor, dass ich mich mit meinen Eltern streite, aber an diesen Tagen ist es jedes Mal furchtbar, mir ein Büro mit ihnen teilen zu müssen. Am liebsten würde ich meine Sachen schnappen und verschwinden, aber nach meinem Fauxpas neulich kann ich das nicht bringen. Also bleibt mir nichts anderes übrig, als mich hinter meinem Computer zu verbarrikadieren und mir Kopfhörer aufzusetzen.

Der heutige Tag ist der längste meines Lebens, was zum größten Teil daran liegt, dass ich meine Eltern stur ignoriere. Mum versucht noch einmal, mit mir zu sprechen, aber ich blocke ab. Mag sein, dass sie sich Sorgen um mich macht, aber diese in Form von Beleidigungen gegenüber Emil und Hendrik zum Ausdruck zu bringen, ist einfach nicht okay. Immerhin lässt Dad mich in Ruhe, nachdem ich auch seine Bitte, für ein paar Tage wieder bei ihnen einzuziehen, abgelehnt habe. Nach meinem erneuten Streit mit Mum ist das absolut keine Option. Ich bleibe in meiner Wohnung, bis der Schreiner da war. Punkt.

Die Sonne steht nach wie vor hoch am Himmel, als ich das Sägewerk am frühen Abend verlasse. Mittlerweile merkt man immer deutlicher, dass die Sommersonnenwende nur noch wenige Wochen entfernt ist. Bald wird es auch in Drammen kaum mehr richtig dunkel, ehe die morgendliche Dämmerung bereits wieder einsetzt. Auf dem Weg nach Hause telefoniere ich mit Thore. Er ist mit zwei Freunden ein paar Tage in Dänemark unterwegs für ein Konzert. Kurz überlege ich, ihm zu berichten, was passiert ist. Vom Einbruch und meinem Streit mit Mum und Dad. Ich bin mir sicher, dass er auf meiner Seite wäre. Weil er das immer ist. Aber ich will ihm seine Reise nicht versauen, also sage ich nichts. Höre mir stattdessen an, wie toll die Show war und dass sie heute Abend die Kopenhagener Clubs unsicher machen wollen. Während ich meine Sturm- und Drangzeit längst hinter mir habe, steckt mein Bruder dem Anschein nach noch knietief drin.

Als wir aufgelegt haben, steige ich auf mein Fahrrad, das ich bisher geschoben habe, und fahre den restlichen Weg. Das äußere Vorhängeschloss ist nicht abgeschlossen, was bedeutet, dass Emil schon da ist. Ich hatte ihm geschrieben, als ich losgefahren bin. Nach meinem Klopfen dauert es nur ein paar Sekunden, bis er mir öffnet. Ich husche hinein und stelle meine Tasche ab, während Emil das Schloss wieder einrasten lässt. Ich muss ihn nicht einmal darum bitten.

»Wie war dein Tag?«, frage ich. Wieder muss ich daran denken, wie ungewohnt es ist, dass jemand da ist, wenn ich nach Hause komme. Seit ich von zu Hause ausgezogen bin, wohne ich allein, und es kam auch so gut wie nie vor, dass Hendrik hier auf mich gewartet hat, obwohl er einen Schlüssel hatte. Ich habe ihm das Ding ein paar Wochen vor seinem Tod gegeben, aber er hatte kaum Gelegenheit, ihn zu benutzen.

»Ganz gut.« Er zuckt mit den Schultern und folgt mir in die Küche, wo ich mir ein Glas Wasser hole. »Ich war einkaufen, weil der Inhalt deines Kühlschranks wirklich traurig ist. Dann habe ich die Hühner bespaßt und dir ein paar ihrer Eier mitgebracht und mit meiner Mum telefoniert. Seit Dads Kampagne angelaufen ist, versteckt sie sich noch mehr. Sie geht nur mit zu seinen Terminen, wenn es unbedingt sein muss. Ich glaube, es ist eine Flucht.« Er setzt sich mir gegenüber und fängt an, das Etikett von der Flasche, die dort steht, zu zuppeln.

»Was meinst du damit?« Ich ziehe die Beine an und suche mir eine bequemere Position. Gespannt mustere ich ihn. Es tut gut, ihm einfach zuhören zu können. Ich weiß, dass er meine Frage beantworten und mich in wenigen Minuten ebenfalls fragen wird, wie mein Tag war. Doch im Moment ist es mir eindeutig lieber, erst einmal ihm zuzuhören.

»Hendrik.« Er seufzt leise. »Mum kann immer noch nicht wieder richtig schlafen. Vor allem Nächte, in denen ich erst spät nach Hause komme, sind ganz schlimm.«

»Oh.« Ich sehe ihn bestürzt an. »Also auch jetzt«, schlussfolgere ich. »Du musst nicht hierbleiben, wenn es ihr deshalb schlecht geht. Ich komme schon klar. Der Schreiner kommt ja bald und …«

Das ist die Stelle, an der Emil mich unterbricht. »Nein, Fee«, sagt er und legt eine Hand auf meine. Sofort fängt die Haut an der Stelle, an der er mich berührt, an zu kribbeln. »Ich habe dir versprochen, dass ich bleibe, und daran halte ich mich. Dass ich hier bin, ist okay für Mum. Sie weiß, wo ich bin, und sie weiß, dass mir bei dir nichts passieren wird. Also ist alles gut. Sie hat meistens dann Angst, wenn ich erst spät aus Oslo komme. Oder mal ausgehe. Was ich ehrlich gesagt schon ewig nicht mehr getan habe.«

»Ich auch nicht«, murmle ich. Weil ich nach Hendriks Tod keine Lust dazu hatte. Es war einfacher, mich zu Hause einzuigeln, irgendwelche Serien zu gucken, maximal mit Merrit und Sarisha zum Tanztraining zu gehen und mich nicht damit auseinanderzusetzen, wie groß das schlechte Gewissen wurde, wenn ich ein bisschen Spaß hatte. Es hat lange gedauert, bis nicht nur mein Kopf, sondern auch mein Herz begriffen hat, dass es okay ist, so zu empfinden. Glück. Und Freude. An manchen Tagen wird mir allerdings auch jetzt immer wieder klar, dass diese Erkenntnis noch nicht dauerhaft bei mir angekommen ist. Auch wenn ich den letzten guten Tag dafür genutzt habe, Hendriks Zahnbürste endlich aus dem Bad zu entfernen. Aber vielleicht liegt es auch an Emil, dass ich die Kraft dazu hatte. Seit wir wieder Kontakt haben … Ich weiß nicht, wie er das macht, aber mit ihm in meiner Nähe fühle ich mich nicht nur weniger allein, sondern vor allem weniger einsam.

»Vielleicht sollten wir das ändern«, meint er und reißt mich damit aus meinen Gedanken.

»Was genau?«

»Das Ausgehen. Wir sind Anfang zwanzig, wir sollten nicht zu Hause herumsitzen und … trauern.« Er hält kurz inne. »Jedenfalls nicht nur.«

Seine Worte hallen in mir nach. Dann nicke ich, ganz langsam. Emil hat recht. Es sollte nicht so sein. Doch offenbar zählt nicht, was nicht hätte sein sollen. Es zählt nur, was ist. Und das bedeutet, dass wir in der Tat mal wieder unter Menschen sollten. Den Laptop zu finden, hat uns zwar zusammengeschweißt, aber auch dazu geführt, dass keiner von uns andere Dinge unternommen hat. Wir waren nur noch damit beschäftigt, das Passwort zu knacken.

»Okay. Wir könnten vielleicht wirklich mal wieder ausgehen. Aber … nicht heute, ja?« Ich reibe mir kräftig über die Stirn. Heute habe ich definitiv keine Lust, essen oder ins Kino oder gar feiern zu gehen. Was auch immer Emil vorschwebt. »Mein Tag war lang und anstrengend und …«

»Und der Einbruch sitzt dir immer noch in den Knochen.« Auch Emil nickt. »Das verstehe ich. Es muss ja auch nicht heute sein.« Er lächelt sanft. »Aber vielleicht am Wochenende oder so. Oder nächste Woche, wenn du wieder eine Tür hast.«

Meine nächste Frage stelle ich ihm aus einem Impuls heraus. »Was hältst du davon, wenn wir zur Hütte fahren? Wir könnten Sandwiches mitnehmen und am Wasser essen. Und ich könnte dir zeigen, wo ich den Laptop gefunden habe.« Keine Ahnung, ob es eine gute Idee ist. Aber irgendetwas sagt mir, dass es richtig ist. Ich kann Emil vertrauen. Abgesehen davon war ich selbst nicht mehr dort, seit ich den Laptop entdeckt habe, und eigentlich bin ich gern draußen am Fjord.

Nachdem wir mein altes Rad für Emil aus dem Keller geholt haben, fahren wir los. Der Korb an meinem Fahrrad ist voll mit belegten Broten, ein bisschen Obst, zwei Wasserflaschen und einer Thermoskanne Tee. Es ist zwar noch immer angenehm warm, dennoch können die Abende dort draußen am Fjord überraschend kühl werden. Ein warmes Getränk wird uns guttun. Das letzte Stück schieben wir die Räder, ehe wir sie an zwei Baumstämme lehnen und den Rest mit unserem Proviant zu Fuß gehen. Das Waldstück meines Großvaters ist so abgelegen, dass wir uns keine Sorgen um die Fahrräder machen müssen. Eins davon ist sowieso uralt und dient nur noch für die zwei Trips im Jahr, die ich mache, wenn mein richtiges Rad beim Frühjahrscheck in der Werkstatt ist.

Die Äste knacken unter unseren Schuhen, über uns murmelt der Wind in den belaubten Bäumen. Es ist ein friedlicher Abend, und irgendwie freue ich mich sogar darauf, Emil die Hütte zu zeigen. Es ist wunderschön hier draußen, und mein Gefühl sagt mir, dass Emil das ebenso sehen wird. Vielleicht springt er sogar in den Fjord und schwimmt eine Runde. Zuzutrauen wäre es ihm.

Er folgt mir den verwucherten Trampelpfad entlang. Büsche hängen weit in den Weg hinein, das Gras ist schon wieder knöchelhoch. Unglaublich, wie schnell hier alles zuwächst, wenn ich nicht regelmäßig vorbeikomme und eine Schneise plattlaufe.

»Oh, wow«, entfährt es Emil, als wir die Hütte erreichen.

Wie bei meinem letzten Besuch hier spielt das Licht mit den Zweigen der Bäume und fällt glitzernd auf die Oberfläche des Fjords. Es ist magisch, und Emils Reaktion verrät mir, dass er den Zauber dieses Ortes ebenfalls spürt. Ich schließe die kleine Holzhütte auf und lasse ihn zuerst eintreten. Es riecht muffig, weil ich eine Weile nicht mehr hier war. Nachdem ich auch das Fenster geöffnet habe, ist der kleine Raum lichtdurchflutet, und die Luft hier drin wird besser. Weicher.

»Und das habt ihr echt selbst gebaut?« Emil dreht sich einmal um die eigene Achse.

»Mhm. Damals hab ich noch ziemlich oft selbst mit Holz gearbeitet. Hier.« Ich nehme eine der herumstehenden Figuren in die Hand und zeige sie ihm. »Eine Zeit lang habe ich viel geschnitzt und Spielzeug entworfen.«

Fast schon behutsam nimmt Emil mir meine Schnitzerei ab und streicht mit den Fingern über das Holz. Manche Stellen sind so glatt, dass ich selbst kaum glauben kann, sie von Hand geschnitzt und gefeilt zu haben.

»Das ist großartig, Fee«, sagt er und sieht sich nach weiteren Figuren um. »Ich wusste gar nicht, dass du so …« Er macht eine ausladende Handbewegung. »Du warst fleißig. Wie viele sind das? Dreißig? Vierzig?«

»Keine Ahnung.« Ich versuche zu lächeln, und überraschenderweise gelingt es mir sogar. Das war lange genug nicht der Fall. »Ich habe nie gezählt.« Weil es darum nie ging. Nicht um Quantität. Ich habe einfach nur für mich geschnitzt. Und manchmal für Hendrik, wenn er mir ein Stück getrocknetes Holz gebracht hat und wollte, dass ich daraus etwas zaubere. So hat er es genannt. Zaubern. Weil eine Fee das tut.

»Warum hast du damit aufgehört?« Emil stellt die kleine Figur wieder ab und nimmt dafür eine neue in die Hand. Es ist die Eule. *Die* Figur, die ich zufälligerweise an seinem Todestag fertiggestellt habe.

»Es hat sich nicht mehr richtig angefühlt. Also habe ich es einfach gelassen.«

Einen Moment lang schweigt Emil. Dann hebt er den Blick, und ich entdecke nichts als Verständnis darin. »Ich glaube, das ist normal.«

Offenbar sieht er mir an, dass ich nicht weiß, wovon er spricht. Also redet er weiter. »Ich hab mal gelesen, dass sich … dass sich nach dem Tod einen geliebten Menschen das Gehirn der Trauernden im wahrsten Sinne des Wortes verändert. Und dadurch auch seine Vorlieben und Geschmäcker. Ich esse, seit Hendrik tot ist, Pilze.« Seine eigenen Worte bringen ihn zum Lachen, und gleichzeitig schüttelt er den Kopf. »Das ist so absurd. Ich meine, ich habe die Dinger gehasst. Und nun könnte ich sie jeden Tag essen. Ausgerechnet *Pilze.*«

Seine Verwunderung ist so putzig, dass ich in sein Lachen miteinstimme. Doch dann wird mir bewusst, dass daran absolut etwas dran ist. »Ich esse seither Oliven. Also hat sich mein Geschmack auch verändert.« Weil sich mein Gehirn verändert hat.

»Wir hätten Oliven und Pilze auf unsere Sandwiches packen sollen.« Emil lächelt noch immer.

»Beim nächsten Mal«, entgegne ich und halte unseren Blickkontakt.

Es ist so leicht mit ihm. Über Hendrik zu reden, aber auch über uns. Mit ihm zusammen ist nichts so, wie es war, aber alles ist irgendwie besser. Es war richtig, ihn hierher mitzunehmen. Er nimmt der Hütte die Schwere, und das auf eine Art und Weise, die ich nicht erklären kann. Er tut es einfach.

Inzwischen steht die Sonne tiefer am Himmel. Es muss also schon spät sein, auch wenn es immer noch hell ist. Ich liebe diese langen Tage im Sommer, wenn ich jegliches Zeitgefühl verliere. In diesen Wochen bin ich ein anderer Mensch, es lebt sich schlicht leichter, selbst mit schwerem Herzen. Wir setzen uns an den Rand des Fjords, lassen die Füße ins Wasser baumeln und essen unsere Sandwiches. Sie schmecken auch ohne Pilze und Oliven fantastisch. Wieder geht von Emil diese besondere Ruhe aus, die sich auf mich überträgt. Ich weiß nicht, wie es passiert ist, aber die vergangenen Wochen … Es tut gut, in seiner Nähe zu sein. Mein innerer Trauersturm wird leiser, wenn er bei mir ist.

Gedankenverloren starre ich hinaus auf das funkelnde Wasser. Die Sonnenstrahlen tauchen die Welt in warmes blaues Licht. Und auch wenn die Erinnerungen an Hendrik wie ein Schattentuch über uns liegen, wie Endlosschleifen ihre Bahnen durch meinen Kopf ziehen, könnte ich ewig hier sitzen. Irgendwo in der Ferne höre ich Elche im Wald rufen, und gar nicht weit von uns entfernt plätschert ein kleiner Wildwasserbach, den der Regen der vergangenen Tage vermutlich entstehen lassen hat. Es ist so friedlich. Beruhigend. Komischerweise fühle ich mich hier draußen am Fjord sicherer als in meiner eigenen Wohnung. Je länger wir hier sind, umso ruhiger werde ich. Und umso mehr lassen die Grübeleien nach. Ich kann nicht ändern, was passiert ist, egal, wie sehr ich es will. Aber ich kann mich dafür entscheiden, auch das Schöne in der Welt zu sehen. Ich muss es sogar.

Emil und ich schweigen eine ganze Weile. Bis die Sonne hinter den Baumspitzen verschwindet und damit die Phase der richtigen Dämmerung einleitet. Schlagartig wird es kühler, was dazu führt, dass ich die Füße aus dem Wasser nehme und die dicken Socken anziehe, die ich eingepackt habe. Emil trägt wie so oft zwei verschiedene. Mit der Thermoskanne in der Hand kommt er zurück aus der Hütte und stellt die beiden Emailletassen auf dem runden Holztisch ab. Während er einschenkt, entzünde ich in der kleinen Feuerschale ein paar getrocknete Äste. Es dauert nicht lange, bis wir uns mit dem Tee ans Feuer setzen können. Sofort wird mir wärmer, und ich lege den Kopf in den Nacken, um in den Himmel zu schauen. Er ist immer noch nicht dunkel, trotzdem erkenne ich die ersten Sterne. Und mit einem Mal fühle ich mich unsagbar klein. Das passiert immer, wenn ich den Nachthimmel betrachte und mir bewusst wird, wie unbedeutend ich eigentlich bin. Nur das Gefühl, seit Hendriks Tod nicht mehr ganz zu sein, bleibt bestehen, auch wenn alles andere in den Hintergrund rückt.

»Wunderschön, oder?« Wieder ist Emil derjenige, der zu sprechen beginnt. Aber er tut es im Flüsterton.

»Ja«, erwidere ich und halte meine Handflächen Richtung Feuer. Denn genau das ist es. Schön. Und ein Wunder.

»Früher haben Lene, Hendrik und ich uns immer Schauergeschichten erzählt, wenn wir im Sommer im Garten saßen und auch ein Feuer gemacht haben.» Aus den Augenwinkeln sehe ich, wie Emil an seinem Tee nippt. »Lene war leider echt richtig gut darin. Hendrik und ich hätten das zwar nicht einmal unter Folter zugegeben, aber wir hatten meistens echt Schiss, wenn sie uns von den Legenden und Mythen rund um Drammen erzählt hat. Dabei hat sie das meiste davon einfach selbst erfunden.« Ich höre ihn leise lachen.

»Du vermisst sie.«

»Ja.« Er nickt. »Nur ihre Märchen, die nicht.« Er versucht zu scherzen, aber ich kann zwischen den Zeilen lesen.

»Hat sie sich in den letzten Tagen noch mal gemeldet?«

»Am Samstag, ja. Seither aber nicht mehr. Offenbar ist sie immer noch nicht fertig mit ihrem Selbstfindungstrip.« Kurz verdreht er die Augen, dann schüttelt er den Kopf. »Nein, vergiss, was ich gesagt habe. Es ist unfair von mir, sauer zu sein. Sie hat jedes Recht, diese Reise zu machen.«

»Trotzdem darfst du dich allein gelassen fühlen.«

»Ich weiß. Aber genau das habe ich satt. Ich hasse es, dass beide weg sind. Hendrik kann wenigstens nichts dafür, aber Lene …«

»Ist freiwillig gegangen«, beende ich seinen Satz. »Und das macht es noch schwieriger, weil sie hier sein könnte, wenn sie es wollen würde.«

Ein Blick in Emils Gesicht verrät mir, dass ich richtig liege. Es tut ihm weh, dass seine Schwester gegangen ist, auch wenn sein Kopf weiß, dass das okay ist. Sein Herz hat das nur noch nicht begriffen.

Wir reden lange miteinander. Über Lene und Hendrik, dann über Thore. Über meine Eltern und seine. Über Emils Job im Nobel Peace Center Museum und sein Studium. Über meinen Job und noch einmal über meine Schnitzereien. Währenddessen trinken wir Tee und rücken immer näher an das kleine Feuer, weil die Nächte in Norwegen eben doch nicht so lau sind wie die in Mittel- oder Südeuropa. Immer wieder lege ich kleine Scheite nach. Jedes Mal, wenn neues Holz auf die verkohlten Stücke trifft, wirbelt es Funken auf, die wie Glühwürmchen vor unserem Gesicht tanzen. Dabei lösen sich auch kleine Aschefetzen, die ebenfalls durch die Luft fliegen, ehe sie lautlos zu Boden gleiten.

»Du hast da was«, sagt Emil plötzlich. Er ist mir näher, als ich angenommen habe.

Ich sehe zu ihm auf, blicke in sein Gesicht, das durch die Flammen von einem warmen Licht bedeckt wird. Ein paar Haarsträhnen sind ihm in die Stirn gefallen, weil er zu oft mit den Händen hindurchgefahren ist. Seine Augen sind tiefblau, selbst im Schein des Feuers wirken sie rau wie das Meer an der Atlantikküste.

Emil ist schön. Es ist kitschig und falsch, das zu denken, aber ich kann es nicht verhindern. Der Stoff seines Pullovers spannt sich über seine Oberarme, als er zögerlich eine Hand nach mir ausstreckt.

»Achtung«, murmelt er. In der nächsten Sekunde spüre ich seine Finger an meinen Haaren, ein kleines Stück neben meiner Wange.

Mit einem Mal glaube ich, alles leiser zu hören. Das Prasseln des Feuers, das Rauschen der Blätter, das leise Plätschern des Wassers. Nur mein Herzschlag dröhnt in meinen Ohren so laut wie noch nie. Ich kann den Blick nicht von ihm abwenden, während er behutsam ein bisschen Asche aus meinen Haaren entfernt. Ganz sanft, kaum spürbar. Und doch will ich schlagartig nur noch eins. Ich weiß nicht, ob er es ist oder ich es bin. Aber auf einmal ist da keine Distanz mehr zwischen uns. Ich rücke zu ihm, er kommt auf mich zu, seine Hand legt sich in meinen Nacken, meine Finger vergraben sich im Saum seines Pullovers. Wir sehen einander immer noch an, fragend, aber vor allem ein bisschen unsicher. Weil das hier … Nein! Ich schiebe jeden Gedanken beiseite, konzentriere mich auf Emil, auf den Duft nach Zedernholz, der immer mitschwingt, wenn er in der Nähe ist.

Vielleicht liegt es daran, dass ich mich einsam fühle. Dass ich endlich wieder gehalten und geküsst werden möchte. Oder es ist nichts davon, und der Grund, warum ich mich ihm entgegenstrecke, ist ein ganz anderer. Aber als seine Lippen auf meine treffen, spielt das alles keine Rolle mehr. Da ist nur noch Emil in meiner Wahrnehmung. Emil, Emil, Emil. Emil mit den weichen, warmen Lippen. Emil, der nun auch seine zweite Hand in meinen Nacken legt. Emil, der mich so sanft küsst, als wäre ich aus Glas. Zerbrechlich. Was ich nicht bin. Ich habe lediglich ein kaputtes Herz. Und das will gerade nichts mehr, als den Mann mir gegenüber zu küssen.

Ich löse meine Finger von seinem Pullover, schiebe sie an seinen Seiten nach hinten auf seinen Rücken und dränge mich noch ein winziges bisschen näher an ihn. Gleichzeitig erhöhe ich den Druck meiner Lippen auf seine, damit er versteht, wie einverstanden ich mit dem bin, was hier gerade passiert. Und ich glaube, er erkennt mein Zeichen. Emil öffnet den Mund ein kleines Stück für mich, streicht mir mit der Zunge über die Unterlippe, sein Atem wird zu meinem, und die Gedanken in meinem Kopf kommen endlich zur Ruhe.

13

EMIL

Freya ist … Sie ist alles. All das, was ich mir damals bei unserer ersten Begegnung ausgemalt habe. Und zugleich ist sie so viel mehr. In meiner Vorstellung war es ein einfacher Kuss, in der Realität sind es ihr Atem auf meiner Haut, ihre Finger auf meinem Rücken und dieses leise Seufzen, das mich um den Verstand zu bringen droht.

Ich habe keine Ahnung, woher ich den Mut genommen habe. Dabei wollte ich ihr einfach nur die Asche aus den Haaren entfernen. Aber dann … Ihr so nah zu sein, so intensiv von ihr angesehen zu werden … Ich konnte meine Hand nicht wieder sinken lassen und so tun, als hätte ich es nicht mit jeder Faser meines Körpers gewollt. Ich will es immer noch. Sie zu küssen, ist unglaublich, und ich weiß nicht, wie ich jemals wieder damit aufhören soll. Mir ist klar, dass es nicht richtig ist, dass es die Dinge zwischen uns verändert, weil Küsse das immer tun. Doch ihre Lippen und ihren Körper zu spüren, der mir so nah ist wie nie zuvor … Gott, das alles fühlt sich verdammt gut an. Trotzdem merke ich, wie das schlechte Gewissen anklopft. Weil ich hier nicht irgendwen küsse, sondern Freya. Die Freundin meines verstorbenen Bruders.

Ich will die Gedanken beiseiteschieben, mir das hier nicht selbst kaputt machen. Es sind zwei Seiten, die in mir kämpfen. Die eine, die

Freya so unbedingt will. Und die andere, die sich Vernunft schimpft. Die mir sagt, dass ich das hier nicht tun darf, obwohl alles in mir danach verlangt.

»Hör auf zu denken«, flüstert Freya an meinem Mund.

Ihre Worte lassen mich unweigerlich lächeln. Sie sind so ehrlich, klingen so zufrieden. Und vielleicht hat sie recht. Für den Moment sollte ich tatsächlich aufhören zu denken. Hier, unter den Bäumen, im Feuerschein, sind wir sicher. Es gibt nur uns und das, was die letzten Tage ausgelöst haben. Und das ist der Wunsch, bei ihr zu sein. Sie zu küssen. Also tue ich genau das. Ich küsse sie, und sie küsst mich, und ein paar Minuten lang steht die Welt still. Es wird nicht ewig so bleiben, das ist mir bewusst. Aber diese kurzen, gestohlenen Augenblicke, die bleiben uns. Zumindest in unseren Köpfen.

Das laute Röhren eines Elchs lässt uns schließlich aufhören. Kurz rutscht mir das Herz in die Hose, weil ich davon ausgehe, dass sie wegrücken und etwas Abstand zwischen uns bringen wird. Nicht nur emotional, sondern auch sichtbar. Doch sie tut es nicht. Wir küssen uns zwar nicht mehr, aber sie bleibt bei mir sitzen und lehnt ihren Kopf an meine Schulter. Als sie sich auch nach ein paar Sekunden nicht aufrichtet, traue ich mich und lege einen Arm um sie. Dann schweigen wir, und wieder stelle ich fest, wie gut wir auch das miteinander können. Es fühlt sich nicht unnatürlich an, ich habe nicht den Drang, die Stille zu durchbrechen. Ich will einfach nur bei ihr sitzen und meinen Gedanken nachhängen.

Mir war schon lange klar, dass ich Freya mag. So etwas hört nicht auf, nur weil sie sich für jemand anderen entschieden hat. Ich habe dagegen angekämpft und eine Zeit lang war ich mir sicher, es geschafft zu haben. Ich habe ihr und Hendrik alles gegönnt, weil ich wollte, dass mein Bruder glücklich ist. Und dasselbe galt für sie. Es gilt immer noch. Ich will, dass es ihr gut geht. Aber ich will dasselbe auch für mich und … Diese Küsse eben haben mich glücklich gemacht. Weil es so verflucht leicht ist, Fee wieder mehr zu mögen, auf eine Art und Weise, wie ich nicht dachte, dass es jemals erneut möglich sein könnte.

»Du grübelst schon wieder«, höre ich sie murmeln. Ihren Worten folgt ein sanfter Knuff in meine Seite. »Lass das.«

Meine Antwort ist ein leises Lachen, weil ich schlicht keinen Schimmer habe, wie ich das abstellen soll. Unsere Situation ist besonders. Sie war Hendriks Freundin, ich sollte sie nicht küssen wollen, und schon gar nicht sollte ich es tatsächlich tun.

»Du hast vermutlich mit allem recht, aber …« Freya zögert kurz, ehe sie fortfährt: »Lass uns einfach für den Moment so tun, als spiele nichts davon eine Rolle. Lass uns nur … uns sein. Okay?«

Freya will eine Pause von dem, was ihr Leben ist. Es ist eine Flucht, das ist mir klar. Aber wer bin ich, ihr das zu verwehren? Sie hat so lange gelitten. Getrauert. Sie tut es immer noch. Nichts davon hört einfach auf, nur weil sie mich geküsst hat. Ganz im Gegenteil. Das verkompliziert alles nur noch mehr. Kein Wunder also, dass sie eine Pause möchte.

Langsam nicke ich. »Okay.«

Und damit ist die Sache erledigt. An diesem Abend reden wir nicht mehr darüber. Stattdessen erzählt Freya mir von ihrer Tanzgruppe. Ich berichte ihr, dass ich eine kleine Wanderung mit Jonna und Fiona plane. Es sind harmlose Themen, unverfängliche. Trotzdem ist es mehr als Small Talk, weil das Gefühl dabei stimmt. Weil ich weiß, dass ich mich nicht darüber unterhalten muss, da es erwartet wird, sondern weil ich es will. Und die ganze Zeit über nimmt sie ihren Kopf nicht von meiner Schulter.

Am nächsten Morgen ist sie schon weg, als ich wach werde. Wahrscheinlich hat sie sich auf Zehenspitzen aus der Wohnung geschlichen und sich nicht einmal einen Kaffee gemacht. Ich weiß nicht, ob ich so viel Rücksichtnahme süß finden soll oder ob sie einfach Angst hatte, mit mir reden zu müssen, sollte sie mich aufwecken. Wir haben uns den kompletten Abend über an ihre Bitte, alles zu ignorieren, gehalten. Aber über kurz oder lang müssen wir darüber sprechen. Doch offenbar wollte Freya das nicht heute Morgen tun. Was okay für mich ist. Ich habe nämlich keine Ahnung, wie ich das Gedankenchaos in meinem Kopf in Worte fassen soll.

Gähnend schiebe ich die Beine unter der Decke hervor und setze mich auf dem Sofa aufrecht hin. Ich schlafe erstaunlich gut auf Freyas Couch, auch wenn es zumindest heute Nacht viel zu wenig war. Wir kamen erst weit nach Mitternacht zurück. Dann hat sich Fee ins Bad verabschiedet, und ich habe mir in der Küche eine Flasche Wasser geholt. Es hat sich nicht viel anders angefühlt als am Abend zuvor, und doch … Wir haben uns geküsst. Und ich weiß auch jetzt mit unumstößlicher Sicherheit, dass ich es wieder tun würde, egal, wie falsch es vielleicht war.

Nachdem ich geduscht habe, setze ich mich mit nassen Haaren und einem Kaffee raus auf den Balkon. Es ist noch frisch, aber die Sonne fällt direkt in mein Gesicht. Ich schließe die Augen, nippe an dem Getränk und lasse meine Wangen wärmen. Zumindest so lange, bis mein Handy klingelt. Mit der Tasse in der Hand husche ich zurück in die Wohnung und nehme den Anruf an. Es ist Mum, was mich nicht überraschen sollte.

»Guten Morgen«, begrüße ich sie und reibe mir über die Stirn. »Sorry, hab voll vergessen, dich anzurufen. Ich hab meine Schicht getauscht und kann zu der Wohltätigkeitsveranstaltung mitkommen.«

»Das freut mich, aber deshalb rufe ich nicht an.«

»Nein?« Unweigerlich runzle ich die Stirn. »Was ist los?«

»Du kommst doch nachher für die Hühner nach Hause, nicht wahr?«

»Ja. Klar. Warum? Ist etwas mit ihnen?«

»Nein, nein.« Mums Stimme verrät mir überhaupt nichts. Sie klingt neutral, unaufgeregt. »Ich wollte dich nur bitten, mir neue Schlaftabletten mitzubringen. Die Apotheke in der Schlossgatan weiß Bescheid, Dr. Fredriksen hat ihnen das Rezept geschickt.«

»Okay?« Unwillkürlich umklammere ich das Handy fester. »Hast du nicht erst neulich eine neue Packung geholt?«

Mum fackelt nicht lange. »Was möchtest du mir sagen, Emil?«, fragt sie direkt, und ich höre den Angriff in ihrer Stimme.

Kurz überlege ich, den einfachen Weg zu gehen. Wegzusehen und ihr die Dinger kommentarlos zu bringen. Aber ich kann nicht. Wir stecken alle in derselben Scheiße. Auch wenn ich verstehe, dass schlaflose Nächte anstrengend sind, es kann keine Dauerlösung sein, eine Schlaftablettenpackung nach der anderen leer zu machen.

»Du brauchst Hilfe, Mum«, sage ich und bemühe mich um Nachdruck in meinen Worten. »Deine Schlafprobleme … Ich glaube nicht, dass du sie allein in den Griff kriegst. Vielleicht würde es dir guttun, mit jemandem zu sprechen.« Mein Vorschlag ist ein Risiko, weil meine Familie zwar gern vorgibt, tolerant und offen zu sein. Aber psychische Probleme … Das betrifft immer nur andere Menschen. Nie uns selbst. Dabei sollte ihnen längst klar sein, dass wir genauso sind wie die anderen.

»Das ist nicht nötig.« Natürlich reagiert Mum exakt, wie ich das vermutet habe.

Ich seufze leise. »Bitte denk wenigstens drüber nach. Das ist die achte Packung, Mum.« Was nichts anderes bedeutet, als dass sie fast eine ganze pro Monat benötigt. Insgeheim frage ich mich, wie lang Dr. Fredriksen das noch mitmachen wird. Allerdings würde ich es Mum auch zutrauen, dann einfach den Arzt zu wechseln. Sie kann verdammt stur sein.

»Mach dir keine Sorgen, Emil. Ich habe die Sache im Griff.« Und damit ist das Gespräch von Mums Seite aus beendet.

Ich verspreche ihr, das Zeug mitzubringen, wenn ich nach Hause komme, und verabschiede mich von ihr. Anstatt mich jedoch direkt auf den Weg zu machen, schnappe ich mir meine Schwimmsachen und fahre ins Hallenbad. Wahrscheinlich wäre eine Fahrt an den Waldsee besser, aber ich ahne, dass ich heute eine ganze Weile im Wasser sein muss, um den Kopf freizukriegen. Was nicht nur an Mums Anruf, sondern vor allem an Freya und dem vergangenen Abend liegt.

Meine Befürchtung bestätigt sich. Es dauert dreißig Bahnen, ehe ich ansatzweise das Gefühl habe, wieder klar denken zu können. Und selbst dann ist da immer noch dieser blinde Fleck. Diese Leerstelle, die ich nicht füllen kann. Ich weiß, dass ich Freya küssen wollte, und ich bin mir sicher, dass sie es zumindest gestern Abend auch wollte. Aber das bedeutet nicht, dass sie es nicht längst bereut, nachdem sie eine Nacht darüber geschlafen hat. Ich muss dringend mit ihr sprechen. Und vor allem muss ich aufpassen, dass ich mich nicht haltlos in etwas verrenne, was vielleicht gar keine Zukunft hat.

Mit noch nassen Haaren verlasse ich das Schwimmbad wieder. Vor dem Gebäude bleibe ich stehen und lege den Kopf in den Nacken. Ein paarmal atme ich tief durch, ehe ich meinen Rucksack schultere. Ich will mich gerade auf den Weg nach Hause machen, als mein Handy piept. Energisch ziehe ich es hervor und sehe auf das Display. Lene hat ein Foto geschickt. Es ist das erste seit Monaten. Ich zoome das Bild größer und betrachte meine Schwester. Sie hat die Haare zu einem kurzen Pixie Cut abgeschnitten, der ihr wirklich gut steht. Aber sie sieht müde aus. Der Glanz, der mit Hendriks Tod aus ihren Augen verschwunden ist, fehlt immer noch, obwohl sie grinst und das Peace-Zeichen in die Kamera hält. Das alles ist nur Fassade. Und ich sehe, wie sie bröckelt.

Geht es dir gut?, schreibe ich zurück. Naiverweise erwarte ich eine ehrliche Antwort, doch alles, was ich erhalte, ist ein knappes *Na klar.* Mein *Wirklich?* ignoriert sie. Natürlich. Mit Lene ist es nie einfach. Vermutlich wird es das auch nie wieder sein. Denn wenn Mum stur ist, hat Lene einen absoluten Dickschädel.

Seufzend stecke ich das Handy wieder weg, schlage den Weg zur Apotheke ein und hole mit ungutem Gefühl in der Brust die Tabletten für Mum. Ich kann nur hoffen, dass sie wissen, was sie tun. Sie beide.

Obwohl ich frei habe, bin ich den ganzen Tag beschäftigt. Nach dem Besuch bei Mum und den Hühnern telefoniere ich mit dem Schreiner, der sich um Freyas Tür kümmern will. Wie erwartet wird es noch ein paar Tage dauern, bis er sie austauschen kann. Danach ruft Magnus an und will mich überreden, nach Oslo zu kommen, um ein Bier mit ihm zu trinken. Doch solange Freyas Eingangstür nicht repariert ist, werde ich sie abends nicht allein lassen. Ich habe ihr versprochen, da zu sein, und daran halte ich mich. Auch wenn ich Magnus nicht alle Details erzähle, akzeptiert er meine Gründe, und wir verschieben das Biertrinken auf ein andermal. Dann überlege ich mir eine Strecke für die kleine Wanderung mit Jonna und Fiona. Es wird nichts Großes, das haben die beiden mehr als deutlich gemacht. Aber ich werde nicht nur an der Drammener Uferpromenade mit ihnen entlangspazieren.

Am frühen Abend ziehe ich noch einmal los. Ich habe beschlossen, Indisch zu kochen, und brauche dafür Currypaste und frischen Koriander. Mit Freyas altem Ersatzfahrrad mache ich mich auf den Weg zum Supermarkt. Die Paste zu finden, ist einfach, aber für den Koriander muss ich in drei Läden, bis ich endlich alles zusammen habe, was ich brauche.

Als ich zurück in Freyas Wohnung komme, bin ich der festen Überzeugung, dass sie noch nicht da ist. Was mir genug Zeit gibt, schon einmal mit der Soße anzufangen und sie eine Weile köcheln zu lassen, bevor ich den Reis aufsetze. Doch nachdem ich die Treppen nach oben gelaufen bin, fällt mir auf, dass das äußere Schloss geöffnet ist. Freya ist also doch schon zurück. Ich klopfe, und keine Minute später öffnet sie mir.

»Hey«, sagt sie und lässt mich rein. Ihre Haare sind zu einem wilden Pferdeschwanz zusammengebunden, aus dem sich einige Strähnen gelöst haben und ihr ins Gesicht fallen. Ihr Pulli ist übersät von kleinen, feinen Holzsplittern.

»Hey«, antworte ich, während sie das innere Vorhängeschloss wieder einrasten lässt. Mein Blick fällt auf ihre Lippen, doch ich zwinge mich, ihn abzuwenden … Es ist eine normale Begrüßung, vertraut wie immer. Und doch ist alles anders. Weil ich nun weiß, wie es ist, sie zu küssen. »Warum siehst du aus, als hätte man dich in Sägespänen gebadet?« Mit meiner Frage versuche ich, die Gedanken an unseren Kuss zu vertreiben, obwohl mir klar ist, dass ich mich damit nur selbst belüge.

»Witzig.« Sie verdreht die Augen, kann aber ein leichtes Grinsen nicht verhindern. Ihre Mundwinkel zucken, und fuck, ich hätte alles dafür getan, es ganz zu sehen. Eine lächelnde Freya ist einfach umwerfend. »Ich bin auf dem Balkon und schnitze.«

»Du … schnitzt?« Ich schleppe die Einkaufstüte in die Küche. Hauptsächlich, um mich zu bewegen und wieder in den Griff zu kriegen. Nur geht das in ihrer unmittelbaren Nähe nicht.

»Mhm.«

Als ich mich wieder zu ihr umdrehe, erkenne ich das Funkeln in ihren Augen und die zarte Röte auf ihren Wangen. Es macht sie wunderschön. »Ich hatte heute Nachmittag plötzlich Lust darauf, also hab ich mir etwas Holz mitgenommen und …« Sie reibt sich mit dem Handrücken über die Stirn. »Es macht so viel Spaß.« Ihren Worten folgt ein Schulterzucken, doch es ist eins der Art, die mir unmissverständlich klarmacht, dass es keine so unbedeutende Sache ist, wie sie mir hier weismachen will. Ganz im Gegenteil. Es ist ein großes Ding für sie, wieder mit Holz zu arbeiten, nachdem sie es so lange nicht getan hat.

»Das ist toll.« Ich erwidere ihr Lächeln und räume die Einkaufstasche leer. Freya so zu sehen, vielleicht nicht ganz glücklich, aber doch mehr als zufrieden ... Das lässt eine ganz besondere Wärme in mir entstehen. Eine Wärme, vor allem aber Freude für sie, weil sie anscheinend einen guten Tag hat. Und dieses Gefühl will ich ihr noch ein bisschen lassen. »Warum machst du nicht weiter, während ich uns etwas zu essen koche? Ich hoffe, du magst indisches Curry?«

»Ich *liebe* indisches Curry.«

»Prima. Dann haben wir einen Deal.«

»Sicher, dass du keine Hilfe brauchst?« Sie beißt sich kurz auf die Lippe, was erneut Erinnerungen in mir weckt, an die ich jetzt nicht denken kann. Nicht, bevor wir nicht über gestern Abend gesprochen haben.

Ich sollte den Kuss ansprechen, ihr sagen, dass ich das trotz aller Widerstände gern wiederholen würde. Aber Fee sieht nicht so aus, als würde sie nun darüber reden wollen. Alles an ihr schreit, dass sie zurück zu ihrem Holz will. Sie wirkt gelöst, und das kann ich ihr nicht kaputt machen. Wenn schon das Wasser mir nicht helfen konnte, mich zu entspannen, will ich, dass die Schnitzerei es wenigstens bei ihr schafft.

»Ich komme klar«, versichere ich ihr und nicke mit dem Kopf in Richtung Balkon. »Geh wieder raus.«

Die Erleichterung, die meine Worte in ihr auslösen, ist nicht zu übersehen. Sie hört auf, ihre eigene Lippe zu malträtieren, und lächelt stattdessen sanft. »Okay. Danke.« Einen Moment steht sie mir unschlüssig gegenüber, und fast glaube ich, dass sie noch etwas loswerden möchte. Vielleicht tut sie es auch, entscheidet sich im nächsten Augenblick jedoch dagegen. »Okay«, wiederholt sie, ehe sie sich umdreht und zur Balkontür läuft.

Ich blicke ihr hinterher, schweigend, ein bisschen verwirrt. Weil nichts an ihrem Verhalten darauf hindeutet, dass wir uns vor nicht einmal zwanzig Stunden geküsst haben. Plötzlich wünsche ich mir, ein bisschen mehr wie meine Schwester zu sein. Lene mag zwar ans andere Ende der Welt abgehauen sein, aber in solchen Dingen hat sie so viel mehr Mut als ich. Wenn sie jemanden mag, sagt sie es der Person einfach. Unklarheiten gibt es mit ihr nicht.

Kopfschüttelnd wende ich mich von Freya ab, starte eine Playlist auf meinem Handy und beginne, das Gemüse für das Curry zu schneiden. Meine Hände bewegen sich mechanisch, vollführen alles wie von selbst, weil mein Kopf damit beschäftigt ist, nachzudenken. Nur wenige Meter von mir entfernt sitzt die Frau, zu der ich mich hingezogen fühle, obwohl ich es nicht sollte. Damals nicht. Heute nicht. Auch wenn es Hendrik nicht mehr gibt … Sie ist *seine* Freya. Nicht meine. Und egal, wie ich es drehe und wende, dieses Wissen bleibt eine Sackgasse.

Ich schneide weiter, brate das Gemüse an, gebe Gewürze und die Kokosmilch dazu. Der ganze Raum duftet danach, und die Soße wird perfekt, ich weiß es. Als alles in der Pfanne ist und vor sich hin köchelt, lehne ich mich an die Küchenzeile. Es ist noch zu früh, den Reis aufzusetzen, aber ich will auch Freya nicht stören.

Durch das Fensterglas kann ich sehen, wie vertieft sie arbeitet. Ihr Blick ist auf das Holz in ihrer Hand gerichtet, immer wieder sehe ich abgetrennte Späne auf den Boden fallen. Ich habe sie noch nie dabei beobachtet, wenn sie schnitzt, aber es ist beeindruckend. Diese absolute Konzentration, ihre Präzision … Ich glaube, würde ich sie nun ansprechen, würde sie es nicht einmal bemerken. Also bleibe ich stehen und tue nichts. Gebe ihr und mir die Zeit, die wir brauchen. Mein Blick ruht weiterhin auf ihr, auch wenn ich mir komisch dabei vorkomme, sie so anzustarren. Aber ich kann nicht damit aufhören. Sie fasziniert mich, ich finde alles an Freya schön. Das Außen, das Innen. Was sie sagt, was sie tut. Und das darf nicht sein. Mein Kopf weiß das, mein Herz nicht.

Gott. Mit aller Kraft, die ich habe, wende ich mich ab. Wie schön es wäre, pragmatisch zu sein. Herz aus, Kopf an. Aber so bin ich nicht. Ich war es nie. Stattdessen bin ich eine Mischung aus Gefühlen und Gedanken. Den guten und den blöden, den zweifelnden und den hoffenden. Vor allem den hoffenden.

Ich zwinge mich zurück an den Herd, setze den Reis auf, rühre in der Soße. Es sollte nicht so seltsam sein, ich sollte keine Angst davor haben, zu ihr auf den Balkon zu treten. Ja, ich will sie nicht stören, aber das ist nur die halbe Wahrheit. Ich gehe auch nicht hinaus zu ihr, weil ich ein elender Feigling bin. Weil ich weiß, dass ich mit ihr sprechen muss, aber den Mut dafür nicht habe.

Ich schmecke gerade die Soße ein letztes Mal ab, als ich die Balkontür hinter mir höre. Sofort lasse ich den Löffel sinken und drehe mich zu ihr um. Inzwischen hängen ihr die Sägespäne sogar im Haar. Doch es sind nicht diese Holzfetzen in ihren Haaren, die mich aus dem Konzept bringen. Es ist die kleine Figur in ihrer Hand.

»Hast du das …?«, beginne ich, unterbreche mich aber sogleich selbst. »In der kurzen Zeit?«

Sie nickt, und ich sehe den heimlichen Stolz in ihren Augen. »Es ist nichts Besonderes, ich bin aus der Übung, aber …«

»Sag das nicht«, stoppe ich sie, ehe sie ihre Arbeit kleinreden kann. Ich lege den Löffel beiseite und mache einen Schritt auf sie zu. Ich kann nicht anders. Langsam strecke ich die Hand aus. »Darf ich?«, frage ich und deute auf ihr Kunstwerk.

»Klar.« Sie gibt mir die geschnitzte Figur.

Behutsam drehe ich sie hin und her, streiche mit dem Daumen über das feine Holz. Es ist ganz glatt und weich. Vorsichtig fahre ich die Konturen nach. »Du hast Nertha wirklich gut getroffen«, sage ich dann und grinse.

»Eigentlich sollte es Nanna sein.« Sie erwidert mein Grinsen, und einen kurzen Augenblick ist alles hell und leicht. Aber weil jeder Moment nur einen Sekundenbruchteil lang ist, verschwindet dieser kleine Anflug von Leichtigkeit gleich wieder. Zurück bleiben zwei Menschen, denen es plötzlich schwerfällt, locker miteinander umzugehen.

»Das Huhn ist dir auf jeden Fall gut gelungen.« Ich gebe es ihr zurück. »Wenn du noch sechs weitere machst, hast du deine eigene Göttinnen-Bande.«

»Ich denke drüber nach.« Auch Freyas Lächeln erstirbt wieder, und sie streicht gedankenverloren über ihre neue Holzfigur. »Ist das Essen schon fertig? Es riecht fantastisch.«

»Ja, gleich.« Ich nicke ein paarmal. »Ich lasse die Soße nur noch einmal aufkochen.«

»Okay. Cool. Essen wir draußen? Dann fege ich einmal den Boden und räume meinen Kram weg.«

Ich komme nicht dazu zu antworten, da schnappt sie sich bereits den Handfeger und die Schaufel unter dem Spülbecken und verschwindet auf den Balkon. Als wolle sie mir aus dem Weg gehen, doch das ergibt keinen Sinn. Immerhin kam sie gerade von sich aus herein.

Ehe ich erneut in meinem Gedankenchaos versinken kann, gebe ich den Reis in eine Schüssel und stelle Teller und Besteck bereit. Ein paar Minuten später ist Freya wieder da. Sie schmeißt die Holzreste in den Mülleimer, dann richtet sie sich neben mir auf und wirft einen Blick an mir vorbei auf den Herd. Dabei streift sie meinen Arm, und allein diese flüchtige Berührung genügt, dass mir warm wird. Innerlich zucke ich zusammen und versuche, mir nicht anmerken zu lassen, wie sehr sie mich durcheinanderbringt.

»Was ist da denn alles drin?«, fragt sie. »Es riecht irgendwie süß?«

»Das liegt an der Mango«, antworte ich und befülle den ersten Teller.

»Interessante Kombi«, sagt sie. »Habe ich noch nie gegessen.« Sie greift nach ihrem Besteck, dann wartet sie, bis auch ich so weit bin.

Erst auf dem Weg nach draußen bemerke ich die Holzstücke in der Ecke des Wohnzimmers, die gestern noch nicht da waren und die nun darauf warten, ebenfalls bearbeitet zu werden. Freyas Balkon ist klein, aber sie hat zwei Kissen und eine Decke auf den Boden gelegt, auf die wir uns setzen. Schweigend beginnen wir zu essen, obwohl alles in mir in Aufruhr ist. Immer noch. Wieder. Keine Ahnung.

»Das ist echt lecker«, meint sie nach ein paar Bissen und lächelt mich beinahe schüchtern an.

»Danke«, erwidere ich und pikse ein Stück Mango auf.

Himmel, wir sind furchtbar. Alle beide. Ohne die Möglichkeit einer Flucht traut sie sich kaum, mir in die Augen zu sehen. Und auch ich … Wie kann es sein, dass wir offenbar beide nicht mehr so recht wissen, wie wir miteinander umgehen sollen? Im Endeffekt war es doch nur ein Kuss. Menschen küssen sich ständig. Das ist nichts Außergewöhnliches.

Ich kann diesen Gedanken nicht einmal zu Ende denken, ohne mich innerlich am liebsten selbst zu schütteln. Denn es ist Unsinn. Es war nicht nur ein Kuss. Nicht für mich. Ich habe nicht aus dem Affekt gehandelt. Und ich bereue es auch nicht. Allem Anschein nach kann ich ja nicht einmal mehr aufhören, daran zu denken. Wir müssen darüber reden, dringend, und ich überlege fieberhaft, wie ich das tun kann. Wie fängt man ein solches Gespräch an? Und was zum Teufel will ich ihr überhaupt sagen? Außer, dass ich es wieder tun würde. Wieder tun will.

»Emil, ich …«

»Ich würde …«

Wir beginnen gleichzeitig und brechen genauso schnell wieder ab.

»Du zuerst«, sage ich und lege die Gabel neben meinen Teller.

»Okay.« Sie nickt, und ich sehe, wie ihre Brust sich mit jedem Atemzug hebt und senkt. Freya wirkt nervös, und ich kann es ihr nicht verübeln. Auch wenn das bei Gott nicht der erste Abend ist, den wir zusammen verbringen, ist es nun einmal der erste nach unserem Kuss. Und wenn ich in den letzten Wochen eins über Fee gelernt habe, dann, dass sie erst einmal über Dinge nachdenkt, ehe sie das Gespräch sucht. So, wie sie mich jetzt ansieht … Ich glaube nicht, dass sie vorhin einfach nur geschnitzt hat. Und ich weiß wirklich nicht, ob ich bereit bin zu hören, was sie mir zu sagen hat. Aber länger zu schweigen, ist auch keine Option.

»Das gestern Abend am Fjord …«

Ich nicke hastig. Denn obwohl ich Angst vor ihrem Urteil habe, will ich es ihr leichter machen. Weil Freya einfach diesen Effekt auf mich hat.

»Du musst wissen, dass ich …« Sie schüttelt kaum merklich den Kopf. »Scheiße, das ist echt schwer.«

Es sind diese fünf Worte, die mir das Herz in die Hose rutschen lassen. Sie können alles oder nichts bedeuten, und im Moment kann ich absolut nicht einschätzen, in welche Richtung das hier gehen wird. Ich weiß nur, dass zu sagen, was man wirklich fühlt, das Schwierigste der Welt ist.

»Ich bereue es nicht, Emil«, sagt Freya zaghaft. »Auch nicht, nachdem ich eine Nacht drüber geschlafen habe … Ich bereue es nicht.«

»Okay.«

»Aber … Weißt du, wofür ich dankbar bin?«

Ich schüttle den Kopf. »Nein. Wofür?«

»Dass du nicht … Dass du nicht genauso aussiehst wie er.« Ihre Stimme wird immer leiser, und sie weicht meinem Blick aus. Sie braucht ein bisschen Zeit, um sich zu sammeln. Oder es ist neuen Mut, den sie sucht, bevor sie weitersprechen kann.

Ich sage kein Wort. Warte. Gebe ihr all die Zeit, die sie braucht, auch wenn sich die Sekunden quälend lange ziehen.

»Ich habe dich nicht deshalb geküsst«, sagt sie schließlich.

»Deshalb?« Ich runzle die Stirn, habe keine Ahnung, wovon sie spricht.

»Weil du … sein Bruder bist. Das musst du mir glauben.« Endlich sieht sie mich wieder an. »Ich wollte dich küssen, Emil. *Dich.*« Wieder bricht ihre Stimme, und das bricht mir das Herz. »Wahrscheinlich ist das falsch, aber ich finde, du musst das wissen.« Sie sieht mich fast schon verzweifelt an. Als hätte sie wirklich Angst, ich könnte ihr das zum Vorwurf machen. Dabei habe ich bisher nicht einmal darüber nachgedacht, ob die Tatsache, dass Hendrik mein Bruder ist, irgendeine Rolle bei unserem Kuss gespielt hat.

»Okay.« Ich nicke bedächtig und spüre das sanfte Lächeln, das sich in meinen Mundwinkeln andeutet. »Du wolltest also mich küssen«, fasse ich zusammen. »Nicht Hendrik … durch mich.«

»Das klingt echt furchtbar, sorry.« Sie verzieht das Gesicht. »Aber ja. Nicht Hendrik durch dich. Nur … dich.«

»Würdest du es wieder tun?« Meine Frage ist ein Risiko. Aber wenn ich sie jetzt nicht stelle, werde ich es nie tun.

Sie antwortet sofort. »Vermutlich.«

»Okay, also … *Willst* du es noch einmal tun?«

»Dich küssen?«

»Ja.«

Ganz langsam nickt sie, und diese Bewegung steht im kompletten Kontrast zu ihren nächsten Worten. »Wir sollten das nicht tun.«

Mir ist klar, dass sie recht hat, aber … »Das war nicht meine Frage.« Ich bin von mir selbst überrascht. Dass ich so direkt bin und sie einfach gefragt habe … Vielleicht steckt doch mehr von meiner Schwester in mir, als ich gedacht habe.

»Ich weiß.« Freya nickt. »Doch wenn ich wirklich nur das beantworte, ohne über irgendwelche Konsequenzen nachzudenken, dann … ja. Will ich.« Ihre Sätze schreien nach einem Aber. »Nur reicht das nicht.«

»Stimmt.« Ich nicke ebenfalls, rutsche näher zu ihr und greife nach ihren Händen. »Aber wenn wir ausblenden …«

»Wie gestern?«, unterbricht sie mich leise und sieht auf unsere Finger.

»Genau. Wie gestern. Wenn wir das ausblenden, dann …« *Ist es einfach nur schön.* Das will ich sagen, aber ich denke es nur. Weil ich glaube, dass sie es auch so versteht. Mit den Daumen ziehe ich in einem steten Rhythmus kleine Kreise über ihre Handrücken.

Sie erwidert meinen Blick, ohne sich zu bewegen. Da ist ein dumpfes Glühen in ihren Augen, es breitet sich immer weiter aus, und mit einem Mal vergesse ich, wer ich bin und wo wir sind und was wir hier tun. Ich weiß nur, dass wir uns an einer Schwelle befinden. An einer Schwelle, die zu etwas führt, das man nicht einfach wieder verlassen kann wie ein Zimmer oder eine Wohnung mit einer kaputten Tür. Denn das Problem ist, dass nichts automatisch richtig wird, nur weil man es mit jeder Faser seines Körpers will.

Doch das alles, jeden einzelnen Gedanken, der in diese Richtung geht, schieße ich in den Wind, als ich mich ihr entgegenbeuge. Sie weicht nicht zurück. Ihr Blick hält meinen, wir sehen uns in die Augen, ihre Finger umschließen meine. Ein Festhalten, ein Fernhalten, ein Näherziehen. Ich rieche Vanille und Zitrone, ihre Haare kitzeln mein Kinn. Und dann legen sich ihre Lippen auf meine. Kein Zögern, kein Abwägen, kein Innehalten. Kein Bereuen. Freya küsst mich, und was sich gestern noch neu angefühlt hat, ist nun wie ein Nach-Hause-Kommen. Ich weiß nicht, wie das so schnell passieren konnte, aber es ist einfach. Es ist so unendlich einfach, mich in ihr zu verlieren.

Kurz unterbricht sie unseren Kuss, wispert meinen Namen in die Stille zwischen uns: »Emil.« Immer wieder Emil.

Und ich kann nur *Freya* denken. *Fee.* Immer wieder Fee. Leise lache ich an ihrem Mund, weil es so absurd ist, hier mit ihr zu sitzen. Absurd und schön und vertraut. Ich vergrabe die Finger in ihren Haaren, beiße sacht in ihre Unterlippe, weil ich spüren muss, dass das hier echt ist. Und das ist es. So echt.

14

FREYA

Es gibt Erkenntnisse, die brauchen Zeit. Und dann gibt es welche, die einen einfach hinterrücks überfallen und vor vollendete Tatsachen stellen. Diese hier, das Wissen, dass ich Emil geküsst habe – mehrfach! – und es immer noch nicht bereue, gehört definitiv in Kategorie zwei. Ich bereue es nicht, aber ich bin trotzdem verwirrt. Es stimmt, was ich gestern Abend zu ihm gesagt habe. Ich habe ihn nicht geküsst, weil er Hendriks Bruder ist. Ich habe ihn geküsst, *obwohl* er es ist.

Allein die Erinnerung daran genügt, dass mir warm wird. Ihn zu küssen, von ihm gehalten zu werden, seine Fingerspitzen zu spüren, mit denen er unaufhörlich über meinen Arm strich ... Dieses kribbelige Gefühl in mir ist augenblicklich wieder da. Und ich habe keine Ahnung, wie ich damit umgehen soll, weil ich nicht weiß, ob ich überhaupt so empfinden darf. Hendrik ist noch kein Jahr tot, und ich sitze hier und küsse seinen Bruder, und Fakt ist, dass ich es sofort wieder tun würde.

Scheiße. Das alles auszublenden, funktioniert definitiv nicht länger. Ich weiß nicht, was das mit Emil ist. Ich weiß nur, dass da definitiv etwas zwischen uns ist. Und dass es mich haltlos überfordert.

Ein Klopfen an die geöffnete Balkontür lässt mich aufsehen. Da heute Samstag ist, habe ich mich direkt nach dem Frühstück nach draußen verzogen und an neuen Figuren geschnitzt. Es ist, als hätte das kleine Huhn gestern einen Knoten gelöst. Als hätte ich nie damit aufgehört, mit Schnitzmesser und weichem Holz zu arbeiten. Aber auch wenn ich wieder zurück zu meinem liebsten Hobby gefunden habe, weiß ich drei Hühner später meine Emotionen immer noch nicht einzuordnen.

»Hey …« Emil lehnt sich an den Türrahmen. »Darf ich kurz stören?« Seine Stimme klingt sanft und ein bisschen unsicher.

»Klar.« Ich streife ein paar Holzspäne beiseite und stelle das nächste Huhn vor mir ab. »Was gibt's?« Ich suche seinen Blick ganz bewusst. Denn auch wenn ich nicht weiß, wie ich mit dem, was zwischen uns ist, umgehen soll, sehe ich ihn trotzdem gern an.

»Ich wollte dir nur sagen, dass ich losmuss.«

»Die Wohltätigkeitssache mit deinem Dad?«, hake ich nach. Wenn mich nicht alles täuscht, ist die heute Nachmittag.

»Genau.« Emil nickt. »Ich versuche, mich loszueisen, sobald es geht, aber der Spaß ist in Oslo. Keine Ahnung, wie lange das geht und wann ich zurück sein werde.» Er stockt. »Oder soll ich absagen? Ich kann bleiben und …«

»Nein, schon gut.« Ich lächle und schiebe mir ein paar Haare aus dem Gesicht, damit ich ihn besser ansehen kann. Es ist süß von ihm, dieses Angebot zu machen, aber es ist nicht nötig. »Nachher kommen Merrit und Sarisha vorbei, ich bin also nicht allein.«

»Okay. Das ist gut.« Er erwidert mein Lächeln und stößt sich vom Rahmen ab. »Ich schreib dir, wenn ich zurückfahre.«

»Mach das.« Ich nicke und angle nach einem neuen Stück Holz. Doch anstatt zu gehen, bleibt Emil stehen.

»Die sehen toll aus«, sagt er und deutet auf die Hühner. »Bald sind es wirklich alle.«

Die sieben Göttinnen, Hendriks Passwort. Ich kann es immer noch nicht fassen, dass er sich ausgerechnet Lenes Haustiere ausgesucht hat, um die Videos zu sichern. Vermutlich schnitze ich sie deshalb. Um greifbar zu machen, was in meinem Kopf einfach nicht zusammenpasst. »Du kannst eins haben, wenn du willst. Oder soll ich dir ein anderes Tier schnitzen?« Ich winke mit dem neuen Holzstück in der Hand. »Noch hast du die Wahl.«

Einen Moment scheint Emil zu überlegen. Dann grinst er. »Überrasch mich.« Und diese zwei Worte, gepaart mit seinen Sturmaugen, genügen, um meinen Herzschlag zu beschleunigen.

»Okay.« Ich krächze fast, weil es verdammt schwer ist, cool zu bleiben, wenn er mich so ansieht. »Ich überleg mir was.« Wobei das eine halbe Lüge ist. Ich muss nicht darüber nachdenken, was ich für ihn schnitzen werde. Ich weiß es längst.

Emil mustert mich kurz. Ein bisschen nachdenklich, aber vor allem durchdringend und undurchschaubar. Ich würde gerne in seinen Kopf sehen und herausfinden, was er denkt. Aber bevor ich die Chance habe, weiter darüber nachzudenken, unterbricht er unseren Blickkontakt.

»Bis später, Fee«, sagt er leise.

»Bis später, Emil«, entgegne ich und kann kaum mehr schlucken. Da ist plötzlich dieser Kloß in meinem Hals. Nicht der, den die Trauer so oft in mir auslöst. Sondern der, der entsteht, wenn sich zu viel Unausgesprochenes in meinem Hals sammelt. Ich weiß, dass ich mit Emil reden muss. Mittlerweile über zwei Abende und ungefähr zweitausend Küsse. Aber noch ist das Durcheinander in mir viel zu groß. Was soll ich sagen, wenn ich überhaupt nicht weiß, was diese beiden Abende bedeuten? Ich brauche so dringend jemanden, der dieses Chaos mit mir auseinandernimmt. Nein, nicht einfach jemanden. Ich brauche meine besten Freundinnen.

Es ist kurz vor drei, als Merrit und Sarisha vor meiner Wohnung stehen und skeptisch meine Tür ansehen.

»Okay, du hast zwar gesagt, dass bei dir eingebrochen wurde, aber du hast nicht erwähnt, dass die halbe Tür fehlt.« Merrits Augenbrauen sind so weit nach oben gezogen, dass sie beinahe unter dem Ansatz ihres Ponys verschwinden.

»Du übertreibst«, entgegne ich und lasse die beiden Mädels eintreten. »Und für den Fall, dass du es nicht bemerkt hast … Emil hat Vorhängeschlösser befestigt. Innen und außen. Ich bin genauso sicher wie vorher.«

»Hm.« Merrit klingt nicht sehr überzeugt. Sie wirft Sarisha einen vielsagenden Blick zu, ehe sie aus ihrer Jacke und den Schuhen schlüpft.

»Emil also, ja?« Sarisha fackelt nicht lange.

»Ja, Emil.« Ich betrachte sie fast schon herausfordernd. Wenn sie etwas sagen will, kann sie das gern sofort tun.

Aber Sarisha brummt nur etwas Unverständliches und nickt dann.

Nachdem auch sie ihre Ballerinas ausgezogen hat, folgen mir meine Freundinnen auf den Balkon. Im Sommer lebe ich quasi dort draußen, wenn ich zu Hause bin. Und heute tue ich es ganz besonders. Ich habe zwar die Holzspäne beseitigt, bevor die beiden gekommen sind, aber auf dem äußeren Fenstersims stehen mittlerweile einige geschnitzte Figuren. Manche sind fertig, an anderen werde ich noch weitermachen.

Merrit setzt sich auf eins der Kissen, die ich bereitgelegt habe. Sarisha tut es ihr gleich und schnappt sich direkt die Tüte Non Stop, die ich mit drei Gläsern und einer Karaffe Zitronenwasser in die Mitte des Balkons gestellt habe.

»Dann erzähl mal«, fordert sie mich auf. »Wieso hat Emil dir Ersatzschlösser besorgt? Und nicht Thore oder dein Dad.«

»Weil ich ihn angerufen habe, nachdem eingebrochen wurde.« Mit wenigen Worten erzähle ich den beiden von diesem Abend. »Und dann hat er angeboten, bei mir einzuziehen, solange wir auf den Schreiner warten. Ich hatte einfach Angst, allein hierzubleiben.«

»Was ist mit deinen Eltern?« Merrit legt den Kopf schief.

»Wollte ich nicht.« Ich greife ebenfalls einmal in die Tüte und lasse die Schokolinsen durch meine Finger rieseln. »Wir haben uns noch mal gestritten«, sage ich und erzähle ihnen auch von meiner Diskussion mit Mum.

»Und Thore? Hätte er nicht einziehen können?«

Ich schüttle den Kopf. »Er ist im Urlaub.«

»Also war Emil deine beste Option«, schlussfolgert Sarisha. »Verstehe.«

»Genau.« Ich nicke. »Er ist echt der perfekte Mitbewohner. Geht einkaufen. Kocht. Räumt auf. Und er schläft einfach, ohne zu klagen, auf meinem Sofa. Ihr wisst, wie unbequem das Teil ist.«

»Tun wir.« Merrit lacht, ehe sie wieder ernst wird. »Aber da ist mehr, oder? Irgendetwas verschweigst du uns.«

Natürlich fällt ihr auf, dass es noch etwas gibt, was ich ihnen bisher nicht gesagt habe. Und natürlich wartet nun nicht nur Merrit, sondern auch Sarisha interessiert auf meine Antwort.

Ich seufze lautlos und reibe mir die Hände über die Oberschenkel. Ruhig zu sitzen, fällt mir plötzlich wahnsinnig schwer. Dabei gibt es keinen Grund, nervös zu sein. Die beiden sind meine besten Freundinnen. Wir sind immer ehrlich zueinander, aber nie auf verletzende Art und Weise. »Versprecht mir, mich nicht dafür zu verurteilen«, sage ich dennoch.

Wieder wechseln sie einen Blick.

»Was zur Hölle hast du denn bitte Schlimmes getan, wenn du so anfängst? Hast du ein Hundebaby entführt?« Gespielt suchend reckt Merrit den Hals und sieht sich um. »Ich kann keins entdecken.«

»Haha, witzig. Es ist nicht schlimm. Es ist nur …« Moralisch verwerflich? Aber wie kann es das sein, wenn wir es beide wollten? Immerhin darüber habe ich gestern mit Emil gesprochen. Wir wollten es beide.

»Es ist nur …«, wiederholt Merrit meine Worte auffordernd. Ich sehe ihr deutlich an, wie gespannt sie ist. Gespannt, aber ich glaube, auch einen Hauch Sorge in ihren Augen zu erkennen. Seit neun Monaten ist der immer da, wenn sie mich sieht.

»Emil und ich …« Mein Blick wandert zwischen meinen Freundinnen hin und her. Ich habe keinen Schimmer, wie sie reagieren werden, wenn ich es tatsächlich laut ausspreche. »Wir haben uns … geküsst.«

»Ihr habt euch geküsst«, wiederholt Sarisha tonlos, und obwohl sie sonst gut zu durchschauen ist, kann ich nicht sagen, was sie davon hält.

Ich nicke und beiße mir kurz auf die Lippe. »Mehrfach.«

»Mehrfach.« Merrit ist so verdutzt, dass ich mein eigenes Lachen nicht verhindern kann. Denn erstaunlicherweise fühlt es sich verdammt gut an, hier mit ihnen zu sitzen und über einen Jungen zu sprechen, den ich … mag. Es ist viel zu lange her.

»Hat sie gerade gesagt, dass sie Emil geküsst hat? Mehrfach?« Merrit sieht nicht mehr mich an, sondern Sarisha.

»Hat sie.« Sie nickt und lässt sich mit dem Rücken gegen meine Balkonwand fallen. »Das habe ich ehrlich nicht erwartet.«

»Ich auch nicht.« Merrit schüttelt den Kopf.

Scheinbar habe ich meine Freundinnen sprachlos gemacht, eine Weile sagt keine der beiden etwas. Doch es dauert nicht lange, bis zumindest Merrit sich aufrechter hinsetzt und mich entschlossen ansieht.

»Okay. Raus damit. Wir wollen alles wissen. Wie kam es dazu? Warum Emil? Wie geht es dir damit? Leg los.«

Ihre Fragen prasseln auf mich ein, und mir wird klar, dass ich auf vieles davon keine Antwort habe. Ich weiß nicht, wie es dazu kam. Also, ich weiß es schon, aber ich weiß nicht, was der genaue Auslöser war. Warum ich Emil plötzlich so sehr küssen wollte, als hinge mein Leben davon ab. Und noch viel weniger weiß ich, wieso ich ihn auf einmal mit anderen Augen sehe. Ich kenne ihn genauso lange wie seinen Bruder. Und auch wenn ich ihn immer mochte, war es doch nie … *so*. Nicht auf diese Art.

Genau das sage ich auch Sarisha und Merrit. Sie hören mir aufmerksam zu, unterbrechen mich nicht, lassen mich einfach reden. Je mehr ich spreche, umso klarer wird mir, dass ich keine Ahnung habe, was ich hier tue. Mit Emil. Aber auch mit mir selbst. Es geht zu schnell. Hendrik ist noch kein Jahr tot. Ich rede mich so sehr in Rage, dass ich nicht mehr aufhören kann. Alles, was mich beschäftigt, purzelt aus meinem Mund, ich springe von einem Gedanken zum nächsten, wie ein Hase, der Haken schlägt und ständig die Richtung wechselt.

Irgendwann legt Merrit mir ihre Hand auf den Arm und zwingt mich zum Innehalten. »Hol mal Luft«, sagt sie. »Und dann dröseln wir die Sache gemeinsam auf, okay?«

Ich nicke und atme ein paarmal tief durch. In diesem Moment bin ich einfach nur froh, dass sie hier sind. Nach den vergangenen Tagen ist dieses Picknick auf meinem Balkon mit den beiden genau das, was ich brauche.

»Also …« Merrit verfällt in ihren *No-shit*-Modus. Fast erwarte ich, dass sie die Ärmel ihres Jeanshemds nach oben krempelt und Stift und Papier zückt. »Eins nach dem anderen. Von wem ging der erste Kuss aus?«

Ihre Frage wirft mich direkt zurück an das kleine Lagerfeuer vor der Hütte am Fjord. Ich muss mir nicht einmal Mühe geben, Emil vor meinem inneren Auge zu sehen. Die Intensität, mit der er mich angeblickt hat, ist in meinem ganzen Körper spürbar.

»Von uns beiden?« Ich seufze leise. »Keine Ahnung. Wir saßen am Fjord und hatten ein kleines Lagerfeuer, und irgendwie hat sich etwas Asche in meinen Haaren verfangen. Emil hat sie mir weggestrichen, dann bin ich näher gerückt und … Ich wollte es, und er auch, also haben wir es einfach getan.« Weil es schlichtweg keine Option war, ihn nicht zu küssen. Allein die Erinnerung daran lässt eine Gänsehaut auf meinen Armen entstehen.

Sarisha bleibt skeptisch. »War es wichtig, dass es in diesem Augenblick Emil ist, den du küsst? Oder war es eher die ganze Situation? Hätte es auch jemand anders sein können?«

»Du bist so romantisch, Risha.« Merrit stößt sie spielerisch in die Seite und verdreht kurz die Augen.

»Ich will der Sache einfach auf den Grund gehen.« Sarisha zuckt mit den Schultern, als wäre das tatsächlich alles, was hinter ihren Fragen steckt. Dabei wissen wir es alle drei besser. Seit sie vor einem halben Jahr auf unschöne Art und Weise verlassen wurde, ist sie allem, was auch nur ansatzweise in Richtung Beziehung geht, ziemlich abwehrend eingestellt. Und das nicht nur in Bezug auf sich selbst. Abwartend mustert sie mich.

Kurz denke ich über ihre Fragen nach, aber die Antwort fällt eindeutig aus. »Ich hätte niemanden sonst geküsst, nein.« Bis vor einigen Wochen dachte ich noch, dass ich überhaupt niemals wieder jemanden küssen werde.

»Hast du Gefühle für ihn?« Merrits Stimme wird sanft. Es ist genau diese besorgte Ruhe, die mir verrät, dass sie mit einer positiven Reaktion rechnet.

»Ja«, entgegne ich leise. »Ich … ich mag ihn. Sehr. Aber …« Mit einem Mal fühle ich mich hilflos. »Er ist Hendriks Bruder.« Meine letzten Worte sind nur noch geflüstert. Und trotzdem zieht sich alles in mir zusammen. Das Fadenknäuel in meinem Magen wird dichter und dichter, bis es so groß ist, dass es regelrecht schmerzt. »Ich weiß nicht, was genau ich für ihn empfinde, aber …« Ich zucke mit den Schultern. »Irgendetwas ist da.«

»Kann es sein, dass du dich einfach nach Nähe gesehnt hast? Und Emil halt … da war? Ihr seid über eure Trauer um denselben Menschen verbunden, habt in den letzten Wochen viel Zeit zusammen verbracht und …«

»Nein!« Ich unterbreche Sarisha, als mir klar wird, worauf sie hinauswill. »Emil ist kein Ersatz. Darum geht es nicht. Wenn ich einfach nur jemanden küssen will, könnte ich mir in irgendeiner Bar jemanden aufreißen.« Ich bin nicht der Typ für wahllose Knutschereien in dunklen Clubs, aber sollte die Verzweiflung groß genug sein, würde ich es tun. Nur ist sie das nicht. Weil es mir nie darum ging. Nicht darum *geht*.

»Also musste es Emil sein«, fasst Sarisha zusammen.

Ich nicke.

»Sei mir nicht böse, Fee, aber … Kann es sein, dass du etwas auf ihn projizierst? Eben weil er Hendriks Bruder ist. Vielleicht hoffst du unbewusst, dich Hendrik so nah zu fühlen?«

»Das ist doch Quatsch, Risha.« Ich schüttle so schnell den Kopf, dass meine Haare von der Bewegung wirbeln. »Ich hab mich nicht hingesetzt und gedacht: *Komm, lass mal Emil küssen, das ist eine gute Idee, würde Hendrik sicher freuen.*« Ihre beiden Namen in diesem Zusammenhang auszusprechen, tut weh. Weder der eine noch der andere hat diese Unterstellung verdient.

»Das habe ich auch nicht behauptet.« Nun ist Sarisha diejenige, die beschwichtigend nach meiner Hand greift. »Aber stell dir mal bitte kurz vor, wie es aussieht, wenn du jetzt etwas mit Emil anfängst. Das kann doch niemals gut gehen.« Sie muss nicht weiter ausführen, was sie damit meint. Ich weiß auch so, was zwischen ihren Zeilen mitschwingt. *Von einem Bruder zum anderen. Sie kann Hendrik nicht geliebt haben, wenn sie so flott einen anderen hat. Und dann auch noch ausgerechnet Emil.* Ich glaube nicht, dass Sarisha so über mich denkt, aber ihr ist genauso klar wie mir, dass es die Menschen in und um Drammen tun werden. Und davor will sie mich beschützen.

»Herzen heilen unterschiedlich schnell«, wendet Merrit ein. »Jedes hat sein eigenes Tempo.«

»Meins ist noch lange nicht geheilt.« Der Gedanke ist so absurd, dass ich am liebsten laut gelacht hätte. »Ich werde Hendrik immer lieben, egal, was irgendwann und mit irgendwem sein wird.«

»Dann solltest du die Finger von Emil lassen.« Sarisha hebt abwehrend die Hände. »Du weißt, dass ich Emil nett finde und nichts gegen ihn habe, aber das ist echt keine gute Idee, Fee. Es gibt nur gebrochene Herzen, vor allem wenn am Ende noch halb Drammen über euch urteilt. Abgesehen davon … Du trauerst, er trauert. Ihr habt doch beide überhaupt gar keine … Kapazitäten füreinander. Dein Herz hat genug mitgemacht.«

Ihre Worte treffen mich, weil ich weiß, dass sie recht hat. »Das mag durchaus sein«, gebe ich zu, wenn auch mit einem gewissen Widerwillen. »Aber … Du weißt nicht, wie es mit Emil ist. Bei ihm zu sein … Ich kann endlich wieder atmen. Mit ihm ist nichts wieder gut, aber alles ist … Es ist einfach besser. Leichter. Es tut weniger weh.«

»Das stimmt bestimmt.« Sarisha nickt, und ich merke ihr deutlich an, dass sie mich verstehen will, es aber einfach nicht kann. Weil sie schlichtweg kein Vertrauen mehr in Beziehungen und Gefühle hat. »Nur betreibst du immer noch Trauermathe.«

»Ich tue was?«

»Trauermathe. Du hast Hendriks Todestag quasi als Tag Null gesetzt und rechnest in Davor und Danach. Manchmal merkst du das gar nicht, aber du rechnest ständig aus, wie lange sein Tod her ist. Oder vergleichst Dinge von vor seinem Tod mit welchen danach. Versteh mich nicht falsch, das soll kein Vorwurf sein. Angeblich machen das viele Menschen, die jemanden verloren haben. Ich hab gegoogelt. Aber solange du das tust … Du solltest dich nicht in etwas Neues stürzen. Nicht solange du so sehr an Hendrik hängst. Und schon gar nicht mit seinem Bruder.« Ihr Blick wird eindringlich, ist gezeichnet von Sorge und der Befürchtung, ich könnte mich aus den falschen Gründen in eine Geschichte mit Emil verrennen.

»Du könntest Fee ein bisschen mehr zutrauen, Risha, findest du nicht?« Merrit streckt die Beine aus und lehnt sich an die Balkonwand neben mir. »Vielleicht ist Emil nicht die beste Wahl, aber er ist kein schlechter Kerl. Es sind nicht alle Männer solche Arschlöcher wie dein Ex. Und ganz eindeutig tut Emil ihr gut. Denkst du nicht, dass sie eine Chance verdient haben herauszufinden, wo diese Sache mit den beiden hinführen kann?«

»Das spreche ich ihnen auch nicht ab, aber ich glaube trotzdem, dass Fee erst mal zu Ende trauern sollte.« Sie sieht von Merrit zu mir, ihre Stimme wird weich. »Falls man das überhaupt jemals ist. Also fertig mit trauern.«

»Hm.« Ich habe keine Ahnung, wie Trauer auf lange Sicht funktioniert. Ich nehme an, dass es irgendwann besser wird, weil das alle sagen. Aber vielleicht wird es auch einfach nur anders. Dieses schwarze Etwas, dieser Schatten, der immer dabei ist, aber an den man sich irgendwann gewöhnt. »Wenn ich … Wenn ich bei Emil bin, denke ich nicht an Hendrik.« Ich habe die Worte kaum ausgesprochen, als ich auch schon merke, wie verkehrt das klingt. »Nein, wartet, das stimmt so nicht. Natürlich denke ich auch bei ihm an Hendrik. Wir sprechen viel über ihn, aber eben … nicht nur. Neulich mussten wir uns sogar zwingen, ins Bett zu gehen, weil es einfach schöner war, wach zu bleiben. Und dieses Gefühl … Ich hab es so vermisst. Dass sich Wachsein besser anfühlt als Schlafen, meine ich. Und das verdanke ich Emil. Wenn ich ihn küsse, dann ist da nur er. Nur er und ich und sonst nichts. Kein Hendrik. Kein Kummer. Einfach nur ein paar Minuten pure … Wärme und Glück und die Hoffnung, dass mein Leben noch nicht vorbei ist.« Ich klinge furchtbar pathetisch, aber genauso ist es mit Emil.

Ein paar Sekunden lang sagen weder Merrit noch Sarisha etwas dazu. Sie sehen mich einfach nur an, auf eine Art und Weise, die ich nicht deuten kann.

Schließlich seufzt Merrit, und Sarisha murmelt: »Fuck«. Was nichts anderes ist als ihre Art, mir mitzuteilen, dass sie begriffen hat, wie tief ich bereits drinstecke.

Als die beiden wieder weg sind und Emil immer noch mit seinen Eltern in Oslo ist, setze ich mich mit einer Kuscheldecke zurück auf den Balkon. Kurz habe ich überlegt zu schnitzen, aber irgendetwas hält mich davon ab. Das Gespräch mit meinen Freundinnen hat mich aufgewühlt, weil es mir klargemacht hat, wie wichtig Emil mir mittlerweile ist. Doch gleichzeitig habe ich Sarishas Worte im Ohr, die alle in dieselbe Richtung gingen: Mich auf Emil einzulassen, ist keine gute Idee. Weil es aussichtslos wäre. Merrit war nicht ganz so radikal in ihrer Meinung, aber recht haben die beiden dennoch. Ich muss mir gründlich überlegen, ob ich diese Gefühle für ihn zulassen will. Oder ob ich sie vielleicht doch besser in Schach halten soll. Wenn nicht meinet-, dann wenigstens seinetwegen. Denn es ist, wie Sarisha sagt: Wir trauern. Beide. Und auch wenn ich mir sicher bin, Emil nicht deswegen zu mögen, weil er eine Lücke füllt, ist es trotzdem Fakt, dass Trauer keine gute Basis für etwas Neues ist.

Nachdem ich ein paar Nachrichten beantwortet und Thores neuste Sprachnachricht aus Dänemark angehört habe, hole ich Hendriks Laptop, den Emil bei seinem vorübergehenden Einzug mitgebracht hat. Seit Tagen habe ich die Videos nicht mehr angesehen, doch jetzt … Vielleicht hat der Abstand gut getan und ich entdecke neue Hinweise, wenn ich die Aufnahmen noch einmal ansehe. Diesmal mit Kopfhörern. Einen Versuch ist es wert. Aber auch dieses Mal entdecke ich nichts, egal, wie oft ich mich durch die Videos klicke, immer wieder stoppe, den Hintergrund begutachte, die Helligkeit verändere oder jedem Wort lausche, das fällt. Ich finde einfach nichts, was uns irgendwie weiterhelfen würde, um endlich Antworten zu bekommen. Was auch immer Hendrik vorhatte … Langsam muss ich akzeptieren, dass ich es wohl nie wissen werde.

Mit einem Mal bin ich unsagbar müde und schließe die Augen. Das Video, das ich gerade abspiele, läuft einfach weiter. Ich höre Schritte, schwer und hektisch, etwas leiser das Rascheln von Blättern, dann, wie jemand »Da vorne!« ruft. Die Schritte werden schneller, bis die Gruppe anfängt zu laufen. Und plötzlich ist da Hendriks Stimme. »Wartet! Wir sollten …« In der nächsten Sekunde bricht es ab, das Video ist zu Ende. Doch der Klang seiner Stimme und der winzige Stich in meinem Herz bleiben. Obwohl sich seine Worte getrieben anhören und nicht an mich gerichtet sind, treffen sie mich.

Wartet!

Wir sollten.

Wir hätten so viel sollen. Und nichts davon wird mehr sein. *Nichts.* Ich lehne den Kopf an die Wand hinter mir und ziehe mir die Stöpsel aus den Ohren. Sofort umhüllt mich der abendliche Stadtlärm von Drammen, aber auch der kann nicht verhindern, dass der Stich in meinem Herzen sich ausbreitet.

Hendrik fehlt mir. Das wird er für immer tun. Ich mache mir nichts vor, weiß, dass es so sein wird. Aber genau deshalb muss ich einen Weg finden, wie ich damit zurechtkomme. Und zwar besser, als ich es bisher tue.

Mein Blick fällt auf die kleinen Holzfiguren neben mir, und ich greife nach dem kleinen Eichhörnchen, das ich gemacht habe. Es ist noch nicht ganz fertig, aber als Emil gesagt hat, dass ich ihn überraschen soll … Mir war sofort klar, welches Tier es werden muss. Unser kleiner Besucher, als wir am See waren. Behutsam fahre ich über das raue Holz, spüre unter meinen Fingerkuppen die Stellen, die ich noch mehr bearbeiten muss. Man erkennt eindeutig, was es werden soll, obwohl die Figur noch roh ist. Ungeschliffen. Genau wie mein Leben ohne Hendrik. Es ist aus den Fugen geraten, aber mit Emil … Mit Emil könnte es wieder in gerade Bahnen kommen.

Zumindest hoffe ich das.

Hendrik, Lene, Emil

16 Jahre

»Welche meinst du?« Lene beugte sich über die Schulter ihres Bruders, um besser sehen zu können. »Die Braunhaarige?«

»Nee.« Hendrik schüttelte den Kopf. »Die daneben. Die mit den blonden Locken.« Er nippte an seiner Flasche mit Bier, das eigentlich noch keiner von ihnen trinken durfte. Sie taten es trotzdem, immerhin wurden sie nur einmal im Leben sechzehn.

»Süß«, kommentierte Lene und stieß ihn mit der Schulter leicht an. »Wer hat sie mitgebracht? Ronja?«

»Svenja.« Hendrik ließ das blonde Mädchen nicht aus den Augen. Seit ihre Mitschülerin mit ihr zusammen aufgetaucht war, wurde sein Blick immer wieder wie ein Magnet von ihr angezogen. Er wusste nicht, wieso, oder was an ihr es war, das ihn derart faszinierte. Aber er fand sie hübsch. Und wäre er etwas mutiger gewesen, hätte er sie längst angesprochen.

»Geh rüber zu ihr.« Für Lene war die Sache einfach. Ihr Bruder stand auf das blonde Mädchen, also musste er mit ihr reden. »Nimm ein Bier oder ’ne Cola mit und biete es ihr an. Einfach so, ohne blöden Spruch.«

»Und was, wenn sie Nein sagt?«

»Dann weißt du immerhin, woran du bist.« Lene zuckte mit den

Schultern. »Besser, als sie weiterhin anzustarren und wie ein Creep zu wirken, oder?«

»Ich bin kein Creep«, protestierte er sofort.

»Ich weiß.« Lene grinste. »Also kannst du ja auch rübergehen und sie ansprechen. Oder machst du jetzt neuerdings einen auf Emil?«

»Was soll das denn heißen?« Hendrik drehte sich zu seiner Schwester um. Lene saß neben ihm auf einem gefällten Baumstamm am Rande ihres Gartens, in dem die Party stattfand. Mit gerunzelter Stirn sah er sie an. Er wusste, dass seine Geschwister sich am Nachmittag gestritten hatten. Aber normalerweise dauerten ihre Streitereien keinen halben Tag.

»Nichts.« Sie zog eine Schnute. »Nur, dass Emil echt langweilig ist.«

»Ist er nicht«, widersprach Hendrik.

»Doch. Er würde nie spontan jemanden auf einer Party ansprechen.«

»Weil er schüchtern ist.«

»Richtig. Aber du bist es nicht. Also geh da rüber.« Lene drückte ihre Hand gegen seinen Oberarm, um ihn zum Aufstehen zu bewegen. »Oder soll ich das für dich übernehmen?«

»Was sollst du für ihn tun?« Emil hatte sich den beiden unbemerkt genähert. Er setzte sich neben Hendrik und beugte sich an ihm vorbei zu Lene. »Was ist los?«

»Unser Bruder findet die Blondine da vorne toll.«

»Okay? Und was ist das Problem? Hat sie ihn abblitzen lassen?«

»Er hat sie noch nicht einmal gefragt.« Lene verdrehte die Augen. »Weil meine Brüder Angstmäuse sind.«

»Es heißt Angsthasen. Und sind wir nicht.«

»Nee. Ihr seid Angstmäuse. Hasen kommen nachts nämlich aus ihren Verstecken hervor.« Sie machte eine ausladende Handbewegung um sich. Der Himmel schimmerte am Horizont zwar immer noch hell, aber die Dämmerung war längst über Drammen hereingebrochen.

»Du bist ja so witzig.« Hendrik grummelte und nippte wieder an seiner Flasche.

»Ich weiß. Und deshalb sieh zu und lerne. Ich spreche nun jemanden an.« Mit diesen Worten erhob sich Lene, schnappte sich Hendriks Getränk unter dessen Protest und marschierte zielstrebig auf einen Kerl in Lederjacke mit viel zu langen Haaren zu. »Hi, ich bin Lene. Und du?«

15

EMIL

Freya war schon im Bett, als ich nach der Wohltätigkeitsveranstaltung nach Hause kam. Dad im Wahlkampfmodus ist ziemlich beeindruckend. Und nicht zu vergleichen mit seinem Auftritt bei öffentlichen Veranstaltungen damals, als er für den Sitz des Drammener Bürgermeisters kandidiert hat. Er musste eine Rede zum Thema Klimaschutz halten, und obwohl nach wie vor wahnsinnig viele Menschen getuschelt und argwöhnische Blicke ausgetauscht haben, als wir den Saal betraten, hingen die Leute an seinen Lippen. Weil Dad das einfach kann. Er nimmt die Leute für sich ein, macht kleine Witze an genau den richtigen Stellen und lockert damit die Stimmung. Ich weiß nicht, ob er gewinnen wird, aber ich denke, es war nicht verkehrt, dass ich mitgekommen bin. Als einziges seiner drei Kinder. Immer wieder wurde nach Lene und Hendrik gefragt. Doch Dad, ganz der Profi, hat nur ein einziges Mal geantwortet.

Meine Tochter verweilt gerade in Neuseeland. Es geht ihr gut.

Hendrik hat er nicht erwähnt. Und obwohl ich weiß, dass das reine Taktik ist, um Wasser von den Mühlen zu nehmen, fühlt sich das meinem Bruder gegenüber nicht fair an. Hendrik hat es nicht verdient, totgeschwiegen zu werden.

Freya schläft offenbar auch jetzt noch, als ich aufstehe und im Bad verschwinde. Zumindest kam sie bisher nicht aus ihrem Zimmer. Und das hat sie immer noch nicht getan, als ich die Dusche wieder verlasse und mich fertig mache, um nach Hause zu den Hühnern zu fahren.

Kurz überlege ich, bei ihr zu klopfen und mich zu verabschieden. Aber falls sie wirklich noch schläft, will ich sie nicht aufwecken. Und falls sie sich vor mir versteckt, dann … Gott, sie ein zweites Mal zu küssen, war die beste und schlechteste Idee zugleich. Ich habe keine Ahnung, wo das hinführen soll. Ob es überhaupt irgendwo hinführen kann. Oder ob wir uns einfach in etwas verrennen.

Nicht nachdenken.

Ihre Worte sind so präsent in meinem Kopf. In dem Moment hat auch genau das funktioniert. Einfach nicht an das denken, was danach kommen könnte. Oder kommen wird. Nur hat jedes Versteckspiel irgendwann ein Ende, und man muss sich der Realität stellen. Und meine Realität besagt, dass ich Freya mag. Sehr sogar. Aber das heißt nicht, dass ich die Augen vor dem verschließen kann, was das bedeutet.

Noch einmal lausche ich, ob ich sie hören kann, aber in ihrem Zimmer ist alles still. Also beschließe ich, ihr eine kurze Nachricht zu schicken.

Bin bei meinen Eltern, Hühner füttern.
Bis später 🙂

Dem letzten Wort lasse ich ein unverfängliches Emoji folgen. Fast sofort erscheint der zweite Haken, der mir anzeigt, dass sie meine Nachricht immerhin erhalten hat. Eine Antwort bekomme ich nicht. Auch dann nicht, als ich in die Hofeinfahrt meiner Eltern einbiege und den Motor abstelle.

Unentschlossen bleibe ich sitzen und starre auf das Haus unmittelbar vor mir. Dort drin bin ich aufgewachsen, hatte die schönsten und die schlimmsten Tage meines Lebens innerhalb dieser vier Wände. Egal, was passiert ist, ich habe mich sicher gefühlt. Doch seit Hendrik tot und Lene abgehauen ist, ist dieses Gefühl verschwunden. Mein Zuhause ist keins mehr. Es ist einfach nur noch ein Gebäude, in dem ich schlafe, wenn ich nicht in Oslo oder bei Freya bin.

Der Gedanke an sie lässt mich leise seufzen. Es sind nur noch ein paar Tage, bis der Schreiner vorbeikommt und die Tür ersetzt. Dann werde ich wieder ausziehen und Freya vermutlich nicht mehr sehen. Wir haben den Laptop geknackt, die Videos gesichtet, und ich für meinen Teil habe halbwegs Frieden mit der Tatsache geschlossen, dass Hendrik wirklich Massentierfarmen gestürmt hat. Es gibt demnach bald keinen Grund mehr, einander zu treffen. Außer … Außer, dass ich es will. Ich will sie nicht wieder aus meinem Leben verschwinden lassen. Mit Freya ist jeder Tag ein kleines bisschen weniger beschissen. So simpel. Und doch so kompliziert.

Keine Ahnung, wie lange ich in meinem Auto sitze und meinen Gedanken nachhänge, bis ich den Schlüssel ziehe und aussteige. Im Haus ist es still, Mum und Dad sind schon wieder unterwegs. Wenn ich mich richtig erinnere, haben sie heute erneut einen Termin, bei dem Mum nicht fehlen darf: Sie essen mit dem amtierenden Bürgermeister Oslos zu Mittag. Ein kluger Schachzug von Dad, sich dessen Unterstützung zu sichern. Genauso wie der, sich gestern Abend als heile Familie zu präsentieren. Hendrik, der Schandfleck, wurde einfach ausgeblendet.

Manchmal macht es mich wütend, wie unehrlich sich meine Eltern nach außen geben. Zu Hause schläft Mum keine Nacht durch, auf diesen Veranstaltungen strahlt sie und spielt allen die gut gelaunte, unterstützende Ehefrau vor. Und bei Dad liegt nicht einmal ein Haar schief. Er kennt das Spiel und weiß mittlerweile, wie es funktioniert, um als Lokalpolitiker erfolgreich zu sein. Hendriks Einbruch ist ein Risiko für ein ansonsten sicheres Wahlergebnis, aber ich bin mir sicher, dass es Dad auch so schafft. Er hat exakt die richtige Menge an Charisma, die man für diesen Job braucht. Auf Abwege geratener Sohn hin oder her.

Ich schmeiße den Schlüssel auf den Tisch und gehe direkt auf die Terrassentür zu. Noch sind die Hühner im Stall, aber ich höre sie bereits gackern, während ich durch den Garten laufe. Nach all den Monaten, die ich die Tiere nun schon versorge, kann ich die morgendliche Fütterungsroutine im Schlaf absolvieren. Ich greife nach dem Sack mit der Trockenfuttermischung, schütte ihnen etwas davon auf den Boden und wechsle anschließend das Wasser aus. Es ist schnell erledigt, und mit einigen frischen Eiern laufe ich nur ein paar Minuten später zurück in Richtung Haus. Und bleibe abrupt stehen.

Auf den Treppenstufen von der Terrasse runter in den Garten steht jemand.

Ich blinzle mehrmals, da ich mir sicher bin, mir das nur einzubilden. Die Gala mit meinen Eltern gestern ging ewig, ich bin bestimmt einfach übermüdet. Aber es ist egal, wie oft ich die Augen zusammenkneife und wieder öffne, das Bild vor mir bleibt dasselbe. Sie steht tatsächlich vor mir, und ihre blonden Haare sind immer noch so kurz wie auf dem Foto von vor zwei Tagen. Nur hat sie die Spitzen mittlerweile lila gefärbt, und an ihrem Unterarm erkenne ich ein Tattoo, das letztes Jahr noch nicht da war.

»Lene«, stoße ich hervor.

»Hi, Emil. Was geht?« Das sind die ersten Worte, die meine Schwester nach über einem Dreivierteljahr von Angesicht zu Angesicht zu mir sagt.

Hi, Emil. Was geht?

Wäre ich nicht sowieso schon wütend gewesen, wäre ich es spätestens jetzt.

»Wow« sage ich und setze mich langsam wieder in Bewegung. Schritt für Schritt gehe ich auf sie zu. »Dein Ernst? Du haust ab, ohne dich wenigstens zu verabschieden, und nun tauchst du aus dem Nichts wieder auf? Einfach so?«

»Jups.« Sie zuckt mit den Schultern, als wäre es keine große Sache, dass sie plötzlich zurück ist. Als hätte sie mich nicht mit dem ganzen Scheiß allein gelassen.

»Schön«, presse ich hervor. »Ich hoffe, Australien war nett.«

»Neuseeland«, korrigiert sie mich. Ihre grünen Augen funkeln herausfordernd.

»Wie auch immer.« Als ich auf ihrer Höhe bin, drücke ich ihr das kleine Körbchen mit den Eiern in die Hand. »Hier. Dann kannst du dich ja nun wieder selbst um die Hühner kümmern. Sind schließlich deine. Ich muss los.«

Mir ist klar, dass ich mich wie ein Arsch verhalte. Lene hat so viel Wut nicht verdient. Trotzdem kann ich nicht anders. Denn meine Wut ist eigentlich nichts anderes als ein Ausdruck dafür, dass mich ihr wortloses Verschwinden und die ständige Funkstille verflucht noch mal sehr verletzt haben.

»Echt jetzt?« Lene stellt sich mir demonstrativ in den Weg. »Das ist alles, was ich von dir kriege?«

»Was hast du erwartet?« Ich mache wieder zwei Schritte zurück. »Du bist abgehauen.«

»Bin ich nicht.«

»Ach, nein? Wie würdest du deine Flucht dann nennen? Du hast dich nicht mal von uns verabschiedet, Marleen!«

»Weil ich es nicht konnte, okay?« Sie verschränkt die Arme vor der Brust, was gar nicht so leicht ist, weil sie immer noch das Körbchen mit den Eiern hält. »Und es stimmt nicht, dass ich mich nicht verabschiedet habe. Ich habe euch eine Nachricht geschrieben.«

Ich schnaube laut. »Das war keine Nachricht. Das war ein beschissener Schmierzettel. *Macht euch keine Sorgen, ich melde mich, wenn ich angekommen bin.*« Ihre Worte haben sich in mein Gedächtnis eingebrannt. Ich bin mir sicher, dass ich sie nie vergessen werde, weil mit ihnen auch untrennbar dieses Gefühlsmischmasch aus Verrat, Trauer und Hilflosigkeit verbunden ist. Und genau diese Mischung verfolgt mich seit jenem Tag. »Du hast fast eine Woche lang nichts von dir hören lassen. Nichts. Mum ist schier durchgedreht, weil sie Angst hatte, nach Hendrik auch dich zu verlieren.«

»Ich weiß, und das tut mir leid, aber …«

»Was, aber? Du hast uns hängen lassen, Lene.« Uns alle. Aber vor allem mich. Ich spreche es nicht aus, doch es schwingt mit jeder einzelnen Silbe mit. Ich hätte meine Schwester in den Wochen und Monaten nach Hendriks Tod gebraucht. So sehr. Aber sie war nicht da. Sie war einfach nicht da.

»Ich musste weg. So weit wie möglich.«

»Wieso? Und wieso auf diese beschissene Art und Weise, verdammt noch mal?

Lene und ich müssen ein seltsames Bild abgeben. Es ist Sonntagmorgen, wir stehen im Garten unserer Eltern, zum ersten Mal seit letztem Jahr persönlich, und brüllen uns an. Das gab es noch nie. Wir haben auch früher gestritten, wie das alle Geschwister tun, auch Drillinge. Aber nichts hat mich jemals so verletzt wie Lenes Entschluss, einfach zu gehen.

»Weil ich …« Sie sucht nach passenden Worten. Offenbar haben auch fast neun Monate im Ausland nicht gereicht, um sie zu finden. »Weil ich es nicht mehr ausgehalten habe. Nichts davon. Ich wollte keinen Bruder haben, der tot ist, weil er kriminelle Dinge getan hat.

Und noch viel weniger wollte ich ständig auf ihn angesprochen werden oder von tuschelnden Blicken verfolgt werden. Es war zu viel. In Neuseeland war es … leichter. Dort war ich nicht die Frau mit dem toten Verbrecherbruder. Sondern einfach nur ich.«

»Hendrik war kein Verbrecher.« Ich verteidige ihn automatisch. Auch wenn ich weiß, dass meine Worte nicht der Wahrheit entsprechen.

»Na ja.« Lene verzieht das Gesicht, und trotz meiner Wut sehe ich ihr an, dass es ihr nicht leichtfällt, darüber zu sprechen. »Er hat den Bogen ziemlich überspannt.«

»Und wurde dafür erschossen. Herzlichen Glückwunsch.« Meine Stimme trieft nur so vor Sarkasmus. Gott, ich kann es nicht fassen, dass sie wieder hier ist. Und noch weniger kann ich gerade damit umgehen. »Ich muss jetzt wirklich los«, sage ich daher noch einmal.

»Wohin?«, fragt Lene und lässt mich vorbei, als ich dieses Mal auf sie zugehe. »Und wo sind Mum und Dad?«

»Essen. Mit dem Bürgermeister von Oslo. Dad will sein Nachfolger werden. Falls du das nicht mehr weißt.«

»Okay.« Sie nickt, und ich höre an ihren Schritten, dass sie mir ins Haus folgt. »Und du? Wo gehst du hin?«

»Arbeiten.«

»Immer noch im Nobel Peace Center?«

»Jeps.« Im Gehen schnappe ich mir meine Schlüssel vom Tisch.

»Emil, ich …«

Was auch immer sie sagen will, ich habe keine Nerven dafür. »Bis dann, Lene.« Ich reiße die Tür auf und trete hinaus. Instinktiv weiß ich, dass sie mir nachblickt. Und es bricht mir das Herz, dass sie wieder da ist und ich gehe. Aber dieses Mal bin ich derjenige, der das tun muss. Ich muss weg von hier. Wenn ich es nicht tue, heule ich los, und das ist keine Option. Nicht jetzt.

Die Fahrt nach Oslo zieht wie ein Film an mir vorbei. Je näher ich der Stadt komme, umso mehr fühle ich die Anspannung in mir. Lenes Rückkehr, Hendriks Videos, Freyas Küsse, Dads Wahlkampf. Und alles davon weckt Gefühle in mir, mit denen ich mich auseinandersetzen muss. Dabei würde ich gerade nichts lieber machen, als Lenes Taktik anzuwenden. Verdrängen und zumindest für ein paar Stunden so tun, als wäre alles okay.

Ich schaffe es keine fünf Sekunden.

Kaum habe ich den Museumsladen durch den Seiteneingang betreten, werde ich auch schon von Jonna begrüßt. Und mit ihr von einem sehr abschätzenden, kritischen Blick.

»Was ist los?«, fragt sie, noch bevor ich meine Jacke aufgehängt habe.

»Kann ich mir vielleicht erst einen Kaffee …« Ich deute auf die Kanne hinter ihr, die sie bereits gemacht hat. Sie tritt zur Seite, sieht mich aber weiterhin durchdringend an. Und mir wird unmissverständlich klar, dass ich hier nicht wegkomme, ehe ich ihr eine Antwort gegeben habe. Kurz überlege ich, was mich mehr aufwühlt. Die Sache mit Dad, Freya oder Lene.

Ich entscheide mich für das Akuteste. »Meine Schwester ist wieder da.«

Jonnas Augen werden groß. »Was?«

»Genau so habe ich auch reagiert.« Ich setze die Tasse an meinen Lippen an und trinke einen Schluck Kaffee. Er schmeckt gut, ist aber noch viel zu heiß.

»Okay, erzähl mir alles.«

»Es gibt nicht viel zu erzählen.« Ich lehne mich neben sie an die winzige Küchenzeile in unserem Personalraum. »Sie stand heute Morgen plötzlich da, dann haben wir uns gestritten.« Das ist so grotesk, dass ich unweigerlich anfange zu lachen. »Da taucht sie nach einem Dreivierteljahr endlich wieder auf, und ich habe nichts Besseres zu tun, als mich mit ihr zu streiten.«

»Na ja …« Jonna legt den Kopf schief. »Damit war zu rechnen, meinst du nicht?«

Als ich nichts erwidere, zuckt sie mit den Schultern. »Sie ist gegangen, als du sie am allermeisten gebraucht hast. Natürlich bist du verletzt.«

»Ja, aber jetzt ist sie wieder da. Ich sollte mich freuen.«

»Tust du doch auch. Irgendwo. Tief in dir drin.« Jonna lächelt und boxt mir leicht gegen den Oberarm. »Du kannst es nur noch nicht so richtig zulassen. Aber ich bin mir sicher, das kommt. Wenn dein Schmerz nachgelassen und du erkannt hast, dass sie immer noch der wichtigste Mensch für dich ist.«

Ihre Worte entlocken mir ein frustriertes Schnauben. Weil ich weiß, dass sie recht hat, ich das aber gerade nicht einsehen will. Natürlich ist Lene wichtig für mich. Nur deswegen bin ich so wütend. Aber das bedeutet nicht, dass ich ihr sofort verzeihen muss, und das sage ich auch Jonna.

»Nein, natürlich, musst du nicht. Aber wirst du. Denn sei mal ehrlich, Emil. Auch wenn es dich so sehr getroffen hat, dass sie gegangen ist … Du kannst sie auch verstehen. Das hast du mir oft genug gesagt.«

»Aber verstehen bedeutet nicht, dass ich es gutheiße.« Oder es genauso machen würde.

»Das weiß ich. Aber ich finde, es hilft, um Verständnis aufbringen zu können. Und nichts anderes braucht ihr. Euch wurde lange genug gesagt, dass ihr Drillinge seid und deshalb gleich tickt. Aber das stimmt nicht. Oder jedenfalls nicht nur.« Jonna macht einen Schritt von der Küchenzeile weg, damit sie mich besser ansehen kann. »Ihr habt diesen *Bond*. Diese Verbindung, weil ihr einfach neun Monate zusammen im Bauch eurer Mum wart.«

»Siebeneinhalb«, werfe ich ein, doch sie übergeht meinen Hinweis.

»Aber im Endeffekt seid ihr auch nur normale Geschwister. Eigene Eizelle und so. Individuelle Kombination der parentalen Gene. Ja, ich hab in Bio aufgepasst. Also seid ihr euch ähnlich, aber nicht gleich.«

»Danke für diesen Ausflug in die Genetik.«

»Gerne.« Ich sehe ihr an, dass sie mir für meinen Sarkasmus am liebsten eine Kopfnuss geben würde. Und ehrlich? Ich hätte sie verdient.

Ich seufze leise. Jonna hat mit allem recht, aber ich werde ein paar Tage brauchen, um mich daran zu gewöhnen, dass Lene wieder da ist. Falls sie das überhaupt bleibt. Es wäre ihr zuzutrauen, dass ihr Auftauchen nur ein Zwischenstopp auf dem Weg nach … was weiß ich wohin ist. Island vielleicht. Oder Kanada.

»Lass uns den Laden öffnen«, unterbricht Jonna meine Gedanken. »Nach Feierabend reden wir noch mal. Ich bin mir sicher, dass du die Sache dann ganz anders siehst.«

Ganz anders definitiv nicht. Aber vielleicht etwas weniger dramatisch, und das wäre schon ein kleiner Erfolg.

Ich folge ihr, und die nächsten Stunden konzentriere ich mich voll und ganz auf die Arbeit. Der Museumsshop ist heute ziemlich gut besucht. Jonna und ich bedienen eigentlich pausenlos irgendwelche Besucher oder füllen Produktbestände auf den Tischen und den Regalen auf. Ich komme kaum zum Nachdenken, aber genau diese Ablenkung tut mir gut, und als wir kurz nach siebzehn Uhr schließen können, bin ich wieder ruhiger. Weil ich erkannt habe, dass ich mit Lene reden muss. Ohne Streit, ohne hochkochende Emotionen. Nur sie und ich. Aber definitiv nicht mehr heute.

»Bist du fertig?« Jonna spült noch die Kaffeekanne aus, deren Inhalt wir im Laufe des Nachmittags bis auf den letzten Tropfen getrunken haben. Dann dreht sie sich zu mir um.

»Ja, gleich«, entgegne ich und schicke Magnus eine Nachricht. Wir treffen uns in zwanzig Minuten mit ihm im *Scotsman.* Durch die viele Zeit, die ich mit und bei Freya verbringe, habe ich ihn nun schon über zwei Wochen nicht mehr gesehen.

Und genau so begrüßt er mich auch, als wir ankommen. »Du siehst aus wie Emil, läufst wie Emil, aber bist du auch Emil?«

»Haha, sehr witzig.« Ich verdrehe die Augen, ehe ich ihm einmal auf die Schulter klopfe. »Hey, Mann. Alles klar?«

»Bei mir schon.« Auch Magnus unterzieht mich einer gründlichen Musterung. »Und bei dir?«, fragt er dann.

»Ich glaube, dafür brauchen wir alle ein Bier.« Jonna grinst und zieht uns mit sich in den Pub. »Lasst uns reingehen.« Nachdem sie unsere Getränke bestellt hat, lotst sie uns in eine kleine Ecknische, in der wir zu dritt kaum Platz haben.

»Also, was ist los?« Magnus lässt wie immer keine Zeit verstreichen. »Freya?«, rät er, weil er weiß, dass ich momentan bei ihr wohne. Schließlich habe ich ihn neulich ihretwegen auf heute vertröstet.

»Auch«, sage ich. »Und … Lene ist wieder da.«

»Deine Schwester ist zurück? Cool.« Er nickt. »Wie geht's ihr?«

»Gut, nehme ich an.«

Magnus zieht eine Augenbraue hoch. »Du nimmst an?«

»Hab noch nicht viel mit ihr gesprochen.« Dann erhält auch Magnus einen kurzen Abriss über das Aufeinandertreffen mit meiner Schwester. Er rät mir dasselbe wie Jonna: Zeit geben und Zeit nehmen. Und irgendwann akzeptieren, dass Lenes Gründe zu gehen genauso legitim waren wie meine zu bleiben.

»Und was ist mit Freya?« Er geht nahtlos zum nächsten Thema über. Auch Jonna sieht mich nun interessiert an, denn im Gegensatz zu Magnus habe ich mit ihr noch nicht allzu viel über Freya gesprochen. Sie weiß nur, dass ich ihr helfe und sie mag.

»Ich hab sie geküsst.« Es hat keinen Sinn, um den heißen Brei herumzureden. »Mehrfach.«

»Okay, wow?« Magnus wirkt zum ersten Mal in meiner Anwesenheit ansatzweise schockiert. Schockiert und überrascht, aber nicht verurteilend. Eher neugierig.

»Wie kam es dazu?«, fragt Jonna. Sie stellt ihre Ellenbogen auf dem Tisch ab und beugt sich sogar ein Stück in meine Richtung. Als hätte sie Angst, etwas zu verpassen.

Um sie auf den aktuellen Stand zu bringen, fasse ich noch mal kurz zusammen, warum ich momentan bei Freya wohne und so viel Zeit mit ihr verbringe. Einmal angefangen, kann ich nicht mehr aufhören, und die Worte sprudeln aus mir heraus. Ich erzähle ihnen alles. Von meinen Gefühlen, die ich letztes Jahr schon hatte. Wie ich versucht habe, mir Freya aus dem Kopf zu schlagen, und dass ich dachte, es geschafft zu haben. Bis vor einigen Wochen, als sie zurück in mein Leben kam. Von der Suche nach dem Passwort, dem Schreien, Schwimmen, Noch-mehr-Schreien, Noch-mehr-Schwimmen. Und schließlich von dieser Nähe zwischen uns, die durch die vielen Gespräche und das tiefe Verständnis, das wir füreinander haben, entstanden ist. Von der Sehnsucht, sie zu küssen, von dem schieren Verlangen danach. Und von der immer wiederkehrenden Gewissheit, dass ich es noch einmal tun würde. Ich kann nichts bereuen, was ich so sehr wollte. Auch wenn ich weiß, dass es falsch ist.

»Es ist nicht unbedingt falsch«, widerspricht Jonna und dreht ihr Bierglas in den Händen hin und her. »Es ist eher … nennen wir es ungewöhnlich.«

»Dass ich auf die Freundin meines toten Bruders stehe?« Ich hebe die Augenbrauen.

»Und sie auf dich, vergiss das nicht. Es ist ja offenbar keine einseitige Geschichte.«

»Hast du mit Fee darüber gesprochen?« Magnus lehnt sich in seinem Sitz etwas zurück.

»Warte.« Jonna mustert ihn irritiert. »Wer ist jetzt Fee?«

»Freya. Sie war bei ihrer Geburt so klein, dass ihr Dad sie immer seine kleine Fee genannt hat. Irgendwann war sie nicht mehr klein, aber der Spitzname Fee ist geblieben.«

»Okay. Das ist süß.« Jonna grinst. »Also, dann berichte mal, was Fee gesagt hat. Hast du drei Wünsche frei?«

»Ja, und mit dem ersten hab ich mir neue Freunde gewünscht.«

Magnus lacht, während Jonna den Kopf schüttelt. »Du würdest uns spätestens nach zwei Tagen schmerzlich vermissen«, sagt sie.

»Würde ich nicht«, halte ich dagegen, auch wenn wir alle drei wissen, dass dem exakt so wäre. »Es wäre angenehm ruhig.«

»Stinklangweilig wäre dir ohne uns. Also. Was hat sie gesagt? Verhält sie sich dir gegenüber nun anders?«

»Ja. Nein.« Ich habe keine Ahnung, wie ich diese Frage beantworten soll. »Vielleicht ein bisschen?« Ich reibe mir über die Stirn. »Es ist verwirrend. Ich bin mir sicher, dass sie mich mag. Aber sie weiß eben auch, dass das mit uns sowieso zu nichts führen kann.«

»Wieso nicht?«

Ich sehe Jonna nur vielsagend an. »Weil wir keine Zukunft zusammen haben.« Egal, wie sehr ich womöglich eine mit ihr will. »Sie ist Hendriks Freundin. Mein Bruder ist noch kein Jahr tot.«

»Und?« Jonna sieht mich immer noch ehrlich verwirrt an. »Was ist das Problem? Hendrik lebt nicht mehr. Er wird also bestimmt nichts dagegen haben.«

»Dafür aber die Leute«, wendet Magnus ein. »Das gäbe vor allem jetzt einen kleinen großen Skandal. Vielleicht solltet ihr die Wahlkampfkampagne deines Dads abwarten, ehe ihr irgendetwas miteinander anfangt. Oder euch zumindest erst danach in der Öffentlichkeit zeigt.«

»Jetzt mal ernsthaft, Magnus.« Jonna blickt ihn missbilligend an. »Glaubst du echt dran, dass es Leute gibt, die sich dafür interessieren, mit wem Emil zusammen ist? Er stellt sich ja nicht selbst zur Wahl. Das ist schon etwas weit hergeholt.«

Magnus ignoriert ihre Kritik. »Ich glaube es nicht nur, ich weiß es. Seite eins im Wahlkampfhandbuch für Dummies.«

»Sei nicht so ein Miesepeter. Wen interessiert, was die Leute sagen? Wichtig ist nur, was Freya und Emil denken.«

So, wie Magnus in der nächsten Sekunde zusammenzuckt, bin ich mir ziemlich sicher, dass Jonna ihn gegen das Schienbein getreten hat. Und das lässt mich augenblicklich wieder grinsen, auch wenn ich eigentlich gar keinen Grund dafür habe. Nicht, solange die Sache mit Freya derart aussichtslos ist. Denn das ist sie, auch wenn wir uns an den letzten beiden Abenden etwas anderes eingeredet haben.

Nicht nachdenken, einfach fühlen.

Ein schönes Motto, aber es ist eins, das nur bedingt funktioniert. Denn irgendwer wird am Ende immer verletzt. Und ich will auf gar keinen Fall, dass Fee diejenige ist.

»Ich bin kein Miesepeter.« Magnus reibt unter dem Tisch gegen sein Schienbein. »Aber ihr wisst doch, wie so etwas läuft. Die Menschen werden reden. Und auch wenn es immer heißt, dass die Meinung der anderen egal ist … So etwas übt Druck aus. Du solltest dich also echt fragen, ob du dem gewachsen bist. Oder sie.«

»Es waren nur ein paar Küsse.«

»Aber sie haben gereicht, dass du jetzt verliebt bist.« Ein weiteres Mal spuckt Magnus ungefiltert aus, was er denkt. »Die Frage ist nur … Ist sie es auch?«

Als ich nicht antworte, legt er den Kopf schief. »Oder bist du die zweite Wahl, weil Hendrik eben tot ist? Ich meine, wäre er noch am Leben, würden wir ja nicht hier sitzen und dieses Gespräch führen.

Dann wäre Freya vermutlich immer noch mit ihm zusammen und würde nicht mit dir *schwimmen* gehen.« Er malt Gänsefüßchen in die Luft. »Sondern mit deinem Bruder.«

Seine Worte sind wie ein Schlag. In den Magen, ins Gesicht, völlig egal. Ich spüre ihren Effekt mit einer Intensität, die mir kurzzeitig die Luft raubt, obwohl er mich nicht einmal berührt hat. Es ist das Wissen, dass Magnus die Wahrheit sagt, dass er recht damit hat. Wäre Hendrik nicht gestorben, wäre die Situation eine vollkommen andere. Aber die Realität ist nun mal, wie sie ist. Mein Bruder ist tot, egal, wie sehr ich mir etwas anderes wünsche. Und es ist dieser Fakt, diese Tatsache, die es überhaupt erst möglich gemacht hat, Freya zu küssen. Mir wird übel. Hastig stehe ich auf und deute mit dem Daumen hinter mich.

»Ich muss kurz … Sorry.« Damit drehe ich mich um und eile aus der Bar.

Doch auch an der frischen Luft wird die Übelkeit nicht besser. Ich weiß nicht, warum ich ausgerechnet jetzt und hier so heftig reagiere. Magnus hat nichts gesagt, was ich nicht sowieso schon weiß. Freya selbst hat mir gesagt, dass ich kein Ersatz für Hendrik bin. Aber in einem Paralleluniversum hätte es unsere Küsse nie gegeben, und wahrscheinlich sollte es das auch in diesem nicht tun. Ich stütze mich auf dem eisernen Zaun neben dem *Scotsman* ab und atme tief durch, als ich Schritte höre.

»Hey.« Jonna ist mir gefolgt. Behutsam legt sie mir eine Hand auf die Schulter und streicht auf und ab. »Geht's?«

Mein erster Impuls ist es zu nicken, weil ich das immer tue. Ich will nicht, dass die Menschen sich Sorgen um mich machen. Aber noch in derselben Sekunde, in der ich mein Kinn schon gesenkt habe, begreife ich, dass ich lügen würde. Und das will ich auch nicht. Also tue ich gar nichts, stehe einfach nur da, blicke auf den Boden zu meinen

Schuhen und konzentriere mich auf Jonnas Hand auf meinem Rücken.

»Du solltest keine Angst vor etwas Gutem haben, Emil.« Ihre Stimme klingt leise und weich.

»Ich weiß doch nicht, ob es gut ist.«

»Bist du dir da ganz sicher?« Das sanfte Lächeln auf Jonnas Gesicht ist deutlich zu hören. »Oder spürst du einfach nur Druck von außen? Gesellschaftliche Regeln, von denen wir denken, dass wir uns an sie halten müssen. Dabei gibt es in der Liebe keine Regeln. Schon gar nicht welche von anderen.«

»Es ist eher Druck von innen.« Ich reibe mir über die Stirn, hinter der es allmählich anfängt zu pochen. »Was ist, wenn Magnus recht hat? Es wäre alles anders, wenn Hendrik noch da wäre.« Dieser Fakt ist nicht von der Hand zu weisen.

»Ist er aber nicht.« Sie stellt sich so, dass sie mich ansehen kann. Der Ausdruck auf ihrem Gesicht ist ernst. »Und das ist scheiße und tut mir jeden Tag für dich weh. Aber, Emil …« Sie wartet, bis ich ihren Blick erwidere.

Ich sehe nichts als Mitgefühl darin. Das kann zwar nichts ausrichten, weil es nichts an meiner Situation ändert. Aber das bedeutet dennoch nicht, dass es nichts wert ist. Auf seine ganz eigene Art und Weise ist es tröstlich zu wissen, dass der eigene Schmerz vielleicht nicht weniger, aber immerhin gesehen wird.

»Wenn das Leben einen umhaut«, fährt Jonna fort, als sie sicher ist, dass ich ihre Worte höre, »und ich glaube, dass deins das grad ganz gewaltig tut, dann sollte man vielleicht einfach kurz liegen bleiben.«

Ich schnaube. »Und die Sterne ansehen, oder wie? Was willst du mir damit sagen?«

»Dass du nichts überstürzen musst. Du musst nicht heute wissen, was du tun willst. Oder eben auch nicht tun willst. Aber bei all den

Gründen, die du dir suchst, um zu verhindern, was du mit Freya hast … Vergiss eins nicht.«

»Hm?« Ich schaffe es, mich etwas aufzurichten. Durch die Bewegung nimmt Jonna ihre Hand von meiner Schulter, und ich lehne mich an den unbequemen Eisenzaun in meinem Rücken.

»Kaputte Herzen kann man kleben.«

»Und wie soll das gehen?«

»Indem ihr euch Glück erlaubt. Ob zusammen oder allein, bleibt euch überlassen. Aber daran solltest du denken, wenn du dich das nächste Mal fragst, ob du etwas tun darfst. Die Antwort lautet immer Ja. Du darfst glücklich sein. Du musst es sogar. Das ist das Einzige, was du deinem Bruder schuldest.«

Eine ganze Weile lasse ich mir ihre Worte durch den Kopf gehen. Und komme nur zu einem Schluss: »Du bist zu schlau für mich, Jo.«

»Ich weiß.« Sie hakt sich bei mir unter und zieht mich sanft in Richtung der Kneipe. »Gehen wir wieder rein? Die nächste Runde geht auf Magnus, und ich bin gewillt, das teuerste Getränk der ganzen Liste auszusuchen.«

16

FREYA

Meine feuchten Haare haben eine Tropfspur hinterlassen. Vom Bad ins Wohnzimmer bis auf den Balkon. Es ist so warm draußen, immer noch, dass ich es riskieren kann, ohne zu föhnen dort zu sitzen. Und zu schnitzen.

Es ist, als hätte sich mit dem kleinen Huhn ein Knoten in meinem Kopf gelöst. In jeder freien Minute bin ich hier und verwandle Holzstücke in Figuren. Ich erschaffe kleines Spielzeug und großes, Tiere aus Holz, Blumen und sogar Schachfiguren für ein Spielbrett, das ich im Sägewerk noch zurechtschneiden muss.

Der Wind verfängt sich sanft in meinen Haaren, während ich das Holz abschleife und die scharfen Kanten glätte. Es kann nicht mehr lange dauern, bis Emil nach Hause kommt, dann will ich fertig sein. Aber noch ist die kleine Figur nicht perfekt.

Der Duft nach frischem Holz steigt mir in die Nase, immer wieder streiche ich mit den Fingerkuppen über die Fasern, um zu testen, wie rau sich die Figur anfühlt. Ich bin so vertieft, dass ich nicht merke, wie die Sonne immer weiter in Richtung Horizont sinkt. Meine Haare sind längst trocken. Und das bedeutet, dass es spät ist. Emils Schicht war vor Stunden zu Ende. Was nicht heißt, dass er schon wieder hier sein müsste, aber er war in den letzten Tagen immer da, wenn ich abends nach Hause gekommen bin. Mir ist bewusst, dass er mir zu nichts verpflichtet ist und er seinen Sonntag so verbringen kann, wie er will, aber … Ich vermisse ihn. Emil nicht hier zu haben, fühlt sich seltsam an. Und allein das beweist, dass Sarisha unrecht hat. Er ist kein Ersatz. Für gar nichts. Ich kann nicht erklären, was er für mich ist, aber es bleibt Fakt, dass ich mich von ihm angezogen fühle. Dass ich ihn mag. Dass seine Nähe mich ruhiger werden lässt, wo sonst nur grauer, wilder Sturm in mir herrscht.

Als es endlich klopft und ich seine Stimme gedämpft höre, springe ich hastig auf und stolpere dabei beinahe über meine eigenen Beine.

»Komme, Moment!«, rufe ich ihm entgegen, streife mir im Laufen die Sägespäne von den Beinen und fahre mir durch die Haare. Weil ich sie nicht geföhnt habe, haben sich zwirbelige Locken gebildet, die meine Haare einige Zentimeter kürzer erscheinen lassen.

»Hey«, begrüße ich ihn, sobald ich das innere Schloss geöffnet habe. »Komm rein.«

»Hey«, entgegnet er. Ein Lächeln umspielt seine Mundwinkel, aber ich bin mir ziemlich sicher, dass es nicht echt ist. Er überspielt etwas damit. Und ich glaube, dass es mehr ist als nur ein langer Tag.

Ich lasse den Blick an ihm auf und ab wandern, während er aus seinen Schuhen schlüpft und anschließend seine Hände tief in die Hosentaschen schiebt. Unruhig wippt er auf seinen Fußsohlen hin und her. Ihn so zu sehen, derart nervös, weckt ein ungutes Gefühl in mir.

»Alles okay?«, frage ich vorsichtig und versuche, das Ziehen in meinem Bauch zu ignorieren.

»Ja.« Er nickt. »Sorry, dass ich jetzt erst komme. Ich war noch mit Jonna und Magnus im *Scotsman* und …«

»Schon gut«, unterbreche ich ihn und bemühe mich um ein eigenes Lächeln. »Du bist nicht mein Babysitter. Es ist vollkommen okay, wenn ich mal eine Weile allein in der Wohnung bin.« Es gibt die Schlösser und laut Polizei auch keine Hinweise, dass der Täter oder die Täterin noch einmal auftauchen könnte. Was nicht viel, aber doch ein bisschen beruhigend ist. »Ich habe gearbeitet.« Nur der Gedanke an meine neuen Figuren genügt, um eine Wärme in mir entstehen zu lassen, die den Knoten in meinem Magen überlagert.

»Woran?«

»Komm mit raus, ich zeige es dir«, sage ich und warte, bis er sich umgedreht hat. Dann folge ich ihm hinaus auf den Balkon. Zu spät fällt mir das ganze Chaos dort auf. Ich habe auf dem Boden sitzend geschnitzt, und dementsprechend sieht es nun aus. Mist. »Warte, ich mach das eben weg.«

Ich will mich an ihm vorbeischieben, um den ganzen Abfall wegzuräumen, aber es ist zu wenig Platz. Plötzlich bin ich Emil so nah, dass ich seine Anwesenheit überall in meinem Körper spüre. Unweigerlich halte ich die Luft an, höre nur noch das Rauschen in den Ohren und mein pochendes Herz in der Brust. Keine Ahnung, warum ich auf einmal so aufgeregt bin. Es ist *nur* Emil. Dabei liegt es vermutlich genau daran. Eben *weil* es Emil ist. An ihm ist nichts *nur*, sondern alles *weil*.

»Tut mir leid«, murmle ich und versuche, einen Schritt zur Seite zu machen. Sofort spüre ich den Rahmen der Balkontür im Rücken.

Emil lächelt einfach nur, ehe er die Hände hebt und mir das Zeichen gibt, dass er wartet. Ich soll zuerst hinaus. Hastig trete ich über die Stufe und beginne, den Boden so weit zu säubern, dass wir zu zweit Platz haben.

»Was hast du denn geschnitzt?« Er nimmt auf einem der Sitzkissen Platz, die ich schon seit Tagen nicht mehr in die Wohnung räume, weil das Wetter so gut ist. Bevor ich antworten kann, deutet er auf eine der Figuren. »Darf ich?«

Ich kann nur nicken. Natürlich darf er. Er nimmt eine der Schachfiguren in der Hand, an die ich mich bereits gewagt habe. Es ist ein Springer.

»Sie braucht noch ein bisschen mehr Symmetrie, aber ich denke, ich bin auf dem richtigen Weg.«

»Ich find sie großartig.» Er sieht zwischen mir und der Figur hin und her. »Ehrlich, Fee. Ich kann nicht fassen, dass du das mal eben gemacht hast. Diese Details …« Er dreht den Springer in seinen Fingern im Kreis. »Das ist echt richtig gut.«

»Danke.« Wie von selbst senke ich den Blick, weil ich mit Komplimenten nicht umgehen kann. Konnte ich noch nie. Ich betrachte die kleine Sammlung, die ich in den letzten Tagen angefertigt habe. Allmählich muss ich mir überlegen, was ich damit machen möchte.

»Spielst du Schach?«, fragt Emil und legt den Springer zurück neben den einzigen Bauern, der schon komplett fertig ist. Zumindest im Moment, vielleicht bin ich morgen anderer Meinung.

»Ein bisschen. Ich hab angefangen, es zu lernen, nachdem ich *Das Damengambit* geschaut habe.«

»O ja, die Serie war cool.« Er nickt. »Wenn du willst, können wir eine Partie spielen, sobald deine Figuren fertig sind.«

»Du willst Schach mit mir spielen?«

»Warum nicht? Spricht was dagegen?«

Nur die Tatsache, dass du bis dahin nicht mehr bei mir wohnst, weil die Tür repariert ist und ich keinen Schimmer habe, wie sich unsere Freundschaft in Zukunft gestalten wird?

»Nein.« Ich versuche zu lächeln, als ich den Kopf schüttle. Nur vertreibt auch das meine Gedanken nicht. »Lass uns gern eine Runde spielen.«

»Cool.« Emil grinst. »Ich würde dir ja anbieten mit den Figuren zu helfen, damit wir schneller spielen können, aber …« Er wackelt mit den Händen. »Die sind nutzlos dafür.«

»Sind sie nicht.« Ohne darüber nachzudenken, greife ich nach seinen Fingern, drehe sie, streiche mit meinen Daumen über seine Gelenke. »Du hast alle zehn, und sie wirken ziemlich … kräftig.«

Als ich in sein Gesicht sehe, wird mein Mund trocken. Die Art, wie er mich mustert – ein bisschen ungläubig, ein bisschen überrumpelt und ungewöhnlich dunkel –, jagt einen Schauer über meinen Rücken. Ich lasse ihn wieder los und bringe etwas Abstand zwischen uns, starre jedoch weiterhin auf seine Lippen, sein Kinn, seinen Hals. Ich erkenne deutlich, wie sein Kehlkopf sich bewegt, als er schluckt. Im nächsten Moment sucht mein Blick wieder seinen, und ich kann nicht mehr denken. Eineinhalb Meter sind zwischen ihm und mir, doch seine Nähe ist so spürbar, so präsent, dass ich schlagartig den Drang verspüre, aufzustehen und wegzulaufen. Einfach … einfach, um nichts Unüberlegtes zu tun. Um ihn nicht wieder zu küssen und dann zu bitten, nicht darüber nachzudenken. Denn das ist keine Option mehr. Ich habe so viel gegrübelt, wir müssen miteinander reden, bevor das alles hier zu groß und zu wichtig wird.

Emil räuspert sich leise. »Ich glaube, du solltest die Figuren trotzdem selbst fertig machen. Nur zur Sicherheit.« Er lächelt flüchtig und streicht gedankenverloren ein paar Holzspäne neben sich beiseite, die ich übersehen habe. »Es ist schön, dass du wieder schnitzt. Was hast du damit vor?«

Die Frage kommt unerwartet, aber trotzdem bin ich irgendwie froh darum. »Weiß nicht«, gestehe ich, denn ich habe tatsächlich noch keinen Plan. »Vielleicht schenke ich sie einem der Montessori-Kindergärten«, antworte ich spontan.

»Gute Idee. Sie freuen sich bestimmt.« Zustimmend nickt er. Und ich finde alles hieran furchtbar. Small Talk mit Emil fühlt sich falsch an. Wir sind besser als das.

Ich schlucke und gebe mir einen Ruck. »Emil.«

Das Blau seiner Augen ist glasklar und unendlich tief, als ich seinen Namen sage. Nur ein einziges Mal, ganz leise. Aber er versteht. Er versteht sofort, dass das hier ein Nicht-Ausblenden ist. Ein Denken und ein Fühlen. Und zwar ganz bewusst. Wieder nickt er. Und das gibt mir den Mut, weiterzusprechen.

»Wir sind …«, beginne ich und breche sogleich ab. Ich weiß nicht, wie ich formulieren soll, was mir seit dem Gespräch mit Merrit und Sarisha durch den Kopf geht. Ich fühle mich wortlos, obwohl ich voller Worte bin. »Ich glaube, wir …«

Emil wartet geduldig und gibt mir die Zeit, die ich brauche. Fast wünsche ich mir, er würde etwas sagen. Mir abnehmen, es auszusprechen. Aber dieser Wunsch ist feige, und das will ich nicht länger sein. Emil hat mehr verdient.

Plötzlich formen sich die vielen Worte in meinem Kopf zu Sätzen, und ich beginne zu reden: »Das hier ist nichts, was ich geplant habe. Als ich den Laptop gefunden habe und damit zu dir gegangen bin, wollte ich wirklich einfach nur dieses Passwort knacken. Ich habe nicht erwartet, dass ich mich in deiner Nähe so wohlfühlen würde.« Ich schlucke, weil ich nun zwar weiß, was ich sagen will, es aber dennoch nicht einfach ist, es auch auszusprechen. Das hier ist von so großer Bedeutung, dass ich es nicht falsch machen will. Nicht mit Emil. »Und ich weiß, dass das nicht sein sollte. Ich sollte dich nicht auf diese Art und Weise mögen, aber ich tu's, und auch wenn das falsch ist, kann ich es nicht abstellen.«

»Fee …«, beginnt Emil, aber ich hebe eine Hand.

»Nein, lass mich … Lass mich das sagen, okay?« Ich warte sein Nicken gar nicht erst ab. »Ich hab es von allen Seiten beleuchtet, und … und Schatten wirft es immer. Es gibt keine Realität, in der es für uns einfach wäre, etwas miteinander anzufangen. Du bleibst Hendriks Bruder und ich seine … frühere Freundin, und ich kann nicht erklären, wie es passiert ist, aber die letzten Tage mit dir …« Der Buchstabenberg in meinem Kopf ist immer noch so verdammt hoch, dass es mir wahnsinnig schwerfällt, die richtigen Worte daraus hervorzuziehen. »Ich hab mich in deiner Gegenwart schon immer wohlgefühlt. Ich meine, du weißt selbst, wie oft wir zu viert unterwegs waren.« Er, Lene, Hendrik und ich. »Oder wenn wir bei euch im Garten saßen … Unsere Gespräche unter den Ahornbäumen …«

Dieses Band mit Emil war tatsächlich schon immer da. Vollkommen unschuldig, vollkommen rein. Aber es war da. Von Anfang an. Und ich dachte immer, dass es so sein muss. Dass ich seine Familie mag, weil Hendrik das so wichtig war. Vor allem seine Geschwister. Mir war bewusst, dass es ihm das Herz gebrochen hätte, wenn ich nicht mit ihnen klargekommen wäre. Und nun … Nun bin ich … Nun habe ich sogar Gefühle für Emil, die zu viel sind. Die zu tief gehen, zu früh, zu unglaublich sind. Die ich nie haben wollte und die doch mit einer Macht über mich hereingebrochen sind, dass mir selbst ganz schwindelig wurde.

»Es macht mir ehrlich gesagt eine Scheißangst, dass es wirklich möglich ist, nach so kurzer Zeit so viel zu empfinden. Mir überhaupt einzugestehen, dass ich dich mag … mehr mag, als ich sollte.« Ich halte erneut inne, schüttle den Kopf, fasse nach einer meiner Holzfiguren, um meine Finger zu beschäftigen. »Ich habe das Gefühl, als würde das meine Trauer kaputt machen. Als wäre meine Liebe für Hendrik nicht echt gewesen, wenn ich jetzt schon den Gedanken an etwas Neues zulasse. Und das ausgerechnet mit dir.«

»Wäre es weniger schlimm, wenn ich nicht sein Bruder wäre?«

Über meine Antwort muss ich nicht nachdenken. »Ja«, sage ich. »Aber wärst du nicht sein Bruder, wären wir jetzt auch nicht hier, und diese Frage würde sich nicht einmal stellen.« Es ist, wie ich zu meinen Freundinnen gesagt habe. Wäre es nicht Emil, wäre es niemand.

Ich lege das kleine Eichhörnchen in meinen Händen wieder beiseite. Dann wage ich es, Emil in die Augen zu sehen. Sein Blick ruht auf mir, fest und durchdringend. In diesem Moment bin ich davon überzeugt, dass er mir bis in die Seele blicken kann. Und das lässt mich auch den Rest der Dinge in meinem Kopf aussprechen.

»In den letzten Monaten«, sage ich leise. »Da habe ich begriffen, dass Trauer nichts ist, was man wie eine Krankheit oder ein Problem überwinden kann. Wir werden sie immer in uns tragen. Wie eine Narbe, die nur sehr, sehr langsam verheilt. Aber es bringt nichts, ihr dabei zuzusehen und darauf zu warten, dass sie vollständig verschlossen ist.« Ich schließe kurz die Augen, weil es zwar die Wahrheit ist, das aber nicht bedeutet, dass es deshalb weniger wehtut. »Glaub mir, ich hab es lange genug versucht. Aber das wird sie nie sein. Sie wird immer wieder aufbrechen. Nur … nur kann sie das eben auch tun, wenn ich bei dir bin. Sie muss nicht verheilt sein.«

»Trauernarben.« Er nickt mit Bedacht, als er diesen Begriff über seine Zunge rollen lässt. »Ja, das passt.«

Obwohl er mir zustimmt, obwohl ich weiß, dass auch seine eigene Narbe noch lange nicht verheilt ist, macht mich seine Reaktion ein bisschen sprachlos. Ich habe in den letzten Minuten so viel angesprochen, aber es ist ausgerechnet das, wozu er etwas sagt? Ich schweige, weil ich nicht weiß, was er nun von mir erwartet. Mein Herz liegt vor ihm, ein bisschen kaputt, ein bisschen vernarbt. Aber es liegt vor ihm und …

»Jetzt bin ich dran, oder?«, unterbricht er mein Gedankenwirrwarr und fährt sich mit den Händen über die angezogenen Beine. Vielleicht will er Zeit schinden, oder ich habe ihn überfordert, oder, was am schlimmsten wäre, nur ich empfinde so.

Mit einem Mal wird mir kalt. Nicht, weil die Abendluft plötzlich abgekühlt hätte, sondern von innen heraus. Nervös schiebe ich die Finger unter meine Oberschenkel.

»Ich glaube, ich muss dir da etwas … beichten.«

»Beichten?« Ich bringe das Wort kaum über meine Lippen. Das Eis in mir wächst.

»Ja, ich … Scheiße.« Er versucht zu lächeln, es sieht gequält aus. »Das ist gar nicht so leicht, weil ich es so lange für mich behalten habe.«

Spuck es aus, denke ich. *Was meinst du?*, will ich fragen. Ich sage weder das eine noch das andere, sitze einfach nur da und warte.

»Erinnerst du dich an die Party, als du uns kennengelernt hast? Hendrik, Lene und mich?« Er sieht mich kurz an, ehe er den Blick wieder senkt und auf seine Hände starrt.

»Ja.« Ich nicke. »Klar tue ich das. Wieso ist …?«

»Ich wollte dich damals ansprechen. Schon als du zur Tür rein bist, hab ich … Da war etwas. Ich wusste nicht, wer du warst, wie du heißt, woher du kommst. Aber mir war klar, dass ich dich ansprechen würde. Ich erinnere mich so genau daran, weil es das erste Mal war, dass ich wirklich selbst davon überzeugt war, dass ich es tun würde. Lene hat sich immer über mich lustig gemacht, weil ich so ein elender Feigling bin. Aber an diesem Abend … Ich wollte dich ansprechen. So sehr. Und als ich endlich genug Mut gesammelt hatte und dich suchen wollte, kam Hendrik zu mir. Mit dir.«

Das ist der Moment, in dem Emil wieder aufsieht. Und was ich in seinen Augen erkenne, lässt mich erschaudern.

»Du wolltest echt …?«, frage ich leise.

Emil nickt. »Wollte ich. Aber mein Bruder war schneller.« Sein Lächeln wird traurigschön. »Also war klar, dass ich meine Chance verpasst habe. Und das war okay. Ich wollte, dass Hendrik glücklich ist, und ich wollte auch, schon damals, dass du es bist. Zusammen wart ihr das. Also hab ich versucht, dich mir aus dem Kopf zu schlagen. Ich wollte nicht, dass es komisch zwischen uns wird. Und irgendwie ist es mir auch gelungen.« Er stockt, scheint nachzudenken, dann schüttelt er den Kopf. »Oder vielleicht ist es mir auch nicht gelungen, und ich hab mir das nur eingeredet. Keine Ahnung. Aber …« Wieder unterbricht er sich selbst. »Ist ja auch egal. Was ich eigentlich sagen will: Ich mochte dich schon, als ich dich nicht hätte mögen dürfen. Nicht so jedenfalls. Und jetzt …« Er zuckt beinahe ergeben mit den Schultern. »Ich glaube, ich hatte nie eine andere Wahl, als mich wieder in dich zu verlieben.«

Wieder. Das Wort hallt in meinem Kopf nach, prallt an den Wänden ab und springt hin und her. *Wieder.* Emil war schon einmal … Aber wie? Wie kann es sein, dass ich nichts davon gemerkt habe? Wir haben uns immer gut verstanden, aber ich hatte keine Ahnung, dass mehr dahintersteckte. Dass er so empfand.

»Wieso hast du nichts gesagt?« Ich traue mich kaum, die Frage zu stellen. Weil ich etwas derart Wichtiges noch nie zuvor gefragt habe. Menschen reden miteinander, aber sie tun es oft nicht richtig. Weil sie nicht über die Dinge sprechen, die zählen. Nicht über die, auf die es ankommt. Ich bilde keine Ausnahme davon.

»Ist das nicht logisch?« Er sieht mich an, auf eine Art, die so offen, so ehrlich ist, dass ich mit absoluter Sicherheit weiß, dass es nicht an fehlendem Mut lag. »Wem hätte das denn etwas genutzt? Es hätte nichts geändert. Du warst mit Hendrik zusammen, weil du ihn geliebt hast. Und er dich. Meine einzige Aufgabe war es, meine Gefühle in den Griff zu kriegen und euch nicht im Weg zu stehen.«

Und genau das hat er getan. Durch sein Schweigen hat er verhindert, dass ein Schatten über meiner Beziehung mit Hendrik lag oder es zwischen uns irgendwie unangenehm wurde, weil sein Bruder Gefühle für mich hatte … Himmel, ich kann es nicht fassen, dass ich nichts davon gemerkt habe.

»Eigentlich ist es schlimm genug, dass ich es jetzt zulasse …« Emil reibt sich über die Stirn, und zum ersten Mal, seit wir hier draußen sitzen, fallen mir die tiefen Augenringe auf, die auf seinem Gesicht zu sehen sind. »Jetzt kannst du nicht einmal mehr mit ihm Schluss machen, weil er tot ist.« Es vergeht keine Sekunde, als er auch schon weiterspricht. »Nicht, dass ich das wollen würde«, versichert er mir. »Du wüsstest nichts davon, wenn er noch leben würde. Aber er ist nicht mehr da, und wir haben uns geküsst, und jetzt … Verstehst du ansatzweise, was ich sagen will?«

Das Verrückte ist, dass ich das tue. Ich weiß, was er ausdrücken möchte. Wir sind nur in dieser unmöglichen Situation, weil eine andere unglaubliche eingetreten ist. Menschen sterben, auch viel zu jung. Den Hinterbliebenen bleiben nur genau zwei Möglichkeiten: weitermachen oder durchdrehen. Und ich glaube, wir haben uns in den letzten Wochen beide, ohne es zu merken, für das Weitermachen entschieden.

»Kannst du … kannst du ein bisschen näher kommen?«, frage ich ihn leise und stoße mit meinem Zeh einmal gegen seinen Fuß. »Ich möchte …« *Dich halten, dich berühren, dich küssen. Bei dir sein.*

Emil reagiert sofort. Er rutscht näher und hebt einen Arm an. »Willst du herkommen?«

Ich folge der Einladung nur zu gern. Sein Körper ist wunderbar weich und warm, als er einen Arm um mich legt. Gleichzeitig spüre ich jeden trainierten Muskel, mit dem ich in Berührung komme. Ein paar Minuten sitzen wir da. Schweigend. Wortlos und doch wortvoll.

»Ich kann dir nichts versprechen«, sage ich nach einer Weile leise und verschränke die Finger mit seinen. Ein Zeichen dafür, dass ich das hier will. Dass ich später dran bin als er, aber es mir dennoch wichtig ist. »Ich weiß nicht, ob wir gut füreinander sind. Ob das gesund ist. Aber … Ich will es gern herausfinden.« Zusammen mit ihm. Denn nur darum geht es. Ums Versuchen. Nicht um Versprechungen oder

Zusicherungen, an die sich niemand für immer halten kann, weil Menschen nun einmal nicht fehlerfrei sind. »Willst du … willst du auch?«

»Ob ich dich und mich will? Zusammen?«

Ich nicke an seine Schulter gelehnt. Das Herz schlägt mir bis zum Hals, während ich zugleich fast schon zu ruhig bin. Doch als Emil mich schließlich umarmt, mir einen Kuss auf den Scheitel haucht und »Immer« wispert, fällt es mir schwer, nicht zu weinen. Weil das hier vielleicht wirklich nie geplant war, aber sich immer noch so verdammt richtig anfühlt. Ich bin hier. Jetzt. Und ich habe mich trotz aller Tränen nie lebendiger gefühlt als in Emils Armen.

Nichts ist gut, aber alles ist besser.

Das Licht der Flamme wirft unruhige Schatten an die Wand, als ich die Tür meines Schlafzimmers lautlos aufziehe. Eine kleine Kerze steht vor Emil auf dem Wohnzimmertisch. Das Fenster rechts daneben ist leicht geöffnet, der sanfte Luftzug lässt die Flamme tanzen. Emil sitzt mit dem Rücken zu mir auf dem Sofa, er scheint mich noch nicht bemerkt zu haben.

Nach unserem Gespräch waren wir eine ganze Weile draußen auf dem Balkon, eingehüllt in eine Decke, die Füße ineinander verschlungen, Emils Arm um mich gelegt. Er hat mir von Lenes Rückkehr berichtet und wie sehr ihn das aufwirbelt. Und während er erzählt hat, bin ich unaufhörlich mit einem Finger seinen Oberarm auf und ab gefahren. Es war einfach nur schön. Friedlich. Es hat sich angefühlt, als sollte es genauso sein. Er und ich hier, mein Kopf an seiner Schulter, seine Finger, die gedankenverloren über meinen Oberarm strichen. Ich wollte nie wieder aufstehen und habe es nur getan, weil ich irgendwann ganz dringend auf die Toilette musste.

Damit war der Zauber durchbrochen. Emil gab mir einen liebevollen, zarten Kuss, weil nichts anderes in diesem Moment passender gewesen wäre. Anschließend sind wir ins Bett gegangen. Ich in meins, er auf die Couch, weil er sich immer noch weigert, mit mir zu tauschen. Aber in den Schlaf habe ich auch nach den 478 Schafen nicht gefunden, die ich gezählt habe.

Emil geht es offenbar genauso. Leise trete ich auf ihn zu. Meine Schritte lassen den Boden knarzen, und Emil dreht sich zu mir um.

»Hi«, sagt er und klappt das Buch zu, in dem er gelesen hat. »Hab ich dich geweckt?«

»Nein.« Ich umrunde die Couch und setze mich zu ihm. Obwohl es nicht kalt ist, lässt mich der leichte Luftzug frösteln, weshalb ich meine Füße unter die Decke schiebe, die neben ihm liegt. »Kann nicht schlafen.«

»Ah.« Emil nickt wissend und streicht mit der flachen Hand über das geschlossene Buch. »Ich auch nicht. Dachte, hiermit wird es vielleicht besser, aber …« Er zuckt mit den Schultern. »Irgendwie nicht.«

»War ein krasser Abend.« Ich angle nach dem Buch. »Was hast du gelesen?« Ich drehe das Cover so, dass ich den Titel entziffern kann. »*The Theory Of Love.*« Überrascht hebe ich den Blick. »Das ist eins von meinen Büchern.«

»Ich weiß.« Emil nickt. »Ich habe keins dabei, also war ich so frei …« Er deutet auf das kleine, völlig überfüllte Regal, in dem ich nicht nur meine Romane aufbewahre, sondern auch ganz viel anderen Kram. »Ich mag diesen Nick.«

»Ach ja?« Grinsend lege ich den Kopf schief.

»Er hätte nur früher mit ihr reden sollen, aber …«

»Wer tut das schon?«, beende ich seinen Satz. »Immerhin ist es realistisch. Dieses Nicht-miteinander-Reden.«

»Findest du?« Emil nimmt mir das Buch aus der Hand und legt es neben die Kerze auf den Tisch. »Eigentlich fand ich uns bisher ganz gut drin. Also im Miteinander-Reden.«

»Na ja«, sage ich skeptisch, während er seine Hände unter die Decke schiebt und nach meinem Fuß greift. Als seine Finger auf die nackte Haut an meinem Knöchel stoßen, ist das Kribbeln schlagartig überall. Ich rücke näher zu ihm, spüre seine Berührung in jeder einzelnen Nervenfaser. »Wir haben auch erst einmal lieber geknutscht, als miteinander zu sprechen.«

Meine plumpe Wortwahl bringt ihn zum Lachen. »Weil es nur so herum Sinn hat. Ohne Kuss hast du doch nichts, worüber du reden kannst.«

»Das ist so verrückt, oder? Vor ein paar Wochen hatten wir seit einer Ewigkeit nicht mehr miteinander gesprochen, und nun …« Aus meinem Hautkribbeln wird eine Gänsehaut. »Wie ist das möglich?«

Meine Frage lässt ihn erneut lachen. Und verflucht, ich mag diesen Klang. Da ist eine Wärme in diesen Tönen, die sich wie eine Umarmung anfühlt. Wie etwas, an das man sich anlehnen kann, wenn die ganze Welt aus den Fugen gerät.

»Wahrscheinlich ist es eine Kombination aus Biologie und Chemie.« Er streicht von meinem Knöchel weiter hinauf zu meiner Wade. »Nicht, dass ich Ahnung davon hätte oder erklären könnte, wie genau das funktioniert. Ich war immer schon eher Team Geisteswissenschaften.«

»Gibt doch bestimmt auch eine philosophische Antwort auf diese Frage«, necke ich ihn.

»Bestimmt«, meint er und grinst. »Aber ich kenne sie nicht. Kann dich jetzt also leider nicht beeindrucken.«

»Musst du auch nicht.« Wieder wandert seine Hand ein bisschen weiter nach oben zu meinem Knie. Und Herrgott, mir war bis eben nicht klar, dass mein Knie derart empfindsam ist.

»Dich beeindrucken?« Er streichelt unaufhörlich weiter.

»Mhm«, murmle ich und bin kurz davor, die Augen zu schließen. Ich fühle mich so sicher mit ihm. Allein seine Nähe schafft es, dass alles in mir zur Ruhe findet. Als lege sich eine Art Zauber über mich, der mir die Schwere nimmt. Nicht alles davon, das geht nicht, aber doch genug, um freier atmen zu können. Emil ist die pure Definition von *Er tut mir gut.* Und ich wünsche mir sehr, dass ich denselben Effekt auch auf ihn habe.

Minutenlang sitzen wir nebeneinander, Emils Hand auf meinem Bein, wohlige Stille zwischen uns. Die kleine Flamme vor uns wiegt sich sacht hin und her, und mit jedem weiteren Herzschlag wird mir bewusster, dass es das Beste war, was mir passieren konnte, hier mit Emil zu landen. In meinem Wohnzimmer, an diesem Abend, im Schein der Kerze, trotz aller Umstände.

Als er seine Hand von meinem Knie zurück zu meinem Knöchel wandern lässt, nutze ich die Gunst des Moments, richte mich auf und ziehe meinen Fuß unter seiner Hand hervor. Dann klettere ich auf seinen Schoß und lege meine Hände auf seine Schultern.

Ich lächle. »Hi.«

»Hi«, sagt er, weil Begrüßungen anscheinend unser Ding sind. Seine Augen wirken blassblau, die Kerzenflamme spiegelt sich in seinen Pupillen.

»Warum kannst du nicht schlafen?«, frage ich und habe Mühe, unseren Blickkontakt zu halten. Er ist zu intensiv, zu innig, zu schön.

»Zu viele Gedanken.« Er lächelt und streicht mir eine wirre Lockenhaarsträhne hinter das Ohr.

Sofort ist das Kribbeln wieder da. Diese Wärme in meinem Bauch, die mir das Gefühl gibt, genau zur richtigen Zeit am richtigen Ort zu sein.

»Willst du drüber reden?« Ich schiebe meine Hand weiter in seinen Nacken und fahre mit dem Daumen behutsam seinen Hals entlang.

»Weiß nicht.« Er stockt kurz. »Es ist nicht unbedingt ein schönes Thema.«

»Das macht nichts«, versichere ich ihm. »In meinem Kopf ist es auch oft dunkel.« Weil die Trauer nun einmal schwarz ist. Nicht grau, nicht weiß und auch keine andere Farbe. Einfach nur schwarz mit winzigen lichten Momenten, die durch Emils Anwesenheit größer werden. Größer und heller und besser.

»Ich hab über Hendrik nachgedacht.«

»Okay.«

»Was er wohl davon halten würde, dass wir … diese Gefühle füreinander haben.«

»Und hast du eine Antwort gefunden?«

Er zuckt mit den Schultern. »Ich weiß, was ich mir wünschen würde, aber ich habe keine Ahnung, ob dem tatsächlich so wäre.«

»Soll ich dir sagen, was ich denke?« Ich lasse meine Finger von seinem Hals zu seinem Schlüsselbein und über seine Brust nach unten streifen, bis ich den Saum seines Shirts erreiche. »Ich glaube, dass er damit einverstanden wäre. Weil er auf diese Art ist … *war* wie du. Er würde wollen, dass es seinem Bruder gut geht. Und er würde wollen, dass es mir gut geht. Und das tut es, wenn wir zusammen sind.«

»Geht's dir wirklich gut?« Emil schiebt seine Hände vorsichtig an meinen Oberschenkeln entlang. Ein Herantasten, ein Austesten, ein Halten. Die stumme Zusicherung, dass er da ist, egal, was ich nun sage.

In diesem Moment begreife ich etwas. Das Gegenteil von Angst ist nicht Mut. Das Gegenteil von Angst ist ein schöner Moment. Ein Augenblick, der sich gut anfühlt. Richtig. Und das hier, mit Emil auf dieser Couch, das sind Dauermomente voller Schönheit. Voller Glück. Voller uns. Selbst wenn wir über seinen toten Bruder und meinen toten Freund sprechen.

»Öfter, seit du da bist«, antworte ich deshalb ehrlich. »Allein zu trauern, ist zermürbend. Mit dir zusammen ist es immer noch anstrengend, aber irgendwie … besser. Es fühlt sich einfach gut an, meine Wut und die Traurigkeit mit dir teilen zu können. Weil ich weiß, dass du mich für nichts verurteilst. Für keinen blöden Gedanken und …« Ich hole tief Luft. Mein nächster Satz ist kitschig, aber wahr. So wahr, dass er mir beinahe Angst macht. »Vielleicht ist das zu heftig und zu schnell und zu früh, aber … Ihr habt beide Platz. Hier drin.« Mit einem Finger deute ich auf die Stelle, an der mein Herz ein bisschen schneller schlägt als normal. Für Emil. Weil er mich nervös macht. Auf die gute Art.

Lange lächelt er mich einfach nur an. Dann beugt er sich nach vorne und haucht einen Kuss auf meine Hand, die immer noch über meinem Herzen liegt.

»Danke«, sagt er leise, und das ist die vielleicht schönste Antwort, die er mir darauf hätte geben können.

Ich lege meine Hände an seine Wangen und recke mich ihm noch ein Stückchen entgegen. Sein Atem streift mein Gesicht, sein Blick rast über meines, ehe er innehält und mir in die Augen sieht. Das ist der Moment, in dem ich die kleine Distanz überbrücke. Ich lege meine Lippen auf seine, erst kurz und zart, dann länger und fester. Plötzlich spüre ich Emils Hände nicht mehr an meinen Beinen, sondern an meinem Rücken. Er umschließt mich, verstärkt damit dieses Gefühl von Sicherheit, das immer da ist, wenn er bei mir ist. Und ich lasse mich fallen. In ihn. In uns. In diesen Kuss, von dem ich nicht will, dass er jemals aufhört. Emil fängt mich, ich halte ihn, und zusammen stürzen wir uns in das, was uns verbindet.

Es ist Chemie und Biologie. Anziehung und Leidenschaft. Lippen an Lippen. Und ganz viel Traum.

Emil schläft noch, als ich am nächsten Morgen auf dem Sofa neben ihm aufwache. Es ist wirklich nicht sehr bequem, und dennoch gibt es keinen Ort, an dem ich gerade lieber wäre. Seine Hand ruht auf meiner Hüfte, unsere Beine sind ineinander verschlungen, und das Einzige, was ich denken kann, ist: warm. Es ist so unsagbar warm und gemütlich, bei ihm zu sein, unter seinem Arm, den er im Schlaf um mich geschlungen hat.

Ein paar Minuten. Das sage ich mir, als ich die Augen noch einmal schließe, den Mann neben mir nur noch fühle und zurück in den Schlaf sinke. Ein bisschen Zeit haben wir noch, bevor der Wecker klingelt und mich daran erinnert, dass ich zur Arbeit muss.

Das nächste Mal wache ich erst wieder durch ein Klopfen an der Tür auf. Widerwillig schäle ich mich aus Emils Armen, während er sich die Augen reibt.

»Wie spät ist es?«, fragt er und blinzelt gegen das Licht an.

»Keine Ahnung.« Ich klettere über seine Beine von der Couch und fahre mir mit den Händen durch die Haare. Wer auch immer es ist, hätte meinen Waldschrat-Look zwar verdient, aber falls jemand aus der Nachbarschaft vor der Tür steht, möchte ich denjenigen nicht erschrecken. »Ich sehe mal nach.«

Barfuß tapse ich über den kalten Boden und ziehe mir mein Shirt etwas weiter nach unten. Es ist nichts zwischen Emil und mir passiert außer ein paar Küssen. Behutsam streiche ich mir mit den Fingerspitzen über die Lippen. Es kann nicht allzu viel Zeit seither vergangen sein. Als wir beschlossen haben, es mit Schlafen zu versuchen, hat es draußen bereits gedämmert.

»Ja?«, frage ich, nachdem ich meine Wohnungstür erreicht habe.

»Fee? Ich bin's, mach auf.«

»Thore?« Überrascht schließe ich das Vorhängeschloss auf und öffne die Tür. »Was machst du denn hier? Solltest du nicht noch in Dänemark sein?«

»Dir auch einen wunderschönen guten Morgen, Schwesterherz. Und nein, ich bin zurück.« Sein Blick streift kurz über mich, ehe er auf den kaputten Rahmen fällt. »Weiß die Polizei schon, wer das war?«

»Nein.« Ich schüttle den Kopf, lasse ihn herein und drücke die Tür hinter ihm wieder zu. »Woher weißt du überhaupt davon?«

»Mum und Dad natürlich.« Er hebt beide Augenbrauen. »Du hast es ja nicht für nötig gehalten, mir selbst davon zu erzählen.« Der Vorwurf ist nicht zu überhören, und trotzdem ist da auch eindeutig Sorge in seiner Stimme. »Bist du okay? Ist Emil da?«

Ich nicke. »Du bist ja echt bestens informiert.«

»Komm schon, Fee.« Er folgt mir in die Küche, wo Emil inzwischen vor der Kaffeemaschine steht. Es ist gerade erst kurz nach sieben. »Sie machen sich Sorgen um dich. Hey, Emil. Lange nicht gesehen.«

Als er angesprochen wird, dreht Emil sich zu uns um. Er lässt sich nicht anmerken, dass er meinem Bruder seit fast einem Jahr nicht mehr begegnet ist. »Hey, Thore. Kaffee?«

»Sicher. Schwarz, bitte.«

»Okay.«

»Echt jetzt?« Sprachlos starre ich meinen Bruder an. »Du platzt hier rein, um diese gottverbotene Uhrzeit, weil du keine Ahnung was willst, und jetzt …« *Tust du so, als wäre es vollkommen normal, dass Emil bei mir ist und dir Kaffee anbietet?* Ich kriege die Sätze nicht auf die Reihe, weil das so absurd ist. Die letzten Tage mit Emil und nun Thore, den ich in den letzten zwei Wochen nicht gesehen habe, weil er im Urlaub war.

»Ich soll dich überreden, zu Hause einzuziehen, bis deine Tür repariert ist.«

»Mum und Dad schicken dich also?« Nett.

»Na ja, ein bisschen ist es auch meine eigene Sorge.« Er grinst, dann knufft er mich in die Seite. »Sie sind unsere Eltern. Was würdest du denn machen, wenn bei deiner Tochter eingebrochen werden würde?«

»Ich würde ihr mit Sicherheit nicht vorschreiben, was sie nun zu tun hat. Sie wissen, dass ich nicht allein bin und die Tür bald repariert wird.« Vielsagend nicke ich in Emils Richtung. »Emil hat sich um alles gekümmert.«

»Das ist nett von dir.« Thore nickt ihm zu. »Danke, Mann.«

Emil winkt nur ab, während er weiter den Kaffee macht. Er wirkt so, als möchte er dieses Gespräch zwischen meinem Bruder und mir nicht stören. Aber in Luft auflösen kann er sich nun einmal auch nicht.

»Wann wird der Spaß denn repariert?«

»In ein paar Tagen. Der Schreiner ruft an.«

»Hm.« Mein Bruder nickt wieder, aber er scheint nicht sonderlich überzeugt.

»Ernsthaft, Thor.« Ich benutze seinen Spitznamen mit Absicht. »Es geht mir gut, Emil ist fast immer da, wenn ich in der Wohnung bin, die Polizei ermittelt, und demnächst habe ich eine neue Tür mit einem superkrassen Sicherheitsschloss. Ich muss nicht zu Hause einziehen.«

»Soll ich ihnen das genau so sagen?«

»Besser nicht.« Ich sehe kurz zu Emil, dann schnappe ich Thores Arm und ziehe ihn mit mir nach draußen auf den Balkon. »Mum und Dad sind nicht so gut auf Emils Familie zu sprechen.«

»Wegen Hendrik?« Er weiß sofort, was ich meine.

»Ja. Und jetzt mit dem Wahlkampf … Sie wollen nicht, dass ich mit ihnen in Verbindung gebracht werde. Wenn mein Name fällt, ist es leicht, auf das Sägewerk zu schließen, und du weißt doch, wie Mum und Dad sind.« Ich seufze leise und lehne mich gegen die Balkonwand. »Es geht immer nur um den Ruf der Firma.« Ich verdrehe die Augen. »Als ob irgendwer tatsächlich auf die Idee kommen würde, jetzt danach zu googeln, wer mit Hendrik zusammen war, als er gestorben ist. Das spielt doch keine Rolle.«

Ich rede mich in Rage und weiß nicht einmal wieso. Diese Worte müsste nicht Thore hören, sondern unsere Eltern. Aber die beiden sind so versteift darauf, nichts mit der Familie Berg zu tun zu haben, dass es keinen Sinn hätte, noch einmal mit ihnen darüber zu sprechen. Sie wollen ja nicht einmal, dass ich Kontakt zu Emil habe. Emil, der durch und durch gut und freundlich ist und genauso unter Hendriks Tod leidet wie ich. Emil, den ich geküsst habe und wieder küssen will und den ich so viel mehr mag, als ich je erwartet hätte.

Allein der Gedanke daran, wie Mum über ihn gesprochen hat, macht mich wütend. Emil hat das nicht verdient. Nicht *er*.

»Was geht da drin vor?« Thore tippt mir behutsam an die Stirn.

Ich sehe zu ihm auf. »Was meinst du?«

»In deinem Kopf geht mehr ab als das, was du sagst, Fee. Ja, dich regt das Verhalten von Mum und Dad auf. Aber so waren sie schon immer. Die Firma steht über allem, das ist nichts Neues. Also, was ist los?«

Den Bruchteil einer Sekunde überlege ich, ihn anzulügen. Aber Thore ist mein Bruder, und auch wenn er oft viel zu diplomatisch ist, weiß ich, dass er auf meiner Seite steht.

»Ich würde mir einfach nur wünschen, dass Mum und Dad weniger verbohrt wären. Dass sie mir glauben, wenn ich ihnen sage, dass Hendrik kein schlechter Mensch war. Und dass Emil es gleich dreimal nicht ist.«

Als ich seinen Namen erwähne, huscht Thores Blick in seine Richtung. Durch das Glas sehe ich, dass Emil immer noch in meiner kleinen Küche steht. Er hält eine Tasse in der Hand und wartet.

»Ich weiß, ich wiederhole mich, aber sie machen sich Sorgen um dich.«

»Und ich weiß, was ich tue. Ein bisschen mehr Vertrauen wäre schön.«

»Hm.« Thore nickt bedächtig, ehe er ernst wird. »Nimm es mir nicht übel, wenn ich das jetzt frage, und ich verspreche dir, ich tue das nicht, weil ich ihn nicht leiden könnte oder so, aber … Was läuft zwischen Emil und dir?«

Darüber will ich nicht reden, ist mein erster Gedanken. *Er macht mich glücklich*, ist der zweite. Und genau deshalb beantworte ich Thores Frage ehrlich und versuche nicht abzulenken.

»Ich mag ihn«, sage ich schlicht. »Es ist beruhigend, dass er hier ist. Und das nicht nur wegen der kaputten Tür. Er tut mir gut.«

»Er ist nicht Hendrik, Fee.« Seine Stimme ist leise geworden, doch mit diesen wenigen Worten sagt er alles.

»Ich weiß«, entgegne ich ebenso leise. »Das soll er auch gar nicht sein.« Damit stoße ich mich von der Balkonwand ab. »Du musst dir keine Sorgen machen. Ich verrenne mich in nichts. Mir ist durchaus bewusst, dass Emil und Hendrik zwei vollkommen verschiedene Menschen sind. Waren.« Sie waren sich in manchen Punkten ähnlich und hätten in anderen nicht unterschiedlicher sein können. »Aber ich glaube, genau das ist der Grund, wieso ich Emil so sehr mag. Eben weil er *nicht* Hendrik ist. Verstehst du?«

»Ich glaube, dass ich das tatsächlich tue, ja.« Mein Bruder kommt auf mich zu und streicht mir einmal über den Arm. »Dir sollte nur eins klar sein. Nicht jeder wird das verstehen. Nicht mal aus deiner eigenen Familie.«

Wieder bleibt mir nichts anderes übrig, als mit »Ich weiß« zu antworten und zu nicken. Er hat recht, Mum und Dad werden ausflippen, wenn ich ihnen davon erzähle. Doch auch dieses Wissen ändert nichts an der Tatsache, dass ich Emil mag und mit ihm Zeit verbringen will. Denn Herzen unterscheiden nicht zwischen vernünftig und unvernünftig. Herzen fühlen einfach nur. Und meins fühlt eine ganze Menge für Emil Berg.

17

EMIL

Kurz nach acht machen sich Freya und Thore auf den Weg ins Sägewerk. Sein unangekündigtes Auftauchen hat mich nicht überrascht. Natürlich macht er sich Sorgen um Fee. Wären unsere Rollen vertauscht, wäre ich genauso. Vermutlich wäre ich sogar bei meiner Schwester eingezogen, auch wenn Lene das mit Sicherheit nicht zugelassen hätte. Thore nach so langer Zeit wiederzusehen, war interessant. Obwohl wir nicht viel miteinander geredet haben und einander immer mochten, war da auch eine stumme Warnung in seinem Blick. Freya zu verletzen, würde ich bereuen. Dabei ist das das Letzte, was ich tun würde. Ich kann nur hoffen, dass Thore das anhand *meines* Blickes verstanden hat.

Ein paar Minuten nach den beiden breche auch ich auf und gehe zu Fuß nach Hause. Obwohl Lene zurück ist, bin ich mir nicht sicher, ob sie sich wirklich um die Hühner kümmert oder nicht bereits wieder abgehauen ist. Ich will so nicht denken, aber nach neun Monaten, in denen sie durch permanente Abwesenheit geglänzt hat … Keine Ahnung, ob ich meine Schwester überhaupt noch kenne.

Auf dem Weg schreibe ich mit Jonna und Fiona, um endlich einen Termin für unsere Wanderung zu finden. Magnus hat kurzerhand entschieden, sich uns anzuschließen, was die Suche noch etwas schwieriger macht. Wir haben immer noch keinen Tag gefunden, der allen passt, als ich dreißig Minuten später zu Hause ankomme.

Ich erwarte, ein leeres Haus vorzufinden, aber als ich den Windfang betrete, höre ich Stimmen. Ich folge ihnen neugierig und sehe mich kurz darauf meinen Eltern gegenüber – und Lene. Sie sitzen am Tisch, Mum und Lene umklammern Tassen, Dad starrt auf sein Handy. Und obwohl ich diesen Anblick seit Ewigkeiten nicht mehr gesehen habe, fühlt es sich plötzlich an wie gestern, dass wir zum letzten Mal alle in diesem Raum waren.

Alle außer Hendrik.

»Hey«, begrüße ich meine Familie und spüre den Kloß in meinem Hals deutlich. Sie alle hier zu sehen, ist überwältigend, und gleichzeitig ist da immer noch so viel Wut in mir. Auf Lene, aber auch auf Mum, die sich nicht helfen lassen möchte. Und auf Dad, der sich so sehr in die Arbeit gestürzt hat und Hendrik einfach völlig ausblenden kann.

»Emil.« Mum lächelt mich an. »Nimm dir einen Kaffee und setz dich zu uns. Marleen berichtet uns gerade von dem Erdbeben in Christchurch, das sie miterlebt hat.«

»Ein Erdbeben?« Ich runzle die Stirn.

»Nur ein kleines«, sagt Lene. »Man hat es gespürt, aber internationale Wellen hat die Berichterstattung nicht geschlagen.«

»Okay.« Ich umrunde den Tisch, hole mir eine Tasse und schenke mir Kaffee ein. Anstatt mich jedoch zu setzen, lehne ich mich an die Küchenzeile und beobachte meine Eltern und meine Schwester.

Für einen Außenstehenden sehen wir mit Sicherheit aus wie eine intakte, völlig normale Familie. Dabei sind wir das nicht. Nicht mal ansatzweise. Mum hört Lene zwar zu, aber ihre Finger zittern. Lene umklammert ihre Tasse so fest, dass die Knöchel weiß hervortreten. Und Dad brummt zwar zustimmend vor sich hin, aber ich bin mir sicher, dass er nicht einmal die Hälfte von dem hört, was meine Schwester erzählt. Für ihn gibt es nur noch ein Thema. Im nächsten Moment sieht er auf. Als hätte er meine Gedanken erraten.

»Habt ihr Sonntag in zwei Wochen Zeit? Die Zeitung würde gerne eine Homestory über unsere Familie veröffentlichen.« Sein Blick wandert zwischen Lene und mir hin und her. Mum fragt er nicht einmal, von ihrer Zustimmung geht er einfach aus.

»Nein.« Lene schüttelt entschieden den Kopf. »Ich will nicht in die Zeitung.«

Ich weiß, dass es ihr gutes Recht ist, Dads Bitte abzulehnen. Und ich weiß auch, dass ihre Ablehnung nicht mein Problem ist, sondern die unseres Vaters. Aber dass sie es wagt, so lange abzuhauen, dann im Prinzip wortlos wieder hier einzieht und nun Dad nicht einmal diesen Gefallen tun will … Das lässt mich platzen.

»Du wirst da sein«, fahre ich meine Schwester an und trete näher auf sie zu.

»Entschuldige bitte? Du entscheidest nicht, was ich tun werde und was nicht.«

»Vollkommen richtig.« Ich nicke. »Aber *ich* bin derjenige, der dafür gesorgt hat, dass deine Hühner nicht verhungern, nachdem du sie im Stich gelassen hast. *Ich* habe deinen Freunden und unseren Großeltern erklärt, warum du, ohne ein Wort zu sagen, abgehauen bist. Und *ich* habe den Vorzeigesohn gemimt, damit Dad gut dasteht und eine Chance hat, diese Wahl zu gewinnen. Wenn du jetzt zurück bist, dich aber nicht zeigst, machst du alle diese Bemühungen kaputt. Und tut mir leid, aber du schuldest es uns, das nicht zu tun.«

Lene sieht mich sprachlos an. Mit meiner kleinen Rede hat sie eindeutig nicht gerechnet. Ihre Augen verdunkeln sich, Ungläubigkeit und Wut sammeln sich darin. »Du hast mir nichts zu sagen, Emiljan.«

»In dem Fall schon, Marleen.« Ich weiche kein Stück von meiner

Position ab. »Oder du verschwindest direkt wieder. Deine Entscheidung.«

»Emil!« Mum sieht mich entsetzt an. »Marleen ist gerade erst zurückgekommen. Sei nicht so zu ihr.«

»*So?* Wie bin ich denn, Mum?« Ich lasse sie nicht antworten. »Einer muss ihr sagen, wie scheiße es für uns war, dass sie einfach abgehauen ist. Wir alle haben getrauert und es nicht ausgehalten. Nicht nur sie.«

»Hallo, ich kann dich hören«, wirft Lene wütend ein.

»Ja, aber ganz eindeutig verstehst du nicht, was es mit uns gemacht hat, dass du geflüchtet bist.« Am liebsten würde ich mit der flachen Hand auf die Tischplatte schlagen, aber ich halte mich zurück.

»Es ging aber nicht nur um euch.« Nun brüllt auch Lene.

»Stimmt.« Den nächsten Satz sage ich voller Zynismus. »Es ging auch um deine Hühner. Um sieben Lebewesen! Du hast sie einfach sich selbst überlassen in der Hoffnung, dass irgendwer schon nach ihnen schauen wird. So funktioniert das aber nicht, Lene. Du kannst … Tiere nicht einfach allein lassen. Sie sind deine Verantwortung, nicht meine.«

»Was willst du mir damit sagen, Emil? Dass ich eine Tierquälerin bin?«

»Hört auf damit! Alle beide!« Es ist Dad, der donnernd dazwischengeht. »Diese Vorwürfe bringen uns nicht weiter. Lene hatte ihre Gründe zu gehen, du hattest deine zu bleiben, Emil. Und nun seid ihr beide hier, und ich brauche euch für diesen einen Termin. Willst du dafür bezahlt werden, dass du dabei bist, Marleen?«

Mein »Dad!« sowie das entsetzte »Jørgen!« von Mum ertönen zeitgleich.

Lene schüttelt einfach nur den Kopf. »Ich will dein Geld nicht, Dad. Ich will einfach nur nicht vor fremden Menschen so tun, als wären wir eine *happy family*. Die sind wir nämlich nicht.«

»Aber genau darum geht es doch.« Dad sieht sie ernst an. »Die Leute wollen nicht die Wahrheit, sie wollen eine Illusion. Also geben wir sie ihnen.«

»Niemand wird uns die *happy family* abkaufen, Dad.« Ich benutze mit Absicht Lenes Formulierung. »Und falls doch, halten sie uns für kaltherzig, weil wir Hendrik anscheinend schon vergessen haben. Vielleicht sollten wir uns eher … keine Ahnung … so zeigen, wie wir sind? Eine Familie, die trauert. Das wäre wenigstens authentisch.«

Bei meinen Worten zuckt Mum zusammen. Sie erträgt es immer noch kaum, Hendriks Namen zu hören, geschweige denn, ihn selbst in den Mund zu nehmen. »Das ist nicht wahr!«, protestiert sie schwach. »Wir haben Hendrik nicht vergessen. Sein Zimmer ist …«

»… immer noch unangetastet. Ich weiß.« Und das ist einfach nicht gesund. Ich verstehe, dass weder Mum noch Dad den Raum anfangs betreten konnten. Und dass sich Mum in den Nächten, in denen sie nicht schlafen konnte, in Hendriks Bett gelegt hat, um sich ihm nahe zu fühlen. Aber manchmal tut sie es immer noch. Und bis auf die wenigen Klamotten, die ich aus dem Schrank meines Bruders genommen habe, weil ich sowieso derjenige war, der diese Hoodies öfter getragen hat als er, ist auch sein ganzer restlicher Kram noch da. »Du musst das Zeug endlich spenden oder wegwerfen, Mum.«

Meine Worte sind harsch und treiben ihr die Tränen in die Augen. Mein Herz schlägt mir bis zum Hals. Ich will nicht hier stehen und streiten, aber es gibt so vieles, was wir viel zu lange totgeschwiegen haben. Doch mit Lenes Rückkehr jetzt … Das hat etwas geöffnet. Einfach nicht über Dinge zu reden, weil es vermeintlich einfacher ist, ist genauso falsch wie weglaufen.

»Ich kann nicht«, sagt sie, und die erste Träne kullert über ihre Wange. »Er ist mein Junge.«

»Schluss jetzt!« Dad legt das Handy beiseite und steht auf. »Ihr beide wohnt hier, also seid ihr auch beide bei diesem Termin dabei. Ende der Diskussion.«

Lene gibt dennoch nicht auf. »Das ist Erpressung.« Funkelnd sieht sie Dad an und verschränkt die Arme vor der Brust. »Du kannst mich nicht zwingen, hier zu sein.«

»Nein. Kann ich nicht.« Er stimmt ihr ruhig zu. »Aber ich kann dir sagen, welche Möglichkeiten du hast. Und ich würde dir raten, dich weise zu entscheiden.« Damit steht Dad auf. »Ich muss jetzt los. Bitte versucht, euch nicht die Köpfe einzuschlagen. Und lasst eure Mum in Ruhe. Warum legst du dich nicht noch einmal etwas hin, Schatz?« Er streicht ihr liebevoll über den Rücken. »Deine Nacht war wieder viel zu kurz.«

Mum räuspert sich, fährt sich mit dem Handrücken über die Wangen und schafft es dann sogar, halbwegs zu lächeln. »Ja, vermutlich hast du recht, Liebling. Das sollte ich tun.« Sie schiebt den Stuhl zurück und sieht uns noch einmal kurz an. »Lasst die Tassen einfach stehen. Ich räume nachher auf.« Gemeinsam mit Dad verlässt sie das Zimmer. Keine fünf Sekunden später hören wir Schritte auf der Treppe, und die Haustür fällt ins Schloss. Es ist wie immer. Sobald ein Gespräch unangenehm wird, flüchten meine Eltern. Kein Wunder, dass auch Lene abgehauen ist.

Wortlos beginne ich, die Tassen einzusammeln und in die Spülmaschine zu stellen. Lene ist immer noch da, aber wir sprechen nicht miteinander. Es gab in unserem Leben nicht viele Situationen, in denen wir so sehr gestritten haben, dass wir laut wurden. Deshalb ist es jetzt nur logisch, leise zu sein. Nicht miteinander zu reden, weil ich einfach nicht wüsste, was ich sagen soll.

»Emil …«, bricht Lene schließlich das Schweigen. Das ist alles, was sie von sich gibt. Nur meinen Namen, sonst nichts.

Ich hebe den Blick, starre ihr direkt ins Gesicht. In diesem Moment wird mir eine Sache klar: Ich bin froh, dass sie zurück ist, aber gerade kann ich sie nicht leiden.

»Was auch immer du sagen willst, lass gut sein«, entgegne ich und laufe an ihr vorbei in Richtung Flur. Ich bin unfair, das weiß ich. Aber ich habe so lange versucht, genau das nicht zu sein. Habe ihr Verständnis entgegengebracht, wo ich konnte. Nur bleibt dennoch Fakt, dass sie mich mit allem zurückgelassen und mir zusätzlich noch ihre Hühner aufs Auge gedrückt hat. »Ich geh schwimmen.«

Es ist das Letzte, was ich zu ihr sage, bevor ich das Zimmer verlasse, meine Schwimmsachen hole und mich auf den Weg zu meinem Auto mache, das ich bei Freya stehen gelassen habe, weil mir heute Morgen nach einem Spaziergang war. Wenn ich Glück habe, ist so früh am Morgen unter der Woche noch niemand am See, und ich habe das Wasser für mich allein.

Ich verbringe Stunden auf der Lichtung am Ufer, durchquere den kleinen See mehrere Male, tauche unter, halte die Luft an, tauche wieder auf. Die Kühle des Wassers hilft ein bisschen, aber meine Wut verraucht trotzdem nicht. Ich möchte Freya davon erzählen, aber ich kann sie nicht bei der Arbeit stören. Ihren Eltern bin ich bereits ein Dorn im Auge, ich will es nicht noch schlimmer für sie machen. Also schwimme ich eine weitere Runde. Und dann noch eine. So lange, bis ich vor Kälte zittere und definitiv aus dem Wasser muss.

Ich sitze immer noch in mein Handtuch gewickelt auf der Wiese neben dem Wasser und werde von Magnus mit Reels zugespammt, weil ihm offenbar langweilig ist, als ich plötzlich ein Geräusch höre. Ich hebe den Blick und entdecke ein kleines Eichhörnchen. Es sitzt mit ein paar Metern Sicherheitsabstand neben mir, hält eine Nuss in den Pfoten und mustert mich argwöhnisch.

»Hey, Buddy«, begrüße ich den kleinen Kerl. Er bewegt sich nicht, sitzt einfach nur da. »Manchmal ist alles etwas viel, hm?« Ich spreche leise weiter.

Eigentlich gehe ich davon aus, dass er jeden Augenblick weiterspringen wird. Aber er tut es nicht. Er sitzt einfach nur da und hält die Nuss in seinen Pfoten, als wäre sie sein größter Schatz. Aus dem Nichts taucht ein zweites Eichhörnchen neben ihm auf.

»Oh, alles klar.« Ich verstehe. »Ihr seid das Team von neulich.«

Nun sitzen beide unbeweglich da, während ich mit ihnen spreche und an den Tag denke, an dem ich mit Freya erst in Oslo und danach hier draußen war. Und dann an diesen Kuss ein paar Tage später, der so unerwartet kam und doch so viel ins Rollen gebracht hat. Ich kann nicht glauben, dass das alles erst so kurz her ist.

Eine Weile beobachte ich die beiden Eichhörnchen. Sehe ihnen dabei zu, wie sie alte Nüsse und frische Beeren sammeln. Immer wieder schweifen meine Gedanken ab. Zu Freya und Hendrik. Zu meinen Eltern und Lene. Der Streit mit meiner Familie nagt an mir. Ich will nicht, dass die Stimmung zwischen uns so aufgeheizt ist. So enttäuscht. Aber am allermeisten wünsche ich mir die Version meiner Schwester zurück, mit der man Pferde stehlen konnte. Die mich dazu überredet hat, einen verdammten Joint mit ihr zu rauchen, weil sie neugierig war. Und mit der ich stundenlang im Garten liegen und einfach reden konnte. Über alles.

Je länger ich hier draußen bin, umso ruhiger werde ich. Die beiden Eichhörnchen haben sich längst verzogen, als ich einen Entschluss fasse. Ich werde Lene die Videos auf Hendriks Laptop zeigen. Bisher habe ich ihr nur am Telefon davon erzählt. Doch die Aufnahmen selbst hat sie nie gesehen.

Es ist mitten am Nachmittag, als ich den Laptop aus Freyas Wohnung hole und damit wieder nach Hause fahre. Dieses Mal ist das Haus tatsächlich totenstill, als ich ankomme. Im gesamten Erdgeschoss ist niemand, auch der Garten liegt bis auf die Hühner verlassen da. Die sieben Ladys stolzieren in ihrem Gehege umher und piken immer wieder auf den Boden. Dass Hendrik ausgerechnet sie zu seinem Passwort gemacht hat … Ich kann es immer noch nicht fassen.

Mit dem Laptop unter dem Arm kehre ich zurück ins Haus. Im Esszimmer bleibe ich stehen und lausche nach Stimmen oder Schritten im oberen Stockwerk. Auch jetzt höre ich nichts. Ich steuere die Treppe an, rufe nach Mum. Doch ich erhalte keine Antwort. Ein Blick in das Schlafzimmer meiner Eltern bestätigt meine Vermutung. Sie ist nicht da. Genauso wenig wie Lene. Auch ihr Zimmer ist leer, wenn man davon absieht, dass sie ihren riesigen Reiserucksack einfach mitten im Raum auf den Boden geschmissen hat.

»Okay«, murmle ich vor mich hin und drücke den Laptop noch ein bisschen fester an mich. »Dann nicht.« Wieder will Wut in mir aufsteigen, doch dieses Mal ist mein Zorn wirklich unbegründet. Lene ist einfach nur nicht da. Aber da ihr Rucksack es ist, bedeutet das immerhin, dass sie ihre Drohung nicht wahr gemacht hat und direkt wieder gegangen ist.

Ich verlasse ihr Zimmer und gehe hinüber in meins. Da ich nun schon seit einigen Tagen bei Freya wohne, fühlt es sich seltsam an, hier zu sein. Fast so, als wäre mittlerweile ihre Wohnung mein Zuhause. Und nicht mehr dieses Zimmer.

Seufzend lege ich den Laptop auf meinem Schreibtisch ab und setze mich auf mein Bett. Ein Gefühl der Enttäuschung macht sich in mir breit. Lene ist zurück, aber irgendwie ist sie es auch nicht. Ich habe keine Ahnung, wo sie steckt. Kurzerhand schicke ich ihr eine Nachricht mit der Bitte, sich bei mir zu melden. Ein paar Minuten lang starre ich auf das Display und warte auf eine Antwort. Als keine kommt, lege ich auch mein Handy beiseite und lasse mich zurückfallen. Einige Herzschläge lang blicke ich zur Decke, betrachte die kaputte Stelle unter dem Holzbalken, an der Hendrik schuld ist. Vor ein paar Jahren hat er mir geholfen, einen Schrank unter die Schräge zu schieben. Er war sich so sicher, dass das funktionieren würde. »Zu tausend Prozent, glaub mir, Mann.« Ich habe ihm vertraut – und mit diesem riesigen Riss in der Tapete dafür bezahlt. Ich wollte die Ecke längst reparieren, aber irgendwie … Früher war es akute Unlust, die mich davon abgehalten hat. Heute ist es Nostalgie. Und damit bin ich kein Stück besser als Mum, die sich weigert, Hendriks Zimmer auszuräumen.

Aus einem Impuls heraus stehe ich auf und trete auf den Flur. Es sind nur wenige Schritte bis zu seinem Zimmer. Ehe ich groß darüber nachdenken kann, öffne ich seine Tür. Es riecht muffig. Das ist das Erste, was mir auffällt. Vermutlich war Mum schon länger nicht mehr hier drin. Ganz zu schweigen von Dad. Ich durchquere den Raum und öffne das Fenster. Laue Mailuft strömt herein, und sofort ist es leichter zu atmen.

Unschlüssig sehe ich mich um, betrachte die Poster seiner Lieblingsbands an den Wänden. Måneskin und Teamme. Daneben befindet sich die Hälfte der Wand, die er in eine gigantische Collage verwandelt hat. Post-its mit Gedanken, Sprüchen, Zitate aus Songtexten. Dazwischen immer wieder Polaroids oder ausgedruckte Fotos. Ich habe seinen Kritzeleien nie groß Beachtung geschenkt. Aber heute … Ich entdecke ein Zitat aus *Peter Pan*, das davor warnt, erwachsen zu werden. Und fuck, wie verflucht passend ist das? Am liebsten würde ich es wegwischen. Nur wäre das wohl Weglaufen auf eine andere Art.

Als ich unten eine Tür höre, drehe ich mich wieder um und verlasse den Raum. Falls es Mum ist, will ich nicht, dass sie mich hier drin findet und in Tränen ausbricht.

Doch es ist nicht meine Mutter, die mir auf der Treppe entgegenkommt. Es ist Lene. Sie trägt Laufkleidung und sieht verschwitzt aus.

Wortlos will ich an ihr vorbeigehen, als sie mich am Arm fasst und aufhält.

»Wirklich, Emil?« Sie stellt sich mir in den Weg und lässt mich wieder los. »Wieso bist du so sauer auf mich?«

»Wenn du das immer noch nicht verstanden hast, kann ich dir leider auch nicht helfen.« Ich mache einen Schritt zur Seite, um an ihr vorbeizukommen, aber sie stellt sich mir erneut in den Weg.

»Ich musste einfach raus hier. Aus dem Haus, aus diesem … Leben.«

»Und deshalb war es nötig, direkt ans andere Ende der Welt abzuhauen? Komm schon.« Ich mustere sie fast schon spöttisch.

»Das war die einzige Möglichkeit, Hendriks Tod zu überleben.« Ihr Blick verdunkelt sich, sie ballt ihre Hände zu Fäusten, starrt mir in die Augen. »Dass er nicht mehr da war … Ich habe es nicht ertragen.«

Ich habe es nicht ertragen.

So einfach und doch so schwer. Kopfschüttelnd sehe ich sie an. »Ich habe es auch nicht ertragen, Lene. Aber wir hätten es zusammen nicht ertragen können.«

»Weil geteiltes Leid halbes Leid ist?« Sie imitiert meine Kopfbewegung. »Das ist Bullshit, Emil. Mein Leid und deins zusammen hätte sich nicht halbiert. Sondern verdoppelt. Und selbst, wenn ich hier gewesen wäre, hätte das nichts …« Sie holt einmal tief Luft, ehe sie weiterspricht. »Es hätte nichts geändert. Hendrik ist weg und …«

»Es hätte genug geändert«, widerspreche ich ihr und trete von einem Bein auf das andere.

Ich will ihr Vorwürfe machen, sie fragen, warum sie sich kaum gemeldet hat. Warum sie es zugelassen hat, dass wir uns Sorgen um sie machen, obwohl wir alle damit beschäftigt waren, Hendriks Verlust zu verarbeiten und das unsere ganze Kraft gefordert hat. Aber für diese Diskussion brauche ich Zeit und Geduld, und die habe ich heute nicht.

»Ich muss los«, sage ich daher und schiebe mich dieses Mal wirklich an Lene vorbei. Mein Vorhaben, ihr die Videos zu zeigen, muss warten. Ich muss hier raus.

Ich verschwinde in mein Zimmer, schnappe mir den Laptop und gehe gleich wieder hinaus in den Flur. Lene steht noch immer da.

»Wohin gehst du?«

Ich antworte nicht. Stattdessen strecke ich im Gehen eine Hand in die Höhe. Was Lene dann noch sagt, höre ich bereits nicht mehr.

Die Sonne blendet mich, als ich Freyas Wohnung keine zehn Minuten nach meiner Ankunft dort schon wieder verlasse. Fee muss noch eine ganze Weile arbeiten, und nach meinen heutigen Aufeinandertreffen mit Lene … Gott, ich vermisse meinen Bruder. Seit ein paar Monaten komme ich ganz gut klar, aber heute … Lenes Rückkehr hat etwas in mir getriggert. Sie zu sehen, aber vor allem mit ihr zu streiten, bricht mir das Herz. Ich bin so froh, dass sie wieder da ist, und gleichzeitig halte ich es nicht in einem Raum mit ihr aus. Wir haben uns nicht oft gestritten, und wenn, dann hat Hendrik vermittelt. Er hat uns an einen Tisch gesetzt und uns gezwungen, miteinander zu reden, bis geklärt war, was auch immer es zu klären gab. Aber so einfach ist es nicht mehr. Er ist tot, und heute ist ein Tag, an dem ich das doppelt und dreifach zum Kotzen finde.

Die ersten Male, als es mir nach Lenes Verschwinden so ging, bin ich auf den Friedhof gefahren. *Sprich mit deinem Bruder.* Dieser Rat wurde mir mehr als einmal gegeben. Und ich habe es versucht. Ich habe es wirklich probiert, saß vor seinem Grab und habe mit einem Stein gesprochen. Aber ich kam mir so dämlich dabei vor, dass ich es nach dem zweiten Versuch aufgegeben habe. Ab da saß ich einfach nur auf den Steinplatten um sein Grab und habe in Gedanken mit ihm kommuniziert. Doch auch das war nicht richtig. Der *Friedhof* war nicht richtig. Weil diese Ruhestätte nicht der Ort ist, wo Hendrik hingehört. Ich fühle mich ihm überall näher als dort.

Mit dem Schlüssel in meiner Hosentasche mache ich mich auf den Weg. Ich schnappe mir das alte Fahrrad von Freya und fahre in den Wald. Ich weiß nicht, was genau es ist, das mich dorthin zieht. Aber da es die Hütte nur gibt, weil Hendrik sie gebaut hat … Sie scheint mir heute der richtige Ort zu sein. Gleichzeitig ist das auch die Stelle, an der ich Freya zum ersten Mal geküsst habe.

Hendriks Freya.

Und jetzt auch irgendwie meine.

Ich werde langsamer, je tiefer ich in den Wald fahre. Der Weg wird unebener, verwurzelter und ist schließlich so zugewachsen, dass ich absteigen muss. Ich lehne das Fahrrad an einen der Bäume und gehe zu Fuß weiter. Mit jedem Schritt, den ich der Hütte näher komme, werden meine Gedanken noch mehr durchgewirbelt. Als hätten sie erst jetzt die Möglichkeit dazu, dabei tun sie seit Tagen nichts anderes. Es ist so viel passiert. Der Einbruch, das zwischen Freya und mir, Lenes Rückkehr. Der Laptop mit den Videos, den Fee hier draußen entdeckt hat. Und über all dem schwebt dieses Gefühl der Sehnsucht nach ihr. Es ist so groß, so stark, dass es mir fast schon Angst macht. Ich bin in Freya verliebt, und ich weiß nicht, wie ich es jemals nicht sein soll.

Als die Hütte in meinem Sichtfeld auftaucht und der Fjord zwischen den Baumstämmen schimmert, werde ich augenblicklich ruhiger. Obwohl ich heute schon schwimmen war, hat das Wasser eine absolut entschleunigende Wirkung auf mich. Ich schließe die Hütte auf und nehme mir eine Picknickdecke aus der Truhe. Direkt am Ufer setze ich mich auf den Boden, ziehe die Schuhe aus und lasse die Beine im Wasser baumeln.

Dann tue ich etwas, das ich seit langer Zeit nicht mehr getan habe. Ich unterhalte mich mit meinem Bruder.

»Es tut mir leid«, beginne ich und lege den Kopf in den Nacken, um gegen die Sonne anzublinzeln. »Ich wollte mich nicht wieder in Fee verlieben.« Es fühlt sich immer noch seltsam an, ins Leere zu sprechen, doch hier draußen funktioniert es besser als auf dem Friedhof. »Aber sie ist …« Ich unterbreche mich selbst. »Eigentlich muss ich dir das nicht erzählen, du weißt, wie sie ist. Wunderschön und klug und großherzig und stur und immer noch traurig, weil du ihr fehlst, aber ich glaube wirklich, sie mag mich auch und … Sie ist mir echt wichtig, H.«

Kurz halte ich inne, tippe mit den Zehen auf die Oberfläche des Fjords. Das Wasser kräuselt sich, und die sich ausbreitenden Ringe haben eine beinahe hypnotisierende Wirkung auf mich.

»Bei ihr zu sein …«, fahre ich schließlich fort. »Es gibt mir das Gefühl, endlich wieder einen Anker zu haben. Vielleicht ist das ungesund, weil ich diese Empfindungen ausgerechnet bei ihr habe. Ich meine, sie ist deine … Wie nennt man das überhaupt, wenn jemand gestorben ist? Sie ist nicht deine Ex-Freundin, ihr habt euch ja nicht freiwillig getrennt. Aber sie weiterhin als deine Freundin zu bezeichnen, ist auch irgendwie falsch. Außerdem …« Meine Stimme bricht. »Ich will ja, dass sie jetzt *meine* Freundin ist. Also so richtig. Auch wenn das … komisch wirkt. Menschen sind schnell im Verurteilen, weißt du? Dabei war das früher normal. Wenn im Krieg jemand gefallen ist und eine Frau hinterlassen hat, dann hat sie oft ein Bruder geheiratet.« Ich stoppe mich selbst und schüttle den Kopf. »Nicht, dass ich vorhabe, Fee zu heiraten … Aber du weißt, was ich meine, oder? Ich bin einundzwanzig, und ich hab vom Leben keine Ahnung. Ich weiß nur, dass es scheiße ist, keinen Bruder mehr zu haben.«

Das ist der Moment, in dem meine Stimme endgültig bricht. Tränen brennen hinter meinen Lidern, doch ich dränge sie zurück. Ich habe nach seinem Tod genug geweint. Mehrmals räuspere ich mich, bis meine Stimme wieder funktioniert. Doch dann ist sie kaum mehr als ein Flüstern.

»Du fehlst mir, Mann.« Ich schlucke und spüre regelrecht, wie sich mein Herz erneut verkrampfen will, weil die nächsten Worte, die ich zu ihm sagen will, noch wichtiger sind. »Und ich hoffe ... Ich hoffe, du bist mir nicht böse. Oder ihr. Bloß nicht ihr. Keiner von uns hat das geplant, es war keine Absicht. Ich mochte sie schon immer, ja, aber ... Das jetzt mit ihr und mir ... Das ist neu und überraschend und ... gut. Es ist einfach so gut. Ich verspreche dir, dass ich für sie da sein werde. Ich passe auf sie auf, genauso, wie du es getan hast. Okay?«

Natürlich erhalte ich keine Antwort. Und vermutlich wäre es vermessen zu glauben, dass der Windstoß, der in der nächsten Sekunde durch die Baumkronen jagt, irgendetwas mit Hendrik zu tun hat. Aber kurz gestatte ich mir, es doch zu tun. Genau jetzt, in diesem Augenblick daran zu glauben. Dass genau das seine Antwort für mich ist. Ein Aufwirbeln, ein Durchwirbeln, ein Neu-Sortieren. Und damit ein *Okay* für Freya und mich.

Wie von selbst beginne zu lächeln. Obwohl es immer noch wehtut, dass Hendrik tot ist, bin ich davon überzeugt, dass es irgendwann okay sein wird. Okay, dass sein Leben nur so kurz war. Okay, dass ein Teil von mir für immer fehlen wird. Okay, dass es nun nur noch Marleen und Emiljan heißt, wenn von den Kindern von Jørgen und Kari Berg gesprochen wird. Aber noch ist es nicht okay. Und bestimmt auch noch nicht im nächsten oder übernächsten Jahr. Aber irgendwann, in fünf Jahren vielleicht. Oder auch erst in zehn. Denn wenn ich eine Sache seit dem 20. August letzten Jahres begriffen habe, dann ist es die Tatsache, dass es kein Rezept für den Ablauf von Trauer gibt. Nicht für die Art, wie jemand trauert. Und auch nicht für wie lange.

Meine Gedanken sind schwer, als ich mich am frühen Abend erhebe, die Picknickdecke zusammenfalte und sie zurück in die Truhe lege. Als ich den Deckel schließen will, rutscht mir das schwere Holz aus der Hand und kracht nach unten. Durch den wuchtigen Aufschlag rutscht die Kiste ein Stück zur Seite. Und dann sehe ich es. Ein weißes Stück Papier lugt unter der Truhe hervor.

Ich runzle die Stirn und gehe in die Knie. Mit zwei Fingerspitzen taste ich danach und ziehe das Blatt zu mir. Eine Ecke wird vom Emblem der Norsk Akademi geziert. Hastig beginne ich zu lesen, mein Blick rast über die Sätze, mein Hirn setzt die Buchstaben zusammen, Wort für Wort für Wort. Bis ich begreife ich, was ich da in den Händen halte. Es ist der Ausdruck einer Anmeldung: eine stichpunktartige Projektbeschreibung, Hendriks Name und das Datum, wann er diesen Wisch eingereicht hat.

Ich lasse das Papier sinken, als ich begreife, was ich hier gefunden habe. Offenbar wollte Hendrik mit seinen Videos am jährlichen Wettbewerb für den Gjest-Baardsen-Filmpreis teilnehmen.

18

FREYA

Es sind erst ein paar Tage, seit Emil bei mir eingezogen ist. Aber an der Art, wie er klopft, erkenne ich mittlerweile sofort, dass er es ist.

»Hey«, begrüße ich ihn und schiebe die Kiste beiseite, in die ich die großen Holzfiguren gepackt habe, um sie demnächst dem Montessori-Kindergarten vorbeizubringen. »Alles okay?«

Er kommt, ohne ein Wort zu sagen, direkt auf mich zu und küsst mich. Ich lasse mich in seine Arme sinken und lache an seinem Mund. »So stürmisch?«, frage ich, bevor ich meine Lippen wieder auf seine drücke.

»Mhm«, murmelt er und umarmt mich noch ein bisschen fester.

Ich weiß nicht, wie lange wir so dastehen. Ich weiß nur, dass es sich richtig anfühlt. Dass ich Emil den Tag über vermisst habe. Und dass immerhin mein Bruder mich für meine Gefühle nicht verurteilen wird. Ich schlinge meine Arme um Emils Hüfte, während seine meine Schultern umfassen.

Nach unserer Aussprache gestern hat sich eine unglaubliche Ruhe über mich gelegt. Obwohl es neu ist, so an Emil zu denken, mich so mit ihm zu verhalten, ist es irgendwie auch selbstverständlich. Als hätte es immer so sein sollen. In all der Dunkelheit um uns sind wir hell. Und diese Erkenntnis versetzt mir einen kleinen Stich, aber sie zeigt mir auch, dass das zwischen uns echt ist. Und rein gar nichts mit Hendrik zu tun hat.

Es ist kaum mehr Platz zwischen uns, dennoch mache ich einen kleinen Schritt auf ihn zu und drücke mich noch näher an ihn. Er hält mich unumstößlich, trotzdem spüre ich, dass da etwas ist, das ihn beschäftigt.

»Ist wirklich alles in Ordnung?«, frage ich noch einmal und lehne mein Ohr gegen seine Brust. Sein Herz schlägt ein bisschen schneller als sonst.

Er seufzt. »Lene. Und ich hab … Ich hab was gefunden.«

»Okay.«

»In … eurer Hütte.«

»Oh.« Schlagartig beginnt mein eigenes Herz zu rasen, und ich lehne mich von ihm weg, um ihm in die Augen sehen zu können. Es ist okay, dass er dort war, aber der Ausdruck auf seinem Gesicht lässt ein mulmiges Gefühl in meiner Magengegend entstehen. »Was … Schlimmes?« Ich habe keine Ahnung, ob ich die Antwort darauf hören will. Hören *kann.* Was auch immer Emil entdeckt hat, es wird die kleine Blase, in der wir uns befinden, beeinflussen, ich bin mir sicher.

»Nein«, sagt er und schüttelt leicht den Kopf. »Es ist nicht schlimm.« Er löst eine Hand von mir und schiebt sie in die Hosentasche. »Aber ich glaube, ich habe herausgefunden, was Hendrik mit den Videos vorhatte.«

»Okay?« Schlagartig pocht es in meinem Magen. Gespannt warte ich, dass er weiterspricht.

»Wir wissen, dass es kein Uni-Projekt ist«, beginnt er. »Und für zufällige Videos sind es zu viele von derselben Art.«

»Ja. Und?« Mein Blick wandert zwischen seinem Gesicht und seiner Hand hin und her. Was versteckt er in seiner Hosentasche?

»Er wollte damit an einem Wettbewerb teilnehmen. Das hier lag unter dieser alten Holztruhe.« Emil hält mir ein zusammengefaltetes Stück Papier entgegen.

Ich nehme es ihm ab, klappe es auf und beginne zu lesen. Es ist ein Ausdruck eines Internetformulars. *Norsk Akademi. Anmeldung. Projektbeschreibung.*

»Einmal im Jahr gibt's den Gjest-Baardsen-Filmpreis zu gewinnen. Die NA schreibt aus, und jeder, der passendes Material hat, kann einreichen. Hendrik wollte dort seit Ewigkeiten mitmachen, nur fand er keins seiner Konzepte gut genug dafür. Aber das jetzt …« Emil stockt. »Offenbar hat er sich endlich getraut.«

»Er ist also … Willst du mir sagen, dass er für einen *Wettbewerb* gestorben ist?« Meine Augen werden groß, das Pochen lauter.

»Es sieht so aus.« Emil nickt vorsichtig. »Ich hab vorhin gegoogelt. *Der schwarze Fleck.* Das war das Thema letztes Jahr. Und das kann alles oder nichts bedeuten. Wenn man will, findet man selbst zwischen einem schwarzen Fleck und einer Massentierfarm eine Verbindung. Das ganze Tierleid zu sehen, obwohl Norwegen als eines der Länder mit den höchsten Tierschutzstandards gilt … Ich bin mir sicher, dass Hendrik eine bewegende Doku zusammengeschnitten hätte. Er war …« Emil stockt kurz. »Er war echt gut darin.«

Ich lasse mir Emils Worte durch den Kopf gehen. Er hat nicht unrecht, aber … »Glaubst du wirklich, dass das alles für einen Wettbewerb war?« Es fällt mir verdammt schwer zu glauben, dass das wirklich Hendriks Plan gewesen sein könnte. Er war abenteuerlustig, ja, aber doch nicht leichtsinnig. »Ich meine, ja, er hat sich angemeldet. Aber Einbrüche? Illegal gedrehte Videos? Und diese Schießerei …«

»Alles für die Kunst.« Emil zuckt mit den Schultern. »Das war sein Lieblingsspruch.« In der nächsten Sekunde lacht er auf. Es klingt bitter. »Er hat Mum wahnsinnig gemacht damit. Wenn sie wollte, dass er ihr hilft, war er immer schwer beschäftigt. Im Namen der Kunst. Manchmal war er wirklich ein Arsch.«

»Er war kein Arsch«, widerspreche ich. »Er war höchstens etwas … eigen.« Ich drehe mich um und gehe in die Küche, habe keine Ahnung, was ich denken soll.

Ein beschissener Wettbewerb. Dunkel erinnere ich mich daran, dass Hendrik kurz nach unserem Kennenlernen einen erwähnt hat. Aber dafür wirklich seine Freiheit zu riskieren … Wäre er bei einem dieser Einbrüche erwischt worden, hätte das vermutlich eine Gefängnisstrafe nach sich gezogen. Oder zumindest eine beträchtliche Geldsumme. Ganz zu schweigen von den Konsequenzen, die das für seinen Vater gehabt hätte. Ich kann nicht glauben, dass Hendrik wirklich so naiv gewesen sein soll.

Emil folgt mir in die Küche. Ich setze Teewasser auf und nehme zwei Tassen aus dem Schrank. Massentierfarmen als schwarze Flecken, als Schande der Gesellschaft. Thema verfehlt hätte man Hendrik definitiv nicht vorwerfen können, auch wenn die Interpretation ziemlich frei ist.

»Weißt du, was ich nicht verstehe?« Ich drehe mich zu Emil um, nachdem ich die Teebeutel in die Tassen gehängt habe. »Wenn das alles nur für einen Wettbewerb war … Warum hat er den Laptop dann in der Hütte versteckt?« Ich verschränke die Arme vor der Brust. »Ich meine, wovor hatte er Angst? Wenn nicht einmal wir beide von diesem Wettbewerb wussten, dann …« *Tat es niemand.*

»Darüber hab ich auch nachgedacht. Die Videos sind Beweise.« Emil setzt sich mir gegenüber an den Tisch. »Sie zeigen ihn als Teil dieser Verbrechen. Er hat gefilmt und war mit auf den Farmgeländen. Es hätte ihm geschadet, wenn jemand die Videos gefunden hätte. Also ist die logische Konsequenz, sie zu verstecken.«

Auch vor uns. Ich schlucke, weil es mir so unglaublich schwerfällt, den Gedanken, dass Hendrik illegale Dinge gedreht hat, überhaupt zuzulassen.

»Und es hätte auch Dad geschadet.« Er setzt sich aufrechter hin und sieht mich eindringlich an. »Er wollte unseren Dad schützen. Ich meine, stell dir mal vor, Hendriks … Machenschaften wären aufgeflogen. *Der Sohn des Bürgermeisters auf politischen Abwegen.*« Emil malt Anführungszeichen zwischen uns in die Luft. »Und das sogar mehrfach.«

»Aber das wäre doch auch der Fall gewesen, wenn er wirklich eingereicht hätte.« Es wäre *immer* der Fall gewesen.

»Vielleicht hatte er vor, die Videos für seinen Beitrag irgendwie zu verfremden … Dass man nicht mehr alles genau erkennt oder so? Ich weiß auch nicht …« Seine Worte hängen schwer zwischen uns. Und sie werden mit seinem nächsten Satz noch schwerer. »Oder vielleicht … vielleicht müssen wir uns mit der Tatsache anfreunden, dass er genau das war, als was die Presse und Polizei ihn hinstellt.«

»Ein Verbrecher?« Ich lasse meine Arme sinken und will protestieren, aber Emil hält mich sofort auf.

Er beugt sich nach vorn und greift nach meinen Handgelenken, damit er mich zu sich ziehen kann. »Nein«, versichert er mir. Sein Blick sucht meinen. »Aber ein Aktivist.«

Ein Aktivist, der seine Familie beschützen wollte. Ich öffne den Mund, will auch dagegen protestieren, aber Emil ist wieder schneller.

»Nein, warte.« Er zieht mich noch näher, und ich lasse mich auf seinen Schoß sinken. Seine Nähe erdet mich und verhindert, dass ich in meinem Kopfchaos versinken kann. »Ich weiß, dass du ihn so nicht sehen willst. Das will ich auch nicht. Aber ein Aktivist zu sein, bedeutet zunächst einmal nur, dass er ein Mensch war, der sich für Dinge eingesetzt hat, die ihm wichtig waren. Aktivismus kann gut sein.«

»Oder schlecht.« Ich flüstere. Es zerreißt mir das Herz, weil das, was

Hendrik und diese Gruppe getan haben, definitiv in die zweite Kategorie fällt.

»Oder schlecht«, wiederholt Emil und schlingt seine Arme um meine Hüfte. Wir können beide nicht leugnen, dass es Hendrik das Leben gekostet hat. Egal, wie gut seine Intentionen womöglich gewesen sind, es hat ihn umgebracht. »Aber diese paar schlechten Entscheidungen machen ihn dennoch nicht zu einem schlechten Menschen.«

»Zu was dann?«

»Zu einem … schlechten Aktivisten?« Er verzieht das Gesicht, als er merkt, wie das klingt. »Sorry, ich …« Er reibt sich über die Augen, ehe er mich wieder ansieht. »Ich weiß doch auch nicht … Ich würde einfach gern wissen, was in dieser Nacht genau passiert ist. Was das für eine Gruppe ist, mit der er unterwegs war. Hast du mal drüber nachgedacht, was das für Menschen sind?«

»Habe ich.« Ich nicke. »Aber nicht genug, weil es … Es hätte Hendrik auch nicht zurückgebracht. Sie sind einfach …« Ich wähle Emils Wort: »Aktivisten. Gegen die Massentierhaltung.«

»Was ja eigentlich nicht verkehrt ist.« Emil seufzt leise.

Ich taste nach seiner Hand, verwebe meine Finger mit seinen, brauche das Gefühl zu wissen, dass er da ist.

»Ich glaube, manchmal machen das deine Überzeugungen mit dir.«

»Dich waghalsig? Leichtsinnig?« Ich will nicht bösartig klingen, aber ich spreche meine Gedanken trotzdem aus. »Oder einfach nur dumm?«

»Weder noch. Aber sie können einen antreiben, Dinge zu tun, die jemand wie du oder ich niemals auch nur in Erwägung ziehen würde. Ich bin auch gegen die Massentierhaltung, aber ich würde dennoch nie für meine Überzeugungen irgendwo einbrechen und mein Leben riskieren.«

»Weil es andere Wege gäbe.« Demonstrationen. Wahlen. Petitionen. Pflanzenbasiert leben. Optionen, die sicher sind.

»Genau.« Emil streicht mir eine Strähne hinters Ohr und lächelt sanft. »Ich glaube, wir müssen aufhören, Hendrik als unschuldig anzusehen.« Ich merke ihm an, dass es ihm nicht leichtfällt, mir das zu sagen. Sein Griff um meine Hüfte hat sich verstärkt, und er sieht mir unnachgiebig in die Augen. Fast, als fürchte er, ich könnte ansonsten wütend aufspringen, weil er es wagt, Hendrik schlechtzumachen. Dabei spüre ich den Wunsch aufzustehen nicht einmal ansatzweise.

Wortlos halte ich Emils Blick, versuche, all den Gefühlen, die sich auf seinem Gesicht abzeichnen, Namen zu geben. Resignation. Kummer. Aber auch ein bisschen Hoffnung. Und am allermeisten – Liebe. »Es lebt sich leichter, wenn man die Schuld jemandem zuschieben kann. Wie wir dem Wachmann. Wir wissen nicht, was Hendrik dazu bewegt hat, ihn anzugreifen. Aber für unseren Seelenfrieden brauchen wir einen Gegner. Für die Welt ist das mein Bruder, für uns ist er es nicht. Weil wir uns einfach nicht vorstellen können, dass er gewalttätig war. Deshalb ist dieser Wachmann der Antiheld. Und die Gruppe.« Seine Stimme wird mit jedem Wort leiser.

»Weil sie geflohen sind.« Ich spreche genauso leise. Wir werden nie wissen, wer mit dabei war. Und ob sie seinen Tod hätten verhindern können.

»Richtig. Wir *kennen* nur diesen Wachmann. Und er ist schuld an Hendriks Tod. Ob Notwehr oder nicht, er wird für immer die Verantwortung dafür tragen.« Weil es einen Unterschied zwischen Verantwortung und Schuld gibt. Emil unterbricht sich erneut selbst, sucht die richtigen Worte. »Aber eigentlich ist Hendrik auch selbst schuld. Nicht komplett, er hat nicht auf sich selbst geschossen, aber … Niemand hat ihn gezwungen, dort einzusteigen oder diesen Kerl anzugreifen. Verstehst du, was ich sagen will?« Er wirkt ernst, das zärtliche Lächeln ist wieder verschwunden. »Es war in seiner eigenen Verantwortung, genau das zu tun. Oder es eben nicht zu tun.«

Ich weiß, dass Emil recht hat. Hendriks Leben lag in seiner Hand. In niemandes sonst. Dennoch fällt es mir schwer, diese Gedanken zu erlauben. Ich lege mir eine Hand auf die Brust an die Stelle, unter der sich mein Herz befindet, und spüre, wie es schlägt. Und das tut es selbst dann, wenn ich mir Hendrik vorstelle, wie er diesen Wachmann angreift. Es wird nie, nie, nie okay sein, dass er tot ist. Aber in diesem Moment gelingt es mir zum ersten Mal, ihm zumindest eine Teilschuld daran zu geben. Erstaunlicherweise ändert das trotzdem nichts an meinen Gefühlen für ihn. Hendrik wird mir immer wichtig sein. Auch als unperfekter Mensch.

Sanft streicht mir Emil über das Bein. Es hat eine beruhigende Wirkung. In seiner Gegenwart schaffe ich es, nicht mehr zu verzweifeln. Seit er zurück in meinem Leben ist, gelingt es mir, meine Tage nicht mehr so grau und trostlos zu sehen. Und dafür bin ich ihm unendlich dankbar. Ich nehme die Hand von der Brust und lehne mich ihm entgegen, sodass ich meine Stirn gegen seine drücken kann. Er mustert mich aus liebevollen, warmen Augen.

»Ich find's schön, dass du hier bist«, sage ich und lege meine Hände auf seine Schultern. »Danke.« Dann küsse ich ihn. Weil sich nichts besser, nichts richtiger anfühlt.

Ist er nur ein Ersatz?

Ich kann nicht verhindern, dass Thores und Sarishas Fragen in meinem Kopf auftauchen. Doch die Antwort darauf ist immer noch mit unumstößlicher Sicherheit dieselbe. *Nein.* Emil ist kein Ersatz. Er ist alles andere.

Die Stadt wird in wunderschönes, goldenes Abendlicht getaucht, als ich mit Emil durch die kleinen Gassen Drammens schlendere. So kurz vor der Sommersonnenwende ist die Stadt voller als noch vor wenigen Wochen. Wir begegnen einigen Touristen auf dem Weg zur Promenade, die uns bitten, ein Foto von ihnen zu machen. Und als wir gerade die Terrasse des Skutebrygga betreten wollen, werde ich von Merrit angesprochen, die mit ihrer Schwester Mette unterwegs ist.

»Hi!«, begrüßt sie mich und fällt mir um den Hals, ehe sie auch Emil in eine kurze Umarmung schließt. Ich rechne es ihr hoch an, dass sie nicht komisch zu ihm ist. »Wie geht's dir, Emil?«, fragt sie ihn, nachdem sie ihn wieder losgelassen hat. »Ich habe dich ewig nicht gesehen.«

»Mir geht's gut, danke.« Er lächelt sie so freundlich an, dass nicht nur sie ihm ohne Umschweife glaubt. Auch ich kaufe ihm ab, dass es das tut. »Wir wollten gerade essen gehen. Habt ihr Lust, mitzukommen?« Er deutet hinter uns auf das Restaurant.

»Das ist lieb, aber wir sind bei unserer Tante eingeladen. Wir feiern den 17. Mai nach, fragt nicht.«

»Okay?« Ich grinse, als Merrit die Augen verdreht. Mir ist durchaus bewusst, wie sehr sie es verabscheut, Feiertage mit ihrer Verwandtschaft zu zelebrieren. Besonders ihre Tante übertreibt jedes Jahr maßlos. »Viel Spaß also?«

»Gute Nerven trifft es eher. Du kennst Tante Johanne doch. Sie ist etwas … nennen wir es *eigen.*« Ohne auf eine Reaktion zu warten, spricht sie weiter. »War nett, euch zu treffen, Fee. Emil.« Merrit nickt kurz in seine Richtung, ehe sie mir fest in die Augen sieht. »Ich schreib dir.« Mit diesen Worten macht sie ein paar Schritte rückwärts und hält Ausschau nach ihrer Schwester, die zum Telefonieren ein paar Meter weiter weg gegangen ist. »Bis dann.« Sie winkt mit beiden Händen, ehe sie sich umdreht und Mette mit sich zieht.

»Gehen wir rein?«, fragt Emil, und ich nicke.

Wir haben die Eingangstür kaum erreicht, als ich die Vibration meines Handys spüre. Ich ziehe es hervor und werfe einen Blick auf den Bildschirm.

Hab vergessen, wie heiß Emil ist. Gute Wahl, Girl.

Ihren Worten folgen mehrere schwitzende sowie das Flammenemoji. Unweigerlich grinse ich und stecke das Handy wieder weg. Ich antworte ihr später, der Abend jetzt gehört Emil und mir.

Emil und ich. Der Gedanke ist immer noch ungewohnt. Ein Wir, bestehend aus uns beiden. Ein Wir, das es unter anderen Umständen schlicht nicht gäbe. Ein Wir, das mir schon jetzt alles bedeutet.

Der Abend ist so lau, dass wir uns auf die Terrasse des Restaurants setzen. Der Blick auf die Ausläufer des Drammensfjords beeindruckt mich jedes Mal aufs Neue, die Sonnenstrahlen brechen sich auf der Wasseroberfläche und lassen den Flussarm beinahe silbern funkeln. Vereinzelt ziehen dünne Schleierwolken über uns hinweg. Es ist eine friedliche Stimmung, die über der Stadt liegt. Und diese Ruhe schlägt sich auch auf uns nieder. Wir sitzen seitlich in einer stillen Ecke, und bis auf die wenigen Male, die der Kellner zu uns an den Tisch tritt, sind wir komplett allein.

»Wie war dein Tag?«, fragt Emil schließlich, und ich liebe es, dass er das tut.

»Ganz okay«, sage ich. »Mum und Dad sind immer noch angefressen, weil ich nicht zu Hause einziehe.« *Und weil du bei mir wohnst.* Aber das spreche ich nicht laut aus, weil das nicht Emils Problem ist. Sondern meins. Er hat genug mit seiner eigenen Familie zu tun. »Manchmal frage ich mich, ob es wirklich so schwer ist, als Elternteil zu akzeptieren, dass die Kinder irgendwann erwachsen sind und eigene Entscheidungen treffen dürfen. Ich meine, ich bin doch echt nicht leichtsinnig. Du bist da, wir haben die Vorhängeschlösser, und die Polizei ermittelt. Mich jetzt bei ihnen zu verstecken …« Ich seufze leise. »Dann kann ich auch gleich komplett aus der Wohnung ausziehen. Es heißt doch, dass man sofort wieder ins Auto steigen soll nach einem Unfall, bevor sich die Angst festsetzen kann. Das ist nichts anderes.«

»Na ja.« Emil hat seine Lippen zu einem Schmunzeln verzogen. »Ein bisschen Unterschied besteht schon.«

»Aber du weißt, was ich meine.«

»Tue ich«, bestätigt er. »Ich kann dennoch verstehen, warum es deinen Eltern lieber wäre, wenn du bei ihnen wärst. Du bist ihre Tochter.«

»Die sich nicht einschüchtern lassen wird.« Die Vorstellung, dass jemand Fremdes in meiner Wohnung war, verursacht immer noch ein mulmiges Gefühl in meiner Magengegend. Doch die Polizisten, die den Einbruch aufgenommen haben, meinten, dass es höchst unwahrscheinlich ist, dass wer auch immer es war zurückkommt. Meistens handelt es sich bei Wohnungseinbrüchen um Durchgangsverbrechen. Oft sind die Täter bereits über alle Berge, bis den Wohnungsbesitzenden überhaupt auffällt, dass eingebrochen wurde. Die Statistik ist auf meiner Seite. Und für das restliche bisschen Unsicherheit haben wir die Schlösser gekauft und den Schreiner mit einer speziellen Sicherheitstür beauftragt.

Im nächsten Augenblick wird unser Gespräch vom Kellner unterbrochen, der die Getränke bringt. Ein Bier für Emil, einen Aperol für mich. Nachdem er unsere Essensbestellung aufgenommen hat, verschwindet er, und wir sind wieder allein.

»Hast du eigentlich schon deine Prüfungsergebnisse bekommen?«, frage ich, ehe ich an meinem Glas nippe. Im Trubel der vergangenen Tage habe ich völlig vergessen, ihn danach zu fragen.

»Ja, teilweise. Ein paar stehen noch aus.« Er trinkt ebenfalls einen Schluck, und ich warte, dass er weiterspricht. Als er es nicht tut, werfe ich ihm einen auffordernden Blick zu.

»Und? Welche Noten hast du schon?«, hake ich nach.

»*Theorie der Vergleichenden Politikforschung* und *Politische Soziologie.* Beides ein B.«

»Das ist super! Gratuliere!« Ich greife nach seiner Hand und drücke sie kurz.

»Ja, das passt.« Er erwidert mein Lächeln. »Mit einem A habe ich sowieso nicht gerechnet. Mir haben ein paar Teilaufgaben gefehlt.« Er zuckt mit den Schultern. »Und dass es Bonuspunkte dafür gibt, weil ich alle politischen Anführer der Welt kenne, wage ich zu bezweifeln.«

»Du kennst ernsthaft alle Präsidenten und Diktatoren der … *der ganzen Welt*?« Erstaunt richte ich mich auf. »Muss man das wirklich für ein Politologiestudium wissen?« Ich lasse ihn nicht antworten. »Wer ist der Präsident von Thailand?«

Emil zögert nicht einmal. »Prayut Chan-o-cha.«

Ich habe keine Ahnung, ob der Name stimmt, aber er hat so schnell reagiert, dass ich nicht anders kann, als ihm zu glauben. Mit gefühlt tellergroßen Augen sehe ich ihn an.

»Uruguay?«

Wieder antwortet er wie aus der Pistole geschossen einen Namen, den ich noch nie in meinem Leben gehört habe. »Luis Alberto Lacalle Pou.«

»Dein Ernst?«

Emil nickt und lacht.

»Togo?«

»Faure Gnassingbé.«

»Das hast du dir doch gerade ausgedacht.«

Mein Verdacht lässt ihn noch mehr lachen. »Hab ich nicht.« Mit dem Kopf deutet er in Richtung meines Handys. »Sieh nach.«

Ich lasse ihn nicht aus den Augen, während ich nach meinem Telefon taste und das Display entsperre. Drei Sekunden später starre ich auf den Bildschirm, auf dem mir ein Name entgegenblinkt.

»Und?« Ich höre Emils Schmunzeln.

»Faure Gnassingbé«, sage ich und hebe erstaunt den Blick. »Wieso zur Hölle weißt du so was?«

»Ich kann mir solche Sachen eben gut merken.«

»Solche Sachen?« Ich lasse mein Handy sinken. »Du meinst völlig unnützen Kram?«

»Vielleicht mache ich ja mal in einer Quizshow mit, und das ist die ultimative Gewinnfrage?« Seine Mundwinkel zucken.

»Wer der Präsident von Togo ist?«

»Vielleicht auch der von Simbabwe.«

»Und das wäre?«

»Emmerson Dambudzo Mnangagwa natürlich.«

»Natürlich«, wiederhole ich fassungslos und schüttle den Kopf. »Du bist ein sehr seltsamer Mensch, Emiljan Berg.«

»Und du magst mich trotzdem, Freya Olsen.« Er beugt sich zu mir, bis seine Lippen kurz vor meinen sind. »Leugnen zwecklos.« Ich spüre die Wärme seines Atems an meinem Gesicht, und die nächsten Sekunden gibt es nur uns auf dieser Terrasse. Emil küsst mich, sanft, weich, kurz, aber doch so, dass keine Zweifel bleiben. Nicht nur ich mag ihn, er mag auch mich. Sehr sogar. Ich lächle in unseren Kuss hinein, lasse mich fallen, weil ich weiß, dass mir nichts passieren kann. Emil fängt mich.

»Laos?«, flüstere ich schließlich an seinen Lippen.

»Thongloun Sisoulith«, antwortet er sofort.

Allmählich muss ich wohl einsehen, dass ich kein Land finden werde, das er nicht weiß.

»Nerd«, murmle ich.

»Danke«, sagt er. Und dann küsst er mich wieder.

Hendrik, Lene, Emil

17 Jahre

»Bist du sicher, dass du das tun willst?« Emil musterte seine Schwester skeptisch. »Wir können die Sache auch abblasen und nie wieder ein Wort darüber verlieren.«

»Ja, genau.« Lenes Stimme troff nur so vor Sarkasmus. »Nein, wir ziehen das jetzt durch. Ich will einfach wissen, wie es sich anfühlt.«

»Aber wieso? Was soll das denn …?«

»Emil!«, unterbrach sie ihren Bruder energisch. »Du musst das nicht mit mir machen. Ich kann auch Hendrik fragen. Er hat den Kram besorgt, also wird er bestimmt einspringen, wenn du nicht willst.«

»Nein, ich mach ja mit. Ich will nur sichergehen, dass du es wirklich willst. Und dich nicht gedrängt fühlst oder … Was auch immer.«

»Okay. Verstanden.« Lene grinste. »Wir teilen uns das Ding doch eh. Und trinken keinen Alkohol davor. Was soll schon passieren?«

»Laut dem Internet eine ganze Menge.« Emil zuckte mit den Schultern. Er hatte sich über die Wirkung von Marihuana informiert. »Übelkeit. Kontrollverlust. Schwindel. Wackeliger Boden. Bunte Farben und Formen. Ein Wattegefühl, Heißhunger.«

»Oder es passiert einfach gar nichts«, hielt Lene dagegen. »Ich meine, das Zeug entspannt. Wenn jeder von uns nur ein paarmal dran zieht …«

»Okay, aber lass uns auf Hendrik warten.«

Emil lehnte sich zurück und streckte die Beine aus. Er saß auf dem Boden, Lene neben ihm auf der alten Holzschaukel ihrer Eltern. Hendrik war noch unterwegs. Sobald er zurückkam, würden sie zum ersten Mal in ihrem Leben einen Joint rauchen. Weil Lene es ausprobieren wollte, und er und Hendrik sie das niemals allein machen lassen würden. *Einer für alle, alle für einen.* Das war Emils und Hendriks Argument gewesen, um Lene zu überzeugen: entweder zu dritt oder keiner.

Lene schaukelte ungeduldig hin und her, während Emil weiterhin wenig überzeugt von ihrem Plan war. Immerhin konnten sie sicher sein, dass Hendrik gutes Zeug besorgt hatte und nichts, was irgendwie gestreckt oder gepanscht war.

Als er schließlich kam und das Fahrrad in die Ecke pfefferte, war es bereits dunkel. Was ihnen nur recht war. So würde sie immerhin niemand von den Nachbarn sehen.

»Hey, sorry.« Hendrik ließ sich neben Emil auf den Rasen fallen. »Legen wir los? Wer weiß, wie lange die Wirkung anhält.«

»Du passt auf?«, vergewisserte Lene sich noch einmal. Offenbar war sie doch nicht so sorglos, wie sie Emil gerade noch hatte glauben machen wollen.

»Ich pass auf«, bestätigte Hendrik. Dann reichte er seiner Schwester den Joint. »Denk dran, langsam zu machen. Du musst nicht fest dran ziehen.«

»Ja, ja, gib her.« Lene griff nach dem Joint und steckte ihn zwischen ihre Lippen.

Emil zündete ihr das Ding an, dann zog sie. Und es passierte … gar nichts. Grinsend reichte sie Emil den Joint, damit auch er einen Zug nehmen konnte. Wieder geschah nichts.

»Wie langweilig.« Lene lehnte sich unzufrieden gegen die Schaukel. »Was ist der Hype?«

»Wart mal ab.« Hendrik stützte sich auf seinen Händen ab. »Manchmal kommt die Wirkung verzögert.«

»Ach ja?« Lene nahm Emil den Joint ab und zog ein weiteres Mal daran.

Ein paar Minuten saßen die drei einfach so da, Emil und Lene rauchten, Hendrik hielt sein Wort und ließ die Finger davon. Und dann begann Lene zu lachen. Einfach so. Sie fiel fast von der Schaukel dabei.

»Was ist los?« Emil sah verwirrt zwischen Lene und Hendrik hin und her.

»Das Zeug knallt«, entgegnete Hendrik lässig und grinste. »Mal sehen, wie lange es bei dir noch dauert.«

Eine Viertelstunde später lachten alle drei. Lene und Emil miteinander, über alles und nichts und am meisten über sich selbst. Und Hendrik über seine beiden Geschwister.

Bis Lene blass wurde und sich hinter die Büsche ihrer Eltern erbrach. Emil hielt ihr die Haare aus dem Gesicht, Hendrik stützte sie. Und Lene schwor zwischen all dem Würgen, nie wieder einen Joint anzufassen.

19

EMIL

Der Abend ist immer noch lau, als wir gegen dreiundzwanzig Uhr zurück zu Freyas Wohnung laufen. Mittsommer naht, weswegen das Leben in den Straßen Drammens vibriert. Der Himmel hat sich zwar mittlerweile verdunkelt, aber das liegt an der Wolkenfront, die sich über die Stadt geschoben hat. Solange es nicht regnet, hält das allerdings niemanden auf, die Nacht zu genießen. Freya und ich sind nicht das einzige Paar, das an der Promenade entlangläuft.

An uns in dieser Form zu denken, als Paar, ist immer noch ungewohnt. Ich bin mir sicher, dass es das auch noch eine ganze Zeit lang sein wird. Trotzdem gefällt mir der Gedanke. Am liebsten würde ich nach ihrer Hand greifen, sie an mich ziehen und küssen, aber da Dads Wahlkampf noch immer läuft, wollen wir keine Aufmerksamkeit erregen.

»Alles in Ordnung?«, will sie wissen und kommt kaum merklich näher.

»Ja. Alles gut«, versichere ich ihr. »Ich bin nur immer noch …« *Überwältigt* wäre das richtige Wort, aber das fühlt sich so groß an. Ich will nicht, dass es ihr Angst macht. Also entscheide ich mich stattdessen für *erstaunt.*

»Wovon?«, fragt Freya. »Von der Wettbewerbsanmeldung?«

»Nein.« Ich schüttle den Kopf. »Von uns.«

»Ach ja?« In ihren Worten schwingt Belustigung mit. »Wieso?«

»Weil vor allem der Emil von früher nicht darauf klarkommt, dass er gerade wirklich mit dir den Abend verbringt.«

»Nicht nur den Abend.« Sie stößt mich sanft in die Seite. »Schon die letzten Wochen, wenn wir mal ehrlich sind.«

Freya hat recht damit. Es gibt seit einer ganzen Weile keinen Tag, an dem ich sie nicht gesehen habe.

»Und falls es dich tröstet, meine innere Freya kann es auch nicht fassen, dass sie hier bei dir ist. Und wir … Na ja.« Dieser Aussage folgt ein lässiges Schulterzucken, ehe sie weiterspricht: »Wir knutschen wie pubertäre Teenies.«

»Allzu weit sind wir vom Teenageralter ja auch noch nicht weg.«

»Du vielleicht.« Sie grinst. »Ich hab diese furchtbaren Jahre schon lange hinter mir gelassen. Lange!«

»So, so.« Nun grinse auch ich. »Tut mir leid, dich enttäuschen zu müssen, aber du bist nur zwei Jahre älter als ich. Vierundzwanzig ist wirklich kein Alter, um von lange her zu sprechen. Dein Peak steht dir erst noch bevor.«

»Mein Peak?«

»Mhm. Bis fünfundzwanzig hast du noch. Ab dann geht's bergab. Angeblich ist das sogar wissenschaftlich untersucht worden.«

»Wieso weißt du so etwas?« Leicht stößt sie mich mit dem Ellenbogen in die Seite.

»Das hatten wir doch schon geklärt.« Ich zwinkere ihr kurz zu. »Unnützen Kram kann ich mir supergut merken.«

»Das ist so schräg«, sagt sie und biegt von der Promenade ab, rein in Richtung Innenstadt, wo ihre Wohnung liegt.

Es dauert nicht lange, bis wir ihre Straße erreichen. Freyas Wohnung liegt im zweiten Stock, es sind also nur ein paar Stufen, die wir hochlaufen müssen. Unsere Schritte hallen leise auf der Treppe. Ich halte den Schlüssel für das Vorhängeschloss bereits in der Hand, als wir vor ihrer Wohnungstür ankommen. Sofort schießt Adrenalin durch meinen Körper. Das Schloss ist aufgebrochen, die Tür nur noch angelehnt. Rumpelnde Geräusche dringen zu uns heraus. Mein Herzschlag beschleunigt sich, und instinktiv greife ich nach Freyas Hand. Schnell ziehe ich sie ein paar Schritte von der Tür weg. Ihre Augen sind vor Angst geweitet.

»Warte hier und ruf die Polizei«, raune ich ihr zu. »Ich sehe nach, wer da drin ist.«

»Nein!« Sie schüttelt heftig den Kopf. »Das ist zu gefährlich. Die Polizei hat beim letzten Mal gesagt, dass man nicht in die Wohnung soll, wenn da noch jemand drin ist.« Sie spricht leise, gehetzt. »Vielleicht hat er ein Messer oder eine Waffe.«

»Okay.« Ich nicke. »Dann geh nach unten, und ruf die Polizei. Ich warte hier, damit derjenige nicht abhauen kann.« Suchend blicke ich mich um und entdecke einen Regenschirm neben der Wohnungstür von Freyas Nachbarin. Ich greife danach und nicke Fee noch einmal eindringlich zu.

Mit raschen Schritten macht sie sich auf den Weg zurück nach unten und hält sich bereits das Handy ans Ohr. Sie ist gerade erst ein Stockwerk weiter unten, als ich höre, wie sie ihren Namen ins Telefon spricht, ehe ihre Stimme so leise wird, dass ich nicht mehr verstehe, was sie sagt. Dafür wird das Rumpeln in der Wohnung lauter. Als käme wer auch immer dort drin ist näher.

Unweigerlich umklammere ich den Regenschirm fester, bereit, ihn auch zu benutzen, falls ich keine andere Wahl habe. Ich kann nur hoffen, dass die Polizei schnell ist. Ein paar Sekunden vergehen, ich bewege mich nicht, wage es kaum zu atmen. Dann werden die Geräusche in Freyas Flur wieder leiser, und es hört sich so an, als wäre der

Einbrecher nach rechts gelaufen, wo sich das Schlafzimmer befindet. Wieder wird es lauter, irgendetwas fällt dumpf zu Boden, rumpelt, klirrt. Ein sehr leises »Fuck!« dringt zu mir nach draußen, was ich nur höre, weil ich selbst mucksmäuschenstill bin. Ich habe keine Ahnung, was ich mache, wenn der Typ wirklich gleich vor mir steht. Ich weiß nur, dass ich ihn nicht gehen lassen werde. Und ich hoffe, hoffe, hoffe, dass Freya draußen bleibt und die Polizei bald da ist.

Die Minuten vor Fees Wohnung sind die längsten meines Lebens. Ich habe mich immer für einen rationalen, ruhigen Menschen gehalten, aber dieses Warten vor der Tür verlangt mir alles ab. Meine Hände sind schweißnass, mein Herz trommelt so heftig in meiner Brust, dass ich jeden Schlag in meinen Ohren höre.

Plötzlich geht die Tür auf, und ein Kerl steht vor mir. Er ist etwa so groß wie ich, schmächtig, trägt eine Mütze und einen Schal, den er sich halb über das Gesicht gezogen hat. Den Bruchteil einer Sekunde stehen wir einander regungslos gegenüber. Er starrt mich an, ich starre ihn an. Seine Augen sind das Einzige, was ich erkennen kann. Dunkel und irgendwie … verzweifelt? Unweigerlich überkommt mich das Gefühl, sie schon einmal gesehen zu haben, aber ich habe keinen Schimmer, wo.

Der Typ erwacht zuerst aus seiner Starre. Er kommt auf mich zu, will an mir vorbei, aber ich reagiere schnell und stelle mich ihm in den Weg. Dabei verlängere ich meinen Körper mit dem Regenschirm und gebe ihm dadurch keine Chance, an mir vorbeizurennen.

»Verpiss dich!«, spuckt er mir entgegen, aber ich gebe nicht auf. Er macht einen Schritt nach rechts, ich ebenfalls. Einen nach links, ich mache es ihm nach. Es wirkt fast wie einstudiert, dabei folge ich einfach nur meinen Instinkten. Und die lauten, ihn unter keinen Umständen flüchten zu lassen.

Gott, hoffentlich kommt die Polizei bald. Ich habe jegliches Zeitgefühl verloren, weiß nicht mehr, wie lange es her ist, dass Freya sie gerufen hat. Wie ewig kann das denn noch dauern? Gedanke um Gedanke wirbelt durch meinen Kopf, und gleichzeitig lasse ich den Typ vor mir nicht aus den Augen.

Es sind nicht einmal drei Herzschläge, bis er beschließt, auf mich loszugehen. Mit ausgestreckten Händen kommt er auf mich zu, doch bevor er mich treffen kann, schlage ich mit dem Regenschirm nach ihm und trete gegen sein Bein. Er stolpert zurück in Freyas Wohnung, ich hinterher. Ich erwische seinen Arm und halte ihn fest, während er an meinem Shirt zerrt und versucht, uns um hundertachtzig Grad zu drehen. Aber ich lasse ihn nicht, dränge ihn weiter zurück, und egal, wie sehr er versucht, sich zu winden, ich halte ihn fest.

Es ist mit Sicherheit leichtsinnig, aber da ist nur noch ein Gedanke in meinem Kopf: Er darf nicht verschwinden. Intuitiv weiß ich, dass dieser Kerl auch für den ersten Einbruch verantwortlich ist. So viel Pech, dass das innerhalb kürzester Zeit zweimal durch unterschiedliche Menschen passiert, hat niemand. Und da die Polizei im ersten Fall immer noch im Dunkeln tappt … Ich muss ihn aufhalten. Ich muss!

Mit der einen Hand umklammere ich seinen Arm, mit der anderen hole ich aus und verpasse ihm einen Kinnhaken. Er taumelt zurück, und weil ich ihn immer noch halte, stolpere ich ebenfalls. Leider hat er sich schneller wieder gefasst, als mir lieb ist, und kratzt mit seinen Fingern meinen Hals entlang. Ich schnappe kurz nach Luft, dann stoße ich geistesgegenwärtig mein Knie in seinen Unterleib und trete gegen sein Schienbein.

Keine Ahnung, wie lange wir miteinander ringen. Es fühlt sich wie eine Ewigkeit an, aber es können nur ein paar Minuten sein. Ich bin zwar trainiert, aber ich weiß, dass ich diesen Kampf nicht allzu lange durchhalten werde. Und das muss ich zum Glück auch nicht, denn in diesem Moment höre ich eilige Schritte im Treppenhaus. *Nur noch ein paar Sekunden.* Das sage ich mir immer wieder, während ich seine Schläge abwehre. *Nur noch ein paar Sekunden, dann ist Hilfe da.*

Es sind vier Polizisten, die Freyas Wohnung stürmen und den Kerl und mich auseinanderziehen. Automatisch hebe ich die Hände, versuche, ihnen zu erklären, wer ich bin. Doch es ist Freya, auf die sie hören. Freya, die den Beamten nach oben gefolgt ist, obwohl ich mir sicher bin, dass sie das nicht hätte tun dürfen. Sie kommt auf mich zu, schlingt ihre Arme um mich, und der Polizist, der mich an den Oberarmen festgehalten hat, lässt mich los.

Mein Blick fällt auf den Einbrecher, dem die Ordnungshüter die Arme auf den Rücken gedreht haben. Er versucht, sich zu wehren, aber gegen die Beamten hat er keine Chance.

»Bist du okay?« Freya sieht mich besorgt an, von oben nach unten und zurück zu meinem Gesicht. Als sie die schmerzende Stelle an meinem Hals bemerkt, schnappt sie erschrocken nach Luft. »Scheiße, du blutest.« Sie hebt die Hand an, lässt sie aber sogleich wieder sinken. »Wir brauchen ein Tuch. Darf ich meinen Freund verarzten?«, fragt sie einen der Polizisten und deutet auf meinen Hals.

Er nickt, bittet sie aber, nur den Verbandskasten anzufassen, bevor die Spurensicherung nicht durch ist.

»Es geht schon.« Ich spüre das leichte Brennen kaum, bin immer noch voller Adrenalin und Cortisol.

Aber Freya lässt sich nicht beirren. Vermutlich ist das ihre Art, mit den Stresshormonen umzugehen, die unseren Körper fluten. Sie führt mich in ihr Badezimmer, wo am wenigsten Chaos herrscht. Es wurden nur die Schränke geöffnet und durchwühlt. Ein paar Handtücher liegen auf dem Boden. Sie nimmt den kleinen Verbandskasten vom Schrank und eins der Handtücher und befeuchtet es mit Wasser.

»Setz dich«, sagt sie und drückt mich im selben Moment auf den

Klodeckel. Sie ist so energisch, so energiegeladen, dass ich nach ihren Händen greife und sie kurz zwinge, innezuhalten.

»Hey«, sage ich und ziehe sie auf meinen Schoß, damit wir auf Augenhöhe sind. Behutsam streiche ich ihr eine Haarsträhne hinters Ohr. »Es ist alles okay. *Wir* sind okay.«

Sie hält meinem Blick stand, überwältigt und schockiert. Dann füllen sich ihre Augen mit Tränen, und sie beginnt zu zittern. Ich schließe meine Arme um sie und halte sie, während sie ihr Gesicht an der Seite meiner Halsbeuge vergräbt, die nicht verletzt ist.

»Ich bin einfach nur froh, dass dir nichts passiert ist.« Sie schluchzt leise unterhalb meines Ohrs, ich spüre ihre Tränen auf meiner Haut. »Also nicht mehr als diese Kratzer am Hals, meine ich.«

Mit den Händen fahre ich ihr über den Rücken. Um sie zu beruhigen, aber auch mich selbst. Die vergangenen Minuten sitzen mir in den Knochen. Weil mir jetzt erst klar wird, dass das auch anders hätte ausgehen können. Wenn die Polizei ein paar Minuten länger gebraucht hätte oder dieses Arschloch mich anders getroffen hätte … Oder tiefer … Der Gedanke daran lässt meine Halsschlagader pochen, und ich halte Freya noch ein bisschen fester. So lange, bis ihre Tränen getrocknet sind und sie sich wieder aufrichtet, um die Wunde an meinem Hals zu versorgen.

Behutsam tupft sie mit dem feuchten Handtuch über die Stelle. »Gleich brennt es«, warnt sie mich vor, als sie das Desinfektionsmittel auspackt.

»Schon okay.« Ich beiße mir auf die Lippe, während sie das Spray aufsprüht. Und verdammt, dagegen war das Kratzen selbst harmlos.

»Tut mir leid, tut mir leid.« Freya verzieht das Gesicht und sucht nach einer passenden Kompresse und Pflaster. »Ich beeile mich.«

Sie hält Wort. Kurz danach ist sie fertig und rutscht wieder von meinem Schoß. »Okay. Das sollte halten.«

Ich stehe ebenfalls auf und überrage sie direkt wieder um ein ganzes Stück. »Danke«, sage ich und beuge mich zu ihr. Es ist nur ein kurzer Kuss. Aber es ist einer, den wir beide brauchen, ehe wir das Badezimmer wieder verlassen. Inzwischen sind nur noch zwei Polizisten da.

»Wo sind …?«, beginnt Freya, aber der Beamte lässt sie nicht zu Ende sprechen.

»Auf dem Weg zur Dienststelle.« Er lächelt. »Wenn es für Sie in Ordnung ist, nehmen wir heute Nacht nur noch Ihre Personalien auf und sichern die Spuren. Für Ihre Aussage würde ich Sie bitten, morgen auf die Wache zu kommen.«

»Machen wir.« Ich nicke. »Brauchen wir einen Anwalt?«

»Da Sie den Einbrecher auf frischer Tat ertappt haben, ist die Sache recht eindeutig. Natürlich können Sie sich dennoch rechtlichen Beistand holen.«

»Okay. Danke.« Ich nicke noch einmal, dann geben wir dem Polizisten unseren Daten, während sein Kollege Fotos von der ganzen Wohnung macht. Wie beim ersten Mal wurde alles zerwühlt und durchsucht. Und wieder haben wir keine Ahnung, was der Einbrecher gesucht hat. Es fehlt auf den ersten Blick nichts.

»Alles Weitere besprechen wir dann morgen. Sie können die Wohnung nun aufräumen.« Mit diesen Worten verabschieden sich die beiden Polizisten nach knapp zwanzig Minuten von uns, und wir verbarrikadieren die Tür erneut, indem wir einen Stuhl unter den Türgriff klemmen.

Einen Moment stehen wir einfach nur da und blicken auf das ganze Chaos. Nur dieses Mal mit der Gewissheit, dass der Schuldige gefasst wurde.

»Was hältst du davon …?«

»Sollen wir …?«

Freya und ich beginnen gleichzeitig zu reden.

»Du zuerst«, sage ich und drehe mich so, dass ich sie besser ansehen kann. Sie wirkt müde. Müde und erschöpft, und ihre Augen sind immer noch leicht gerötet. Wortlos strecke ich meine Hand nach ihr aus, weil ich sie einfach berühren muss. Sie soll wissen, dass ich da bin. Immer.

»Wie findest du die Idee, heute Nacht draußen zu schlafen?« Sie deutet auf den Balkon. »Wir könnten meine Matratze rausschleppen und dieses Schlachtfeld hier erst morgen früh beseitigen.«

»Einverstanden.« Ich hauche einen Kuss auf ihren Handrücken, ehe ich sie loslasse. »Räumst du den Balkon frei? Dann hole ich die Matratze.«

»Mach ich.« Freya nickt und verschwindet hinaus auf den Balkon.

Kurz sehe ich ihr hinterher, dann gehe ich in ihr Schlafzimmer, schiebe Decke und Kissen beiseite und schnappe mir ihre Matratze. Sie ist groß, und es ist gar nicht so leicht, sie allein durch das Chaos zu manövrieren, das der Einbrecher hinterlassen hat. Auf halbem Weg kommt Freya mir entgegen und greift nach einem Ende der Matratze. Gemeinsam hieven wir das Teil auf den Balkon. Danach holt sie eine Decke, Kissen und eine ihrer Lichterketten. Im Nu hat sie ein Lager für uns gezaubert, in dem wir es uns gemütlich machen.

Mittlerweile haben sich die Wolken wieder verzogen, und die Sterne funkeln hell am Nachthimmel. Es dauert nicht mehr allzu lange, bis die Morgendämmerung einsetzen wird, aber noch erinnern die Sterne an Millionen kleine Glühwürmchen.

Freya rückt näher zu mir, und ich hebe den Arm an, sodass ich sie besser halten kann. Eine Weile sagen wir gar nichts, blicken einfach nur nach oben. Mit den Fingerspitzen streiche ich in einem steten Rhythmus über ihren Arm.

Schließlich ist sie diejenige, die zu sprechen beginnt. »Was zur Hölle, Emil?« Die Fassungslosigkeit in ihrer Stimme ist nicht zu überhören. »Wieso bricht jemand zweimal bei mir ein?«

»Ich weiß es nicht. Aber du warst definitiv kein zufälliges Ziel. Diese Einbrüche waren geplant.«

»Das ist doch … Hier gibt es nichts zu holen. Gar nichts. Immer noch nicht.« Sie seufzt leise. »Auch wenn sie den Täter nun haben … Das ist doch … Was für eine Scheiße.«

»Morgen früh wissen wir mehr. Die Polizei kann uns sicher sagen, was der Typ hier wollte.«

»Wenn er den Mund aufmacht. Eigentlich wäre es dumm, sich selbst zu belasten.«

»Nun ja. Er ist definitiv gewaltsam in deine Wohnung eingebrochen. Das sollte reichen, um vorerst hinter Gittern zu landen.«

»Hm«, murmelt sie. »Auch wahr. Gott, meine Eltern werden ausrasten, wenn ich sie anrufe und ihnen sage, dass ich nicht zur Arbeit kommen kann.«

»Oder sie sind froh, dass dir nichts passiert ist und du nicht allein warst.«

»Schön wäre es.« Sie seufzt erneut. »Es wird Vorwürfe hageln, warum ich nicht wieder bei ihnen eingezogen bin. Und das alles unter dem Deckmantel, lediglich um meine Sicherheit besorgt zu sein.«

»Das ist einfach ihre Art, dir zu zeigen, dass sie Angst um dich haben. Manchmal sind Vorwürfe und Wut einfacher zu ertragen als … alles andere.«

»Bist du deshalb so sauer auf Lene?«

»Wahrscheinlich.« Ich kann das kurze Lächeln nicht verhindern, das sie mir damit entlockt. Denn natürlich hat sie recht. Wütend zu sein ist so viel leichter, als mich mit dem auseinanderzusetzen, was ich wirklich fühle. »Ich sollte mit ihr reden, oder? Ohne Vorwürfe und ohne Wut. Wie zwei erwachsene Menschen. Mir anhören, wie es in Neuseeland war und ob es ihr nun besser geht.«

»Solltest du.« Freya stimmt mir zu. »Wenn du willst, komme ich mit.«

»Als Streitschlichterin?«

»Heute nennt man das Mediatorin.« Ihre Stimme klingt neckisch, ehe sie wieder ernst wird. »Aber ja, so in etwa.«

»Danke für das Angebot.« Ich gebe ihr einen Kuss auf den Scheitel. »Aber ich glaube, das muss ich allein tun.«

»Klar.« Sie nickt. Bei ihren nächsten Worten kuschelt sie sich noch ein bisschen mehr an mich. »Falls du deine Meinung doch noch änderst … Mein Angebot steht.«

»Danke. Das weiß ich sehr zu schätzen.« Ich ziehe die Decke weiter nach oben, obwohl mir wirklich nicht kalt ist. Freyas Körper an meinem strahlt eine unglaubliche Wärme aus, die mich vollkommen einhüllt. Und an die ich mich viel zu schnell gewöhnen könnte. Vielleicht hab ich das auch schon getan. Die vergangenen Tage mit ihr … Ich weiß, dass sie enden, nun, da der Einbrecher gefasst ist und ihre Tür demnächst repariert wird. Das Ding ist nur … Ich will das nicht. Ich will abends nicht wieder allein in meinem Bett liegen, an die Decke starren und hoffen, möglichst schnell einzuschlafen.

»Was ist los?«, fragt Freya. Als hätte sie gespürt, wie meine Gedanken in eine Richtung abdriften wollen, die mir nicht gefällt.

»Nichts, ich …« *Ich hab nur darüber nachgedacht, was das zwischen uns genau ist.* Wir haben zwar besprochen, dass wir einander mögen und schauen, wo die Sache zwischen uns hinführt. Aber was wir sind … Das haben wir nicht definiert. Ich weiß nicht einmal, ob wir das überhaupt müssen. Ob es ausgesprochen werden muss. Doch nur, weil ich mir zu einhundert Prozent sicher bin, was ich will, gilt das nicht automatisch auch für sie.

»Hey.« Sie pikst mir mit einem Finger sanft in den Bauch. »Sprich mit mir.«

»Es ist nicht …« Ich stoppe mich selbst. Zu sagen, dass es nicht wichtig sei, wäre eine Lüge. Es ist wichtig. *Mir* ist es wichtig. Und wenn ich sie auch nur ansatzweise so gut kenne, wie ich glaube, dann auch ihr. Es gibt keinen Grund, so unsicher zu sein. Ich kann mit Freya über alles reden, also auch darüber, was wir den Menschen antworten, wenn wir aufeinander angesprochen werden. »Ich habe nur darüber nachgedacht, was wir … was wir eigentlich sind.«

»Was wir sind?«

»Du hast mich vorhin vor der Polizei deinen Freund genannt.«

»Ja?« Sie richtet sich auf, sodass sie mich ansehen kann. Verwundert mustert sie mich. »War das falsch?«

»Nein!« Ich schüttle sofort den Kopf. »Nein, war es nicht. Ich hab mich nur … Also was ich … Bin ich das denn? Dein Freund?« Die Worte laut zu sagen, gibt mir das Gefühl, wieder sechzehn zu sein und dieses Gespräch zum ersten Mal zu führen. Streng genommen tue ich das sogar auch. Ich führe es zum ersten Mal – mit Freya. Mit der Frau, die mir so unendlich wichtig ist.

Anstatt mir zu antworten, fängt sie an zu lächeln. »Du bist süß, weißt du das?«

»Okay?« Ich hebe die Augenbrauen an. Beide. Weil ich es nur mit einer nicht kann.

»Ach, Emil.« Sie setzt sich noch weiter auf, die Bettdecke raschelt laut in der Dunkelheit, dann beugt sie sich mir entgegen, immer noch mit diesem Lächeln auf den Lippen, das meine eigenen Mundwinkel zucken lässt. Ich kann einfach nicht anders.

»Natürlich bist du mein Freund.« Sie deutet mit zwei Fingern zwischen uns hin und her. »Ist das nicht offensichtlich?« Langsam kommt sie noch ein bisschen näher, bis ihre Nase fast meine berührt. »Ich dachte, man sieht mir das auf hundert Kilometer gegen den Wind an.« Mit der Nasenspitze tippt sie meine an. »Aber falls dem nicht so ist …« Sie wandert weiter in Richtung meines Ohrs. »Oder du einfach nur eine Brille brauchst …« Sie flüstergrinst. »Dann einmal extra für dich zum Mitschreiben.« Zärtlich haucht sie einen Kuss unterhalb meines Ohrläppchens über die verarztete Stelle. »Du bist mein Freund. Vorausgesetzt, du möchtest das überhaupt sein. Falls nicht, dann …«

»Stopp!«, unterbreche ich sie. Ich schiebe meinen Arm unter der Decke hervor und ziehe sie an mich. »Was auch immer Option zwei genau ist, die gibt es für mich nicht.«

»Also willst du?« Nun grinst sie richtig.

»Ich will«, entgegne ich nickend. Und dann küsse ich sie so innig, dass keinerlei Zweifel übrig bleiben. Ja, ich will sie. Ja, ich will mit ihr zusammen sein. Ja. Zu allem und ganz besonders zu Freya. Einfach Ja.

Wir schlafen nicht lange. Kurz nach vier Uhr geht die Sonne auf, und die Helligkeit weckt erst mich und ein paar Minuten später auch Freya.

»Morgen«, nuschelt sie verschlafen und kuschelt sich an mich.

»Guten Morgen.« Ich lächle und lege den Arm um sie. »Gut geschlafen?«

»Mhm«, murmelt sie, ehe sie gähnt. »Nur viel zu kurz.« Sie reibt sich über die Augen. »Aber ich bin froh, überhaupt ein bisschen geschlafen zu haben.«

»Heute also viel Kaffee?«, schlage ich vor.

»Worauf du dich verlassen kannst. Eine ganze Wagenladung voll, bitte.«

»Okay.« Ich gebe ihr einen schnellen Kuss, dann schäle ich mich aus unserer Decke. »Bleib liegen, ich bin gleich wieder da.«

Verwundert sieht sie mir hinterher, wie ich in ihrer Wohnung verschwinde. Drinnen ist es noch recht dunkel, weshalb ich das Licht anschalte und mir einen Weg durch das Chaos bahne. Wir werden eine ganze Weile brauchen, um das alles wieder aufzuräumen.

In Freyas Küche widme ich mich der Kaffeemaschine, setze Wasser auf, nehme Tassen aus dem Schrank, und während ich auf unsere Getränke warte, durchsuche ich ihren Kühlschrank nach irgendetwas, aus dem ich uns ein kleines Frühstück kreieren kann.

Mit frischem Joghurt und einem Obstteller sowie dampfendem Kaffee, den ich mit etwas Salz gepimpt habe, kehre ich zurück auf den Balkon. Mittlerweile hat Freya sich aufgerichtet, sitzt im Schneidersitz da und hat sich die Decke um den Körper gewickelt. Ich stelle unser Frühstück ab, dann rutsche ich zu ihr und ziehe mir die eine Seite der Decke ebenfalls über die Schultern.

»Danke«, sagt sie und greift nach einer der Tassen. Behutsam nippt sie daran. »Ehrlich, Emil. Ich wüsste nicht, was ich ohne dich die letzten Wochen hätte machen sollen.«

Statt ihr zu antworten, beuge ich mich für einen weiteren Kuss zu ihr. Weil Gesten manchmal einfach so viel mehr sagen als Worte. Freya schmeckt nach Kaffee und Ruhe und etwas, das nur sie ist.

Wir lassen uns Zeit, frühstücken in Ruhe. Erst als in den Straßen unter uns vereinzelt das Leben erwacht und der Duft frisch gebackener Brötchen von der kleinen Bäckerei um die Ecke zu uns dringt, raffen wir uns auf, verräumen unser Nachtlager und beginnen damit, die Spuren des Einbruchs zu beseitigen.

»Ich würde wirklich gern wissen, was dieser Kerl gesucht hat«, sagt Freya irgendwann. Wir schieben gerade ihr Sofa zurück in seine ursprüngliche Position.

»Das fragen wir nachher die Polizei. Vielleicht hat der Kerl ja geredet.« Ich weiß, dass es ziemlich naiv von mir ist, so zu denken. Aber die Hoffnung stirbt zuletzt.

Zwei Stunden später sitzen wir auf der Polizeidienststelle, und ich fühle mich immer noch ziemlich naiv. Der Polizist uns gegenüber stellt eine Frage nach der anderen: *Können Sie mir beschreiben, wie Sie den Einbruch bemerkt haben? Was haben Sie dann getan? Wie war die Tür gesichert? Sie haben den Täter auf frischer Tat ertappt. Was haben Sie gemacht, um ihn aufzuhalten? Wer hat zuerst angegriffen? Mussten Sie medizinisch versorgt werden?*

Wir beantworten alles, so gut wir können. Mit unserer Einwilligung nimmt er die Befragung auf Band auf. Schließlich legt er ein Foto vor uns.

»Kennen Sie diesen Mann?«

Ich strecke zwei Finger aus und ziehe das Foto näher. »Das ist der Einbrecher«, sage ich und deute auf seine Augen. »Ich habe ihn nur mit Mütze und Schal um den Mund gesehen, aber diese Augen ...« Auch jetzt habe ich das Gefühl, sie schon einmal irgendwo gesehen zu haben. Ich komme nur immer noch nicht drauf, wo.

»Frau Olsen?«

»Ich denke auch, dass er der Einbrecher ist«, bestätigt Freya meine Aussage. »Aber ich kenne ihn nicht. Keine Ahnung, ob ich ihn zuvor irgendwo gesehen habe. Bekannt kommt er mir nicht vor.« Sie zuckt mit den Schultern und wirft mir einen fragenden Blick zu, ehe sie wieder den Polizisten uns gegenüber ansieht.

»Sein Name ist Jacob Olafsen. Sagt Ihnen das etwas?«

Jacob Olafsen.

Ich rolle den Namen schweigend über meine Zunge und durchforste mein Gehirn nach einem Jacob, aber ich kenne niemanden, der so heißt. »Nein«, sage ich daher.

Auch Freya schüttelt den Kopf. »Der einzige Jacob, den ich kenne, ist acht Jahre alt und der Sohn meiner Cousine.«

»Okay. Vielen Dank. Das wäre dann alles.« Der Beamte nickt uns einmal zu, dann schaltet er das kleine Aufnahmegerät wieder aus. Die ganze Befragung hat keine halbe Stunde gedauert. Er schiebt ein paar Papiere zusammen und will sich erheben.

»Warten Sie«, sage ich schnell, bevor er uns entlassen kann. »Wir haben auch noch ein paar Fragen an Sie.« Mein Blick huscht zu Freya, die mit fest ineinander verschlungenen Händen neben mir sitzt. Sie knetet ihre Finger so sehr, dass die Knöchel weiß hervortreten. »Warum wurde ausgerechnet bei meiner Freundin zweimal eingebrochen? Was hat der Typ dort gesucht?«

»Das kann ich Ihnen leider nicht sagen.« Der Polizeibeamte schüttelt bedauernd den Kopf. »Wir wissen es nicht. Er hat keine Aussage dazu gemacht. Aber wir gehen wie Sie davon aus, dass Sie kein zufälliges Opfer waren, Frau Olsen. Sie wurden gezielt ausgewählt.«

»Was heißt das genau?«, hake ich nach und sehe dem Beamten ins Gesicht. »Bleibt der Typ im Gefängnis?«

»Nicht wegen eines Einbruchs, nein. Es wurde niemand ernsthaft verletzt, und eine Waffe trug er auch nicht bei sich. Angeklagt wird er natürlich trotzdem.«

»Und was bedeutet das?« Freyas Stimme klingt dünn, und ich glaube, sogar ein leichtes Zittern darin zu hören. Sie hat Angst.

»Er wird am Nachmittag unter Auflagen entlassen und muss bis zur Verhandlung jederzeit erreichbar sein.«

»Okay.« Freya nickt. Sie wirkt erstaunlich ruhig, während in mir die Wut zu kochen beginnt. »Wie lange dauert es, bis so ein Prozess beginnt?«

»Das kann Wochen oder Monate dauern. Je nachdem, wie viel die Staatsanwaltschaft zu tun hat. Es tut mir leid, Frau Olsen«, wiederholt der Polizist noch einmal. Das Schlimme ist, dass ich ihm sein Bedauern sogar glaube. Er muss sich nur trotzdem an die Gesetze des Staats halten.

Ich strecke meine Hand nach Freyas aus und verschränke ihre Finger mit meinen. »Wie garantieren Sie uns dann Freyas Sicherheit? Was, wenn der Typ ein drittes Mal bei ihr einbrechen wird?«

»Ich empfehle Ihnen, eine Sicherheitstür und eine Alarmanlage zu installieren. In den nächsten Tagen werden wir immer mal wieder eine Streife vorbeifahren lassen. Mehr können wir leider nicht tun.« Wieder ist da dieses Bedauern. Nur besänftigt es mich dieses Mal nicht. Ganz im Gegenteil. Es macht mich stocksauer, dass das alles ist, was die Polizei offenbar tun kann. »Vielen Dank für Ihre Zeit«, bedankt er sich und hält erst Freya, dann mir seine Hand entgegen. »Bitte melden Sie sich jederzeit, wenn Ihnen etwas seltsam vorkommt.«

Ich nicke einmal kurz, dann verabschieden wir uns und verlassen die Dienststelle mit zügigen Schritten. Ich bin so wütend, dass ich am liebsten etwas kaputt machen würde. Eine Nacht. Eine einzige ruhige Nacht ist Freya gegönnt worden. Nun wird dieses Arschloch wieder entlassen, und uns bleibt nur zu hoffen, dass es das war und er keinen dritten Einbruchsversuch starten wird. Das ist einfach nur unfair.

»Hey.« Freya fasst nach meiner Hand und bringt mich damit zurück ins Hier und Jetzt. »Ich find das auch beschissen«, sagt sie, »aber ich werde tun, was er gesagt hat.« Als ich nichts erwidere, spricht sie weiter. »Ich lasse eine Alarmanlage einbauen. Mein Vermieter macht das bestimmt.«

»Eigentlich müsste dieser Kerl dafür aufkommen.« *Olafsen. Jacob Olafsen*, rufe ich mir in Erinnerung. Und ich werde das Gefühl einfach nicht los, dass mir dieser Name etwas sagen sollte, es aber schlicht nicht tut.

20

FREYA

»O mein Gott!«

Emils Ausruf kommt so überraschend, dass mir fast der Stuhl aus der Hand rutscht, den ich gerade wieder unter den Türgriff klemmen wollte. Auf dem Weg zurück von der Polizeidienststelle hat der Schreiner angerufen, dass er am späten Vormittag vorbeikommt und meine Tür austauschen wird. Es lohnt sich also nicht mehr, neue Vorhängeschlösser zu besorgen. Emil hat versprochen, da zu sein und den Einbau zu beaufsichtigen.

»Was ist los?« Ich schiebe den Stuhl in Position und werfe Emil gleichzeitig über meine Schulter einen Blick zu. Er starrt mich mit weit aufgerissenen Augen an.

»Ich glaube, ich weiß, woher ich den Namen kenne. Zumindest den Nachnamen.«

»Von Jacob Olafsen?«

»Genau.« Emil nickt heftig. »Und du kennst ihn auch.«

»Tue ich?« Ich runzle die Stirn. »Woher?«

»Hendriks Dozent in Oslo, bei dem wir waren. Er heißt Olafsen.«

»Scheiße.« Nun bin ich diejenige, die die Augen aufreißt. »Meinst du, da besteht ein Zusammenhang?«

»Ich weiß es nicht, aber wir werden es herausfinden.« Emil schnappt sich seinen Laptop. »Wir googeln den Namen einfach. Vielleicht stoßen wir auf eine Verbindung, die uns erklärt, warum er ausgerechnet bei dir eingebrochen ist.«

»Okay.« Emils Eifer ist ansteckend. »Ich gebe nur schnell meinen Eltern Bescheid, dass ich später komme.« Für zwei Sekunden überlege ich, sie anzurufen. Aber das würde ihnen die Gelegenheit geben, Fragen zu stellen, für die ich nun keine Zeit habe. Also tippe ich nur eine Nachricht an sie.

Komme heute später. Tut mir leid, aber es ist wichtig, erkläre euch alles nachher, ja? Hab euch lieb. Fee

Dann stecke ich mein Handy wieder weg und setze mich zu Emil auf die Couch. Er hat bereits den Browser aufgerufen und tippt Jacob Olafsens Namen ein. Einen kurzen Augenblick sieht er mich an, ehe er die Entertaste drückt. Sofort werden uns unzählige Treffer angezeigt. Der erste ist ein Artikel über einen Jacob Olafsen, der nach Kanada ausgewandert ist. Emil realisiert genauso schnell wie ich, dass es sich hierbei um den falschen Jacob handelt. Er klickt zurück und ruft die nächste Seite auf. Dieses Mal wird uns ein lokaler Zeitungsartikel über ein Fußballspiel angezeigt, in dem Jacob Olafsen mitgespielt hat. Emil macht das Bild größer, und wir erkennen, dass es sich bei dem Spieler tatsächlich um den Kerl handelt, der gerade noch hier in Haft sitzt.

»Bjerke«, liest Emil vor. »Okay. Mal sehen, ob Hendriks Dozent auch dort wohnt.«

Mit flinken Bewegungen tippt er nicht nur Jacob, sondern auch Haakon Olafsen in die Browserleiste. Wieder erscheinen unzählige Ergebnisse, die meisten handeln von Haakon Olafsen als Dozent an der University of Oslo. Doch nach einer Weile stoßen wir auf einen Satz in einem Artikel, der Emils Verdacht bestätigt.

»*Haakon Olafsen ist mit Thea Olafsen verheiratet. Das Paar hat drei Kinder. Jacob, Edda und Sören.*« Emil hält inne. »Jacob Olafsen ist der Sohn …«

»… von Hendriks Dozenten«, beende ich seinen Satz. »Und der weiß von seinem Laptop.«

»Aber …« Emil schüttelt kurz den Kopf. Als müsste er alte Gedanken loswerden und Platz für neue schaffen. »Wie hängt das zusammen? Wieso bricht sein Sohn bei dir ein? Um für seinen Vater den Laptop zu stehlen? Das ergibt doch keinen Sinn. Wir haben ihm angeboten, dass er sich melden kann, wenn ihm …« Er verstummt. »Außer er hat in den Videos etwas gesehen, was er uns nicht gesagt hat. Wie lange nach unserem Besuch dort ist der erste Einbruch passiert?«

»Ich habe keine Ahnung. Warte.« Ich springe vom Sofa auf und hole mein Handy. Wenn mich nicht alles täuscht, habe ich Fotos von dem Tag, an dem wir in Oslo waren. Ich öffne meine Galerie und beginne zu suchen, bis ich auf eins der Fotos stoße. »22. Mai. Und der erste Einbruch war zwei Tage danach. Also am 24. Mai.« Ich lasse das Handy wieder sinken. »Du denkst echt, dass es etwas mit den Videos zu tun hat?«

»Es wäre arg viel Zufall, wenn nicht, oder?« Emil sieht mich an. »Ich meine, wir fahren nach Oslo, erzählen ihm von Hendriks Laptop und den Videos, die ganz eindeutig diverse Einbrüche zeigen. Und kurz danach wird bei dir eingebrochen und deine Wohnung durchwühlt, aber nichts fehlt. Weil er den Laptop nicht finden konnte, da der bei mir zu Hause war.«

»Also geben uns die Videos die Antwort?« Ich kneife die Augen zusammen. »Wir haben die Dinger so oft angesehen, uns wäre doch aufgefallen, wenn es dort etwas zu entdecken gäbe, das …« Ich beende meinen Satz nicht, weil ich keine Ahnung habe, was wir hätten entdecken sollen, das interessant oder wichtig genug ist, um bei mir einzubrechen.

»Ich weiß es nicht.« Emil schüttelt den Kopf. »Aber wir werden es herausfinden. Lass uns die Videos noch mal ansehen.« Er stellt den Laptop auf meinem Sofa ab, dann steht er auf und geht zu seiner Reisetasche. Ganz unten drin liegt Hendriks Laptop. Wir haben ihn schon eine Weile nicht mehr in den Händen gehabt, weshalb immer mehr von Emils Klamotten nach oben gewandert sind und ihn bedeckt haben. Was vermutlich unser Glück war, weil der Laptop so nicht direkt zu sehen war. Wären wir nur zehn Minuten später zurückgekommen, hätte er dieses unfreiwillige Versteck vielleicht schon gefunden gehabt.

Im Gehen klappt Emil den Laptop auf und betätigt die Power-Taste. Als er sich wieder neben mich setzt, leuchtet uns der Desktop entgegen.

»Okay.« Er klickt sich bis zu den Videos durch. Bevor er das erste Video starten kann, vibriert mein Handy.

»Moment«, sage ich und werfe einen Blick auf das Display. Es ist eine Nachricht von meiner Mum. Ich ignoriere sie und konzentriere mich wieder auf den Laptop. »Gut, leg los.«

Emil drückt auf Play, und sofort schallen uns die mittlerweile bekannten Geräusche einer Gruppe entgegen, die sich Zutritt auf unbefugtes Gelände verschafft. Wie beinahe jedes Mal, wenn ich mir die Videos angesehen habe, bekomme ich eine Gänsehaut. Und wie bei den Malen zuvor bringt uns das Video auch jetzt nicht weiter. Es ist kurz und dunkel, und nur am Ende hört man jemanden unverständlich etwas sagen. Emil klickt das zweite an, dann das dritte. Alle laufen sie ähnlich ab. Schritte. Knackende Äste, das Rascheln von Jacken,

Menschen, die atmen und auf ein Gelände einbrechen, auf dem sie nichts zu suchen hatten.

»Das hat keinen Sinn, Emil«, sage ich nach drei weiteren Videos und lasse mich entmutigt zur Seite in die Kissen fallen. Mein Frust ist so groß, dass ich an die Decke starre und am liebsten geschrien hätte. »Warum auch immer Olafsen die Videos haben wollte ... Da ist doch nichts.« Genervt richte ich mich wieder auf.

Alles an dieser Situation erinnert mich an den Abend meines Geburtstags, an dem ich den Laptop gefunden und damit die Videos entdeckt habe. Nur dass nun nicht ich diejenige bin, die Datei um Datei anklickt. Es ist beinahe so, als hätten Emil und ich die Rollen getauscht.

»Doch, da muss etwas sein«, sagt er, und ich höre erneut ein Klicken, dicht gefolgt von Stimmengemurmel. Zunächst klingt es wie auf dem ersten Video völlig unverständlich. Doch nach einigen Minuten kristallisiert sich eine Stimme heraus, die deutlich zu verstehen ist.

Warte, Jake.

»Hast du das gehört?« Emil stoppt das Video und springt ein Stück zurück. Dann drückt er wieder auf Play.

Warte, Jake.

Die Worte sind eindeutig zu verstehen.

»Warte, Jake«, wiederhole ich leise.

»Jake«, sagt auch Emil.

»Jake wie Jacob.« Ich sehe ihn an, den Bildschirm, dann zurück zu Emil. »Spiel es noch mal.«

Er kommt meiner Aufforderung sofort nach. Aber es ist egal, wie oft er die Aufnahme wiederholt, es ist unmissverständlich. *Warte, Jake.*

»Denkst du, das ist es?«, frage ich leise. »Denkst du, das ist die Verbindung zwischen uns und ihm? Dieser Jacob ist auf dem Video zu sehen?«

»Ich glaube, ja.« Emil nickt und spielt die Stelle noch einmal ab.

Warte, Jake.

»Aber dieses Video haben wir Herrn Olafsen doch gar nicht gezeigt.«

»Mussten wir auch nicht. Es hat gereicht zu wissen, dass Hendrik Videos gemacht hat, denke ich.«

»Hm.« Ich nicke langsam. Im selben Moment kommt mir ein Gedanke. »Aber wieso ist er nur hier eingebrochen? Nachdem er beim ersten Mal nicht fündig wurde, wieso ist er nicht auch bei euch eingestiegen?«

»Wir haben eine Alarmanlage. Dad ist im Laufe der Jahre vorsichtig geworden. Abgesehen davon ist meistens jemand da. Mum verlässt das Haus doch kaum. Und wenn sie abends unterwegs sind, lassen sie zur Abschreckung oft das Licht brennen und den Fernseher laufen.«

»Hm.« Ich lasse mir seine Antwort durch den Kopf gehen. »Ja, mag sein, dass ihn das verwirrt hat.«

Plötzlich kann ich nicht mehr still sitzen. Ich stehe auf und hole aus der Küche zwei Gläser und eine Flasche Wasser für uns.

»Was machen wir nun damit?«, frage ich. »Gehen wir doch mit dem Laptop zur Polizei?« Ich schenke uns ein und setze mich zurück neben ihn. Mit dem Glas in der Hand ziehe ich die Beine auf die Couch und drehe mich in Emils Richtung. »Reicht so was denn? Ich meine, es ist nur ein Video, und man sieht den Kerl bloß von hinten.«

»Vielleicht finden wir ja noch mehr?« Emil schließt die Datei und öffnet eine andere.

In zwei weiteren Videos wird gar nicht gesprochen, in einem anderen fällt kein Name, aber in einem vierten werden wir ganz am Ende, nachdem wir fast zwanzig Minuten geschaut haben, fündig: Jacob, Tom und Patrick. Drei Namen, so leise, dass man es auch überhören könnte. Und dieses Mal zeigt die Kamera sogar die komplette Rückenansicht der Männer. Ich habe Jacob Olafsen zwar nur kurz gesehen, aber die Statur könnte passen.

»Wenn der Kerl aussagt, kriegen sie vielleicht raus, wer die anderen Aktivisten sind. Und das könnte die Polizei durchaus interessieren. Einbruch, Sachbeschädigung, freigelassene Tiere … Die Gruppe hat eine ganze Latte an Straftaten begangen.« Emil sieht mich ernst an. »Ich glaube, wir sollten den Laptop der Polizei überlassen. Hendrik kann nichts mehr passieren, er ist tot und sein Ruf längst hinüber. Aber im besten Fall finden sie damit die anderen und können diesem Jacob noch mehr zu Lasten legen als nur die Einbrüche bei dir.«

Emils Überlegungen ergeben Sinn, und trotzdem fühlt es sich seltsam an, überhaupt darüber nachzudenken, noch einmal zur Polizei zu gehen.

»Wir müssen nicht«, sagt er, als er mein Zögern bemerkt. »Brauchst du noch Bedenkzeit?«

»Nein, ich …« Ich seufze leise. »Das ist alles nur viel und verdammt surreal, weißt du? Monatelang wussten wir nicht, was wirklich passiert ist. Wieso Hendrik bei diesen Leuten überhaupt dabei war. Und plötzlich taucht der Laptop auf, die Videos, es wird eingebrochen, du findest die Anmeldung für den Wettbewerb …« *Und wir beide haben uns parallel dazu irgendwie ineinander verliebt.* »Vielleicht sollten wir ihnen die auch zeigen. Das wird zwar nichts ändern, Hendrik hat trotzdem mehrere Einbrüche begangen, aber …«

»Du willst, dass sie alle Puzzleteile haben. Wenn schon, denn schon.« Emil nickt verständnisvoll.

»Ja. Vielleicht ist das sowieso nutzlos, und wir sind naiv, überhaupt darauf zu hoffen, dass diese Videos in den Ermittlungen etwas ändern, aber … Es ist einen Versuch wert, finde ich.« Alles, was irgendwie hilft, Hendriks Ruf zumindest vor den Behörden wieder herzustellen. Und was Jacob Olafsen im besten Fall hinter Gittern hält.

»Dann gehen wir noch mal hin?«, vergewissert Emil sich.

Ich nicke.

»Jetzt gleich?«

»Am besten, oder?« Je eher die Beamten das Material haben, umso schneller können sie es sichten und ihn vielleicht doch länger festhalten als nur bis heute Nachmittag.

Unser zweiter Besuch auf der Polizeidienststelle an diesem Morgen verläuft unspektakulär. Die Beamten nehmen uns den Laptop ab, stellen ein paar Fragen und entlassen uns mit der Aussage, sich bei weiteren Erkenntnissen zu melden. Es ist ernüchternd.

»Was machen wir jetzt?«, frage ich Emil, nachdem wir das Gebäude wieder verlassen haben. Ich blinzle gegen die Sonne und hätte ihn am liebsten geschnappt, um mit ihm in den Wald zu flüchten und zu schreien. Denn das ist es, was ich tun will. Mir ist klar, dass die Mühlen langsam mahlen, aber das alles frustriert mich.

»Du gehst arbeiten und erzählst deinen Eltern vom zweiten Einbruch.« Emil legt seinen Arm um mich und drückt mir einen Kuss auf den Scheitel. »Ich beaufsichtige den Einbau deiner Tür und spreche danach mit meinem Dad. Er muss wissen, dass die Polizei Hendriks Fall gegebenenfalls neu aufrollt, wenn sie auf den Videos etwas entdecken. Die Beamten haben ja ganz andere Möglichkeiten als wir.«

»Glaubst du, wir erfahren irgendwann, was wirklich auf der Sandvikfarm passiert ist? Mit Hendrik, meine ich.« Auch wenn wir die Vorstellung, dass er tatsächlich ein Aktivist war, langsam zulassen können … In mir ist immer noch ein Funken, der hofft. Der hofft und hofft und hofft, dass das alles nur ein böser Traum war. Zumindest Hendriks Rolle in all dem Chaos. Seinen Tod wird nichts und niemand jemals ändern können, aber es wird noch dauern, bis ich diesen Fakt wirklich und wahrhaftig akzeptieren werde.

»Ich weiß es nicht.« Emil legt auch seinen zweiten Arm um mich, sodass wir einander umarmen können. »Lass uns abwarten, was die Polizei herausfindet. Wenn sie Jacob Olafsen nun konfrontieren … Vielleicht packt er aus und erzählt, was er weiß.«

Ich lege den Kopf in den Nacken und sehe zu Emil nach oben. Sein Gesicht wird von der Sonne angestrahlt. »Hm«, murmle ich. »Warten wir es ab.« Dann mache ich mich von ihm los und schlage den Weg zurück zu meiner Wohnung ein. Emil fasst nach meiner Hand, und allein diese kleine Berührung lindert das Verlangen zu schreien ein wenig. Ich habe keine Ahnung, wie er das macht, aber ich bin froh drum.

Vor dem Haus, in dem meine Wohnung liegt, trennen wir uns. Ich fahre mit dem Rad zum Sägewerk, Emil geht nach oben und wartet auf den Schreiner. Als ich eine halbe Stunde später im Büro ankomme, richten sich sofort drei Paar Augen auf mich.

»Was machst du denn hier?«, frage ich meinen Bruder überrascht und schlüpfe aus meiner Jacke.

»Mum hat mich nach deiner kryptischen Nachricht angerufen. Wo warst du so lange?«

Es ist wohl der direkten Frage meines Bruders zu verdanken, dass es nicht sofort Vorwürfe von Mum und Dad hagelt. Sie geben mir tatsächlich die Möglichkeit, zuerst zu sprechen. Und ich bin gewillt, diesen Vorteil zu nutzen.

»Ich war bei der Polizei. Gestern Abend wurde noch einmal bei mir eingebrochen.«

Meine Mum schnappt nach Luft, Dad macht den Mund auf, Thore spannt merklich die Schultern an. Aber bevor ihre Fragen auf mich einprasseln können, spreche ich weiter.

»Ihr müsst euch keine Sorgen machen. Sie haben den Täter. Deshalb war ich heute früh bei der Polizei. Ich bin nicht einfach so zu spät dran.« Es ist ein Reflex, mich sofort zu verteidigen. Ich weiß, dass ich in letzter Zeit immer mal wieder zu spät gekommen bin, aber heute habe ich einen guten Grund dafür. »Und als wir von der Polizei zurück waren, haben Emil und ich etwas entdeckt und mussten noch einmal hin.« Weiter komme ich nicht.

Sowohl meine Eltern als auch Thore sehen mich fassungslos an. Und dann platzt es aus allen dreien gleichzeitig heraus.

»Sie haben den Einbrecher?« Dad.

»Du warst bei der Polizei?« Mum.

»Mehrfach?« Thore.

»Ja zu allem.« Ich hänge meine Jacke auf, und Mum nutzt diese kurze Pause für weitere Fragen.

»Wieso hast du uns nicht angerufen? Wir hätten dich doch zur Polizei begleitet, Schatz. Wer ist derjenige, der bei dir eingebrochen hat?«

»Ich beantworte alles, wenn du mich ausreden lässt.« Mit Schwung setze ich mich auf meinen Stuhl und beginne zu erzählen. Vom zweiten Einbruch, der Mum erneut heftig nach Luft schnappen lässt. Von der Befragung auf der Dienststelle. Und schließlich auch von Hendriks Laptop mit den Videos und den Namen, die wir darauf gehört haben. Von der Anmeldung zum Wettbewerb und der Tatsache, dass wir alle unterschätzt haben, wie weit Hendrik bereit war, dafür zu gehen. »Diese Videos waren für einen Wettbewerb. Keine Ahnung, ob diese Gruppe überhaupt wusste, dass er filmt. Aber er wollte offenbar einen Preis gewinnen und auf die Missstände in den Massentierfarmen aufmerksam machen. Und dazu mussten die Videos authentisch sein.«

»Das mag sein, aber dafür war es nicht nötig, das Gesetz zu brechen.« Dad spricht energisch, mit Nachdruck in der Stimme. »Er hat diesen Wachmann angegriffen, Freya. Vergiss das nicht.«

»Das vergesse ich ganz bestimmt nicht.« Nicht zuletzt deshalb, weil sie mich nicht lassen. Ich verschränke die Arme vor der Brust und musterte Dad mindestens genauso eindringlich wie er mich.

»Ein paar Tieren helfen und einen Film darüber drehen … Macht es das echt besser, Fee?« Auch Mum schüttelt den Kopf. »Es gibt so viele Verbrechen, die aus guten Motiven heraus begangen werden. Verbrechen bleiben sie trotzdem.«

»Das weiß ich«, antworte ich. »Aber wir haben alle keine Ahnung, was in dieser Nacht genau passiert ist. Warum er diesen Wachmann angegriffen hat. Vielleicht hatte er einen guten Grund dafür.«

»Hendrik hat einen Fehler gemacht.« Thore nickt. »Das ist nicht von der Hand zu weisen. Aber Fee hat recht, es macht einen Unterschied, warum jemand etwas tut. Es bleibt Unrecht, das ist klar, aber solange wir nicht wissen, was genau vorgefallen ist …« Er zuckt mit den Schultern. »Im Zweifel für den Angeklagten.«

»Danke, Thor!« Ich drehe mich wieder zu meinen Eltern. »Ich will doch einfach nur, dass ihr ihn nicht vorschnell verurteilt.«

»Tut mir leid, Fee.« Dad schüttelt den Kopf. »Was auch immer ihn dazu bewegt hat, bei diesen Einbrüchen mitzumachen. Es waren a) mehrere und b) haben sie letzten Endes wohl dazu geführt, dass zweimal bei dir eingebrochen wurde. Das kann ich nicht gutheißen.«

»Das sagt doch auch niemand.« Ich verstehe, warum Dad das so sieht. Er braucht genauso sehr einen Antihelden wie Emil und ich. Nur hat er sich für Hendrik entschieden und nicht für den Wachmann oder die Gruppe wie wir. »Ich heiße diese Einbrüche auch nicht gut. Weder die von Hendrik noch die von Jacob Olafsen. Aber was auch immer dazu geführt hat … Ich hoffe, die Polizei kann es nun herausfinden.« Mit dem Laptop, den Videos und Jacob als Zeugen.

»Dürfen wir die Videos sehen?«

Allein die Tatsache, dass Dad danach fragt, verbuche ich als kleinen Sieg. »Ja. Klar. Emil und ich haben sie kopiert, ehe wir Hendriks

Laptop bei der Polizei abgegeben haben. Ich bringe sie euch morgen mit.«

»Emil und du? Immer noch?«, hakt Mum nach.

»Ja.« Immer noch Emil und ich. Ich ignoriere den aufkeimenden Wutknoten in meinem Magen. Mir ist klar, was hinter ihrer Frage steckt. Sorge und falsche Vorstellungen. Aber darüber kann ich jetzt nicht auch noch diskutieren. Emil ist ein Teil meines Lebens, und ich werde alles dafür tun, dass er das bleibt. »Ihm war es genauso wichtig wie mir herauszufinden, was es mit diesen Videos auf sich hatte.« Denn Thore hat es auf den Punkt gebracht: *Es macht einen Unterschied, warum jemand etwas tut.*

Ich weiß nicht, was Hendrik zu alldem bewegt hat. Aber ich weiß, dass er es nicht verdient hat, von Emil und mir so verurteilt zu werden wie vom Rest der Welt. Eben weil Motive eine Rolle spielen. *Immer.*

Ich habe eine reparierte Tür. Das ist das Erste, was mir auffällt, als ich nach Hause komme. Ein Grinsen schleicht sich auf mein Gesicht, während ich auf den kleinen Klingelknopf neben der Tür drücke. Es dauert keine fünf Sekunden, bis Emil mir öffnet.

»Hey.« Ich stelle mich auf die Zehenspitzen und gebe ihm einen Begrüßungskuss, ehe ich mich wieder zu meiner neuen Tür umdrehe. »Wann war Herr Jensen da?«

»Kurz nach eins, und vor einer halben Stunde sind sie gegangen. Sieht gut aus, oder?« Obwohl ich Emil nicht sehe, weiß ich, dass auch er die Tür und den Rahmen betrachtet. Sie wirkt sehr stabil und enthält nicht nur das normale Schloss, sondern zwei weitere.

»Ja.« Ich fahre mit der Hand über den Rahmen, dann drehe ich mich zu ihm um. »Gutes Gefühl, oder? Zu wissen, dass es nun nicht mehr so leicht möglich ist, bei mir einzusteigen. Außer der Einbrecher klettert die Außenwände hoch, aber wenn er das schafft, dann Respekt.«

Emil grinst bei meinen Worten, bevor er mir die dünne Jacke abnimmt und sie aufhängt. »Wie war's im Sägewerk?«

»Ganz okay. Ich habe Mum, Dad und Thore alles erzählt.« Kurz beiße ich mir auf die Lippe. »Sie waren ziemlich schockiert, und es hat natürlich Vorwürfe gehagelt, warum ich sie nicht direkt heute Nacht angerufen habe.« Die erneute Diskussion über Hendrik verschweige ich ihm. »Und bei dir?«

»Mum hat geweint.« Er seufzt einmal und reibt sich über die Stirn. »Dad hat sofort bei der Polizei angerufen und um den aktuellen Stand der Ermittlungen gebeten.«

»Und Lene?«

»Sie war nicht da. Dad hat gesagt, dass sie einen neuen Job hat. Draußen im Kletterpark.«

»Ihr habt euch also immer noch nicht ausgesprochen?«

»Nein.« Emil schüttelt den Kopf und legt den Arm um meine Schulter. »Aber mit neuem Job hat sie hoffentlich vor, eine Weile hierzubleiben, also haben wir bestimmt bald die Gelegenheit dazu.«

»Hm.« Er wirkt zwar unbeschwert, allerdings glaube ich nicht, dass er es auch tatsächlich ist. Die Situation mit Lene belastet ihn, aber er wird seine Gründe haben, warum er so tut, als wäre es keine große Sache. »Wenn du drüber reden willst, also mit mir, nicht mit Lene, dann …« Ich lasse meinen Satz absichtlich unbeendet.

»Danke.« Emil haucht einen Kuss auf meine Lippen, dann schnappt er mich an beiden Schultern und führt mich in meine kleine Küche. »Ich habe Essen gemacht«, sagt er im Gehen. »Frisches Gemüse in ganz viel Kokosmilch. Und dazu Linguine.«

Und ganz offenbar hat er nicht nur gekocht, sondern auch Blumen gekauft und den Tisch gedeckt.

»Womit habe ich das denn verdient?«, frage ich verwundert und sehe zwischen Emil und dem Essen hin und her.

»Es ist unser letzter Abend«, erwidert er und lächelt sanft dabei. »Deine Tür ist repariert, also …«

»Oh.« Daran habe ich überhaupt nicht mehr gedacht.

Die Erkenntnis, dass er vollkommen recht hat, trifft mich wie ein Schlag ins Gesicht. Der Deal war, dass er nur vorübergehend bei mir einzieht. So lange, bis meine Tür repariert ist. Was sie nun ist. Es gibt also keinen Grund für ihn, noch länger hier zu wohnen. Und ich verstehe das. Ich verstehe das total, aber … Scheiße. Erst jetzt realisiere ich, dass ich mich nicht nur daran gewöhnt habe, dass er da ist, wenn ich abends nach Hause komme. Ich habe vor allem so gut wie keinen Gedanken daran verschwendet, dass dem nicht ewig so sein wird. Weil das zwischen uns noch neu ist und es völlig verrückt wäre, wenn er einfach nicht wieder ausziehen würde. Gott, wir hatten ja noch nicht einmal Sex! Vielleicht funktioniert das mit uns überhaupt nicht. Weder auf Dauer, noch im Bett. Dabei bin ich mir eigentlich sicher, dass das kein Problem sein wird. Emil ist so liebevoll, so verflucht sexy mit seinem Dreitagebart, der manchmal eher fünf Tage alt ist. Und durch das Schwimmen … Er ist unglaublich trainiert. Meine Gedanken rasen so sehr, mein Kopf stellt sich nun Emil oben ohne vor, dass ich nicht bemerke, wie er mich anspricht. Erst als er sich direkt vor mich stellt, erwache ich aus meiner Trance.

»Fee?«, fragt er, und es ist die Sorge in seinem Blick, die wieder Leben in mich bringt.

Ich trete auf ihn zu und schlinge meine Arme um seinen Hals, halte ihn, so fest ich nur kann, atme seinen Emil-Duft ein und schließe die Augen. Weil das hier, dieser Mann in meiner Küche, einfach perfekt ist. Und ich weiß, dass das ein großes Wort ist, ein utopisches, weil nichts und niemand jemals Perfektion erreichen wird. Aber dieser Moment, Emil hier bei mir, kommt meiner eigenen Definition davon ziemlich nah.

»Hey.« Er flüstert leise in meine Haare. »Was ist denn?«

Ich antworte wieder nicht. Kann nicht. Wenn ich nun spreche, breche ich in Tränen aus, ohne ihm genau erklären zu können, warum eigentlich. Wahrscheinlich ist es die Anspannung, die mich seit gestern Abend fest im Griff hat und die nun endlich von mir abfällt.

Emil hält mich. Er umschließt mich mit seinen Armen wie eine warme Decke, lässt mich nicht los. Wir stehen einfach nur da, so eng, dass ich die Wärme seines Körpers durch unsere Klamotten spüren kann. Emil ist der sichere Hafen, von dem ich nicht gewusst habe, dass ich ihn brauche.

Wortlos stehen wir da, so lange, bis ich mich wieder beruhigt habe und ihn ansehen kann. »Tut mir leid. Manchmal überwältigt es mich etwas, wie schnell das mit uns ging.« Ich spreche leise, habe Mühe, ihm in die Augen zu sehen. Dabei ist nichts Schlimmes dabei, diese Worte auszusprechen. Ich weiß, dass ich Emil immer die Wahrheit sagen kann und er mich nie dafür verurteilen würde.

»Mich auch«, sagt er leise, streckt eine Hand aus und streicht mir eine widerspenstige Haarsträhne aus der Stirn. »Aber weißt du, was mich noch mehr überwältigt?«

»Hm?«

»Du.« Zwei Buchstaben. Er sagt sie so, als wären sie das Normalste der Welt.

»Ich?« Mein Blick brennt sich in seinen. Was meint er damit?

»Du«, wiederholt er. Seine Hand liegt immer noch an meiner Wange, seine Fingerspitzen streifen meinen Hals. Und dann ist da eine Gänsehaut. Überall. Und sie wird stärker mit jedem weiteren Wort, das Emil sagt.

»Manchmal macht es mich sprachlos, dass das hier mit uns keine … einseitige Sache ist.«

»Einseitig?«

Er nickt mit einer Ernsthaftigkeit in seinen Augen, die mir unmissverständlich klarmacht, wie wichtig das ist, was er im Begriff ist zu sagen. Aus einem Impuls heraus lege ich meine Hand auf seine. Seine Finger sind so viel wärmer als meine.

»So ist es doch meistens. Man verliebt sich, aber die Gefühle werden nicht erwidert. Und ich habe mich nicht einfach nur verliebt, sondern in jemanden, der trauert. Um meinen eigenen Bruder. Eigentlich wäre es vollkommen nachvollziehbar, wenn du nicht einmal ansatzweise Interesse daran hättest, dich auf jemand Neues einzulassen. Schon gleich gar nicht auf mich, aber …«

»Hier sind wir.« Ich flüstere.

»Hier sind wir«, bestätigt Emil.

Zu wissen, dass ich ein Wir habe, mit ihm, ist in diesem Augenblick das schönste Gefühl überhaupt. Ich schlüpfe mit meinen Fingern zwischen seine und ziehe seine Hand von meinem Gesicht, um kleine Küsse auf seine Knöchel hauchen zu können. Jeder einzelne davon ist ein Versprechen. Dass das hier real ist. Dass wir echt sind. Und es ganz, ganz, ganz sicher keine einseitige Sache ist. Im Gegenteil, es macht mir fast schon ein bisschen Angst, wie sehr ich mit Emil zusammen sein will.

»Ich kann beides«, sage ich noch, weil es mir wichtig ist, dass er das weiß. »Ich kann trauern und verliebt sein, und vielleicht … vielleicht macht mich gerade die Mischung aus beidem wieder … stark.«

Weiter komme ich nicht. Emil beugt sich zu mir und küsst mich. Er küsst die Worte weg, jedes einzelne davon. Weg von meinen Lippen, weg aus meinem Kopf. Alles, was bleibt, ist dieses Gefühl tief in meiner Brust, das mir so deutlich zu verstehen gibt, dass ich in ihn verliebt bin.

Wir stolpern aus der Küche durchs Wohnzimmer und in mein Schlafzimmer. Kurz vor meinem Bett bleibe ich stehen und löse mich von ihm. Nur einen Moment, nur um ihn anzusehen und mich zu vergewissern. Denn auch wenn ich das hier mehr als alles andere will, und auch wenn ich glaube, dass es Emil genauso geht … Wir müssen es aussprechen.

»Bist du dir sicher?« Meine Frage ist zu gleichen Teilen Hoffnung und Wunsch und Sehnsucht. Und ich spüre die Erleichterung beinahe körperlich, als Emil nickt.

»Ja.« Er küsst mich wieder. »Bin ich.« Und wieder. »So sehr.«

»Okay.« Seine Antwort lässt mich lächeln. Ich küsse ihn zurück, dann falle ich nach hinten auf meine Matratze und ziehe ihn mit mir. Auf mich. Zu mir.

Wir sind ein Meer aus Händen und Lippen, ich spüre ihn überall und doch nicht nah genug. Das Herz in meiner Brust pocht heftig, als ich unter ihm hervorrutsche und mich aufrichte und die Knöpfe meiner Bluse öffne. Emil versteht sofort, was ich vorhabe. Er legt seine Finger auf meine, hilft mir, bis ich schließlich meine Hände sinken lasse und er Knopf für Knopf allein öffnet. Dabei ruht sein Blick auf mir, registriert jede Bewegung.

Er lässt sich Zeit, seine Knöchel streifen immer wieder meine Haut, was mich beinahe zusammenzucken lässt. Jede Berührung ist wie ein kleiner Stromschlag, der in meinen gesamten Körper ausstrahlt. Und dann streift er mir endlich den Stoff über die Schultern, und ich sitze in meinem dunklen BH vor ihm.

Kurz ist der Gedanke da, wie froh ich bin, mich heute Morgen für schwarz entschieden zu haben. In der nächsten Sekunde schüttle ich innerlich den Kopf. Das hier ist Emil, der mich in allen möglichen Zuständen kennt. Mit verquollenen Augen. Im Schlafanzug. Heulend, lachend, sogar krank. Ein nicht gerade stylischer BH wird ihn ganz bestimmt nicht stören, zumal ich sowieso plane, das Teil zeitnah auszuziehen. Trotzdem merke ich, wie ich nervös werde. Nicht nervös-

nervös, eher aufgeregt. Vorfreudig. Ich greife nach dem Saum seines Shirts und ziehe es ihm über den Kopf, streiche über seine nackten Schultern, seine Arme und über seinen Bauch. Er hält kurz die Luft an, weil meine Finger so kalt sind.

»Gott, Fee.« Er greift danach, umschlingt meine Hände mit seinen und hält sie ganz fest.

»Sorry«, murmle ich, beuge mich nach vorne und hauche ihm einen Kuss auf die Stelle, an der sein Herz ist. Dann hebe ich den Kopf und küsse sein Kinn. Seinen Hals. Jede Stelle, die ich erreichen kann, während er meine Finger umschlossen hält.

Da ist ganz viel Ungeduld in mir, ganz viel Atemlosigkeit, ganz viele Gedanken. Die dunklen und die hellen, aber ganz besonders die, die sich einzig und allein um Emil drehen. Seinen Duft, seine sturmblauen Augen, die plötzlich weniger grau wirken. Emil, der da ist und sich um mich sorgt und den ich so sehr will, wie ich sehr lange niemanden mehr wollte. Vielleicht noch nie. Mir ist klar, was dieser Gedanke bedeutet, aber nichts davon hat nun, hier, Platz. Es zählt nur noch Emil. Emil und das, was es mit mir macht, ihm so nah zu sein.

Nach einigen Herzschlägen lässt er meine Finger wieder los. Ich nutze den Moment, um meine Hände auf seine Hüfte zu legen und ihn näher zu mir zu ziehen. Langsam lasse ich mich nach hinten in die Kissen sinken, er schiebt sich über mich, seine Hände an meinem Gesicht, meinem Rücken, meinen Seiten. Überall, überall, überall.

Ich lächle, als ich mich ihm entgegenstrecke, ihn küsse und meine Hände in seinen Haaren vergrabe. Am liebsten würde ich den Augenblick einfrieren. Für immer mit Emil hier sein, meine Lippen auf seine pressen, seinen Bart spüren, der mich leicht kratzt. Kurz vor der Schwelle, auf der wir in den letzten Tagen so oft verharrt haben. Ich will sie überschreiten, mit ihm gemeinsam. Während er meine Wangen umfasst, schiebe ich die Finger zwischen uns, löse erst den Knopf meiner Hose, dann will ich auch seine Jeans öffnen. Es gelingt mir im Liegen nicht.

Emil hört auf, mich zu küssen, vergräbt sein Gesicht in meiner Halsbeuge und beginnt, lautlos zu lachen. Ich spüre es nur an den leichten Erschütterungen seines Körpers, wie amüsant er meinen Kampf mit seiner Hose findet.

»Hilf mir doch mal«, murre ich irgendwann und kneife ihn in die Seite.

Er rutscht neben mich und lacht immer noch. Sein Lachen ist so ansteckend, dass auch ich zu grinsen beginne, und es ist genau das, was ich brauche. Ich zerre mir die Hose von den Beinen und ziehe dann an seiner. Kaum habe ich ihn davon befreit, liegen seine Hände schon wieder an meinen Wangen, und er küsst mich erneut. Dieses Mal hungriger, gieriger. Ohne seinen Lippen von meinen zu lösen, dreht er sich auf den Rücken und zieht mich mit sich. Ich stütze mich neben seinem Körper mit den Knien ab und spüre, wie er seine Hände nun meine Wirbelsäule hinabwandern lässt. An meiner Taille schiebt er sie nach vorne, und er stoppt erst, als seine Hände über dem Stoff meines Slips liegen. Er wirkt beinahe andächtig, als wolle er nichts überstützen. Gleichzeitig ist da dieses Feuer in seinen Augen, das nicht nur ihn antreibt, sondern auch mich. Und als ich mein Becken an seinem reibe, keucht er laut auf.

»Verdammt, Fee.«

Ehe ich reagieren kann, rollt er mich wieder auf den Rücken und kommt über mich. Mit einer Hand stützt er sich neben meinem Kopf ab, mit der anderen streicht er mir die Haare aus dem erhitzten Gesicht. Eine halbe Ewigkeit sieht er mich einfach nur an, und ich glaube, das ist der intimste Moment meines bisherigen Lebens. Ich bin nicht nackt, und doch habe ich das Gefühl, dass Emil in diesen Sekunden alles sieht. Alles, was ich bin, und alles, was ich jemals sein werde. Ich will etwas sagen, aber da ist plötzlich ein Kloß in meinem Hals, der jeglichen Worten den Weg versperrt. Also antworte ich wieder mit meinen Händen, ziehe ihn an den Schultern zu mir, sodass ich ihn umarmen kann.

Ich bin mir sicher, dass er spürt, wie sehr mein Puls rast. Wir verharren in dieser Position. Einen Herzschlag lang, zwei, fünf. Erst dann lasse ich ihn los, streiche behutsam über seine nackte Brust und zeichne die Muskeln an seinem Oberkörper nach, an denen sein Schwimmtraining schuld ist. Er hat kein Gramm Fett an sich, ist warm und weich und hart zugleich. Ich habe ihn schon oft oben ohne gesehen. Früher. Beim Schwimmen im See. Als er vor ein paar Tagen aus der Dusche kam. Aber ihn nun anfassen zu dürfen, von ihm zurückberührt zu werden … Das alles weckt ein Kribbeln in mir, das ich verloren geglaubt habe. Eins, das ich, wie ich nun merke, unglaublich vermisst habe.

Wie so oft bemerkt er, dass ich in Gedanken versinken will. »Alles okay?«, fragt er und sieht mir in die Augen. Sanft lässt er seine Hand meinen Oberschenkel entlangwandern. Erst nach unten zu meinem Knie, dann auf der Innenseite zurück nach oben. Und je höher er kommt, umso flacher geht mein Atem.

»Ja.« Ich hauche das Wort nur. Alles ist mehr als in Ordnung. Das hier ist auf dem besten Weg, perfekt zu werden. »Mach … mach weiter.«

Ich küsse seinen Mundwinkel, beiße mir danach auf die Lippe, bis es fast wehtut, und schließe die Augen. Und dann ist seine Hand an meinem Slip, ein Daumen schiebt sich unter den Bund. Ich hebe das Becken an, damit er mir das Stück Stoff ausziehen kann. Geräuschlos fällt es neben dem Bett zu Boden.

In der Sekunde, in der ich die Augen wieder öffnen will, spüre ich plötzlich nicht mehr seine Hand, sondern seinen Atem an meinem

Innenschenkel. Seine Lippen, die sich ihren Weg mit sanften Berührungen über meine Haut küssen. Alles in mir zieht sich zusammen, dabei ist er noch nicht einmal dort angekommen, wo ich ihn am meisten will.

»Darf ich?« Ich höre seine Worte wie durch Watte, habe Mühe, mich zu konzentrieren. All meine Sinne sind einzig und allein auf das Pochen zwischen meinen Beinen fokussiert. Es gibt nichts, was ich sagen kann außer *Ja. Natürlich.* Und: *Bitte hör niemals auf.* Aber vielleicht denke ich das auch nur. Ich habe keine Ahnung.

»Du musst mir schon antworten, Fee.« Federleicht streicht er mit den Fingerkuppen über die Haut an der Innenseite meines Schenkels, ehe er unvermittelt mit dem Daumen sanften Druck auf diesen einen Punkt ausübt, der das Pochen auslöst.

»Scheiße«, entweicht es mir. Dann noch einmal. »Scheiße.« Und ein drittes Mal. Weil das das einzige Wort ist, das mein Hirn noch zustande bringt.

»Also ja?« Ich sehe ihn nicht, aber mir ist klar, dass er grinst. Und ihm ist auch klar, dass ich es weiß.

Er erhöht den Druck genau auf die richtige Weise, und wieder schaffe ich es nicht, ihm eine Antwort zu geben. Ein paar Sekunden quält er mich. Drei, vier maximal. Dann hört er auf, und das fühlt sich fast an wie eine kalte Dusche.

»Fee?«

»Du … darfst«, presse ich hervor, weil ich zu mehr nicht imstande bin.

»Okay.« Nun höre ich sein Grinsen wirklich. »Gut.«

Er küsst mich noch einmal. Auf den Mund, den Hals, meine Brüste, die immer noch von meinem BH bedeckt sind. Den Bauch. Kurz über der Stelle, wo ich ihn so sehr haben will. Im nächsten Moment denke ich nicht mehr, ich fühle nur noch. Emil, Emil, Emil. Und mich, mich,

mich, wie ich zerschmelze, zerfließe, mich auflöse. Ich kralle die Finger erst in seine Schultern, dann in die Decke, kann nicht anders, muss mich irgendwo festhalten, als all die Empfindungen in mir sich zuspitzen und einen Weg aus mir heraussuchen. Zunge, Lippen, Finger, Druck, Druck, Druck. Ich stöhne, keuche, schnappe nach Luft, bin laut und leise und weiß nichts mehr. Das Einzige, was noch durch meinen Kopf schwirrt, ist ein Gefühl absoluter Sicherheit. Ich könnte Emil mein Leben anvertrauen, und es wäre sicher. *Ich* bin bei ihm sicher. Und ich werde es immer sein.

21

EMIL

Freya so zu sehen, wie sie ihren Höhepunkt erreicht, sich all den Emotionen hingibt, die in ihr toben … Das ist das Unglaublichste, was ich seit Langem erlebt habe. Ihre Wangen glühen, ihre Lippen beben, und sie ist einfach nur wunderschön. Der Ausdruck in ihren Augen, als sie sie wieder öffnet und meinen Blick sucht, trifft mich tief. Sie wirkt absolut zufrieden, ein zartes Lächeln bildet sich auf ihrem Gesicht. Ich rutsche wieder zu ihr nach oben und lege einen Arm um sie. Sofort rückt sie näher an mich und hält sich an mir fest. Dann dreht sie ihren Kopf seitlich, sodass sie mich ansehen kann.

»O Gott«, sagt sie. Im nächsten Moment fängt sie an, leise zu lachen und will ihr Gesicht in meiner Halsbeuge vergraben.

Ein sachtes Lächeln schiebt sich auch auf mein Gesicht. Sie so zu sehen, so entspannt, macht mich einfach glücklich. Freya atmet ein paarmal ein und aus, ich spüre jeden Atemzug auf meiner nackten Haut. Vorsichtig fahre ich mit den Fingerspitzen über ihre Seite und löse damit sofort eine neue Gänsehaut aus.

»Ist dir kalt?«, frage ich, ohne mit meinen Bewegungen aufzuhören.

»Nein«, murmelt sie und schüttelt leicht den Kopf. »Das war nur …«

»Überwältigend«, entgegne ich. Das Wort des Abends.

Sie nickt an meiner Brust, bevor sie sich wieder auf den Rücken rollt und eine Hand an meine Wange legt. »Danke.« Dann reckt sie sich mir entgegen, ich beuge mich zu ihr, und wir versinken erneut in einem Kuss, der niemals enden will. Und dann tut er es doch, weil sie mich auf sich zieht und ihre Beine um mich schlingt. Ich trage immer noch eine Boxershorts, Stoff zwischen uns, der wegmuss. Freya zupft daran, ich beiße als Antwort in ihre Lippe, sie beißt zurück. Nicht fest, nur sanft, aber es genügt, um das Pochen in mir deutlich zu verstärken. Aber ich will nichts überstürzen, ich will das hier genießen, auskosten, jede Sekunde in mein Gedächtnis einbrennen. Ich bewege meine Hüften leicht vor und zurück, immer wieder stoße ich gegen sie, entlocke ihr ein leises Keuchen, dann einen Ton, der eher unzufrieden klingt, weil ich mich immer wieder zurückziehe.

»Emil …« Der kleine Vorwurf in ihrer Stimme ist nicht zu überhören. Wieder zupft sie an meinen Shorts, und dieses Mal komme ich ihrer Aufforderung nach.

Ich löse mich von ihr, springe aus dem Bett und schlüpfe aus meiner Hose. Es dauert nicht lange, doch die Zeit genügt, dass Freya sich auf die Seite dreht. Sie zieht die Nachttischschublade auf und hält sogleich eine Kondompackung in der Hand. Ich verbiete mir, darüber nachzudenken, warum sie vorbereitet ist. Ob meinetwegen oder ob das noch alte Kondome sind, als sie … Nein! Nicht jetzt, nicht hier! Ich werde mir nichts vorstellen, was auch nur ansatzweise in diese Richtung geht.

Freya rollt sich zurück auf den Rücken, ich krabble zu ihr. Sie hält mir die kleine Verpackung entgegen, ich nehme sie ihr ab und reiße sie auf, ohne den Blick von ihr abzuwenden. Nur das hier zählt. Sie und ich und die nächsten Minuten, die uns genauso überwältigen werden wie alles zuvor.

Während ich mit dem Kondom beschäftigt bin, setzt Freya sich auf und haucht mir kleine Küsse auf die Haut. Eine Ablenkung, und gleichzeitig schärft sie meinen Fokus auf das, was wichtig ist. Was richtig ist.

Als ich bereit bin, schließt sie die Arme und Beine um mich. Ich bin hart. So verflucht hart, dass ich keine Ahnung habe, wie lange ich es noch aushalte, geschweige denn, wie lange ich durchhalten werde. Mein letztes Mal ist ewig her, aber ich will nicht, dass das hier zu schnell vorbei ist. Mit einer Hand halte ich sie, die andere lasse ich wieder zwischen uns gleiten. Ich reibe über ihre empfindsamste Stelle, fest, bestimmt. Mit genug Druck, sodass sie wieder an meinen Lippen stöhnt und nach Luft schnappt. Sie umklammert meine Schultern, will mich noch näher zu sich ziehen. Dann umschließt ihre Hand mich, und ich vergesse jeden Gedanken, der bis eben noch in meinem Kopf war. Haut an Haut, Herzflattern, wieder ein sanfter Biss, mehr Druck ihrer Hand. Ich keuche auf, und ich weiß nicht, ob sie es ist oder ich es bin oder wir beide. Aber in der nächsten Sekunde sinkt sie nach hinten, ich folge ihr und schiebe mich zwischen ihre Beine.

Ein letzter Blick, ein Nicken, erst sie, dann ich, dann dringe ich in sie ein. Vorsichtig, behutsam. Ich beobachte sie, lese in ihrem Gesicht, erkenne nichts als pure Zufriedenheit. Kurz halten wir inne, Stirn an Stirn, ein gestohlener Kuss. Dann fängt sie an, ihr Becken zu bewegen. Und fuck, fuck, fuck. Ich beiße mir selbst auf die Unterlippe, ehe ich es ihr gleichtue und mich ebenfalls bewege. Vor und zurück, erst langsam, dann schneller. Küsse auf den Mund, die Stirn, ihre Wange, überall, während ich immer mehr in ihr versinke. In ihrem Körper, aber vor allem in den Gefühlen, die ich für sie habe. Respekt, Sorge, Zuneigung. Und Liebe. Pure, reine Liebe, die so groß ist, dass es mir beinahe Angst macht.

Wir finden ein Tempo, das für uns beide gut ist. Ich hebe ihren Oberschenkel etwas an, dringe tiefer in sie, werde entschiedener, bestimmter. Freya fährt mit ihren Fingern über meinen Rücken, meine

Schultern, umfasst mein Gesicht, küsst mich energischer und fester, als ich den Winkel ändere und wir einander noch intensiver spüren.

Und dann ist er da, der Moment, ausgelöst von zu viel Reibung, zu viel Hitze, zu viel Glück. Ich senke mein Gesicht in ihre Halsbeuge, spüre ihre Haare auf meiner Haut kitzeln, murmle Wörter, die ich selbst nicht verstehe, als die Anspannung sich immer mehr in mir aufbaut. Meine Bewegungen werden fahriger, schneller, härter. Ich stöhne, keuche, fluche und fühle nur noch Freya und mich. Uns. Und schließlich zerfalle ich in ihren Armen und sie hält mich und trägt mich durch jede Empfindung, die in mir explodiert.

Es dauert, bis ich wieder zu Atem komme und mich neben sie fallen lasse. Ich ziehe sie in meine Arme, immer noch ein bisschen zittrig. »Tut mir leid, dass ich nicht läng…«

»Nein.« Sie unterbricht mich mitten im Wort. »Du darfst dich für vieles entschuldigen, aber nicht … niemals dafür, okay?« Sie rutscht zu mir, küsst mein Kinn und legt ihren Kopf auf meinen Oberarm. »Ich vorhin, du jetzt. Alles gut.«

»Alles gut?« Ich klinge immer noch etwas außer Atem.

»Alles sogar richtig gut.« Sie lächelt und hat nie schöner ausgesehen als in diesem Moment.

Ein paar Minuten liegen wir schweigend nebeneinander. Sie malt kleine Monde und Sonnen auf meinen Bauch, ich streichle über ihren Arm. Es ist friedlich und ruhig und warm. So warm, von innen heraus, weil Freya die Frau ist, die neben mir liegt. Freya-Fee.

Irgendwann steht sie auf und verschwindet kurz im Bad. Als sie wiederkommt, habe ich das Kondom entsorgt und die Decke ausgebreitet. Sie kuschelt sich zurück zu mir, nun auf dem Bauch liegend, den Kopf abgestützt. Grinsend sieht sie mich an.

»Was ist los?«, frage ich und bin versucht, ihr auf die Nasenspitze zu tippen. Einfach, weil sie so süß ist.

»Wir haben dein tolles Essen verschmäht.«

»Das ist auch nachher noch toll.« Umständlich ziehe ich die Decke über uns und Freya an mich. Und damit verschwinden wir in einem Kokon, in dem es nur uns gibt. Keinen anstehenden Auszug, keine schwierigen Familienmitglieder, keine Trauer. Einfach nur sie und mich und diesen Cocktail an Hormonen, der unsere Körper in den letzten Minuten geflutet hat.

Nach einer Weile werden ihre Atemzüge immer gleichmäßiger, und ich begreife, dass sie eingeschlafen ist. Ihre Brust hebt und senkt sich in einem steten Rhythmus, und ihre Hand hat sie so um mich geschlungen, dass ich nicht aufstehen könnte, ohne sie zu wecken. Dabei will ich das gar nicht. Aufstehen, weggehen. Ich will einfach nur hier bei ihr und gut für sie sein. Gut und richtig. Richtig gut.

Es ist ein verflucht seltsames Gefühl, nach dieser Nacht meine Sachen zu packen und zu wissen, dass mir die letzten Minuten als Freyas temporärer Mitbewohner unmittelbar bevorstehen. Eine einzige Woche hat gereicht, um alles zu verändern. Die Freundschaft zwischen Freya und mir, aber vor allem auch mich selbst. Ich bin glücklicher – was ich nur ihr verdanke. Ihr und ihrer Hartnäckigkeit, weil sie Hendriks Videos nicht einfach hingenommen hat. Und das Wichtigste ist: Wir haben einander. Nach der letzten Nacht mehr denn je.

»Hast du alles?« Freya tritt von hinten zu mir und schlingt ihre Arme um mich.

»Ich glaube schon.« Ich lege meine Hände auf ihre und spüre, wie sie ihren Kopf an meinen Rücken lehnt. Gott, ich liebe sie. »Und falls nicht, bin ich ja schnell wieder da, um vergessene Sachen zu holen.«

»Du musst nicht gehen«, sagt sie leise und hebt ihren Kopf wieder an. In ihrer Umarmung drehe ich mich zu ihr um.

»Doch, muss ich.« Ich beuge mich zu ihr und gebe ihr einen Kuss auf die Stirn. »Ich kann nicht komplett bei dir einziehen. Das wäre …«

»Toll!«, erwidert sie mit Nachdruck. »Es wäre toll.«

»Und ziemlich verrückt.« Ich lehne ab, kann aber nicht leugnen, wie gut mir ihre Worte tun. Weil mehr in ihnen steckt als nur das Angebot, bei ihr zu wohnen. »Aber es spricht nichts dagegen, immer wieder bei dir zu übernachten. Du weißt schon, nur zur Sicherheit. Falls wieder jemand einzubrechen versucht.«

»Ha ha.« Sie knufft mich in die Seite, was mich lachen lässt. »Was bist du witzig.«

»Siehst du. Du würdest es gar nicht aushalten, dir dauerhaft eine Wohnung mit mir zu teilen. Das jetzt war wie … nennen wir es Urlaub. Aber jeder Urlaub geht einmal zu Ende.«

»Und weise bist du auch noch.« Sie verdreht die Augen, aber ich sehe den Schalk in ihrem Nacken sitzen. Dieses Mal gebe ich keine Antwort, küsse sie einfach nur, solange ich noch kann.

»Begleitest du mich zum Auto?«

»Ich begleite dich sogar noch ein Stück auf dem Weg. Du kannst mich am Sägewerk rauslassen.« Freya löst sich aus meinen Armen und schnappt sich die kleinere meiner beiden Reisetaschen.

»Stimmt. Das könnte ich.«

»Also los.« Mit der freien Hand greift sie nach mir und zieht mich in Richtung Tür. Ich schaffe es gerade noch, nach der großen Tasche zu fassen, ehe wir Freyas Wohnung verlassen.

Die Fahrt zum Werk der Familie Olsen dauert nicht lange. Ich halte am Straßenrand und stelle den Motor ab. Obwohl ich weiß, dass ich Freya bald wiedersehen werde, fühlt es sich seltsam an zu wissen, dass ich heute Abend nicht in ihrer Wohnung darauf warten werde, dass sie nach Hause kommt.

»Soll ich dich später wieder abholen?« Das Sägewerk liegt am Rand von Drammen, bis zu ihrer Wohnung ist es ein ordentliches Stück zu Fuß.

»Ich lass mich von meinen Eltern mitnehmen.« In der nächsten Sekunde höre ich das Klicken des Gurtes. »Aber wenn du willst, komme ich heute Abend zu dir? Dann kann ich auch Lene Hallo sagen, falls sie da ist.«

»Sicher, dass du das willst?« Ich verziehe das Gesicht. »Sie ist echt anstrengend.«

»Sie ist deine Schwester, das ist ihr Job.« Freya grinst und greift nach meiner Hand. »Ich freu mich, sie zu sehen. Es ist lange her.«

»Hm.« Das kann ich nicht leugnen. »Viel zu lange.«

»Also ist es abgemacht? Ich denke, so gegen sieben könnte ich bei euch sein.«

»Das passt.« Ich nicke und spiele weiter mit ihren Fingern. Es ist fast schon peinlich, wie wenig ich sie gehen lassen will. Dabei sind es nur ein paar Stunden.

»Okay, dann …« Sie streckt sich mir entgegen, bis unsere Nasenspitzen sich fast berühren. »Bis später«, sagt sie und schließt die kleine Lücke zwischen uns.

Sanft legt sie ihre Lippen auf meine. Und ich liebe es, dass ich sie küssen darf und es sich vertraut und neu und aufregend zugleich anfühlt. Das Lächeln schleicht sich wie von selbst auf mein Gesicht, und ich ziehe sie noch ein Stückchen näher zu mir. Es ist unbequem, die Mittelkonsole ist im Weg, aber das hält weder sie noch mich davon ab, den Kuss zu vertiefen. So lange, bis Freya sich schließlich von mir löst und ihr Blick den meinen sucht.

»Sturmgraublau«, murmelt sie und streicht mir über die Wange.

»Was?«, entgegne ich und spüre, wie sich mein glückliches Lächeln in ein fragendes verwandelt.

»Deine Augen«, antwortet sie. »Sie sind sturmblaugrau. Aber heute irgendwie mehr blau als grau. Mehr Himmel und weniger Sturm.«

»Okay?«

Anstatt sich zu erklären, gibt sie mir noch einen Kuss, ehe sie sich komplett aufrichtet. Dann greift sie nach ihrer Tasche im Fußraum. Sie hat die Tür schon geöffnet, als sie sich noch einmal zu mir umdreht. »Ich mag deine Augen, Emil. Sie sind wild und sanft und … klug.«

In der nächsten Sekunde ist sie weg, und ich kann nur dabei zusehen, wie die Beifahrertür wieder ins Schloss fällt und die Frau, in die ich verliebt bin, auf dem Gelände des Sägewerks verschwindet.

Sie hat mein Herz. Und ich will es nie mehr zurück.

22

FREYA

Der Tag vergeht schnell. Seit ich meinen Eltern von den Einbrüchen bei mir erzählt habe, lassen sie mich nicht mehr aus den Augen. Dad fragt zweimal nach, ob die Polizei sich schon bei mir gemeldet hat, und auch Thore schreibt mir eine Nachricht mit derselben Frage.

Ich schicke ihm eine Antwort, während ich auf meine neue Tasse Kaffee warte.

Nein. Die Beamten ermitteln. Das dauert.
Lass uns später telefonieren.

Wie lange Jacob Olafsen in Haft bleibt, konnte die Polizei uns nicht sagen, aber ich gehe davon aus, dass es ein paar Tage sein werden. Zumindest, bis sie selbst die Videos gesichtet haben. Und während die Beamten das tun, prüfe ich Aufträge, die gestern liegen geblieben sind, gebe angenommene Bestellungen frei, kontrolliere Rechnungen, erstelle neue und drifte immer wieder in Tagträume ab. Meine Gedanken kreisen um Emil und darum, wie glücklich er mich macht. Aber gleichzeitig ist da auch Hendrik in meinem Kopf, der mir trotzdem fehlt. Die Gewissheit, dass er das für immer tun wird, ist schön und bitter.

»Freya?« Es ist Mums Stimme, die meine Konzentration wieder zurück ins Hier und Jetzt holt.

»Ja?« Ich blicke vom Computerbildschirm auf. Mum steht in einem schicken schwarzen Kostüm vor mir.

»Dein Dad und ich fahren nun los.«

»Wohin?« Verwirrt sehe ich sie an. Ich weiß nichts von einem Businesstrip.

»Zu Wester Woods. Die Fusion ist zwar fix, aber wir wollen noch ein paar Details besprechen.« Sie stockt, als müsse sie nachdenken, was sie als Nächstes sagen möchte. »Ist es okay, wenn wir dich allein lassen?« Die Sorge schwingt nicht nur in ihren Worten mit, sondern auch in ihrem Blick. »Oder soll ich Thore bitten, herzukommen?«

»Nein.« Ich lehne ihren Vorschlag entschieden ab. »Ich brauche keinen Babysitter. Die Mitarbeiter sind da, und ich rufe einfach Emil an, dass er mich später abholt. Alles gut, Mum.« Ich sehe ihr eindringlich in die Augen, in der Hoffnung, dass sie mir glaubt. Jacob Olafsen ist im Gefängnis, es gibt keinen Grund, Angst zu haben.

»Okay.« Sie umrundet den Tisch und streicht mir mit der Hand sanft über den Arm. »Aber ruf wirklich jemanden an, ja? Meinetwegen auch … Emil.«

Ihre Bitte entlockt mir unweigerlich ein Lächeln. Weil sie nicht wieder Thore vorgeschlagen hat, sondern Emil. Meinen Freund.

»Mach ich«, versichere ich und sehe ihr dabei zu, wie sie sich ihren Blazer schnappt und ihn anzieht. Mum ist ein großer Fan des Mottos *Kleider machen Leute.* Ganz unrecht hat sie damit nicht. Es macht Eindruck, dem Anlass entsprechend gekleidet zu sein. Besonders in der Firmenwelt.

Nachdem sie gegangen ist, schreibe ich Emil. Er antwortet sofort und verspricht, mich pünktlich abzuholen. Erleichtert widme ich mich wieder meiner Arbeit, führe ein paar Telefonate und kümmere mich um die Buchhaltung. Ich merke nicht, wie die Zeit vergeht, bis mein Handy klingelt. Emils Name leuchtet auf dem Display auf. Überrascht sehe ich auf die kleine Uhr auf meinem Bildschirm und stelle fest, dass es schon deutlich nach achtzehn Uhr ist.

»Hey«, begrüße ich Emil und presse mir das Handy ans Ohr. »Sorry, ich hab total die Zeit vergessen.«

»Alles gut.« Er lacht sanft. »Ich stehe unten vor dem Tor. Soll ich reinkommen?«

»Nein, ich bin gleich da. Gib mir fünf Minuten. Maximal.«

»Okay.« Ich höre die Belustigung in seiner Stimme. »Bis gleich.« Er legt wieder auf, und auch ich stecke das Handy weg.

Ein paar Klicks später habe ich alle Programme geschlossen und kann den Computer herunterfahren. Nachdem ich mich vergewissert habe, dass die Kaffeemaschine ausgeschaltet ist und auch meine Eltern ihre Computer nicht aus Versehen angelassen haben, schließe ich das Büro ab. Heute bin ich doppelt gründlich, kontrolliere, ob wirklich jede Tür zu ist, ehe ich die Stufen nach unten und über das Gelände eile. Die meisten Mitarbeiter sind schon weg, nur zwei sehe ich noch am Eingang zur Sägehalle. Ich winke ihnen kurz zu, bevor ich wieder in Richtung Ausgang blicke. Ich sehe Emils Wagen bereits durch den Zaun. Die Fahrertür fällt ins Schloss, als er aussteigt und auf mich zukommt. Und diese kleine Geste … Ich habe Mühe, nicht breit zu grinsen.

»Hi«, sage ich und stelle mich wieder auf die Zehenspitzen, um ihn küssen zu können. Er beugt sich mir entgegen, schlingt die Arme um meinen unteren Rücken und hält mich für ein paar Sekunden so fest, als wolle er mich nicht wieder loslassen. Natürlich tut er es dennoch, und ich sinke langsam zurück auf meine Fußsohlen.

»Wollen wir?«, fragt er und hält mir seine Hand entgegen.

Ich ergreife sie, und gemeinsam gehen wir die paar Meter zu seinem

Wagen. Aber bevor wir das Auto erreichen, stellt sich uns jemand in den Weg. Und als ich begreife, um wen es sich handelt, gefriert alles in mir. Ich bleibe ruckartig stehen, genau wie Emil. Mein Griff um seine Finger verstärkt sich, ganz automatisch stellt er sich zwischen mich und unser Gegenüber.

»Es tut mir leid.« Der junge Mann hebt abwehrend die Hände, er ist ein bisschen größer als Emil. »Ich will euch nicht erschrecken, ehrlich. Es tut mir leid«, sagt er noch einmal. Wie um seine Worte zu unterstreichen, macht er einen Schritt rückwärts.

Das Herz schlägt mir bis zum Hals, während ich ihn einfach nur anstarre. Jacob Olafsen. Der Mann, der eigentlich im Gefängnis sitzen sollte. Wie kann es sein, dass er hier vor uns steht? Ich dachte ... Aber offenbar ist es egal, was ich gedacht habe. Er steht hier, vor mir. Vor uns. Auf freiem Fuß. Ich erkenne einige blaue Flecken in seinem Gesicht, die wohl von seiner Prügelei mit Emil stammen müssen.

»Was willst du hier?« Emil findet zuerst die Sprache wieder. Er hält meine Hand immer noch fest umklammert.

»Kann ich ... kann ich mit euch reden?« Jacob schafft es kaum, die Frage auszusprechen. Er wirkt unsicher und gleichzeitig ... entschlossen? Als wäre das, was er uns mitteilen will, wichtig. Nicht nur für ihn.

»Wir haben dir nichts zu sagen.« Emil will mich an ihm vorbeiziehen, aber er stellt sich uns erneut in den Weg.

»Bitte«, sagt er.

Ich weiß nicht, was an ihm, in seiner Stimme, mich einknicken lässt. Aber ich gebe Emil zu verstehen, stehen zu bleiben.

»Fee, was ...?«, beginnt er, bricht jedoch ab, als er mich ansieht und wir Blickkontakt aufbauen.

Das Sturmgrau ist zurück, und ich versuche ihm schweigend mitzuteilen, dass das hier ... dass es von Bedeutung sein könnte. Es ist ein Gefühl, von dem ich nicht weiß, woran ich es festmachen soll, aber ich habe keine Angst vor Jacob Olafsen. So, wie er vor uns steht … Es geht keine Gefahr von ihm aus, ich bin mir sicher.

»Warte«, sage ich leise. Ich lasse Emils Hand nicht los, aber der Fakt, dass Jacob ernsthaft hier auftaucht und überhaupt nicht bedrohlich, sondern vielmehr … reumütig wirkt … Das ergibt überhaupt keinen Sinn. Und ich will wissen, woran das liegt und wieso zum Teufel er nicht mehr im Gefängnis ist.

Entschieden trete ich neben Emil, sodass ich nicht länger halb von ihm verdeckt werde. »Sprich«, fordere ich Jacob auf.

Vermutlich hat er nicht damit gerechnet. Er sieht mich an, als könne er nicht fassen, dass ich tatsächlich dazu bereit bin, ihm zuzuhören. Wenn ich ehrlich zu mir selbst bin, dann kann ich es selbst kaum glauben. Mein Herz schlägt so schnell, dass ich es bis in meinen Hals fühle.

»Eigentlich sollte ich mich von euch fernhalten …« Die Unsicherheit in seinem Blick wächst. Er spricht gehetzt.

»Warum tust du es dann nicht?« Emils Stimme klingt ungewöhnlich scharf. Ich kann es ihm nicht verübeln. Vor uns steht der Typ, der bei mir eingebrochen ist, und will, dass wir ihm zuhören. Das ist verdammt viel verlangt.

»Weil ich mich entschuldigen muss.« Er schüttelt den Kopf, fährt mit einer Hand in seinen Nacken und sieht überall hin, nur nicht zu uns. Ein paar Sekunden verstreichen, bis er es schafft, sich wieder auf Emil und mich zu konzentrieren.

»Es tut mir leid. Dass ich zweimal bei dir eingebrochen bin und dass ich dich geschlagen habe.« Sein Blick geht von mir zu Emil und wieder zurück. »Ich war panisch, als ihr mich erwischt habt, und … ich wusste, dass es das war. Ich hatte den Laptop nicht gefunden, und es würde keine weitere Chance für mich geben, nach ihm zu suchen, und dann ist … eine Sicherung durchgebrannt. Es tut mir leid.«

Ich habe keine Ahnung, was ich dazu sagen soll. Aber das muss ich auch nicht, er spricht sofort weiter.

»Ich hatte Angst. Als ihr bei meinem Dad aufgetaucht seid und ihm die Videos gezeigt habt … Ich wusste, dass ich versuchen muss, irgendwie an diesen Laptop zu kommen. Wenn bekannt werden würde, dass ich bei diesen Überfällen dabei gewesen bin … Dad wusste nichts davon, und die Gruppe …« Jacob beginnt durcheinanderzusprechen, und ich habe Mühe, seinen Gedankensprüngen zu folgen. »Sie waren alle so froh, dass niemand herausgefunden hat, wer von uns in der Nacht dabei war, als Hendrik gestorben ist. Wir haben einander versprochen, nichts zu sagen, aber dann …« Seine Stimme bricht, und er muss sich räuspern.

»Aber dann?«, hake ich nach, weil ich einfach nicht anders kann. Mit einem Mal realisiere ich, was hier gerade passiert. Ich stehe einem Menschen gegenüber, der dabei war, als Hendrik erschossen wurde. Der genau weiß, wie diese Videos entstanden sind und was in dieser Nacht geschehen ist.

»Dann wurde Hendrik von der Presse als dieser Verbrecher dargestellt, der er überhaupt nicht war. Aber ich konnte nichts sagen und das richtigstellen, weil ich damit …« Wieder stockt er und sieht mich fast schon hilflos an. Als müsste ich verstehen, was er mir damit sagen will.

»Du hättest dich selbst verraten.« Emil ist derjenige, der schneller begreift als ich.

Jacob nickt. »Ich hatte Angst«, sagt er ein weiteres Mal. Und so, wie er hier vor mir steht, glaube ich ihm ohne Umschweife. »Die Medien haben Hendrik zum Bösewicht gemacht, und die Polizei hatte keinen Grund, dem Wachmann nicht zu glauben. Hätte ich mich gemeldet und seinen Aussagen widersprochen … Ich hätte die anderen verraten müssen.« Er unterbricht sich erneut, schüttelt den Kopf. Ein Schnauben entweicht ihm. »Was ich exakt heute getan habe.«

»Du hast … Was?« Mein Blick schnellt zu Emil. Er starrt Jacob an, und obwohl ich ihn nur von der Seite sehe, erkenne ich all die Emotionen auf seinem Gesicht. Unglaube. Hoffnung. Wut. Ich halte immer noch seine Hand, mittlerweile weiß ich nicht einmal mehr, ob ich Emils Finger zerquetsche oder er meine. Wir sind beide zum Zerbersten angespannt.

»Ich habe der Polizei erzählt, was damals passiert ist. Nachdem ihr ihnen den Laptop gebracht habt, wurde ich noch einmal befragt. Und daraufhin … Ich habe ausgepackt. Ich wusste, dass sie mich sowieso auf den Videos entdecken würden. Hendrik hat mir damals ein paar gezeigt. Also habe ich der Polizei alles gesagt, was ich weiß. Dass Hendrik nicht angegriffen hat. Im Gegenteil. Er hat uns gebeten zu gehen, als klar war, dass wir erwischt worden waren. Aber die anderen … Sie waren so in ihrem Wahn, es wurde immer schlimmer.«

Es ist fast so, als hätte sich bei Jacob eine Schleuse geöffnet. Er redet und redet und redet.

»Irgendwann war klar, dass wir wegmüssen. Dieser Wachmann … Er hat einen Warnschuss abgegeben, um uns Angst zu machen. Ich habe ihn nur gehört, aber er klang ziemlich nah und …« Jacob erschaudert, als er sich daran zurückerinnert. »Ich hatte echt Schiss. Und es war mir egal, was die anderen vorhatten. Ich bin gerannt, und ich dachte, Hendrik wäre hinter mir. Wir mussten dringend abhauen, aber dann hat er plötzlich nach mir gerufen. Angeblich wusste er eine Abkürzung, wie wir das Gelände schneller verlassen konnten. Er ist vorausgelaufen und um eine Ecke gebogen. Ich bin hinterher, und …« Er stoppt sich selbst, scheint kurz davor zu sein, in Tränen auszubrechen.

Ich will das nicht hören, aber ich bitte ihn auch nicht, damit aufzuhören. Wir sind so kurz davor, Antworten zu erhalten, die wir seit Monaten suchen. Jedes von Jacobs Worten schnürt mir die Luft ab, ich bin wie gebannt, habe das Gefühl, kaum mehr atmen zu können, hänge an seinen Lippen. Und ich spüre, dass es Emil neben mir genauso geht.

»Dieser Wachmann stand auf einmal vor uns und hat abgedrückt. Vor Schreck oder Angst oder … Keine Ahnung.« Wieder wird Jacob schneller und schneller. »Er hat Hendrik getroffen. Weil er vor mir gestanden hat und …« Kurz presst er sich eine Hand auf den Mund. »Er war zur falschen Zeit am falschen Ort. Es hätte genauso gut mich treffen können.«

Eine Sekunde lang wünsche ich mir, dass genau das passiert wäre. Dass es ihn getroffen hätte und nicht Hendrik. Ich bin so schockiert von seiner Erzählung, dass ich keinen Ton hervorbringe, starre ihn einfach nur an.

»Du willst also …?« Auch Emils Stimme klingt belegt. Zittrig. »Du willst uns also echt sagen, dass mein Bruder niemanden angegriffen hat? Dass es eine Art … Kurzschlussreaktion des Wachmanns war?«

»Genau.« Jacob nickt heftig. »Hendrik war nicht … risikobereit. Also doch, schon, er war ja dabei, wenn wir die Farmen gestürmt haben. Aber er war immer eher … zurückhaltend. Weil er gefilmt hat. Er hat sich im Hintergrund gehalten, während wir … Wir wurden immer schneller. Schlösser knacken, über Zäune klettern … Es war so leicht. Und Hendrik hat heimlich mitgefilmt. Ich wusste, dass es Videos gibt. Er hat mir irgendwann davon erzählt, weil er gemerkt hat, dass ich es genauso besorgniserregend fand wie er, dass die Gruppe immer extremer wurde. Er wollte eine Doku für irgendeinen Wettbewerb drehen, die zeigt, wie sich eine Gruppe, die eigentlich Gutes im Sinn hatte, mehr und mehr radikalisiert. Und ich dachte … Nachdem die Polizei die Videos letzten Sommer nicht gefunden hatte …« Er zuckt mit den Schultern, der Ansatz eines verzweifelten Lächelns liegt auf seinen Lippen. »Ich hab mich in Sicherheit geglaubt. Es würde diese Doku nie geben. Aber gleichzeitig …« Woran auch immer er denkt, lässt ihn innehalten. Und mir fällt auf, dass auch er kein Mensch ist, der seine Empfindungen verbergen kann. Als er den Blick hebt, sehe ich nichts als Bedauern in seinen Augen.

»Ich hatte so ein verflucht schlechtes Gewissen, weil ich nichts gesagt habe. Ich hätte Hendriks Namen reinwaschen können. Oder es zumindest versuchen. Er war … er war mein Freund.«

Ich will kein Mitgefühl für ihn empfinden. Er ist bei mir eingebrochen, zwei Mal, und er hat Emil verletzt und Hendrik nicht beschützt. Aber ihn so zu sehen, voller Reue … Ich kann ihm sein Bedauern, seine Schuldgefühle nicht absprechen. Weil sie da sind. Ich kann sie auf seinem gesamten Gesicht sehen.

»Findest du das nicht ein bisschen naiv?« Emil klingt misstrauisch. »Mein Bruder filmt eure Verbrechen und will eine Doku darüber zusammenstellen, die euch alle entlarven würde, und du erwartest ernsthaft, dass wir dir das glauben? Das ist doch … Sorry, aber das ist dumm.«

»Er hat versprochen, mich rauszuschneiden. Ich war der Einzige, der von dem Projekt wusste. Es hat nie jemand gemerkt, dass er uns filmt. Er war gut darin. Und ich habe nichts verraten, weil wir … Wir waren befreundet. Ich hatte keinen Grund, ihm nicht zu vertrauen.« Jacob scheint nicht einmal über seine Antwort nachdenken zu müssen. »All das habe ich auch der Polizei gesagt. Und ich habe ihnen die Namen der anderen genannt.«

»Wieso solltest du deine Leute verpfeifen?«, fragt Emil ungläubig.

Ich bin froh, dass er in der Lage ist, diese Fragen zu stellen. Sie sind berechtigt und wichtig, aber ich bin immer noch damit beschäftigt, all das zu sortieren, was ich gerade gehört habe.

»Weil sie nicht meine Leute sind!« Jacob ballt die Hände zu Fäusten, ehe er seine Finger wieder lockert. »Nicht mehr. Anfangs wollten wir alle dasselbe. Uns für die Tiere einsetzen, ein bisschen Ärger machen, darauf hinweisen, wie scheiße die Haltungsbedingungen auch im idyllischen Norwegen sind. Aber irgendwann hat es den anderen nicht mehr gereicht, einfach nur einzubrechen. Plötzlich wollten sie nicht mehr nur die Gesellschaft aufwecken, sondern den Farmbetreibern so richtig wehtun. Einmal haben sie deshalb sogar einige Tiere freigelassen, was die Schweine aber nur in Panik versetzt hat. Das hat niemandem geholfen. Am wenigsten den Tieren. Die Gruppe ... Sie wurde einfach immer gefährlicher.«

»Wieso hast du dann nicht schon längst etwas gesagt?« Emil lässt nicht locker. Und ich bin froh drum.

»Ich war feige und hatte keine Beweise. Hendrik hatte die Videos versteckt, ich wusste nicht, wo sie waren. Es wäre Aussage gegen Aussage gewesen. Jetzt allerdings ...«

»Ist es eh egal.« Ich nicke, weil ich verstehe. Seine Gedanken ergeben Sinn. »Nun hat die Polizei massenhaft Videos, auf denen ihr zu erkennen seid.«

»Genau.« Auch er nickt. »Sie werden alle vorgeladen. Und vermutlich werden wir zu Haftstrafen verurteilt. Ich sowieso, wegen der Einbrüche. Die Polizei hat mir geraten, mir einen Anwalt zu nehmen.«

Emil bleibt skeptisch. »Dass du dich selbst nicht anzeigen wolltest, okay. Aber wenn du es nicht cool fandest, wie sie immer radikaler wurden ... Wieso hast du weiterhin mitgemacht?«

»Ich wollte aussteigen. Und ich habe auch mit Hendrik drüber gesprochen. Aber ihm hat noch Material gefehlt, also wollten wir ein letztes Mal mitmachen und uns dann verpissen.«

Seine Worte lassen augenblicklich ein unangenehmes Ziehen in meiner Brust entstehen. »Warte. Was redest du da? Ihr wolltet noch ... Die Sandvikfarm ... Sie ... sie sollte die letzte sein?«

Jacob nickt. Und ich ... ich kann wirklich nicht mehr atmen. Meine

Knie fangen an zu zittern, mir wird schlecht, und ich habe Mühe, mich aufrecht zu halten. Emil scheint zu spüren, dass ich kurz davor bin, zusammenzuklappen. Er greift mit seiner anderen Hand, an die ich mich nicht nach wie vor klammere, nach meinem Arm und hält mich fest.

»Du gehst jetzt besser«, sagt er an Jacob gewandt, während er mich stützt. »Das ist genug.«

»Ja. Klar. Ich … Sorry. Es tut mir leid.« Er macht zwei Schritte von uns weg, und ich nehme nur noch durch einen Schleier wahr, was er als Nächstes sagt. »Es tut mir wirklich so leid. Ich wollte nie …« Er findet die Worte, die er sagen will, nicht. Nach einem langen, letzten Blick dreht er sich um und geht.

Ich sehe ihm hinterher und sehe gleichzeitig nichts. Da sind unendlich viele Gedanken in meinem Kopf, aber sie führen alle zu ein und demselben Ergebnis: Hendriks Tod ist nicht nur die Verkettung unglücklicher Umstände, sondern auch noch absolut beschissenes Timing. Und diese Erkenntnis zerstört mich.

Ich habe keine Ahnung, wie wir nach Hause kommen und wie ich es schaffe, Thore Bescheid zu geben, dass ich ihn heute doch nicht mehr anrufen werde. Irgendwann sitze ich auf meiner Couch und presse mir ein Kissen vor den Bauch. Ich umschließe es genauso fest wie Emils Hand vor einigen Minuten. Aber es ist egal, wie sehr ich versuche, mich an diesem Stück Stoff festzuhalten … Ich habe trotzdem das Gefühl, zu zerfallen.

»Fee …« Emils Stimme ist unglaublich sanft, als er zu mir kommt. Er stellt zwei Gläser mit Wasser auf dem Tisch ab, dann setzt er sich neben mich. Er sieht mich an, ich kann seine Unsicherheit regelrecht fühlen. Er scheint keinen Schimmer zu haben, wie er mit mir umgehen soll. »Rede mit mir«, sagt er leise. Behutsam legt er eine Hand auf meine und versucht, die Anspannung in meinen Fingern zu lockern.

Ich drehe den Kopf in seine Richtung, will ihm sagen, wie unfair und beschissen und dumm ich das alles finde, was Jacob uns erzählt hat. Aber ich kann nicht. Kein Ton verlässt meinen Mund. Stattdessen ist seine Bitte wie ein Ventil. Plötzlich strömen Tränen über meine Wangen. So schnell und so viele, dass ich nicht einmal schluchzen kann. Emil reagiert sofort. Während er mich eben noch kaum berührt hat, zieht er mich nun an sich, umfasst mich mit seinen Armen und hält zusammen, was zerbrechen will oder es längst ist. Ich schließe die Augen und vergrabe das Gesicht irgendwo zwischen seinem Oberarm und seiner Brust.

Emil hält mich fest, sein Atem streicht über meinen Hals und meine Haare, ich fühle seinen Herzschlag an meiner Wange. Und obwohl alles in mir wehtut, jeder Muskel, jede Faser, bin ich einfach nur froh, dass er da ist. Dass er mich abgeholt hat und ich mich Jacob nicht allein stellen musste.

Aus Sekunden, in denen wir so dasitzen, ich weinend, er tröstend, werden Minuten. Schließlich versiegen meine Tränen. Ich schmecke das Salz auf meinen Lippen, als ich mich aufrichte und nach einem Taschentuch Ausschau halte. Ich finde ein Päckchen unter dem Tisch auf der kleinen Ablage und putze mir die Nase. Dann trinke ich einen Schluck Wasser, hole tief Luft und drehe mich zu Emil. Es liegt mir auf der Zunge, mich für die vergangenen Minuten zu entschuldigen, aber ich weiß, dass ich das bei ihm nicht muss. Emil ist der Mensch, der mich einfach ich sein lässt. Der wirklich und wahrhaftig kein Problem damit hat, dass ich um seinen Bruder trauere. Egal wann, egal wie. Ich darf einfach sein, mit all meinen Gefühlen, die mich überschwemmen wie eine Welle bei Flut den Strand.

»Wir hatten recht«, sage ich und merke erst jetzt, wie heiser meine

Stimme klingt. Meine Stimmbänder sind vom Weinen in Mitleidenschaft gezogen. Ich räuspere mich leicht. »Und gleichzeitig lagen wir komplett daneben.« Ich schiebe mir die Hände unter die Oberschenkel. »Er wollte eine Doku drehen, aber nicht über Tiere. Sondern über diese Gruppe.«

»Mhm.« Emil nickt langsam. »Aber selbst das passt zum Thema des Wettbewerbs. Diese Leute sind auch ein schwarzer Fleck. Und wir wissen jetzt, dass er aussteigen wollte. Und dass er diesen Wachmann wirklich nicht angegriffen hat.«

»Wenn die Polizei Jacob glaubt.« Ich senke kurz den Blick. »Eigentlich steht auch jetzt Aussage gegen Aussage. Die des Wachmanns gegen seine …« Ich zucke mit den Schultern. Stichfeste Beweise gibt es nicht.

»Aber das ist besser als nichts.« Emil sieht mich ernst an. »Selbst wenn Jacob seine Behauptungen nicht belegen kann … Vielleicht befragen sie nun auch den Wachmann noch einmal. Eigentlich müssen sie das tun.«

»Hoffentlich.« Mit einem Mal fühle ich mich wie erschlagen.

»Egal, was dieser Typ den Beamten sagen wird … Ich glaube Jacob. Nicht, weil ich es will, sondern weil er keinen Grund hat, uns anzulügen. Und damit haben zumindest auch wir keinen mehr, auch nur ansatzweise an Hendrik zu zweifeln.«

»Ja.« Nun bin ich diejenige, die bedächtig nickt. So, wie er vor uns stand, mit hängenden Schultern, fast schon gebrochen … »Ich glaube ihm auch. Hendrik war gut.« Je mehr der Schock über Jacobs Worte nachlässt, umso mehr kann ich das Bedauern, aber vor allem auch die Erleichterung zulassen. »Hendrik war exakt so, wie wir immer gesagt haben.« Hilfsbereit. Lustig. Tierlieb. Ein bisschen überdreht, ein bisschen viel große Klappe, aber vor allem charmant, witzig und gut. Einfach gut. Und vor allem nicht gewalttätig. Ich merke, wie meine

Stimme wegen all der Emotionen darin brechen will und räuspere mich erneut. »Er hat Fehler gemacht, und er war leichtsinnig, und ich will ihn anschreien für so viel Wagemut. Aber am Ende war er ein verdammt guter Mensch. Bis zum … Bis zum Schluss.« Nun versagt meine Stimme endgültig. Aber das ist okay. Es ist alles gesagt.

Jacob wird uns von nun an in Ruhe lassen, und nach seiner Aussage wird der gesamten Gruppe der Prozess gemacht werden. Hendrik ist tot, aber wir können zumindest vor unseren Familien seinen Namen reinwaschen. Und Emil ist hier. Bei mir. Er zieht mich in seine Arme, legt sein Kinn auf meinen Kopf und hält mich. Er hält mich und gibt mir damit das stumme Versprechen, dass er da sein wird. Weil er alles ist. Meine Vergangenheit. Meine Gegenwart. Und meine Zukunft.

23

EMIL

Als ich gestern ausgezogen bin, habe ich nicht damit gerechnet, so schnell wieder bei Freya zu übernachten. Aber nach dem Aufeinandertreffen mit Jacob konnte ich sie nicht allein lassen. Zu sehen, was dieses neue Wissen mit ihr gemacht hat … Es war schlicht keine Option, nach Hause zu gehen. Ich wollte bei ihr sein. Ich will es immer noch.

Draußen prasselt sanfter Sommerregen auf den Balkon. Das Wetter ist über Nacht umgeschlagen und unbeständig geworden, doch wir … wir sind es nicht. Nicht mehr. Freya liegt warm in meinen Armen, noch sind ihre Augen geschlossen. Aber ich weiß, dass es nicht mehr lange dauert, bis sie aufwachen wird. Spätestens, wenn ich mich bewege, wird vermutlich auch ihre Nacht vorbei sein. Weil es immer so ist, egal wie viel Mühe ich mir gebe.

Ein paar Minuten lang rege ich mich nicht, sehe stattdessen an die Wand in ihrem Schlafzimmer und denke an gestern Abend. An meine Wut Jacob gegenüber, aber auch an das, was er erzählt hat. Inzwischen ist da allerdings nur noch Erleichterung. Wirkliche, ehrliche Erleichterung, gepaart mit der absoluten, puren Gewissheit, mich in meinem Bruder nicht getäuscht zu haben. Weil ich Jacob glaube. Es gab keinen Grund für ihn, mit uns zu sprechen. Der Fakt, dass er es dennoch getan hat, sagt alles.

Das laute Knurren meines Magens reißt mich aus meinen Gedanken. Vorsichtig versuche ich, mich aus Freyas Umarmung zu lösen. Es gelingt mir nicht.

»Geh nicht«, brummt sie unzufrieden und küsst meinen Handrücken.

»Es ist schon nach acht. Du musst doch bestimmt bald los, oder?«

»Nein.« Sie schüttelt den Kopf. »Ich ruf meine Eltern gleich an und melde mich für heute krank. Nach gestern …« Ihren Worten folgt ein Schulterzucken. »Ich kann heute nicht arbeiten.«

Eine Pause. Das ist es, was sie mir damit sagen will. Freya braucht eine Pause, und das verstehe ich nur zu gut. »Alles klar.« Ich lächle sie an, bis mein Magen erneut knurrt. »Ich mache uns kurz Frühstück und komme gleich wieder zurück, okay?«

Bei meinen Worten dreht sie sich auf den Rücken. Nach dem Aufwachen sieht sie immer etwas jünger aus als sonst. Friedlicher. Irgendwie … offener. Ein sanftes Lächeln umspielt ihre Lippen.

»Okay«, sagt sie, dann streckt sie sich mir entgegen für einen schnellen, kurzen Kuss. »Morgenatem«, murmelt sie erklärend, was so süß ist, dass ich nicht anders kann.

»Ist mir egal«, behaupte ich und ziehe sie an mich. Dieser Kuss ist länger. Wir lösen uns erst wieder voneinander, als Freya ihre Hände auf meine Brust legt und mich von sich schiebt.

»Ich dachte, ich krieg Frühstück im Bett.« Sie hebt eine Augenbraue, ihre Mundwinkel zucken. Und jeps, wieder einmal wird mir klar, dass ich alles für sie tun würde.

»Ay, ay.« Ich springe aus dem Bett und salutiere, während Freya mir lachend ein Kissen entgegenwirft. Ich fange es und schmeiße es zurück, ehe ich das Zimmer verlasse und mich daran mache, Frühstück für uns zu besorgen.

Es dauert nicht lange, nach einer guten Viertelstunde komme ich mit einem beladenen Tablett zurück. Frisches Obst, Joghurt mit Haferflocken und Ahornsirup, Orangensaft, Kaffee und Toastbrot mit Moltebeermarmelade. Freya legt ihr Handy weg, setzt sich in den Schneidersitz, und ich nehme neben ihr Platz.

»Witzig, oder?«, fragt sie, während sie sich eine Erdbeere schnappt. »In Filmen und Büchern wird Frühstück im Bett immer so romantisiert.« Sie schiebt sich die Erdbeere in den Mund. »Aber eigentlich ist es nur eine riesige Sauerei.«

»Es macht trotzdem Spaß.« Ich küsse sie, schmecke die Erdbeere auf ihren Lippen und lehne mich an das Kopfteil ihres Bettes. Der Orangensaft in unseren Gläsern wackelt bei meinen Bewegungen bedrohlich, genau wie der heiße Kaffee. Vielleicht hat Freya doch recht. Wir sollten vorsichtig sein, wenn wir ihre Matratze nicht einsauen wollen.

Ein paar Minuten lang essen wir schweigend. Es ist ein ruhiger Morgen, Freya geht nicht ins Sägewerk, und ich habe sowieso frei. Trotzdem gibt es nun etwas, was uns heute definitiv aus der Wohnung treiben wird.

»Wir müssen mit meinen Eltern sprechen«, sage ich irgendwann in die Stille und drehe den Kaffeebecher in meiner Hand hin und her. »Über Jacob und …« Ich zögere kurz, aber das, was ich als Nächstes sagen werde, ist mindestens genauso wichtig. »Über uns.«

»Sollten wir.« Sie nickt bedächtig, ich sehe das Lächeln an ihren Mundwinkeln zupfen. »Eigentlich unglaublich, oder? Da brauchen wir ewig, um Hendriks Passwort zu knacken und sehen uns Video um Video an, nur damit uns dann der Zufall im Büro von Hendriks Dozenten hilft. Ich meine, wäre sein Sohn nicht am selben Tag dort gewesen wie wir …« Sie zuckt mit den Schultern und legt ihren Kopf an meine Schulter. »Das ist ein bisschen verrückt.«

»Ist es.« Sehr verrückt sogar.

Freya schiebt ihre Hand unter meine. »Ich bin gespannt, wie dein Dad reagiert, wenn wir ihm von unserem Gespräch mit Jacob gestern erzählen. Dass er wieder auf freiem Fuß ist, wird ihn nicht überraschen, aber …«

»… der Rest sehr wohl.« Ich beende ihren Satz und lehne meinen Kopf gegen ihren. »Es wird ihn erleichtern, fassungslos und wütend machen.« *Genau wie uns.* »Was Mum dazu sagen wird …« Ich kann sie nicht einschätzen. Die vergangenen Monate haben sie immer mehr zermürbt, und ich weiß nicht, ob es ihr wie uns ergehen wird. Dass die Erleichterung überwiegt. Oder ob sie nur noch mehr in sich zusammenfallen wird, weil Hendriks Tod nun auch noch furchtbares Timing ist. »Keine Ahnung. Und Lene wiederum …«

»Vielleicht sollte ich mit ihr reden? Ich bin … weiter weg. Weißt du, was ich meine?«

»Ja.« Ich nicke, verstehe das tatsächlich. »Wir fahren einfach mal rüber, wahrscheinlich ist Lene sowieso nicht da. Dann kann auch Dad sie informieren.«

»Okay. Dann sollten wir uns langsam mal fertig machen, oder?« Freya rutscht vom Bett und nimmt ein paar Klamotten aus dem Schrank. »Ich bin kurz duschen. Oder willst du zuerst?«

»Ich könnte mitkommen.«

Sie hält inne und blickt über ihre Schulter zu mir. »Könntest du.«

»Soll ich?«

»Willst du?«

Meine Antwort gebe ich ihr ohne Worte. Ich stehe auf, greife nach ihrer Hand und ziehe sie mit mir. Weil ich alles mit ihr will.

Als wir uns auf den Weg zu meinen Eltern machen, hat es aufgehört zu regnen. Trotzdem ist die Luft noch feucht, und es hat merklich abgekühlt. Tiefe Wolken hängen immer noch über der Stadt. Freya hält die ganze Zeit meine Hand, und obwohl wir locker miteinander sprechen und so tun, als wäre das hier nur eine weitere gemeinsame Fahrt, spüre ich die Anspannung deutlich in mir. Das Gespräch, das uns bevorsteht, macht mich nicht nervös. Es ist eher der Fakt, dass Freya mitkommt. Zum ersten Mal seit langer Zeit wird sie wieder vor meinen Eltern stehen – nur jetzt als meine Freundin. Und ich habe keine Ahnung, wie Mum und Dad darauf reagieren werden. Sie mochten Freya immer, aber in ihren Köpfen ist sie nach wie vor Hendriks Freya. Und nicht meine.

Kurz darauf parke ich vor dem Haus meiner Familie, schaffe es aber nicht auszusteigen. Keine Ahnung, warum es mir so schwerfällt.

»Was ist los?«, fragt sie, weil sie genau merkt, dass etwas in mir arbeitet. Nur weiß ich nicht, wie ich in Worte fassen soll, warum ich so nervös bin, ohne sie dadurch auch nervös zu machen.

Das Auto meines Dads steht ebenfalls im Hof, Lenes Fahrrad lehnt neben den Treppenstufen, die zur Eingangstür führen. Es liegt halb in den Büschen, wie immer, wenn meine Schwester es benutzt hat. Dieser vertraute Anblick löst ein wenig von der Spannung in mir. Auch wenn Lene und ich nicht gut aufeinander zu sprechen sind … Es ist nur meine Familie da drin, nicht die Mafia. Sie werden mich nicht umbringen, bloß weil ich Freya mitgebracht habe. Zumindest dann nicht mehr, wenn wir ihnen von Jacob erzählen. Deshalb werden sie diese Information auch zuerst erhalten.

»Alles okay. Lass uns reingehen.« Ich löse den Gurt, ziehe den Schlüssel mit einem leisen Klicken aus dem Schloss und öffne meine Tür.

Freya tut es mir auf ihrer Wagenseite gleich, und eine halbe Minute später stehen wir vor den vier Stufen, die uns noch von der Haustür trennen. Ich gehe voraus, Freya folgt mir. Schon im Flur höre ich die Stimmen meiner Eltern, Mum und Dad sitzen in der Essküche. Von Lene ist nichts zu sehen.

»Hey«, begrüße ich die beiden.

Freya ist dicht hinter mir. Am liebsten hätte ich nach ihrer Hand gegriffen, aber wir haben beschlossen, erst mit ihnen zu sprechen, bevor wir auch durch unseren Umgang miteinander zeigen, dass wir zusammen sind.

»Emil!« Mum sieht mich erfreut an, verliert ihr Lächeln jedoch sofort wieder, als sie erkennt, wer hinter mir ist. »Oh, Freya. Hallo.« Ihr Blick trübt sich. »Dich … dich habe ich ja schon lange nicht mehr gesehen.« Es ist eine Floskel, die zwar wahr, aber völlig sinnlos ist. Es lässt sich nicht mehr ändern, dennoch verstehe ich, dass diese Aussage Mum über die Lippen rutscht. »Wie … wie geht es dir?«

Ich weiß nicht, ob ich es mir nur einbilde, aber ich glaube, ihre Unterlippe zittern zu sehen. Es ist eindeutig, dass sie nicht mit Freya gerechnet hat – mit dem, was das in ihr auslöst.

»Danke, Kari. Es geht mir …« Sie stockt, ehe sie ihren Satz noch einmal beginnt. »Es geht mir wirklich gut.« Ein warmes Lächeln umspielt Freyas Mund.

»Das freut mich.« Mums Antwort klingt positiv, ihre Mimik spricht jedoch eine andere Sprache. Sie sagt kein weiteres Wort mehr, den stummen Vorwurf an Freya höre ich dennoch: *Wie kann es dir gut gehen, wenn mein Sohn tot ist? Mein Sohn, der dein Freund war. Fehlt er dir gar nicht mehr?*

Ich verstehe Mums Kummer. Inzwischen bin ich mir sicher, dass sie niemals komplett über Hendriks Tod hinwegkommen wird. Aber sie kann nicht erwarten, dass es Freya oder Dad oder mir genauso geht. Wir werden ihn immer vermissen. Wahrscheinlich wird es keinen Tag geben, an dem ich nicht wenigstens kurz an ihn denke. Aber es ist keine Option, stehen zu bleiben und in diesem düsteren Trauertal zu verharren. Ich will mein Leben nicht in einer Schattenwelt verbringen. Ich will es leben.

»Freya.« Dad ist derjenige, der die eingekehrte Stille durchbricht. »Wie schön, dass du hier bist.« Er schiebt die Papiere, die er gelesen hat, zusammen und sieht zwischen ihr und mir hin und her. »Hat sich die Polizei noch einmal bei euch gemeldet?« Und das wiederum ist typisch für meinen Dad. Er fackelt nicht lange.

»Nein, Jørgen«, sagt Freya. Ihr Blick huscht kurz zu mir. Ich sehe ihr deutlich an, wie froh sie ist, dass Dad das Thema gewechselt hat. Zumindest so halb. Denn auch in diesem Gesprächspunkt spielt Hendrik eine Rolle. »Sie sagten, dass es dauern wird, die Videos zu analysieren.«

»Verstehe.« Dad nickt geschäftig. »Und deine Tür ist auch wieder repariert, wie ich gehört habe?«

Seine Fragen gleichen einem halben Verhör, Freya beantwortet jede einzelne. Nach außen macht sie einen gefassten Eindruck. Aber ich kenne sie. Inzwischen noch viel besser. Und ich weiß, was es bedeutet, dass sie mit ihrem Zeigefinger unaufhörlich über ihren Daumennagel streicht. Sie ist unsicher und nervös unter den Blicken meiner Eltern.

»Das hab ich dir doch schon erzählt, Dad.« Ich komme ihr zu Hilfe und lenke Dads Fokus auf mich. »Sie hat nun eine neue Tür mit Dreifachschloss, das sollte sicher sein. Abgesehen davon wissen wir ja jetzt, wer es war.« Und dass es definitiv keinen dritten Einbruch geben wird.

Lene sucht sich genau diesen Moment aus, um mit einem Korb und frischen Eiern durch die Terrassentür zu treten. »Was ist denn hier los?«, fragt sie. Bevor wir antworten können, entdeckt sie, wen ich mitgebracht habe. »Fee?«

»Hi, Lene.« Freya hebt eine Hand und winkt ihr kurz zu.

Überrascht starrt meine Schwester sie an. Dann kommt Leben in sie. Hastig stellt sie den Korb ab, macht ein paar Schritte auf Freya zu und zieht sie in ihre Arme. Fee ist so überrumpelt von Lenes überschwänglicher Begrüßung, dass sie mir über den Rücken meiner Schwester hinweg einen überforderten Blick zuwirft, ehe sie sich von ihr drücken lässt und Lenes Umarmung erwidert.

»Du siehst gut aus«, sagt Lene, nachdem sie Freya wieder losgelassen hat. Mit einer gewissen Neugierde betrachtet sie Freya von oben bis unten. »Glücklich.«

»Danke.« Freya bestätigt ihre Aussage nicht, aber sie streitet es auch nicht ab. Weil es stimmt. Man kann traurig und glücklich zugleich sein, und zumindest, wenn sie und ich zusammen sind, überwiegen die Glücksmomente.

»Was macht ihr hier? Trinken wir einen Kaffee, Fee? Ich kann uns schnell Kiwischaum dazu machen. Hab ich in Neuseeland gelernt.« Lene steht bereits an der Kaffeemaschine und will die Bohnen auffüllen, als ich sie unterbreche.

»Eigentlich wollten wir mit euch sprechen …« Ich sehe Freya an, sie mich, dann ich wieder Lene.

»Das könnt ihr auch gern tun. Nach unserer Kaffeepause. Oder meinetwegen während.« Das Funkeln in ihren Augen ist eine stumme Herausforderung. *Wag es bloß nicht, Emil!*, scheint sie zu sagen. »Geht raus in den Garten oder in dein Zimmer, ich mache Kaffee und den Schaum. Für uns *alle.* In einer Viertelstunde treffen wir uns wieder hier.«

Weil Mum nicht hinsieht, wirft sie mir einen vielsagenden Blick in ihre Richtung zu. Und leider hat Lene recht. Mum isst seit Monaten zu wenig, und wer bin ich, es abzulehnen, wenn meine Schwester endlich mal ein bisschen Verantwortungsbewusstsein zeigt und Mum helfen will?

»Na gut.« Ich nicke. Vielleicht ist es ganz gut, erst eine Tasse Kaffee zu trinken und diesen ominösen Schaum zu probieren, ehe wir ihnen von Jacob und uns erzählen.

»Prima.« Lene scheucht uns aus der Küche. Dann fordert sie Mum auf, ihr zu helfen, doch sie hat keine Chance.

»Nicht heute, Schatz«, sagt sie und schüttelt den Kopf. »Beim nächsten Mal wieder, ja? Ich bin müde und lege mich besser ein bisschen auf die Couch. In ein paar Minuten bin ich bestimmt wieder fit.« Sie stützt sich mit beiden Händen auf dem Tisch ab, und weil sie dabei wirklich nicht gut aussieht, versucht Lene nicht, sie umzustimmen. Stattdessen werden ihre Lippen zu einem Strich.

Wortlos dreht sie sich um und holt eine Schüssel aus der untersten Schublade, während Mum ins Wohnzimmer schleicht.

»Ich probiere deinen Kiwischaum später, Marleen.« Dad steht ebenfalls auf und drückt Lenes Schulter im Vorbeigehen. »Ich muss dringend noch ein paar Telefonate führen. Fangt ruhig schon einmal ohne mich an. Wir sprechen danach, ja?« Er sieht kurz zu mir, dann verlässt auch er das Zimmer und verschwindet nach nebenan in sein Büro.

»Cool. Dann eben nur wir drei. Los jetzt. In fünfzehn Minuten erwarte ich euch. Länger brauche ich nicht.« Im nächsten Moment beginnt sie, ein paar der gesammelten Eier aufzuschlagen. Es sieht routiniert aus.

»Okay.« Ich sehe kurz zu Freya. »Gehen wir hoch? Oder willst du raus?«

»Nein, lass uns in dein Zimmer gehen.« Sie macht einen Schritt zur Seite, sodass ich nach oben vorausgehen kann.

»Tut mir leid«, sage ich, sobald ich die Tür zu meinem Zimmer mit dem Fuß wieder zugedrückt habe, und fahre mir mit der Hand durch die Haare. »So war das eigentlich nicht geplant. Aber Mum geht es einfach nicht gut, Dad ist ein Workaholic, und Lene …« Ich seufze leise. »Keine Ahnung, was mit ihr los ist.« Dass sie nun mit uns Kaffee trinken und diesen Nachtisch essen will … »Ich glaube, das liegt an dir.«

»An mir?« Langsam kommt Freya näher, sieht sich in meinem Zimmer um und betrachtet dann mein Bücherregal genauer. Während sie auf meine Antwort wartet, fährt sie mit ihrem Finger meine Regalreihen ab.

»Mhm.« Ich trete näher zu ihr. »Seit sie wieder da ist, streiten wir entweder oder gehen einander aus dem Weg. Dass sie nun Zeit mit uns verbringen will … Ja, doch, das ist deine Schuld.« Ich meine die Worte nicht ernst, dennoch sieht sie über ihre Schulter zu mir.

»Gern geschehen.« Sie grinst, ehe sie sich wieder meinen Büchern widmet. Ein paar zieht sie hervor, liest den Klappentext und stellt sie wieder zurück.

»Wir müssen nachher vorsichtig sein«, sagt sie und dreht ein Buch in ihren Händen hin und her. »Deine Mum wirkt sehr … zerbrechlich. Wenn sie jetzt erfährt, was damals passiert ist …« Sie spricht nicht zu Ende, aber das ist okay. Wir denken dasselbe.

»Deshalb ist es gut, dass Dad und Lene auch da sind.« Ich seufze leise. »Dad wird sie auffangen.« Zumindest hoffe ich das. »Und immerhin weiß sie dann, dass Hendrik kein gewalttätiger Mensch war. Das ist mit ein Grund, wieso sie so fertig ist.«

»Verstehe ich«, murmelt Freya. »Ich konnte das auch kaum aushalten. Weil es einfach nicht zu meinem Bild von ihm passen wollte.«

»In meins auch nicht.« Ich trete hinter sie und lege meine Arme um ihren Bauch und mein Kinn auf ihre Schulter.

»Meinst du, sie kommen damit klar, dass wir …?«

»Sie müssen.« Ich drehe meinen Kopf seitlich, sodass ich ihr einen Kuss auf die Wange geben kann.

»Okay.« In meiner Umarmung dreht sie sich zu mir um. »Wir sollten wieder runter, oder? Bevor Lene sauer wird.«

»Ach.« Ich winke ab. »Es tut ihr gut, auch mal zu warten. Ich habe neun Monate darauf gewartet, dass sie zurückkommt.«

»Vielleicht solltest du aufhören, ihr das vorzuhalten.« Liebevoll kneift mich Freya in die Seite. »Ich glaube, das würde euch beiden guttun.«

»Ich halte ihr gar nichts vor. Wir sprechen ja kaum miteinander.«

»Vielleicht ändert sich das nachher.« Freya fasst nach meiner Hand und verwebt unsere Finger miteinander. Mit der anderen hält sie einen Thriller hoch. »Der klingt spannend, darf ich mir den ausleihen?«

»Klar.« Kurz entschlossen beuge ich mich ihr entgegen und küsse sie. »Du kannst mitnehmen, was du willst.«

»Danke.« Grinsend reckt sie sich mir für einen weiteren Kuss entgegen. »Ich passe auch gut darauf auf«, verspricht sie mir dicht an meinen Lippen.

»Okay«, entgegne ich und küsse sie wieder.

Es könnte mir nicht egaler sein, wie sie das Buch behandelt. Ich lege meine freie Hand an ihre Taille und ziehe sie enger an mich, weil alles andere keine Option ist. Ich lache leise an ihrem Mund, und ich lache noch mehr, als sie versucht, leicht in meine Lippe zu beißen. Sie schafft es nicht. Stattdessen küsse ich ihren Mundwinkel, dann ihre Lippen. Unsere Küsse sind sanft, aber nicht vorsichtig. Und vor allem fühlen sie sich, fühlt sich das zwischen uns, sehr sicher an.

In der nächsten Sekunde bricht die Hölle los.

»HABT IHR SIE NOCH ALLE?!« Lene brüllt so laut, dass Freya und ich sofort Distanz zwischen uns bringen. Unsere Finger rutschen auseinander, der Thriller fällt auf den Boden. Lene steht wie eine Furie in meinem Türrahmen und starrt uns fassungslos an. »Das kann nicht dein verfickter Ernst sein, Emil!«

Während Freya und ich uns kaum rühren, kommt Lene ins Zimmer gestürmt. »Sie ist Hendriks Freundin, verdammte Scheiße! Das ist …« Sie unterbricht sich selbst. »Das ist einfach nur ekelhaft! Wie kannst du bloß?« Ich habe keinen Schimmer, wie mir geschieht, als sie mich von Freya wegzieht und mir gegen die Brust schlägt. Und noch einmal. Es geht so schnell, dass ich nicht einmal auf die Idee komme, mich zu wehren.

»Und du!« Sie wirbelt in Freyas Richtung. »Hast du überhaupt kein Schamgefühl? Ausgerechnet *Emil*? Was ist das für ein kranker Scheiß?« Lene feuert eine Frage nach der anderen auf Freya ab, gibt ihr nicht einmal die Chance zu reagieren.

Völlig schockiert sieht Fee sie an. Und es ist dieser Anblick, die großen Augen, die blassen Wangen, die mich schließlich reagieren lassen.

»Halt die Klappe, Lene!«, fahre ich meine Schwester an und stelle mich zwischen sie und Freya. Wie eine Art Schutzwall, der jedoch nicht mehr viel bringt. Lene hat bereits geschossen. Und verflucht gut getroffen. »Du hast keine Ahnung, also halt den Mund!«

»Ich halte meinen Mund ganz sicher nicht.« Voller Zorn blickt sie mich an. »Dachtest du ernsthaft, du kannst einfach in seine … in seine Fußstapfen treten? Ihn ersetzen oder was? So dumm kannst du echt nicht sein.«

»Was geht es dich an, mit wem ich zusammen bin?«, feuere ich zurück. Ich werde genauso laut wie meine Schwester. Lene hat kein Recht, hier einen derartigen Aufstand zu machen.

»Was es mich angeht? Du stehst auf Freya, seit du sie kennst. Wahrscheinlich bist du sogar froh, dass Hendrik tot ist.« Lenes Vorwürfe treffen mich wie schallende Ohrfeigen. Nicht, weil sie auch nur ansatzweise wahr wären, sondern weil sie das Verletzendste sind, was sie jemals in unserem gesamten Leben zu mir gesagt hat.

»Raus hier!« Ich werde leise, zische nur noch.

Freya steht immer noch regungslos neben mir, wie in einer Schockstarre. Ich sehe nur an ihren Tränen, wie sehr Lenes Anschuldigungen sie treffen.

»Verschwinde, bevor ich mich vergesse.«

Doch es ist nicht meine Schwester, die dazu etwas sagt. Es ist unser Vater, der genauso plötzlich im Türrahmen auftaucht wie eben Lene.

»Was ist hier los?«, donnert er mit seiner tiefen Bassstimme. »Eure Mutter sitzt unten und heult, weil ihr das ganze Haus zusammenbrüllt. Hört auf, euch die Köpfe einzuschlagen. Ihr seid keine fünf mehr, Herrgott.«

»Was los ist, fragst du am besten Emil.« Lene spuckt die Worte beinahe aus. »Oder ihn und seine neue *Freundin.*« Wieder schießt sie regelrecht Pfeile aus den Augen in Freyas Richtung.

»Seine was?« Dads Blick wandert von Lene über Freya zu mir. »Emil?«

Doch ich habe erneut keine Chance zu antworten.

»Ach, komm schon, Dad«, fährt Lene dazwischen. »So blind könnt ihr doch nicht sein. Was denkst du denn, wieso er seit Ewigkeiten bei ihr pennt? Sicher nicht aus reiner Herzensgüte.« Mit jeder weiteren Silbe, die Lenes Mund verlässt, werden Freyas Tränen stärker. »Die beiden sind zusammen. Sie hat Hendrik einfach durch Emil ersetzt, und er hat …«

»Halt endlich deine Klappe, Marleen! Du hast keine Ahnung, wovon du redest.« Ich fahre ihr über den Mund, will sie so, so, *so* dringend zum Schweigen bringen. Freya weinen zu sehen, lässt alles in mir verkrampfen. Ich will sie in den Arm nehmen, sie halten, ihr irgendwie zu verstehen geben, dass ich da bin und Lenes Vorwürfe keine Rolle spielen. Aber als ich einen Schritt auf sie zumache, macht sie einen von mir weg. Von uns allen.

»Du bist mit Freya zusammen, Emil?« Dads Stimme ist messerscharf und zerschneidet die Luft zwischen uns in unzählige Einzelteile. Sein Blick bohrt sich in meinen.

Ich kann nicht anders, als zu nicken. Das war nicht mein Plan, ich hatte nicht vor, ihm auf diese Art und Weise von Freya und mir zu erzählen, aber Lenes Ausraster lässt mir keine andere Wahl. »Ja, bin ich.« Ich sehe zu Freya, sie wirkt vollkommen verzweifelt. Tränen laufen ihr wie kleine Sturzbäche über das Gesicht. »Wir sind …«, setze ich an, werde dieses Mal allerdings von Dad unterbrochen.

»Auf keinen Fall!«

»Was?« Habe ich ihn gerade richtig verstanden? Will er mir ernsthaft verbieten, mit Freya …? Ich schaffe es nicht einmal, die Frage zu Ende zu denken, als Dad auch schon zwei große Schritte in den Raum zu uns macht.

»Es geht nicht, Emil. Freya war mit Hendrik zusammen, und das wäre sie mit Sicherheit auch heute, wenn er noch leben würde. Nicht wahr, Freya?« Er sieht sie so eindringlich an, so mahnend, so wissend, dass ihr gar keine andere Wahl bleibt, als ihm zuzustimmen.

»Ja.« Ihre Antwort ist kaum zu verstehen, nur ein Hauch. Als wäre alle Kraft aus ihrem Körper verschwunden. Es bricht mir das Herz.

»Na und?«, halte ich dagegen, weil sie es selbst nicht kann. »Das weiß ich, aber das ändert nichts an den Tatsachen. Hendrik ist tot.«

»Was dir ja offenbar gerade recht kommt.«

Ruckartig drehe ich mich zu Lene um. »HÖR ENDLICH AUF DAMIT!«, schreie ich sie an. »Siehst du nicht, was du ihr antust?«

»*Ich* tue Freya gar nichts an. Das erledigt ihr schon ganz gut selbst«, brüllt Lene zurück.

»Schluss jetzt!« Dads Stimme wird so laut, dass er uns beide übertönt. »Es bleibt dabei, Emil. Du und Freya, das geht nicht. Das wäre ein gefundenes Fressen für die Presse. Wir können nicht um ihn trauern und im gleichen Atemzug verkünden, dass seine Freundin nun mit dir zusammen ist.«

Ich schnaube. »Darum geht es also? Du hast Angst, die Wahl zu verlieren? Weil wir für einen Skandal sorgen könnten?« Ich habe wirklich Mühe, die Fassung zu wahren. Sein Wahlsieg soll wichtiger sein als Freya und ich? »Das ist doch lächerlich, Dad. Niemanden interessiert mein Beziehungsstatus.«

»Sei nicht so dumm, Emil.« Wieder ist es Lene, die schneller reagiert als Dad. »Die Leute reden. Das tun sie bestimmt jetzt schon.«

»Es ist mir scheißegal, was die Leute sagen«, schnauze ich sie an.

»Aber mir nicht«, sagt Dad. »Und ich dachte, es ist gerade euch beiden so wichtig, dass in der Öffentlichkeit nicht mehr dieses negative Bild von Hendrik vorherrscht.«

Ich setze dazu an, ihm von Jacob zu erzählen. Von gestern und all dem, was Hendriks Ruf tatsächlich verbessern würde. Doch Lene ist wieder schneller.

»Ach bitte, Dad. Hendrik ist den beiden doch scheißegal. Wenn ihr zusammenbleibt, beschmutzt ihr sein komplettes Andenken. Wie kann euch das nicht klar sein?«

Jedes von Lenes Worten lässt Freya kleiner werden. Ich kann beinahe dabei zusehen, wie jedes einzelne sie so sehr trifft, dass sie regelrecht zerbricht. Und ich weiß nicht, was ich tun soll, wie ich Lene zum Schweigen bringen und ihnen klarmachen kann, dass Freya und ich keine Phase sind. Dass wir gar nichts beschmutzen. Und wir vor allem niemandem wehtun. Egal, wie sehr Lene versucht, mir ein schlechtes Gewissen zu machen. Denn das Einzige, womit sie recht hat, ist der Fakt, dass ich diese Gefühle für Fee schon ewig habe.

Ich will etwas zu Lenes Vorwürfen sagen, doch dieses Mal kommt Freya mir zuvor.

»Ich gehe.« Sie spricht leise, gebrochen, mit gesenktem Blick und so verzweifelt, dass alles in mir *Nein, nein, nein!* schreit. Alles in mir und auch mein Mund.

»Nein!«, sage ich laut und trete auf sie zu. »Bitte, Fee. Hör nicht auf sie. Sie haben keine Ahnung …«

»Doch, Emil.« Das ist der Moment, in dem sie ihren Kopf wieder anhebt und mich ansieht. Aus tiefdunkelblauen, geröteten Augen. »Sie haben recht. Das, was wir hier tun … Das ist nicht okay.« Ihre Stimme bricht auf den letzten Worten, sie ist so verzweifelt, so verletzt. So traurig. »Es ist nicht okay. Lass mich gehen.«

Ohne eine Reaktion abzuwarten, schiebt sie sich erst an mir, dann an meinem Vater vorbei. Sie sagt nichts zu ihm, nichts zu Lene und auch nichts mehr zu mir. Sie geht einfach. Sie geht, und ich will sie aufhalten, aber sie hat mich gebeten, es nicht zu tun. Und in dieser Sekunde, hier, zwischen meiner Schwester und meinem Vater, bin ich komplett zerrissen, was ich machen soll. Ich will nicht, dass sie geht. Das will ich *nie*. Nur hat sie mich gebeten, genau das tun zu dürfen. Scheiße. Scheiße, scheiße, scheiße! Ich kann sie so nicht gehen lassen. Nicht so. Nicht mit all diesen hässlichen Aussagen von Lene und Dad in ihrem Kopf.

Bevor ich groß darüber nachdenken kann, setze ich mich ebenfalls in Bewegung. Ich stürme an meiner Schwester und meinem Vater vorbei in den Flur und die Treppe nach unten. Ich werde Freya nicht aufgeben. Nicht für die Wahl meines Dads, nicht für die Tränen meiner Mum und ganz sicher nicht einer tobenden Lene zuliebe.

Meine Familie mag schockiert sein von meiner Beziehung zu Freya. Vielleicht brauchen sie Zeit, sich daran zu gewöhnen. Doch selbst wenn dem so sein sollte … Nichts davon rechtfertigt, dass sie so mit Freya sprechen und ihr absichtlich wehtun.

Nichts.

Hendrik, Lene, Emil

18 Jahre

»Ich wünschte, Dad wäre hier.«

»Alter, bist du irre?« Hendrik boxte mit seiner Schulter gegen Emils. »Wir sind endlich achtzehn und können tun und lassen, was wir wollen, und du schreist nach Dad? Echt jetzt?«

»Na ja.« Er deutete mit dem Kopf zu seiner Schwester. Lene stand vor einem Informationsschalter in der Abflughalle des Flughafens und diskutierte scheinbar aufgeregt mit einem der Mitarbeiter. »Keine Ahnung, ob sie die Sache wirklich im Griff hat. Dad hätte das längst alles geregelt.«

»Lass sie mal machen.« Hendrik packte seine Flasche Wasser aus und trank einen großen Schluck. Dann hielt er sie Emil hin. »Willst du auch? Das Ding muss leer sein, bis wir durch die Schleuse gehen.«

Emil nahm ihm das Getränk ab. »Ich bin mir echt nicht mehr sicher, ob es eine gute Idee war, zwei Tage nach unserem Geburtstag allein in den Urlaub zu fliegen, wenn das schon so losgeht.«

»Du musst dich wirklich mal entspannen, Mann.« Hendrik biss genüsslich in seinen Schokoriegel. »Das Flugzeug ist nur überbucht. Lene macht das schon. Was soll schon passieren? Im schlimmsten Fall fliegen wir halt mit der nächsten Maschine nach Ibiza.«

»Und kommen mitten in der Nacht an? Super Plan.«

»Du kannst auch hierbleiben, Bro. Dann fliege ich mit unserer Schwester allein und habe eben nur mit ihr die Zeit unseres Lebens.« Hendrik streckte die Beine aus, knüllte die Verpackung seines Riegels zusammen und warf die kleine Kugel gekonnt in den nächsten Mülleimer. »Wenn du das verpassen willst, nur zu.« Er stichelte. Weil er genau wusste, dass Emil sie niemals ohne ihn fliegen lassen würde.

Es war ihre erste Reise zu dritt, die ohne Begleitung ihrer Eltern ins Ausland ging. Das würde Emil sich nicht entgehen lassen. Ja, sie hatten im wahrsten Sinne des Wortes Startschwierigkeiten. Aber wenn die Sache jemand klären konnte, dann Marleen Berg. Sie hatte sich so sehr auf diesen Urlaub gefreut, sie würde ihn sich nicht durch eine derartige Kleinigkeit wie ein übervolles Flugzeug kaputtmachen lassen. Hendrik vertraute auf seine Schwester. Und Emil wäre gut beraten, das ebenfalls zu tun. Lene war eine Macherin, sie regelte Sachen. In diesen Dingen war sie genau wie ihr Vater, was ihren beiden Brüdern sehr gelegen kam. Vor allem in der Schule war es immer leicht gewesen, sich hinter Lene zu verstecken und sie vorzuschicken.

Emil zweifelte noch immer an seiner Entscheidung, als Lene zu ihnen zurückkam. In den Händen hielt sie drei Tickets, mit denen sie wedelte.

Grinsend ließ sie sich zwischen ihre Brüder auf die engen Sitze fallen.

»Jackpot.«

»Das heißt?«

»Wir fliegen drei Stunden später.«

»Das soll der Jackpot sein?« Emil runzelte die Stirn.

»Dafür umsonst.« Nun lachte Lene richtig. »Der Mitarbeiter war so froh, dass wir später fliegen, dass er unsere alten Tickets storniert hat und es die neuen umsonst gab. Läuft bei uns, würde ich sagen.«

»Yeah, Marleen!« Hendrik hielt ihr seine erhobene Hand entgegen. Lene schlug ein. »Hab's dir doch gesagt«, sagte er dann an Emil gewandt. »Lene regelt.«

24

FREYA

»Fee, warte!«

Der Kies unter meinen Füßen knirscht, während ich Emils Schritte auf den Treppenstufen höre. Es dauert nicht mehr lange, bis er mich eingeholt hat. Ich bleibe dennoch nicht stehen. Ich kann nicht. Lenes Worte hallen durch meinen Kopf, ähnlich einem Karussell, das nicht mehr aufhört, sich zu drehen.

Sie hat Hendrik einfach durch Emil ersetzt.

Ersetzt.

Als ob das überhaupt möglich wäre. Emil und Hendrik sind so verdammt unterschiedlich, das müsste gerade Lene eigentlich wissen. Aber wenn sie so denkt, werden es die Menschen in Drammen doppelt und dreifach tun.

Hendrik ist den beiden doch scheißegal.

Wenn ihr zusammenbleibt, beschmutzt ihr sein komplettes Andenken.

Das ist das Letzte, was ich will. Hendrik hat mir die Welt bedeutet, jetzt tut es Emil, und ich kann nicht … Ich kann nicht … Ich kann nicht.

»Hey!« Emils Stimme klingt so unglaublich sanft, als er mich erreicht. Er stellt sich mir in den Weg, sein Blick sucht meinen, eine Million Fragen liegen darin. Eine Million Bitten. Aber vor allem eine einzige: *Lauf nicht weg.* »Hör nicht auf sie. Lene ist wütend, weil sie die ganze Zeit wütend ist, und Dad steht unter enormem Druck.«

»Sie haben recht, Emil«, sage ich wieder und schüttle den Kopf. Tränen brennen in meinen Augenwinkeln, alles in mir schmerzt.

Das ist einfach nur ekelhaft! Wie kannst du nur?

»Wir waren gedankenlos, wir hätten nie …«

»Das stimmt nicht.«

Er macht noch einen Schritt auf mich zu, will seine Hände an meine Wangen legen, aber ich lasse ihn nicht. Wenn er mich jetzt berührt, zerbreche ich. Und das darf ich nicht. Nicht jetzt. Nicht hier.

Emil gibt nicht auf. »Ich habe über nichts anderes nachgedacht in den letzten Tagen. Aber ich bleibe trotzdem dabei, dass ich mit dir zusammen sein will. Es spielt keine Rolle für mich, was andere dazu sagen.«

»Sie sind deine Familie, Emil. Du kannst nicht …« Ich schlucke, weil der Kloß in meinem Hals viel zu groß wird. »Du kannst dich nicht meinetwegen gegen sie stellen.«

Hast du überhaupt kein Schamgefühl? Was ist das für ein kranker Scheiß?

»Ich stelle mich nicht gegen sie. Aber ich stelle mich auch ganz sicher nicht gegen dich.« Emil kommt wieder näher, die Ringe unter seinen Augen werden dunkler, tiefer.

Es tut weh, ihn anzusehen und zu wissen, dass ich der Grund dafür bin. Ich will nicht, dass es ihm schlecht geht, aber ich weiß auch nicht, wie ich es ändern soll. Weiterhin mit ihm zusammen zu sein … Wie soll das gehen, wenn wir damit alles andere kaputtmachen? Jede Beziehung, die er zu seiner Familie hat … Wir würden jede einzelne kappen, das haben Lene und ihr Dad unmissverständlich klargemacht.

Wahrscheinlich bist du sogar froh, dass Hendrik tot ist!

»Jedes Mal, wenn sie mich mit dir sehen, werden sie an Hendrik denken und daran, dass ich ihn nie wirklich geliebt haben kann, wenn ich nun mit dir …« Ich breche ab, kann nicht weitersprechen.

In meinem Herzen weiß ich, wie verliebt ich noch vor einem Jahr in Hendrik war. Aber es genügt nicht, wenn nur mir das klar ist. Wenn alle anderen ihn … *uns* mit Vorwürfen bombardieren, uns jegliche Gefühle füreinander oder für Hendrik absprechen. Die Vorstellung, die Meinung der anderen könnte egal sein, ist schön und gut, nur entspricht sie einfach nicht der Realität. Niemandem ist wirklich vollständig egal, was die eigene Familie denkt. *Niemandem.*

»Es reicht doch, wenn wir beide wissen, was …«

»Aber genau darum geht es!« Jetzt falle ich ihm ins Wort. »Du wirst es irgendwann nicht mehr wissen. Irgendwann wirst du ihnen glauben, wenn sie es oft genug sagen. Am Ende werde *ich* es glauben, obwohl ich ganz genau weiß, was ich damals gefühlt habe.« Ich weiß es noch und ich hoffe, es immer zu wissen, aber diese Anschuldigungen … Sie sind wie stete Tropfen, die den Stein höhlen. Am Ende fressen sie sich durch alles.

»Fee.« Seine Gesichtszüge werden sanfter, er bemüht sich um ein Lächeln, das ihm nicht ansatzweise gelingt. Es gibt nichts zu lachen. Nicht mehr. »Das wird nicht passieren.«

Ich würde ihm so gern glauben. Seine Worte als die Zusicherung, als das Versprechen annehmen, das darin liegt. Aber es geht nicht. »Nein. Was nicht passieren wird, ist, dass uns die Zeit kaputtmacht.«

»Also beenden wir es? Vergiss es.« Wieder macht er einen Schritt auf mich zu, ist mir so nah, dass ich nur noch die Hand ausstrecken müsste, um ihn zu berühren. Ich tue es nicht, und dennoch nehme ich seine Nähe wahr, sie ist wie ein Flimmern zwischen uns. Ein Brennen.

»Ich liebe dich«, sagt er mit fester Stimme. Nicht: Ich bin verliebt in dich, nein. Eine Stufe mehr. »Ich liebe dich, und ich verstehe, was du hier gerade tust, aber … bitte. Wirf uns nicht weg, nur weil du Angst hast. Lass uns reingehen und mit ihnen reden und …«

»Darum geht es doch gar nicht.«

»Worum geht es dann?« Er sieht verloren aus. Wahrscheinlich, weil es das ist, was hier gerade geschieht. Wir verlieren einander. Ich ihn, er mich, wir uns.

»Wir hatten nie eine Chance.« Ich flüstere fast. »Das mit uns war eine Blase. Eine Seifenblase. Und Blasen …« Sie platzen. Immer. Und das begreift in diesem Moment auch Emil.

»Sie platzt nicht. Du machst sie kaputt.«

»Weil einer von uns es tun muss, verstehst du das nicht?« Ich spüre neue Tränen auf meinen Wangen. Oder alte. Ich weiß längst nicht mehr, ob ich zwischendurch kurz aufgehört habe zu weinen.

Meine Sicht verschleiert sich, als ich Schritt für Schritt für Schritt von Emil wegmache. Ich werde nicht daran schuld sein, dass er seine Familie für uns riskiert. Er würde es tun, aber genauso sicher, wie ich das weiß, weiß ich auch, dass er es bereuen wird. Er hat schon Hendrik verloren. Niemals werde ich der Grund sein, aus dem er auch noch Lene und seine Eltern verliert.

»Es tut mir leid.« Es tut mir so unendlich leid.

Dann drehe ich mich um und renne.

Ich schluchze so sehr, als ich zu Hause ankomme, dass ich kurz glaube, zu ersticken. Der Druck auf meine Brust wird einfach nicht weniger, egal, wie sehr ich nach Luft japse. Weil ich Emil verloren habe. Nein, halt. Nicht verloren. Ich habe ihn aufgegeben. Habe ihm ins Gesicht gesagt, dass wir keine Zukunft haben. Und auch wenn ich weiß, dass das richtig war, fühlt es sich nicht so an. Mein Magen verkrampft sich, ich kauere mich auf mein Sofa und versuche, gegen den Schmerz in mir anzuatmen.

Irgendwann vermischen sich meine Atemzüge mit meinen Schluchzern, so lange, bis ich komplett leergeweint bin. Nach Hendrik nun auch Emil zu verlieren, wenn auch auf komplett andere Art und Weise … Mein Herz schmerzt. Es schmerzt so sehr wie nie zuvor in meinem Leben. Und das lässt mich erneut in Tränen ausbrechen, weil es nur so wehtun kann, wenn Emil mir alles bedeutet. Und das darf nicht sein.

Wieder sind Lenes Sätze in meinem Kopf, das Karussell wird noch schneller. Ich müsste den Knoten in meinem Magen längst weggeatmet haben, aber er ist immer noch da. Er ist da, und er wird es bleiben, ich weiß es. Ich krümme mich zusammen, lasse den Tränen freien Lauf. Wenn ich eins gelernt habe in den letzten Monaten, dann, dass ich sie eh nicht aufhalten kann. Kummertränen finden immer ihren Weg. Ich habe schon vor langer Zeit aufgehört, gegen sie anzukämpfen.

Ich sitze ewig auf meiner Couch. Immer wieder klingelt mein Handy, aber ich gehe nicht ran. Jetzt seine Stimme zu hören … Ich wünsche mir nichts mehr, aber ich weiß, dass ich das nicht haben kann. Nie mehr. Lene hat verflucht noch mal recht, ich muss mich von ihrem Bruder fernhalten. Ich muss, ich muss, ich muss, ich muss.

Wieder klingelt mein Handy, wieder ignoriere ich es. Wenn ich nur lang genug nicht reagiere, wird auch er es begreifen. Er und ich zusammen, das wäre ein Zerfallen auf Raten. Und das kann ich ihm … *uns* nicht antun.

Wieder vergehen Minuten, in denen ich mich nicht rühre. Sie werden zu Stunden. Es fängt an zu regnen, ich höre das Prasseln auf dem Balkon deutlich in meiner Wohnung. Kaum zu glauben, dass ich vor drei Nächten noch dort draußen geschlafen habe. In Emils Armen.

Allein an ihn zu denken, genügt, um mir wieder Tränen in die Augen zu treiben. Ich blinzle heftig, aber das hilft nur bedingt. Mit zitternden Fingern greife ich nach meinem Handy, wische die vielen Anrufe in Abwesenheit beiseite und öffne den Chatverlauf mit Merrit und Sarisha.

Könnt ihr kommen?

Drei Wörter. Ich schicke sie ab und reibe mir über die Wangen. Die doppelten Haken erscheinen fast sofort. Immerhin konnte die Nachricht direkt zugestellt werden. Es vergeht keine halbe Minute, bis Sarisha zu tippen beginnt. Nach weiteren drei Sekunden habe ich eine Antwort.

Sarisha

Jetzt gleich?

Was ist passiert?

Ich bin noch im Café.

Sie feuert eine Nachricht nach der anderen ab.

Merrit, kannst du schon einmal vorgehen?

Merrit

Bin in zehn Minuten bei dir.

Die letzte Nachricht kommt von Merrit und flutet mich mit Erleichterung, weil sie bedeutet, dass ich nicht mehr lange allein hier sitzen werde.

Ich habe mit Emil Schluss gemacht.

Die Worte sind kaum getippt, als ich sie auch schon wieder lösche und neu ansetze.

Ich habe mich mit Emil gestritten.

Aber auch das trifft es nicht so richtig. Es ist zu wenig. Weil es nicht einfach nur ein Streit war. Also lösche ich auch diesen Satz.

Risha hatte recht. Ich kann nicht mit Emil zusammen sein.

Es ist dieser dritte Versuch, den ich schließlich abschicke, nachdem mein Daumen eine ganze Weile über dem Enter-Button geschwebt ist. Diese Aussage wird Fragen aufwerfen, weil beide nicht wissen, dass Emil und ich überhaupt zusammen sind.

Waren, Freya. Waren.

Ich lege das Handy wieder weg und starre an die Wand mir gegenüber. Immer, wenn ich denke, mich beruhigt zu haben, laufen neue Tränen über meine Wangen. Weil das Gefühl, Emil verloren zu haben, andere Gefühle weckt. Gefühle, die ich überwunden geglaubt habe, weil es sich in den letzten Wochen leichter angefühlt hat, ohne Hendrik zu leben. Ich habe geglaubt, mein Leben wieder im Griff zu haben, dabei war das nichts weiter als eine Illusion. Ein Surfen auf der Welle, ehe sie über mir zusammengebrochen ist.

Zwanzig Minuten vergehen, bis Merrit endlich bei mir eintrifft. Sie hält eine XXL-Packung Eiscreme in der einen Hand und eine Flasche Wein in der anderen.

»Ich wusste nicht, was du brauchst, also hab ich einfach beides mitgebracht.« Sie stellt die Sachen auf meiner Kommode ab, dann zieht sie mich in eine feste Umarmung. »Was hat er getan?«

Ihre Annahme, Emil könnte schuld an all dem hier sein, entlockt mir ein kleines Lachen, das sofort von einem Schluchzen überlagert wird. »Nichts«, wispere ich in ihre Haare und mache mich wieder von ihr los. »Er hat gar nichts getan. Aber ich habe …«

Die Klingel unterbricht mich mitten im Satz.

»Das wird Risha sein«, sagt Merrit und öffnet die Wohnungstür, nachdem sie auch den Knopf für die Haustür unten gedrückt hat. Anscheinend können ihre Eltern sie im Café doch schon entbehren. Gott sei Dank.

Durch die geöffnete Tür höre ich Sarishas Schritte im Treppenhaus. Und einen Moment wird das ganze emotionale Chaos in mir von Dankbarkeit überlagert. Ich bin so unendlich froh, meine Freundinnen zu sehen. Es gibt nicht viele Menschen in meinem Leben, die alles für mich stehen und liegen lassen würden.

»Hey.« Sarisha taucht außer Atem im Türrahmen auf. Auch sie hält eine Tüte in der Hand. »Hab Kuchen mitgebracht, falls wir ein Kuchenpicknick machen müssen.« Besorgt mustert sie mich. »Was ist passiert, Fee? Wieso willst du nun doch nicht mehr mit Emil zusammen sein?« Wie immer fackelt sie nicht lange. Falsche Rücksichtnahme gibt es bei ihr nicht.

»Ich will schon.« Ich deute ihr an, die Tür zu schließen. »Aber … es geht nicht.« Allein der Gedanke an meinen Streit mit Emil genügt, um wieder glasige Augen zu bekommen. Ich blinzle heftig und beiße mir auf die Lippe, um nicht wieder loszuheulen.

»Was soll das heißen?« Sarisha folgt mir auf die Couch, Merrit klappert in der Küche auf der Suche nach Gläsern und Löffeln. »Wieso geht es nicht, obwohl du es willst?«

»Weil ihm das schaden würde.«

»Du würdest Emil schaden?« Skeptisch hebt sie eine Augenbraue. »Hat er das gesagt? Ich mach ihn mindestens zwei Köpfe kürzer, wenn er dir echt …«

»Nein!«, unterbreche ich sie und schüttle den Kopf. »Emil hat nichts in die Richtung gesagt. Er wollte überhaupt nicht, dass ich gehe, aber …«

»Okay, warte.« Die Furche zwischen Sarishas Augenbrauen wird immer tiefer, als sie die Stirn runzelt. »Das verstehe ich nicht. Du willst mit ihm zusammen sein, er wollte nicht, dass du von wo auch immer verschwindest, und trotzdem … geht es nicht?« Sie zieht die Beine auf die Couch und schnappt sich ein Kissen, das sie auf ihre Knie legt. Ihr Blick streift besorgt an mir auf und ab, ehe er auf meinem Gesicht liegen bleibt.

Das ist der Moment, in dem Merrit wieder zu uns stößt. »Vielleicht solltest du von vorne anfangen, Fee«, schlägt sie vor und drückt mir einen Löffel und ein Weinglas in die Hand. Nachdem sie uns allen eingeschenkt hat, setzt sie sich neben mich, lehnt sich gegen die Couchlehne und mustert mich auffordernd.

»Ich weiß nicht einmal, wo der Anfang genau ist«, gestehe ich und drehe das Glas in meiner Hand hin und her, bevor ich es abstelle. Ich weiß es wirklich nicht. Das alles ist so verworren und aussichtslos. Das ist das Schlimmste. Dieses Gefühl, absolut nichts ausrichten zu können. Emil wird immer Hendriks Bruder bleiben. Und Hendrik immer mein toter Freund.

»Na ja. Dass du ihn geküsst hast, wissen wir ja schon.« Merrit versucht zu lächeln.

»Und dass Sarisha der ganzen Sache von Anfang an zweifelnd gegenüberstand, wissen wir auch.« Ich verziehe kurz das Gesicht. »Scheiße, Risha, ich hätte auf dich hören sollen.«

»Das solltest du immer.« Sie versucht zu scherzen, um mir zumindest ein Lächeln zu entlocken. Es gelingt ihr nicht. Alles in mir tut viel zu weh dafür. »Aber warum dieses Mal genau? Was ist passiert?«

»Wir waren bei Emils Familie, weil wir mit ihnen sprechen wollten. Es gibt … neue Entwicklungen in Hendriks Fall und zu den Einbrüchen bei mir und … Das erzähle ich euch später genauer. Auf jeden Fall waren wir bei ihnen, und eigentlich wollten wir ihnen auch sagen, dass wir zusammen sind.«

Beide reißen überrascht die Augen auf. »Ihr wart zusammen?«, fragt Merrit.

»Mhm. Ihr wisst ja, dass ich viel Zeit mit ihm verbracht habe. Und dass ich ihn mag.« Ein Wort, das viel zu wenig ist für das, was ich für Emil empfinde. Beide nicken. Sarisha schiebt sich einen Löffel Eis in den Mund, Merrit nippt an ihrem Wein. Gespannt hören sie mir zu. Und ich begreife, dass sie nur verstehen werden, warum ich mir die Augen aus dem Kopf heule, wenn ich wirklich alles erzähle. Wenn ich mein Herz vor ihnen auf den Tisch lege.

»Jedenfalls wollten wir es seiner Familie sagen. Aber dann hat Lene Emil und mich dabei erwischt, wie wir uns geküsst haben. Und daraufhin ist sie ausgeflippt.« Ich fasse für die beiden zusammen, was Emils Schwester erst ihm und dann auch mir an den Kopf geworfen hat.

Ihre Worte laut zu wiederholen ist fast genauso furchtbar, wie sie aus ihrem Mund zu hören. Es tut weh, immer noch. Jedes einzelne Wort. Und das Schlimmste ist, je mehr Zeit verstreicht, umso sicherer bin ich, dass sie recht hat. Mit Emil zusammen zu sein, würde bedeuten, ihm seine Familie wegzunehmen und Hendriks Andenken mit Füßen zu treten. Und das ist etwas, was ich niemals zulassen kann.

Obwohl ich keinen Appetit habe, schnappe ich mir die Eispackung, die Merrit auf den Tisch gestellt hat. Natürlich hat sie Haselnuss besorgt. Mein Lieblingsholz und mein Lieblingseis. Lustlos stochere ich darin herum.

»Das tut mir unendlich leid, Fee.« Merrit rutscht näher und zieht mich in eine Umarmung. Eine, die verspricht, dass sie immer auf meiner Seite stehen wird. Sogar dann, wenn es nicht einmal Seiten gibt. »Für Lene mag das vielleicht wirklich wie ein Verrat an Hendrik aussehen. Aber das ist es nicht. Du hast ihn geliebt, und auf gewisse Art und Weise wirst du das weiterhin tun. Ich glaube nicht, dass sich das ändern wird, nur weil du nun Emil hast.«

Wieder werde ich von Dankbarkeit geflutet, dass ich Freundinnen habe, denen ich blind vertrauen kann. Die sich meine Sorgen anhören und dann nicht mit *»Ich hab es dir doch gleich gesagt«* reagieren. Sondern so.

»Vielleicht war es einfach zu … früh?« Sarisha legt den Kopf schief. »Oder zu schnell? Ich weiß nicht … Vielleicht braucht Lene Zeit? Um sich an den Gedanken zu gewöhnen?«

»Du hast sie nicht gesehen, Risha.« Ich schüttle den Kopf an Merrits Schulter. »Ihr Blick … Sie wird niemals akzeptieren, dass ich Emil mag. Dass ich … verliebt in ihn bin.« Langsam löse ich mich von Merrit und greife wieder nach dem Eis. »Aber was soll ich denn machen? Ich hab mir das nicht ausgesucht.«

»Nichts.« Merrit antwortet mir und streicht mir über die Schulter. »Gegen Gefühle kannst du nichts machen. Du kannst nur entscheiden, wie du mit ihnen umgehst.«

Ich nicke. Das ist die einzige Wahl, die ich habe. Und ich habe mich entschieden. Für und gegen Emil gleichzeitig. Für ihn und seine Familie. Und gegen ihn und mich.

»Bist du dir sicher, dass du nicht noch einmal mit ihm sprechen willst?«, fragt sie, nachdem wir eine Weile geschwiegen haben. Nur der Regen tropft gegen die Fensterscheiben.

»Wozu?« Meine Stimme klingt rau und so schwer, wie sich mein ganzer Kopf anfühlt. Ich bin unfassbar müde, auf diese Art, die einen die ganze Nacht nicht schlafen lassen wird. »Er kann auch nicht ändern, dass er Hendriks Drillingsbruder ist.« Es gibt keine Lösung. Es gibt sie schlicht nicht. »Ich habe mich in den allerfalschesten Mann verliebt, in den ich mich hätte verlieben können.«

Dem haben auch Merrit und Sarisha nichts entgegenzusetzen. Sie wissen, dass es stimmt. Emil ist falsch und richtig zugleich, und ich weiß nicht, wie ich damit klarkommen soll.

»Was du tun könntest …« Sarisha spricht betont langsam. »Und das ist jetzt nur laut gedacht von mir, ich sage nicht, dass du es auch tun sollst, weil ich immer noch denke, dass das mit euch etwas zu schnell ging und eine … Pause vielleicht ganz gut wäre. Aber was du tun könntest … Du könntest mit Lene sprechen. Wenn sie begreift, dass das, was du für Emil empfindest, echt ist, und er definitiv kein Ersatz für Hendrik ist, dann versteht sie es vielleicht besser.«

»Ich glaube nicht, dass das funktionieren wird. Sie war *wirklich* wütend.« Ich hatte keine Angst vor ihr, aber ich habe sie auch in all der Zeit, die ich sie kenne, noch nie ansatzweise so außer sich erlebt. »Und Emils Dad war noch eindringlicher. Er hat unmissverständlich klargemacht, dass er eine Beziehung zwischen Emil und mir nicht zulassen wird. Das könnte ihn die Wahl kosten.«

»Wen juckt schon diese blöde Wahl?« Merrit mustert mich unzufrieden. »Bitte sag mir, dass du das nicht wirklich als Grund nimmst, um dich von Emil fernzuhalten.«

»Für Emils Familie ist diese Wahl wichtig.« Es ist ein schwacher Grund, da stimme ich ihr zu. Aber es ist ein Grund. »Es ist schwer genug für seinen Dad mit all den Schlagzeilen, die es sowieso schon gibt. Und bald wird es noch mehr geben wegen der neuen Entwicklungen.

Ich will nicht diejenige sein, die am Ende für seine Niederlage verantwortlich gemacht wird.«

»Falls er verliert, liegt das ganz sicher nicht an dir oder Emil. Und schon gar nicht an euch als Paar.« Merrit sieht mich ernst an. »Vielleicht kostet ihr ihm ein paar Stimmen, aber mehr auch nicht. Und ganz ehrlich? Wenn die wenigen Stimmen tatsächlich über einen Wahlausgang entscheiden, dann ist er auch nicht die richtige Person für den Posten.«

Ich schüttle den Kopf. »Trotzdem haben sie recht. Stell dir vor, Hendrik würde noch leben.«

»Tut er aber nicht.« Jetzt wird ihr Blick sanft. Sie greift nach meiner Hand und umschließt meine Finger mit leichtem Druck. »Dieses Hätte-wäre-wenn-Spiel bringt nichts, Fee. Du wirst nie wissen, wie es wäre, wenn Hendrik nicht gestorben wäre. Niemand kann dir sagen, ob du heute noch mit ihm zusammen wärst. Oder nicht. Ob du dich in Emil verliebt hättest. Oder nicht. Vielleicht hättest du dich auch in jemand ganz anderen verliebt und für diese Person mit Hendrik Schluss gemacht. Oder nicht. Wir wissen es nicht. Mach dir nicht so viele Gedanken um ein alternatives Leben, das du niemals haben wirst.«

Merrits Direktheit überrascht mich. Normalerweise ist eher Sarisha diejenige, die ihre Meinung nicht versteckt. Aber augenscheinlich haben meine Worte etwas in meiner Freundin ausgelöst.

Merrit erhöht den Druck auf meine Hand. »Liebe geht nicht weg, nur weil ein Mensch nicht mehr da ist. Genau deshalb sind sie alle so überfordert. Weil sie Hendrik immer noch lieben und von dir erwarten, dass du dasselbe tust.«

»Tue ich doch auch.« Ich schlucke. »Ich liebe Hendrik, und ich weiß, dass das okay ist. Aber Emil …«

»Ihn liebst du auch.« Merrit lächelt und nickt.

»Ich weiß nicht, ob es schon Liebe ist«, sage ich, aber sie lässt mich gar nicht groß zu Wort kommen.

»Wir säßen nicht hier, wenn es anders wäre.«

Und dagegen habe ich nichts zu sagen, weil jeglicher Protest eine Lüge wäre. Ich liebe Emil, egal, wie verrückt das ist und wie schnell es ging. Ich liebe ihn, und das ist die Wahrheit, auch wenn wir keine Chance haben. Ein gemeinsames Uns ist nicht möglich. Nicht in diesem Leben.

Ich will nicht hier sein.

Dieser Gedanke geht mir unaufhörlich durch den Kopf, während ich in der Küche meiner Eltern sitze und Mum dabei zusehe, wie sie den Kuchen für Dad fertig macht. Er hat heute Geburtstag, und das ist der einzige Grund, weshalb ich den Sonntagnachmittag bei ihnen verbringe. Viel lieber würde ich mich auf mein Sofa kuscheln und stumpf irgendwelche Serien schauen. Wie in den vergangenen Tagen. Alles, um mich irgendwie davon abzulenken, dass Emil nicht bei mir ist. Weil ich es so entschieden habe. Er hat auch am Wochenende ein paarmal versucht anzurufen, zuletzt gestern Morgen. Aber nachdem ich auch diese Versuche ignoriert habe, hat er aufgehört. Und das hat mich erneut in Tränen ausbrechen lassen.

Mit einer Tasse Tee in der Hand sitze ich Mum gegenüber und puste auf die dampfende Flüssigkeit. Ich weiß, dass meine Augen immer noch gerötet sind, obwohl ich mit viel Make-up versucht habe, es zu kaschieren. Deshalb wundert es mich nicht, als Mum den Teigschaber beiseitelegt und mich besorgt ansieht.

»Was ist los, Fee?« Es war nur eine Frage der Zeit, bis sie mich darauf anspricht.

»Nichts.« Sie wird mir nicht glauben, aber ich versuche es dennoch. Ich schaffe es sogar, sie anzulächeln, auch wenn es nicht echt ist.

»Schatz.« Sie umrundet die Kücheninsel und kommt auf mich zu. »Wie lange kenne ich dich jetzt schon?«

»Vierundzwanzig Jahre?«

»Und ein paar Wochen.« Behutsam streicht sie mir ein paar Haarsträhnen aus dem Gesicht. »Ich merke, wenn etwas mit dir nicht stimmt.«

»Hm.« Meine Antwort ist ein unverständliches Brummen.

»Sprich mit mir«, sagt sie sanft.

Und weil sie meine Mum ist und nicht nur die letzten Tage, sondern eigentlich die ganzen letzten Monate eine einzige Gefühlsachterbahn waren, kann ich nicht anders. Ich werde wieder Kind, lasse mich in die Arme meiner Mutter fallen und gebe mich ein paar Minuten der Illusion hin, dass alles gut werden wird. Was nicht passieren wird, weil das Leben so nicht funktioniert. Aber diese wenigen Augenblicke erlaube ich mir, trotzdem so zu denken. Mum hält mich und fährt mit ihrer Hand beruhigend über meinen Rücken.

»Sorry«, sage ich irgendwann und richte mich wieder auf. »Ich glaube, das ist einfach nur die Anspannung.« Kurz überlege ich, ihr von Emil zu erzählen. Aber im Gegensatz zu meinen Freundinnen würde Mum sich ein *»Ich habe es dir doch gesagt«* nicht sparen. Also wähle ich die andere Seite der Geschichte. Ich kann ihre Sicht auf Emil nur beeinflussen, wenn ich die auf Hendrik ändere. Nach dem Gespräch mit Jacob kann ich endlich genau das tun. »Ich habe euch ja erzählt, dass bei mir eingebrochen wurde. Und dass der Täter das wegen diesen Videos von Hendrik getan hat.«

Mum nickt, während sie weiter über meine Schulter streicht. Seltsamerweise beruhigt es mich ein bisschen und gibt mir gleichzeitig den Mut, ihr von dem Gespräch mit Jacob zu berichten. Als ich geendet habe, habe ich es tatsächlich geschafft. Meine Mum ist sprachlos. Dabei ist sie das eigentlich nie.

»Verstehst du, was das heißt?« Ich schiebe mich an ihr vorbei und stehe auf, weil ich plötzlich nicht mehr still sitzen kann. »Die Presse hat Hendrik völlig zu unrecht als gewalttätig verurteilt.« *Und ihr auch.* Das sollte ich sagen, tue es aber nicht, weil ich an Mums Gesichtsausdruck ablesen kann, dass sie diese Erkenntnis schon selbst gehabt hat. Dennoch sind da immer noch Zweifel in ihrem Blick, und sie stellt mir dieselbe Frage wie Emil vorgestern Jacob.

»Ist dieser Kerl wirklich vertrauenswürdig? Warum glaubst du ihm, Fee? Er ist bei dir eingebrochen. Wahrscheinlich würde er dir alles erzählen, um damit …«

»Nein, Mum. Genau das ist es ja.« Ich unterbreche sie energisch und laufe wieder zu ihr. »Es gibt keinen Grund für ihn, mich aufzusuchen und freiwillig mit mir zu sprechen. Die Polizei hat ihn bis zur Anklage freigelassen. Er hätte direkt nach Oslo fahren können. Ist er aber nicht. Und du hast … Du hast ihn nicht gesehen. Er müsste der beste Schauspieler der Welt sein, wenn alles, was er erzählt hat, gelogen wäre.«

»Was sagt die Polizei denn dazu?«

»Das weiß ich nicht. Aber sie ermitteln wieder, und das zeigt doch, dass was dran ist an dem, was er gesagt hat. Ihr könnt euch die Videos nachher gern selbst anschauen. Ich habe sie dabei, wie Dad wollte. Es passt zusammen.« Das Puzzle ist vollständig. Das muss auch meine Familie einsehen.

Ein paar Sekunden sieht sie mich schweigend an. Und es passiert in dieser kurzen Zeitspanne, dass sich ihre Haltung verändert. Sie wirkt nicht mehr so abwehrend wie in den letzten Monaten, wenn das Thema auf Hendrik kam.

»Lass uns nachher die Videos ansehen und mit deinem Vater sprechen.« Sie hält mir ihre Hand entgegen. Und das ist so viel mehr als ein *Komm her, ich will dich in den Arm nehmen.* Es ist auch ein Angebot. Die Bereitschaft anzuerkennen, dass sie Hendrik wohl doch vorschnell verurteilt hat.

»Okay.« Ich nicke und lasse mich von ihr umarmen.

»Du kannst unglaublich stolz auf dich sein, Fee, weißt du das?«

Ich weiß nicht, was genau sie damit meint. Aber es tut gut, die Worte zu hören. Und einen Moment lang bin ich genau das. Stolz, dass mich die Zweifel an Hendrik nie vollkommen verschlungen haben.

25

EMIL

Es ist ein seltsames Gefühl, nach meiner Schicht im Museumsshop nicht bei Freya auf dem Sofa zu sitzen, sondern in meinem eigenen Zimmer am Schreibtisch. Sie hat nach wie vor nicht auf meine Anrufversuche reagiert, was schlicht und ergreifend bedeutet, dass sie nicht mit mir reden will.

Das Schlimme ist, dass ich das sogar nachvollziehen kann. Meine Familie hat sich ihr gegenüber völlig danebenbenommen. Natürlich will sie nichts mehr mit uns zu tun haben. Ich kann es ihr nicht verübeln, aber sie fehlt mir dennoch. Sie fehlt mir so sehr, dass ich es nicht einmal ansatzweise schaffe, mich auf das Video zu konzentrieren, das ich bei Youtube schauen wollte. Es ist eine Dokumentation über die Gewinner des Gjest-Baardsen-Filmpreises vom letzten Jahr. In einem anderen Leben wäre dort nun vielleicht Hendrik zu sehen und würde erzählen, wieso er den schwarzen Fleck so gefüllt hat, wie er es hatte tun wollen. In diesem Leben sind es Menschen, die mich eigentlich gar nicht interessieren.

Ich habe knapp zehn Minuten geschaut, als es an meiner Tür klopft. Da Lene und ich seit unserem Streit kein Wort mehr miteinander sprechen und Mum vermutlich schon im Bett ist, kann es nur mein Vater sein.

Ich habe recht.

Im nächsten Augenblick öffnet er die Tür einen Spaltbreit. »Hey, Emil«, sagt er. »Kann ich reinkommen?«

Meine Antwort ist ein Schulterzucken. Für Dad bedeutet das scheinbar *Ja.* Er macht die Tür weiter auf und kommt in mein Zimmer. Weil ich nicht viele Sitzmöglichkeiten außer dem Boden habe, lässt er sich auf meinem Bett nieder. Ich stoppe das Video und drehe mich samt quietschendem Stuhl zu ihm um.

»Ja?«, frage ich. Auch mit ihm habe ich seit unserem Streit kaum gesprochen. Ich habe kein Bedürfnis danach, mir noch einmal anzuhören, wie falsch Freya und ich angeblich füreinander sind.

»Am Donnerstag …«, beginnt Dad. Kurz denke ich, dass er ernsthaft darüber reden will, was am Donnerstag vorgefallen ist. Aber ich irre mich. »Du hast gesagt, du wolltest mit uns sprechen. Worüber?«

Das ist es, was er wissen will? Natürlich. Es geht ihm nicht darum, was mit Fee und mir ist. In meiner Familie gibt es offenbar nur drei Möglichkeiten, wie man mit unangenehmen Themen umgeht: weglaufen, betäuben oder totschweigen. Wenn ich nicht immer noch so sauer auf ihn und Lene wäre, würde ich es ansprechen. Nur weiß ich, dass ich weder ihm noch mir jetzt damit einen Gefallen täte.

Es ist einzig und allein Hendrik zu verdanken, dass ich nicht zum bockigen Kind werde und einfach gar nichts sage. Aber es geht um meinen Bruder, und es ist mir wichtig, dass die Menschen, die ihn lieben, Bescheid wissen. Ich muss ihm berichten, was Jacob uns erzählt hat.

»Der Einbrecher hat Freya am Mittwochabend am Sägewerk abgepasst, als ich sie abgeholt habe. Er war dabei, als Hendrik erschossen wurde.« Ich knalle Dad die Fakten hin. Einen nach dem anderen.

Dads Gesichtszüge verändern sich, als ihm klar wird, was das bedeutet. Es ist minimal und fällt nur auf, weil ich ihn verdammt gut kenne.

Die Jahre in der Politik haben ihn ein perfektes Pokerface entwickeln lassen. Dad weiß genau, was es bedeuten würde, sich vor Kameras nicht im Griff zu haben. Also gibt es Jørgen Berg nur noch so: professionell und emotionskontrolliert.

»Was hat er gesagt?« Es ist beeindruckend, nicht einmal an seiner Stimme hört man, was diese neuen Informationen mit ihm machen.

»Dass Hendrik den Wachmann nicht angegriffen hat. Es war keine Notwehr.« Ich werfe Dad Brocken hin, immer in der Hoffnung, ihm so eine Reaktion zu entlocken. Es macht mich zu einem schlechten Menschen, aber ich will ihm wehtun, so wie er Fee und mir wehgetan hat mit seinem regelrechten Verbot unserer Beziehung.

Aber es funktioniert nicht. Dad bleibt, zumindest äußerlich, vollkommen ruhig. »Was genau hat er gesagt, Emiljan?«

Es ist fast schon lachhaft. Emiljan? Ernsthaft? Als könnte er mich mit meinem vollständigen Namen einschüchtern.

»Er hat von der Gruppe erzählt und von Hendriks Filmprojekt und was in dieser Nacht wirklich passiert ist.« Ich verschränke abwehrend die Hände vor der Brust. Bis mir bewusst wird, wie lächerlich ich mich benehme. Ich mag ein Problem damit haben, wie Dad Freya behandelt hat. Aber er ist immer noch mein Vater, und es geht um seinen Sohn. Also beginne ich zu erzählen, wiederhole, was Jacob gesagt hat, und dass ich ihm glaube. Weil mir auch jetzt, einige Tage danach, kein Grund einfällt, wieso ich es nicht tun sollte.

Dad hört schweigend zu, ehe er sein Handy aus der Tasche zieht.

»Was hast du vor?«

Er wählt bereits eine Nummer. »Ich rufe die Dienststelle an. Wenn dieser Jacob Olafsen eine Aussage gemacht hat und sie wirklich wieder ermitteln, will ich das bestätigt haben.« Er führt das Handy an sein Ohr und wartet.

Mir bleibt nichts anderes übrig, als mit ihm zu warten.

»Ja, hallo, hier spricht Jørgen Berg. – Der Bürgermeister, genau.« Dad lacht einmal in den Hörer, und es klingt autoritär und einnehmend zugleich. »Könnten Sie mich mit der Dienststellenleitung verbinden? – Vielen Dank.« Dann schweigt er ein paar Minuten, ehe er sich erneut mit seinem Namen vorstellt. »Würden Sie mir freundlicherweise ein paar Fragen beantworten? Es geht um den Tod meines Sohnes, Hendrik Berg. – Sehr gut, danke. – Ist es korrekt, dass Sie neues Beweismaterial vorliegen haben? Mein anderer Sohn, Emil, hat Ihnen einen Laptop überlassen. – Verstehe, ja. – Und der Einbruch bei Freya Olsen erfolgte durch Jacob Olafsen, der auf manchen dieser Videos zu sehen ist? – Exakt. – Hat er eine Aussage gemacht? – Genau, das ist korrekt. – Mir ist durchaus bewusst, dass Sie keine Ermittlungsinterna herausgeben dürfen. Danach frage ich auch nicht. Ich möchte nur wissen, ob es diese Aussage gegeben hat und ob Sie neue Ermittlungen eingeleitet haben.« Unruhig wackelt er mit dem Fuß.

Das ist der Moment, in dem ich merke, dass Dad nur nach außen hin ruhig ist. In ihm tobt ein Sturm.

Das Telefonat dauert nicht lange. Nach ein paar Minuten legt Dad auf und sieht mich an. Seine Augen glänzen verdächtig.

»Du hast recht«, sagt er. »Jacob Olafsen hat ausgesagt. Sie rollen Hendriks Fall komplett neu auf. Der Wachmann wird erneut befragt.«

Und dann passiert etwas, woran ich mich nicht erinnern kann, es jemals zuvor erlebt zu haben. Dad fängt an, laut zu schluchzen, und die Tränen stürzen über seine Wangen. Nicht einmal auf Hendriks Beerdigung hat er so viele Gefühle gezeigt wie jetzt in meinem Zimmer. Weil Dad nicht über den Dingen steht. Er will uns nur alle immer glauben machen, dass er das tut.

Schweigend stehe ich auf, setze mich neben ihn auf die Matratze und lege meine Hand auf seine Schulter.

Das Wasser des Sees liegt blau funkelnd vor uns. Normalerweise wäre ich längst hineingesprungen, wäre ein paar Runden geschwommen und hätte gehofft, dass sich meine Laune dadurch steigern würde. Aber seit Tagen hilft nicht einmal mehr das Schwimmen.

»Stapfen wir nun weiter durch die Gegend und tun so, als wäre nichts, oder verrätst du uns endlich, warum du heute so schweigsam bist?« Jonna stellt sich neben mich und blickt ebenfalls auf den kleinen See. Er ist umgeben von Bäumen mit tief hängenden Ästen und sattgrünen Blättern, aber glasklar. Und nur ein Etappenziel auf unserer heutigen Wanderung.

»Ich bin nicht schweigsam.«

Jonnas Reaktion auf meine Worte ist ein lautes Schnauben. »Tut mir leid, ich dachte, du hast gerade gesagt, dass du heute nicht völlig untypisch für dich bisher kaum drei Sätze gesagt hast.« Sie stößt mich mit dem Ellbogen sanft in die Seite. »Komm schon, Emil. Was ist los?«

Es hätte mir klar sein müssen, dass Jonna sich damit nicht zufriedengeben würde. Und wenn ich ehrlich zu mir selbst bin, dann muss ich mir eingestehen, dass ich ihr, Magnus und Fiona genau deshalb diese Wanderung heute vorgeschlagen habe: weil ich mit meinen Freunden reden will. Über Freya und das, was vor ein paar Tagen geschehen ist.

»Warten wir, bis Magnus und Fi zu uns aufgeschlossen haben?« Die beiden sind langsamer unterwegs als Jonna und ich.

»Okay. Aber dann gibt es keine Ausreden mehr.«

Sie wartet, bis ich genickt habe. Dann zieht sie mich zu einer alten, knorrigen Holzbank in der Nähe. Nachdem wir uns gesetzt haben, streckt sie die Beine weit von sich, schließt die Augen und hält ihr Gesicht der Sonne entgegen. Ihr Schweigen gibt mir die Chance, in meinen eigenen Gedanken zu versinken. Die sowieso nur eine Richtung kennen: Freya und Lene und Dad. Freya, die meine Anrufe nicht entgegennimmt. Lene, die mich noch immer nicht ansieht, wenn ich den Raum betrete. Und Dad, der beinahe täglich bei der Polizei anruft, seit ich ihm von Jacobs Geständnis berichtet habe. Er bittet jedes Mal um den aktuellen Stand in Hendriks Fall, immer in der Hoffnung, es gäbe endlich eine offizielle Pressemitteilung, die Hendriks Namen reinwäscht. Doch er erhält jedes Mal dieselbe Antwort: Über laufende Ermittlungen dürfen sie den Angehörigen keine Auskunft geben. Selbst dann nicht, wenn dieser Angehörige der Bürgermeister ist. Und für eine amtliche Mitteilung ist es noch zu früh. Aber immerhin scheinen sie den Laptop gründlich unter die Lupe zu nehmen. Er ist immer noch ein beschlagnahmtes Beweismittel.

»Okay, wow. Pause.«

Es ist Fionas Seufzen, das Jonna die Augen wieder öffnen lässt und mir immerhin ein kurzes Schmunzeln entlockt. Sie lässt sich stöhnend neben ihre Freundin fallen, während Magnus vor uns in die Hocke geht, weil für mehr als drei Leute kein Platz auf der Bank ist. Er hält sich die Hand als leichten Sonnenschutz vors Gesicht und sieht sich um.

»Nett hier«, bemerkt er, bevor er sich wieder auf mich fokussiert. In seinen Augen sehe ich dasselbe wie in Jonnas: Neugierde und Sorge. Und das bringt mich dazu, mich ihnen endlich anzuvertrauen.

»Freya und ich waren zusammen, und nun sind wir es nicht mehr. Glaube ich.«

»Du *glaubst*?«

»Was?«

»Aha.«

Sie sprechen alle drei gleichzeitig, während sie mich mustern. Überrascht, erstaunt, ein bisschen unsicher.

Magnus fängt sich zuerst wieder. »Okay, von vorne. Ihr wart zusammen?«

Ich nicke.

»Und jetzt seid ihr es schon nicht mehr?«

Wieder antworte ich mit einem Nicken.

»Gut. Fang an.« Er macht eine auffordernde Handbewegung. »Wir hören dir zu, und anschließend gibt's Ratschläge. Ganz für umsonst.« Kurzerhand lässt er sich im Schneidersitz auf dem Boden nieder.

Ich brauche einen Moment, um mich zu sammeln. Um den vielen Gedanken in meinem Kopf irgendwie Struktur und Ordnung zu geben. Aber egal, wie ich es drehe und wende, die Quintessenz bleibt gleich: »Ich hab mich in sie verliebt, aber meine Familie ist gegen uns.«

»Das ist alles?« Jonna runzelt die Stirn.

»Ich finde das eine ganze Menge.«

»Ja. Schon.« Sie nickt. »Aber ehrlich? Wen juckt, was deine Eltern zu ihr sagen? Meine Familie findet es auch scheiße, dass ich mit einer Frau zusammen bin. Hat mich nicht davon abgehalten, mich in Fi zu verlieben. Ich bin nicht dazu da, um andere Leute glücklich zu machen.« Sie greift nach Fionas Hand und verschränkt ihre Finger mit ihren.

»Was ist denn ihr Problem?«, fragt Magnus. »Mit Fee, meine ich. Fanden sie sie nicht immer super?«

»Als sie Hendriks Freundin war, ja. Als meine … nicht so.« Ich wiederhole die vielen Vorwürfe und Anschuldigungen, die Lene und mein Dad uns gemacht haben. Allein, an diese Minuten in meinem Zimmer zu denken, lässt mich wieder wütend werden. Weil es so verdammt unfair ist. Die ganze Situation ist schwer genug, und nun hat meine Familie sie vollkommen aussichtslos gemacht. »Fee spricht seither nicht mehr mit mir. Ich hab versucht, mit ihr zu reden und ihr klarzumachen, dass mir völlig egal ist, was Lene oder Mum und Dad denken. Aber ihr ist es das nicht.« Wie sie vor mir stand, so verzweifelt und verloren, verstärkt erneut das Engegefühl in mir, das ich seit diesem Streit mal mehr, mal weniger heftig spüre. Es verschwindet einfach nicht mehr. »Meine Schwester hat ausgesprochen, was wir insgeheim längst wussten: dass es verflucht schwer sein wird, gegen die landläufige Meinung der Menschen anzukommen.«

»Was ist denn die landläufige Meinung?« Jonna sieht mich ernst an. Meine Antwort interessiert sie.

»Man fängt nichts mit der Freundin des Bruders an. Schon gar nicht mit der des toten Bruders.« Ich zucke mit den Schultern.

»Warum nicht?« Jonna versteckt ihre eigene Meinung zu diesem Thema hinter einer nichtssagenden Miene und blickt mich unentwegt und unbeweglich an.

»Weil man das einfach nicht tut.«

»Aber warum nicht?«, fragt sie noch einmal, jetzt deutlich energischer. »Wo steht das geschrieben?«

»Es muss nirgends geschrieben stehen. Die Freundin deines toten Bruders ist tabu.«

»Nein, Emil.« Jonna dreht sich auf der Bank etwas zur Seite, damit sie mich besser ansehen kann. »Du denkst das nur, weil es dir eingeredet wurde. *Freya* denkt es nur deshalb.« Sie zieht ein Bein an und dreht sich noch weiter in meine Richtung. »Lass uns doch mal die Fakten aufzählen. Da sind zwei Menschen, die sich interessant finden. Also lernen sie sich kennen, und dann verlieben sie sich ineinander. Richtig so weit?«

Was bleibt mir anderes übrig, als ihre Worte zu bestätigen? »Ja.«

»Und diese beiden Menschen sind single. Auch richtig?«

Wieder kann ich nur nicken. Dennoch setze ich zu einem Protest an.

Jonna unterbindet ihn allerdings sofort. »Du darfst, wenn ich fertig bin, okay? Gib mir noch einen Moment.« Lebhaft macht sie weiter. »Diese beiden Menschen sind also single. Und sie mögen einander sehr. Sie tun sich gut und helfen einander sogar durch eine wirklich beschissene Phase ihres Lebens. Korrekt?«

»Ja, aber …«

»Und das Einzige, was angeblich gegen sie spricht, ist der Fakt, dass sie davor mit einem anderen zusammen war, der eben zufällig der Bruder ihres neuen Freundes ist.«

Ein drittes Nicken.

»Okay.« Auch Jonna nickt, ehe sie kurz zu Magnus und Fiona sieht. »Ich fasse also zusammen. Ihr seid ineinander verliebt, helft euch gegenseitig und tut niemandem weh.«

»Na ja«, wende ich ein. »Lene tut es offenbar heftig weh, dass Freya und ich …«

»Lene ist wütend auf die ganze Welt, das hast du selbst festgestellt«, fällt sie mir ins Wort. »Und wie du auch schon gesagt hast, geht es sie rein gar nichts an, mit wem du zusammen bist. Euer Bruder ist tot, und so wie ich Hendrik kennengelernt habe, wäre er der Letzte, der ein Problem damit hätte.«

Fiona nickt bekräftigend, Magnus starrt Jonna vollkommen fasziniert an. Er gibt keinen Ton von sich. Von wegen Ratschläge für umsonst. Das Reden überlässt er komplett ihr.

»Das mag ja alles stimmen«, sage ich und fahre mir durch die Haare. »Aber es reicht nicht, wenn nur wir das so sehen. Freya muss es auch tun, und sie …« Langsam schüttle ich den Kopf. »Sie hat sowieso schon mit ihren Gefühlen gekämpft, und jetzt bohrt Lene genau in dieser Wunde.«

»Wie meinst du das?« Fiona beugt sich an Jonna vorbei, um mich ansehen zu können. »Hast du nicht gerade noch gesagt, dass sie deine Gefühle erwidert? Und nicht damit kämpft?«

»Das war nicht darauf bezogen.«

»Sondern?«

»Ihre … Position in dieser Gleichung ist eine andere als meine. Hendrik war mein Bruder, nicht die Person, mit der ich zusammen war. Uns beiden wurde jemand entrissen, den wir geliebt haben. Aber auf völlig unterschiedliche Art. Für mich ist es viel leichter, mich neu zu verlieben als für sie. Weil sie mit ihm zusammen war und sich nicht freiwillig von ihm getrennt hat.«

»Stimmt.« Jonna nickt. »Das macht es komplizierter für sie. Aber nicht unmöglich. Aber das ist ja nicht die Frage. Du bist dir ihrer Gefühle sicher. Die Frage ist, ob ihr zusammen sein dürft. Und meine Antwort darauf ist ein glasklares Ja. Noch klarer als dieser Glitzersee dort unten.«

Ihre Worte tun mir gut. Zu hören, dass sie kein Problem damit hätte, wenn Freya und ich zusammen wären, erleichtert mich. Doch ihr Zuspruch genügt nicht. Denn es liegt weder in ihrer noch in meiner Hand, das zu entscheiden. Die Einzige, deren Meinung zählt, ist Freya – und Fee hat sich gegen mich entschieden. Gegen uns. Das Schlimme daran ist, dass ich das sogar verstehen kann. Lenes Reaktion war nur ein Vorgeschmack. Ich bin mir sicher, dass ihre eigenen Eltern nicht viel besser reagieren würden.

»Ich schließe mich Jonna an.« Fiona lächelt weich und greift über ihre Freundin hinweg nach meiner Hand, um sie kurz zu drücken. »Vielleicht redest du noch einmal mit ihr?«

»Hab ich versucht.« Ich bin ihr auf den Hof hinterhergelaufen, habe sie danach mehrfach angerufen. Doch immer mit demselben Ergebnis: Sie hat meine Anrufe nicht entgegengenommen. Und auch auf meine Nachricht auf ihrer Mailbox, bitte mit mir zu sprechen, hat sie nicht reagiert. Ich weiß nicht, was ich machen soll, um zu ihr durchzudringen, wenn ich nicht wie ein irrer Stalker vor ihrer Tür auftauchen will. Ihre fehlenden Antworten sind eindeutig: Sie will nicht mit mir reden.

»Schreib ihr einen Brief.« Magnus' Vorschlag lässt uns alle drei auf einen Schlag zu ihm blicken.

»Was?«

»Frauen stehen doch auf diesen romantischen Kram. Also …« Er grinst und kneift die Augen wieder gegen das Sonnenlicht zusammen. »Ich finde, du solltest ihr schreiben. Und Blumen schicken.«

»Ist das dein Ernst? *Das* soll der gute Ratschlag sein?«

»Ich habe nie gesagt, dass sie gut sind. Nur, dass du welche von uns kriegst.« Sein Grinsen wird breiter, ehe es einem ernsteren Gesichtsausdruck weicht. »Aber Spaß beiseite … Fi und Jo haben recht. Wenn man die ganzen Emotionen mal außen vor lässt, spricht nichts gegen euch. Es bleibt nur die Frage, ob ihr es schafft, dem Druck standzuhalten.«

Die Antwort darauf liegt auf der Hand. Nein, tun wir nicht. Weil Freya zu viel Angst hat und das nur gemeinsam geht. Ich sage deshalb gar nichts, sehe stattdessen auf den kleinen See, von dem ich weiß, dass er eiskalt ist. Man kann nicht grundlos bis auf den von kleinen Steinen bedeckten Boden sehen.

»Hey.« Es ist Jonnas Stimme, die mich schließlich zurück ins Hier und Jetzt holt. »Gib ihr vielleicht einfach noch ein bisschen Zeit. Was du erzählt hast, klingt nach echt viel. Und wie du meintest, sie ist in einer anderen Position als du. Für dich war Verlieben leicht. Für sie …« Jonna hält ein paar Sekunden inne. »Für sie war es schwer und leicht zugleich. Schwer wegen Hendrik und leicht, weil es nun mal leicht ist, dich gernzuhaben. Mit ein bisschen Zeit kommt sie bestimmt zu derselben Erkenntnis wie wir.«

»Die da wäre?« Ich habe wirklich keinen Schimmer, was das Ergebnis unseres Gesprächs sein soll, fühle mich immer noch hilflos.

»Dass es ein verdammtes Geschenk ist, mit dir zusammen zu sein«, antwortet Jonna prompt.

»Und bevor das jetzt zu kitschig wird«, Magnus springt auf die Füße, »sollten wir langsam mal weiter. Ich will endlich schwimmen.«

»Als ob du bei fünfzehn Grad ins Wasser gehst.« Fiona hebt skeptisch beide Augenbrauen.

»Und wie ich das werde.« Magnus grinst und hält sowohl ihr als auch Jonna eine Hand entgegen. »Wetten?«

»Immer.« Fiona greift nach seinen Fingern und lässt sich von ihm aufziehen. »Ich halte dagegen. Was ist der Einsatz?«

»Was du möchtest«, erwidert er gönnerhaft. »Ich werde nämlich gewinnen.«

Die beiden machen ein paar Schritte von Jonna und mir weg. Wir hören sie immer noch miteinander kabbeln, als Jo sich noch einmal mir zuwendet.

»Es tut mir leid«, sagt sie und legt ihre Hand auf meinen Arm. »Ich wünschte, es wäre einfacher. Und ich hoffe wirklich sehr, dass Freya bald klar wird, dass sie durchaus eine Wahl hat.«

»Danke.« Mit einem Mal ist der Kloß in meinem Hals riesig. Weil ich mindestens genauso sehr hoffe, dass sie recht hat und ich Freya nicht endgültig verloren habe.

Zwei Stunden später erreichen wir unser Ziel. Und ich kann mir nicht helfen, ich lache ebenso sehr wie Fiona über Magnus' entsetzten Gesichtsausdruck.

»Echt jetzt? *Das* soll der sagenumwobene Langsdalfoss sein? Das ist eine Pfütze! Wie soll ich da drin schwimmen?«

»Das ist dann wohl dein Problem, Magnus Johansen.« Fiona hält mir die erhobene Hand entgegen, und ich schlage ein.

»Immerhin kannst du hinter dem Wasserfall durchlaufen«, sage ich. Genau deshalb habe ich uns hierhergeführt. Es ist ziemlich cool, hinter dem herabstürzenden, tosenden Wasservorhang zu stehen und die kühle Gischt auf dem Gesicht zu spüren. Und weil es mehrere Stunden dauert, den Langsdalfoss überhaupt zu erreichen, sind wir allein hier.

»Ich hasse euch«, murrt Magnus. Er macht ein paar Schritte nach links, dann nach rechts und scheint nach irgendetwas Ausschau zu halten.

»Was suchst du?«, frage ich und stelle meinen Rucksack mit genug Sicherheitsabstand zum Wasserfall ab, damit mein Zeug nicht nass wird.

»Eine Gumpe, die tief genug für mich ist.« Er sieht immer noch recht unglücklich aus. »Und in der ich mir nicht die Beine breche, wenn ich hineinsteige.«

»Er ist eine Drama Queen.« Fiona seufzt und kichert gleichzeitig. »Jetzt hör auf zu meckern, und zieh dich aus. Ich will hinter den Wasserfall.«

»Dieser Befehlston ist politisch sehr inkorrekt, liebe Fiona. Wenn du mich nackt sehen willst, musst du nur fragen.« Magnus wackelt übertrieben anzüglich mit den Augenbrauen und macht sich an seiner Gürtelschnalle zu schaffen.

»Das war politisch mindestens genauso inkorrekt, lieber Magnus.« Fiona beginnt ebenfalls damit, ihre Klamotten auszuziehen. »Aber ich verzeihe dir.«

»Wie großzügig.«

»Das tut sie nur, weil sie dich verlieren sehen will«, schaltet Jonna sich ein. »Machen wir Teams? Da ihr es ja offensichtlich nicht erwarten könnt, eine Runde zu *duschen*«, sie malt Gänsefüßchen in die Luft, »würden Emil und ich euch den Vortritt lassen und auf unseren Kram aufpassen.«

»Aufpassen?« Magnus sieht sie entgeistert an. »Wovor hast du denn Angst? Dass dir ein paar Elche deine Bananen wegfuttern?«

»Das ist gar nicht so abwegig. Elche stehen tatsächlich auf Bananen.«

»Na, dann. In dem Fall können wir es auf gar keinen Fall riskieren, unsere Rucksäcke allein zu lassen. Kommst du, Fi?« Magnus marschiert barfuß los.

Fiona folgt ihm grinsend. Ihre Füße stecken für ein bisschen Halt immerhin in potthässlichen Crocs, die sie mitgebracht hat. Keine Ahnung, wo sie die Dinger ausgegraben hat.

»Und übrigens«, ruft Magnus uns über seine Schulter hinweg zu. »Ich werde nicht verlieren.«

»Wird er auch nicht«, murmelt Jonna neben mir so leise, dass nur ich es höre. »Aber es macht zu viel Spaß, ihn zu ärgern.«

Dem kann ich nicht widersprechen. Wir sehen den beiden hinterher, wie sie um das Wasserfallbecken herumlaufen und schließlich hinter dem herabstürzenden Wasser verschwinden.

»Ob sie es heil zu uns zurück schaffen? Barfuß dort zu laufen, ist ganz schön mutig.« Jonna lässt sich auf einen der großen, runden Steine fallen, die das Wasserbecken begrenzen. Sie hat ihre Schuhe ausgezogen und taucht ihre Füße ins Wasser, nur um ihre Zehen direkt wieder nach oben zu ziehen. »Okay, das sind keine fünfzehn Grad. Wenn Magnus da echt reingeht, verdient er es, die Wette zu gewinnen.«

»Er wird reingehen«, versichere ich ihr. »Sein Ehrgeiz ist geweckt.«

»Dann werden wir gleich sehr viel Spaß haben«, prophezeit sie, während sie ihre Zehen wieder vorsichtig ins Wasser tippt. Es dauert, doch nach ein paar Sekunden hat sie sich an die Temperatur gewöhnt und planscht mit den Füßen hin und her. »Setz dich zu mir«, fordert sie mich auf, als ich keine Anstalten mache, mich zu bewegen. Sie klopft auf den Stein neben sich. »Und hör auf zu grübeln.«

»Ich hab nicht gegrübelt.«

Anstatt einer Antwort legt sie nur den Kopf schief und mustert mich mit hochgezogenen Augenbrauen.

»Wirklich nicht.« In den letzten Minuten habe ich es vielmehr sogar geschafft, dank Magnus' und Fionas Kabbelei nicht an Freya zu denken. »Meine … Stimmung ist heute einfach grundsätzlich nicht bei hundert Prozent.«

Der Streit mit Freya überschattet alles. Weil ich sie einfach nur bei mir haben will. Die Wanderung heute hätte ihr gefallen, da bin ich mir sicher. Sie wäre direkt mit Magnus und Fi hinter dem Wasserfall verschwunden, und wahrscheinlich hätte sie darauf bestanden, dass ich mitkomme. Auf dem Weg hätte sie Holzstücke gesammelt, aus denen sie neue Figuren schnitzen würde. Das tut sie manchmal. Nicht das vorgefertigte Holz aus dem Sägewerk nutzen, sondern Stücke, die sie im Wald gefunden hat. Es macht die Figuren noch authentischer, sagt sie, wenn das Holz davor komplett unbehandelt und unverarbeitet ist.

»Und jetzt grübelst du eben doch.« Jonna pikt mich sanft in die Seite. »Ruf sie an«, sagt sie dann. »Ich weiß, du willst ihr keinen Druck machen und ihr Zeit geben, aber selbst wenn sie nicht rangeht … Ich glaube, sie freut sich zu sehen, dass du an sie denkst.«

»Oder sie findet mich übergriffig, weil ich sie nicht in Ruhe lasse.«

»Denkst du das wirklich?« Jonna pikt mich noch einmal. »Wir reden von Freya. Nicht von irgendjemandem, den du vor ein paar Wochen in einem Club aufgegabelt hast. Das mit euch ist etwas anderes. Inniger, wenn du es so nennen willst.«

»Das gibt mir dennoch nicht das Recht, Grenzen zu überschreiten.« Sie hat mir klipp und klar gesagt, dass sie keine Zukunft für uns sieht. Und egal, wie sehr ich will, dass sie mit mir redet und gemeinsam mit mir nach einer Lösung für ein unlösbares Problem sucht, ich kann sie nicht dazu zwingen. Ich *werde* sie nicht dazu zwingen. Denn das ist Liebe auch: dem anderen den Raum zu geben, den er braucht.

»Okay. Das verstehe ich.« Jonna nickt ernst. »Aber weißt du was?«

Ich schüttle den Kopf, weil ich keine Ahnung habe, worauf sie hinauswill.

»Es gibt etwas, das sie wissen muss. Dafür braucht ihr nicht miteinander zu telefonieren, es reicht, wenn du ihr das schreibst.«

»Und das wäre?«

»Sag ihr, dass du da bist. Dass du wartest. So lange, bis sie bereit ist, mit dir zu sprechen.«

Ich bin nicht überzeugt. »Und wenn das nie der Fall sein wird?«

Jonna streicht sich die Haare aus dem Gesicht und bindet sie zu einem straffen Pferdeschwanz zusammen. »Mein Gefühl sagt mir, dass es bei euch kein *Nie* geben wird. Nur ein *Für immer.*«

Ihr Optimismus in allen Ehren, aber: »Danach sieht es gerade nicht aus.«

»Niemand hat gesagt, dass es einfach wird.«

»Es hat aber auch niemand gesagt, dass es so scheiße kompliziert werden wird.«

»Kompliziert ist nichts per se Schlechtes.« Inzwischen hat sie ihre Füße wieder aus dem Wasser und zu sich auf den warmen Stein gezogen. »Meistens sind das die Dinge, für die es sich zu kämpfen lohnt. Eine Nachricht, Emil. Nur eine.«

Ich lasse mir ihre Worte durch den Kopf gehen. Und ich habe immer noch keine Entscheidung getroffen, als Magnus und Fiona wieder zu uns stoßen. Beide sind klatschnass, und Fiona hat bereits blaue Lippen. Das Wasser scheint wirklich kalt zu sein. Jonna reicht ihrer Freundin ein Handtuch. Das, das ich Magnus anbiete, lehnt er kopfschüttelnd ab.

»Ich muss da noch eine Wette gewinnen.«

»Du bist echt irre«, bemerkt Fiona und kuschelt sich immer noch zitternd in ihr Handtuch.

»Nennen wir es lieber ambitioniert.«

Ambitioniert und *energisch*, denke ich, als er sich dem Beckenrand nähert und den Blick fest auf die Steine und das Wasser vor sich gerichtet hält.

»Der zieht das echt durch«, murmelt Fiona.

Jonna grinst, und ich zücke bereits mein Handy. Diesen Moment muss ich festhalten.

Magnus flucht wie ein Rohrspatz, während er in das kalte Wasser steigt. Ein paar seiner Verwünschungen sind definitiv an mich gerichtet. Lachend stehe ich auf und nähere mich der Stelle, an der er glaubt, eine Gumpe gefunden zu haben, die tief genug für ihn ist.

»Und das alles nur dafür, dass ich seinen Rucksack zurücktrage.« Ich höre die Fassungslosigkeit in Fionas Stimme.

»Du weißt nicht, wie schwer das Teil ist.« Magnus grinst, ehe er ihr einen Luftkuss zuwirft. »Danke, Fi. Du bist ab sofort mein liebster Packesel.« In der nächsten Sekunde lässt er sich mit einem lauten Schrei ins Wasser fallen und taucht kurz unter.

»Der Kerl hat sie nicht alle«, grummelt Fiona, aber sie ist eindeutig beeindruckt.

Prustend taucht Magnus wieder auf und schüttelt die Haare aus, als wäre er ein nasser Hund. Das Grinsen auf seinem Gesicht ist breit und triumphierend. »Gewonnen«, verkündet er.

»Was du nicht sagst.« Fiona grummelt immer noch, grinst aber ebenfalls dabei. »Glückwunsch.« Dann, leiser: »Angeber.«

»Das hab ich gehört.«

»Ich weiß.« Sie streckt ihm die Zunge heraus. »Immerhin ist mir nicht mehr kalt. Du hingegen …« Sie macht eine Auf-und-ab-Bewegung mit der Hand.

Eine Gänsehaut ziert Magnus' gesamten Oberkörper. Eine, die nun für immer auf einem Video festgehalten ist. Ich filme nach wie vor und beende die Aufnahme erst, als er komplett aus dem Wasserbecken gestiegen ist. Anschließend schicke ich das Video in unsere extra für den heutigen Tag angelegte Wandergruppe.

»Hab das Video geteilt«, sage ich grinsend. »Kannst du mal deinen Enkelkindern zeigen.«

Magnus zeigt mir den Vogel und schnappt sich das Handtuch, das er vorhin verschmäht hat. »Ich werde maximal der coole Onkel, der euren Kindern all die Sachen erlaubt, die ihr ihnen verbietet.«

»Ach ja?« Ich verlasse unseren Chat wieder, und wie von selbst fällt mein Blick auf Freyas Namen und … Ich kann nicht anders.

Aus einem Impuls heraus klicke ich *Freya-Fee* an und öffne unseren Verlauf. Die letzte Nachricht ist Tage her. Als ich noch bei ihr gewohnt habe und unsere Welt soweit in Ordnung gewesen war, weil wir einander hatten. Und nun … Ich weiß nicht, was es ist, aber Jonnas Worte sind in meinem Kopf.

Eine Nachricht, Emil. Nur eine. Sag ihr, dass du da bist. Dass du wartest. So lange, bis sie bereit ist, mit dir zu sprechen.

Ich weiß nicht, ob Jonna recht hat. Ob Freya sich irgendwann dafür entscheiden wird, mit mir zu reden. Aber ich habe nichts mehr zu verlieren. Schlimmer als jetzt, ohne sie, wird es nicht mehr. Also nehme ich das Handy in beide Hände und tippte eine Nachricht an Freya. Umgeben von meinen Freunden, vor dem Vorhangwasserfall, im Sonnenschein schreibe ich ihr. Und bevor ich zu lange über meine Worte nachdenken oder mich doch wieder anders entscheiden kann, schicke ich sie ab.

Jonnas Blick liegt auf mir. Sie weiß genau, was ich gerade getan habe. Wortlos nicke ich ihr zu. Wortlos, aber mit einem stummen *Danke* auf den Lippen.

Hendrik, Lene, Emil

19 Jahre

»Findest du das auch so seltsam wie ich?« Emil schrie beinahe in Hendriks Ohr.

»Was meinst du?«, brüllte dieser zurück.

»Lene!« Mit den Daumen deutete er auf ihre Schwester, die direkt neben ihnen aus Leibeskräften den Songtext grölte und dazu tanzte. Sie hatte den Spaß ihres Lebens. »Ich meine, sie singt da gerade von Sexspielzeug und Sünden. Unsere Schwester!«

»Na und?« Hendrik grinste. »Sei nicht so prüde.«

»Ich bin nicht prüde.« Emil trank einen Schluck seines Biers, das bereits lauwarm war. Der Club in Oslo, in dem Måneskin auftraten, war rappelvoll und widerlich heiß. Trotzdem war es das beste Konzert, auf dem sie seit Langem waren. »Seltsam ist es trotzdem.«

Hendrik stieß ihm mit dem Ellenbogen in die Seite. »Jetzt stell dich nicht so an. Sonst verrate ich dir, was ich letztens für Geräusche aus ihrem Zimmer gehört habe, als Paul da war und …«

»Lalalala, ich höre dich nicht.« Emil hielt sich die Ohren zu, so gut das mit einem Bier in der Hand ging.

Hendrik lachte nur dreckig und sang dann selbst den Songtext mit. Damit hatte Emil nun zwei Geschwister neben sich stehen, die davon sangen, gute Menschen und gleichzeitig Gangster zu sein.

Es dauerte bis zum Ende des Songs und einige weitere Schlucke Bier, ehe Emil den Gedanken daran, dass Lene und Paul neulich viel Spaß zusammen gehabt hatten, wieder aus dem Kopf bekam. Auch wenn sie längst erwachsen waren, würde Lene für immer seine *kleine* Schwester sein. Hendrik war ein paar Sekunden älter als sie und Emil immerhin zehn Zentimeter größer. Das machte Lene zu ihrem Küken, das es zu beschützen galt. Heimlich natürlich, denn ihre Schwester war wild entschlossen, keine Hilfe zu brauchen. Von niemandem.

»Emiiiiil!« In der kurzen Pause zwischen dem letzten und dem nächsten Song hakte sich Lene bei ihm unter und strahlte ihn vergnügt an. »Du musst mehr tanzen.«

»Und wir brauchen dringend neue Getränke.« Hendrik sammelte ihre leeren Flaschen ein und marschierte zu den Anfangstakten von *Supermodel* an den Rand des Clubs zur Bar, um für Nachschub zu sorgen.

Lene griff nach Emils Händen und versuchte, ihn zum Tanzen zu bewegen. Und weil der Alkohol in seinem Blut allmählich Wirkung zeigte, ließ er es zu. Er wirbelte sie im Kreis, sang mit Lene um die Wette und nahm grinsend eine neue Flasche Bier entgegen, als Hendrik sie ihm kurz darauf hinhielt.

Diese Abende miteinander waren den Geschwistern wichtig. Sie gingen auf Konzerte, wenn sie die Bands mochten, fuhren Kanu, weil Emil das liebte, zogen durch die Osloer Kneipen, weil Hendrik es sich zum Ziel gemacht hatte, jede einzelne davon besucht zu haben, bis er einundzwanzig war. Und sie gingen Bouldern, weil Lene viel zu viel Energie hatte und sie nur beim Klettern loswurde.

In dieser Nacht, im Herzen Oslos, ahnte keiner der drei, dass dieses gemeinsame Konzert ihr letztes sein würde.

26

FREYA

Du willst gerade nichts von mir hören, ich weiß. Deshalb nur diese eine Nachricht, versprochen. Ich akzeptiere deine Entscheidung. Alles davon. Aber … verlang nicht von mir, in einem oder zehn Jahren jemand zu sein, der sich darüber ärgert, dir diese eine Sache nicht gesagt zu haben. Okay? Also … Ich bin da. Jederzeit. Morgen. Nächsten Monat. Nächstes Jahr. Ganz egal. Ich bin hier. Ich will nur, dass du das weißt. Falls du reden magst oder falls du jemanden brauchst, der dich das erste Spiel mit deinen neuen Figuren gewinnen lässt. Ich bin da.

Fast drei Tage ist es her, seit ich Emils Nachricht erhalten habe. Drei Tage, die sich anfühlen wie ein einziger langer, weil ich nicht mehr richtig schlafen kann. Weil da nur noch seine Worte in meinem Kopf sind. *Ich bin da.* Drei Tage, drei Worte, Endlosschleifen. Und mein Herz, das so sehr schmerzt wie … fast wie damals. Offenbar hat mein Körper beschlossen, dass es egal ist, auf welche Art ich einen Menschen, der mir wichtig ist, verliere. Hendrik ist tot, Emil lebt, und trotzdem ist das Vermissen so verflucht ähnlich. Oder jedenfalls meine Reaktion darauf. Ich schlafe schlecht, wenn ich überhaupt schlafe. Ich schaffe die Arbeit nur mit viel, viel Kaffee. Und ich schnitze nicht mehr. Zumindest nicht so viel, wie ich es getan habe, nachdem Emil wieder Teil meines Lebens wurde.

Genervt werfe ich den Holzschaber beiseite und blicke auf die kleinen Schachfiguren, die auf meinem Balkon verteilt stehen.

Wenn du willst, können wir eine Partie spielen, sobald deine Figuren fertig sind.

Als Emil mir diesen Vorschlag gemacht hat, war mein größtes Problem, dass er dann nicht mehr bei mir wohnt. Nicht ein einziges Mal habe ich daran gedacht, dass er nicht nur ausgezogen sein könnte, sondern dass ich nun mit gebrochenem Herzen hier sitze und die Figuren anstarre, mit denen wir spielen wollten. Ich weiß, dass ich mir einen gewissen Teil davon selbst zuzuschreiben habe. Ich bin diejenige, die Angst hat. Angst davor, was passiert, wenn seine Familie recht behält. Wenn sein Dad unseretwegen die Wahl verliert. Wenn sie uns alle verurteilen, weil ich nicht nur Gefühle für einen, sondern für beide Söhne habe. Wenn sie uns einreden, dass das falsch ist. Dass *wir* falsch sind. Emil verdient das alles nicht. Nichts davon.

Ich sitze immer noch auf meinem Balkon, als es an der Tür klingelt. Energisch. So, wie nur eine Person läutet.

»Du könntest dir wirklich mal angewöhnen, wie ein normaler Mensch auf die Klingel zu drücken. Einmal reicht«, begrüße ich Thore, als er die oberste Stufe erreicht hat und auf mich zukommt.

»Wo wäre da denn der Spaß? Hi, Schwesterherz.« Grinsend schiebt er sich an mir vorbei in meine Wohnung. »Zieh dir was an, wir machen einen Ausflug.«

»Wir machen … Was?«

»Einen Ausflug«, wiederholt Thore und mustert mich abschätzend.

»Du kannst dich nicht ewig hier verkriechen. Bringen wir dich auf andere Gedanken.«

Ganz langsam schließe ich die Tür hinter mir. »Das wird nicht klappen.«

»Und wieso nicht, Miss Sunshine?«

»Witzig.« Ich verdrehe die Augen und gehe zurück auf den Balkon. Dort setze ich mich auf die dicken Kissen am Boden. Thore folgt mir und lässt sich ebenfalls auf ein Sitzkissen fallen.

»Liebeskummer ist scheiße.«

Diese Worte sind so untypisch für meinen Bruder, dass ich ihn überrascht ansehe. Ich kann mich nicht erinnern, dass Thore jemals Liebeskummer gehabt hat. Eigentlich war immer er derjenige, der Schluss gemacht hat. Und im Gegensatz zu mir konnte er die vergangene Beziehung einfach abhaken.

»Sophia in der Oberstufe«, fügt er erklärend hinzu. »Aber um sie geht es nicht.«

»Das wäre aber eine gute Ablenkung.« Ich versuche, ihn mit seinen eigenen Waffen zu schlagen. Meine Neugierde ist zumindest für den Moment geweckt. Mit hochgezogenen Augenbrauen mustere ich ihn.

»Netter Versuch, Fee.« Er winkt ab. »Ich erzähle dir irgendwann mal davon, wenn du mir endlich sagst, was mit Emil passiert ist.«

»Nichts ist passiert.« Meine Schultern sacken merklich ab, auch wenn er mit seiner Vermutung direkt ins Schwarze getroffen hat.

»Echt jetzt, Freya?« Thore sieht mich ernst an. Viel ernster, als es für meinen Bruder normal ist. »Ich verstehe ja, dass du Mum und Dad nur von den Einbrüchen und dem Aufeinandertreffen mit diesem Jacob erzählt hast. Aber das ist noch nicht alles, was dich beschäftigt, oder? Ich sehe dir an, wie beschissen es dir geht. Also?« Er kennt mich gut. Und natürlich hat er am vergangenen Sonntag gemerkt, dass da mehr ist. Er ist mein Bruder und kennt mich. Manchmal offenbar sogar mehr, als mir lieb ist.

»Hm«, murmle ich daher. Ich ziehe ein Kissen zu mir und umfasse es mit meinen Armen.

»Okay. Dann hast du jetzt zwei Möglichkeiten. Entweder erzählst du mir hier, was los ist. Oder wir machen meinen wirklich großartigen Ausflug, und du erzählt es mir auf dem Weg zu unserem Ziel.«

»Oder ich nehme Option drei und erzähle dir, dass du grad ganz schön nervig bist.« Es ist ein letzter trauriger Versuch, nicht darüber reden zu müssen. Aber gegen meinen Bruder habe ich keine Chance.

»Manchmal brauchst du den Druck.« Er grinst und fasst nach einer Holzfigur. Es ist der König. »Selbst gemacht?«

»Ja.«

»Cool.« Er dreht sie zwischen zwei Fingern hin und her. »Du bist gut geworden.«

»Danke.« Dass er ausgerechnet nach einer Schachfigur gegriffen hat, lässt mich automatisch wieder an Emil denken. Am Schlimmsten ist es, zu wissen, dass das nun wochen-, wenn nicht monatelang so weitergehen wird. Ich kann Dinge nicht abhaken. Und Menschen, die ich liebe, schon gleich gar nicht.

»Was machst du damit?« Mit der Hand deutet er auf die vielen Schnitzereien um uns herum.

»Ich wollte sie dem Kindergarten spenden.«

»Das ist eine schöne Idee.« Thore nickt. »Die nächste Runde könntest du dann verkaufen. Auf Etsy oder in diesem neuen Blumenladen in der Innenstadt. Mum hat mich da mal hingeschickt, und die Inhaberin vermietet Regalflächen an freischaffende Künstler und Künstlerinnen.«

Seine Idee ist nett, nur bezweifle ich, dass es eine nächste Runde geben wird, aber darüber will ich nun nicht mit meinem Bruder diskutieren. Ihm zu gestehen, dass ich schon wieder nicht mehr schnitze, würde ihn nur Fragen stellen lassen, die ich nicht beantworten will. »So gut bin ich auch wieder nicht.«

»Soll ich es für dich versuchen?« Thore stellt den König beiseite und nimmt das Eichhörnchen in die Hand, das ich nach dem Vorbild des kleinen Tierchens geschnitzt habe, das ich mit Emil am See beobachtet habe.

Die Erinnerung daran lässt eine Gänsehaut auf meinem Körper entstehen, und ich ziehe die Beine unweigerlich näher.

»Diese Onlineshops laufen richtig gut. Wenn du willst, erstelle ich dir eine Website, und wir schauen mal, was passiert. Du bist *echt* gut, Fee.«

»Vielleicht.« Ich bin nicht überzeugt. »Was ist das nun für ein Ausflug?«

»Oh, kommst du doch mit?« Er stellt auch das kleine Eichhörnchen zurück an seinen vorübergehenden Platz auf dem Fenstersims und grinst.

»Kommt drauf an, was du vorhast.«

»Überraschen kann man dich echt nicht.« Er seufzt. »Ich dachte, wir gehen mal wieder in den Klettergarten, aber ich glaube, das ist heute nicht das Richtige für dich. Also Plan B.«

»Der da wäre?«

»Wir fahren in Farfars Wald und machen ein kleines Sonnwendfeuer.«

»Mittsommer ist doch erst in zwei Wochen.«

»Na und? Wir sind auf Opas Grundstück. Wen soll es stören? Komm schon. Wir halten unterwegs bei Rema und holen uns Marshmallows, Schokolade und Kekse. Wie früher.« Thore ist so voller Eifer, dass es ansteckend ist.

Unwillkürlich muss ich an unsere Kindheit denken, erst im Garten unserer Großeltern, später auf dem Waldgrundstück. Ich war sechs oder sieben, als uns Farfar zum ersten Mal gezeigt hat, wie man S'Mores macht. Und von da an gab es sie jeden Sommer. Immer zur Sonnenwende – und wenn Thore oder ich traurig waren.

»Okay.« Ich nicke, weil ich mich mit einem Mal danach sehne, wieder daran zu glauben, dass S'Mores alles besser machen. Mir ist klar, dass das Unfug ist. Süßigkeiten machen gar nichts besser, geschweige denn gut. Aber vielleicht kommt es darauf auch gar nicht an. Vielleicht zählt es mehr, dass Thore hier ist, um den restlichen Tag mit mir zu verbringen. »Lass uns gehen. Ich ziehe mich nur eben um.«

Zwanzig Minuten später bin ich startklar und steige in Thores Wagen. Es dauert nicht lange, bis wir am Waldrand parken und uns mit unserem Proviant einen Weg durch das Dickicht kämpfen. Wir sind ein gutes Stück von der Hütte entfernt, und nur, wenn man ganz genau hinsieht, kann man zwischen den Bäumen das Rot in der Ferne erkennen. Die Blätter über uns rascheln leise im Wind.

Als Thore das Ufer des Fjords erreicht, stellt er seinen Rucksack neben der Feuerstelle ab, die wir vor über zehn Jahren aus großen, runden Steinen gelegt haben. Er schichtet getrocknete Äste übereinander, während ich eine Decke mit etwas Abstand zum Feuer ausbreite. Ich war lange nicht mehr hier, weil ich meistens an der Hütte bin, wenn es mich hierher verschlägt. Heute bin ich froh, nicht dort zu sein. In den vergangenen Wochen habe ich neue Erinnerungen in der Hütte gesammelt, die nicht zu den glücklichen mit Hendrik passen. Der Laptop unter den Dielen, die versteckte Anmeldung, die Emil gefunden hat. Der Abend, als wir uns geküsst haben …

Um nicht wieder in den falschen Erinnerungen zu versinken, beginne ich, unseren Proviant auszupacken. Die Marshmallows und Wasserflaschen, ein bisschen Obst. Und Salzstangen. Weil ich nach so viel Süßkram garantiert etwas Salziges brauche. Danach spitze ich zwei abgefallene Äste an und spieße die ersten Marshmallows auf. Und während ich meinem Bruder dabei zusehe, wie er unser kleines vorzeitiges Sonnwendfeuer entfacht und die Flammen in den Himmel tanzen, fange ich an zu reden.

Ich erzähle Thore alles. Wie weh es immer noch tut, dass Hendrik tot ist, aber dass es mit Emil leichter zu ertragen war. Wie wichtig er mir wurde. Wichtiger, als ich für möglich gehalten habe. Dann von Lenes Rückkehr. Dass ich mich echt gefreut habe, sie zu sehen. Von all der Hoffnung in mir, dass endlich alles besser wird und ich nicht mehr dieses Loch in meiner Brust fühle. Und dass ich wirklich dachte, es geschafft zu haben, wieder atmen und leben zu können, nur um dann durch Lenes Worte zu realisieren, dass ich einer Illusion nachgelaufen bin.

Das ist der Punkt, an dem Thore mich energisch unterbricht. »Es war keine Illusion, Fee. Du bist nur gegen die ungeschriebenen Gesetze kleinkarierter Geister gestoßen.«

»Mum und Dad denken doch auch so.« Ich stecke ein Marshmallow auf meinen Stock.

»Weil sie diese Vorstellungen nie hinterfragt haben. Mussten sie auch nicht, es gab diese Situation in ihrem Leben ja nie.« Thore mustert mich nachdenklich. »Aber eigentlich ist es logisch, dass Lene und Emils Vater so denken. Nur macht es das dennoch nicht okay, dir diese Dinge an den Kopf zu knallen. Ich kann es mir bloß so erklären, dass Lene einfach wirklich sehr in ihrem eigenen Kummer gefangen ist. Und deshalb ihre ganze Wut auf dich überträgt.«

Ich drehe den Stock mit meinem Marshmallow über den Flammen. »Ich glaube nicht, dass ich stark genug bin, diesen … Hass auszuhalten.«

»Sag das nicht.« Thore sucht meinen Blick. »Du bist der stärkste Mensch, den ich kenne.«

Ich will abwinken, ihn darauf hinweisen, dass er so was nicht sagen muss, nur weil er mein Bruder ist. Aber er lässt mich nicht.

»Im Ernst, Fee. Du hast deinen Freund vor nicht einmal einem Jahr auf diese absolut grausame Weise über Nacht verloren. Und du bist nicht daran zugrunde gegangen. Das übertrifft alles, was jeder von uns jemals leisten musste. Aber du hast es geschafft. Und weißt du was? Dir ist sogar etwas gelungen, was andere nach dreißig Jahren noch nicht schaffen.«

Ich habe keine Ahnung, worauf er anspielt. Aber ich hake auch nicht nach. So, wie er mich ansieht, weiß ich, dass er mir die Antwort auf meine unausgesprochene Frage gleich geben wird.

»Du hast dich neu verliebt. Und es kotzt mich an, dass es Menschen gibt, die dir einreden wollen, dass das nicht okay sein soll. Denn es ist so viel mehr als nur okay.«

»Ich glaube nicht, dass Lenes Problem ist, dass ich mich verliebt habe.« Obwohl ich mir durchaus vorstellen kann, dass ihr auch das nicht gefällt. »Ihr Problem ist, in wen. Und wann.«

»Aber dafür gibt es Lösungen.« Thore hält mir zwei Kekse und ein Stück Schokolade für meinen gerösteten Marshmallow entgegen. »Ihr könnt eure Beziehung geheim halten, bis die Wahl vorbei ist. Das sind ja nur noch ein paar Wochen. Dann hat Emils Dad schon keine Argumente mehr. Und was Lene angeht … Sprich mit ihr. Ganz ehrlich? Sie kann sich meinetwegen gern wie eine Furie aufführen, aber so fies zu werden … Dann muss sie mit Gegenwind rechnen. Oder wenn du willst, spreche ich mit ihr. Ich mach das!« Mein Bruder sieht so entschlossen aus, dass ich ihm seine Worte ohne Umschweife glaube.

»Bitte nicht«, entgegne ich und beiße vorsichtig in meinen S'More. Er ist noch viel zu heiß. »Merrit und Risha sagen, dass Lene einfach Zeit braucht, um sich an den Gedanken zu gewöhnen. Dass ihre heftige Reaktion mit ihrer eigenen Trauer zusammenhängt.«

Thore nickt. »Klar. Verrat am toten Bruder.«

»Ja. Genau.«

»Mach ihr klar, dass dem nicht der Fall ist. Dass deine Gefühle für Emil nichts mit deinen Gefühlen für Hendrik zu tun haben. Die beiden können nämlich koexistieren.« Damit hält er mir seinen Stock hin, um sich ebenfalls Kekse und Schokolade schnappen zu können. »Das ist mein Tipp. Wenn du ihn willst. Sprich mit Mum und Dad. Aber vor allem auch mit Emils Familie. Was Fremde sagen, spielt keine Rolle. Und seine Familie musst du einfach von dir überzeugen. Sie haben dich schon einmal sehr gemocht. Das schaffst du wieder.« Thore beißt in den Keks, meinen eigenen habe ich vergessen. Ich denke über seine Worte nach, die so viel Sinn ergeben und dennoch unmachbar klingen. Lene war nicht nur wütend, sie war zornig. Ich bin mir wirklich nicht sicher, wie es mir gelingen soll, sie davon zu überzeugen, dass meine Gefühle für Emil echt sind. Ich könnte ihr nur immer wieder sagen, wie wichtig er mir ist. Aber es geht nicht um Worte. Sondern um das, was Menschen tun. Ich muss ihr mit Taten zeigen, wie wichtig ihr Bruder für mich ist … Dafür brauche ich allerdings Zeit. Die sie mir nicht geben wird. So gut kenne ich sie.

Kleine Funken schwirren vor mir durch die Luft. Es ist noch zu hell, um sie mit Glühwürmchen oder Sternen zu verwechseln. Doch heißt es nicht, dass ein Funke genügt, um eine Flamme zu erwecken? Und damit ein Feuer? Vielleicht hat Thore recht. Vielleicht muss ich tatsächlich versuchen, Emils Familie von meinen Gefühlen für ihn zu überzeugen.

Ich habe nur absolut keine Ahnung wie.

Vier schlaflose Nächte später weiß ich es immer noch nicht. Emil meldet sich inzwischen nicht mehr. Nach seiner letzten Nachricht hat er sich an das gehalten, was drinstand: Er gibt mir die Zeit, um die ich gebeten habe. Ich bin dankbar dafür, aber mir ist auch klar, dass ich ihn nicht ewig in diesem Schwebezustand lassen kann. Trotzdem raubt mir der Gedanke an ihn den Schlaf.

Ich bin völlig erschöpft, als ich von Sarisha und Merrit zum Tanztraining abgeholt werde, und habe Mühe, mir ein Gähnen zu verkneifen.

»Hey«, begrüßen sie mich und ziehen mich nacheinander in eine kurze Umarmung. Doch es ist das, was sie nicht sagen, das mir verrät, was sie eigentlich wissen wollen. Ihre Blicke sind vorsichtig, abschätzend.

»Es geht mir gut«, sage ich und schultere meine Sporttasche. »Nur schlecht geschlafen.« Was keine Lüge ist. »Aber ich bin vorbereitet.« Mit der geöffneten Handfläche klopfe ich gegen meine Tasche. »Cola ist eingepackt.«

Ihre Blicke bleiben kritisch. »Wir können uns auch einen ruhigen Abend machen, wenn du willst«, schlägt Merrit vor.

»Nein, ich will tanzen.« Das wird hoffentlich die Schwere aus meinen Knochen vertreiben. Wenigstens für einen Moment. »Aber danke fürs Angebot.« Ich ziehe die Tür hinter mir zu, schließe ab und laufe voraus.

Vor dem Haus holen mich meine Freundinnen ein, und wir schlagen den Weg nach links zur alten Ballettschule ein. Für Mitte Juni ist es schon wieder ungewöhnlich warm, aber ich genieße die Sonnenstrahlen auf meiner Haut. Doch obwohl sie angenehm warm sind, ist da eine Kälte in mir, die ich einfach nicht abschütteln kann.

»Hast du noch einmal drüber nachgedacht, was du machen willst?« Merrit spricht an, was als stummer Begleiter mit uns mitläuft.

»Mhm.« Ich nicke und schultere den Henkel meiner Tasche neu. »Ich werde versuchen, mit Lene, Kari und Jørgen zu reden.«

»Wirklich?« Merrit sieht mich auf eine Art an, die fast schon beeindruckt wirkt.

»Ich kann nur gewinnen.« Das war Thores Fazit, als wir im Wald am Feuer saßen und so viele Marshmallows gegessen hatten, bis uns schlecht wurde.

Du hast nichts zu verlieren.

Und genau das ist der Punkt. Nichts zu tun, würde bedeuten aufzugeben. Zu stagnieren. Was hieße, Emil definitiv für immer zu verlieren. Aber dieser Gedanke ist schlimmer als alles andere. Schlimmer als die Angst, die mich vor fast zwei Wochen gelähmt hat. Schlimmer, als Lenes Wut auf mich zu ziehen. Und weitaus schlimmer, als von Emils Eltern nicht länger gemocht zu werden. Ich werde mit ihnen reden. Mir ist nur immer noch nicht klar, wie.

»Ich hoffe, dass wenigstens seine Eltern mir zuhören.« Bei Lene bin ich mir nach wie vor nicht sicher, ob sie überhaupt bereit wäre, mit mir zu sprechen.

»Find ich prima.« Merrit nickt und hakt sich bei mir unter. »Das klingt jetzt gleich superkitschig, aber … Ich habe gesehen, wie er dich ansieht. Und vor allem, wie du an seiner Seite gestrahlt hast. Von innen heraus. Einfach nur grinsen kann jeder. Aber ihr zwei …« Sie lächelt sanft. »Das ist was Echtes. Ich will nicht, dass es das schon zwischen euch gewesen sein soll.«

»Ich will das auch nicht«, flüstere ich. Mit einem Mal spüre ich den Kloß im Hals, von dem ich geglaubt habe, ihn in Schach halten zu können. Aber offenbar ist das nicht der Fall. Ich schlucke und versuche mich an einem Lächeln. Natürlich gelingt es mir nicht, das bekannte Brennen in meinen Augenwinkeln ist sofort da. Ich bleibe stehen und blinzle gegen die Tränen an.

»Lass es raus.« Sarisha tritt neben mich und zieht mich in eine Umarmung.

Wahrscheinlich geben wir ein grandioses Bild ab. Merrit und ich mit eingehakten Armen, Sarisha, die mich im Arm hält. Ein paar Sekunden stehen wir so da. Dann straffe ich die Schultern und löse mich von den beiden.

»Danke.« Jetzt gelingt mir ein Lächeln, auch wenn es mit Sicherheit gruselig aussieht, weil ich gleichzeitig schluchze.

»Dafür sind wir da.« Zaghaft zupft Merrit an meinem Shirt.

»Ja, aber …« Ich schniefe ein letztes Mal. »Im Moment bin ich echt eine miese Freundin. Tut mir leid, dass ich so selten frage, wie es eigentlich euch geht.«

»Weil es uns im letzten Jahr eindeutig besser ging als dir.« Sarisha sieht mich eindringlich an. »Kein schlechtes Gewissen, okay? Das hier ist deine Geschichte, du bist die Hauptfigur.«

Ihre Worte entlocken mir ein kleines Lachen. »Wir können gern mal wechseln. Ich wäre dann bereit, ein Nebencharakter zu werden.«

»Sobald du mit den Bergs gesprochen und dir Emil zurückgeholt hast.«

»Bist du jetzt doch nicht mehr der Meinung, dass das mit ihm und mir zu schnell ging?« Verwundert sehe ich Sarisha an.

»Sagen wir so, ich habe begriffen, dass es nicht an mir ist, darüber zu urteilen. Ich will, dass es dir gut geht, und mit ihm ging es dir eindeutig besser, also …« Sie zuckt mit den Schultern. »Team Fremil.«

»Team Fremil?«, wiederhole ich, ein bisschen belustigt, ein bisschen fassungslos, während Merrit schon laut loslacht.

»O Gott, Risha, ist das dein Ernst? *Fremil*?«

»Die Alternative war Emya. Klingt auch nicht besser, oder?« Sie grinst und macht zwei Schritte rückwärts. »Aber wie auch immer … Du brauchst Argumente, Fee. Ich würde sagen, die überlegen wir uns heute Abend gemeinsam. Dann kannst du morgen mit ihnen reden und bist auf alles, was sie sagen könnten, vorbereitet. Wir holen dir Emil zurück!«

Ich bezweifle, dass ich wirklich auf jede Eventualität vorbereitet sein werde, aber es tut gut zu wissen, dass ich die beiden auf meiner Seite habe. Dass sie mich auffangen, egal, was passiert. Es heißt immer, dass man in schweren Zeiten feststellt, wer wirklich zählt. Ich habe meine Menschen eindeutig gefunden.

Nachdem wir uns fast zwei Stunden lang mit der Choreografie zu *Bye Bye Bye* von N*Sync ausgepowert haben, beschließen wir, uns um kurz nach neun wieder bei mir zu treffen. Und meine Freundinnen sind pünktlich. Wie so oft machen wir es uns auf meinem Balkon bequem.

»Du bist dir immer noch sicher, dass du das tun willst?«

»Ja.« Es gibt keine andere Möglichkeit.

»Okay.« Sie nickt und legt sich einen aufgeschlagenen Collegeblock auf die Füße. »Ich schreibe mit. Jedes Pro-Argument, das uns einfällt.«

»Und alles, was dagegenspricht, damit wir uns überlegen können, wie wir es entkräften.« Merrit deutet auf die erste Zeile. »Mach hier ein Plus hin und dort ein Minus.«

Dann legen die beiden los. Ein Argument nach dem anderen wird notiert, mögliche Vorwürfe erhalten ein Aber. Ein Gegenargument. Sarisha schreibt #teamfremil an den Rand, mit Hashtag. Merrit nimmt ihr daraufhin den Stift aus der Hand und macht ein #teamemya draus. Und auch wenn in meinem Bauch immer noch alles kribbelt vor Nervosität, weil ich langsam begreife, was ich morgen tun werde, nein, tun *muss* … Ein bisschen liebe ich es trotzdem, hier mit den beiden zu sitzen und mein Leben zu retten.

»Wir könnten uns auch eine große Geste für dich überlegen.« Sarisha lässt den Stift sinken. »Du weißt schon, eine dieser symbolträchtigen Aktionen, die …«

»… absolut unrealistisch sind«, fällt Merrit ihr ins Wort. »Was soll Fee denn machen? Darauf warten, dass es regnet, zufällig durch Emils

Garten laufen, wo er natürlich in einem weißen Hemd steht, und ihm dort um den Hals fallen?«

»Bei Jane Austen hat's funktioniert.«

»Merkst du selbst, oder?« Merrit nimmt Sarisha den Kugelschreiber aus der Hand. »Manchmal sind die kleinen Gesten so viel mehr wert.« Mit dem Kuli klopft sie auf das beschriebene Blatt Papier.

»So klein ist das auch nicht«, wende ich ein. »Mich Emils Familie zu stellen, ist … Keine Ahnung.« Ich zucke mit den Schultern. Allein die Vorstellung genügt, um das Kribbeln in meinem Bauch in unangenehme Magenschmerzen zu verwandeln.

»Es ist mutig.« Sarishas Lächeln ist sanft. »Und Mut lohnt sich immer.«

»Das hoffe ich.« Ich hoffe es so sehr, wie ich noch nie auf etwas gehofft habe. Aus dem einfachen Grund, weil ich Emil nicht verlieren will. *Uns* nicht verlieren will. Emil ist … Er ist mein Jederzeit. Mein Morgen. Mein nächster Monat. Mein nächstes Jahr.

Ich bin hier. Ich will nur, dass du das weißt.

Er hat es mir versprochen. Und es ist an der Zeit, dass auch ich ihm etwas verspreche.

27

FREYA

Meine Hände zittern, als ich mein Fahrrad vor Emils Elternhaus gegen die Treppe lehne. Wie nach meinem Geburtstag vor einigen Wochen, nachdem ich den Laptop gefunden hatte. Es kommt mir vor wie in einem anderen Leben. Damals stand ich wegen Hendrik hier. Heute ist mein Grund Emil. Emil, den ich seit genau vierzehn Tagen nicht mehr gesehen habe. Nicht gesprochen. Nicht geküsst. Nur vermisst, vermisst, vermisst.

Ich schlucke und betrachte das Haus vor mir. Es sind nur wenige Stufen, die mich von der Tür trennen, aber plötzlich ist es verdammt schwer, einen Fuß vor den anderen zu setzen. Die nächsten Minuten sind wichtig. Sie sind wichtiger als alles davor, weil ich nur diese eine Chance habe. Vorausgesetzt, Emils Familie ist überhaupt da. Ich habe mich nicht angemeldet, habe Emil nur ein kurzes *Danke* auf seine Nachricht geschickt, weil ich … Ich wollte etwas dazu sagen. Ich musste. Und jetzt stehe ich hier, weiß genau, was ich gleich tun werde. Ich muss nur klingeln. In meiner Fantasie ist es Emils Mum, die aufmacht. In der Realität ist es sein Dad. Keine Lene. Kaum merklich atme ich aus. Vielleicht ist das ganz gut so. Wer weiß, ob Lene mich nicht sofort vom Hof gejagt hätte.

»Freya.« Jørgen sieht mich an, auf eine Art und Weise, die ich nicht deuten kann. Überrascht, aber irgendwie auch nicht. Seine Stirn wird von tiefen Sorgenfalten geziert. Doch was mir Hoffnung macht, ist der Fakt, dass er mich nicht wegschickt. Zumindest noch nicht. »Emil ist nicht da.«

»Hey, Jørgen«, sage ich und wünsche mir irgendetwas, womit ich meine Hände beschäftigen kann. Ich bin so scheiße nervös.

Emils Vater ist ein beeindruckender Mann. Groß, blaue Augen, aber im Gegensatz zu seinen Kindern hat er dunkle Haare. Ihn umgibt diese Ausstrahlung, die Menschen in ihren Bann zieht. Charme und Intelligenz in Kombination mit Humor und Wortgewandtheit. Würde ich ihn nicht schon eine ganze Weile kennen, wäre er ziemlich einschüchternd. Auch jetzt spüre ich so etwas Ähnliches wie Ehrfurcht. Aber das alles versuche ich auszublenden. Ich stehe hier nicht vor Jørgen Berg, dem wahrscheinlich zukünftigen Bürgermeister von Oslo. Sondern vor dem Vater des Mannes, in den ich verliebt bin.

Ich schlucke erneut. »Ich will auch nicht zu Emil. Sondern zu dir. Können … können wir kurz reden?«

Er antwortet nicht. Sieht mich einfach nur an, als würde er abwägen. Vermutlich tut er genau das. Er überlegt, ob es Sinn hat, mir ein paar Minuten seiner Zeit zu widmen. Gott, wie sehr ich hoffe, dass er sich für ein Ja entscheidet. Das hier ist der einzige Plan, den ich habe. Einen anderen gibt es nicht. Er muss mir zuhören. Und vor allem muss er mir glauben.

»Worüber möchtest du sprechen, Freya?«

Okay. Ich atme tief durch. Eine Frage ist gut. Das ist immerhin keine Aufforderung zu gehen. Ich stelle mich aufrechter hin und erwidere seinen Blick.

»Über Emil.« Ich lasse meiner Antwort eine kurze Pause folgen. »Und über Hendrik.« Keine Ahnung, ob ich es mir nur einbilde, aber ich glaube, Jørgen bei der Erwähnung von Hendriks Namen zusammenzucken zu sehen. »Bitte«, füge ich noch hinzu.

Er lässt mich warten, scheint erneut abzuwägen. Und ich hoffe wieder. So sehr. Ich brauche diese eine Chance. Wenn er sie mir gibt … Ich habe die Szene mit Merrit und Sarisha unzählige Male durchgespielt, habe für jedes Argument einen Konter parat. Bis am Ende nur noch übrig bleibt, dass ich in Emil verliebt bin und es ernst meine.

»In Ordnung.« Als er schließlich nickt, fallen mir Tausende Steine vom Herzen. »Komm rein.«

Rasch mache ich einen Schritt auf ihn zu, bevor er es sich anders überlegen kann. »Danke«, sage ich leise. Meine Stimme kratzt, und ich begreife in diesem Moment, dass ich nicht damit gerechnet habe. Ich habe nicht damit gerechnet, dass er mich wirklich hereinbitten wird. Dass er mir zuhören wird.

Ich folge ihm ins Haus. Durch den Flur in die gemütliche Essküche, in der ich früher so viel Zeit verbracht habe. Mit Hendrik. Nicht mit Emil. Mit ihm war ich nur einmal hier. Der Gedanke an die beiden lässt mich schlucken, und ich bin froh, dass Jørgen nicht anhält. Er öffnet die Balkontür und führt mich hinaus in den Garten.

»Meine Frau schläft im Wohnzimmer«, sagt er. »Wir wollen sie nicht stören.«

Ich nicke wortlos. Emil hat mir von Kari erzählt. Wie die Trauer sie immer noch umklammert. Ihre Tage sind nicht grau, sie sind rabenschwarz. Und die einzige Möglichkeit, wie sie es zumindest zeitweise da rausschafft, ist zu schlafen.

Jørgen deutet auf den schweren Holztisch, der mitten im Garten neben dem alten Ahorn steht. Die Äste hängen tief und müssen eigentlich wieder einmal geschnitten werden. Früher hat das Hendrik gemacht. Heute … heute macht es offenbar niemand mehr. Ich ignoriere den Kloß, der sich in meinem Hals bilden will, und nehme wie Jørgen Platz. Abwartend sieht er mich an. Und plötzlich weiß ich nicht mehr, wie mein erster Satz lautet. Wie ich anfangen wollte.

»Ich …«, beginne ich und habe, noch während ich das Wort ausspreche, keine Ahnung, wie ich weitermachen soll. Mit einem Mal verknotet sich mein Magen, und ich spüre die Bauchschmerzen, die mich in der vergangenen Woche immer wieder heimgesucht haben. Aber ich kann jetzt nicht nichts sagen. Das hier ist wichtig, es ist meine Chance. Die eine, die ich habe. Ich muss sie nutzen.

»Ich habe viel nachgedacht. Über das, was du gesagt hast.« Mit allem, was ich aufbringen kann, versuche ich, mit Jørgen Blickkontakt zu halten. Es ist mir noch nie zuvor so schwergefallen. »Und … und ich wünschte, die Sache zwischen Emil und mir wäre schwarz-weiß. Entweder richtig oder falsch, gut oder schlecht. Aber … die Welt tut mir diesen Gefallen nicht. Es gibt eine Million Grautöne, und Emil und ich … Wir sind … Keine Ahnung, silbern oder so. Und das macht mir auf so vielen Ebenen Angst.«

Ich beobachte Jørgen genau, registriere jede noch so kleine Regung. Und sie sind wirklich klein. Jørgen ist ein Profi. Wenn er seine Gefühle nicht zeigen will, dann tut er es auch nicht. Aber seine Augen … Diese türkisblauen Augen verraten ihn. Der Ausdruck darin wirkt hin- und hergerissen. Als wolle er mir glauben – und dann doch nicht. Sie sind wie Emils. Stürmisch.

»Ich habe mich damals in Hendrik verliebt. Es war leicht und schön, und ich war so glücklich.« So verdammt glücklich. Bis ich es nicht mehr war, weil er gestorben ist.

Daran zu denken ist immer noch schwer. Es tut immer noch weh. Aber es ist nicht mehr so lähmend wie noch vor ein paar Monaten. Und das verdanke ich Emil. Weil er diese Gefühle nicht überlagert, sondern sie ausgleicht. Er bringt mich wieder ins Gleichgewicht. Denn

Glück und Trauer können parallel existieren. Wenn ich eins in den letzten Wochen gelernt habe, dann das.

»Aber mich in Emil zu verlieben, war auch … Es war auch leicht.« Ich schlucke einmal heftig. »Und es war vor allem … Ich hatte keine Wahl.« Gott, ich kann nur hoffen, dass er versteht, was ich damit sagen will. »Ich hab mir das nicht ausgesucht, es ist einfach passiert. Weil er … Emil ist großartig. Er ist gütig und sanft, aber vor allem weiß er, wie kaputt mein Herz ist, weil Hendrik mir fehlt, und er …« Ich spreche den Satz nicht zu Ende. »Es macht ihm nichts aus. Wir haben darüber gesprochen. Ihm ist bewusst, dass ein Teil von mir Hendrik immer lieben wird. Aber der andere Teil liebt jetzt Emil. Ich weiß, wie verrückt das klingt. Ich weiß es. Hendrik ist gerade mal zehn Monate tot, und du kannst mir glauben, dass ich die Allerletzte bin, die damit gerechnet hat, dass ich mich so schnell neu verliebe. Nur ist genau das eben doch passiert.«

»Mit Emil«, sagt Jørgen.

»Mit Emil«, erwidere ich.

»Ausgerechnet.«

Auch das wiederhole ich. »Ausgerechnet.«

Ganz langsam schüttelt Jørgen den Kopf. Er trägt immer noch diesen undurchschaubaren Ausdruck auf seinem Gesicht. »Wenn die Presse Wind davon bekommt …«

»Wird sie nicht«, unterbreche ich ihn schnell. Auch darauf habe ich mich vorbereitet. »Es muss niemand von Emil und mir wissen. Wir können uns bis zum Ende der Wahl heimlich treffen.«

»Du willst euch … verstecken?«

»Nein.« Nun schüttle ich den Kopf. »Will ich nicht. Aber ich bin bereit, Kompromisse einzugehen, wenn ich Emil dafür … zurückbekomme. Es sind nur ein paar Wochen.« Wochen sind gar nichts. Ein oder zwei Monate Versteckspiel würde ich mit Kusshand in Kauf nehmen, wenn ich dafür Jørgen und Kari und hoffentlich auch Lene auf unserer Seite weiß. »Das schaffen wir.«

»Weiß Emil von deinem Plan?«

»Noch nicht«, sage ich. »Ich habe seit … diesem Tag nicht mehr mit ihm gesprochen.« Die Wahrheit ist, dass ich nicht sicher bin, wie er auf diesen Vorschlag reagieren wird. Aber die Wahrheit ist auch, dass ich Vertrauen in ihn habe. Nach seiner Nachricht … Er wird diese Idee beschissen finden, ich habe keine Zweifel daran, aber er hat versprochen, da zu sein, wenn ich bereit bin. Und ich bin so was von bereit.

»Warum nicht?« Jørgen mustert mich aufmerksam. Ein bisschen so, als sähe er mich gerade zum ersten Mal.

»Weil Lene ziemlich … eindrücklich war. Ich will Emil nicht in eine Position bringen, in der er glaubt, dass er sich zwischen mir und euch entscheiden muss. Unsere Gefühle füreinander sind echt.« Echt und stark und wichtig. »Aber es ist egal, wie real und gut sie sind, wenn er deswegen seine Familie verliert.«

»Also bist du deswegen hier. Weil du nicht willst, dass Emil eine Wahl treffen muss.«

»Genau.« Ich nicke. »Ich könnte ihm auch vorschlagen, ohne euer Wissen mit mir zusammen zu sein. Aber das will ich noch weniger und Emil ganz bestimmt auch nicht.« Falls er mich überhaupt noch will. Zwei Wochen sind eine lange Zeit.

Ich bin hier. Ich will nur, dass du das weißt.

Erneut denke ich an seine Nachricht. Sie ist wie ein Anker. Eine Zusicherung, dass seine Gefühle genauso groß sind wie meine.

»Ich will euch nichts vorspielen«, betone ich noch mal. »Nicht unseren Familien und Freunden.« Jedem anderen Menschen meinetwegen, aber nicht denen, die uns wichtig sind.

Eine ganze Weile sieht Jørgen mich an. Und ich halte seinem Blick stand. Für Emil. Für Hendrik. Für mich.

Weil nicht Worte zählen. Sondern Taten.

Und Taten fangen im Kleinen an. Ich bin hier. Ich sehe nicht weg. Ich kämpfe für Emil. Für uns. Das Problem ist immer noch dasselbe wie neulich. Aber während ich da nur noch die Flucht als Möglichkeit gesehen habe, bin ich heute mit einer anderen Einstellung hier. Kaum merklich setze ich mich etwas aufrechter hin und verberge die Hände nervös in meinem Schoß.

»Ich sage dir, wie es ist, Freya.«

Als Jørgen zu reden anfängt, halte ich unweigerlich die Luft an. Denn das ist er. Der Moment, in dem ich erfahre, ob es sich gelohnt hat, herzukommen.

»Du und Emil … Das ist ungünstig.«

Ungünstig. Das Wort rollt durch meinen Kopf. Aber es ergibt keinen Sinn, weil ich es nicht mit Emil und mir in Einklang bringen kann. Ich will protestieren, doch Jørgen kommt mir zuvor.

»Aber nicht nur du hast darüber nachgedacht, was Lene und ich … was wir gesagt haben.«

Oh. Ich schließe den Mund wieder. Damit habe ich nicht gerechnet.

»Meine Tochter hat sich vollkommen im Ton vergriffen, Freya, und dafür möchte ich mich entschuldigen. Das hattest weder du verdient noch Emil.«

Seine Worte erstaunen mich so sehr, dass ich einfach gar nichts sage. Aber anscheinend ist er auch noch nicht fertig. Er lehnt sich in seinem Stuhl zurück und sieht mir immer noch fest ins Gesicht. Fast schon gebannt warte ich darauf, dass er weiterspricht.

»Ich bin nach wie vor der Meinung, dass eine Beziehung zwischen dir und Emil keine gute Idee ist.«

Meine Augen werden mit jedem Wort, das Jørgen von sich gibt, größer.

»Aber ihr seid erwachsen. Und so wenig mir das auch gefallen mag, es bedeutet, dass ihr eure eigenen Entscheidungen trefft.«

»Deine Meinung ist dennoch wichtig«, wende ich ein und wage kaum zu atmen. Wenn Jørgen es wirklich ernst meint, gibt es keinen Grund, mich weiter von Emil fernzuhalten. Dann ist er vielleicht noch nicht auf unserer Seite, aber er ist definitiv auch nicht länger gegen uns.

»Ich weiß, Freya.« Er lächelt sanft, und mit einem Mal sieht er zehn Jahre jünger aus. »Aber eure ist es auch. Als ich letztens Lenes Brüllen und Karis Weinen gehört habe, da habe ich etwas ganz Entscheidendes vergessen.«

Ich habe keine Ahnung, wovon er spricht.

»Emils Glück.« Sein Lächeln wird noch etwas breiter. »Ich möchte, dass meine Familie wieder glücklich ist. Oder zumindest glücklicher als momentan. Und Emil ist das mit dir. Also … Verzeih mir bitte meine harschen Worte.«

Ich kann nicht fassen, was er da sagt.

»Aber die Wahl …«

»Wir finden einen Weg.« Jørgen greift über den Tisch hinweg nach meiner Hand und drückt sie behutsam. »Vielleicht ist es tatsächlich eine Möglichkeit, eure Beziehung vorerst geheim zu halten. Das kläre ich zeitnah mit meinen Beratern ab, wenn ihr das möchtet.«

»Wenn wer was möchte?«

Emils Frage aus dem Nichts lässt mich zusammenzucken. Ich wirble herum und blicke direkt in sein fragendes Gesicht. Hat Jørgen nicht gesagt, dass er unterwegs ist?

»Das ist dann wohl mein Stichwort.« Emils Dad nickt seinem Sohn zu und drückt noch einmal meine Hand, ehe er aufsteht. »Wir reden später, Emil.« Damit dreht er sich um und geht, während Emil ihm völlig verdattert hinterhersieht.

»Okay, was war das?« Er schnappt sich den Stuhl, auf dem eben noch sein Vater gesessen hatte. Sein Blick rast über mein Gesicht. »Geht's dir gut? Was hat er gesagt?«

»Ja, alles bestens.« Ich nicke und meine es wirklich so. Es ist alles bestens. Zumindest, sobald er und ich miteinander gesprochen haben.

»Okay?« Er sieht mich misstrauisch, abschätzend an. »Was … was machst du hier?«

»Ich hab mit deinem Dad geredet. Und … jetzt würde ich gern mit dir sprechen.«

Einige Sekunden lang sagt er gar nichts. Sitzt einfach nur da, angespannt und ein bisschen unsicher. Dann nickt er. »Okay. Bringen wir es hinter uns.«

28

EMIL

Bringen wir es hinter uns.

Meine Worte hallen nach, besonders in meinem Kopf. Freya ist hier, und sie muss mit mir sprechen, und mit dieser Aussage hat noch nie irgendetwas Gutes begonnen. Ich reibe mir die Hände über die Oberschenkel, und es kostet mich alles, was ich habe, sie weiterhin anzusehen. Egal, was sie mir gleich sagen wird, so viel Respekt gebührt ihr.

»Bringen wir es hinter uns?« Sie wiederholt meine Aussage, aber bei ihr klingt es nach einer Frage und nicht nach Resignation wie bei mir. Verwundert blickt sie mir mitten ins Gesicht. »Was genau denkst du denn, worüber ich mit dir reden will?«

»Na ja, du bist hier …« Ich zucke mit den Schultern. »Und du hast mit Dad gesprochen.«

»Hab ich.« Sie nickt und rückt ein kleines Stück näher.

»Warum?«

»Weil die letzten zwei Wochen einfach beschissen waren. Weil ich versuchen wollte, ihm klarzumachen, dass du und ich … dass das mit uns … Es ist mir wichtig. Ich will dir nicht deine Familie wegnehmen, aber ich will dich auch nicht aufgeben, also dachte ich, wenn ich mit Jørgen und Kari rede … Aber deine Mum schläft und …« Sie unterbricht sich selbst. »Ich hab das durchgespielt, Emil. Welche Alternativen wir haben. Wenn wir uns einfach nicht mehr sehen, uns aus dem Weg gehen, nicht mehr miteinander reden, dann … dann wird es dauern und für eine ganze Weile verflucht wehtun, aber irgendwann würden wir übereinander hinwegkommen. Weil du dich weiterentwickelst und ich auch und du in Oslo in der Uni bestimmt jemand Neues kennenlernen wirst.«

Ich setze zu einem Protest an, will ihr sagen, dass das niemals passieren wird, aber sie lässt mich nicht.

»Nein, bitte. Lass mich das zu Ende sagen.« Sie gibt mir einen Augenblick, wartet, bis ich genickt habe. Dann macht sie mit ihrem Gedankenspiel weiter. »Du wirst jemanden treffen, früher oder später. In der Uni oder im Museum oder in einem Job, den du irgendwann haben wirst. Du würdest dich neu verlieben, weil es gar nicht anders sein kann. Wahrscheinlich wäre es jemand, der viel besser zu dir passt. Mit der es nicht so scheiße kompliziert ist wie mit mir, weil sie nicht mit deinem Bruder zusammen war und von deiner Schwester gehasst wird. Es wäre … es wäre leichter. Für dich, für deine Familie, für all die kleinkarierten Menschen hier.«

Es ist die Hölle, ihr zuzuhören. Dieses Szenario, das sie zwischen uns in die Luft malt, auch nur in Gedanken zuzulassen. Denn nichts davon ist etwas, was ich ansatzweise will. Ich will nicht nie wieder mit ihr reden. Oder sie nie wieder sehen. Ich will niemand anderen kennenlernen oder mich neu verlieben. Ich will nur sie.

»Freya …« Dieses Mal schaffe ich es immerhin, ihren Namen zu nennen, bevor sie mich erneut zum Schweigen bringt.

»Ich bin immer noch nicht fertig.«

Sie lächelt, und ich bin nicht sicher, ob es ein trauriges Lächeln ist oder eins, das mir Hoffnung machen soll. Himmel, ich kann kaum atmen, so angespannt bin ich.

»Das ist Alternative eins.« Freya tippt mit dem Zeigefinger ihrer linken Hand auf den ihrer rechten. »Aber diese Alternative würde eben auch bedeuten, dass dieses zukünftige Pärchen nicht wir wären. Und das ist …« Sie schüttelt den Kopf, und nun bin ich überzeugt davon, ihr Lächeln richtig einordnen zu können. Es ist ein trauriges. Eins, das Herzen bricht.

»Fee …« Ich will nach ihren Händen greifen, aber ich traue mich nicht. »Alles, was du da sagst, mag stimmen …« Wir sind jung, natürlich würden wir uns irgendwann neu verlieben, auch wenn ich mir sicher bin, dass es nie ganz aufhören würde, wehzutun, sie verloren zu haben. »Nur eins nicht.« Ich warte, bis sie ihren Blick hebt. Ihr Lächeln ist verschwunden. »Es wäre nicht leichter. Niemals. Ich …« Ich muss mich räuspern. »Ich würde mich immer fragen, was aus uns hätte werden können, wenn …« Wenn sie den Mut gehabt hätte, sich mit mir gegen meine Familie zu stellen.

»Das würde ich auch.« Sie spricht leise. »Und das will ich nicht. Ich habe dieses *Was wäre, wenn* schon mit Hendrik. Ich will es nicht auch noch mit dir.«

Jedes Wort lässt mein Herz noch ein Stückchen schwerer werden. Und es ist dieser letzte Satz, der es zum Stillstand bringt.

Ich will es nicht auch noch mit dir.

»Okay«, sage ich tonlos. Weil mir nichts anderes mehr übrig bleibt. Ich muss ihren Wunsch akzeptieren.

»Ich will nicht bereuen, feige gewesen zu sein. Also … Bin ich es nicht mehr. Feige, meine ich.«

Sie beginnt zu lächeln, und ich verstehe gar nichts mehr. Hat sie nicht gerade gesagt, dass sie mich nicht mehr will?

Sie scheint das Fragezeichen in meinem Gesicht zu erkennen, als ich keinen Ton von mir gebe. »Deshalb bin ich hier, Emil. Um genau darüber mit deinem Dad zu sprechen. Ich habe ihm gesagt, wie wichtig du mir bist und dass ich hoffe, dass ich dich nicht aufgeben muss. Sondern dass wir einen Weg finden, wie wir zusammen sein können, ohne dass es deinen Dad die Wahl kostet. Und mit Lene werde ich auch noch versuchen zu sprechen.«

Das ist der Moment, in dem ich doch nach ihren Händen greife und sie zu mir auf den Schoß ziehe. Überrumpelt klammert sie sich an meiner Schulter fest, während ich die Arme um ihre Hüfte schlinge.

»Nur um sicherzugehen, dass ich das gerade alles richtig verstanden habe …« Ich sehe ihr fest in die Augen. »Du bist nicht hier, um endgültig mit mir Schluss zu machen?«

»Du denkst, ich …?« Sie lehnt sich etwas von mir weg, sodass mein Kinn direkt wieder von ihrer Schulter rutscht. »Du denkst, ich will …? Gott, Emil! Nein!« Sie stößt mit der Hand gegen meinen Oberarm. »Hast du mir in den letzten Minuten nicht zugehört?«

»Doch«, widerspreche ich. »Hab ich. Genau deshalb frage ich ja.« Ich ziehe sie wieder zu mir.

»Das hier ist das Gegenteil von Schlussmachen. Das hier ist …«

»… ein Neuanfang«, beende ich ihren Satz, aber Freya schüttelt den Kopf.

»Nein. Es ist kein Neustart. Es war nur … eine Pause, weil die Welt verrückt gespielt hat.« Die innere und die äußere Welt.

»Das tut sie immer noch. Lene und ich sprechen nur das Nötigste miteinander.«

»Ich rede mit ihr«, sagt Freya sofort. »Mit deinem Dad hat's ja auch funktioniert.« Sie verzieht das Gesicht, ehe sie weiterspricht. »Ich will wirklich nicht in die Schusslinie der Medien geraten, also müssten wir ein paar Wochen … heimlich zusammen sein. Aber dazu bin ich bereit, wenn du es auch bist.«

»Heimlich also?« Ich kann nicht anders, ich grinse. »Wie aufregend.«

»Na ja.« Freya verdreht die Augen. »Ich stelle mir das eher ätzend

vor. Aber wenn das zumindest einen Teil unserer Probleme löst …«
Ich spüre ihr Schulterzucken unter meinen Armen.

»Lene ist kein Problem«, versichere ich ihr. »Sie ist nur stur. Aber irgendwann wird sie einsehen, dass wir nichts Falsches tun. Wahrscheinlich kannst du keine Entschuldigung für ihr Verhalten dir gegenüber erwarten, aber irgendwann wird sie sich wieder einkriegen.«

»Meinst du?«

»Ziemlich sicher, ja.« Vorsichtig streiche ich ihr eine Haarsträhne aus dem Gesicht. Ich kann nicht zu hundert Prozent sicher sein, dass Lene sich wirklich beruhigen wird. Aber ich glaube fest daran.

»Okay.« Freya nickt und verschränkt unsere Finger miteinander. »Es wird nicht einfach.«

»Wir zwei? O doch, das wird es.«

»Nein, das meine ich nicht.« Sie drückt meine Hand ein bisschen fester. »Das Versteckspiel. Wir können nicht mehr essen gehen.«

»Dann bestellen wir eben.«

»Kino ist auch hinfällig.«

»Ich habe Netflix, Prime und Disney+.«

»Wir sollten nicht einmal im selben Auto irgendwohin fahren, Emil.«

»Dann treffen wir uns eben im Wald. Du kommst mit dem Fahrrad hin, und ich sammle dich ein.«

»So beginnen Horrorfilme.« Freya runzelt die Stirn.

»Oder große Liebesgeschichten«, halte ich dagegen und küsse ihre skeptisch nach oben gezogene Augenbraue.

»Große Liebesgeschichten, ja?«

»Mhm.« Ich grinse. »Was soll das hier denn sonst sein?«

»Weiß nicht.« Sie dreht sich etwas auf meinem Schoß, sodass sie mich noch besser ansehen kann. »Eine Folge von *Wie bringe ich meine Familie am besten um den Verstand*?«

»Meine Version gefällt mir besser.« Und weil wir nun wirklich genug geredet haben, verschließe ich ihre Lippen mit meinen. Unter dem alten Ahorn im Garten meiner Eltern küsse ich sie und halte sie und küsse sie noch mehr. So lange, bis sie sich wieder von mir löst und ihre Hände in meinem Nacken verschränkt.

»Weißt du noch, was du mir in deiner Nachricht geschrieben hast? Dass du da bist, egal wann, egal wo, egal wie?«

Ich nicke. »Natürlich.« Ich habe jedes Wort ernst gemeint.

»Ich will dir auch etwas versprechen.«

»Du musst mir gar nichts versprechen, Fee.«

»Doch.« Sie sieht mir so fest in die Augen wie vermutlich noch nie zuvor. »Eine Sache muss ich dir versprechen. Werde ich sogar.« Sie holt tief Luft. »Ich rede mit dir. Wenn ich Angst habe, wenn mir alles zu viel wird, wenn ich das Gefühl habe, weglaufen zu wollen. Dann … dann spreche ich mit dir. Ich bleibe da, und wir reden und suchen gemeinsam nach einer Lösung.«

Es sind nicht nur ihre Worte, mit denen sie mir dieses Versprechen gibt. Es ist auch alles in ihrem Blick. Eine stumme, feste Zusicherung, die gleichzeitig so laut ist, dass ich weiß, wie ernst sie es meint.

»Okay.« Ich führe ihre Hände an meine Lippen. »Und ich verspreche, dir zuzuhören, aber dir dann vor allem auch zu sagen, dass es keinen Grund für deine Ängste gibt. So lange, bis du mir glaubst.«

»Schaffen wir das?« Sie lächelt, als ich ihre Fingerknöchel küsse.

Ich weiß, dass sie mit ihrer Frage so viel mehr meint. Die Antwort bleibt dennoch dieselbe. »Wir schaffen das.«

Das. Und noch so viel mehr. Ich habe keinen Zweifel.

Ich habe auch ein paar Tage später noch keinerlei Zweifel, nachdem wir mit Dads Beratern gesprochen haben. Sie finden es alles andere als vorteilhaft, dass ich mit Freya zusammen bin, aber sie haben sich

Dads Fragen gestellt und gemeinsam mit uns Möglichkeiten überlegt, wie wir zusammen sein können, ohne Dad zu schaden.

Die letzten Stunden waren anstrengend, aber ich glaube, dass wir nun einen Plan haben. Im Endeffekt zeigen wir uns einfach nicht zusammen in der Öffentlichkeit und treffen uns außerhalb von Freyas Wohnung nur auf dem Grundstück ihres Großvaters oder im Wald. Es sind noch etwa acht Wochen bis zur Wahl, und ich zähle jetzt schon die Tage, bis sie endlich vorüber sind.

Es ist kurz nach sechs, als Dad sein Team verabschiedet und zu uns zurück in die Küche kommt.

»Danke für euer Verständnis.« Er setzt sich mir gegenüber an den Tisch und reibt sich über die Stirn. Es ist nicht zu übersehen, dass der Wahlkampf und die Situation mit Freya und mir ihn stressen.

»Keine Ursache.« Freya antwortet ihm mit einem zaghaften Lächeln. Unter dem Tisch hält sie meine Hand.

Ich weiß, dass sie die ganze Sache nicht so locker nimmt, wie sie vorgibt. Aber zu wissen, dass es sich nur um wenige Wochen handelt, macht es eindeutig leichter.

»Bleibt ihr zum Essen?«, fragt Dad. »Wir könnten Pizza bestellen. Ich lade euch ein.«

Mir ist klar, dass das seine Art ist, uns zu danken. Deswegen nicke ich nach einem kurzen Blick in Freyas Richtung. »Gern. Soll ich Mum fragen, was sie möchte?«

Sie hat sich den ganzen Nachmittag über im Schlafzimmer aufgehalten. Kraft tanken hat sie es genannt. Und mich damit fast zum Lachen gebracht, wenn es nicht so verdammt traurig wäre, sie so zu sehen. Ich habe keine Ahnung, wie lange das so weitergehen soll. Mit jedem weiteren Tag zerstört Mum sich selbst mehr und mehr.

»Sie wird nichts wollen. Aber die Pizzen bei Leonardo sind groß, sie kann einfach bei mir mitessen, falls sie doch Appetit kriegt.«

»Okay.« Ich ziehe mein Handy hervor und suche im Internet nach der Speisekarte. Es wird das erste gemeinsame Essen seit Jahren sein, bei dem auch Freya dabei ist.

Wir haben gerade bestellt, als Lene nach Hause kommt. Seit sie diesen neuen Job angefangen hat, sehe ich sie noch weniger als sowieso schon. Es gibt Tage, da begegnen wir einander gar nicht. Sie sagt auch jetzt keinen Ton, als sie in die Küche kommt, den Kühlschrank öffnet und sich eine Flasche Wasser herausnimmt.

»Isst du mit, Marleen? Wir haben gerade Pizza bestellt.«

»Hab keinen Hunger.« Immerhin spricht sie mit Dad. Freya und mich würdigt sie keines Blickes.

Ich seufze innerlich. Meine Schwester ist so unfassbar stur. Das hat sich auch nach all der Zeit im Ausland nicht geändert. Und wie immer, wenn wir gemeinsam auf Lene treffen, was seit dem großen Streit erst zweimal passiert ist, wird Freya still. Sie hat Angst, etwas Falsches zu sagen, weshalb sie lieber gar nichts sagt. Vor zwei Tagen hat sie versucht, mit Lene zu reden, aber meine Schwester hat sie eiskalt abgebügelt. Und langsam geht Lene mir damit echt auf die Nerven. Freya und ich tun nichts Verbotenes. Allmählich muss auch Lene das begreifen.

»Es wäre trotzdem schön, wenn du mit uns essen würdest«, sage ich und sehe sie eindringlich an. Dieses Kindergartentheater muss aufhören.

»Warum?« Lene stellt die Flasche wieder beiseite. »Damit ich mir das Liebesglück aus nächster Nähe ansehen kann?« Sie spuckt die Worte beinahe aus. »Danke, ich verzichte.«

»Lene …« Was zur Hölle soll ich dazu sagen?

»Sei nicht so fies zu den beiden.« Dad deutet auffordernd neben sich. Aber Lene bleibt stehen.

»Ich bin nicht fies. Ich habe nur einfach keine Lust darauf, Freya mit unserem anderen Bruder zu sehen. Das ist falsch.«

»Das ist nicht falsch«, zische ich sie an.

»Was denn bitte sonst?«

»Wie wäre es mit kleinkariert? Engstirnig? Übergriffig?«

»*Übergriffig*?« Ein Schnauben entfährt ihr. »Was bitte soll daran übergriffig sein, dass ich es scheiße finde, dass du Hendriks Freundin flachlegst?«

»Marleen!« Dad wird laut, aber ich lasse ihm keine Chance, noch mehr zu sagen. Freya ist in den letzten Minuten immer kleiner geworden, und ich hasse es, sie so zu sehen. Sanft drücke ich ihre Hand.

»Alles, Lene«, sage ich. »Alles daran ist übergriffig. Woher nimmst du dir das Recht, über uns zu urteilen?«

»Leck mich, Emil.« Sie stößt sich von der Küchenzeile ab.

»O nein, Lene, du bleibst hier.« Dad reicht es offenbar. »Es wird Zeit, dass wir das Thema ein für alle Mal beenden. Setz dich.«

»Ich will mich nicht setzen.« Sie schüttelt den Kopf.

»Dann bleib meinetwegen stehen. Aber du verlässt diese Küche erst, wenn euer Disput geklärt ist. Ihr habt Zeit, bis die Pizza kommt. Danach will ich nichts mehr davon hören.«

»Ist das dein Ernst, Dad? Ich bin keine zehn mehr.«

»Gerade verhältst du dich aber so. Findest du nicht, dass du es Emil und Freya zugestehen könntest, ihnen wenigstens zuzuhören?«

»Damit sie mich genauso um den kleinen Finger wickeln wie dich?« Sie lacht kurz auf. »Sorry, aber einer von uns muss auf Hendriks Seite stehen. Scheinbar bin ich das.«

»Es gibt keine Seiten, Lene.« Ich schüttle mindestens so sehr den Kopf wie sie. »Es gibt nur uns alle, die irgendwie damit klarkommen müssen, dass Hendrik nicht mehr lebt.«

Lene setzt dazu an, etwas zu sagen, als Dads Handy klingelt.

»Moment!«, unterbricht er unsere Diskussion und hebt eine Hand, um uns zum Schweigen zu bringen. »Da muss ich rangehen.« Er nimmt den Anruf an und führt das Telefon an sein Ohr. »Berg, hallo?« Kurz ist er still, dann richtet er sich kaum merklich zu seiner Bürgermeisterpose auf. »Hallo, Dermot.«

Ich weiß nicht, ob Dad bewusst ist, dass er diese Pose einnimmt, wenn er wichtige Gespräche führt. Seine Haltung wird aufrechter, die Schultern gerader, sein Blick konzentriert. Der Fakt, dass er all das macht und seine Gesichtszüge keine fünf Sekunden später erstarren, verrät mir unmissverständlich, dass auch das jetzt ein sehr wichtiges Telefonat sein muss.

Ich drücke Freyas Hand unter dem Tisch ein bisschen fester. Selbst Lene ist stehen geblieben und sieht mit einer gewissen Neugierde in den Augen zu Dad.

»Ja. – Ich verstehe. – Mhm. Danke. – Ja. Das ist … – Genau. – Okay. – Natürlich bleibt das unter uns. – Danke, Dermot.« Es sind längere Lücken zwischen Dads Reaktionen, in denen er dem lauscht, was auch immer dieser Dermot von sich gibt.

Ich höre mindestens genauso gespannt zu, kann aber nichts verstehen. Dad telefoniert nicht lange, vielleicht vier, maximal fünf Minuten. Dann lässt er das Handy in seiner Hand wieder sinken und starrt auf das Display. Er sagt keinen Ton, und allmählich werde ich unruhig. Ein kurzer Blick zu Freya verrät mir, dass es ihr genauso geht

Lene ist schließlich diejenige, die die eingekehrte Stille durchbricht. »Wer war das?«

Ihre Stimme bringt Dad dazu, den Kopf zu heben. Er sieht erst sie, dann mich an. Normalerweise kann ich gut in seinem Gesicht lesen, aber in diesem Moment geht es nicht. Er sitzt da und zeigt keine Regung.

»Dad?«, frage nun auch ich. Mein Blick huscht zu Lene, sie sieht unnachgiebig zu unserem Vater.

Erst als ich ihn ein zweites Mal anspreche, öffnet er den Mund. »Das war Dermot Rønning.« Dad spricht den Namen aus, als müsste er mir etwas sagen. »Er ist Polizist und … Heute wurde der Wachmann, der Hendrik erschossen hat, noch einmal befragt.«

»Okay? Das ist doch gut. Oder nicht?«

»Er hat gestanden.«

»Er hat was getan?« Lene macht einen Schritt auf Dad zu. Sie weiß, dass Hendriks Fall wieder aufgerollt wird, Dad hat ihr und Mum von Jacob Olafsens Aussage und den neuen Ermittlungen erzählt. Während Mum wieder weinend zusammengebrochen ist, hat Lene laut Dad nicht groß etwas dazu gesagt. Offenbar macht sie die Dinge immer noch lieber mit sich aus. Zumindest bis jetzt. Ungläubig sieht sie unseren Vater an.

Ganz langsam nickt Dad. »Es war … es war keine Notwehr. Er musste sich nicht verteidigen. Hendrik hat ihn nicht angegriffen.«

»Sondern?« Lenes Stimme wird drängender, während ich einfach gar nichts sage und Fees Hand drücke. Sie drückt zurück.

»Eine Art Unfall. Er hat wohl vor Schreck geschossen, als er auf Hendrik getroffen ist. Anscheinend stand er danach unter Schock und hatte Angst, was passiert, wenn er zugibt, dass Hendrik ihn nicht … dass Hendrik nie auf ihn losgegangen ist.«

Tränen laufen Lene über die Wangen, und mein Dad sieht so fassungslos aus, dass ich etwas begreife, was mir bisher nicht bewusst war: Für Fee und mich war mit Jacobs Aussage schon vollkommen klar, dass Hendrik unschuldig ist und niemanden attackiert hat. Aber für Dad … Für ihn ist es das erst jetzt. Er hatte noch Zweifel, die nun dank diesem Dermot Rønning ausgelöscht wurden. Und das wiederum heißt, dass er – und auch Lene – nun von derselben Erleichterung überrollt werden, die Freya und ich schon vor Wochen gespürt haben und die besonders Fee getroffen hat.

Kurz entschlossen greife ich mit meiner freien Hand über den Tisch nach Dads.

»Die Polizei wird Anklage erheben. Versteht ihr, was das heißt?« Tränen bilden sich in seinen Augen. »Mein Sohn hat …«, flüstert er und wirkt vollkommen erschlagen. Fast schon verzweifelt streckt er seine andere Hand nach Lene aus. Sie fasst sofort danach und setzt sich nun doch zu ihm, sodass er einen Arm um ihre Schulter legen kann. Es muss Jahre her sein, dass ich sie das letzte Mal so beieinander gesehen habe. Uns alle. »Er hat wirklich …«

»… niemanden attackiert«, beende ich seinen Satz. Die Worte hallen nach. Nicht nur in mir, sondern auch in der Küche, in der wir so oft zusammen Zeit verbracht haben. Mum, Dad, Lene, Hendrik und ich. Und an manchen Tagen auch Freya.

Hendrik fehlt. Das wird er immer tun. Aber das Loch, das er hinterlassen hat, ist endlich weniger schwer. Das Wissen, dass er tatsächlich der Mensch war, von dem wir alle dachten, dass er es ist, macht seinen Tod nicht okay. Aber es macht ihn irgendwie erträglicher, und das ist alles, was zählt.

In diesem Moment, Freyas Finger in meiner einen, die von Dad in der anderen Hand, seine Tränen, Lenes Tränen, Mums im Wohnzimmer, Freyas neben mir und irgendwo auch meine, weiß ich, dass nicht alles verloren ist. Meine Familie ist kompliziert, stur und dramatisch, und Hendriks Tod hat uns kaputtgemacht. Aber meine Familie ist trotzdem noch hier, in diesem Raum, in diesem Haus. Und ich glaube daran, dass wir es schaffen können, wieder zueinanderzufinden. Für Hendrik. Für sein Vermächtnis.

Aber am allermeisten für uns selbst.

Epilog

EMIL

Drei Wochen später

Wir haben Glück. Das ist das Erste, was mir durch den Kopf geht, als ich den Wagen am Waldrand parke, den Rucksack und den vollbepackten Korb schnappe und Freya den kleinen Trampelpfad entlang folge. Es ist noch früh und menschenleer, trotzdem scheint die Sonne bereits angenehm warm von einem wolkenlosen Himmel. Es könnte der bisher heißeste Tag des Jahres werden. Für norwegische Verhältnisse viel zu warm, aber ich beschwere mich nicht.

Es dauert nicht lange, bis wir die kleine Lichtung erreichen, an der unser See liegt. Er gehört nicht wirklich uns, aber solange wir uns für Dad und seinen Wahlkampf verstecken müssen, ist dieser Ort hier draußen wie ein Zuhause für uns. Manchmal fällt es mir schwer zu glauben, dass dieses wunderschöne Fleckchen noch niemand außer uns entdeckt hat.

Ich breite unsere Picknickdecke aus, während Freya sich bereits die Schuhe von den Füßen zerrt.

»Erst schwimmen, dann frühstücken?« Sie grinst und streift sich im selben Moment das Top über den Kopf. Ihre Augen strahlen.

Sie so zu sehen, so zufrieden, so glücklich, lässt mir keine andere Wahl. Ich nicke und schlüpfe ebenfalls aus meinen Klamotten, bis ich nur noch in Badeshorts vor ihr stehe.

Hand in Hand laufen wir auf das Wasser zu. Es ist kalt, weil norwegische Seen auch durch unnatürlich heiße Tage nicht wirklich warm werden. Aber das stört uns nicht. Wir waten immer tiefer ins Wasser, bis Freya neben mir zischend die Luft einatmet. Ich grinse, weil ich genau weiß, was nun kommt. Sie enttäuscht mich nicht. Freya lässt meine Hand los und taucht ganz ein. Weil es nur noch diese eine Taktik für sie gibt. Augen zu und durch. Ich brauche noch ein paar Sekunden, ein paar mehr Schritte, ehe das Wasser meinen Bauch erreicht. Dann stoße auch ich mich vom schlickigen Boden ab und schwimme auf sie zu.

»Dieser Sommer darf niemals enden«, sagt sie, als ich zu ihr aufschließe und sie ihre Arme um meinen Hals legt.

»Der Winter hat auch schöne Seiten«, bemerke ich und küsse sie auf die Nasenspitze. »Wir können hier oben Schlittschuhlaufen gehen. Oder eine Schneeballschlacht machen.«

»Oder der Sommer endet einfach nie«, beharrt sie und fährt mir mit einer Hand durch die Haare. Noch sind sie trocken, aber ich werde wie immer, bevor ich das Wasser verlasse, mindestens einmal auf den Grund tauchen.

»Okay«, entgegne ich. »Unser Sommer endet nie.«

Wir wissen beide, dass wir den Lauf der Zeit nicht aufhalten können. Aber das müssen wir auch nicht, wenn wir es schaffen, im Hier und Jetzt, im Moment zu leben. Denn nichts anderes bedeutet Freyas Wunsch. Ich lasse sie wieder los, und wir schwimmen einmal durch den See ans andere Ufer, unter den tief hängenden Ästen der Trauerweide hindurch. Ich sehe diesen Baum mittlerweile als Symbol. Die Trauer umgibt uns, und ich bin mir sicher, dass sie das noch lange, vielleicht sogar für immer, tun wird. Aber wir können auch darunter unser Leben genießen. Weil beides Hand in Hand geht.

Freya schwingt sich ein paarmal mithilfe des Seils ins Wasser, ich verzichte heute, schwimme stattdessen auf der Stelle und beobachte sie. Aber vor allem werde ich geflutet von meinen Gefühlen für sie. Sie werden von Tag zu Tag stärker, und auch wenn Lene nach wie vor jedes Mal wortlos den Raum verlässt, wenn sie Freya und mich zusammen sieht, bereue ich es nicht, mich auf sie eingelassen zu haben. Ich werde dennoch weiter versuchen, noch einmal mit meiner Schwester zu reden. So kann es definitiv nicht weitergehen. Wir müssen einen Weg finden, uns wieder anzunähern. Es gibt nur noch uns. Zumindest auf der einen Seite. Auf der anderen sind Freya und ich, und ich wünsche mir nichts mehr, als dass Lene ihren Frieden damit schließen kann und wir wieder komplett zu einer Gruppe werden. Einem Team, ohne Streit und ohne Seiten. Mum, Dad, sie und ich. Aber eben auch mit Freya.

»Hey, weißt du was?« Nach dem fünften Sprung schwimmt Freya auf mich zu und vertreibt die Gedanken an meine Schwester.

»Nein, was?« Ich grinse sie an.

»Ich hab gestern Abend meine ersten Figuren verkauft.«

»Auf Etsy?«

Freya nickt. »Ja. Und heute früh hatte ich direkt wieder drei Bestellungen. Ich glaube, Thores Idee hat Potenzial.«

»Das ist großartig.« Ich strecke die Hand nach ihr aus, ziehe sie zu mir. »Herzlichen Glückwunsch.«

Sie stützt sich an meiner Schulter ab. »Danke. Und soll ich dir noch etwas verraten?«

»Immer.«

»Ich hab das Schachbrett fertig. Wir können endlich unser Match spielen.« Das Grinsen auf ihrem Gesicht wird breiter, sie greift nach meiner Hand und lässt sich zu mir ziehen. »Vorausgesetzt, du hast nichts dagegen zu verlieren.«

»So selbstsicher, Fee?« Weil ich an dieser Stelle stehen kann und das Wasser mir nur bis zum Schlüsselbein geht, greife ich nach ihren Oberschenkeln, sodass sie ihre Beine um mich schlingen kann.

»Ich hab das Spiel gemacht. Es ist auf meiner Seite.«

»Aha«, entgegne ich und umschließe ihren Körper noch ein wenig mehr mit meinen Armen. »Du weißt, dass das so nicht funktioniert?«, sage ich leise und habe Mühe, das Zucken meiner Mundwinkel zu verstecken.

»Wir werden sehen.«

Ihr Grinsen wird zu einem Lächeln, ganz sanft, ganz weich. Und ich kann nicht anders, als die paar Zentimeter zwischen uns zu überwinden, damit ich sie küssen kann. Hier, im Wasser, in diesem See, wo sich alles verändert hat. Wo unser Leben in die richtigen Bahnen gelenkt wurde. Bahnen, die zu etwas Echtem geführt haben. Denn ich will lieber etwas Echtes als etwas Leichtes. Und wir beide, das ist so was von echt. Wir teilen die stillen Momente an den nicht so hellen Tagen. Und wir teilen die lauten Momente, wenn wir spüren, dass die Schatten sich lichten. Wenn wir uns ansehen, wenn wir uns küssen und ich mir sicher bin, niemals jemand anderen zu wollen als sie.

Freya ist mein ewiger Sommer. Und in diesem Augenblick, in jedem Kuss, in jeder Berührung weiß ich, dass ich auch ihrer bin.

DANKSAGUNG

Vier Jahre, acht Bücher und damit auch acht Danksagungen. Ich liebe es immer noch sehr, sie zu schreiben, weil das schlicht bedeutet, dass ich nach wie vor Bücher veröffentlichen und meinen Traum leben darf. Deshalb möchte ich dieses Mal mit dir starten, liebe*r Leser*in. Danke, dass du meine Bücher kaufst, speziell dieses hier. Es wird nie selbstverständlich für mich sein, dass es da draußen Menschen gibt, die sich für meine Worte interessieren. Von Herzen dankedanke-danke! Ich hoffe, dir gefällt mein Norwegen.

Dass du dieses Buch heute tatsächlich in den Händen halten kannst, ist dem Zusammenspiel ziemlich vieler Menschen geschuldet, denen ich unbedingt danken möchte, allen voran meinen beiden Lektorinnen Paula und Tamara. Mit euch an diesem Projekt zu arbeiten, war neu und spannend, und ich glaube, wir haben da wirklich eine tolle Dilogie zustande gebracht. Danke für eure Zeit, eure Arbeit, eure Geduld. Und danke ebenso an das ganze Team von Ravensburger für alles, was ihr im Hintergrund für meine Bücher tut.

Meiner Agentin Micha von der Agentur erzähl:perspektive danke ich ebenfalls ganz besonders. Danke für dein offenes Ohr zu jeder Tages- und Nachtzeit. Es tut so gut zu wissen, dass du immer hinter mir stehst und für all meine Ideen und Pläne brennst.

Nadine, danke, wie immer, dass du parallel mitgelesen und quasi live aufgepasst hast, dass Emil, Fee und ich nicht falsch abbiegen. Dass du jede Version seziert und mehr als eine Stelle gerettet hast. Dass du Lene schon jetzt feierst und mir Måneskin so lange aufgeschwatzt hast, bis ich sie mir angehört habe. Meine Drillinge wären nicht dasselbe ohne ihre Liebe für diese Band. Aber vor allem wäre dieses Buch nicht dasselbe ohne dich!

Merit, tausend Dank, dass ich mir deinen Namen ausleihen durfte (und den deiner Schwester, ohne dass sie es weiß, hihi) und du mir immer im richtigen Moment die richtigen Worte gesagt hast. Zweifeln ist okay, solange wir trotzdem weitermachen. Ich bin jeden Tag dankbar, dass du meine Autorenkollegin, aber vor allem auch meine Freundin bist.

Sarah, diese Buchwelt macht so viel mehr Spaß, weil du Teil davon bist. Ich liebe unsere endlos langen Memos, unsere (Schreib-)Dates, unsere Ausflüge, unsere Besuche in diversen Buchhandlungen, unsere Geschichten, unsere Bodenseetreffen, unser Verständnis füreinander. Danke für einfach alles.

Jana, Lieblingsbuddy. Ich freu mich so, dass ganz viele meiner Bucherlebnisse mit dir zusammen stattgefunden haben. Danke für jedes Gespräch, für jeden morgendlichen Urlaubskaffee, für jeden Schritt und fürs Tränenlachen.

Kyra, danke dafür, dass du meine Nachteulenpartnerin in crime bist und wir so oft dasselbe denken. Ich bin so froh, dich in diesem Büchermeer gefunden zu haben.

Carina, dir danke ich nicht nur fürs Testlesen und fürs Kummerkasten-Sein, sondern vor allem auch für deinen wundervollen Blurb. Ich freu mich riesig über deine Worte, meine liebe Elfe. Du hast die Geschichte genau so verstanden, wie ich sie erzählen wollte.

Danke an meine Blumenkohl-Gang. Nadine, Nina, Caro. Dafür,

dass ihr immer da seid, und das inzwischen seit so vielen Jahren. Auf ganz, ganz viele mehr, Homies!

Steffi, Anne, Fam. Einfach danke. Fürs Da-Sein, fürs Zuhören, fürs Ihr-Sein und für unsere gemeinsamen Lesungen.

Danke an Laura und an mein gesamtes Bloggerinnenteam, euer Support bedeutet mir die Welt. So schön, dass ich einige von euch mittlerweile auch persönlich kennen darf.

Danke an meine Freundinnen Caro und Lorena, die dafür gesorgt haben, dass ich dieses Buch schreiben kann. Caro wieder einmal als Expertin, Lorena im Sommerurlaub in Italien als Working Buddy. Danke, danke, danke euch beiden.

Danke auch an meine Familie. An Mama, weil ich zwar dachte, dass ich mit »The Moment I Lost You« schon mein Trauerbuch geschrieben hatte, aber die Geschichte von Emil und Freya hat mir noch mehr gezeigt, dass Trauer in Wellen kommt und dass das okay ist. Ich darf dennoch wieder glücklich sein – und dich gleichzeitig vermissen. An meinen Papa, weil du der beste Papa der Welt bist und mich schon im Kindergarten mit deiner Liebe für Bücher angesteckt hat. Ich wäre nicht ich ohne dich und Hali. Und an meine Drillingsgeschwister Nick, Lotte, Mario, weil ihr drei, ohne dass es mir beim Schreiben bewusst war, die größte Inspiration für meine eigenen Drillinge wart. Ähnlichkeiten sind rein zufällig und so ;) Danke, dass es für euch okay ist, dass ich diese Geschichte geschrieben habe. Ich lieb euch.

Und zum Schluss darf ich zum ersten Mal den niedlichsten Erdenbewohnerinnen danken: meinen beiden Nichten. Ab dem Moment, in dem ich wusste, dass ich bald Tante von zwei kleinen Räubertöchtern sein werde, war mir klar, dass mein erstes Drillingsbuch meinen Zwillingsnichten gewidmet werden muss. Ich bin so, so, so stolz, eure Tante zu sein. Und ich hoffe sehr, euch gefällt das Buch, wenn ihr es in siebzehn Jahren lesen dürft, hihi.

Rebekka Weiler

The Moment You Found Me.

Lost-Moments-Reihe, Band 2

Aria braucht nur ein paar Kreidestriche, um blanken Asphalt in ein Kunstwerk zu verwandeln. Trotz ihrer Leidenschaft fürs Zeichnen ist sie froh, wenn der Regen ihre Bilder wieder verschwinden lässt. Umso überrumpelter ist sie, als der ambitionierte Fotograf Jack sie für sein Street-Art-Projekt gewinnen möchte. Nach und nach schleicht Jack sich in ihr Herz, bis er ein altes Foto in Arias Elternhaus findet und ihr gemeinsames Glück plötzlich so vergänglich scheint wie ihre Bilder im Regen.

ISBN 978-3-473-58624-0